唐前生命观和文学生命主题

增订本

上册

钱志熙 著

復旦大學出版社

钱志熙，1960 年生于浙江乐清。北京大学中文系博雅特聘教授、教育部“长江学者”特聘教授。北京大学古代文体研究中心主任、中文系古典学平台负责人，兼任中国李白研究会会长、中华诗词学会副会长。从事中国古代诗歌史及相关文化背景研究，出版《魏晋诗歌艺术原论》《汉魏乐府艺术研究》《黄庭坚诗学体系研究》等专著十余种，发表学术论文二百余篇，获多种学术和教学奖励，被评为北京市高校名师，获北京大学教学成就奖。

目　录

引　言

一

文学中的生命问题，是文学研究中经常接触到的，尤其是在作家和作品的研究中。在中国古代文学中有一个突出的现象，就是汉魏晋时代的诗赋作品中，感叹生命短暂及由此引带发生的感激慷慨或虚无放达的情绪表达，成了这个时期文学的一个重要的特点。传统所说的汉魏风骨，有很大的一部分与此有关，所谓“风骨”，本质上可以理解为激越的生命情绪表现于文学所产生的一种审美表象。在古代文学领域，最先注意到生命问题的，这应该算是一个原点，也是这方面的研究比较集中的地方。但是，文学中的生命问题，是一个全史的问题，而且并不仅仅局限于上述现象。至少就中国古代文学研究而言，这个领域其实还没有正式展开。近年来，我们看到一些论文，对一些作家的生命思想及一些作品中所表现的生命主题进行个案式的研究，取得了一些成绩。但这类研究往往将对象孤立化，忽略了生命问题的复杂性，没有将单个作家、单个作品中所反映的生命问题放在一个广阔的时空背景上认识，尤其是没有充分地意识到生命意识与生命观作为思想史的构成部分之一，甚至可以说作为整个思想史的基础，是在发展、演变着的。虽然它的发展演变表现为缓慢的状态，甚至存在重复与“遗留”的形态，即各种原始形态的生命意识及观念持续存在，或以某种变化的形式重新出现。这在文学史中表现得尤其突出，文学史总是不断地重复、回应一些原始性的生命意识，比如神话,在文学史的各个时期都有其回响。但中国古代的生命意识的发展历史,总的来说,是呈现着从非理性向理性缓慢进展的趋势的。这是一个客观的事实。所以,这方面的研究,无论在文学史领域还是广义的思想史的领域,都还没有形成自觉的史的意识,没有很明确地意识到这种研究实际上具有涉及文学史、哲学史乃至一般的社会史诸领域的跨学科研究的性质。

一部文学史,不仅是文学的艺术发展史,而且也是包含着各种精神、意识的发展史。其中,生命意识发展史正是构成文学史的一个重要维度;而对此的研究,也应该成为文学史研究的一个重要分支。说到这里,也许读者最直接地联想起来的是传统的主题史的概念,亦即将此简单地理解为是指文学中生命主题史的研究,比如感叹生命短暂主题,以及基于解决这个矛盾而引发的或是建功立业、追求垂名不朽;或是消极颓唐、主张及时行乐,再进而为长生成仙、转生、净土世界等幻想的表达。这些构成传统所说的文学生命主题的基本内容。但事实上,文学中所表现的生命问题绝不仅仅是一个主题的问题,生命观作为人生观的核心,是构成一个人的精神世界的基质,决定了他的行为方式、价值观念和人生境界,对其审美观念、审美趣味也会产生影响。因此,文学中的生命问题并不是一个局限于所谓文学生命主题的局部性问题,而是涉及文学的全部的问题。从生命问题出发,可以形成文学史研究的一种新思路。从远景目标来看,可以设想将来能有一种以生命问题为核心的全体性的文学史。也许只有那样的文学史才能真正深入人类精神发展的深层次。而古代时期的文学与现代文学的最大区别,可能是在于某些在文学中长期以信仰的方式表现的生命主题,如神仙长生的幻想、神灵的存在及与此相关的丰富的想象与民俗,在现代时期基本萎缩为一种历史上的文化形态。当然,种种传统的、带有原始生命意识"遗留"性质的古代文学中的生命主题,在现代的文学中乃至最先锋的文学中,又以一种新形式出现，比如近些年流行“穿越”文学以及种种科幻、魔幻的文学。传统的仙、佛、魔等形象，被作为一种表现形式出现在现代文学之中，也是一种随处可见的文学现象。所以古代时期文学的生命主题，在现当代仍有相当程度的延续，这也可见研究古代文学生命主题之必要。

本书写作的基本动机，是想对唐代以前的中国文学中的生命问题作系统的、史的研究。为了达到这个目的，我们同时必须对唐代以前的生命观念发展史进行研究。因为文学中的生命主题以及文学与生命问题的整体关系，是以生命观为基础的。生命观是哲学史研究的对象，哲学的根本问题就是探究人的存在及其与外部世界的关系，可以说是以人的生命存在为基本前提的。中国古代哲学的正式开端是一个值得研究的问题，有不同结论，古代的理学家常举《尚书·大禹谟》中“人心惟危，道心惟微；惟精惟一，允执厥中”[①]，称为“十六字心传”。但是我们认为更确切地说，或许应该是始于性命之说：“天命之谓性，率性之谓道，修道之谓教。道也者，不可须臾离也，可离非道也。”[②]此即从探究生命之根本依据“性”的实质开始，进入对“道”与“教”的建构，可谓中国哲学的大纲。可见中国哲学是以生命问题为核心的，如从汉代至唐文人因不遇之感而反复探寻“力命”“时命”的究竟之理，及所谓“运命惟所遇，循环不可寻”（张九龄《感遇》）[③]的普遍感喟，反映中国古代文人在反思自身与现实的矛盾关系时，同样是将其归结为生命存在的问题。可是在目前的哲学史研究格局中，生命观本身还没被作史的、发展的研究，哲学史家似乎还没有对中国古代的生命观念发展史作出系统的描述。这种情形，与上面所说的文学

---

① 《尚书正义》卷四，阮元校刻《十三经注疏》，中华书局影印本，1980 年，上册，第 136 页。

② 《礼记正义》卷五二《中庸第三十一》，《十三经注疏》下册，第 1625 页。

③ 《张九龄集校注》卷二，熊飞校注，中华书局，2008 年，第 178 页。

史研究中生命问题还没有上升为史的研究的情形是很相似的,也是相关的。在这样的情况下,本书研究唐前文学的生命问题,必须同时研究唐前生命观的发展史。笔者在这里所做的是一种跨学科的尝试。

二

生命问题是人类最古老的问题之一。在远古时代,生命问题曾是人类精神生活中最重大的主题。几乎占据了原始人整个精神世界的原始宗教,其最主要的功能就是以一种幻想的、非理性的方式来消除他们所面临的自然死亡和其他生命威胁。后来人们所说存生、卫生、延生等意识[①],其实在原始阶段就已发生的。但是原始人还没有建立起明确的"自然死亡"的概念,他们将死亡当作一种偶然的事件来认识。在生存条件恶劣的原始时代,造成死亡的原因纷纭复杂,变化莫测,使还缺乏逻辑能力的原始人,无法从这些纷纭变化的死亡现象中把握死亡的基本性质,难以究明死亡的真相。在人类与其生存的自然环境严重对抗、人与物相竞以求生存的时代,原始人不可能将自身的生和死看成是一种自然的现象,而只能把它看成是一种神秘的现象。原始的宗教正是在这种神秘经验中产生的,原始的社会关系和伦理观念也是在解决原始的生命问题的迫切需要中产生的。在本书的第一章中我们还将看到,不仅养生、医药的萌芽与生命问题密切相关,而且连艺术、历史、地理等的产生,也至少可以将其部分根源追寻到生命问题上。所以我们可以毫不夸张地说,整个原始文化都是围绕着生

---

① 陶渊明《影答形》:"存生不可言,卫生每苦拙。"(《陶渊明集》,逯钦立校注,中华书局,1979 年,第 36 页)"延生"是道教常用的词,如民间流行《三官经》全称《太上三元赐福赦罪解厄消灾延生保命妙经》。

命问题而发生的。当然，原始生命意识的发生，正是人类摆脱蒙昧的动物式的生存状态，进入人类自觉的时代的标志。所以，我们也可以说原始生命意识的发生，是人类文明形成的第一步。同样，原始的生命意识，是后来人类一切的意识的渊源，其所形成的种种文化作品，则是人类后来一切的文化的渊源。在好些时候，其与现代人类意识的距离并不像我们想象的那样遥远。

人类生命观念的发展，构成了人类精神发展的核心主题。所谓生命观念，是指那种上升到哲学层次的生命思想，它主要包含生命本体观和生命价值观两个部分。前者是对生命本身的性质的认识，后者则是对生命应有的价值的把握和判断，后者往往是建立在前者的基础上的。但是相同的生命本体观可以导致截然不同的生命价值观。比如，魏晋时代崇尚名教与崇尚自然，或者主张虚无放废这三派，体现了不同的生命价值观，但其在生命本体，即“生必有死”“形神俱灭”等问题的认识上，却是一致的。陶渊明《形影神》组诗就形象地展示了上述三派生命价值观念的不同。

在中国古代，儒释道三家各有其生命本体观与生命价值观。中国古代的生命观，尤其是从事文化与文学创造的士大夫阶层的生命思想，就是以三者为综合、择取的基本资源，造成了中国古代生命思想及其相应的实践行为的各种不同分野。也有一些卓越的个体，如陶渊明，因在生命哲学方面的特殊造就，对后来的思想史产生深远的影响。当然，也有无数的志士仁人，因为在生命价值观上的出色实践，而以各自的方式深刻地影响了历史。就儒家系统来讲，这种实践可以概括为传统称为“三立”之说的内容。至于个体在自觉地实践其生命价值观的过程中，因个性、情感的不同形成各自的生命风格、生命情调，则是更加丰富多彩的一种生命景象，其中有很大一部分可以归为美学的范畴。比如李白与杜甫，同样表现为入世的生命观，但却形成完全不同的个性，从而决定了其艺术风格的不同，并且构成李杜之间异量之美同赏的文人交际方式。

先秦的儒家和道家,在对生命本体的认识上是大致相同的,都是一种朴素的、自然哲学的生命观,都是理性的。但是,他们对生命价值却作出了截然不同的判断。道家认为生命最高的价值在因循自然地完成其自身的历程,因此将因循自然看成是生命的最佳状态和应有的存在方式。道家对生命哲学的最大贡献也在于启迪人们探讨生命规律,奠定了医学和养生学的哲学基础。某种意义上说,自然说也构成中国古代科学的基础。只是其中缺乏现代科学的实验的精神,道教以特殊的方式对此作了一些弥补。当然,道家所说的某种生命的最佳状态,有时也被绝对化为生命的永恒状态,从而使原本理性的道家生命观被转化为非理性的道教生命观。在魏晋时代,魏晋玄学的一种观念,也是通过舍弃情欲达到与自然的最大程度契合而近乎存生甚至长生的境界①。所谓"正始明道,诗杂仙心"②,即是就这一事实而言的。这正反映了生命观念发展上的复杂性,如果缺乏辩证的认识,一种最初具有理性认识的生命观,也会因为片面的强调而转向非理性。

道家对中国古代生命思想乃至更大的社会文化领域的各种思想如政治思想、文学思想的影响,核心在于"自然"观念的确立。崇尚自然的生命观念,或者说对生命的自然真谛的体认与依循,一直是中国古代思想与文学领域的基本主题。东汉中期自然之说开始流行,经魏晋玄学的推演,成为基本的生命观念。佛教与道教,其实是依着各自的教义来演绎生命自然的意义。佛教"本觉""真如",尤其是禅宗"自性",其实都是以循自然为基本要义。但是晋宋之际流行的净土信仰及神不灭论、果报之说,却是与自然之说相违的。也正因为这个原因,当时主张无神及神灭的一

① 这种生命观,当以嵇康的《养生论》为代表。

② 范文澜《文心雕龙注·明诗》,人民文学出版社,1958年,第67页。

派，都是自觉地援引自然之说来反驳神不灭论，其要义仍在于申述生必有死这个基本道理。同样，唐宋时代禅宗的思想史价值，正在于重新接受传统的自然之说。这在《六祖坛经》中有比较清晰的展示。自然之说对唐宋思想影响甚深，甚至可以说，构成宋明理学与心学的生命哲学基础的，仍然是“自然”之义。在文学、艺术甚至一般的工艺、造作方面，至少从魏晋时代开始，自然观念就是中国最基本的审美理想与原则，它将东方艺术引向不仅以自然山水为重要的表现内容，而且在艺术的方法上以自然之美为最高祈向。而自然的究竟，在于生命与道、与天地万类的最高契合。以自然为基本观念，道家思想在源源不绝地向文学艺术提供启示。所以，自然观念从根本上说，就是一种生命的观念与生存状态的体认方式。

儒家在生死问题上，其实也是属于生死自然之论者。生死自然之理，是中国古代以儒家思想为根本的士大夫的基本观念。但儒家与道家不同，基本上放弃了对生命形质及其活动规律、存在形态等的探讨，其对社会或群体的兴趣，远远大于对个体生命本身的兴趣，他们主要是从社会伦理道德的角度来把握生命的价值的。个体的生命只有当其完成了符合伦理道德的行为之后，才算是实现了个体价值。而这种个体价值是依据群体原则来规定的。儒家基本的伦理道德观念，如仁、义、礼、智、信、忠、孝、恕等，从原则上讲都是相通的、可以互相阐释的。例如，仁之下的各个伦理范畴中，都应体现仁的原则，而仁本身又体现在各种具体的伦理行为中，各种伦理行为共同指向一个道德境界，甚至也是指向一个审美境界。如果没有完成后面的义、礼、智、信等伦理原则，当然不能说已经实现了仁。不仅如此，其中各个伦理范畴，也是相互补充的。如义不仅需要有仁，同时也应该体现礼、智、信、忠各项。儒家的“一以贯之”理论正是这样产生的。《论语·里仁》：“子曰：‘参乎！吾道一以贯之。’……子出，门人问曰：‘何谓也？’

曾子曰:‘夫子之道,忠恕而已。’”[①]关于何谓孔子的一以贯之之道,从曾参开始,后儒有各种不同的解释。皇疏曰:“孔子语曾子曰:吾教化之道,唯用一道以贯统天下万理。”[②]其实最根本的意义,是在各种伦理范畴及其所指向的道德行为规范之间相通相贯的关系。曾子所执的忠恕,果然也是就近取譬的道之一端,但显然忠恕之外,如仁、义、礼、智、信诸种,皆可为入道之一端,孔子所重,正在于“一以贯之”。所以“一以贯之”,就是强调各种不同名义的正面的伦理观如忠、恕等,是可以贯通所有正面伦理观念的。这是儒家之“道”形成的基础。后来的王阳明正是在打通这些具体的伦理范畴之后,提出虚位而非定名的“良知”这个范畴,为儒家伦理道德寻找到一个本体。儒家的伦理价值生命观是重视实行的,可他们并不对“实行”作机械的理解。从“朝闻道,夕死可矣”(《论语・里仁》)[③]这句话中,可以体会到儒家在生命价值的认识上,是知更重于行。又如从“行有余力,则以学文”(《论语・学而》)[④]这句话中,我们可以体会到儒家重视在现实的世俗生活中体现生命价值,并不执意追求个体生命的辉煌。在这些地方,都具有立善而不求名的思想。所以,名的思想并非儒家思想中必有的内容。而后世文人超越名声、淡泊名利的思想,其中虽然有来自道家的认识,但也有一部分可以理解为是在追寻儒家生命价值观念的本义。但儒家毕竟是隶属于春秋战国时代的士阶层的,士阶层追求生命价值的行为,是在不朽的观念支配下的,儒家自然不能例外。这也是后世儒士往往只能通过功名追求来实现生命的伦理道德价值的原因所在,也是其局限所在。而整个中国古代士人群体对著述行为的异乎寻常的重视,立言不朽观念的充分自

---

① 程树德《论语集释》卷八,中华书局,1990年,第1册,第257—263页。

② 程树德《论语集释》卷八,第1册,第260页。

③ 程树德《论语集释》卷七,第1册,第243页。

④ 程树德《论语集释》卷一,第1册,第27页。

觉，当然也是上述生命观所派生的。从文学的角度来看，中国古代文人在其文学创作中正面地展示儒家的基本伦理观念，并且将其凝结为一种与突出的教化观念相结合的理论，从而对中国古代的文学创作与批评产生巨大的影响，甚至可以说是古代文学的基本特征之一。杜甫即是传统儒家诗教理念的完美实践者。同时在另一方面，中国古代文人因执持儒家伦理道德生命观，追求伦理道德生命价值的实现过程中所遭遇的现实困境而激起的各种生命情绪，更有力、更丰满、更丰富地展示着文学中的生命主题。文天祥的《正气歌》就是典型的代表。

可以说，儒家与道家的生命观，都是建立在对生命的自然本质如“自然死亡”规律的认识的基础上的，都属于理性的生命观，弃绝了原始神话及后来的宗教式的幻想、非理性的生命观。从这一点来说，儒道两家的生命观，都体现了一种人文精神。但是道家重视生命本身，多从形、神之际来把握生命，儒家则重视生命的社会价值。儒家的生命价值观念是建立在人类群体的原则之上，而道家的生命价值观则建立在人类个体的原则之上。当然，道家的个体原则，是古代式的，与西方的道德观念中的个体原则有所不同。儒道两家的生命观，构成中国古代士大夫阶层生命观的基础。在古代的思想背景下，只有结合儒道两家，才能把握生命观的全部，在群体原则与个体原则之间达到一种平衡，这也许正是中国古代的士大夫普遍选择儒道兼修的方式的根本原因所在。由儒道两家价值观之不同可见，生命本体观虽然是生命价值观的基础，但价值观的分流远较本体观的歧异更为丰富多彩，它是生命思想发展史上最活跃的部分。所谓文学的生命主题，其中绝大部分，就在于文学中所表现的各种不同的、丰富多彩的生命价值观念。从这个意义上理解，所谓文学的生命主题，差不多是一个弥纶文学全体的问题。

佛教对中国古代的生命思想的影响，是一个极其复杂的问题。作为宗教信仰的佛教与作为一种对世界本体、生命本质的哲学探讨的佛教,两者之间虽有联系,但又存在着本质的不同。这两方面都对中国古代的生命思想与生命体验、生存行为等产生极大的影响。具体到唐前的阶段来说,从东汉初期佛教传入中国到西晋时期,佛教大体上是取与当时正在形成的神仙道教相近的宗教信仰形态来求发展,称佛为“金神”“金仙”,就是佛与仙道合流的最直观的表征[①]。汉魏晋南北朝时来自西域的僧徒,在弘法传经之外,大都有神异变化的法术以取信于君臣士庶。这种情况在梁慧皎的《高僧传》中有很多记载。南朝晋宋之际,三世报身、净土信仰之说盛行,造成中土佛教对西方极乐世界的普遍信仰,从此与道教的神仙世界信仰一道,以极大的外力,呼应了中国古代人们灵魂深处对永恒生命的幻想热情。不仅一般没有文化的庶民中有坚定的净土信仰者,即使是士大夫阶层中,信仰西方极乐世界者也大有人在。南朝的士大夫,除了信仰天师道之外,大批士人笃信极乐世界,君主如梁武帝,文士如江淹、沈约等,都是热诚的信徒。甚至到了唐代,李白在求仙访道的同时,也将西方金仙世界作为其幻想的蓝图之一[②]。后来作为中国民间常态的释道合一的信仰方式,即俗语所说的“求神拜佛”,更是直观地显示佛教作为一种宗教信仰的实质。作为宗教信仰之一的佛教对中国古代文学生命主题的影响,更是一种随处可见的存在。当然,它主要体现在文学的内容方面。由于作为宗教信仰的佛教从本质上说,是排除个体生命的自觉意识的,也可以说对世俗生命热情

---

① 释慧皎《高僧传》卷一《译经上》:“汉永平中,明皇帝夜梦金人飞空而至,乃大集群臣以占所梦。通人傅毅奉答:‘臣闻西域有神,其名曰佛,陛下所梦,将必是乎。’帝以为然,即遣郎中蔡愔、博士弟子秦景等,使往天竺,寻访佛法。”汤用彤校注,中华书局,1992 年,第 1 页。

② 李白《金银泥画西方净土变相赞》根据《佛说阿弥陀经》等讲述极乐世界的有关经典,比较生动地描写西方极乐世界:“我闻金天之西,日没之所,去中华十万亿刹,有极乐世界焉。”《李太白全集》卷二八,王琦注,中华书局,1977 年,下册,第 1324 页。

的弱化，所以在文人文学方面，并没有产生出由佛教信仰如极乐世界信仰而成熟的文学品种，南朝文人如谢灵运、江淹、萧衍等人，都有表现净土信仰的作品，但没有出现像游仙诗这样成熟的艺术品种。总的看来，佛教的信仰即佛国世界、净土等内容，在文学中的表现远不如其在宗教建筑与绘画中表现得那样生动并富于艺术的价值。但佛教仍是构成中国古代文学形象的重要部分，南朝小说中就有不少反映佛教净土及地狱信仰的内容。还有，我们现在将其作为民间文学品种之一的变文、宝卷等，可以算是由佛教信仰直接衍生的一种艺术形式。总之，如何评价佛教信仰以及三世果报、极乐世界、净土信仰对中国古代文学的影响，是一个相当复杂的问题。学术界也曾就其中的一些方面，如观音信仰在文学中的表现等做过比较深入的个案研究。

相对于佛教作为宗教信仰对文学的影响，佛学中的哲学成分对古代文学的影响更为深刻。这也是因为中国古代的文学是以文人文学为主流的。一种宗教或思想，只有在进入文人的心灵世界，才能对文学发生实质性的影响。佛教哲学是借助传统的悟道的方式、通过对文人士大夫的心灵世界的深刻影响而影响其文学创作的。东晋以降，佛学与玄学有合流的趋势，其根本的组合之处，在于本体论与认识论方面两者的互通。玄学贵无与般若空观，都是在多层次、否定之否定的思维活动中，展开对世界本体的思辨与证悟，而人们对悟道方式的探讨，如顿、渐悟之说，也开启对认识世界的方式的思辨。这一切，对文人心灵世界的影响是深刻的。刘宋时期的何尚之《何令尚之答宋文帝赞佛教事》中说："范泰、谢灵运每云：六经典文，本在济俗为治耳，必求性灵真奥，岂得不以佛经为指南耳？"[①]此语可谓千古文人学佛的纲要。作为

---

① 僧祐《弘明集》卷一一，上海古籍出版社据《影印宋碛砂本版大藏经》本缩印，1991年，第70页。

南朝文学创作的基本思想之一的性灵之说,学界普遍认为是受佛学启迪而生成的,它与源于儒家诗教的情性之说结合,构成后来中国古代文人文学基本的创作观念,或者艺术本体论①。另外东晋以降的玄言文学、山水文学,其哲学内核与观物方式上受到佛教般若学及“即色游玄”等哲学理念的深刻影响。对诗歌与绘画等艺术影响深远的境界说,也是直接由佛教的境界说转变而来的。唐代文人在对天台宗、南北禅宗的参悟的基础上,创造了中国文学和艺术史上影响深远的境界说。

本书经常使用理性生命观与非理性生命观这一对概念,主要是指生命本体观方面而言的。本文所说的理性生命观,核心的内涵在于“自然死亡”作为一种意识与观念的自觉化。原始人还没有建立起“自然死亡”的概念,所以相对于文明时代来说,他们的生命观的主体部分是非理性的。原始文化是非理性生命观的载体,也是后世种种非理性生命观的渊薮。这样说并非否定原始文化的价值,它是人类生命意识发展的必经阶段,是人类生命力的体现,人类的一切重要文化类型都始基于原始时代。事实上,对生命的幻想及种种原始性的生命意识,始终伴随人类个体与群体的生命意识,某些部分甚至构成艺术的基本要素。原始生命意识充满了幻想色彩,是原始诗性智慧的产物②。但随着社会的进一步发展、人类社会生活的成熟,理性的生命思想也在生长。尤其是进入农耕社会之后,人类与自然之间的关系趋于和谐化。农作物周而复始的生长周期,春生、夏长、秋收、冬藏的农业生产规律,使人们获得了对自身生命的一种领悟。在我国古代,季节观念中也包含着浓厚的生命意识,《吕氏春秋》的“十二纪”体现了完整的

① 参看钱志熙《论“吟咏情性”作为古典抒情诗学主轴的地位》,《北京大学学报》2021年第2期。

② “诗性智慧”是朱光潜所译维柯《新科学》中的一个概念。

生命周期：春为“生”，故“孟春纪”中有《本生篇》，“仲春纪”中有《贵生篇》《情欲篇》；夏为“长”，故有《劝学篇》，又因为“长”具有舒放、热烈的性质，所以作者将论述音乐的诸篇放在“仲夏纪”“季夏纪”里；秋为“老”，有肃杀之气，故“孟秋纪”中有《荡兵》《振乱》诸篇；冬为“死”，故“孟冬纪”中有《节丧》《安死》两篇。在这里我们清楚地看到，我国古人已经建立了一种运用季节概念来把握生长老死的自然规律的生命思考方式，它向我们昭示，我们的先民是在农耕文化的背景下逐渐发展出朴素、自然的生命观的。也正因为这样，追求生命与自然的和谐成了中国古代生命观的重要特色。

自然死亡观念，在中国古代的一个典型的表达，即认为生死是自然之理，魏晋之际王祥《训子孙遗令》所说的“夫生之有死，自然之理”[①]，即是对此理的典型表达。此前如汉文帝刘恒《遗诏》云：“朕闻之，盖天下万物之萌生，靡不有死。死者天地之理，物之自然。”[②]东汉赵咨《遗书敕子胤》陈述得更为哲理化：“夫含气之伦，有生必终，盖天地之常期，自然之至数。是以通人达士，鉴兹性命，以存亡为晦明，死生为朝夕，故其生也不为娱，亡也不为戚。夫亡者，元气去体，贞魂游散，反素复始，归于无端。既已消仆，还合粪土。”[③]这种生死观是以自然哲学为基础的。从各方面的表现来看，我们可以说，这是中国古代士大夫阶层基本的生死观。中国古代士大夫文化在主流上呈现出来的清明、理性的精神气质，正是以这种自然生命观为基础的。不仅士大夫阶层是这样，广大的庶民阶层，其实也是普遍奉行这种观念。

但是，人类对生命本体认识上的理性增长，是一个十分缓慢

---

① 《全晋文》卷一八，严可均辑《全上古三代秦汉三国六朝文》第 2 册，中华书局，1958 年，第 1558 页。

② 《全汉文》卷二，严可均辑《全上古三代秦汉三国六朝文》第 1 册，第 136 页。

③ 《全后汉文》卷六六，严可均辑《全上古三代秦汉三国六朝文》第 1 册，第 835 页。

并且反复曲折的过程,这个过程,甚至在今天仍然延续着。而且,所谓生命观的理性与非理性也只是相对而言的。泰勒在论述人类文化的发展,尤其是民俗、宗教等方面的现象时,指出了人类文化中广泛存在的"遗留"现象:"在那些帮助我们按迹探究世界文明进程的实际进程的证据中,有一个广泛的事实阶梯。我认为可用'遗留'(Survival)这个术语来标示这些事实。仪式、习俗、观点等从一个初级文化转移到另一个较晚的阶段,它们是初级文化阶段的生动的见证或活的文献。"[①]他还指出,"研究遗留具有相当大的实际意义,因为我们称为迷信的大部分正是属于遗留之中。除此之外,无论遗留本身大部分是怎样的不关重要,对遗留的研究有助于发现历史发展的进程,因而清楚地了解遗留的本质是民族学研究的一个最重要的方面"[②]。他的这个观点,对于我们理解中国古代各种非理性生命观的性质是有启发意义的。历史上各种具有神秘、幻想、非理性生命观及其在文化与文学上的表现,从本质上说,是人类蒙昧状态产生的各种生命意识及观念的遗留,也可以说是在自然死亡的事实已经明确、关于"自然死亡"观念的表述也已经频繁出现之后,人类仍然执着于生命永存的本能意识,借助原始遗留和后来发展出来的宗教文化,仍然不断地呈现出对"自然死亡"事实与观念的顽强抵抗。泰勒从研究原始文化的原有状态出发,强调的是遗留现象所显示的民族学或人类学的本质。事实上,"遗留"代表了一方面,而另外的在文明时代各种具有"遗留"特点的非理性生命观的发展,更是思想史与意识史需要特别加以关注的现象。而且我们经常看到这样的事实,不仅理性的生命观是在否定非理性生命观的基础上发展起来的,而且非理性生命观也常常利用理性的局限性来构筑自己的神学体系。汉

---

① [英]爱德华·泰勒《原始文化》,连树声译,上海文艺出版社,1992年,第15页。
② [英]爱德华·泰勒《原始文化》,连树声译,第16页。

代哲学与政治伦理学中所体现的生命观念，就是理性与非理性复杂交织的生长状态。道教的建立和佛教的流行，都是在先秦朴素唯物的自然哲学生命观之后。这从历史发展的逻辑来看，正是非理性生命观对理性生命观的否定。魏晋南北朝时期，一方面是玄学自然观的建立，取代了汉代源于上古原始宗教的神秘的天道支配人事、天人合一、天人感应的自然观。正是在这种观念的变化的基础上，魏晋士人中的以天道自然为基本宗旨的自然派得以形成，催生出自然山水审美活动的自觉[①]。但是另一方面来看，不仅这时期是道教神仙学体系的形成与佛教净土信仰的引入，并且方术流行、谶纬之说仍然不断，而各种原始宗教性质的自然神崇拜、鬼神崇拜仍然十分流行[②]。魏晋南北朝志怪小说，就是产生在这种非理性意识的土壤上的。所以，所谓生命观念的发展，不仅是指理性的发展，也是指非理性的发展。在中国古代，朴素唯物的生命观成熟之后，基本上是处于相对稳定的状态。而各种宗教的、神学的生命观却是千姿百态，层出不穷，似乎更具“发展”之特点。

需要特别说明的是，作为本书梳理生命观两大流脉的“理性”与“非理性”，在生命思想的发展史上，其实是相依存的。我们将其作为一对概念使用时，并不落在日常的意义上。这其中甚至也不存在特殊的褒贬之义。理性生命观的逐步建立，固然是人们生命思想发展的前进方向，而存在于各个时期、表现为各种形态的非理性色彩的生命观念、生命体验方式，同样是历史进程中的产物，同样是一种人类的精神产品，甚至仍然可视为一种具有价值的文化传统。尤其是其对艺术发展史的影响，某种意义上，显示

---

① 参见拙著《魏晋诗歌艺术原论》第四章第五节《西晋文学的自然观和西晋文学的意象》、第五章第四节《东晋文人的自然观与山水诗的肇兴》，北京大学出版社，1993 年。

② 参考朱大渭等著《魏晋南北朝社会生活史》第八章《宗教信仰与鬼神崇拜》，中国社会科学出版社，2005 年。

出比古代朴素的自然生命观更为强大的推动力,创造出更为绚烂的艺术花朵。

三

本书的研究范围是从神话时代到南北朝时代。笔者之所以不自量力地将研究课题的历史跨度拉得这么长,一方面是因为深切地感到研究生命观念的历史,必须做追溯其最初渊源的工作;另一方面也是为了突出一种史的意识,为生命观和文学生命问题的考察奠定基础。

笔者尝试将唐前生命观的发展史划分为神话时代、《诗经》时代、先秦诸子时代、秦汉时代、魏晋时代、南北朝时代这样六大阶段。

神话时代是各种神秘的、非理性的生命观念的发生期,与之相应的文化产物是神话、原始岩画和种种神秘性的生命仪式。在这个阶段的后期产生了神仙和长生的观念。神话时代的形象创造成果及其所包含的原始的诗性精神、神话思维方式,是后世文学艺术的基本元素,对后世文学影响极其深远。事实上,列维-布留尔所论述的所谓的原始思维,并非是人类原始社会时代所独有的一种思维方式,而是在后世乃至今天都仍然随处可见的一种思维方式。它尤其存在于人们的游戏与自由的幻想中。文学创作以情感的自然表现与想象力自由施展为其本质属性,从其感性与形象性的本质来说,与原始思维的性质有所接近,这也是文学经常受到来自坚固的理性认识的质疑、贬低的原因之一。可以说,文学是生命的自由呈现。无论是从激越的生命矛盾中得到理性和谐的陶渊明,还是以最沉酣、最自由的力量展示生命境界的李白,他们都是因此而达到文人文学的最高的境界。他们的创作都与神话及神话思维方面有一种血缘关系。

《诗经》时代是文明伊始的时代，这时期生命观发展的最重要的成果是形成了一种世俗理性的生命观，这是我们先民走出神秘幻想时代、走向世俗生活的标志。在此期间，原始的生殖崇拜已经转化为宗法观念，周代的宗法制度建立，其历史影响绵延至今。这个时期形成了宗族大生命观，个人将自己置身于宗族生命链中，并以此来确认生命的不朽性。《诗经》中《周南·螽斯》《大雅·绵》都表现了这种宗族生命观。所以，《诗经》时代占主导地位的两种生命观，一种突出了生命的个体性，力求在个体中解决问题，个体摆脱原始思维色彩的生命体验；另一种则突出了生命的群体性质，使个体的死亡恐惧在宗族大生命体的同一感中被淡化。这应该就是西周时代群体生命观与生命意识的呈现。

先秦诸子百家争鸣的时代，是我国传统生命哲学的奠定时期。诸子的生命本体观的总趋向是理性化的，同时，又具有精英文化的特点，其中道家的自然哲学生命观和儒家的伦理价值生命观，一直支配着中国古代士大夫群体的生命意识。

秦汉时代，社会生命观念的主流又转向非理性方向，它的标志就是神仙文化的成熟并泛滥于社会各阶层及文化各领域。道家的自然生命观在这一时期趋于沉晦，并被异化为神秘的养生观念，从哲学性质的自然之道转向宗教性质的神仙之道。大一统政局中，先秦士阶层的个体生命价值观也遭到了时代阻碍，而天人合一、身国相通等生命观，又使生命的个体性趋向模糊，即使在精英人物的思想中，我们也可以看到生命观方面理性与非理性复杂交织的现象。

魏晋时代是士人个体生命意识觉醒的时期。在这个阶段，对生命本体的认识重新回复到以朴素自然的生命观为主流的状态，人们对于自然死亡的认识更加清晰、明确，但同时迸发了激烈的感叹生命短暂的情绪。于是文学中生命情绪的渗入，也达到空前的浓度，它成了培育魏晋文学精神的一种酵素。魏晋时期，短暂生命的焦虑情绪与超越的努力,都是十分自觉的行为。但与此同时,生命情绪的哲学式的淡释也在持续地进行,并且结晶为玄学生命哲学。从激越到淡释,也许是人类情绪表现的一种规律。而从诗到哲学,同样有一种文化发展的规律性的作用。表现生命、追求生命价值不仅是魏晋的社会意识,也是魏晋文学的基本主题。魏晋文学从整体上看,是一种生命文学,生命文学就是直接表现出一种生命境界的文学,在这种文学中,主体成了表现的对象,它不是停留在表现生活境界或自然境界上,而是表现出生命或生存本身[①]。如《古诗十九首》等作品通过爱情表现一种生命意识,东晋山水诗则以山水自然象征主体的生命领悟。总体上看,魏晋时代文学对生命问题的表现,构成了一种生命文学的思潮。

南北朝时代是佛教生命观占支配地位的阶段。佛教先后依附于黄老道术和玄学,其固有的宗教生命哲学尚处于沉晦的状态。在晋宋之际,佛教取得更加独立的发展状态,并且在生命思想与伦理价值观方面展开多层面的辩论。佛教通过涅槃佛性和涅槃净土、三世果报、轮回等学说的阐发,构筑了其独特的生命思想体系。对于文人群体生命观的影响,是彻底改变了他们体验生命的方式,继玄学之后,汉魏式的生命情绪被进一步淡释了,文人表现自身生命存在的方式也被改变。佛教对文学史的直接影响,就是汉魏以来生命文学思潮的逐渐消沉。

总之,各个时代的生命意识,都与该时代的根本性问题联系在一起,从而构成社会意识的核心。而文学自觉或不自觉地对各种生命意识、生存意识的表现,则构成文学的生命主题。当然,这里的主题,是一个广义的用法。

---

① 参考拙文《从生命的角度研究古典文学》的相关论述,载《文学评论》1997 年第 4 期。

第一章　先民的生命意识及其在神话中的表现

探讨先民生命意识最初的发生状态，犹如进入一个混沌的世界，亦如探寻河源至于滥觞之前。但犹如一棵参天大树，它的每一片新叶、每一条新须，其本然的生机都曾包含在那粒种子之中；人类的所有精神活动方式的基因、文化尤其是意识的胚芽，都存在于一个原始的生命状态之中。正因为此，人类精神发展史上的一切阶段性的差别都变得相对了。所以，先民的生命意识对我们来说虽相隔久远，但并非完全隔膜；对生命问题的执着思考，是包括原始人和我们在内的一切时代的人类的共性，而生命也决非仅仅对先民是一个谜。迄今为止的任何世代的生命观，都是呈现着理性与非理性交织的多姿色彩。一些原始性的生命观念，仍然存在于现代社会的宗教或风俗之中，尽管有时只是仪式之影，但它作为一种有活力的意识必曾发生过。另外，从文献的角度来看，现在仍存的那些原始神话，为我们研究先民生命意识的初生状态和文学生命主题的远源提供了一定的依据，使我们能接近问题的真相。当然，在这里我们也尽可能利用现代人类学在这方面的研究成果。

一、先民生命意识之推想

按照现代人类学家的见解，人类在刚刚摆脱动物状态的最初阶段，对包括生死在内的自身生命现象的认识完全处于混沌状态。“刚刚进入历史的原始人,的确浑噩得像动物,连生和死都不能分辨。”[①]自然,这样的状态不可能延续很久,随着站立起来的人观察的增加和简单的思维能力的取得,人们从自己同类的身上观察到越来越多的死亡现象,逐渐形成“死亡”的概念。我想,这是原始人区别于动物、认识到自身所具有的人类的性质的关键一步,也是人类摆脱混沌状态的第一步。从此以后,对死亡的关注就成了人类精神在最初发展阶段的重要主题。但是此时的原始人,只把死亡看作一种奇特的现象,它发生在他人身上,也有可能发生在自己身上。至于对死亡的必然性的认识,则是缺乏的。

西方人类学家有一种比较统一的看法,认为在原始性的思维方式中没有自然死亡的概念。法国人类学家列维-布留尔在《原始思维》一书中对此作了许多论证。他根据自己和其他人类学家对一些他们认为仍停留在原始社会阶段的部落地区人们的死亡概念所作考察,认为那些人总是倾向于将死亡看成是偶然遭致的命运,或是看作上天、神灵的惩罚,或是怀疑被他人的恶意、巫术所中[②]。精神分析学家弗洛伊德也认为:“‘自然死亡’对于原始人是一个极其陌生的观念,他们认为在他们当中发生的每一次死亡都是由于某个敌人或某种魔鬼的影响。”[③]这种看法基本上符合人类死亡概念发生、发展的逻辑。一些学者还认为,上古人类的“死神”观念以及表现这种观念的“饕餮”之类的艺术形象的产生也体现了上古人类对于“自然死亡”事实的暗昧:

> 由于上古人类还不懂得死乃是人类生命行程的一种自然的和必然的结局,所以总把死看作是受到某种外在强力侵

---

① 袁珂《中国神话通论》,巴蜀书社,1991年,第12页。

② 参见[法]列维-布留尔《原始思维》第七、九章有关部分,丁由译,商务印书馆,1987年。

③ [德]弗洛伊德《超越唯乐原则》第五章,见《弗洛伊德后期著作选》,林尘等译,上海译文出版社,1986年,第48页。

> 害吞食的结果，更由于上古人类总是与野兽杂处并无数次地体验过自己的同伴被某种猛禽恶兽吞食的惨痛经验，由于他们的抽象能力一般还不可能完全摆脱具体物象，以及他们对死的极强烈的恐惧等等，所以，如果在他们的观念中形成某种“死神”，即一种会把死带给人类的神秘之物的观念和形象的话，那么，这种“神”往往以一种凶猛残忍的“食人”恶兽的面貌出现，那原是非常自然的。[1]

在原始时期，人类从动物式的对生死未能自觉，到观察到大量的各种各样的死亡现象，并且形成一种“死神”的观念，其实已经是一种发展。

认识死亡的必然性即“自然死亡”概念的初步形成，正是人类进入文明时代的标志。中国古人常说的“人皆有死”这样的话，就是经过漫长的意识发展之后才得到的一种认识。但是我们应该看到，人类在如何面对死亡命运的问题上，一开始就处于矛盾境地。人类是在观察了大量死亡现象、积累了大量关于死亡的常识之后才形成死亡这一概念的。从这一点来看，原始人的死亡概念中本来就含有对死亡的自然性质的朴素的认识，这也正是理性生命观的萌芽。所以，说原始人完全没有自然死亡的观念，是很难令人信服的。其实，人类“自然死亡”事实的迟迟难以被先民所接受，更主要的原因还在于人类求生本能之强烈，使他们始终不愿意承认死亡的必然性，而尝试用各种方法去顽强地对抗它。从这个意义上说，这种原始性的不承认自然死亡的意识，非但存在于原始社会阶段，而且可从后来的各种非理性的生命观中找到它的“遗留”。直至今天，也很难说人类已经完全放弃长生甚至永生的幻想。这一点，无论东西方皆然。

---

① 赵远帆《死亡的艺术表现》，群言出版社，1993年，第5页。

对于"自然死亡"概念,我们认为应该这样看,它本身也是一个相对的、不断发展着的概念,尽管比较彻底的自然死亡概念是很晚才形成的,但对生命的自然性质的朴素、直观的认识,却是伴随着死亡概念的形成而产生的。我国古代对自然死亡概念进行哲学性的论证是在诸子时代,可此前的先民一定已经积累了丰富的自然死亡的观念意识,诸子能对死亡作出哲学论证,正是以这种历史性的思想积累为基础的。这也是我国古代的人文传统、道德理性很早就得以形成的重要原因。

作为一种精神现象,原始人生命意识的特点,主要不是坦然地承认死亡的事实,而是对死亡的反抗,尤其是企图超越死亡的愿望与行动。对抗、超越死亡是人类的本能性行为。当其他自然力量威胁他们时,原始人会本能地采取反抗的态度,并努力寻找反抗的方法和武器。死亡无疑是一切威胁中最大的威胁,所以原始人力图反抗、征服死亡的行为,也是他们生活中最需要智慧、最感到意义深远的一件事。人类许多文化的发生都与此相关。例如,原始人为了对抗受到自然力量袭击如猛兽侵害所造成的死亡,自觉地采取集体狩猎的组织形式,因此出现了较高级的社会形式,并产生了原始性的平等互助一类的伦理观念。最被原始人视为神秘、恐惧的是那种因疾病、衰老导致的死亡,它比任何猛兽都难以对付。因此,原始人很自然地将这种造成死亡的看不见的力量想象成比任何能看到的猛兽都狰狞可怕的一种猛兽,类似于后来钟鼎彝器上经常出现的饕餮之类的形象。又如各种关于死神主题的原始艺术,当然,这仅是就恐惧一方面而言,但先民对死亡的态度不仅是恐惧这一种情绪,更有解决、征服的愿望。甚至可以这样说,就主观愿望和所采取的许多方法来看,先民已经对死亡作了很深入的"研究",其解决死亡问题的执着和热情的程度,恐怕远远超过后来文明时代的人类。但这种努力主要来自"生本能",此时的人类尚未能以理性的态度对待死亡。在此基础上形成了原始的巫术宗教和医学，派生出早期的伦理道德。如将死亡看成是神灵对人的过失的惩罚，甚至认为人类之所以具有死亡的命运是因为人类道德的堕落，是因背叛神所致，这就使人类走上了自我反省的精神之路。当然，这种现象是出现在原始社会发展的较高阶段，并且是奴隶社会阶段带有支配性的一种观念。社会伦理观念的发生，当然是由多方面因素的综合作用，生死问题肯定是促使其生成的重要因素之一。关于长生与不死的传说，应该也是在原始社会后期产生的。应该说，对于原始社会来说，人类追求超越死亡的命运、从根本上否认自然死亡概念的征程还只是刚刚开始，一直到奴隶社会和封建社会的前期，追求长生不死的种种非理性行为还处于方兴未艾的阶段。

原始人一方面为死亡所产生的恐怖印象所威慑，创造了原始的宗教、神话等文化；另一方面，他们也在不断地消释这种恐惧，腾出大部分时间来服从生活的需要，发展出人类的世俗生活和常识理性。在世俗生活愈益发展的历程中，人类对死亡的恐惧也得到了一些淡释，并且能够比较坦然地接受自然死亡的观念。可以说，生活本身是克服死亡恐惧的最佳方式。充满生活热情的人们，比起耽于虚无颓堕状态的人，对于死亡的忧惧情绪要淡薄得多。

总之，对原始文化的思考，让我们看到人类的生命意识，几乎从一开始就处于理性与非理性的状态。这其实也正是人类生命意识的常态。生命观发展的这种理性与非理性交织、互为消长的常态，正植根于人类的求生本能，也是生命问题之所以成为文学重要主题的原因所在。如果将神话看作是先民的文学创造，那么，第一批表现生命主题的文学作品自然应该是神话了。

人类生命观的发展，不能仅看成是理性的自然死亡观念的不断发展，也应该看成是非理性生命观的发展史。甚至可以说，在自然科学没有取得太多突破的古代，理性的生命观其实是在其形成之后就处于比较稳定的状态,形式上较少发展,而非理性生命观反而一直处于活跃的、层出不穷的发展状态。所以,一部文学生命主题史,从某种意义上,可以理解为是"非理性"生命主题的演绎变幻的历史。

二、神话中的生命主题

神话从根本来说,是人类非理性思维方式的表现。这种思维方式的基本特点,是用一种弥漫的生命幻想来理解宇宙万物,即一种"物活论"和"万物有灵论"的观念。这种思维方式不仅支配着人们对天地事物的表象方式,而且也部分地影响着人们的生活方式。泰勒在《原始文化》一书中,比较详细地论述处于原始状态的部落的"万物有灵"意识。万物有灵的观念从根本上说是一种包括人类在内的万物都有灵魂的意识。泰勒曾这样论述其基本的内容:"我们常常发现,万物有灵的理论分解为两个主要信条,他们构成一个完整学说的各部分。其中第一条,包括着各个生物的灵魂,这灵魂在肉体死亡与消灭之后能够继续存在。另一条则包括着各个精灵本身,上升到威力强大的诸神行列。神灵被认为影响或控制着物质世界的现象或人的今生或来世的生活,并且认为神灵与人是相通的。人的一举一动,都可以引起神灵高兴或不悦;于是对它们存在的信仰就或早或晚自然地甚至可以说必不可免地导致对它自然崇拜或希望得到它们的怜悯。这样一来,充分发展起来的万物有灵观就包括了信奉灵魂和未来生活,信奉主管神和附属神,这种信奉在实践中转为某种实际的崇拜。"[①]他在这里其实已经概括了原始宗教的基本内涵,包括后来文明时代宗教信仰、神祇崇拜的一部分事实。这种万物有灵观念,当然也是神

---

① [英]爱德华·泰勒《原始文化》,连树声译,第414页。

话产生的哲学基础。

另外一点，就是在理解事物的因果关系上，原始思维完全用一种经验的方式，譬如某次事情发生，刚好与另一件事情同时，这种经验就会被固定下来，两件不相关的事情之间，就会被认为是有关联的。于是，在可能的条件下，人们甚至要创造这种不相关的条件，来促使某件事情的发生。这种原始的思维方式，列维-布留尔称为“互渗律”[①]。其实不仅表现在原始时代的人们那里，后来的社会文化中也有大量的留存，比如民间的拜神祈福、祀神求雨，就是这样一种思维方式。在千万次的拜神中，只要有一次偶然与所求福报相合，人们就将此作为祭神的理由，永无限期地持续这种祝祷的行为。还有一种情况，是根据事物外在的一些类型特点来理解它们之间的关系。比如浙南乡村流传这样一种说法：小孩子拿筷子的高度，决定其以后结婚对象的远近。握近筷子根部，往后嫁娶会在就近地方，否则就相反。这恐怕是教育孩子正确使用筷子的一种说法，其中包含的就是一种神话式的因果关系的思维，亦即所谓的“互渗律”。从将神话作为人类的一种思维方式来理解，神话思维方式可能是人类固有的生命征象，即使在科学发达的时代，在儿童及一部分抱有某种信仰的人的头脑里，这种万物有灵论仍然有所保存。在笔者的孩提时代，流传着关于家乡群山活着的说法，如猪山、狮峰，都有它们活动的故事。那时大人说山是活的，笔者曾经深信不疑。在中国古代，至少是民间社会中，神话故事一直不断产生与流传。从这个意义上说，典型的神话及其思维方式，几乎可以作为封闭性传统社会的一种文化特点。

人类早期的生命观，从其主流倾向来看，是非理性的。原始人用巫术和向神灵祈祷等方式对抗死亡，结果自然是一次又一次

---

① ［法］列维-布留尔《原始思维》，丁由译，第69页。

的失败,在恶劣的自然条件下,生产力低下的原始部落,几乎可以说是处于救死不暇的困迫境地。但这种状况持续了一个时期后,原始人的思想逐渐觉醒,他们开始对现实的死亡让步,自然死亡的观念有了一定程度的发展。虽然当人死之时,部落成员仍在使用救死的巫术,但它越来越仪式化,有些还一直保留在后世的丧葬之礼中。但先民们并非因此就放弃了非理性的生命观,相反地是将非理性生命观向更加神秘、深邃、高远的境地发展,以避免与死亡的现实直接冲突,即承认为现实的死亡,而致力于可以超越死亡的种种途径。这种发展的成果就是灵魂观念和一系列长生不死的幻想。一是认为死亡并非真正的终结,灵魂可以脱离肉体而存在于某个未知的所在,或者死者的灵魂可以寄于其他人或物的身上,于是形成关于这方面的许多学问,使死亡这个简单的事实人为地成为很深邃的问题;一是将长生不死的愿望不再寄托于现实,而是寄托于幻想,引导先民非理性生命观向高远的境地发展。上述两方面的成果,对后来的人类文化影响极为深远,几乎是一切宗教的观念基础。许多没有明确的民间"禁忌"也与此相关。

我国古代神话对上述两种观念都有所反映。如《山海经》中记载炎帝小女名女娃者淹死于东海,化为精卫鸟(《北山经》);还记载夸父逐日,道渴而死,化为邓林(《海外北经》),都反映了原始人的灵魂化为异物的观念。这种观念在后来的民间神话传说中继续生长着,如我的家乡浙南地区流传的罗隐故事,就有罗隐之腿埋于园中生长出柑树的情节[①]。同时,文学作品中也常以此种幻想形式来淡化死亡的悲剧气氛,给故事的结局增加一些亮色。如《古诗为焦仲卿妻作》写焦、刘相继自绝后,"两家求合葬,合葬华山傍。东西植松柏,左右种梧桐。枝枝相覆盖,叶叶相交通。

① 《中国民间文学集成·乐清县故事卷》中记载了一些罗隐故事。乐清县民间文学集成办公室编,1989 年。

中有双飞鸟，自名为鸳鸯。仰头相向鸣，夜夜达五更”[①]，是说焦刘之魂化为鸳鸯。《搜神记》中《韩凭妻》故事结尾，写宋康王将韩凭与其妻分葬两冢，欲使其死后不能相合，但“宿昔之间，便有大梓木生于二冢之端，旬日而大盈抱，屈体相就，根交于下，枝错于上。又有鸳鸯，雌雄各一，恒栖树上，晨夕不去，交颈悲鸣，音声感人”[②]。小说作者说当地人称大梓木为相思树，认为鸳鸯是韩凭夫妇的精魂。另一脍炙人口的浪漫情节即是《梁山伯与祝英台》故事中梁祝死后化为美丽的蝴蝶的情节。凡此种种传说与文学幻想，其渊源都可以追溯到原始神话灵魂化为异物的观念。

但是，《山海经》等书所记载的古代神话，表现得更多的是希冀长生不死的主题，它是后来道教神仙思想及文学中游仙主题的共同渊源。原始性的不死幻想是向遥远的空间和悠远的时间这样两个方向生长的，认为这两个方向都存在过或存在着长生或不死的人群。《山海经·海外南经》记载：“不死民在其东（交胫国之东），其为人黑色，寿，不死。”[③]又其书《大荒南经》：“有不死之国，阿姓，甘木是食。”郭璞注曰：“甘木即不死树，食之不老。”毕沅注：“此似释《海外南经》不死民也。”[④]说明《山海经》时代的人们，相信有不死之民的存在。屈原《天问》记载了当时流传关于长生不死以及“不死之所”的神话，并有所疑问：“何所不死，长人何守？靡蓱九衢，枲华安居？一蛇吞象，厥大何如？黑水玄趾，三危安在？延年不死，寿何所止？”[⑤]王逸注引《括地象》：“有不死之国。”[⑥]《淮

① 《汉诗》卷一〇，逯钦立辑校《先秦汉魏晋南北朝诗》，中华书局，1983 年，上册，第 286 页。

② 干宝《搜神记》卷一一，汪绍楹校注，中华书局，1979 年，第 142 页。

③ 《山海经》卷六，郭璞注，毕沅校，上海古籍出版社“诸子百家丛书本”，1989 年，第 81 页。

④ 《山海经》卷一五，第 108 页。

⑤ 洪兴祖《楚辞补注·天问章句第三》，白化文等点校，中华书局，1983 年，第 96 页。

⑥ 洪兴祖《楚辞补注》，第 95 页。

南子·时则训》记载:"西方之极,自昆仑绝流沙沉羽,西至三危之国,石城金室,饮气之民,不死之野。"[1]《吕氏春秋·求人》篇中也说禹为求贤人,曾"南至交阯、孙朴、续樠之国,丹粟、漆树、沸水、漂漂、九阳之山,羽人、裸民之处,不死之乡"[2]。可证明先民中曾广泛流传着不死之国的神话。袁珂先生曾对此作过论述[3]。至于屈原《远游》中"仍羽人于丹丘兮,留不死之旧乡"[4],则是空间与时间两个方向的不死幻想的叠合,对此下面还要具体分析。丹丘在后世文学中一直作为仙境名称及学仙者的名字,如孙绰《游天台山赋》:"仍羽人于丹丘,寻不死之福庭。"[5]李白《西岳云台歌送丹丘子》:"白帝金精运元气,石作莲花金作台。云台阁道连窈冥,中有不死丹丘生。"[6]这些关于不死之民、不死之国的神话传说,应该追溯到原始的时代。

除了认为存在着不死的国度这种幻想外,还认为存在不死之树、不老之泉以及种种可致长寿不死之具。如《淮南子·墬形训》记载:"掘昆仑虚以下地,中有增城九重,其高万一千里百一十四步二尺六寸,上有木禾,其修五寻,珠树、玉树、琁树、不死树在其西。"[7]又云:"疏圃之池,浸之黄水,黄水三周复其原,是谓丹水,饮之不死。"[8]又云:"昆仑之丘,或上倍之,是谓凉风之山,登之而不死。"[9]郭璞注《山海经》"不死民"条亦云:"有员丘山,上有不死树,

---

① 《淮南子》卷五,《诸子集成》第7册,上海书店,1986年,第84页。

② 《吕氏春秋》卷二二,《诸子集成》第6册,第292页。

③ 袁珂《山海经校注》,上海古籍出版社,1980年,第196页;《中国神话通论》"长寿国"部分,第281—284页。

④ 洪兴祖《楚辞补注》,第167页。

⑤ 《全晋文》卷六一,严可均辑《全上古三代秦汉三国六朝文》第2册,第1806页。

⑥ 《李太白全集》卷七,王琦注,中华书局,1977年,第381页。

⑦ 《淮南子》卷四,《诸子集成》第7册,第56页。

⑧ 《淮南子》卷四,《诸子集成》第7册,第57页。

⑨ 《淮南子》卷四,《诸子集成》第7册,第57页。

食之乃寿；亦有赤泉，饮之不老。”[①]《山海经·海外西经》中更记载白民之国有乘黄，乘之寿二千，《海内北经》称犬戎国有文马，乘之寿千岁，可知后来楚辞汉赋中游仙者以奇异神物为坐骑、随从，本身就有致长寿、成仙的功用，其观念可追溯至此。汉郊祀歌辞《日出入》中“訾黄其何不徕下”[②]的“訾黄”，也正是传说中像“乘黄”之类的神骑，乘之可致长寿或升天。

为了证明永恒生命的存在，先民们充分发挥了他们的空间想象能力，更增加了他们探寻未知空间的兴趣，在不能到达的地方，则以幻想代之。就这样，形成了先民那种带有神奇虚幻色彩的地理观念和地理、博物的学问。不死之国、之乡及其他能够使人不死的奇异物类，甚至构成早期地理及国度知识的重要部分，也是中国古代博物学的发源。《山海经》《穆天子传》《淮南子·墬形训》等著作就是这种最早的地理学、博物学的总结性文献。后来汉魏晋时代有博物述异著作，仍然接续着这个传统。可见这种原始不死意识的创造物影响之深远。

另外，最早的游览观念也与先民寻求不死国土、不死之药的动机相联系。在山水审美观念成熟之前，隐逸高士们游览山水的活动，仍是以求仙访道为主要动机，连阮籍、嵇康的经游山水，也可以作如是观。事实上，后世的一些叙游的诗赋作品中，如谢灵运、李白的山水诗，也常将山水之游引向神仙的向往，山水诗与游仙诗常常难以完全分开。这种意识也可以追溯到原始神话。而中国古代的地理学家，如郦道元、徐霞客，常常同时具有方外之士的色彩。可见我国古代的地理、博物、旅游等文化的发生，是与先民寻求长生不死的动机联系在一起的。而我国古代文学作品的空间意识，也正渊源于神话，具有虚实相济的

① 《山海经》卷六，第81页。

② 《汉诗》卷四，逯钦立辑校《先秦汉魏晋南北朝诗》上册，第150页。

特点。

长生不死的幻想还寄托在时间方向上。在先民中流传着古有不死之民或上古之民长寿的神话。成于战国秦汉时期的《黄帝内经》在其开篇《上古天真论篇》中就提出上古之人长寿的观点,并认为上古真人不死①。《左传》昭公二十年记载齐景公饮酒乐甚,忽然乐极生感,忧惧死亡之事,慨叹说:"古而无死,其乐若何!"②景公的话并非他个人的幻想,而是受到上古"不死之民"神话的影响。《楚辞·远游》有云:"仍羽人于丹丘兮,留不死之旧乡。"称不死之处为"旧乡",是很耐人寻味的一个词,它包含着这样一种意识:人类原本有不死之乡,上古之人曾生活在那样的仙乡乐土中,但后来不知因何种原因离开那里,遭遇到死亡的命运,所以屈原幻想能回到那"不死之旧乡"。在这里,时间方向和空间方向的两种不死幻想的形式叠合起来了。这是非理性生命意识所产生的一种奇特的时空观。在生命的永恒中,时间其实停留住了,或者说流动得十分缓慢。在后来的游仙文学中常常可以看到这种奇特的超越历史的时空观,如屈原在《离骚》中写自己上下求索、与古圣贤名女相晤的情节,就是这方面的一个例证。司马相如《大人赋》中也有"历唐尧于崇山兮,过虞舜于九疑"③的情节。这类游仙情节的潜在意识即是上古之民不死的幻想。在中国古代,上古圣皇长寿的传说,也曾一度被当作一种历史事实。晚清时期流行的蒙学读物《幼学琼林》卷首所附的古代帝王图,称"天皇氏兄弟十二人合一万八千岁","地皇氏兄弟十一人合一万八千岁","人皇氏兄弟九人合四万五千六百岁",其后如太昊"在位一百十五年",炎帝"在位一百四十年",唐尧"在位一百年,寿百八

---

① 王冰《重广补注黄帝内经素问》卷一,商务印书馆,1955年,第2页。

② 《春秋左传正义》卷四九,阮元校刻《十三经注疏》下册,中华书局影印本,1980年,第2094页。

③ 《全汉赋》,费振刚、胡双宝、宗明华辑校,北京大学出版社,1993年,第92页。

岁”,等等[①]。这正是古代圣王长寿甚至不死的原始神话的传承。人类原本不死或上古之民长寿的幻想,也存在于其他民族的神话中。如记载希伯来民族神话传说的《旧约》,认为亚当与夏娃原本可以永留在伊甸园中,那里还有生命之树,食其果实可以不死,但因为夏娃偷食禁果而被逐出伊甸园。然而最初的人类,即亚当和他的子孙们仍然是相当长寿的,如亚当活了九百三十岁,他的儿子塞特也活了九百一十二岁,其他后裔都七八百岁、五六百岁不等,就连洪水之后的挪亚和他的子孙,也仍然长寿逾数百岁[②]。这里充分表现了希伯来民族向时间方向寄托长生久寿愿望的幻想形式。

上古有不死之民或上古之民长寿的神话,促使了先民历史意识的发生,尽管这种历史意识带有虚幻的特点。同时,这种幻想是与先民对人类“黄金时代”的缅怀情绪联系在一起的,反映了原始社会后期、奴隶社会时期随着贫富分化、阶级的产生而引起的现实的恶化。这种幻想其实包含着这样的意识:是现实的恶化和人类自身的道德衰败促使人类寿命的缩短,乃至严重到使人类失去了伊甸园或“不死之旧乡”。《山海经》中靠近不死国的君子国也是一个长寿的国度,就是因为那里的君子有很好的道德仪礼。从这里我们可以看到,先民们已经将对生命问题的思考与现实问题、道德问题联系起来了。后来儒家的“仁者寿”的思想,多少与这种意识相关。而道教方面,更是直接将长生与得道联系在一起。如李白的神仙思想中就有这方面意识,其《览镜书怀》:“得道无古今,失道还衰老。自笑镜中人,白发如霜草。扪心空叹息,问影何枯槁。桃李竟何言?终成南山皓。”[③]因得道而长生,因失道

---

① 《新增绘图幼学琼林故事》,程允升原著,邹圣脉增补,浙江绍兴奎照楼同治刊本,第一册,第5页。

② 《新旧约全书》,南京中国基督教协会印发,1994年。

③ 《李太白全集》卷二四,王琦注,第1127页。

而衰老。这个"道",不仅是一种修仙之术,同时也是一种道德境界。从原始神话中,我们寻找到道教得道成仙意识的渊源。由此可见,迄今仍为民间信条的"好人长寿",更多地表现为一种信念甚至信仰的性质。当然,在中国古代,人们也曾无数次因好人夭折而质疑这种天道诱善、仁者寿的观念。同时,这种得道而生、失道而死的意识,有时也会转化为一种批判现实的主题。中国古代文学中的生命主题,就其积极方面来看,常与对现实的忧患意识甚至批判现实的精神联系在一起。现在我们从神话中看到了它的渊源。

上面所论述的,主要是作为先民非理性生命观成果的长生不死观念和幻想的早期形态,它是后世文学表现幻想的、非理性生命愿望的渊源。从这里也可以证明,神话确是后世文学的渊薮。但是,我们不应该将神话中的长生不死观念按后世道教神仙理论那样狭隘地去理解,原始人表现其非理性生命观念,绝非神学的而是充满诗性幻想的。神学与诗性幻想的区别在于前者需要唯心的思辨和论证,而后者是直觉的。正因为这样,我们不能将全部神话所表现的生命意识简单地归结为长生不死这样一种观念。事实上,神话几乎是在全体上表现生命幻想的,即所有神话,都可看作是对生命这一重大主题的表现。从这个角度我们可以说,文学起源于人类表现自身的生命意识——幻想、愿望之必要。

从神话中可以看到,先民对生命的幻想,充满了神奇怪诞的色彩,表现了文明时代所少有的狂放不羁的想象力。它的一个显著的特点是,此时的人们,由于对人类作为一个类别的真相之认识的缺乏,所以难以直接地反省自身以形成对人类的普遍认识。因此,神话中反映出来的"人类",是一个并不明确甚至相当混沌的类群,常在人神或人兽交糅之中。《山海经》中,人与神及兽乃至一般的事物,都没有明显的界分,而人的五官肢体,也是可以随意添减的,因此出现了《山海经》中所记载的那些神奇怪诞的国土和人种，如羽民国、鹳头国、贯胸国、交胫国、长股民、无脊民等等千奇百怪的人类[①]。他们不仅形体不同于“常人”，其禀赋也是奇异怪诞的。而刑天被帝断首后“以乳为目，以脐为口，操干戚以舞”的神话，我们习惯地认为是表现强烈的反抗精神。至于作为人类的对象化的神，则从来就是人类生命体的一种延伸，《山海经》中的诸神形象与后世的神仙、神话形象的最大不同，在于其与各种生物形象的混合，乃至与非生物的形象相杂，如神“招英”，其状马身而人面，虎文而鸟翼；神“陆吾”，其状虎身而九尾，人面而虎爪。对此，现代神话研究学者多从图腾的角度加以解释[②]。这样理解当然可以，但从上面所论可知，能产生这种幻想，正是因为神话时代的人们对人类自身的形体的认识还处于模糊阶段，对于生命体充满了幻想。原始人对于自己部落之外的人类，可以说是既无知又充满好奇心，所以他们的“人类学”知识，也像他们的历史、地理知识一样，充满了怪诞色彩。但是其意义并不止于此，它实际上也表现了原始人超越自身生命形体局限的愿望。这种愿望可以说是人类所固有的，但文明时代的人类为清晰、理性的人类概念所规范，无法发生那样的幻想，只能将之寄托于机械和科技之发展。而原始人则直接寄之于对生命形体的幻想，因而他们意识中的生命形体是多种多样、变化神奇的，这些正是后世神仙幻想、神佛变相化身的渊薮。

神话时代的人们相信存在着具有超越死亡等非凡禀赋的个人，因此，他们不像文明人那样被自身的生命形体紧紧地束缚住，在缺少生命幻想的情形下陷入深深的焦虑感中。生命是短暂的，并且形体所具有的能力又是那样的有限，人类长久地处于这样的

---

① 袁珂《中国神话通论·异形国和异禀国》，第284—288页。

② 参见李岩《〈山海经〉与古代社会》第五章《〈山经〉中的第二和第三类神》，文化艺术出版社，1999年，第99—105页。

焦虑中,是因为我们早已失去了先民不为形体所限、很自由地超越形体的幻想能力。而在神话中这种焦虑、忧郁的情绪是很难看到的。所以,长生不死只是神话时代的人们诸多生命幻想之一种,而且它本身在形式上的多姿多彩,也非后世道教徒的长生幻想、神仙方术所能媲美。

三、"夸父逐日"系列:超越时间的幻想

《山海经》为中国古代神话之渊薮。班固《汉书·艺文志》著录"《山海经》十三篇",列于方技类的"形法"之中,未著作者名[①]。古人的一种说法,认为《山海经》源于禹的时代,晋宋之际宗炳《明佛论》云:"伯益述《山海》,天毒之国,偎人而爱人。"[②]宗炳是佛教徒,所以认为《山海经》中有受佛教影响的地方。毕沅《山海经新校正序》云:"《山海经》作于禹益,述于周秦,其学行于汉,明于晋,而知之者魏郦道元也。五藏山经三十四篇,实是禹书。禹与伯益主名山川,定其祭祀。其事见于《夏书·禹贡》、《尔雅·释地》。"[③]毕氏的说法最符合此书的实际情形。"主名山川,定其祭祀"正是《山海经》的基本内容,其中述及神灵异物及其祭祀之法,也是题中应有之义。

"夸父逐日"的神话见于《山海经》的《海外北经》和《大荒北经》,两处文有小异:

> 夸父与日逐走,入日;渴,欲得饮,饮于河、渭;河、渭不足,北饮大泽。未至,道渴而死。弃其杖,化为邓林。(《海外

① 《汉书》卷三〇,中华书局,1962年,第3册,第1775页。

② 僧祐《弘明集》卷二,上海古籍出版社,1991年影印本,第13页。

③ 《山海经》,郭璞注,毕沅校,上海古籍出版社,1989年据浙江书局底本影印,第1页。

北经》)[①]

大荒之中,有山名曰成都载天。有人珥两黄蛇,把两黄蛇,名曰夸父。后土生信,信生夸父。夸父不量力,欲追日景,逮之于禺谷。将饮河而不足也,将走大泽,未至,死于此。(《大荒北经》)[②]

神话是先民意志和愿望的表现,所以每个神话故事都应有它的意义,也就是表现于这一幻想形式中的意志和愿望。那么,夸父逐日这一流传上古的神话故事,其意义又是什么呢?袁珂的《中国神话通论》是这样解释的:

这个宏伟壮丽的神话,它的意义安在呢?自然,我们得承认,我们今天的探索未必符合古人的构想,但也不是不可以探索。或者言人各殊,都是神话的新解,就让它是新解也好。例如有人说夸父追日,是象征对王权的夺取,"日"所象征的就是王权。又有人说,夸父追日,目的是为了像普洛米修斯那样的去盗取天上的神火,他手里拄的杖就是点火的枝。还有其他一些说法,都各有所见,不无道理。而据我理解,则勿宁说是夸父对光明和真理的追求,无论他怎样快步奔跑,发展的真理总还是行走在他的前面,他只能接近真理,却永远也无法牢牢捕捉真理。黄河、渭水乃至大泽的水源,无非都是表示探求真理所需要的大量知识。巨人感到口渴,虽竭河、渭还不能满足探求真理所需具有的知识。他死在奔往大泽的中途了,他没有达到探求真理的目的。然而他仍将手里的拄杖,弃而化为桃林,给世世代代追踪他的足迹而来的光明和真理的寻求者解除口渴。神话向我们展示了一个

① 《山海经》卷八,第86页。

② 《山海经》卷一七,第115页。

> 巨大悲剧中涵藏的宏丽的图景：他鼓舞着我们为此献身的斗志，继世而起，嘤鸣相呼，前行不息。[①]

诚如袁珂先生所说，今人探求所得的神话故事的意义，未必符合古人的构想，所以笔者从神话反映先民生命意识这一角度出发，为"夸父逐日"的故事再添一新解：这一神话表现了先民生命意识的强烈觉醒，反映了他们幻想通过超越时间而得以超越生命短暂的愿望——这是一种十分大胆、奇特的超越。

原始人意识到死亡是人类的普遍命运之后，一定会大大深化对时间的认识，可见生命意识是时间概念发生的原因之一，而具体的时间标志则来自对自然现象的观察，日月运行应是原始人最早的时间标志。所以早在神话时代，日与时间的关系就已经明确了。《山海经・大荒南经》载羲和生十日的故事："东南海之外，甘水之间，有羲和之国。有女子名曰羲和，方日浴于甘渊。羲和者，帝俊之妻，生十日。"[②]后来郭璞注云："羲和盖天地始生，主日月者也。"又云："故尧因此而立羲和之官，以主四时。"[③]羲和是生育日的神，又是主时之官，可见在先民意识中，日即时间，两者是完全叠合的。由此可知夸父追日，正是在追赶着时间，希望能够超过它，也就能够超越死亡。因为无论衰老还是死亡，都是时间带给人们的不祥之物，超过了时间，也就将它们远远地抛在背后。这种强烈的愿望终于凝生为夸父逐日的幻想，但这个幻想又很快被先民自己否定了。这里表现了先民生命意识中理性与非理性两方面的强烈冲突：夸父企图超越死亡，可最终逃脱不了死亡的命运。于是生命的理性扮演判官的角色，冷嘲他"不量力，欲追日景"，非理性的生命幻想又一次破灭，先民们又向理性生命观前进

---

① 袁珂《中国神话通论》，第 101 页。
② 《山海经》卷一六，第 110 页。
③ 《山海经》卷一五，第 109 页。

了一步。

夸父之所以敢于追日，是因为先民心目中的“日”，并非总是高悬天宇，而是有所止泊，从大地某处升起，并归息于另一处所，其运行的程途道里皆可计数。《淮南子·天文训》对日的运行程途有很详细的描述，其大略云：“日出于旸谷，浴于咸池，拂于扶桑，是谓晨明；登于扶桑，爰始将行……至于虞渊，是谓黄昏；至于蒙谷，是谓定昏。日入于虞渊之汜，曙于蒙谷之浦，行九州七舍，有五亿万七千三百九里。”[①]这里所构造的时间体系，比神话时代发达多了，但其最初的构想是来自神话时代的。“夸父逐日”肯定是沿着类似于上述这样的路线进发的。正因为先民幻想有这样的路线，夸父才会发生逐日壮举。

“夸父逐日”的神话并非独一无二，在屈原的《离骚》中我们还可以看到一种类似的幻想行为，屈原在向重华（舜）陈辞之后，内心暂时得以平衡，于是开始神游天界，到了日出之处：

> 驷玉虬以椉鹥兮，溘埃风余上征。朝发轫于苍梧兮，夕余至乎县圃；欲少留此灵琐兮，日忽忽其将暮。吾令羲和弭节兮，望崦嵫而勿迫；路曼曼其修远兮，吾将上下而求索。饮余马于咸池兮，总余辔乎扶桑；折若木以拂日兮，聊逍遥以相羊。[②]

屈原因为有玉虬和鹥这样非凡的坐骑，其天路旅行变得十分迅速，朝发苍梧，夕至县圃。但他因为所负使命的重大，仍然痛感时光之迅逝。这是屈原最基本的生命情绪，理想的追求与短暂的人生之矛盾，在《离骚》中反复出现，于是产生了令羲和弭节缓征的幻想，试图控制日即时间的运行速度。但仅此还不满足，诗人更大胆地想象自己饮马于浴日之咸池，结辔于日所栖宿的扶桑，并

① 《淮南子》卷三，《诸子集成》第7册，第44—45页。

② 洪兴祖《楚辞补注》，第25—28页。

折若木之枝，拂日以为嬉戏。这些幻想行为淋漓尽致地表现了屈原因痛感生命短暂而产生的把握住时间之根、自由驾驭时间的愿望。于是，在神话中失败了的逐日理想，在诗人的幻想中成功地实现了。

在《淮南子·览冥训》中还记载着这样一个神话故事：

> 鲁阳公与韩构难，战酣日暮，援戈而㧑之，日为之反三舍。①

这个故事所含的幻想力当然不能与夸父逐日和《离骚》若木拂日相比，但同样表现了人类希望自由地驾驭时间、扼住日运这一时间之根的梦想。

生命主题与时间性意象直接相关，而“日”则是其核心意象，虽然神话式的表现不可能被后世文学家所直接继承，但后世文学却一直在缅怀神话中出现的伟迹，因为它表现了最为奔放不羁的幻想力。《汉郊祀歌》中《日出入》一诗，就是直接用“日”来抒发生命情绪的作品：

> 日出入安穷？时世不与人同。故春非我春，夏非我夏，秋非我秋，冬非我冬。泊如四海之池，遍观是耶谓何！吾知所乐，独乐六龙，六龙之调，使我心若。訾黄其何不徕下。②

这里所表现的仍是神话式的幻想，因为武帝时求仙迎神之风盛极，诗人的幻想力因而得以膨胀。诗人想象日所出入之处，认为那里的春夏秋冬与我们人间的春夏秋冬不一样，是另一种时间，故云“时世不与人同”。诗人幻想能乘上六龙之日车，升腾到日所出入处。这再次表现了人类希望扼住时间之根的幻想。

但随着文明与理性的进一步发展，天宇与人寰的距离越来越遥远了，人们只有举头望日，听凭日出日落的一次次重复，将人带

---

① 《淮南子》卷六，《诸子集成》第 7 册，第 89 页。

② 《汉诗》卷四，逯钦立辑校《先秦汉魏晋南北朝诗》上册，第 150 页。

向衰老并逼近死亡，这使诗人们产生了对神话的强烈缅怀："年岁晚暮时已斜，安得壮士翻日车。"（东汉李尤《九曲歌》）[①]"短生旅长世，恒觉白日欹。览镜睨颓容，华颜岂久期。苟无回戈术，坐观落崦嵫。"（谢灵运《豫章行》）[②]这种缅怀从一个角度证明：神话的幻想是后世文学创作幻想的渊源。而在中古文学中，日月运行成了表现生命主题的重要意象，其渊源也可追溯到神话，当然，大部分的表现都已失去了神话的幻想形式。

时间始终是人类文化的一个永恒性主题，不仅在文学中，时间构成文学表现事物与人物的一个重要维度，而且时间的本质也是哲学的重要的主题。原始思维中的时间主题，在后世的文学中常有较强的回响。随着科学上对时间的物理性质的研究深入，尤其是光速、超光速，以及爱因斯坦相对论的出现，时间与空间的相通本质被人们所认识。除了时间相对论外，空间相对的原理也被揭示。文艺作品借助这些科学的知识，再次刺激出原始思维中对时间与空间的奇异幻想，创造了诸如"超人"的形象，再次回应了原始时代的种种超越时间与空间的奇异想象。

原始思维及其所形成的生命意象、所体现的生命意识，其局部的影响其实是伴随着迄今为止的人类整个意识发展进程，其中有一些也是根植于人性深处。所以，研究原始生命意识及其文化事实，仍是一个具有现实性的课题。

四、西王母故事及其余衍：面向异域的生命幻想

西王母的记载，见于《山海经·西山经》的"西次三经"。这一

---

① 《汉诗》卷五，逯钦立辑校《先秦汉魏晋南北朝诗》上册，第174页。

② 《宋诗》卷二，逯钦立辑校《先秦汉魏晋南北朝诗》中册，第1149页。

系的山,如不周之山、槐江之山、昆仑之丘,都是神物居住的地方,也是天帝在下界的治所。如槐江之山:

> 又西三百二十里,曰槐江之山。丘时之水出焉,而北流注于泑水,其中多蠃母,上多青雄黄,多藏琅玕黄金玉。其阳多丹粟,其阴多采黄金银。实惟帝之平圃。神英招司之。其状马身而人面,虎文而鸟翼,徇于四海。其音如榴。南望昆仑,其光熊熊,其气魂魂。[①]
>
> 西南四百里,曰昆仑之丘。是实惟帝之下都。神陆吾司之。其神状虎身而九尾,人面而虎爪。是神也,司天之九部及帝之囿时。[②]

所谓平圃,应作"元圃",或"玄圃"。陶渊明《读山海经》诗即谓:"迢递槐江岭,是谓玄圃丘。"[③]这即是学者所说的昆仑神话传说。它应该是一种十分古老并且流传悠久的神话,即天帝在下界有一个类似于君主都城的治所,交由像神英司、神陆吾、神长乘(流沙至于蠃母之山)、白帝少昊(长留之山)这些神来管理,各有职司。如神英司还徇于四海,管理下民。其中后世流传最广的西王母,居于玉山,也是属于这个古老的昆仑神话系统中的诸神之一:

> 又西三百五十里,曰玉山。是西王母所居也。西王母其状如人,豹尾虎齿而善啸,蓬发戴胜,是司天之厉及五残。[④]

所谓"司天之厉及五残",郭璞注曰:"主知灾厉五刑残杀之气也。"[⑤]又《大荒西经》也有关于西王母的记载,情节与《西山经》稍异:

---

① 《山海经》卷二,第26页。

② 《山海经》卷二,第27页。

③ 《陶渊明集》,逯钦立校注,中华书局,1979年,第134页。

④ 《山海经》卷二,第28页。

⑤ 《山海经》卷二,第28页。

昆仑之丘有神，人面虎身，有文有尾，皆白。处之，其下有弱水之渊环之。其外为炎火之山，投物辄然。有人戴胜，虎齿，有豹尾，穴处，名曰西王母。[①]

这里的神与西王母是昆仑山的两种人物，西王母是人的身份。但他显然是一种异人，或者说是仙人之类。后来司马相如《大人赋》写到这个西王母："登阆风而遥集兮，亢鸟腾而壹止。低回阴山翔以纡曲兮，吾乃今日睹西王母。暠然白首戴胜而穴处兮，亦幸有三足乌为之使。必长生若此而不死兮，虽济万世不足以喜。"[②]可见在汉代人看来，西王母仍是神仙之类。所谓穴处，大概类似于后世神仙家所说静守其神、养气炼真之流。正因这个原因，帝使三青鸟为之供食，见《山海经·海内北经》：

西王母梯几而戴胜杖，其南有三青鸟，为西王母取食。[③]

"三青鸟"又见于《西山经》：

又西二百二十里，曰三危之山。三青鸟居之。[④]

后来李商隐的名句："蓬山此去无多路，青鸟殷勤为探看"[⑤]，即是用此典故，但将昆仑说成蓬山，则是将昆仑、蓬莱两个神话系统合而用之。

西王母的故事，在先秦时代还有一个史诗式的演绎，那就是《穆天子传》所记的周穆王会见西王母的故事。《史记·赵世家》载："造父幸于周缪王。造父取骥之乘匹，与桃林盗骊、骅骝、绿耳，献之缪王。缪王使造父御，西巡狩，见西王母，乐之忘归。"[⑥]穆

---

① 《山海经》卷一六，第112页。
② 《全汉赋》，费振刚、胡双宝、宗明华辑校，北京大学出版社，1993年，第92页。
③ 《山海经》卷一二，第94页。
④ 《山海经》卷二，第29页。
⑤ 刘学锴、余恕诚《李商隐诗歌集解》，中华书局，1988年，第4册，第1461页。
⑥ 《史记》卷四三，中华书局，1982年，第6册，第1779页。

王之所以能远至西极,是因“日驰千里马”[1]。巡狩是古代帝王的行为,秦始皇、汉武帝都曾巡狩。它应该是一种古老的制度。在远古时代,朝贡与巡狩是一个广大疆域的统治者对于王畿之外的部落实行统治的两种基本方式。《史记·五帝本纪》载尧帝“五岁一巡狩,群后四朝”[2]。《山海经》一书,其中的内容,至少有一部分,应该是属于夏代巡狩的成果,即毕沅所说的“禹与伯益主名山川,定其祭祀”[3]。《穆天子传》本身并非神话,其记载天子与西王母相会,好像并非神人相会。但穆天子之所以能够到达昆仑之丘、群玉之山以及“西王母之邦”,根据书中的说法,是河宗氏即河伯传天帝之命:

> 天子授河宗璧。河宗伯夭受璧,西向沉璧于河,再拜稽首祝。沉牛马豕羊。河宗□命于皇天子。河伯号之。帝曰:穆满,女当永致用旹事。南向再拜,河宗又号之。帝曰:穆满:示汝春山之瑶。诏女昆仑□舍四平泉七十。乃至于昆仑之丘,以观春山之瑶。赐语晦。天子受命,南向再拜。[4]

这是一件巫祝降神的事。可见穆王能入传说中天帝下都的昆仑,是得到上帝的恩允的。这就使整个故事笼罩着一种神秘奇异的色彩。实际上穆王之游,是他根据古老的昆仑传说而进行的求仙行为,与后来秦始皇、汉武帝巡狩天下,远赴海上求仙是一样的行为。或者说,秦皇、汉武正是模仿传说中的穆王见西王母的故事,而大肆巡狩,以治天下,同时寻求神仙。但他们的方向已不是西北的昆仑,而是东方的海上,即燕齐方士所创设的蓬莱、方壶、员峤的海上仙山的神话。由此推测,西晋时汲冢所出的《穆天

① 《史记》卷四三,第6册,第1779页。
② 《史记》卷一,第1册,第24页。
③ 《山海经》,郭璞注、毕沅校,第1页。
④ 《穆天子传》卷一,郭璞注,上海古籍出版社“诸子百家丛书本”,1990年,第4页。

子传》，正是方士们看到当时君王求仙风盛，根据穆王西巡见西王母的传说创作的。“其事虽不典，其文甚古”[1]，当是战国术士所为。

穆天子在西极的进路，与《山海经》所述基本相近。他首先登上昆仑之丘：

> □之人居虑，献酒百□于天子。天子已饮而行。遂宿于昆仑之阿，赤水之阳。爰有鹎鸟之山。□吉日辛酉，天子升于昆仑之丘，以观黄帝之宫。而丰□隆之葬。[2]

游于春山、悬圃：

> 天子北升于春山之上，以望四野。曰春山，是谓天下之高山也。孳木□华畏雪。天子于是取孳木华之实，曰：春山之泽，清水出泉。温和无风，飞鸟百兽之所饮食，先王所谓县圃。[3]

至于群玉之山：

> 至于群玉之山。容□氏所守，曰：群玉田山。□知阿平无险，四彻中绳，先王之所谓策府。[4]

“癸亥，至于西王母之邦”：

> 吉日甲子，天子宾于西王母。乃执白圭玄璧以见西王母。好献锦组百纯，□组三百纯。西王母再拜受之。□乙丑，天子觞西王母于瑶池之上。西王母为天子谣曰：“白云在天，山陵自出。道里悠远，山川间之。将之无死，尚能复来。”天子答之曰：“予归东土，和治诸夏。万民平均，吾顾见汝。

---

① 王渐《穆天子传序》，《穆天子传》，第1页。
② 《穆天子传》卷二，第6页。
③ 《穆天子传》卷二，第6—7页。
④ 《穆天子传》卷二，第8页。

比及三年,将复而野。"天子遂驱升于弇山,乃纪丌迹于弇山之石,而树之槐,眉曰"西王母之山"。西王母之山。还归丌□。世民作忧,以吟曰:"比徂西土,爰居其野。虎豹为群,于鹊与处。嘉命不迁我惟帝,天子大命而不可称顾。世民之恩,流涕芔陨。吹笙鼓簧,中心翔翔,世民之子,唯天之望。"[①]

上述记载的穆王巡游西域方位的路线,与《山海经》所述是可以相对应的。显然,穆王是在追寻先王传说中作为帝之下都的县圃,书中所说的"先王所谓县圃""先王所谓策府",正说明这一点。这应该是最古老的"天庭""帝所"的传说,但比道教中的"天庭"距离人间要近得多,是人间帝王能够进入的。可见昆仑神话流传之早,至少在夏商时代。据此可见,穆王所进入的西王母之邦,是一个传说的神仙国度。而这位西王母,也就是《山海经》中的那个西王母,其实是一位神人。据《淮南子·览冥训》记载:"羿请不死之药于西王母,姮娥窃以奔月。"[②]《竹书纪年》载:"九年,西王母来朝。""西王母来朝,献白环、玉玦。"[③]《大戴礼记·少间》篇载:"昔虞舜以天德嗣尧……西王母来献其白琯。"[④]又徐幹《中论》也说舜受终帝尧时,"西王母来献白环"[⑤]。则此传说之久,可以见矣。后来学者根据"西王母之邦"这个说法,将其解释为一个西方的国族,则是对神话的理性处理,其实西王母神话是不能完全还原为一种国族的事实的。

穆王不但亲自进入了传说中的昆仑神界,并真的见到传说中的神人西王母。王母的歌谣说,希望穆王不死而复来。至于希望他什么时候来,她没有说,言外之意,是不管穆王何时到来,王母

① 《穆天子传》卷三,第10页。
② 《淮南子》卷六,《诸子集成》第7册,第98页。
③ 王国维《今本竹书纪年疏证》,黄永年点校,辽宁教育出版社,1997年,第46页。
④ 王聘珍《大戴礼记解诂》卷一一,王文锦点校,中华书局,1983年,第216页。
⑤ 徐幹《中论》,徐湘霖校注,巴蜀书社,2000年,第146页。

都在此等候。其中所暗藏的情理，是王母是一个不死的神仙。而悬圃玉山（瑶池），也因为是帝之下都，自然是不死之乡。穆王显然也深知此处不同于巡狩的别的地方，是一个帝乡，所以才说回去治理诸夏，三年复返。穆王的整个西游，目的就是寻找此悬圃、瑶池之地。故事中的他，是寻找到了，但又轻易放弃了。这让我们想起陶渊明《桃花源记》中的那个渔人，率尔闯入异境，但又轻易地放弃，等到重返来寻时，已经邈然不知其所在了。从这个意义上讲，《穆天子传》讲述了远古帝王寻求神仙与不死之乡的故事。如果将之与后来秦皇、汉武的求仙行为联系起来，就更容易理解了。

从后羿请不死之药于西王母，穆王宾于西王母这些故事，可以推想古代帝王与西王母相见，是一种古老的传说。这个传说系列中的最后一个，就是我们下文要说到的《汉孝武故事》《汉武内传》中汉武帝与西王母相会的故事，它已经完全是小说家言了。《穆天子传》属于古小说之一种。古小说的重要内容之一，就是演述神话传说，其基本性质仍属群体创造，这一点鲁迅在《中国小说史略》中已予指出："志怪之作，庄子谓有《齐谐》，列子则称夷坚。然皆寓言，不可征信。《汉志》乃云出于稗官，然稗官者，职惟采集而非创作。'街谈巷语'自生于民间，固非一谁某之所独造也，探其本根，则亦犹他民族然，在于神话与传说。"[1]神话传说固生于民间，但从西王母故事来看，方士、术士的参与，上层统治者的"现身说法"，也是很重要的因素。就战国小说来说，以求仙为业的术士与以游说诸侯为业的策士这两类人，恐怕是主要的创作者。前者以《穆天子传》《汉武内传》为代表，后者以《燕丹子》为代表。中国古代小说之成立，大抵可推至于此。

西王母的神话，到了汉魏时代，不仅为神仙家所取材，并且成

---

① 鲁迅《中国小说史略》，人民文学出版社，1973 年，第 7 页。

为道术、法术及民间信仰的一部分。西汉哀帝建平四年,京师曾发生民众惊乱,群起持"西王母筹"奔走相告的事件,见于《汉书·哀帝纪》及同书《五行志》,以后者为详:

> 哀帝建平四年正月,民惊走,持稾或棷一枚,传相付与,曰行诏筹。道中相过逢多至千数,或被发徒践,或夜折关,或逾墙入,或乘车骑奔驰,以置驿传行,经历郡国二十六,至京师。其夏,京师郡国民聚会里巷仟佰,设张博具,歌舞祠西王母。又传书曰:"母告百姓,佩此书者不死。不信我言,视门枢下当有白发。"至秋止。[①]

这个事件反映了汉代民间西王母信仰的存在,与上层汉武帝周围方术之士炮制的王母下降正相呼应。汉代民间盛行各种祭祀活动,西王母信仰应该也是其中一种。同时,建平四年的这次民间传说王母下降,张博具歌舞祠西王母,应该是道教信仰的开端,早于后来的天师道、太平道。这背后当然有方士们的鼓动作用,只是因为没有出现很强的宗教组织,仅为一种民间的奔走。但这个事件典型地展示了道教信仰的民间基础。西王母从神话人物到神仙主角,再到道教的阿母、王母形象,这中间民间自发的西王母信仰,应该是一个重要的环节。总之,从神话到后世道教信仰及文学中的各种表现,都反映了西王母是中国文化的一种重要角色,反映了上古文化对后来文明的深刻影响。

即使将原始的《山海经》中的西王母神话排除在文学之外,西王母的形象与故事,也一直是文学的重要题材。司马相如根据《山海经》的叙说来塑造的西王母形象,是较早出现在文人笔下的西王母,保留了原始神话中质朴、带有一种野性的王母形象。西王母的形象与故事,在道教上清派的建构过程中,得到了一种贵

---

① 《汉书》卷二七《五行志》,中华书局,1962年,第5册,第1476页。

族式的美化，并为后来的文学作品所采用，在各种文学体裁中都有所表现，构成一部西王母主题或形象的文学史。

五、神话作为文学之源与想象之维的价值

神话作为文学的本质性表现，在于它与后世的文学一样，是人们情感与想象的产物，并同样是人类现实经验的产物。“神话的虚构，也像人类思想的其他一切表现形式一样，是以经验为基础的。”[①]从这一点来说，神话作为一种创作，与后世的文学创作没有本质的差别。中西古今有两种文学观，一种是我们今天所熟悉的作为语言艺术的文学观；一种中国古代着眼于文字进而演绎为以辞章为主的文学观。这两种文学观，都反映了文学的一部分事实。二者必须综合起来，才能获得文学及文学史之全体。从文学是语言艺术这一种观点出发，20 世纪的文学史家多将文学的起源溯至神话与原始歌谣。从这个意义上说，神话虽然不能被直接理解为一种文学，但是原始的文学，实即包括在神话之中。感性或说直觉，是文学的一种本质，充其极则为强烈的情感与无限的想象力。这两者在原始人的生命中有特殊的表现，即维柯《新科学》所说原始的各种“诗性”文化。神话无疑是最具“诗性”特点的一种创造。这种原始性、自然民族的“诗性”在后世并未绝迹，而是弱化或变化。而在文学领域，神话的思维方式一直存在着。在后世的文学创作中，仍有较多运用神话的思维方式来进行创作的作家。最早如屈原、庄子的拟神话，以李白、李贺、李商隐为代表的唐代诗人，则是神话的重新书写者，他们继续采用神话创造的思维方式来书写神话，并常常有所创新。比较典型的，如李白不仅

---

① ［英］爱德华·泰勒《原始文化》，连树声译，第 273 页。

重新演绎了《庄子》中的大鹏形象,而且构思出大鹏遇希有鸟这样情节。李贺的《李凭箜篌引》运用众多的神话情节,如果说前面的“湘娥啼竹素女愁”、“女娲炼石补天处,石破天惊逗秋雨”,还只是运用神话来夸张音乐的神奇效果,最后“梦入神山教神妪,老鱼跳波瘦蛟舞。吴质不眠倚桂树,露脚斜飞湿寒兔”[①],则是直接进入神话世界,进行新的情节创造。而小说与神话关系之密切,更是学者曾多方面阐述过的。

在小说领域,神话一直没离开过。志怪传奇小说,都具有浓厚的神话创作特点。文人在诗歌中运用神话,并且自我陶醉在一种神话的体验之中,亦非单纯冷静的隶事用典可以解释。尤其是后来的众多英雄传奇,都运用宗教原则,赋予英雄人物以原始神性,并且将其人生用一种神话的方式表现出来,介乎虚实之间。如《精忠说岳全传》,岳飞从出生到成就功业、遇害辞世,在现实的情节之外,始终笼罩着一条超现实的叙事脉络。其中主要人物都有神佛的前身,如岳飞为大鹏鸟,秦桧为铁背虬龙,兀术为赤须龙,在人的世界外复有一个神的世界存在,两者构成对应关系,并且故事是在神的世界与人的世界同时结束的。在古代通俗小说中,这几乎是一种基本的叙述模式。这种现实与超现实双重叙事情节的构造,其中超现实的情节脉络,就是一种神话的叙述方式。通俗小说的这种叙述方式,有一部分来自群体(说书人与民众共同创造)的集体无意识的想象成果,一部分则是个体小说作者模拟集体无意识中的神话创作方式。值得注意的是,诸如英雄传奇中超现实的神话情节,对于从前大多数读者来说,具有与现实情节一样的真实性与说服力。这一点,与原始神话被作为一种真正知识与真实故事来传播,在本质又是一样的。而对于知识程度较高的读者,比如现代读者来说,英雄传奇中的超现实、绾合了三教

① 《李长吉歌诗编年笺注》卷三,吴企明笺注,中华书局,2012年,上册,第330页。

故事的情节脉络，则是作为一种思想的形式与艺术的形象来欣赏把握，并且充分了解其虚构性。这里就有另一种审美效果的产生。回到原始神话时代，神话作为一种精神创造品被传播与消费时，其中主要的审美方式当然是以前者即将神话当作一种现实来接受，但也不能说完全没有对于神话的虚构性的自觉认识，即把神话当作故事来娱乐的情况。从这一点上说，我们又很难在原始神话与后来延续神话方式的文学创作之间，划出一条明显的界线。中国小说，即使是在今天的评论家看来最具现实文学、凡人文学特点的《红楼梦》，也仍然是在一种神话讲述的模式下进行的，并且直接追溯到女娲炼石补天的神话，对其进行巧妙而合理的再创造。补天所遗落的石头，化为通灵宝玉在人间历劫，为《红楼梦》这样一部描写凡人世界、叙述凡人故事的小说，笼罩上一种神秘的、先天的氛围。如果不从原始神话思维及佛教、道教的观念来讲，是无法真正了解其文本生成的原理的。其中又有一种不可言说的隐喻。小说的内容主要是取材于佛道两教，但也有不少原始神话的“遗留”。从这个意义上说，中国古代文学并不缺乏神话传统，反而具有太多的神话传统。

从文学情感论来说，神话展示出一种极为惊人的原始生命激情。中国古代的神话经典，传统认为是在氏族社会里产生的，但记录在封建时代的初期[①]。早期的神话讲述者，如屈原《天问》有“遂古之初，谁传道之”[②]，《淮南子·览冥训》讲述女娲故事时称“往古之时”[③]，而后世正统的历史序列中，则将这个时代称为三皇时代、盘古时代。所谓遂古之初、往古之时、盘古时代，正是我们所说的“神话时代”，它整体上是三代之前，至少是商周之前。也

---

① 参看中国社会科学院编著《中国文学史》、游国恩等主编《中国文学史》等书的相关叙述。

② 洪兴祖《楚辞补注·天问章句第三》，第 85 页。

③ 《淮南子》卷六《览冥训》，《诸子集成》第 7 册，第 95 页。

有学者将作为神话渊薮的《山海经》产生的时代称为“图腾制时代”,其社会形态则属于“大型原始文明”,已经超越中小型部落社会[①]。相对于后来的政教礼仪时代以及正统儒释道三教,神话中的人物,可以说具有一种原始英雄、异教人物的特点,并且常常人神不分、人兽相糅,其所表现出的激情与想象力,也是后世的政教礼仪和三教正统时代的文学所不具备的。从文学创造的角度来说,代表了宏伟风格与想象力的最高维度。中国古代神话中的每个人物,如填海的炎帝女化身精卫鸟、逐日的夸父、触不周山的共公,其人物形象与故事情节,都显示出泰勒所说的“人类想象力的无边创造力”[②]。对于神话的这种气质,即使后来的人类学家,也经常用诗的创造来形容,“我们称做诗的那种东西,对于他们来说是现实生活”[③],“为了全面地理解古代世界的神话,不只是需要一些论证的事实,而且也需要深刻的诗感”[④]。

从历史渊源的角度来说,神话作为人类童年时期的创造,以一种在后人看来是错讹、虚构的形象来表现先民的生命体验与生活经验,从本质上说是一种文学的创造。文学作品中经常表现出来的一种“不可理喻”的审美特质,即是神话思维的一种变化。所以,错讹与虚构,不仅是文学中常见的,而且是一种本质性的表现。

神话思维中的物活、万物有灵意识,是先民与宇宙自然建立起一种生命同构的形象创造。在文明时代的所有精神创造形式中,只有文学最接近神话的创造形式。后世诗人面向自然万物的比兴联想,是神话思维的一种延续与变化。泰勒在《原始文化·神话》中指出:“就连现代诗人,跟在思想之神话阶段上的非文明

---

① 李岩《〈山海经〉与古代社会》,第12页。

② [英]爱德华·泰勒《原始文化》,连树声译,第273页。

③ [英]爱德华·泰勒《原始文化》,连树声译,第298页。

④ [英]爱德华·泰勒《原始文化》,连树声译,第306页。

民族的智力状态，也有许多共同点。原始人的幻想可能是幼稚的、狭隘的、令人厌恶的，然而诗人的较为自觉的虚构可能是被赋予了惊人巧妙的美的形式。但是，它们两者在思想之现实性的感觉中却是相同的。"①

神话作为中国文学的源头与母体，是一个需要专门研究的问题。从中国文学史的发展来看，原始神话的诗性精神，在与后来社会生活及各种人文元素相交错杂之后，以一种原子裂变的方式膨张、蔓衍着。从这个意义上说，神话既是文学之母，也是文学之精。神话与后世文学的关系，甚至可以扩大为这样一种认识：文学本身，尤其是那种直接呈现生命境界的文学，是进入现实的、文明的、理性生命意识上升为主流的时代的人类，执着地继承神话时代精神活动方式的一种表现。文学，尤其是充分体现了人类想象与激情本质的生命境界的文学，就是一种广义的神话。

① ［英］爱德华·泰勒《原始文化》，连树声译，第314页。

第二章 《诗经》的生命观和生命主题

一、生命意识的发展与诗歌的发生

神话突出神的故事，人们对生命体的感觉处在一种混沌的、万物唯灵的状态中；而歌谣则显示更多的人性，它是人类抒情行为的产物。歌谣从一开始，就是在一种情感状态中咏叹生活中的人和故事。这即是歌谣的基本性质，它以抒发普通人的感情、讲述世俗生活的故事为主，与神话的超世与史诗的宏大叙事不同。与神话以神为主要表述对象亦即神的主题的文学不同，歌谣开启了人的主题的文学。所以，歌谣的发生，标志着人类生命意识的发展，实是世俗理性生命观发生的证据，也标志着人们所熟悉的日常生活化的抒情行为的发生。

诗歌发生的标志，是人们使用带有节奏感的音乐性的语言来抒发感情。中国古人最早对诗歌作出定义，如《尚书·尧典》："诗言志，歌永言，声依永，律和声。"[①]《毛诗大序》："诗者，志之所之也，在心为志，发言为诗。情动于中而形于言。言之不足，故嗟叹之；嗟叹之不足，故永歌之。永歌之不足，不知手之舞之，足之蹈之也。"[②]诗歌最原始的品质，在于用最简单的节奏形式来进行抒

---

① 《尚书正义》卷三，阮元校刻《十三经注疏》，中华书局，1980年，上册，第131页。

② 《毛诗正义》卷一，阮元校刻《十三经注疏》上册，第269—270页（以下所引，只注《毛诗正义》书名）。

情,造成一种审美的形式。格罗塞认为,"诗歌是为达到一种审美目的,而用有效的审美形式,来表示内心或外界现象的语言的表现",他强调原始诗歌的抒情本质,并说:"原始民族用以咏叹他们的悲伤和喜悦的歌谣,通常也不过是用节奏的规律和重复等等最简单的审美形式作这种简单的表现而已。"[①]《吴越春秋》所载善射者陈音所述传说为黄帝时代的《弹歌》"断竹,续竹,飞土,逐宍"[②],应该是比较接近原始狩猎歌谣的一首古歌,其突出的特点也在于语言节奏的运用。《吕氏春秋·音初》追溯四方歌谣的开端,其所讲述夏后孔甲养子斧伤其足的《破斧之歌》、涂山氏使女等候夏禹的《候人歌》、有娀二女的《燕燕之歌》,都是一种接近于原始歌谣形态的诗歌,其中《候人歌》的"候人兮猗",《燕燕之歌》的"燕燕于飞",都包含了曼声引唱的节奏艺术。诗歌艺术的产生条件在于人类语言的产生,它是语言的一种抒情的、审美的表现,所以凡有语言,即有诗歌。人类基于抒情与审美的需要来创作诗歌,亦如原野生长草木一样自然。但这只是就诗歌发生的自然状态而言的。就具体的诗歌作品,尤其像上述《弹歌》之类的原始性诗歌经典来说,诗歌创作既是自然的,同时也应是重大的事件。这种重大性在于,即使是原始的诗歌创作,也往往是对于个人或部落来讲,遭遇重大事件时产生的,是情感激越的产物。上述黄帝时的《弹歌》及《破斧之歌》《候人之歌》《燕燕之歌》,都具有这样的性质。处于相对原始状态的一些部落或民族运用歌谣之频繁,出乎我们现代人的意料之外。在大约撰述于蒙古斡歌歹合罕(即窝阔台)时代的《蒙古秘史》中,可以发现铁木真等人十分频繁地用韵文交流,尤其当处于重大外交、战事的场合。该书的整理者认为:"《秘史》的韵文是蒙古民间诗歌的书面化产物,很质朴,无文饰,

---

① [德]格罗塞《艺术的起源》,蔡慕晖译,商务印书馆,1986年,第175、176页。

② 《先秦诗》卷一,逯钦立辑校《先秦汉魏晋南北朝诗》上册,第1页。

它的结构特点是用头韵和腹韵,奇句中常用头韵和腹韵。偶句则成为双叠,两节则成为六叠,三节则成为九叠,翘然屹立,放射着神妙的文光。"[①]这有助于我们了解《诗经》之前的原始歌谣的状态。事实上,记载春秋时代吴越历史的《越绝书》《吴越春秋》等书,也著录了一部分古越歌谣,如著名的《越人歌》。

《诗经》在文学生命主题上的最大发展,是人的主体地位在文学中的第一次建立。《诗经》中《大雅》及三《颂》的一些诗歌,继续讲述祖灵神的故事,实为神话体系的延续与变化。与之相比,《国风》《小雅》以及《大雅》中反映现实政治的作品则突出人的故事。"《国风》好色而不淫,《小雅》怨悱而不乱。"[②]《国风》多"男女有所怨恨,相从而歌,饥者歌其食,劳者歌其事"[③],《小雅》则多为"风衰俗怨"之世,"国史明乎得失之迹","达于事变而怀其旧俗"[④]之诗,其所表现的内容,是以人们的世俗生活与感情为主的。中国古代诗歌乃至整个文学,在发展的进程中突出的特点是抒情传统的强大,而《诗经》则是这个传统的奠定者。陈世骧论中国抒情传统时说:"长久以来备受称颂的《诗经》标志着它的源头;当中'诗'的定义是'歌之言',和音乐密不可分,兼且个人化语调充盈其间,再加上内在普世的人情关怀和直接的感染力,以上种种,完全契合抒情诗的所有精义。"[⑤]《诗经》尤其是其中的风诗的抒情艺术的实现,及其"个人化语调""普世的人情关怀",即世俗生活的情感的成熟,正是上述所论世俗理性生命建立的标志。

---

① 道润梯步《新译简注〈蒙古秘史〉》,内蒙古人民出版社,1979年,第10—11页。

② 《史记》卷八四《屈原贾生列传》,第8册,第2482页。

③ 《春秋公羊传注疏》卷十六,《十三经注疏》下册,第2287页。

④ 《毛诗正义》卷一,《十三经注疏》上册,第271—272页。

⑤ 陈世骧《中国文学的抒情传统》,张晖编,生活·读书·新知三联书店,2015年,第4页。

《诗》三百篇的出现，不仅标志着诗歌艺术由萌芽、滥觞走向成熟，而且也标志着我国古代生命观念的发展进入一个新的阶段。虽然体现在《诗经》作品中的生命观念和生命意识仍是复杂、多方面的，在世俗理性生命观趋于成熟的同时，上古遗存的某种神秘生命观仍在起作用，但是整个族群毕竟已经从神话时代那种幻想、怪诞、迷离的生命体验中解放了出来，像《山海经》中所呈现的那种奇异的、人与各种兽类相结合的诸神形象，在《诗经》中是看不到的。《诗经》古人亦称“周诗”，是周代社会意识的反映。有学者认为，“周代是中国思想史上第一个名副其实的启蒙时代。这个时代的标志，是‘人的觉醒’。于是以人为本，取代了以前‘神灵至上’，‘人道’探寻取代了殷商的‘神道’崇拜”[①]。《诗经》时代的人们，已经能够正确地认识生命的现实状态，因而也就能够对现实的生命活动即种种世俗生活和世俗感情进行审美判断和艺术表现，发展出一种与表现原始宗教观念及神话思维方式不同的现实性的艺术精神。尽管《诗经》在艺术表现上仍未完全摆脱原始宗教观念，如赵沛霖在《兴的源起》一书中即认为“兴”的不少物象类型多为先民的图腾观念的历史积淀[②]，具有列维-布留尔所说的“集体表象”的性质[③]，但作为《诗经》艺术的主体和美感发生的主要部分，仍是对种种现实生活场面、现实感情状态自觉的艺术的表现。这样一种艺术精神的取得，是建立在生命观发展的基础上的。所以，我们说《诗》三百篇的出现，标志着中国古代生命观的发展进入一个新的阶段。这是本章考察《诗经》中各种生命主题所持的基本立场。

---

① 祁志祥《“立天子以为天下”——周代“立君为民”学说的现代性观照》，《社会科学战线》2022年第2期，第20页。

② 赵沛霖《兴的源起》，中国社会科学出版社，1987年。

③ ［法］列维-布留尔《原始思维》，丁由译，第2页。

二、祝颂词中遗留的上古时代长生幻想

在《诗经》时代,自然死亡的现象早已为人们所习惯,死亡已经成为现实生活的一部分。从一些《风》诗所表现的生命主题中看得出来,一种可称之为世俗理性的生命观正趋成熟,并对世俗生活起着支配作用。但是,人类生命观的发展,尤其是它的理性增长,是十分缓慢且曲折反复的。远古时代因蒙昧无知而铸就的不死、灵魂永存等非理性生命意识,在后来的文明时代长久延续着,并生发变化着。而《诗经》时代,与神话时代相邻,所以上古时代的一些非理性生命意识,在《诗经》中仍然遗留着。《诗经》中频繁出现的祝颂长寿、万寿无疆的场面,就是上古长生意识的遗留。

《诗经》中最典型的祝寿诗《小雅·南山有台》,是一首臣民为君上作的祝颂诗。诗云:

> 南山有台,北山有莱。乐只君子,邦家之基;乐只君子,万寿无期!
>
> 南山有桑,北山有杨。乐只君子,邦家之光;乐只君子,万寿无疆!
>
> 南山有杞,北山有李。乐只君子,民之父母;乐只君子,德音不已!
>
> 南山有栲,北山有杻。乐只君子,遐不眉寿;乐只君子,德音是茂!
>
> 南山有枸,北山有楰。乐只君子,遐不黄耇;乐只君子,保艾尔后![1]

---

① 《毛诗正义》卷一〇,《十三经注疏》上册,第419页。

此诗《小序》云:"乐得贤者也,得贤则能为邦家立太平之基矣。"[①]意思是说诗人歌咏的是君主得贤臣之事。但从诗中所叙的"邦家之基""民之父母"等语句看,诗人是以臣民的身份歌咏君上,祝颂他兴邦延祚,万寿无期。诗以"南山"及南山上的各种树木为兴象,包含着国祚永固、寿命长久的意思,亦如后世民俗中以松柏祝颂长寿之意。这其中也包含了一种集体无意识的集体表象的使用。由《诗经》作品可见,在各种祭祀、庆典乃至一般的宴乐活动中,都盛行祝颂万寿的仪式。如《小雅·楚茨》中描写祭祀祖灵时的祝寿场面:

> 祝祭于祊,祀事孔明。先祖是皇,神保是飨。孝孙有庆,报以介福,万寿无疆!
>
> ……
>
> 献酬交错。礼仪卒度,笑语卒获。神保是格,报以介福,万寿攸酢!
>
> ……
>
> 苾芬孝祀,神嗜饮食。卜尔百福,如几如式。既齐既稷,既匡既敕。永锡尔极,时万时亿![②]

诗中的孝孙,通过祭祀祖灵、享以丰盛的祭品,获得了与祖灵相感应的陶醉,从祖灵之神那里得到保其长寿的报偿。这就是通过祭祀以获得保佑的价值原则。在《商颂·烈祖》中有云:"亦有和羹,既戒既平;鬷假无言,时靡有争。绥我眉寿,黄耇无疆。"[③]《商颂·殷武》亦云:"商邑翼翼,四方之极。赫赫厥声,濯濯厥灵。寿考且宁,以保我后生!"[④]这两首祭祀中宗、高宗的《颂》诗,都希望商朝

---

① 《毛诗正义》卷一〇,《十三经注疏》上册,第419页。
② 《毛诗正义》卷一三,《十三经注疏》上册,第468—469页。
③ 《毛诗正义》卷二〇,《十三经注疏》上册,第621页。
④ 《毛诗正义》卷二〇,《十三经注疏》上册,第628页。

的宗祖保佑商的后裔寿考康宁,可见延寿保祚是祭祀祖灵的主要目的。而儒家所强调的慎终追远、民德归厚,相对来说是一种更具人文精神、比较后起的祭祀观念。《诗经》中出现类似的祝颂词的诗篇还有《小雅》的《鸳鸯》《甫田》、《大雅》的《既醉》《江汉》及《风》诗的《豳风·七月》等作品。从上面作品可以看出,向君上祝颂长寿,几乎是臣民们应尽的义务,就是一般的农夫,也常需向贵族祝寿,尤其当丰收之际。如《甫田》:

> 曾孙之稼,如茨如梁;曾孙之庾,如坻如京。乃求千斯仓,乃求万斯箱;黍稷稻粱,农夫之庆;报以介福,万寿无疆![①]

又如《七月》中的农人,在为公私劳苦一年之后,最后还有一个应尽的义务,就是"跻彼公堂,称彼兕觥:万寿无疆"[②],也是向贵族祝寿。

原始性的长生幻想,是先民对死亡真相的无知和求生本能相结合的产物,是一种普遍性的幻想。但随着社会财富的积累,阶级和统治阶层的形成,长生幻想似乎也成了少数统治者们的特权。最早的部落领袖,是因为他们的才能和威望而被部落成员们推举出来的,他们自然也就成了部落中最重要的一员,他们的存亡关系到整个部落的兴衰。因此,每一个部落成员都希望其领袖能够长寿,永远不要死去。《诗经》中的那些祝颂场面,大概正是远古某种秘仪的延续。所以,在后世属于礼仪性质的长寿、永生祝祷词,至少在《诗经》的时代,还包含着一种实际的祈求愿望,可以理解为这个时代仍然具有比较普遍的原始长生幻想的遗存,只是它已经变为少数统治者的一种特权。只有他们,无论是因才德,还是因非凡的权势与地位,可以泰然地接受臣工及庶民这种

---

① 《毛诗正义》卷一四,《十三经注疏》上册,第 475 页。

② 《毛诗正义》卷八,《十三经注疏》上册,第 392 页。

永生长寿的祝贺。但这种看似仪式化的祝贺,也正是让他们中的某些人深度地沉入一种长生的幻想之中,并且付诸相应的行动。无论是通过祈祷天神、地祇、祖灵,还是使用某种类似于后来的求仙长生之术,总之,在很长一个时期里,对统治者长寿永生的祝祷,与统治者实际求长生甚至永生的行为,构成一体之两面。随着阶级关系的进一步发展,统治者渴望无限期地享受极权和物欲,于是长生幻想变得更强烈,正如《吕氏春秋·重己》篇所说的那样:“世之人主贵人,无贤不肖,莫不欲长生久视。”[1]而在神仙修炼、服药之学并不发达的上古时代,他们只能将长寿、长生不死的希望寄托在神灵那里,而祭祀则是最基本的方式。所以,《诗经》中的祭祀篇章频繁出现祝寿之词,从一个侧面反映了《诗经》时代贵族们的生命意识。同时,从《诗经》的祭祀以求报偿、祝祷万寿无疆可以看到,这种绵延到后世的祝祷仪式,其实是一种原始非理性生命观念的“遗存”。

但是,《诗经》中所表现的长生幻想并不热烈,除了祭祀之外,我们还没有看到其他追求长生的行为。除了祭祀中神祇降临、安享芬苾一类描写外,还没有看到关于长生及求仙的内容。从祭祀中获得一种幻想性的满足,基本上是一种消极性的行为。在《诗经》时代,熊经鸟伸之类的长生久视之术还没有出现,医药学也还处于十分原始的阶段,人们对生命的认识完全是天命论的,因而《诗经》时代的生命情绪反而显得比较安定。并且,“万寿无疆”之类的颂词,也已经开始蜕变为礼仪式的敬语,甚至可以说是用来表示臣民对统治者崇高地位的承认。但它们确实不是《诗经》时代人们的自铸伟辞,而是从遥远的上古时代传下来的遗响。当然,统治者毕竟还是存在一些幻想,也反映了他们对死亡之事的忌讳心理。

《诗经》中的祝祜之语,在后世各种雅俗文学中都有直接的承

① 《吕氏春秋》卷一,《诸子集成》第6册,第7页。

传。最典型的就是汉代的铜镜铭文,以长生延年、福寿未央为主要内容。如《汉湅冶铜华镜一铭》:

湅冶铜华清而明,以之为镜宜文章。延年益寿去不羊(祥)。与天毋亟如日光,千万岁,乐未央。(《拓本》)①

《新银竟铭》:

新银治竟子孙具,多贺君受大福。位置公卿修禄食,幸得时年获嘉德,传之后,乐无极。(《金索》)②

此类祝祜语,构成了汉代镜铭内容的重要类型。另外,汉代瓦当中常见的"未央""长乐"之类的祝祜词,也属此类。事实上,由《诗经》雅颂发源的祝祜活动与祝祜语,在后世长久地绵延,如后世的"春贴""春联"中,也有不少祝祜词句。但随着人类生命意识的逐步趋于理性,这个祝祜传统的性质与内涵也在发生变化。

三、宗族观念支配下的生命意识

完整的生命观,不仅包括人们对生存与死亡意义的寻问,也包括对生育、生殖的态度。人们对待死亡的态度直接影响到对生存和生殖意义的理解,反之亦然。在本节中我们讨论《诗经》中的生殖性的主题和《诗经》时代的生殖崇拜与宗族制度的关系,目的就是为了从这里反观那个时代的人们对于死亡的态度。

对生与死两方面的主题进行比较,我们发现,《诗经》中以生殖行为为核心,包括性爱、婚配等内容的作品,在数量上远远超过表现死亡问题的作品。从某种意义上说,生殖性的主题是一个古

① 刘体智《小校经阁金石文字拓本》,民国二十四年手拓景印。

② 冯云鹏、冯云鹓《金石索》,笔者所见为东京大学汉籍中心藏道光元年本,又《续修四库全书》收入第 894 册。

老的但在《诗经》时代仍然能引起人们的狂热兴趣的主题，而对死亡的冷静的思考则是一种新的、先驱性的意识。

《诗经》中的生殖性主题有这样几个层次：一是《诗经》的《大雅》、三《颂》演绎了感生神话，如《商颂・玄鸟》《大雅・生民》的"感生神话"。《玄鸟》称"天命玄鸟，降而生商"[①]，是商民族的创生神话；《生民》则记载周族先祖后稷诞生的情形，其首段描写姜嫄履帝足迹生后稷之事："厥初生民，时维姜嫄。生民如何，克禋克祀，以弗无子。履帝武敏歆，攸介攸止。载震载夙，载生载育，时维后稷！"[②]《生民》一诗讲述姜嫄因"履帝武敏"而生后稷，即感天而生，学者们普遍认为这是远古社会感生神话的叙事[③]。感生神话是人类的政治发展到巨人时代时，对巨人的产生的一种先验性的演绎。

与此相类似的是"降生"主题，还有一种巨人自山岳降生的歌颂方式。《大雅・崧高》：

> 崧高维岳，骏极于天。维岳降神，生甫及申。维申及甫，维周之翰。四国于蕃，四方于宣。[④]

这种山岳降生名臣的歌颂词，应该也是源于一种原始的神话传说。与天子为天神、上帝所诞相比，山岳降生名臣，则是低一个等级的序列。这种观念与山岳崇拜意识也有复杂的联系。

感生与降生的神话，一直延续到商周以后的封建时代，正史中关于帝王与圣贤的出世，被作为一种史实来记载。最典型的就是《史记・高祖本纪》所记高祖出生："父曰太公，母曰刘媪。其先刘媪尝息大泽之陂，梦与神遇。是时雷电晦冥，太公往视，则见蛟

---

① 《毛诗正义》卷二〇，《十三经注疏》上册，第622页。

② 《毛诗正义》卷一七，《十三经注疏》上册，第528页。

③ 参见陈子展《诗三百解题》，复旦大学出版社，2001年，第966页。

④ 《毛诗正义》卷一八，《十三经注疏》上册，第565页。

龙于其上。已而有身,遂产高祖。"[1]后来的纬书如《春秋握成图》更对此加以渲染演绎,谱写神圣家族的统系。这当然是君主或其御用文士按照古代的感生神话撰作的。后世小说尤其是帝王故事及英雄传奇,则更为普遍地使感生与降生的虚构方式成为小说中典型的叙事模式,如《精忠说岳全传》,就是会合三教来虚构主要的正反面人物的降生故事。

但《诗经》中生殖性主题更明显地表现了宗族制度形成后氏族繁衍的现实愿望,《周南·螽斯》就体现了这一点:

> 螽斯羽,诜诜兮,宜尔子孙,振振兮!
> 螽斯羽,薨薨兮,宜尔子孙,绳绳兮!
> 螽斯羽,揖揖兮,宜尔子孙,蛰蛰兮![2]

又如《大雅·思齐》:"大姒嗣徽音,则百斯男。"[3]再如《大雅·绵》:"绵绵瓜瓞,民之初生。"[4]周灭殷后,政治意识上以天命观为主导思想。灭商兴周,他们认为是受天命,所以有"周虽旧邦,其命维新"的说法;但他们又鉴于殷朝因政治腐败、君主失德而灭亡的教训,发生天命靡常、惟德是依的政治思想[5]。在制度上则通过分封世袭等爵禄分配形式,大大强化了宗族观念。《诗经》中赞颂生育众多的主题,就是宗族观念的直接产物。除了直接表现生育观念的作品外,第二个层次是通过鱼类等兴象象征性暗示生殖行为。对此前贤所论已多,如闻一多《说鱼》以及他对《芣苢》诗暗藏生育愿望的解释,都是学术界所熟悉的。今人的著作则可参看赵沛霖《兴的源起》第一章第二节《鱼类兴象的起源与生殖崇拜》。广义

---

① 《史记》卷八,第 2 册,第 341 页。
② 《毛诗正义》卷一,《十三经注疏》上册,第 279 页。
③ 《毛诗正义》卷一六,《十三经注疏》上册,第 516 页。
④ 《毛诗正义》卷一六,《十三经注疏》上册,第 509 页。
⑤ 许倬云《西周史》第三章第四节《周人的天命》,生活·读书·新知三联书店,1994 年。

地看，生殖性的主题还应包括婚配、性爱这两方面。如《风》诗的《关雎》《桃夭》《摽有梅》《野有死麕》等作品，都有一定的代表性。

植根于生殖本能的爱欲，是人类早期艺术孜孜不倦、反复表现的主题，在人类第一种书写文化的遗存——岩画中，就随处可见两性交配的图像，又如在祭祀生禖的仪式中对性的夸张甚至存在于婚礼中的各种性的隐喻仪式，都属爱欲本能的表现。但它们之所以获得一种社会性的认可，以公开的形式表现出来，是因为由爱欲上升为生殖的主题。而生殖主题则又系连着繁衍的主题，并归结到宗族绵延的神圣主题上。我们相信，这很可能也是原始岩画此类作品出现的文化上的依据。

《诗经》对生殖本能淋漓尽致的展示，实非后世诗歌所能望其项背。这是古老的生殖崇拜与后起的氏族繁衍功利观相融合所焕发出的能量。在这样一种意识背景下，死亡的焦虑感被淡化了，宗族观念被强化，使一个氏族被虚幻成大的生命体；爵禄的世袭又强化了传宗接代的观念，形成一个纵向的生命链，甚至产生了这个意义上的生命不朽的观念。《左传》襄公二十四年记载了这样一段谈话：

> 穆叔如晋，范宣子逆之问焉。曰："古人有言曰：死而不朽，何谓也？"穆叔未对。宣子曰："昔匄之祖，自虞以上为陶唐氏，在夏为御龙氏，在商为豕韦氏，在周为唐杜氏。晋主夏盟为范氏。其是之谓乎！"穆叔曰："以豹所闻，此之谓世禄，非不朽也。鲁有先大夫曰臧文仲，既没，其言立。其是之谓乎？豹闻之：太上有立德，其次有立功，其次有立言。虽久不废，此之谓不朽。若夫保姓受氏，以守宗祊，世不绝祀，无国无之。禄之大者，不可谓不朽。"[①]

① 《春秋左传正义》卷三五，《十三经注疏》下册，第1979页。

叔孙豹的这番议论就是著名的三不朽说,对后世道德价值生命观的影响是巨大的,标志着个体的伦理道德生命价值观的自觉建立,也是士阶层生命价值观的核心。但我们现在关注的是范宣子的不朽观,也就是被叔孙豹否定的因世禄而不朽的观念。其实那个时代,这种不朽观更是一种普遍看法,它生动地反映了宗族、世袭制度下人们的生命链意识。而叔孙豹的不朽观则是新型的超越论,即着眼于士人个体的生命价值观。对于这个问题我们将在论述战国士人的生命观时再作分析。

这两种不朽观都对淡化死亡焦虑、减轻甚至消除死亡恐惧起到了很大的作用。比较中国古代社会与西方社会的生命问题的不同表现,我们可以看到,中国古代社会的生命问题没有西方古代那样尖锐、激烈,趋于一种理性超越、族群安定的状态,这正是上述两种生命不朽观的作用所致。《诗经》中死亡问题之所以不是特别突出,与生殖主题相比,死亡主题居于比较次要的地位,其主要原因就是宗族、世袭等制度的稳固化。这大概也可以被视为《诗经》时代生命观的阶段性特征。

四、世俗理性生命观的艺术表现及感叹生命主题的开端

意识到生命的短暂、死亡的必然性,于是消除了对生命的非理性幻想,将精神转向世俗生活,这就是我们所说的世俗理性生命观的基本内涵。虽然《诗经》里直接表现这种生命观的作品并不多,但我们认为,在《诗经》时代这种思想具有一定的流行性。

《唐风·蟋蟀》感叹时节流逝,时不我待,主张在不损大节、不荒废职守的前提下适当地放松自己,享受生活的乐趣。诗云:

> 蟋蟀在堂,岁聿其莫。今我不乐,日月其除。无已大康,

职思其居。好乐无荒，良士瞿瞿。

蟋蟀在堂，岁聿其逝。今我不乐，日月其迈。无已大康，职思其外。好乐无荒，良士蹶蹶。

蟋蟀在堂，役车其休。今我不乐，日月其慆。无已大康，职思其忧。好乐无荒，良士休休。[①]

《毛诗·小序》说此诗是刺晋僖公的，说他“俭不中礼，故作是诗以闵之，欲其及时以礼自虞乐也”[②]。《小序》之说闵晋僖公，并无根据，但“欲其及时以礼自虞乐”这一解释，还是符合诗意的。诗中明言“良士”，且有“职思其居”“役车其休”等语，可知诗人和他所劝谕的对象，只是一般的官府职事人员，他们与《邶风·北门》埋怨“王事适我，政事一埤益我”[③]的仕宦小吏、《王风·君子于役》中的君子[④]、《小雅·北山》中所说的“或王事鞅掌”[⑤]一种人，身份是一样的。他们虽不同于平民，但也不是贵族，处于社会中间阶层，鞅掌王事，比较勤苦，便有许多感慨，从而引发较多的生命情绪。而且他们这个阶层思想都比较现实，对生死之事看得比较透彻，不像上层贵族那样有诸多忌讳，所以能尽情吐露。《蟋蟀》似乎是在官府、公堂的宴乐场合所发表的吟咏。“良士”们一年中勤劳王事，此时始能放松一下，但毕竟仍是在官之身，所以彼此告诫“好乐无荒”，别因宴乐而忘掉职守。这番心情是比较矛盾的，却也是在官之身的常态，欲求享乐又畏逾规越矩。当此情景，诗人最为感慨的就是时光流逝的快迅，蟋蟀在堂上吟唱，一年眼看又近末梢，不由得发出“今我不乐，日月其迈”的慨叹。这是很大胆地表现了个体的生命意识和欲求，带有个体生命意识觉醒的色彩。东

---

① 《毛诗正义》卷六，《十三经注疏》上册，第 361 页。

② 《毛诗正义》卷六，《十三经注疏》上册，第 361 页。

③ 《毛诗正义》卷二，《十三经注疏》上册，第 310 页。

④ 《毛诗正义》卷四，《十三经注疏》上册，第 331 页。

⑤ 《毛诗正义》卷一三，《十三经注疏》上册，第 463 页。

晋谢混《游西池》诗就是对《蟋蟀》诗生命情绪的强烈回应:“悟彼蟋蟀唱,信此劳者歌。有来岂不疾,良游常蹉跎。”[①]从这里可以看出,中古文学的感叹生命短暂、时光易逝及劳生、及时享乐等主题,与《诗经》中的这类作品有一种渊源关系。

《唐风·山有枢》可以说是《蟋蟀》的姐妹篇。《蟋蟀》以劝谕为主,《山有枢》则多有讽刺世人的意味,并且很直率地说到“死亡”之事:

> 山有枢,隰有榆。子有衣裳,弗曳弗娄。子有车马,弗驰弗驱。宛其死矣,他人是愉。
>
> 山有栲,隰有杻。子有廷内,弗洒弗扫。子有钟鼓,弗鼓弗考。宛其死矣,他人是保。
>
> 山有漆,隰有栗。子有酒食,何不日鼓瑟。且以喜乐,且以永日。宛其死矣,他人入室。[②]

《山有枢》一诗,《毛诗·小序》说:“刺晋昭公也。不能修道以正其国,有财不能用,有钟鼓不能以自乐,有朝廷不能洒扫,政荒民散,将以危亡。”[③]这应该是一种后起之义,或是用诗之义,不是作诗之义。就作诗之义来说,此诗讽刺一个守财奴的生活方式,虽有财富,但不知道享受生活。诗人说他有好衣服舍不得穿,有华丽的车马舍不得驱驰;不洒扫广庭以宴乐宾客,欣赏钟鼓琴瑟,品尝美酒佳肴,似乎觉得珍藏着这一切,可以永远拥有。殊不知随着死亡的到来,一切都将属于他人。因此诗人提倡一种充分享受物质生活的厚生思想,其中也含有享乐主义的倾向。死亡问题的明朗化,使私有财产的观念受到一定的冲击;在极端情况下,甚至会使私有财产观念完全虚无化。这虽然包含否定财富积累行为的观

① 《晋诗》卷一四,逯钦立辑校《先秦汉魏晋南北朝诗》中册,第935页。

② 《毛诗正义》卷六,《十三经注疏》上册,第362—363页。

③ 《毛诗正义》卷六,《十三经注疏》上册,第362页。

点，但更主要的是提倡世俗的享乐主义。在拥有许多财富的中上层社会中，这种生命思想具有一定的代表性。

《秦风·车邻》亦有类似的情景：

> 阪有漆，隰有栗。既见君子，并坐鼓瑟。今者不乐，逝者其耋！
>
> 阪有桑，隰有杨。既见君子，并坐鼓簧。今者不乐，逝者其亡！①

在这里，感叹生命短暂、主张及时行乐的旨趣更加明显。值得注意的是，这几首诗中都写到宴乐之事，《蟋蟀》中的“好乐无荒”和《车邻》的“今者不乐”，其行“乐”的主要方式都是音乐。而在这种场合欣赏的音乐，自然不会是以宗教、典礼功能为主的庙堂祭祀之乐，而应该是以娱乐功能为主的富有世俗情趣的俗乐。人们把欣赏这种俗乐的行为与感叹生命短暂、死亡无法避免的心态联结起来，成为支配《诗经》时代音乐生活的一个重要动机。由此可见，《诗经》时代出现的这种世俗理性生命观，是渗透到艺术活动之中的，它促使了一种倾向于娱乐、以世俗生活为主要表现对象的艺术趣味的产生。这与《风》诗的艺术特征是相符的。另一方面，我们也可以这样理解，由于这种世俗理性生命观的逐渐形成，“自然死亡”的概念已为世俗所接受，人们的精神开始更多地关注现实生活，并且也发现了现实生活、生命的现实状态所具有的魅力，从而发生了用艺术表现现实生活、现实人生的浓厚兴趣。除了《大雅》和《颂》表现国家庙堂大事，《小雅》多表现政治情绪之外，大部分《风》诗都是以表现普通人的生活为主的。这可称为《诗经》艺术的现实性，它是以世俗理性生命观为观念基础的。

《诗经》在表现生命意识方面，还形成了一些象征性的意象。

---

① 《毛诗正义》卷六，《十三经注疏》上册，第369页。

《曹风·蜉蝣》中的"蜉蝣"就是这样的意象：

> 蜉蝣之羽，衣裳楚楚。心之忧矣，于我归处。
> 蜉蝣之翼，采采衣服。心之忧矣，于我归息。
> 蜉蝣掘阅，麻衣如雪。心之忧矣，于我归说。[①]

《小序》以此为刺奢之作，其语云："蜉蝣，刺奢也。昭公国小而迫，无法以自守；好奢而任小人，将无所依焉。"[②]毛传与郑笺更加以发展，他们解释蜉蝣的象征意义说："兴也，蜉蝣，渠略也；朝生夕死，犹有羽翼以自修饰。""笺云：兴者喻昭公之朝，其群臣皆小人也。徒整饰其衣裳，不知国之将迫胁，君臣死亡无日，如渠略然。"[③]《蜉蝣》之诗，虽未明言忧伤生死之事，但后人都接受毛氏、郑氏之说，蜉蝣被视为人生短暂的象征，广泛地出现在文学作品中。最著名的如苏轼《赤壁赋》："寄蜉蝣于天地，渺沧海之一粟。哀吾生之须臾，羡长江之无穷。"[④]在本诗中，诗人看到蜉蝣羽翼修洁，如人物之"衣裳楚楚"，又由其朝生夕死而联想到人的生命之短促。这一联想是惊心动魄的，于是诗人不禁产生了很深的死亡焦虑。所谓"归处""归息""归说"都是"死"的讳词，郑笺释"归说"之"说"云："说犹舍，息也。"[⑤]后来庄子以死为归，也不过是将世俗的这一用法加以深化、发挥而已。生命诚然短暂，而诗人为了突出它的短暂，常常用比实际的生命过程更加短促的事物来形容它，"蜉蝣"和后来诗中出现的"木槿""昙花"都是这样的象征性意象。这也是古今一贯的表现方式。

《诗经》也用花草来象征人的生命，象征青春的美好，也象征

---

① 《毛诗正义》卷七，《十三经注疏》上册，第 384 页。
② 《毛诗正义》卷七，《十三经注疏》上册，第 384 页。
③ 《毛诗正义》卷七，《十三经注疏》上册，第 384 页。
④ 《苏东坡全集·前集》卷二〇，中国书店，1986 年，第 268 页。
⑤ 《毛诗正义》卷七，《十三经注疏》上册，第 384 页。

迟暮与凋零，有时还将它与爱情、婚配等主题结合起来。最著名的一首就是《召南·摽有梅》：

> 摽有梅，其实七兮；求我庶士，迨其吉兮！
> 摽有梅，其实三兮；求我庶士，迨其今兮！
> 摽有梅，顷筐塈之；求我庶士，迨其谓之！[①]

自《小序》解此诗为写男女婚姻之事，后人皆从其说。现代的注家进一步认为这是诗中的女主人公有感于青春将逝、急求婚配之词。梅子开始是七分留在树上，后来是只剩三分在树上，最后是顷筐盛落梅，形象地比喻了婚龄的几个阶段，并含有青春迟暮之感。《周南·桃夭》则以"桃之夭夭，灼灼其华"[②]象喻新嫁娘的美艳；《卫风·氓》中的弃妇用"桑之未落，其叶沃若"[③]比兴自己年轻貌美，又用"桑之落矣，其黄而陨"感叹自己年老色衰，都是很自然地以花草象征人的生命状态。《小雅·苕之华》也属于这种比兴方式，诗云："苕之华，芸其黄矣！心之忧矣，维其伤矣！苕之华，其叶青青。知我如此，不如无生！"[④]诗人看到苕华芸黄，想到生命像花一样，美好而短暂；又看到苕华落后，只剩青青苕叶，更兴感慨；甚至极端地说，早知生命光景如此短促，真还不如不出生的好。此类因忧生转而愤言"无生"，甚至因生之困迫而欲求死，是生命情绪激烈化的表现，往往与某种现实压力、人生矛盾的激化有关。如《小雅·蓼莪》中，主人公因感愧家道贫困，以至发出"缾之罄矣，维罍之耻。鲜民之生，不如死之久矣"的悲愤之语[⑤]。

《王风·兔爰》，据《小序》说是写"桓王失信，诸侯背叛，构怨

---

① 《毛诗正义》卷一，《十三经注疏》上册，第291页。
② 《毛诗正义》卷一，《十三经注疏》上册，第279页。
③ 《毛诗正义》卷三，《十三经注疏》上册，第324页。
④ 《毛诗正义》卷一五，《十三经注疏》上册，第500、501页。
⑤ 《毛诗正义》卷一三，《十三经注疏》上册，第459页。

连祸,王师伤败,君子不乐其生焉"[1],此诗以"有兔爰爰,雉离于罗"比兴主人公遭到某种现实的困迫。诗人激愤地说:"我生之初尚无为,我生之后,逢此百罹。""我生之初尚无造,我生之后,逢此百忧。""我生之初尚无庸,我生之后,逢此百凶。"[2]从而产生了厌生的情绪,他回忆比较美好的少年时光,而对成长以后的艰难时世倍感煎熬。由此可见《诗经》时代生命问题的激烈程度。

与后来汉魏诗人多直接感叹生命短暂、抒发单纯的忧生情绪不同,《诗经》作品中的忧生情绪,多与具体的现实遭遇联系在一起,是感于哀乐,缘事而发的。《春秋公羊传注疏》"什一者,天下之中正也。什一行则颂声作矣"条何休注云:"男女有所怨恨,相从而歌;饥者歌其食,劳者歌其事。"[3]《秦风·权舆》的作者感叹:"于我乎,夏屋渠渠。今也每食无余。于嗟乎!不承权舆。"[4]此即"饥者歌其食"之类。《邶风·北门》:"王事适我,政事一埤益我。我入自外,室人交遍谪我!""天实为之,谓之何哉!"[5]此则为"劳者歌其事"之类。原始时代的先民,无法在个体生命与混沌万类之间区分出清晰的界限,也还不能对个人与社会的关系进行比较清晰的、现实的观照,所以后来强调的那种写实的、反映现实的艺术,只有当世俗理性生命观建立之后才能出现。《诗经》的艺术,就发生在这样一个时代。所以,《诗经》的写实性作品,从广义来看,都体现了世俗理性生命观成熟的成果,如《豳风·七月》这样的作品,描写一年的行事,表现了在敬时授历观念下人们对世俗生活及农业生产的妥帖安排,表现了顺时安生的情绪。而更多的作品,则写现实生活中的种种困顿,表现出浓厚的忧生情绪。比

---

① 《毛诗正义》卷四,《十三经注疏》上册,第 332 页。
② 《毛诗正义》卷四,《十三经注疏》上册,第 332 页。
③ 《春秋公羊传注疏》卷一六,《十三经注疏》下册,第 2287 页。
④ 《毛诗正义》卷六,《十三经注疏》上册,第 374 页。
⑤ 《毛诗正义》卷二,《十三经注疏》上册,第 310 页。

较典型的如《唐风·鸨羽》：

> 肃肃鸨羽，集于苞栩。王事靡盬，不能蓺稷黍。父母何怙，悠悠苍天，曷其有所？[①]

诗人接着反复感叹，“悠悠苍天，曷其有极？”“悠悠苍天，曷其有常？”[②]其由王事靡盬而引发的怨苦之情，已经到了向苍天控诉的程度。《桧风·隰有苌楚》则乐羡草木之无知、无家室：

> 隰有苌楚，猗傩其枝。夭之沃沃，乐子之无知。
> 隰有苌楚，猗傩其华。夭之沃沃，乐子之无家。
> 隰有苌楚，猗傩其实。夭之沃沃，乐子之无室。[③]

《毛诗·小序》云：“隰有苌楚，疾恣也。国人疾其君之淫恣，而思无情欲者也。”朱熹《诗集传》认为是写“政烦赋重，人不堪其苦”[④]，方玉润《诗经原始》则认为是伤乱之诗：“此必桧破民逃，自公族子姓以及小民之有室有家者，莫不扶老携幼，挈妻抱子，相与号泣路歧，故有家不如无家之好，有知不如无知之安也。”[⑤]诸说难衷一是，并且未说“无情欲者”为谁。今按此诗写苌楚，实为赋而非比兴。“夭之沃沃”，是继“猗傩”之后，继续形容苌楚，“夭”“沃沃”皆形容其婀娜光澜之状，《周南·桃夭》“桃之夭夭，其叶沃若”可比并。据此而言，则“乐子之无知”的“子”，即是指苌楚。诗人当乱离艰屯之世，深感人生有知、有家室之苦，故转而乐草木之无知无识，无有家累。

除了上述形形色色的生命主题之外，《诗经》中还有两首诗是直接写死亡之事的，一为《唐风·葛生》，一为《秦风·黄鸟》，都是

---

① 《毛诗正义》卷六，《十三经注疏》上册，第365页。
② 《毛诗正义》卷六，《十三经注疏》上册，第365页。
③ 《毛诗正义》卷七，《十三经注疏》上册，第382页。
④ 朱熹《诗集传》，上海古籍出版社，1980年，第86页。
⑤ 方玉润《诗经原始》，中华书局，1986年，第295页。

哀悼之作,《葛生》更是开后世悼亡诗之先河。《黄鸟》是秦人哀伤三良兄弟替秦穆公殉葬之事,诗中真切地描写了三良"临其穴,惴惴其慄"[①]的恐惧情景,诗人对自奴隶社会以来实行的殉葬制度作了无言的控诉。《葛生》则似乎是悼念已故配偶的作品,其词云:

> 葛生蒙楚,蔹蔓于野。予美亡此,谁与独处?
> 葛生蒙棘,蔹蔓于域。予美亡此,谁与独息?
> 角枕粲兮,锦衾烂兮。予美亡此,谁与独旦?
> 夏之日,冬之夜。百岁之后,归于其居!
> 冬之夜,夏之日。百岁之后,归于其室![②]

诗中写尽"予美"亡后主人公寂寞凄清的生活情景和没有穷尽的哀悼之情。由于配偶之死,主人公自己也走进了一种以死亡为目标的生活,对现世生活的其他内容失去了兴趣。由此可见,死亡并非局限于死者本人的纯粹的个人性的事件,而是能波及周围人,产生一种群体性的死亡心理。而这种波及的程度又因与死者关系的亲疏而不同。《葛生》明确地写到"百岁之后",又一次表明《诗经》时代的人们对"自然死亡"的概念已经很习惯了。

《诗经》中表现生命主题的作品虽然比重不大,但由这些诗歌,我们可以清晰地看到《诗经》时代生命观念的发展状况:虽然仍有上古时代的长生幻想和生殖崇拜等非理性意识的遗留,但总体上看,宗法观念的稳固,淡化了个体的死亡忧惧,而在一般的民间社会,对"自然死亡"现象已经十分习惯,文学中已经能够对死亡作现实性的表现,业已消去对生与死的种种神话式的怪诞的想象。从这些方面来讲,《诗经》时代可以说是我国古代社会生命观趋向现实、理性的时期。尽管此后漫长的世代中非

① 《毛诗正义》卷六,《十三经注疏》上册,第 373 页。
② 《毛诗正义》卷六,《十三经注疏》上册,第 366 页。

理性的生命观及其行为仍不断发展，但在生命问题上，理性与非理性这二元已经确定了。以往对我国古代理性生命观的发生多只是追溯到诸子，但从对《诗经》生命观的分析我们可以看到，诸子的生命哲学是有很深厚的历史渊源和广泛的社会基础的，儒家的道德理性生命观是在《诗经》时代世俗理性生命观的基础上发展起来的。

从文学史的角度来看，《诗经》中涉及生命问题的各类作品，对后世文学有着经典的价值。这些作品所表现的思想倾向及表现方式，如享乐主义的倾向、象征性的表现方式，都对后来的作品有着直接的影响；"蟋蟀""蜉蝣"等词，更成为此类作品中经常出现的、具有固定含义的意象。

五、君子形象的初步建立

世俗理性及与之相应的道德理性生命观的确立，也可以理解为文学中人的主体地位的确立。作为人的主体地位在文学中确立的直观标志，就是《诗经》突出人的称谓。其中第一人称代词"我"(《还》《园有桃》《蟋蟀》)和第二人称代词"子""汝"，以及第三人称代词"伊人""之子""吉士"等的大量使用，给人以强烈的讲述人间故事的印象，同时蕴含着一种自然产生的人本思想。

《诗经》中人的主题的突出，还表现在由普遍人的主题、人的形象的描写发展为伦理道德意味的人物称谓的大量使用。这些称谓，如"君子""吉士""士""公""公子""伯"等等，当然带有某种阶级身份的属性，但像"吉士""君子"，同时明显地具有伦理道德意蕴，带有赞誉其美好人格的性质。"君子"这一称谓的原始意义，是指相对于庶民的统治者，有学者已经指出，君与尹，在殷商时代都是官名，是国君、诸侯、卿大夫等有地者。"故由此而引申出来的'君子'一词，当他成为统治者和贵族男子的通称的时候，也首先有与小人、野人相对举的意义。"[①]从《诗经》《左传》《论语》等文献中,我们经常可以看到君子与小人、野人对举的用法,其最初纯粹是统治者与被统治者的相对称呼。最典型的就是《小雅·采薇》:"驾彼四牡,四牡骙骙。君子所依,小人所腓。"[②]《小雅·大东》:"有饛簋飧,有捄棘匕。周道如砥,其直如矢。君子所履,小人所视。睠言顾之,潸焉出涕。"[③]又如传说:"周穆王南征,一军尽化,君子为猨为鹤,小人为虫为沙。"[④]这里君子是指军中贵族,而小人则是指普通征夫。君子作为一种阶级身份的使用方式,甚至在其内涵已经主要指向人格评价的孔子时代,仍然有所保存。《论语·先进》篇:"子曰:先进于礼乐,野人也;后进于礼乐,君子也。"[⑤]关于这一句,历来有不同解释。我认为孔子是讲述先后从他学礼乐的学生的阶级变化。孔子初施教学时,地位低,影响小,所以,跟随他学习礼乐者都是庶民。后来影响大了,好多贵族子弟都来从学。孔子自身虽然也带着宋国贵族后裔的身份,但实际地位跟庶民差不多,所以他在感情上还是倾向于早年尚处贫贱时追随他习礼乐的"野人"。这里的君子、野人,就是相对的阶级身份。另外,孔子的名言"唯女子与小人为难养也"[⑥],这个"小人",也是指身份低微的人。"但在先秦人的文化观念里,'君子'不但要有一定的社会地位,还要有高尚的品德,从这个意义上讲,并不是所有周代贵族都可以称得是'君子',只有在贵族中那些才德出

① 赵敏俐《先秦君子风范》,东方出版社,1999年,第6页。
② 《毛诗正义》卷九,《十三经注疏》上册,第414页。
③ 《毛诗正义》卷一三,《十三经注疏》上册,第460页。
④ 《太平御览》卷九一六引古本《抱朴子》,见《太平御览》卷九一六《羽族部·鹤》,中华书局,1960年影印本,第4060页。另《太平御览》卷八五《皇王部·穆王》引作"周穆王南征,一军尽化,君子为猨为鹄,小人为虫为沙",第402页。
⑤ 《论语注疏》卷一一,《十三经注疏》下册,第2498页。
⑥ 《论语注疏》卷一七,《十三经注疏》下册,第2526页。

众和有特异节操之人，才算得上真正的君子。”[①]当然，“君子”一词的内涵，在先秦时代是一直发展着的。

《诗经》里的君子，显然不仅含有身份的意义，而且是指对诗中人物品格的赞美，《邶风・雄雉》：“展矣君子，实劳我心”，毛传：“展，诚也。”[②]《大雅・旱麓》：“岂弟君子，干禄岂弟”，“岂弟”，“岂”亦作“凯”，郑笺：“岂弟，岂，乐也；弟，易也。”[③]《鲁颂・有駜》：“君子有穀，诒孙子”，郑笺曰：“穀，善；诒，遗也。”[④]《大雅・抑》：“视尔友君子，辑柔尔颜，不遐有愆。相在尔室，尚不愧于屋漏。无曰不显，莫予云覯。神之格思，不可度思，矧可射思。”[⑤]上引数条，已可见君子的诸种美德，诚笃、和易、友善、谦恭、自省等等。总之，《诗经》时代人们对君子不但是赞美、祝福，更是强调其道德礼仪，并且能够影响人群。《小雅・角弓》“君子有徽猷，小人与属”的“徽猷”，即是对君子行为表现的集中概括。至于《卫风・淇奥》，则可谓君子的赞歌，也表达了人们对君子人格的热情赞扬与期许：

> 瞻彼淇奥，绿竹猗猗。有匪君子，如切如磋，如琢如磨。瑟兮僩兮，赫兮咺兮。有匪君子，终不可谖兮。
>
> 瞻彼淇奥，绿竹青青。有匪君子，充耳琇莹，会弁如星。瑟兮僩兮，赫兮咺兮。有匪君子，终不可谖兮。
>
> 瞻彼淇奥，绿竹如箦。有匪君子，如金如锡，如圭如璧。宽兮绰兮，倚重较兮。善戏谑兮，不为虐兮。[⑥]

《淇奥》这首诗，《小序》有这样的解释：“淇奥，美武公之德也。有文章，又能听其规谏，以礼自防，故能入相于周，美而作是诗也。”

---

① 赵敏俐《先秦君子风范》，第6页。

② 《毛诗正义》卷二，《十三经注疏》上册，第302页。

③ 《毛诗正义》卷一六，《十三经注疏》上册，第515页。

④ 《毛诗正义》卷二〇，《十三经注疏》上册，第610页。

⑤ 《毛诗正义》卷一八，《十三经注疏》上册，第555页。

⑥ 《毛诗正义》卷三，《十三经注疏》上册，第321页。

所谓“有匪君子”,就是有文章礼仪的意思,毛传云:“匪,文章貌。”这一首诗,即集中展现了人们对君子人格的理解[①]。

《诗经》不仅写君子之德,更是以感性的方式多方容状君子之美。上诗以绿竹、金、锡等形容君子之美,就开启了后来魏晋时代人物品评、赏誉的先声。

《诗经》作品中,有时也动态地容状君子之美,当君子出现的那一刻,写人们心中的一种惊喜、艳羡、倾慕、崇拜等直观感受,如《小雅·庭燎》:

> 夜如何其?夜未央,庭燎之光。君子至止,鸾声将将。
> 夜如何其?夜未艾,庭燎晣晣。君子至止,鸾声哕哕。
> 夜如何其?夜乡晨,庭燎有辉。君子至止,言观其旂。[②]

此诗《小序》以为是写宣王早朝,美宣王。毛传:“君子谓诸侯也。”[③]诗中“夜如何其”,是宣王之问,“夜未央”,则应是内官之答。这是写宣王勤政,但《毛诗》又说报时应有鸡人,而宣王特作此问,是没有很好地使用官员,所以美之外,又有箴的意思。诗以庭燎光辉昭晣的样子,写诸侯车至时镳鸾之声在黎明宁谧中发出将将哕哕的声响。后世颂朝典的作品,如唐肃宗时贾至、岑参、王维、杜甫等人所作的《早朝大明宫》一类诗歌,即可追溯到这首《庭燎》。

自然,诗人也毫不吝惜给君子以种种祝福。如前引《小雅·南山有台》对君子“万寿”的祝福。但当一些自称君子或自以为是君子的贵族人士在实际的行为上出现偏差时,诗人也不放弃严厉的讽刺。这时他们在具体指揭了事实之后,再郑重说出“君子”二字。《魏风·伐檀》就是这方面的代表作:

---

① 对于先秦君子人格的内涵及历史上的表现,可参看前引赵敏俐《先秦君子风范》一书。

② 《毛诗正义》卷一一,《十三经注疏》上册,第432页。

③ 《毛诗正义》卷一一,《十三经注疏》上册,第432页。

坎坎伐檀兮，置之河之干兮。河水清且涟猗。不稼不穑，胡取禾三百廛兮？不狩不猎，胡瞻尔庭有县貆兮？彼君子兮，不素餐兮！

坎坎伐辐兮，置之河之侧兮。河水清且直猗。不稼不穑，胡取禾三百亿兮？不狩不猎，胡瞻尔庭有县特兮？彼君子兮，不素食兮！

坎坎伐轮兮，置之河之漘兮。河水清且沦猗。不稼不穑，胡取禾三百囷兮？不狩不猎，胡瞻尔庭有县鹑兮？彼君子兮，不素飧兮！①

《毛诗·小序》云："《伐檀》，刺贪也。在位贪鄙，无功而受禄，君子不得进仕尔。"②《毛诗》以伐檀为赋，写君子伐檀之际，见上位者的贪婪无德。以"彼君子兮，不素餐兮"正面地写君子的行为。现代注家多以为这是讽刺之语，诗中的贪者即为君子，因为他是上位者，当然是不合格的君子。君子居位，享受着很高福禄，其前提是为国为民做事，创造社会福祉，即使在贵族时代，这也是一个基本的道德准则。但诗中这位君子唯逞巧取豪夺之能，未见造福于民之事。

"君子"这个称呼，产生于《诗经》时代，却一直沿用于后世。后世所使用的君子，基本已经消除其阶级属性，而在另一方面则成为一种特别褒扬的美称，凡称君子之人，多给人格外端严、道德完美、人伦标范的印象，尤其是要具备众所公认的仁义诚信的品德，魏晋以后，更增加了风雅的意味。相对来说，《诗经》时代的君子，则是更为日常化、世俗化的称呼，它虽然具备道德的内涵，却更像日常交际中的一种美称，甚至更多的时候是一种亲切、热情的称呼。这从"君子"一词大量使用于男女诉情的诗篇中可以清

① 《毛诗正义》卷五，《十三经注疏》上册，第358—359页。

② 《毛诗正义》卷五，《十三经注疏》上册，第358页。

楚地看出来。我们发现,《诗经》中的君子称呼,常常用在热烈等待的情人或好友之间,《召南·草虫》中的这种情节就带有典型性:

> 喓喓草虫,趯趯阜螽。未见君子,忧心忡忡。亦既见止,亦既觏止,我心则降。
>
> 陟彼南山,言采其蕨。未见君子,忧心惙惙。亦既见止,亦既觏止,我心则说。
>
> 陟彼南山,言采其薇。未见君子,我心伤悲。亦既见止,亦既觏止,我心则夷。①

此诗《小序》说:"大夫妻能以礼自防也"②,当有所本。现代学者也有说是指男女野合③。诗中的这位君子,对于诗人有如此重要的意义,未见时忧心忡忡、惙惙,乃至伤悲,既见之后,则如释重负,夷旷喜悦。因一个人而产生这样的情感变化,在人类的感情中,恐怕只有男女恋情足以当之。因此,不管这首诗是因何而作,但诗中这种情事,确属男女之事。《小雅·出车》:"喓喓草虫,趯趯阜螽。未见君子,忧心忡忡。既见君子,我心则降。"④《小雅·頍弁》:"茑与女萝,施于松柏。未见君子,忧心奕奕。既见君子,庶几说怿。""茑与女萝,施于松上。未见君子,忧心怲怲;既见君子,庶几有臧。"⑤这些诗句都是袭用《草虫》的文字,亦可见此诗写男女之情在当时影响之大。此外,如《郑风·风雨》:"风雨凄凄,鸡鸣喈喈,既见君子。云胡不夷?风雨潇潇,鸡鸣胶胶。既见君子,云胡不瘳?风雨如晦,鸡鸣不已。既见君子,云胡不喜?"⑥表

① 《毛诗正义》卷一,《十三经注疏》上册,第286页。
② 《毛诗正义》卷一,《十三经注疏》上册,第286页。
③ 陈戍国《诗经校注》,岳麓书社,2004年,第16页。
④ 《毛诗正义》卷九,《十三经注疏》上册,第416页。
⑤ 《毛诗正义》卷一四,《十三经注疏》上册,第481页。
⑥ 《毛诗正义》卷四,《十三经注疏》上册,第345页。

现的也是同样性质的男女情事，《小序》说“思君子也”[1]，大体不差。至于说“世乱则思君子”，则恐怕是后世学者所添，后来诗人倒常用此义入诗。《周南·汝坟》的“遵彼汝坟，伐其条枚。未见君子，惄如调饥。遵彼汝坟，伐其条肄。既见君子，不我遐弃”[2]，《小序》说是“文王之化行乎汝坟之国，妇人能闵其君子，犹勉之以正也”[3]。现代学者也认为是写男女相见之词[4]。《唐风·扬之水》：“扬之水，白石凿凿。素衣朱襮，从子于沃。既见君子，云何不乐？扬之水，白石皓皓。素衣朱绣，从子于鹄。既见君子，云何其忧？”[5]则有可能是一位追随公子于沃的侍臣的赞歌，《小序》说：“扬之水，刺晋昭公也。”又说：“昭公分国以封沃。”[6]《秦风·车邻》：“未见君子，寺人之令。”[7]亦当另有所指。总结上述各例中的“君子”，可见原是女子对其热恋之人的爱称，亦如汉乐府中的“有所思”、吴声之“所欢”“怜”。但《诗经》时代的女子以“君子”称其所爱之人，是借用当时的尊称。君子本来是有地位的人，是贵族公子。女子对其所爱之人，称美为“君子”。亦如“郎”本是官名，后为青年男子的美称[8]，女子称所爱之人为“郎”，亦此义也。理解了这个意义，我们便知道《周南·关雎》中的“君子”，实为婚礼中新婚男子的美称，与之相对，称新婚女子为“淑女”：

---

① 《毛诗正义》卷四，《十三经注疏》上册，第345页。
② 《毛诗正义》卷一，《十三经注疏》上册，第282页。
③ 《毛诗正义》卷一，《十三经注疏》上册，第282页。
④ 陈成国《诗经校注》，第11页。
⑤ 《毛诗正义》卷六，《十三经注疏》上册，第362页。
⑥ 《毛诗正义》卷六，《十三经注疏》上册，第362页。
⑦ 《毛诗正义》卷六，《十三经注疏》上册，第368页。
⑧ 王力等《王力古汉语字典》：“郎、卿。郎、卿原本官名，又都用作男子美称。汉以前‘卿’是朝廷高官；郎原是侍从官，多为权贵子弟，东汉以后才司各部的要职。卿用作男子的美称早于郎，并且不论年龄长幼，‘郎’一般是指青年男子。用作昵称时，郎只用于青年女子称呼其所爱者，‘卿’则可于男女老幼。”（中华书局，2000年，第1469页）

关关雎鸠,在河之洲。窈窕淑女,君子好逑。①

这首诗歌,是"用之邦国,用之乡人"的,可见不单是贵族婚礼上用,普遍乡民的婚礼也可使用。《鄘风·君子偕老》中写道:"君子偕老,副笄六珈。委委佗佗,如山如河,象服是宜。"②其实也是一种婚礼吉服的形象,而称主人公为君子。正如后世即使普通庶民,在结婚时人们称其为"新郎官"。"郎"原本就是"郎官"的简称,可见"新郎"全称为"新郎官"。《诗经》时代人们以君子称新婚男子与此相同。有身份的人家,不仅新婚男子称为"君子",而且平常妻子也称丈夫为"君子"。《王风·君子于役》中的这位妻子,当日暮时分,热切地抒发了对其"君子"的牵念:

君子于役,不知其期。曷至哉?鸡栖于埘。日之夕矣,羊牛下来。君子于役,如之何勿思!

君子于役,不日不月。曷其有佸?鸡栖于桀。日之夕矣,羊牛下括。君子于役,苟无饥渴?③

诗中的"君子",与后世思妇诗中的"良人"是一个意思。

"君子"一词在《诗经》中的大量使用,不仅体现了《诗经》塑造人物的突出特点,而且在士人群体人格发展史上,有着特殊意义。我们完全可以说,《诗经》时代是一个崇尚君子人格的时代。与《诗经》衔接的诸子的春秋时代,完全延续了这一时代风气,而儒家将此发展为更为完美的伦理道德主体,从更自觉的伦理意义继续讲述君子的故事。通过《论语》《春秋》《左传》等文本的传述,奠定了中国古代士大夫群体的基本人格标准。这也许是《诗经》对后世最大的影响之一。《诗经》具有伦理道德含义的人格美称,不仅只有"君子"一

① 《毛诗正义》卷一,《十三经注疏》上册,第273页。
② 《毛诗正义》卷三,《十三经注疏》上册,第313页。
③ 《毛诗正义》卷四,《十三经注疏》上册,第331页。

词，这意味着《诗经》时代是世俗理性生命观建立的重要时期。

《诗经》中的部分作品，从某种意义上是以君子为主角，是对君子的赞歌。这是《诗经》作为人的文学的最显著的特点。《诗经》中的君子闪耀着人性之美的光辉。中国文学对人性之美、人格之美的塑造，正是以《诗经》为发轫的。

君子人格是中国古代文学的主要表现对象。如汉乐府有《君子行》，讲述君子的行为方式：

> 君子防未然，不处嫌疑间。瓜田不纳履，李下不正冠。嫂叔不亲授，长幼不比肩。劳谦得其柄，和光甚独难。周公下白屋，吐哺不及餐。一沐三握发，后世称圣贤。[①]

君子并非抽象的人格范畴，而是体现在具体的行为之中，从最细琐的地方，在种种行为上防范失礼之行，并时刻进行内心的道德反省，保持劳谦之德，尤其在对待人群方面，要做到和光而不失原则。最后举出圣人周公为模范。可见这首诗的写作对象，还是士大夫，甚至居于高位的人物。西晋陆机的《君子行》则写君子处世的艰难，“天道夷且简，人道险而难”[②]，反映了晋代士人的一种生命忧思，从另一方面诠释君子的行为规范。后来梁代萧纲、沈约、戴嵩及唐人齐己，都有《君子行》之作。

从广义来讲，几乎整个士大夫文学，在人格塑造上，都趋向于一种君子人格的展示，无论是自我抒情，还是对他人（包括古人）的酬赞，在许多场合，都是指向一种君子人格的塑造。而儒家提出的君子比德，与诗歌的比兴传统相结合，形成中国古代文学中汪濊洋溢的对君子形象的塑造。所以，《诗经》的“君子”形象，是中国古代士大夫自我形象塑造的开端。

---

① 郭茂倩《乐府诗集》卷三二，中华书局，1979年，第2册，第467页。

② 《晋诗》卷五，逯钦立辑校《先秦汉魏晋南北朝诗》上册，第656页。

第三章　先秦道家的自然哲学生命观

春秋战国时代，百家争鸣，诸子学说竞出，取代了前此商周时代的巫史文化和王官文化在思想界的统治地位，思想界出现了空前自由、活跃的局面。诸子学术非专家之学，而是思想家之学，采取面对宇宙自然、社会人生的全方位把握的视野，力求对所涉及的任何问题都作出理性的解释，体现了轴心时代思想历史的特点。因此，春秋诸子与儒家所确立的六经一样，在思想方面都具有一种原创性。所谓“在六经之外立说者，皆子书也”[①]，可见子书与经书在性质上是相近的。只是经是所谓的王官之学，而子是春秋诸子的私家学术。生命问题作为人生问题的核心，自然成了诸子思考、讨论的重点。甚至可以这么说，生命思想趋向于理性成熟，是诸子各派的思想体系得以确立的前提。而对生命价值的不同理解，是形成不同的思想流派的基本原因之一。虽然先秦诸子对生命价值有着各自的理解方式，从而形成不同的人生观和社会理想，但是他们在对死亡必然性的认识上是一致的。这与其说是思想家们的卓越见识，不如说是社会上已经相当坚固的世俗理性生命观在思想家那里得到更加鲜明、更加思辨化的表现。诸子的生命哲学基本上放弃了神秘的灵魂观念，也抛弃了长生的幻想，他们或站在天地自然的基点上，或站在社会的基点上思考生命问题，取得了卓越的成就，奠定了整个中国古代理性生命思想的基

---

① 清永瑢等《四库全书总目》卷九一，中华书局，1965 年，第 769 页。

础。春秋诸子的生命思想，奠定了中国古代士大夫群体基本的生命观念，使其整体表现为一种理性的倾向。

一、老子的养生新思想

道家是诸子各派中对生命本身或生命的物质性关注最多、讨论最深入的一派。它最大的特点就是发挥其自然哲学观念及具有辩证色彩的思维方法之优长，将生命作为自然现象之一种来观察，提出了一系列新的见解。当然，在道家内部，因对待现实人生的态度不同，其对待生命的态度也有差异。即如老子和庄子，其自然哲学生命观虽然一脉相承，但因个人对生命的具体体验不同而形成不同的生命情绪，从而影响到他们理解生命的方式。《老子》偏向理性冷静，《庄子》偏向激越甚至愤郁。这也是《庄子》一书具有更加突出的文学性的原因。在道家内部，有养生、达生、齐同生死等各种生命思想，也有厌生、乐死、愤激情绪的发泄。在这些不同的生命把握方式的背后，都存在着各自的现实问题。这里我们将再次深刻地体会到生命问题常常是现实问题的反映。

从逻辑发展来看，道家的生命哲学是从养生问题出发的。至少在老子那里，讨论生命问题的动机是在于建立一种理性的、合乎生命活动自然规律的养生理论。与《老子》一书主要以“圣人”即人君者为教育对象的宗旨相一致，他的生命思想与政治思想是一体的，奠定了后来汉儒及道家、道教各派“身国相通”理论的基础[①]。他的养生理论也是针对君主们而发的，希望他们能建立合理即合道的养生与治国思想。我们在讨论原始社会末期到奴隶

① 《老子》总是将“圣人”“我”与“百姓”作为一重基本关系来思考，如“圣人不仁，以百姓为刍狗”，“功成事遂，百姓皆谓我自然”，“圣人无常心，以百姓心为心”等等，至于单言“圣人”“我”及“百姓”者，更是随处可见。一言以蔽之，《老子》一书是政治之哲学，即利用哲学思辨来讨论政治问题。

社会的生命意识发展时说到过,随着阶级的产生和统治阶层的形成,乐生惧死的心理在统治者那里表现得最为突出,养生和寻求长生的行为及理论在统治阶层中逐渐发生。《吕氏春秋·重己》云:“世之人主贵人,无贤不肖,莫不欲长生久视。”[①]于此可见春秋战国时代统治者中求长生风气之盛行。又《庄子·养生主》载文惠君(即梁惠王,据王先谦《庄子集解》引崔司马之说)听庖丁论解牛,云得养生之道,也是具体一例。黄老养生术及神仙道术的流行,也正是在战国秦汉之际。另一方面,由于死亡事实的愈益明朗化,统治者中发生了穷奢极欲的享乐主义生命思想,以“益生”“厚生”增加物质享受的密度,慰藉自己的死亡恐惧。这种情况,也是道家所批评的,如老子说:“五色令人目盲,五音令人耳聋,五味令人口爽。驰骋畋猎,令人心发狂。”[②]又如《吕氏春秋·本生》也说:“人之性寿,物者扣之,故不得寿。物也者,所以养性也,非所以性养也。今世之人惑者,多以性养物。”[③]还说以性养物的一些具体表现:“出则以车,入则以辇,务以自佚,命之曰招蹷之机;肥肉厚酒,务以自强,命之曰烂肠之食。靡曼皓齿,郑卫之音,务以自乐,命之曰伐性之斧。”[④]上述两种追求长生久视和益生、厚生的思想与心理常常复杂地交织在一起,有力地左右着统治者的生命情绪,并因而影响到治国养民的政治大事。所以,老子在他的整个政治哲学体系中,将统治者的养生问题也作为重要的讨论对象。后来汉儒的通身国之学即发端于道家之流。历代应聘于帝王的道术之士,其向君主陈述的基本思想,也无外乎通身国之说。

老子从他的“道法自然”的观念出发,认为自然生育万物和人类的一个最大特点,就是“生而不有,为而不恃”:

---

① 《吕氏春秋》卷一,《诸子集成》第6册,第7页。

② 魏源《老子本义》上篇,《诸子集成》第3册,第9页。

③ 《吕氏春秋》卷一,《诸子集成》第6册,第4页。

④ 《吕氏春秋》卷一,《诸子集成》第6册,第5页。

> 道生之，德蓄之，物形之，势成之，是以万物莫不尊道而贵德。道之尊，德之贵，夫莫之命而常自然。故道生之，德畜之，长之育之，亭之毒之，养之覆之，生而不有，为而不恃，长而不宰，是谓玄德。[①]

人的生命既然是自然万物之一，当然也应服从这一自然法则。而在统治者中流行的粗糙的养生、益生观点，则是将生命作为最珍贵的私有财产，以饮食、药物、享乐为益生之具，以为只有这样才能增加生命的长度或密度。这是一种本能性的行为，也是愚昧的，缺乏思辨精神。老子则从自然观念出发，对“生”和“私”作了辩证认识：

> 天地长久，天地所以能长且久者，以其不自生，故能长生。是以圣人后其身而身先，外其身而身存。非以其无私邪？故能成其私。[②]

关于这几句话的解释，魏源《老子本义》引宋程俱之说云：“天地人一源耳。天之所以为天，地之所以为地，人之所以为人，固同。而天地之能长且久，人独不然者何哉？天不知其为天，地不知其为地。今一受形而为人，则认以为己，曰人耳，人耳。谓其有身不可以不爱也，而营分表之事；谓其养生不可以无物也，而骋无益之求。贵其身而身愈辱，厚其身而身愈伤。是世之丧生者非反以有其生为累邪？”[③]程氏此解甚得老子真意，老子所要否定的正是这种“谓其有身不可以不爱”“谓其养生不可以无物”的物质主义养生观，这在当时的统治者中是很流行的。老子用“益生”来称呼它，说它是一种有害的养生观，故云：“益生曰祥，心使气曰强，物

---

① 魏源《老子本义》下篇，《诸子集成》第3册，第41页。

② 魏源《老子本义》上篇，《诸子集成》第3册，第5页。

③ 魏源《老子本义》上篇，《诸子集成》第3册，第6页。

壮则老,谓之不道,不道早已!”[1]祥即灾祥、祸殃。老子说,有意识地追求延长或强壮生命,是会招致祸殃的。“心使气”即指人为的益生、长生愿望,改变了人身体内的自然规律。上述行为虽然能使身体强壮,但人为促使的强壮并非好事,它反而导致衰老的过早来临,所以老子认为这是不符合身心自然之道的,劝说统治者赶快放弃这种养生方式。老子还指出,过分的物欲享受会导致生命功能的失调,如他说五色、五音、五味,会使人的视觉、听觉、味觉迟钝不灵敏,损害人原本具有的能力。维持生命要有一定的物质条件,但统治者在益生、贵生观念支配下的过度物欲享受,却不利于生命的正常发展,而且也会使统治阶层道德沦丧,使社会风气变坏,最终影响到他们的统治地位。老子之所以如此重视养生问题,正是因为它是与政治问题直接相关的:统治者所持有的这种错误的生命思想,常常是导致政治腐败甚至丧权辱国的根源,所以老子不能不把他的生命哲学纳入其整个政治哲学中,作为其政治哲学的重要构成部分。这样一种思想的构建与逻辑方式,对中国古代的生命思想影响极大。其中一种情形,是后世整个封建时代,道家人物与神仙道家者流当被统治者征召、向其进言的时候,就无非是这套身国相通的养生、治国的理论。这样的例子在史籍中比比皆是,都是渊源于老子之说,也多引用老子之说。

老子这种建立在自然观念之上,充满了新颖的辩证思想的养生理论,未必能被当时的君主们所接受,他们大概只觉得这是很奇怪的逻辑,尤其是老子甚至运用辩证方法得出了“吾所以有大患者,惟吾有身,苟吾无身,吾有何患”[2],“夫惟无以生为者,是贤于贵生焉”[3]的结论。自然,老子这里不是否定“身”和“生”,他所

---

① 魏源《老子本义》下篇,《诸子集成》第3册,第45页。
② 魏源《老子本义》上篇,《诸子集成》第3册,第10页。
③ 魏源《老子本义》下篇,《诸子集成》第3册,第62页。

说的是指不对自然的生命活动作任何主观性干扰，不仅不利用物质厚生、益生，而且不给生命活动以任何意识性的干扰，即心不使气。但对于以生为宝的贵生、拜物的君主大人们来说，这简直就是一种玄谈。所以我们说，老子的养生思想，是一种辩证思维的结果，相对于传统简单的物质养生观念，是一种全新的养生思想。

但是，老子本人也没有彻底地贯彻他这种“无身”“无以生为”的养生原则。在社会上流行着种种养生方法的背景下，老子为了使自己的养生理论能够吸引统治者，还是赋予它以一种实践的色彩，探讨了一些养生方法。只是他的养生方法是注重于精神性的，与当时流行的物质性的养生方法不同：

> 载营魄抱一，能无离乎？专气至柔，能如婴儿乎！涤除玄览，能无疵乎！①
>
> 含德之厚，比于赤子。毒虫不螫，猛兽不据，攫鸟不搏。骨弱筋柔而握固，未知牝牡之合而峻作，精之至也；终日号而不嗄，和之至也。知和曰常，知常曰明。②

“专气致柔”云云，类似后来的气功，当然，这里更主要的是指一种生命境界，而非简单的养生技术。至于“骨弱筋柔”数句，实际上是讲房中养生之术。从这些方面可见，老子的养生理论仍然摆脱不了功利性，与他自己所提出的那些原则之间存在着一种矛盾。他之所以无法避免对养生的功利性的追求，是由他的养生理论是以“圣人”即人君者为对象这一前提决定的。不仅如此，老子还对他的崇尚自然、外身、外生死的生命哲学作了绝对化的强调，导致某种神秘观念的产生，重又滑到非理性的边缘，如他说：

> 出生入死，生之徒十有三，死之徒十有三。人之生，动之

---

① 魏源《老子本义》上篇，《诸子集成》第3册，第7页。

② 魏源《老子本义》下篇，《诸子集成》第3册，第45页。

> 死地十有三。夫何故?以其生生之厚。盖闻善摄生者,陆行不避兕虎,入军不被甲兵。兕无所投其角,虎无所措其爪,兵无所容其刃。夫何故?以其无死地。[①]

为了强调“无身”“无以生为”的摄生行为之功用,老子的结论近乎神话了。当然,他自己仍然觉得这是符合逻辑的结论,只是他将这个结论推到了绝对的地步。本来是强调顺应生命活动的自然性,反对人为的意识干扰,可当这种强调到了绝对化,人的精神作用反而被强调到无所不能、超越一切的地步。实际上就已经否定了自己原来的后身、无为的养生理论。老子之所以被后世神仙家奉为道教之祖,被神化为“老君”,与他自己生命哲学中的这种神秘因素是分不开的。另外,魏晋玄学中嵇康一派的养生致长寿理论,也是沿着老子这种逻辑而来的。

在老子的生命哲学中,还蕴藏着“天地之根”的大生命观。这种生命观的特点是将天地自然与人类个体在运动状态上的某些类似特征同一化,赋予纯粹属于物质的天地自然以生命的性质,甚至直接把它看作是与人类生命体相对应的大生命体。不仅如此,这种大生命观的持有者甚至会非理性地认为,由于天地大生命与人类小生命相通,所以小生命能够通过与大生命相融会、相交通而获得特殊的功能,甚至可以具有大生命所具有的永恒性。《老子》中已经具备了大生命观的雏形:

> 天地不仁,以万物为刍狗;圣人不仁,以百姓为刍狗。天地之间,其犹橐籥乎?虚而不屈,动而愈出,多言数穷,不如守中。谷神不死,是谓玄牝。玄牝之门,是谓天地根。绵绵若存,用之不勤。[②]

---

① 魏源《老子本义》下篇,《诸子集成》第3册,第40页。

② 魏源《老子本义》上篇,《诸子集成》第3册,第4页。

老子所说的“天地之根”，是大生命和小生命共同的“根”。善护此根，“绵绵若存，用之不勤”，正是摄生要法。虽然他没有因此引出长生久视之说，但后来长生道术之家，正渊源于此。老子也使用了《周易》中的阴阳范畴：

> 道生一，一生二，二生三，三生万物，万物负阴而抱阳，冲气以为和。[①]

《黄帝内经·素问·上古天真论》中的一番话，正是发展了老子上述思想而形成一种长生理论的：

> 黄帝曰：余闻上古有真人者，提挈天地，把握阴阳，呼吸精气，独立守神，肌肉若一。故能寿敝天地，无有终时，此其道生。[②]

所谓“提挈天地，把握阴阳”，正是把握那个大小生命共同拥有的“天地之根”。只是《内经》又引入了战国时代发展出来的阴阳元气理论，更是道地的长生道术了。而秦汉方士及后来道教常说的“长生久视”这个神仙家总是挂在口头的成语，即出于《老子》：

> 治人事天莫若啬，夫惟啬是以蚤服。蚤服是谓重积德。重积德则无不克。无不克则莫知其极。莫知其极，可以有国。有国之母，可以长久。是谓深根固柢、长生久视之道。[③]

显然老子所说的长生久视，与后来修仙炼形者所说的意思还有距离的，但当老子将一种无为而无不为、后其身而身存、法天地以求长久的效果推到无止境的地步，他的大半理论，就可以直接被阐释为神仙道教的理论，而且是一种哲学基础式的理论。

老子的生命思想，奠定了道家自然哲学生命观的基础。它的

---

① 魏源《老子本义》下篇，《诸子集成》第3册，第35页。

② 王冰《重广补注黄帝内经素问》卷一，第6页。

③ 魏源《老子本义》下篇，《诸子集成》第3册，第49页。

现实动机在于为统治者提供一种新的生命思想和养生方式,以消除他们在生命问题上的紊乱意识。所以从基本倾向上说,它是一种理性的生命思想。但由于无法避免功利追求,更由于逻辑上的绝对化,它的某些观点又带上了神秘的、非理性的色彩。战国秦汉时代揣摩长生道术的方士、隐士们发展了后一种倾向,成了非理性生命观的重镇。

《老子》一书,从其基本理论体系来说,属于先秦道论的一种。老子从论道的本体出发,引发出一种以无为本的政治哲学以及以不养为养的生命哲学。如果从思想本身内容来讲,在治国与理身方面崇尚无为,并非道家一家所独有,这种思想甚至也可以存在于一般人的认识之中(当然是偶尔生发并不成系统)。关键是老子在论究非道之道、非名之论的哲学基础上阐述上述思想原则的。所以,《老子》一书是论道以治国、论道以治身的著作,它开启了中国古代源远流长的身国相通、治国与治身并论的思想传统。这一思想传统,在汉代得以强化,不仅身通于国,而且以阴阳五行为基本理论工具,将身体通于宇宙自然。后世道教神仙教,也以这种特殊的身国相通、以治身论治国的方式,断断续续地介入帝王政治之中,其渊源都可以追溯到《老子》。

二、庄子的生死观及其批判精神

近来讨论中国古代哲学与文学中的生命问题,都喜欢将其直接说成是生死观。所谓生死观,即就生与死的问题达成一种认识。狭义的生死观,只存在于承认自然死亡规律的这一派思想家、文学家中,它是知生必有死之后所采取的一种态度、所发生的一种认识。相反,如认为存在神仙长生之道、存在西方极乐佛道之徒,因为拒绝承认生必有死的规律,所以也不会在狭义的生死问题上进行讨论。当然,如果推及其基本前提,我们又认为任何一种生命本体论与生命价值观后面，各自有其生死观。但为求思想史脉络清晰化，我们主要是从狭义的方面来使用"生死观"这一表述。就道家来讲，虽然老子的生命思想也联系着关于生死的认识，但老子几乎不讨论死亡问题，死亡问题第一次作为一种思想主题被提出，进行或庄肃或滑稽的讨论与演说，是从庄子开始的。

《庄子》一书，是先秦时期庄子学派著述的总集。其中"内篇"七篇，向来公认是庄子自己所作，南齐明僧绍即云："敷玄之妙，备乎庄生七章。"[①]"外篇""杂篇"则多为庄氏后学所述，主要是传述、引发庄子思想。所以，《庄子》三十三篇基本上是一个思想体系。另外就思想影响的一般情况来看，除专门学者之外，普通的文人学士，对庄子的接受也并不注重内、外、杂三部分之间的区别。出于上述理由，我们讨论庄子的生死观，也是以三十三篇作为一个整体的。庄子生死观不仅在历史上影响巨大，而且近来也不乏研究[②]，本节在一些问题上参考了前贤之论。

与《庄子》的整个思想体系源于《老子》相应，庄子的生命思想是继承老子的，老子所建立的自然哲学生命观和辩证的养生思想，正是庄子生命思想的渊源所自。但庄子及其后学对道家的生命哲学作了很重要的发展。朱伯崑氏认为，"老子所开创的道家后分为黄老之学和老庄之学两大流派，黄老学可称为老学右派，庄学可称为老学左派"，"就道家的生死观说，黄老之学将老子的全生说向右的方面发展了，而庄学则向左的方面发展了"。严格地说，老子之生命思想重在探求生命活动的自然规律，是以阐述

---

① 《正二教论》，见《全齐文》卷一四，严可均辑《全上古三代秦汉三国六朝文》第3册，第2868页。

② 香港道教学院主办的《道家文化研究》第四辑载朱伯崑《庄学生死观的特征及其影响》，第五辑载日本金谷治《〈庄子〉的生死观》，均对庄子生死观作了比较系统的介绍。又据金谷治氏文所述，尚有笠原仲二《〈庄子〉中体现的生死观》（《立命馆文学》第114—125辑）、木村英一《从庄周故事看庄周生死观》（《东方学》第17辑）。

"生"的性质为主;庄子的生命思想则重在阐述"死"的性质。对生的思考与一切养生思想,源于很古老的执着于生的观念,道家可以说是古老的养生思想的一个总结。与之相对,对于死亡的冷静思考,则是一种新的思潮。完整意义上的生命思想,是包含着生与死两方面的。道家的生命哲学,只有到了庄学时代,才建立起完整的生死观。此外,庄学生命思想之所以源于老子而又有不同的价值取向,除了思想本身的逻辑发展的内因外,还与老庄所处的现实背景及老庄理论的现实目的各不相同有关。《老子》身国同治的生命思想,原本含有一种批判性,但还是以为统治者正面建构一种政治学说为目的;《庄子》则更突出地体现了对现实的批判性,其实已经将《老子》的政治哲学解构掉了。

庄子的养生说主要表现在内篇之中。在这方面,庄子并无多少超越老子的地方。但就理论的现实目的来看,老子养生说是君主圣人之学,庄子的养生说则是以一般的士人、庶民为教育对象。内篇《养生主》即透露出这一点。它针对当时士人阶层旺盛的求知欲和思考风气,提出"吾生也有涯,而知也无涯,以有涯随无涯,殆已"[①]这样的警告,其实是说求名好胜是一种伤生损性的行为。在庄子看来,士人最好的处世方式是"为善无近名,为恶无近刑,缘督以为经,可以保身,可以全生,可以养亲,可以尽年"[②]。尽管后世有些导引之士将"缘督以为经"理解为导引之法,但庄子的原意,只如郭象所释的那样,"顺中以为常"[③],即前文"为善无近名,为恶无近刑"这样一种非善非恶的处世方式。从这里可以看到,庄子的养生并非普通的养生家的养生,而是将生命问题直接当作现实问题来处理,养生之学亦即士庶的处世之学,其中反映出战

① 王先谦《庄子集解》卷一,《诸子集成》第3册,第18页。
② 王先谦《庄子集解》卷一,《诸子集成》第3册,第18页。
③ 郭庆藩《庄子集释》卷二上,《诸子集成》第3册,第55页。

国时代现实形势的紧张，颇有点苟全性命于乱世的味道。它以保身、全生、尽年为目的，讲究如何躲避现实中出现的种种危及生命的因素。他以庖丁解牛来比喻这种保身全生之道，生命如锋利之刃，处世如解牛之事：

> 方今之时，臣以神遇，而不以目视，官知止而神欲行，依乎天理。批大郤，导大窾，因其固然。技经肯綮之未尝，而况大軱乎？良庖岁更刀，割也；族庖月更刀，折也。今臣之刀十九年矣，所解数千牛矣，而刀刃若新发于硎。彼节者有间，而刀刃者无厚，以无厚入有间，恢恢乎其于游刃必有余地矣，是以十九年而刀刃若新发于硎。虽然，每至于族，吾见其难为，怵然为戒，视为止，行为迟，动刀甚微，謋然已解，如土委地。提刀而立，为之四顾，为之踌躇满志，善刀而藏之。文惠君曰：善哉！吾闻庖丁之言，得养生焉。[①]

庄子将养生的关键置于如何应对生命所处的现实环境，而不放在养生本身，这是他的养生学最有新意的地方。对于普通的养生，庄子称之为“养形”。《刻意》有云：“吹呴呼吸，吐故纳新，熊经鸟申，为寿而已矣。此道引之士，养形之人，彭祖寿考者之所好也。”[②]可见他与战国时期已经流行的黄老长生久视派是不同的。纯粹的养形是一种刻意的行为，纵然能养其形，但如不知处世，不知“达生”“达命”之理，仍然无法摆脱根本性的危机，故《达生》云：“达生之情者，不务生之所无以为；达命之情者，不务知之所无奈何。养形必先之以物，物有余而形不养者，有之矣；有生必先无离形，形不离而生亡者，有之矣。生之来不能却，其去不能止。悲夫！世之人以为养形足以存生。”[③]这里庄子继承老子反对益生、

① 王先谦《庄子集解》卷一，《诸子集成》第3册，第19页。

② 王先谦《庄子集解》卷四，《诸子集成》第3册，第96页。

③ 王先谦《庄子集解》卷五，《诸子集成》第3册，第114页。

贵生的思想,否定炼形派的养生行为。“达生”即明白生命的自然之理,“达命”即明白生命的自然之分。“命”的观念来自天司人命,是一种古老的生命思想,先秦儒家继承了“命”这一概念,而加以唯物的解释。庄子在这方面也表现出与儒家相近的旨趣。在庄子看来,“全生”“尽年”即是达命之情,并且还强调生不能自宰,具有“来不能却,去不能止”的性质。养生的根本在于保身,在于为生命选择最佳的处世方式。庄子将此比喻为牧羊者鞭其后。《达生》中的田开之就是这样开导周威公的:

> 开之曰:闻之夫子曰,善养生者若牧羊然,视其后者而鞭之。威公曰:何谓也?田开之曰:鲁有单豹者,岩居而水饮,不与民共利,行年七十而犹有婴儿之色,不幸遇饿虎,饿虎杀而食之。有张毅者,高门悬薄,无不走也,行年四十,而有内热之病以死。豹养其内而虎食其外,毅养其外而病攻其内,此二子者皆不鞭其后者也。[①]

张毅奔走权门,追求富贵,欲以利禄外养其身,但因“形劳神弱,困而不休,于是内热发背而死”[②]。这个“内热”是指因为陷入某种现实困境而产生的激烈的内心矛盾,《人间世》中叶公子高接受出使齐国的任务,感到棘手时说:“今吾朝受命而夕饮冰,我其内热与?”[③]单豹则属于隐逸避世而求养生之道的一流士人,亦即前所云“吹呴呼吸,吐故纳新,熊经鸟申”之人,他年七十而犹有婴儿之色,可见养形方面颇有成效,但最终被饿虎所食。庄子以此二人为例,说明无论何种形式的养形,都不知养生之根本在于全生保身,在于如何应付现实中伤生损性、害生丧命之种种危机。老子虽然反对益生、贵生,但仍在寻求最符合自然规律的养生之道;庄

---

① 王先谦《庄子集解》卷五,《诸子集成》第3册,第116—117页。

② 郭庆藩《庄子集释》卷七上引成玄英疏文,《诸子集成》第3册,第284页。

③ 郭庆藩《庄子集释》卷二中,《诸子集成》第3册,第70页。

子则真正将生命本身的寿夭变化付之自然，而将养生归结于处世之事。这当然是因为老子是为人君者寻求养生之道，而庄子是为处士提供全生之道。前者无法摆脱延生乃至长生的功利追求，后者则基本上摆脱了这种功利性。尽管《在宥》篇中介绍了广成子的长生之道，并说他“修身千二百岁”[①]，但这显然不是庄学生命思想体系中的有机构成，而是另一派即黄老养生派的意见窜入《庄子》中的结果。我们研究庄子的生命思想，要对其主次纯杂善加区分，只有这样才能把握住它的完整结构和独特的发展之处。庄子纯任自然的生命思想，对以委运任化为宗旨的陶渊明这一派的生命思想有一定的影响。

庄子生命思想中最重要的建树还在于死亡观方面。老子的自然哲学生命观重在体认生命活动的自然之道，目的是为了寻找到最好的摄生方式，因此，老子的生命哲学是一种肯定求生本能的理论。庄子则重在体认生命的物质性，因而把生命本身的病残死亡看作是纯粹的物质变化。这种生命观根植于对自然万物的物质统一性认识之上：“自其异者视之，肝胆楚越也；自其同者视之，万物皆一也。”[②]《大宗师》讲子祀等四人为友的一段话，就淋漓尽致地阐述了庄子这种以生命完全等同于万物的观点。他们四人相聚在一起，提出一种奇怪的盟约：“孰能以无为首，以生为脊，以死为尻，孰知死生存亡之一体者，吾与之友矣。”于是“四人相视而笑，莫逆于心，遂相与为友”。后来子舆得病，“曲偻发背，上有五管，颐隐于齐，肩高于顶，句赘指天”，已经完全没有人的样子了，子舆却认为这是造物者使然，没有什么可以憎恶的，“阴阳之气有沴，其心闲而无事”。并且说，造物者将我变成任何一种异物，我都因其自然，坦然处之。他说生命之“得者时也，失者顺也，

---

① 王先谦《庄子集解》卷三，《诸子集成》第3册，第65页。

② 王先谦《庄子集解》卷二《德充符》，《诸子集成》第3册，第31页。

安时而处顺,哀乐不能入也"[①]。又如,当子来有病将死,其妻为此哭泣,子犁却叱责她哭泣惊动生死之化。他对着将死的子来说:"伟哉造物,又将奚以汝为?将奚以汝适?以汝为鼠肝乎?以汝为虫臂乎?"[②]意思是说,死亡只是一种物化,化为鼠肝、虫臂,与生而为人,都是天地间的一物,人们没必要爱此恶彼,悦生惧死。他最后说出这样一番道理:

> 夫大块载我以形,劳我以生,佚我以老,息我以死,故善吾生者,乃所以善吾死也。今之大冶铸金,金踊跃曰:我且必为镆铘。大冶必以为不祥之金。今一犯人之形,而曰人耳!人耳!夫造化者必以为不祥之人。今一以天地为大炉,以造化为大冶,恶乎往而不可哉?[③]

庄子用这些寓言故事,生动地阐述了生命同于万物的思想,他的死亡观即建立在这种逻辑之上。在《知北游》中,这种死亡观发展为生死气化之说:

> 生也死之徒,死也生之始,孰知其纪。人之生,气之聚也。聚则为生,散则为死。若死生为徒,吾又何患。故万物一也,是其所美者为神奇,其所恶者为臭腐。臭腐复化为神奇,神奇复化为臭腐,故曰:通天下一气耳。[④]

生命即是"气"之所聚,死亡则是凝聚之气的还原,所以庄子称死亡为"归根",回到自然万物之中。因此生不足喜,死不应悲。其所强调者,正是生命是天地万物变化之一体。这种气的思想,被汉代刘安《淮南子》、王充《论衡》所发展,形成了一种元气自然的

---

① 王先谦《庄子集解》卷二,《诸子集成》第3册,第42—43页。
② 王先谦《庄子集解》卷二,《诸子集成》第3册,第43页。
③ 王先谦《庄子集解》卷二,《诸子集成》第3册,第43—44页。
④ 王先谦《庄子集解》卷六,《诸子集成》第3册,第138页。

生命本体论。宋代诗人黄庭坚则将其概括为“万物一家”的思想：“庄周，世之体醇白而家万物者也。时命缪逆，故熙然与造物者游。”[①]但《庄子》中的这种生命思想，带有一种虚无的色彩。也因此，庄子学派中人，有时会产生一种生命的悲情：

> 人生天地之间，若白驹之过郤，忽然而已。注然勃然，莫不出焉；油然漻然，莫不入焉。已化而生，又化而死，生物哀之，人类悲之。解其天弢，堕其天袠，纷乎宛乎，魂魄将往，乃身从之，乃大归乎？[②]

在《德充符》中，庄子借孔子之口，发出“死生亦大矣”的感叹[③]，引起后人的无数共鸣。正是认识到生死为必然之理，生命短暂，庄子才提出超形骸、外生死的说法。《德充符》中的兀者王骀，孔子说他是“死生亦大矣，而不得与之变；虽天地覆坠，亦将不与之遗”[④]，就是强调其道德精神的充实，能够超越于生死之上。

不仅如此，庄子由称死亡为归，进一步发展到以死亡为乐。《至乐》中宣传一种以死为乐的思想，其中一个故事是说庄周妻死，鼓盆而歌，惠子斥其太不近人情，庄子却说：

> 察其始而本无生，非徒无生也，而本无形，非徒无形也，而本无气。杂乎芒芴之间，变而有气，气变而有形，形变而有生，今又变而之死，是相与为春秋冬夏四时行也。人且偃然寝于巨室，而我嗷嗷然随而哭之，自以为不通乎命，故止也。[⑤]

这段话运用自然哲学的语言，具体设想了生命如何由无气、无形、无生至有气、有形、有生，又如何由生而至死的整个生死变化过

---

① 《黄庭坚全集》，刘琳等校点，四川大学出版社，2001年，第二册，第622页。
② 王先谦《庄子集解》卷六，《诸子集成》第3册，第140—141页。
③ 王先谦《庄子集解》卷二，《诸子集成》第3册，第31页。
④ 王先谦《庄子集解》卷二，《诸子集成》第3册，第31页。
⑤ 王先谦《庄子集解》卷五，《诸子集成》第3册，第110页。

程,是庄学死亡观最为哲学化的表述。

庄子从生命的物质性这一自然哲学观念出发,得出死亡为物归其根的看法。但他并未止于此,而是进一步发挥文学家式的想象,将它形容为“偃然寝于巨室”,或如一个从小就流离失所的人回到家乡,因而他以为人们惧怕死亡的心理也许根本就不对:“予恶乎知说生之非惑邪?予恶乎知恶死之非弱丧而不知归者邪?”①惧怕死亡,也许就像一个从小就离开家乡,对家乡失去记忆的人所产生的不知所归的迷惘情绪,死亡恐怕是生命最彻底的归宿吧:

> 人生天地之间,若白驹之过郤,忽然而已。注然勃然,莫不出焉。油然漻然,莫不入焉。已化而生,又化而死,生物哀之,人类悲之。解其天弢,堕其天袠,纷乎宛乎,魂魄将往,乃身从之,乃大归乎?②

与物质的永恒性相比,人类的生命是十分短暂的,物质忽然化为生命,又倏尔死亡,这对于有情感的人类来说是莫大的悲哀。但如果站在物质永恒性的角度来看,人生恰如白驹之过隙,死亡才是永恒归宿。庄子的这种思想,对后世文人影响很大,文学中经常出现的人生如梦、如寄、如过客的情绪,就渊源于此。文人们常常将死亡想象为永恒的归宿,从而得到一种慰藉。陶渊明《拟挽歌辞》之三所云“死去何所道,托体同山阿”③,正是归于万物之根的思想所在。

但是,庄子以死为归的思想,不仅是一种自然哲学的观念,而且包含着社会批判的精神。这与庄学思想体系整体上所具有的批判精神是一致的,庄子的“弃智休心的认识论在最深层的本质

---

①　王先谦《庄子集解》卷一《齐物论》,《诸子集成》第3册,第16页。

②　王先谦《庄子集解》卷六《知北游》,《诸子集成》第3册,第140—141页。

③　《陶渊明集》卷四,逯钦立校注,中华书局,1979年,第142页。

上又是一种向往自由、反抗异化的社会批判学说”[1]。以死为归的思想反映出以庄子为代表的一批厌世之士的生命情绪。战国时代是我国古代士阶层兴起的时代,他们崛起于政治、军事、思想等各个领域,勃发出前所未有的文化创造热情。但由于现实情形的复杂,的确有一部分士人或是被动或是主动地退出高者建功立业、低者巧取俸禄的名利之场,冷静地观察社会,剖析、批判它的种种弊病。《庄子》可以说是这派思想的最高发展,尤其是通过自然哲学和辩证方法的建立,使这种批判具有了哲学的高度。但在具体的表现形式上,《庄子》又采用寓言等形式,使其批判精神富于文学效果。庄子的后学们进一步走向异端,以生为劳苦、生为赘疣,以死为至乐。《至乐》就宣扬这种生命思想,作者极力渲染人生之苦,贫富贵贱都是一样,说“人之生也,与忧俱生”[2],只有死亡才能结束这一切,于是就有了以死为至乐的偏激之论。作者还虚构了著名的髑髅故事,说庄子到楚国去,路上看到一个髑髅,一边用马捶敲击,一边问它生前是什么样的人,因何事而不幸死亡,说完就枕着髑髅而睡,接着就发生了这样的事:

> 夜半,髑髅见梦曰:子之谈者似辩士。视子所言,皆生人之累也,死则无此矣。子欲闻死之说乎?庄子曰:然。髑髅曰:死,无君于上,无臣于下,亦无四时之事,从然以天地为春秋,虽南面王乐,不能过也。庄子不信,曰:吾使司命复生子形,为子骨肉肌肤,反子父母妻子、闾里知识,子欲之乎?髑髅深矉蹙頞曰:吾安能弃南面王乐而复为人间之劳乎?[3]

这个故事以文学的方式来表现以死为归的死亡观,但它的厌世色彩是很明显的,这种厌世思想当然也反映了庄派学者对社会现实

---

① 李存山《庄子与惠施》,载《道家文化研究》第五辑。

② 王先谦《庄子集解》卷五,《诸子集成》第3册,第109页。

③ 王先谦《庄子集解》卷五,《诸子集成》第3册,第111页。

的批判态度。因生之劳苦而转生慕死之心,在《诗经》里就已有所表现,庄子则站在自然哲学生命观的高度发展了这种观念,对后来的文人产生了深远的影响。东汉张衡以髑髅故事为蓝本写了一篇《髑髅赋》。有趣的是张衡赋中的髑髅正是庄子的遗骸。张衡此赋,基本情节与主题思想虽本于《庄子》,但演绎方式有很大的变化。首先,此赋引进了《楚辞》中典型的"游"于天地宇宙之间的背景:

> 张平子将游目于九野,观化乎八方,星回日运,凤举龙骧,南游赤野,北陟幽乡。西经昧谷,东极扶桑。于是季秋之辰,微风起凉,联回轩驾,左翔右昂。步马于畴阜,逍遥乎陵岗。顾见髑髅,委于路旁,下居淤壤,上负玄霜。[①]

这是赋的结构的引入,也是《楚辞》与《庄子》两方面影响的共同作用。在另一些情节上,如张平子欲为庄周起死回生,也加入赋体铺张的方式,并且使用汉代流行的八卦理论:

> 我欲告之于五岳,祷之于神祇。起子素骨,反子四肢,取耳北坎,求目南离。使东震献足,西坤授腹,五内皆还,六神尽复,子欲之不乎?[②]

而庄周髑髅"现身"回答张平子,畅论死亡之乐时,也明显地提出"与道逍遥""合体自然"的思想:

> 死为休息,生为役劳。冬水之凝,何如春冰之消。荣位在身,不亦轻于尘毛。飞风曜景,秉尺持刀。巢许所耻,伯成所逃。况我已化,与道逍遥。离朱不能见,子野不能听。尧舜不能赏,桀纣不能刑。虎豹不能害,剑戟不能伤。与阴阳同其流,与元气合其朴。以造化为父母,以天墬为床褥。以

---

① 《全后汉文》卷五四,严可均辑《全上古三代秦汉三国六朝文》第1册,第770页。
② 《全后汉文》卷五四,严可均辑《全上古三代秦汉三国六朝文》第1册,第770页。

> 雷电为鼓扇，以日月为灯烛。以云汉为川池，以星宿为珠玉。合体自然，无情无欲。澄之不清，浑之不浊。不行而至，不疾而速。①

这里面所增加的汉代自然哲学及神秘联想的内容，是庄子原来的故事所没有或引而未发的。这个故事以向往死后之乐来消除死亡恐惧，且有一定的批判现实精神，但它也具有浓厚的虚无、颓废的倾向。

曹植的《髑髅说》是在张衡《髑髅赋》的基础上的又一种改写，其中表现出更为浓重的厌生乐死的情绪，当是作者后期极端困迫状态中的思想寄托。他继续张衡所说的死亡是与道逍遥、合体自然的说法，他对道的阐述，基本上是秉承老子的思想：

> 夫死之为言归也。归也者，归于道也。道也者，身以无形为主，故能与化推移，阴阳不能更，四时不能亏。是故洞于纤微之域，通于恍惚之庭，望之不见其象，听之不闻其声，挹之不冲，注之不盈，吹之不凋，嘘之不荣，激之不流，凝之不停。寥落冥漠，与道相拘，偃然长寝，乐莫是逾。②

对道体的这种形容，实际上已是玄学的先声。而作者以死为归于无，合于道，其实与后来佛教涅槃说已有相通之处：

> 昔太素氏不仁，无故劳我以形，苦我以生。今也幸变而之死，是反吾真也。何子之好劳，而我之好逸乎？子则行矣！予将归于太虚。③

《法苑珠林》记载："（陈思王曹植）尝游鱼山，忽闻空中梵天之响，清雅哀婉，其声动心。独听良久而侍御皆闻，植深感神理，弥悟法

---

① 《全后汉文》卷五四，严可均辑《全上古三代秦汉三国六朝文》第1册，第770页。

② 赵幼文《曹植集校注》，人民文学出版社，1998年，第524—525页。

③ 赵幼文《曹植集校注》，第525页。

应,乃摹其声节,写为梵呗,撰文制音,传为后式。”[①]佛教自汉明帝时传入中国,至曹魏时期,应该已有相当的流布。考虑到佛教学说与老庄的相近之处,曹植很可能对佛说有所关注。

庄子在生命思想上最为卓越的贡献是他对生命物质性的认识。虽然在他的时代,由于自然科学知识的有限,对构成生命这种物质的特殊性,即由无机物到有机物再到细胞这种生命形成的奥秘还一无所知,因而他只能将生命体的生与死解释为气的聚与散,但是庄子通过其自然哲学的思维方式,将世俗理性的“自然死亡”概念提升到哲学分析的高度,这在人类生命思想发展史上也是很超前的。我们还发现,庄学死亡观与现代生命哲学的一些死亡学说有着惊人的相似之处,弗洛伊德关于死亡本能的理论可与庄学相参。弗洛伊德在他的后期著作《超越唯乐原则》中认为,在生本能之外,还存在着死本能。他认为本能是有机体生命中固有的一种恢复事物早先状态的冲动,而生物体除了有发展变化、延续生命的生本能外,还有回归原先状态的保守性和惰性。原始的生命在无生命的物质中产生时,一种回复到无生命状态中去的本能就随之产生。但原始生命是结构极为简单的生物体,它们很快繁殖,又很迅速地回复到物质状态,生命的历程十分短暂,实现死亡是非常容易的事。随着生命结构的复杂化,生物体的生命历程越来越长,但生命中那种回复到无生命的物质状态的本能依然存在着。这样一来,就出现了两种本能的作用:一方面,生本能或称性本能将生命在不同的个体之间延续,似乎使生物体赢得了某种潜在的永生的东西,当然这种永生就其根本意义来说也许不过是延长了通向死亡之道;另一方面,死本能或称自我本能则使个体生命回复到无生命的物质状态。所以弗洛伊德得出结论说:“一

---

① 释道世《法苑珠林》卷三六《呗赞篇·赞叹部》,上海古籍出版社影印《宋碛砂版大藏经》,1991年,第286页。

切生命的最终目标乃是死亡。”[①]所谓“生本能”即指爱欲的本能，而死本能则是与之对抗的回归生之前的静寂，类似于佛教所说净乐、极乐的向往。只是精神分析派将两者作为一种二元对立来解释人类的种种精神症状。所谓“生本能”与“死本能”，并非心理学意义上的一种科学证明，而更多是人性论的一种学说。中国古代的一些哲学家也常论述生死相存相依的关系。弗洛伊德与布朗等人的死亡本能学说，其实受到了庄子死亡为人生之归宿以及佛教涅槃之说的影响[②]。

这种生命学说当然不是严格意义上的科学，它本质上仍是一种生命哲学。我们将它与庄子的生命哲学相比较，发现二者在要点上是接近的。它们都从生命产生于物质这一点来论证生命必然复归于物质，死亡是一种与生俱来的趋势，生命的整个过程都伴随着死亡的趋势或死亡的本能。所以庄子说“生也死之徒，死也生之始，孰知其纪”[③]，要“以死生为一条”[④]，以生死存亡为一体。庄子以死亡为大归，认为要纯粹自然地甚至带有某种自愿心理走向死亡，归于万物之根。同样，张衡以死亡为归于自然，合道逍遥，曹植以为死亡为归于太虚。值得注意的是，上述庄学一派以死为归的观念，尤其是庄子以忧死为弱丧的观点，都强调人们其实有能力认识到生命的这种真相，只是为自身生命体的物质内容所局限，无法超越生的欲望，达到对死的回归自然的性质的体认。诸家都渲染死亡之乐，这虽然是一种文学想象的表现，但也暗示人类不仅有坦然接受死亡事实的能力，而且还可能从中得到一种

---

① ［奥］弗洛伊德《超越唯乐原则》第五章，《弗洛伊德后期著作选》，林尘等译，上海译文出版社，1986 年，第 42 页。

② ［美］诺尔曼·布朗《生与死的对抗》第三部《死亡》，冯川、伍厚恺译，贵州人民出版，1994 年，第 83—119 页。

③ 王先谦《庄子集解》卷六《知北游》，《诸子集成》第 3 册，第 138 页。

④ 王先谦《庄子集解》卷二《德充符》，《诸子集成》第 3 册，第 34 页。

理性之乐。庄学一派其实已经将享有死亡之乐理解为人类生命固有的一种能力。后来佛教的涅槃之乐、常乐我净,正是通过与庄学死亡观的近似性,而进入中国文人的思想之中。这些与弗洛伊德以死亡为本能作用的结果的观点也很相似。当然,庄子和弗洛伊德毕竟处于完全不同的时代,有着完全不同的学术思想背景,所以他们的理论形式差异甚大,但在哲学意味上却十分接近。

《庄子》一书中还塑造了一系列精神上完全超越死亡的人物,如《大宗师》中的莫逆四友,《德充符》中的王骀,以及《至乐》中的庄周。他们都能漠然于死生之变,如王骀,庄子笔下的孔子赞扬他说:"死生亦大矣,而不得与之变,虽天地覆坠,亦将不与之遗。"[①]这些虚构的人物都是对庄子生死观的现身说法。庄子的生死观之所以能对后世文人产生巨大的影响,与这种文学创造是分不开的。不仅如此,庄子还通过浪漫的想象,塑造了一种超越现实的真人、至人的形象,认为他们因精神上超越死亡而获得绝对的自由,他们"磅礴万物以为一",以万物为一家,完全泯灭物我之殊见,所以"物莫之伤,大浸稽天而不溺,大旱金石流土山焦而不热"[②]。他们不像凡人那样处于乐生惧死的"弱丧不知归"的迷惘境地,而是能以生死为一体,能归于其根,始终体验着某种永恒状态,似乎未曾有生,亦未曾有死。这种浪漫形象是庄子生死观在哲学之外的诗性体验的产物,它从根本上说仍是庄子及其后学作为现实的人所无法消除的对于生命体的本能的依恋。所以,无论是称死为"大归",为回到家乡,寝于巨室,都不只是比喻,也是根本摆脱不了生命体的直觉体验,无法不以生者的某些特性去想象死者,于是产生了上述往往被后人误解为神仙的至人、真人、神

① 王先谦《庄子集解》卷二《德充符》,《诸子集成》第3册,第31页。
② 王先谦《庄子集解》卷一《逍遥游》,《诸子集成》第3册,第4页。

人,以至于表面上看,这些形象与庄子的哲学表述刚好是矛盾的。但正因为这样,《庄子》一书在表现生命主题方面取得了很高的艺术成就,从哲理思辨升华为美的创造。

从老子的帝王圣人养生学开始,到庄子的士庶养生学,再到庄子的死亡观,可以看出老庄一派生命思想的完整发展历程。老子本来是为了建立一种新的、辩证的养生观而引进自然思想,可从逻辑推演来看,既然引进了自然思想,就不可能停留在以自然之道为养生之法、寻找小生命与大生命的共同之根这些层次上。如果只看自然之道的养生效果,而不进一步承认引进"自然"范畴的同时,已蕴藏着一个生命本身具有自然物性质的否定性结论,那就会走向黄老派和道教的理论。其实,当黄老派的养生理论试图以老子的自然之道追求长生时,它已经完全抛弃老子自然哲学生命观,"自然"这个概念在它们那里已经失去了老庄的本义。所以,庄子一派由自然之道的养生论发展为自然物质死亡论,是逻辑的合理的结果。只有这一派才真正发展了老子的自然哲学生命观,使其成为一个完整的体系。

三、老庄一派的形神思想

形神观念实为构成中国古代乃至东方各国生命思想的最重要的哲学层面。先民以己身的自然的生命感受投注于万物,弥生出万物有灵的意识;同时又用这一有灵的意识反观自身,形成身体与灵魂两分的观念。这实在是人类生命意识发展历程中的重大问题,即人类对自身的思维活动及其一切精神活动现象的一种观照。所以,从哲学上说形神问题即是思维与存在的关系。先秦各派思想都对形神问题有所关注,但最直接触及形神问题,并成为后世各派形神思想共同发源处的,则是老庄一派的形神思想。

"神"是老子生命哲学中的一个重要概念:

谷神不死,是谓玄牝。玄牝之门,是谓天地之根。绵绵若存,用之不勤。[①]

昔之得一者,天得一以清,地得一以宁,神得一以灵,谷得一以盈,万物得一以生,侯王得一以为天下贞。其致之,一也。天无以清将恐裂,地无以宁将恐发,神无以灵将恐歇,谷无以盈将恐竭,万物无以生将恐灭,侯王无以贞而贵高将恐蹶。[②]

老子所说的"神"还带有鬼神的意味,但已经向"形神"之"神"转化,尤其是"谷神"这一概念,是带有生命本源的意味。从老子的尚阴柔、以柔克刚的观念出发,他将"谷神"看作玄牝之门,是生命之根。在老子看来,只要守住这个谷神,并将其与天地交通,以自然之道来运行,用之不勤,绵绵若存。在老子的表达中,虽然没有直接将形、神两个概念放在一起使用,但从其主张后其身而身存、反对益生等观点来看,他是将精神安置在形体之上,强调精神的能动作用。而老子赋予精神的基本内涵,把握神的要领,在于自然。他所谓的"神得一以灵"的"得一",就是得自然之道。从这个意义上,可以说老子是以自然为神的观念的奠定者。

庄子在老子的基础上发展神的观念,神在庄子哲学里具有更重要的位置,强调精神的作用是庄子哲学的基本逻辑。在这个逻辑下,他塑造了一系列超凡人格,其中就有"神人":

夫列子御风而行,泠然善也,旬有五日而后反。彼于致福者,未数数然也。此虽免乎行,犹有所待者也。若夫乘天地之正,而御六气之辩,以游无穷者,彼且恶乎待哉?故曰:至人无己,神人无功,圣人无名。[③]

---

① 魏源《老子本义》上篇,《诸子集成》第3册,第4页。

② 魏源《老子本义》下篇,《诸子集成》第3册,第32页。

③ 王先谦《庄子集解》卷一《逍遥游》,《诸子集成》第3册,第3页。

整篇《逍遥游》，其实就是讲述精神超越的问题，也是讨论自由的主题。庄子以鲲鹏非凡巨伟的行动与蜩、学鸠的细小行动为对比，引出"逍遥游"的主题。上述大与小二者，都认为自己得到"逍遥游"的宗旨，亦即实现了自由。这其实以形的行动来定义自由，是世俗所说的自由。他强调一个拥有外在行动能力、社会影响等因素的人，所谓"知效一官，行比一乡，德合一君而征一国者"[①]，其自视亦如鲲鹏之类。另有一些人，"举世誉之而不加劝，举世非之而不加沮，定乎内外之分，辨乎荣辱之境"[②]，其建树当然在上述鲲鹏之上，其于世也未数数然，然犹有所未树。接下来就是子列子这种人，但还是有所待。真正无所待的逍遥游，亦即绝对自由，则是乘天地之正，而御六气之辩以游于无穷者的至人、神人、圣人。可见，《逍遥游》讨论的是一种自由的主题，也即精神超越的主题。究竟什么样的境界可以超越所有的现实条件，做到真正的无待式的自由呢？庄子的"神"论，正是在这样的思辨方式中建立的，也是对老子"神"的思想的发展。其中重要的内涵，都是把"神"作为生命的最高境界，而"神"的实现是乘天地之正，御六气之辩，即最高意义上的循乎自然。后面将要讨论陶渊明的以自然阐释"神"的内涵，从思想逻辑上说，正得老庄的正脉。

庄子与老子一样，循着"自然"的观念，把"神"的作用推到极致，其中最重要的说法，则是"神凝"：

> 藐姑射之山，有神人居焉。肌肤若冰雪，淖约若处子，不食五谷，吸风饮露，乘云气，御飞龙，而游乎四海之外，其神凝，使物不疵疠而年谷熟。[③]

庄子使用神话的表达方式，塑造了一个"神凝"的典范，其中的奥

---

① 王先谦《庄子集解》卷一《逍遥游》，《诸子集成》第3册，第3页。
② 王先谦《庄子集解》卷一《逍遥游》，《诸子集成》第3册，第3页。
③ 王先谦《庄子集解》卷一《逍遥游》，《诸子集成》第3册，第4页。

妙仍在于高度契合自然之理,即所谓“吸风饮露,乘云气,御飞龙而游乎四海之外”,与“乘天地之正,御六气之辩”,其实是一样意思,只是使用了更具神话色彩的表达方式,也在不经意中为后世导引养气的神仙家张本。其实庄子是阐述一种自然的观念,而神仙家则是讲求一种法术,二者本质上是不同的。但到了《庄子》外篇、杂篇,就有一些内容属于战国黄老养生者之言,其理论结构,乃是形神并举,并援用阴阳之说,开后世以形神论长生久视之道的先河。如《在宥》篇载黄帝问广成子治身之道:

> 广成子南首而卧,黄帝顺下风膝行而进,再拜稽手而问曰:闻吾子达于至道,敢问治身奈何而可以长久?广成子蹶然而起,曰:善哉问乎!来,吾语女至道。至道之精,窈窈冥冥;至道之极,昏昏默默。无视无听,抱神以静,形将自正。必静必清,无劳女形,无摇女精,乃可以长生。目无所见,耳无所闻,心无所知,女神将守形,形乃长生。慎女内,闭女外,多知为败。我为女遂于大明之上矣,至彼至阳之原也;为女入于窈冥之门矣,至彼至阴之原也。天地有官,阴阳有藏,慎守女身,物将自壮。我守其一,以处其和,故我修身千二百岁矣,吾形未尝衰。[①]

这种观点重视生命体本身的延续,将此视为生的最大利益,所以从根本来说,是重形的。它已悄然改变了前面《庄子》内篇所表达的重神、追求精神超越的思想。在这里,将神视为形的守护者,神以静、清为目标,以不劳形为方法,这样就升于至阴、至阳之原。作者认为存在着天地之官。所谓至阴、至阳之原,天地之官,这种说法,比起《逍遥游》中“天地之正”“六气之辩”来,显然是朝着更神秘的境地发展,而失去原有的自然哲学的内涵。阴阳的思

① 王先谦《庄子集解》卷三,《诸子集成》第3册,第65页。

想，《老子》中也已经使用，“万物负阴而抱阳，冲气以为和”[1]，上述至阳之原、至阴之原，则将其实体化，带有浓重的宗教色彩。《天地》篇还讲了形全则神全的思想：

执道者德全，德全者形全。形全者神全，神全者圣人之道也。[2]

可见即使是《庄子》外、杂篇，其养生全神的思想，在逻辑上也是与道、德的主题联系在一起，而道德的最高律令为自然。神全则形全，虽遇外界的变化、损害，但只要神全，就不能损其形。《达生》篇就讲述了这一观点：

子列子问关尹曰：至人潜行不窒，蹈火不热，行乎万物之上而不栗。请问何以至于此？关尹曰：是纯气之守也，非知巧果敢之列。居，吾语女。凡有貌象声色者，皆物也。物与物何以相远？夫奚足以至乎先？是色而已。则物之造乎不形，而止乎无所化。夫得是而穷之者，物焉得而止焉？彼将处乎不淫之度，而藏乎无端之纪，游乎万物之所终始，壹其性，养其气，合其德，以通乎物之所造。夫若是者，其天守全，其神无郤，物奚自入焉。夫醉者之坠车，虽疾不死，骨节与人同，而犯害与人异，其神全也。乘亦不知也，坠亦不知也，死生惊惧不入乎其胸中，是故逆物而不慴。彼得全于酒而犹若是，而况得全于天乎？圣人藏于天，故莫之能伤也。[3]

这种神全为魏晋玄学家如嵇康一派所接受。这其实是对精神作用的极端夸大，近乎神话，所以也为神仙道教之流所接受。而所谓潜行不窒、蹈火不热，与《逍遥游》中所说藐姑射之神人“物

① 魏源《老子本义》下篇，《诸子集成》第3册，第35页。
② 王先谦《庄子集解》卷三，《诸子集成》第3册，第75页。
③ 王先谦《庄子集解》卷五，《诸子集成》第3册，第114—115页。

莫之伤,大浸稽天而不溺,大旱金石流土山焦而不热"正是同一逻辑。后来《法华经·普门品》所说的念观世音,所至即有响应,诸害不侵,百福自来,这样的思想,虽属宗教,但究其义理所在,与庄子一派极端夸大精神作用而至于神化的观念,在逻辑上是相通的。所以,陶弘景《真诰·翼真检》将《庄子》与《法华经》并论,认为"佛经《妙法莲华》,理会一乘之致;仙书《庄子》内篇,义穷玄任之境"[①]。玄佛之相通,在《庄子》这里就已经藏其隐机了。庄子的神全思想,多为战国及秦汉之际的道家或杂家所袭用,如《吕氏春秋》卷一《孟春纪》:

> 故圣人之制万物也,以全其天也。天全,则神和矣,目明矣,耳聪矣,鼻臭矣,三百六十节皆通利矣![②]

至于纯粹的"养形"一派,庄子认为是有所不足的。《刻意》篇讲述刻意尚行诸派之中,即有养形一派:

> 吹呴呼吸,吐故纳新,熊经鸟申,为寿而已,此道引之士,养形之人,彭祖寿考者之所好也。[③]

彭祖代表了养生延寿派,这在战国诸子时代是一个常识。《荀子·修身》篇:"扁(王先谦读为'辨')善之度,以治气养生,则后彭祖;以修身自名,则配尧舜。"[④]《达生》篇对养形之不足的问题讲得更清楚:

> 养形必先之以物,物有余而形不养者,有之矣。有生必先无离形,形不离而生亡者,有之矣。生之来不能却,其去不能止。悲夫!世之人以为养形足以存生,而养形果不足以存生,则世奚

---

① 《真诰校注》卷一九,[日]吉川忠夫、麦谷邦夫等编,朱越利译,中国社会科学出版社,2006年,第563页。

② 《吕氏春秋》卷一,《诸子集成》第6册,第4页。

③ 王先谦《庄子集解》卷四,《诸子集成》第3册,第96页。

④ 王先谦《荀子集解》卷一,《诸子集成》第2册,第13页。

> 足为哉？虽不足为而不可不为者，其为不免矣。夫欲免为形者，莫如弃世。弃世则无累，无累则正平，正平则与彼更生，更生则几矣。事奚足弃而生奚足遗？弃事则形不劳，遗生则精不亏。夫形全精复，与天为一。天地者，万物之父母也，合则成体，散则成始。形精不亏，是谓能移。精而又精，反以相天。[①]

作者认为养形者的局限在于片面注重物质，以养形为一事，而没有从体道、全德的前提出发，所以终究至于有形而不能养或虽形存而生之情已尽这样的困境。也就是说，为养形而养形是不足的，会走向终不能养的境地。因此，他主张弃事遗生，而使形不劳，精不亏，最后做到形全精复，与天为一。究其根本，上述弃事遗生的思想，即老子所说“吾所以有大患者，惟吾有身。苟吾无身，吾有何患”[②]，“以其不自生，故能长生。是以圣人后其身而身先，外其身而身存”[③]，这其实是老庄对“益生”“养形”一派辩证思索的结果。从这里也可以看出，老庄与春秋战国时期的养形一派，原本是异流的，其关键在于老庄的养生及形神理论在于以道、以自然为根本，而后者则属于术之一流。它们的融合或杂合，是到后来的发展过程中才发生的现象。

四、庄子生命思想的文学创造

《庄子》与《诗》《骚》一起，构成中国古代文学形象、文学精神及风格乃至文学创造方法的重要的源头。《庄子》的独特文学风格，从根本上说，是其生命思想的体现，也是庄子深刻的生命体验的形象呈现。

---

① 王先谦《庄子集解》卷五，《诸子集成》第3册，第114页。
② 魏源《老子本义》上篇，《诸子集成》第3册，第10页。
③ 魏源《老子本义》上篇，《诸子集成》第3册，第5页。

庄子的文学创造,体现在言与象两个方面。所谓“言”,即庄子特殊的言说方式。《庄子》杂篇《寓言》说:“寓言十九,重言十七,卮言日出,和以天倪。”[1]所谓寓言,即寄寓他事、他物以见本意,郭象注“寓言十九”:“寄之他人则十言而九见信。”[2]郭象这是根据后文所说:“寓言十九,借外论之。亲父不为其子媒。亲父誉之,不若非其父者也。”[3]这里的借外,是指不用本事,而用外事、外言,以外事人所尽信,而本事、本言则人以为出于其个人而易置疑,故有父不为子媒之喻。郭氏以“寄之他人”解之,意未尽明。王先谦《集解》说:“宣云:寄寓之言,十居其九。案意在此而言寄于彼。”[4]所谓寓言,即叙述本事、议论本题时,以本不相关的他事、他物、他言形容比喻之,即与诗歌的比兴相似。《史记·屈原贾生列传》论《离骚》云:“其称文小而其指极大,举类迩而见义远。”[5]“寓言”也具有这样的特点。用寓言的方式来叙述、论说,其作用能够十得其九,可见庄子对寓言的重视。庄子之善用寓言,是其文章之所以富于形象性、故事性的原因所在,所以,寓言是庄子文学的特质所在。当然,庄子的寓言,其内涵比我们今天所说的“寓言”要广泛。所谓重言,王先谦《集解》:“宣云:引重之言。”[6]即征引先哲或耆老的言辞以增强说服力,亦即引证之言。如庄子里大量引用孔门言行,就是其中的一种。但在庄子看来,引经据典,即述古之言,其效用十得其七,亚于寓言。我们知道述古是儒家一派的特点,而道家从老子开始,就是师心自用。庄周一派出于道家,而颇折中于儒,所以仍以述古的重言为其重要论说方式。但

① 郭庆藩《庄子集释》卷九上,《诸子集成》第3册,第407页。
② 郭庆藩《庄子集释》卷九上,《诸子集成》第3册,第407页。
③ 郭庆藩《庄子集释》卷九上,《诸子集成》第3册,第408页。
④ 王先谦《庄子集解》卷七,《诸子集成》第3册,第181页。
⑤ 《史记》卷八四,第2482页。
⑥ 王先谦《庄子集解》卷七,《诸子集成》第3册,第181页。

其根本的论说方式，则是师心之论的“卮言”。他们认为无论寓言还是重言，都是在师心任真、率意遂性、自由抒发、独标见解的卮言的组合下，达到“和以天倪”即适道、天真的效果。寓言、重言，都是为卮言所用。所谓“和以天倪”，也是齐物论之意。《齐物论》中说：“何谓和之以天倪？曰，是不是，然不然。是若果是也，则是之异乎不是也亦无辩；然若果然也，则然之异乎不然也亦无辩。忘年忘义，振于无竟，故寓诸无竟。”[①]即使各种物论得以齐，齐者，齐以天倪，就是超越凡是凡非，此是此非，而从天与道的立场上发言。这是庄子一派对自己的言说方式以及文体特点的明确交代。庄子一派的言说方式是对六经及儒家一派的言说方式的一种歧出，体现出庄子自由、独立、质疑及批判的精神立场，而这些都和庄子的生命思想、生死观念联系在一起。

庄子文学的奇异瑰玮之处，首先在其善以卮言驱其气，而以寓言造其象，以重言释其理。所谓“象”，即是庄子文章中最具文学性的一系列形象创造。这一系列形象，都是作为庄子生命思想的一种表现而被创造出来的。在中国古代文学中，《庄子》与楚辞都是生命境界文学的代表。

论庄子寓言之象，我们能发现庄子文学的一个重要渊源，即原始时代以来的神话及春秋战国时期的志怪之说。庄子与屈原都是神话的传述与再创造者。庄子对原始神话思维有积极的汲取与发展，他所创造的一部分形象，带有拟神话的性质。作为庄子文学代表作的《逍遥游》，就以新神话的方式讲述理性时代的哲学真理。鲲鹏形象是一种《山海经》式的异域巨型动植的再现，它本身应该不是庄子个人的创造，而是庄子利用当时民间传说或志怪家的一种讲述：

---

① 王先谦《庄子集解》卷一，《诸子集成》第3册，第17页。

北冥有鱼,其名为鲲。鲲之大,不知其几千里也。化而为鸟,其名为鹏。鹏之背,不知其几千里也。怒而飞,其翼若垂天之云。是鸟也,海运则将徙于南冥。南冥者,天池也。《齐谐》者,志怪者也。《谐》之言曰:鹏之徙于南冥也,水击三千里,抟扶摇而上者九万里,去以六月息者也。野马也,尘埃也,生物之以息相吹也。天之苍苍,其正色邪?其远而无所至极邪?其视下也,亦若是则已矣![①]

文人拟神话,以屈原的《离骚》为代表,其出发点在于情;《庄子》为其次,其出发点在于理。其自由生发、变化无端虽不及《离骚》,但寄寓深远,形象鲜明,却自有其特点。鲲鹏形象在庄子这里,虽然仍是有限、相对的自由精神的体现,离他所说的真人、至人的绝对自由还有一定距离,但对后世文人而言,已经是一种圆满的自由形象,因此引来后世文人的呼应。其中李白、苏轼的创造最具代表性。李白早年作《大鹏遇希有鸟赋》,从正面发展庄子的大鹏形象,而以希有鸟与之相对。希有鸟显然是更高层次的自由形象,在李白这里是真仙的象征。苏轼也深受庄子自由精神的影响,其文学创作中崇尚自由的思想,亦深受庄子的启发。晚年所作《次韵郭功甫观予画雪雀有感》二首其一:"早知臭腐即神奇,海北天南总是归。九万里风安息驾,云鹏今悔不卑飞。"[②]则从另一种意义上演绎了大鹏的形象。在后世文学中,鲲鹏形象由《逍遥游》相对自由的本义,增加了一种追求崇高精神的内涵。

《逍遥游》中还有两个拟神话创作,即冥灵、大椿之木与藐姑射神人:

楚之南有冥灵者,以五百岁为春,五百岁为秋。上古有

---

① 王先谦《庄子集解》卷一,《诸子集成》第3册,第1页。

② 《苏轼诗集》卷四五,孔凡礼点校,中华书局,1982年,第7册,第2455页。

> 大椿者，以八千岁为春，八千岁为秋。[①]
>
> 藐姑射之山，有神人居焉。肌肤若冰雪，淖约若处子。不食五谷，吸风饮露，乘云气，御飞龙，而游乎四海之外，其神凝，使物不疵疠而年谷熟。[②]

这两个故事的叙述方式，与《山海经》也是一种类型。从庄子的拟神话，我们也可以确信《山海经》的写定不晚于战国时代，它是庄子所能见到的神话典籍。冥灵木、大椿以及藐姑射神人，都是重要的生命形象。后者也是后世人们虚构神仙形象的一种模型。与原生神话不同，庄子的拟神话是带有明显的寄寓性，他开创了后来中国文学借神话抒情写意的传统。

《庄子》内篇《应帝王》中的南海、北海、中央三帝，也是按照神话方式虚构的：

> 南海之帝为儵，北海之帝为忽，中央之帝为浑沌。儵与忽时相与遇于浑沌之地，浑沌待之甚善。儵与忽谋报浑沌之德，曰：人皆有七窍以视听食息，此独无有，尝试凿之。日凿一窍，七日而浑沌死。[③]

浑沌的形象出于《山海经·西山经》中的神鸟"帝江"："又西三百五十里，曰天山……有神鸟，其状如黄囊，赤如丹火。六足四翼，浑敦无面目，是识歌舞，实惟帝江。"[④]"浑敦"即"浑沌"。可见古代曾流行一些浑沌性质的生命体的传说。从万物有灵的神话思维方式来看，一切自然物中都包含着一种"灵"，所以有些生命体以混沌的形象存在，这是可以理解的。庄子是在用神话方式演示其无名与有名、天与人的哲理。南北皆有名，中央无名，庄子的这种

---

① 王先谦《庄子集解》卷一，《诸子集成》第3册，第2页。
② 王先谦《庄子集解》卷一，《诸子集成》第3册，第4页。
③ 王先谦《庄子集解》卷二，《诸子集成》第3册，第51—52页。
④ 《山海经》卷二，《诸子百家丛书》本，第31页。

思想,与儒家中庸之说似乎也有相通之处。有名者为人,然居世倏忽,不能长生永固。无名者为天,以混沌得永久。七窍皆通,人事备矣,然而其天则休矣。庄子所说的天与人、有名与无名,体现在现实个体生命之中,主要是精神境界即“神”方面的问题。但庄子以神杳茫无形,无法说明,所以就以形来演示。凡形体健全者,是属于人胜者,其天则亏;相反,形体不全或畸形者,却是与天相侔。这种奇特的思维方式,曲折地反映出庄子所遭遇的生命困境。

庄子一派善于将一些抽象的概念人物化,如上面的倏、忽、浑沌就是这样。《庄子》外篇《在宥》中的云将遇鸿蒙的故事也属此类。云将东游,经过传说太阳升起的扶摇之枝,看到鸿蒙正在拊髀雀跃而游,觉得很奇怪,就问道:老先生您是什么人?为什么在这里?鸿蒙继续舞蹈着不回答。又问他如何合六气,育群生,他仍一边雀跃着,一边说:“我不知道!我不知道!”过了三年,云将东游于有宋之野又遇见鸿蒙,十分高兴,称他为“天”。这时他终于得到所要问的道。所谓云将,原是神话人物,即天上的云帅,而鸿蒙则是天与开辟之道的代名词,庄子将它人物化了。又如《庄子》外篇《天地》中所记载的象罔得玄珠的故事,也是一例:

> 黄帝游乎赤水之北,登乎昆仑之丘而南望,还归,遗其玄珠。使知索之而不得,使离朱索之而不得。使喫诟索之而不得也,乃使象罔,象罔得之。黄帝曰:异哉!象罔乃可以得之乎?[①]

这里除了离朱是一个神话人物之外,其他如作为知识或智慧的“知”、作为聪明辨识的“喫诟”,以及意喻离声色、绝思虑者的“象

---

① 王先谦《庄子集解》卷三,《诸子集成》第3册,第71页。

罔”[①],都是概念的人格化。这种将概念人格化,可以说是东方哲学的一种传统,如佛教就是这样,其佛、菩萨之名,多为概念的形象化身,如“观世音”“大势至”之类。庄子在这方面与佛教哲学的方法有相通之处。这或许可称为一种形象哲学,这种形象创造的背后,正显示了一种神话的思维方式。

《庄子》杂篇《外物》中也有一个运用神话思维方式虚构的巨鱼与巨钓的故事:

> 任公子为大钩巨缁,五十犗以为饵,蹲乎会稽,投竿东海。旦旦而钓,期年不得鱼。已而大鱼食之,牵巨钩錎没而下,骛扬而奋鬐,白波若山,海水震荡,声侔鬼神,惮赫千里。任公子得若鱼,离而腊之,自制河以东,苍梧已北,莫不厌若鱼者。[②]

所谓任公子巨钓的故事,或许亦有神话的渊源。此篇作者讲这个故事,其实还是《逍遥游》中“小知不及大知,小年不及大年”的意思,用来比喻一种治世的大道。由此可见,庄子及庄子后学奇异瑰玮形象的创造,都是为了比喻其所说之道。道体无形杳渺,所以庄子采用神话方式来讲述它。

庄子也是后世仙话或称神仙形象的创始者之一。庄子本人是没有长生不死的神仙思想的,但在《逍遥游》等作品中,庄子为了讲述他的道,尤其是讲述其真人、至人、神人的人格理想,使用了塑造神仙人物的方式,最典型的就是列子御风的故事:

> 夫列子御风而行,泠然善也,旬有五日而后反。彼于致福者,未数数然也。[③]

又如《应帝王》中的天根、无名人,在行动方式上也都有神仙人物

---

① 用成玄英之说,见郭庆藩《庄子集释》卷五上,《诸子集成》第3册,第185—186页。

② 王先谦《庄子集解》卷七,《诸子集成》第3册,第177页。

③ 王先谦《庄子集解》卷一,《诸子集成》第3册,第3页。

的特点：

> 天根游于殷阳，至蓼水之上，适遭无名人而问焉，曰：请问为天下。无名人曰：去，汝鄙人也，何问之不豫也？予方将与造物者为人，厌则又乘夫莽眇之鸟，以出六极之外，而游无何有之乡，以处圹埌之野，汝又何帛(王先谦集解：帛，徐音艺。未详何字。崔本作“为”，当从之。)以治天下感予之心为？又复问。无名人曰：汝游心于淡，合气于漠，顺物自然而无容私焉，而天下治矣！[①]

《庄子》外、杂篇，是庄派后学的著述，其思想来源于老庄，但已经有明显的神仙思想，并且有些属于战国时期的黄老学派。庄子后学在对待生死问题上，明显有两派，一派如《至乐》篇，认识到死亡的必然性，宣扬以死为乐的思想；另一派则属上述黄老派，其仙话的形式较《庄子》内篇有明显的发展，为后世神仙道教的直接渊源。其中最有代表性的是《庄子》外篇《在宥》中所述黄帝与广成子的故事：

> 黄帝立为天子十九年，令行天下。闻广成子在于空同之上，故往见之。曰：我闻吾子达于至道，敢闻至道之精，吾欲取天地之精，以佐五谷，以养民人。吾又欲官阴阳，以遂群生。广成子曰：而所欲问者，物之质也。而所欲官者，物之残也。自而治天下，云气不待族而雨，草木不待黄而落，日月之光，益以荒矣！而佞人之心翦翦者，又奚足以语至道？黄帝退，捐天下，筑特室，席白茅，闲居三月，复往邀之。广成子南首而卧，黄帝顺下风，膝行而进，再拜稽手而问曰：闻吾子达于至道，敢问治身奈何而可以长久？广成子蹶然而起，曰：善哉问乎！来！吾语女至道。至道之精，窈窈冥冥；至道之极，

① 王先谦《庄子集解》卷二，《诸子集成》第3册，第48—49页。

昏昏默默。无视无听，抱神以静，形将自正。必静必清，无劳女形，无摇女精，乃可以长生。目无所见，耳无所闻，心无所知，女神将守形，形乃长生。慎女内，闭女外，多知为败。我为女遂于大明之上矣，至彼至阳之原也；为女入于窈冥之门矣，至彼至阴之原也。天地有官，阴阳有藏，慎守女身，物将自壮。我守其一，以处其和，故我修身千二百岁矣，吾形未尝衰。①

在《庄子》内外篇中，黄帝是一个重要人物，其行动方式不仅是圣王，更具神仙的特点。有关黄帝的故事，如其与蚩尤战于涿鹿，最早多以神话的形式表现，其中夹杂原始神仙的成分。后来儒家一派对其进行历史化，而在黄老一派的叙述中，则又增强了神仙的色彩。袁珂认为："有关黄帝的神话，从战国时代起，便开始向着历史和仙话两个方面转移。"其中向仙话转移这一方面，袁氏认为《山海经》已显其端倪，他也举《庄子·在宥》中黄帝问道于广成子、《徐无鬼》中问治天下于牧马童子两例，认为文中的黄帝，道人的形象已经很突出②。《庄子》所塑造的黄帝，不以儒家政治理教为特点，而以问道与善游为特点。其游带有求仙问道的目的，如昆仑、赤水之游，倥侗之游。可以说，《庄子》中的黄帝已经远离儒家传统的圣王形象。黄帝向广成子问道，实为后世帝王大人征道术之士问道的最初版本，但广成子凌厉奋踔于黄帝之前，任情批评其政治，而后世道术之士，则多俯伏于帝王之前，称扬谀颂，劝百讽一。

庄子从他自己独特的生命观念出发，描写了一大批现实人物形象。这些人物一个鲜明特点，是其与现实的价值观及审美观念

---

① 王先谦《庄子集解》卷三，《诸子集成》第3册，第64—65页。

② 袁珂《古代神话的发展及其流传演变》，袁珂《神话论文集》，上海古籍出版社，1982年，第98—99页。

之间,有着很大差异。其中一个表现,在于重精神而轻形骸,有意抵抗世俗的人体美的观念。在《德充符》中,庄子提出外形骸而重内德的观点:因刖足而被称为"兀者王骀"的王先生,其在鲁国的影响与孔子相似,常季对一个兀者能够这样吸引士人感到困惑,于是来问孔子王骀究竟是个什么样的人,孔子的回答出乎意外:"夫子,圣人也。丘也直后而未往耳。丘将以为师,而况不如丘者乎?奚假鲁国,丘将引天下而与从之。"[①]并说:"死生亦大矣,而不得与之变;虽天地覆坠,亦将不与之遗。"[②]意思说,王骀有一种精神的东西,是生死之变也不能改变的,天地倾覆也丧失不了的。这大概就是"德充"的意思,德充而形于外,超越形骸本身的缺陷。本篇所讲的其他人物,如与子产同学于伯昏无人处的兀者申徒嘉,子产因其形残,又以自己为执政之尊,不愿与其同出入。申徒嘉认为他执着世俗的形骸、名爵之论,忽略内在道德,便批评他说:"计子之德,不足以自反。"[③]叔山无趾也是一个兀者,最初他去见仲尼,仲尼批评他:"你因以前不慎而导致刖足,成了兀者,现在来又有什么用呢?"叔山回答说:"我的足虽然没有了,但还有比足更重要的东西在呢。"意思是说,还有思想与心灵这些东西在,为什么不能来学呢?仲尼听了他的话后,认识到自己见解之陋。这种重精神而外形骸的思想,成为后来魏晋玄学名士的一种生命思想,也是后来文学艺术家重神而略形的思想渊源之一。

《庄子》中的言与象,以及他们特殊的言说与造象方式,构成了中国古代儒家在正言、雅言及正面形象的塑造之外另一种言说的形象思维的创造方式,也构成中国古代文学儒道互补的一个重要方面。

---

① 王先谦《庄子集解》卷二,《诸子集成》第3册,第31页。

② 王先谦《庄子集解》卷二,《诸子集成》第3册,第31页。

③ 王先谦《庄子集解》卷二,《诸子集成》第3册,第33页。

第四章　儒墨二家的鬼神论与丧祭观

一、鬼神观念及三代事鬼神之不同

鬼神是人类最为古老的观念与信仰之一，从根本上说它是一种非理性的生命本体论。鬼神观念由一种原始的生命体验、生命幻想产生，并且被原始宗教所提升，又被各种层次的祭祀、祷祝文化所缘饰。祭祀是用牺牲来祈求鬼神的庇佑，许慎《说文解字》："祭，祭祀也。从示，以手持肉。"又云："祀，祭无已也。从示，巳声。"[①]也就是说，"祭祀"一词，是指献物于神鬼，并且是持续的行为，以表示专诚。大概从人类拥有可以支配的盈余物质开始，出于对鬼神的恐惧与崇拜，就有祭祀行为的发生。作为一种文化制度，古人认为祭祀是先王先圣的一种制作：

> 故昔三代圣王，禹汤文武，欲以天之为政于天子，明说天下之百姓，故莫不犓牛羊，豢犬彘，洁为粢盛酒醴，以祭祀上帝鬼神，而求祈福于天。[②]

可以说，祭祀是以鬼神信仰为基本前提，充满了神秘意识的生命行为。但人类历史的发展过程中，祭祀与下至普通民众的日常生活、上至君主的政治行为发生了各种各样的联系。虽然处于

---

① 《说文解字注》，许慎撰，段玉裁注，上海古籍出版社，1988年，第3—4页。

② 孙诒让《墨子间诂》卷七《天志》，《诸子集成》第4册，第120页。

不同社会层级中的祭祀形式有繁简、奢俭之不同,但活动的基本形式与内涵是一致的。可以说,祭祀行为超越阶级,成为人类共同体最具共鸣力、最具共信感的一种行为。当统治者意识到这一点,祭祀就成为达到某种政治功能的工具。祭祀所产生的各种文化与文学,构成了人类文化与文学的重要内容。祭祀及其所依借的鬼神信仰,当然也是思想家及各思想流派的讨论对象。

根据孔子之说,夏商周三代的文化有文与质的不同,其中最重要的表现就在于对鬼神及祭祀的不同态度。《礼记·表记》:

> 子曰:夏道尊命,事鬼敬神而远之,近人而忠焉,先禄而后威,先赏而后罚,亲而不尊。其民之敝,蠢而愚,乔而野,朴而不文。殷人尊神,率民以事神,先鬼而后礼,先罚而后赏,尊而不亲。其民之敝,荡而不静,胜而无耻。周人尊礼尚施,事鬼敬神而远之,近人而忠焉,其赏罚用爵列,亲而不尊。其民之敝,利而巧,文而不惭,贼而蔽。[①]

后来的学者,如《史记·高祖本纪》、班固《白虎通德论》,在追述这段议论时,多忽略其中所述三代事鬼神的内容。董仲舒直接概括为"夏上忠,殷上敬,周上文"[②],后来也有说"夏尚忠,殷尚质,周尚文",在汉魏之际诸家讨论文质问题时多被提起。其实这段文字首先说的是三代事鬼神的不同态度与做法。夏朝尊命,事鬼敬神而远之;殷商尊神,先鬼而后礼;周朝尊礼尚施,事鬼敬神而远之。从历史条件来看,夏朝物质条件差,以救生济急为先,重视实用,其对鬼神的态度,是敬而远之。商代文化相对发达,但天与上帝的意志强固,其与鬼神之间,欲建立一种亲近的巫术性的关系。周朝人文初开,虽天命思想仍然强固,而人本精神初步建立,

---

① 《礼记正义》卷五四,《十三经注疏》下册,第1641—1642页。

② 参见《汉书》卷五六《董仲舒传》,第8册,第2518页。

所以仍然是敬鬼神而远之。但其祭祀鬼神之礼，则因国家政治与经济条件的发达，趋向于文。这个“文”，也正是“敬”，其与夏的敬鬼事神而远之又是一种不同的境界，这背后其实反映出人类生命意识逐渐趋于理性的发展趋势。在先秦诸子中，儒家与墨家，由于其政治理念及生命观念的不同，形成了不同的鬼神观与丧祭观。儒家的鬼神与祭祀观念及行为，是在周朝官方的基础上发展与改革而成。墨家之忠近于夏，质近于殷，其事鬼敬神亦在酌取夏商之际。这对于它所身处的晚周时代来说，则是一种明显的立异。

二、儒家的鬼神论及其丧祭文化上的观念革新

鬼神论的基础是灵魂之说。凡持有鬼有神说者，都是相信灵魂的存在，即相信有游离于肉体之外的灵魂。进入文明阶段，尤其是掌握了丰富的历史知识的士人们出现以后，人们得以摆脱个体及小群体的生命经验，拥有更大的时间与空间范围的人类经验，人类本具的理性得到觉醒，就有了质疑灵魂的思想的发生，进而也出现了无鬼神论的思想。墨子《明鬼》论，就是针对执无鬼论者而撰作的。可见至少在春秋时期，持无鬼神论者已经不在少数。

儒家在灵魂与鬼神问题上的态度比较模糊，这是因为夏商周三代祭祀已经成为国家政治的重要部分，所谓“国之大事，唯祀与戎”，儒家推崇三代，复兴礼乐，所以无法回避祭祀及其背后的鬼神观念。儒家经典中存在大量关于祭祀的文献。在汉魏晋南北朝的有神论与无神论的辩论中，双方都对这些含有鬼神观念的文本作出不同的解释。但是春秋战国时期的儒家，从生命思想的基本分野来看，是属于自然论的生命观，如果剔开笼在儒家有关鬼

神与祭祀观念上的教化、礼乐因素,我们会发现,儒家其实正是墨子所说的执无鬼论者,也可说是无灵论、无神论者。《礼记·檀弓》记载延陵季子葬其子之辞:“骨肉归复于土,命也;若魂气则无不之也。”这话得到了孔子的认同,认为“延陵季子之于礼也,其合矣乎”[①]。孔疏释“归复于土”之义云:“季子达死生之命,云骨肉归复于土,不须哀戚,以自宽慰。”又云:“骨肉归复于土,此是命也。命,性也,言自然之性,当归复于土。归复者,言人之骨肉由食土物而生,今还入土,故云归复。若神魂之气,则游于地上,故云则无不之适也。”[②]其实延陵季子认为生命由骨肉与魂气两部分构成。其“魂气”说虽带有古老的灵魂观念的影响,但“魂气”内涵其实倾向于物质化,骨肉归复于土之说则是一种自然物质生命观。他虽然用了“魂”这一古老的概念,但又增加了“气”这个新的概念,削弱甚至否定了传统的鬼魂之说。用气来解释生命现象,也开启了汉代王充等人元气自然的生命本体之说。延陵季子的生命观念,其实代表了当时知识阶层对于生命新颖的观念,所以其在丧礼上也表现出一种明朗、旷达的态度,为孔子及其门徒所认可,也反映出两者之间思想上的接近。孔颖达正是用儒家的生命哲学来解释延陵季子的话。儒家主要通过“命”“性”等范畴来趋近自然生命观,“命”带有天命色彩,但强调生命禀受于自然,而非传统的天司民命、神祇司命的观念。南朝时期的一些思想家在论证形神之分合、鬼神之有无时,也常援引延陵季子之说,但在解释上,有神论与神灭论正好是相反的。宗炳《明佛论》据此以论形神二分:“嬴博之葬曰:骨肉归于土,魂气则无不之。非灭之谓矣!”[③]梁代范缜《答曹思文难神灭论》:

---

① 《礼记正义》卷一〇,《十三经注疏》上册,第1314页。

② 《礼记正义》卷一〇,《十三经注疏》上册,第1314页。

③ 僧祐《弘明集》卷二,第11页。

难曰：延陵窆子，而言曰："骨肉归复于土，而魂气无不之也。"斯即形亡而神不亡也。答曰：人之生也，资气于天，禀形于地，是以形销于下，气灭于上。气灭于上，故言无不之。无不之者，不测之辞耳。岂必其有神与知邪！[①]

儒家对生死问题的态度，表面来看，常给人一种矛盾的印象。我们首先想到的是《论语·先进》中子路向孔子询问鬼神及死后之事的一段对话：

季路问事鬼神，子曰：未能事人，焉能事鬼？曰：敢问死。曰：未知生，焉知死？[②]

"子不语怪力乱神"[③]，孔子对一切问题都强调理性态度，所以他对鬼神及死后之事不感兴趣，其中所流露的是对传统的鬼神、灵魂观念的怀疑态度。"不语"其实就是不信，这一句"子不语怪力乱神"，几乎可以视为儒家士大夫理性生命观的开宗明义。刘向《说苑·辨物》中记载："子贡问孔子：'死人有知无知也？'孔子曰：'吾欲言死者有知也，恐孝子顺孙妨生以送死也；欲言无知，恐不孝子孙弃不葬也。赐欲知死人有知将无知也，死，徐自知之，犹未晚也。'"[④]可见孔子完全是因为教化的需要而不愿意彻底否定鬼神的存在，更不想否定传统的宗庙祭祀，因为在他看来，这是先王先圣垂教之迹。范缜《答曹思文难神灭论》中就作过这样的分析：

子贡问死而有知，仲尼云：吾欲言死而有知，则孝子轻生以殉死；吾欲言死而无知，则不孝之子，弃而不葬。子路问事鬼神，夫子云：未能事人，焉能事鬼？适言以鬼享之，何故不

---

① 《全梁文》卷四五，严可均辑《全上古三代秦汉三国六朝文》第4册，第3211页。
② 《论语注疏》卷一一，《十三经注疏》下册，第2499页。
③ 《论语注疏》卷七《述而》，《十三经注疏》下册，第2483页。
④ 刘向《说苑》卷一八，上海古籍出版社"诸子百家丛书"本，1990年，第160页。

许其事邪?死而有知,轻生以殉是也。何故不明言其有,而作此悠漫以答邪?研求其义,死而无知,亦已审矣!宗庙郊社,皆圣人之教迹,彝伦之道,不可得而废耳![1]

这就是儒家尊圣重教的思想,以及他们执掌葬事的原本职业身份与其理性的生命观之间的矛盾。所以在谈到鬼神之事时,孔子常常是“悠漫以答”。尽管儒家没有像道家那样将生命完全等同于物质,以生为气聚,死为气散,可是以道家为代表的自然哲学生命观并非一家独断之论,而是标志着生命思想发展史的一个新阶段。道家所独有的是体自然的养生方式及生死一体、无有哀乐等思想,至于对自然死亡的透彻认识,却是士阶层群体性的意识觉醒,儒家也不例外。我们应该视此为中国古代士人群体基本的生命观,它构成了士大夫文化的一大基础。孔子的上述论点正表现了这一点。但是儒家与道、法诸家的最大不同是他们作为传统礼乐文化的继承者,不仅不能否定丧葬祭祀等传统的生命仪式,而且还要在礼崩乐解的时代进一步加强这些传统文化的权威性,论证其合理性。但是,这种繁复的丧葬祭祀之礼,是从远古时代流传、发展而成的,本质上是先民的灵魂、鬼神、再生等非理性观念的载体,所以儒家重视丧葬祭祀之礼,并且躬行不怠,至少在表面上给人以有鬼神论者的印象。这样一来,就使孔子他们常处于尴尬的境地。他们必须在既不否定丧祭文化,又不违背士阶层普遍的理性生命观的双重要求下,对丧祭文化作出新的解释。

儒原是一种职业,承办丧祭之事,所以从其职业性质来看,应该是奉信灵魂、鬼神等观念的。由于存在这一传统背景,孔子所代表的儒家也不可能数典忘祖,公开与这一传统决裂,这不符合他们托古改制的文化性格。儒家掌握的丧葬之礼(也包括与生命

---

① 《全梁文》卷四五,严可均辑《全上古三代秦汉三国六朝文》第4册,第3211—3212页。

意识相关的礼文)，其实是自古以来承传的，其中包含着极丰富的从原始阶段到商周时代各种生命幻想及文化积淀。自然，这其中与儒家士大夫理性精神抵触的东西也是大量的存在的。在这种新理性与传统发生矛盾时，儒家努力用伦理价值来解释丧祭文化的重要性，发展出丧葬主哀、祭礼主敬、慎终追远等一系列新观念，并从社会作用方面论证丧葬祭祀的必要性：

> 慎终追远，民德归厚矣。孔(安国)曰：慎终者，丧尽其哀；追远者，祭尽其敬。君能行此二者，民化其德，皆归于厚也。①

在儒家看来，注重丧葬，并非因为相信有灵魂的存在；祭祀祖灵，也并非为了得到祖灵的福佑；甚至也不单纯出于血缘亲子之情，而是体现了君子的诚敬，生死存亡，都没有变化。此即《荀子·礼论》所说的“事死如事生，事亡如事存”②。君子在祭祀行为上诚敬不欺，所以老百姓受其熏染，社会风气归于淳厚。荀子还用这种“事死如事生”的观点解释丧礼中的古老风俗：

> 丧礼者，以生者饰死者也，大象其生以送其死也。故如死如生，如亡如存，终始一也。始卒，沐浴、鬠体、饭唅，象生执也。不沐则濡栉三律而止，不浴则濡巾三式而止。充耳而设瑱，饭以生稻，唅以槁骨，反生术矣。说亵衣，袭三称，缙绅而无钩带矣。设掩面儇目，鬠而不冠笄矣。书其名，置于其重，则名不见而柩独明矣。荐器则冠有鍪而毋縰，瓮、庑虚而不实，有簟席而无床笫，木器不成斫，陶器不成物，薄器不成内，笙竽具而不和，琴瑟张而不均，舆藏而马反，告不用也。具生器以适墓，象徙道也。略而不尽，貌而不功，趋舆而藏

① 《论语注疏》卷一《学而》，《十三经注疏》下册，第2458页。

② 王先谦《荀子集解》卷一三，《诸子集成》第2册，第251页。

> 之,金革辔靷而不入,明不用也。象徙道,又明不用也,是皆所以重哀也。故生器文而不功,明器貌而不用。凡礼,事生,饰欢也;送死,饰哀也;祭祀,饰敬也;师旅,饰威也。是百王之所同,古今之所一也,未有知其所由来者也。故圹垅,其貌象室屋也;棺椁,其貌象版、盖、斯、象、拂也;无、帾、丝、歶、缕、翣,其貌以象菲、帷、帱、尉也;抗折,其貌以象槾、茨、番、阏也。故丧礼者无它焉,明死生之义,送以哀敬,而终周藏也。故葬埋,敬藏其形也;祭祀,敬事其神也;其铭、诔、系世,敬传其名也。事生,饰始也;送死,饰终也。终始具而孝子之事毕,圣人之道备矣。刻死而附生谓之墨,刻生而附死谓之惑,杀生而送死谓之贼。大象其生以送其死,使死生终始莫不称宜而好善,是礼义之法式也,儒者是矣。[①]

荀子这里所叙述的,都是从古代承传来的繁复的丧礼、葬仪的规条。荀子从"大象其生以送其死"的原则出发,对它们一一进行解释、评说,使人们尤其是普通儒者能够明白丧礼的意义,避免产生神秘唯心的迷惑。这里分两部分,一部分是初丧时一些仪式,如为死者沐浴、饭含,都是以事生之礼来事死。但也充分地考虑死亡的事实,所以某些仪式又将生死之礼分开。另一部分是对墓葬中明器的解释,明器都是模仿生人的服御器用而制造的,但也充分考虑到这些器物只寄托生者敬死的情感,并非真以为死者使用这些器具。所以,在制造与陈设时,要遵循"生器文而不功,明器貌而不用"的原则,即文中所说"木器不成斫,陶器不成物,薄器不成内,笙竽具而不和,琴瑟张而不均"之类。其实荀子自己也承认这些礼仪陈设"是百王之所同,古今之所一也,未有知其所由来者也",可他仍然努力为它们作出一种理性的解释,这典型地反映了

① 王先谦《荀子集解》卷一三《礼论》,《诸子集成》第2册,第243—246页。

儒家丧祭文化中宗教性质的淡薄和伦理性质的突出。从这里我们也发现这样一个基本事实：儒家并非“礼”的创制者，包括丧葬礼在内的各种礼文，绝大多数是先王所作，百王所同，儒家只是礼的执掌者。但作为对生死自然之理有透彻认识并且拒弃鬼神之说的儒家思想家，他们在不否定古来所传丧葬礼文的同时，对其作出新的解释，这就是儒家对丧祭文化所作的观念革新。正是这种新观念的产生，使具有新理性的儒家非但没有放弃丧祭文化，而且对它焕发出更大的热情。他们正是这样将传统的、功能复杂、暧昧的礼乐文化改变为新的社会伦理观念的载体。从这里我们还发现，为何宋、明以来的不少礼学家，拒弃信仰道教、佛教所创制的世俗葬礼，而坚守儒家经典中的古礼，因为前者多是神鬼迷信、荐度亡灵、超生净土等非理性的观念内容，而儒家古礼，尽管也是古老的非理性生死观念的承载，但已经过儒家思想的理性澄清，是一种具有人文精神的礼仪行为。

在儒家看来，丧礼或祭礼完全是现实人的行为，以哀、敬之情去从事这些礼仪，被看作是一个君子道德修养中不可缺少的一部分。宋代儒者王十朋在为其门生钱万中厚葬祖母而写的《追远亭记》中，讨论儒墨两家不同丧葬观念，援引孟子以诚信治丧、曾子慎终追远的言论，最后赞扬钱氏云：“子孝以事亲，而厚其所逮事，用孟子不俭之训以治丧，又采曾子追远之语以名亭，将不忘于春秋之享，子之存心如是之厚，谓子非儒者流，可乎？”[①]这说明古代儒家是将敬治丧礼作为儒者分内之事，属于君子必具的道德行为。可见儒家的丧祭完全是“人道”的，而非鬼神之道，这是它与其他宗教意识支配下的丧祭活动最大的区别所在。《荀子·礼论》把这一点说得很明白：“礼者，谨于治生死者也。生，人之始也；死，人之终也，终始俱善，人道毕矣。故君子敬始而慎终，终始

① 《王十朋全集·文集》卷一二，上海古籍出版社，1998年，第767页。

如一,是君子之道,礼义之文也。夫厚其生而薄其死,是敬其有知而慢其无知也,是奸人之道而倍叛之心也。君子以倍叛之心接臧谷,犹且羞之,而况以事其所隆亲乎?”[①]子张也将祭思敬、丧思哀作为士君子品德之一,其语曰:“士见危致命,见得思义,祭思敬,丧思哀,其可已矣!”[②]“敬”“哀”是体,礼文则是其用,体用不能移位,所以子路说:“吾闻诸夫子,丧礼与其哀不足而礼有余也,不若礼不足而哀有余也;祭礼与其敬不足而礼有余也,不若礼不足而敬有余也。”[③]《礼记·檀弓上》中还记载了这样一番对话:“子游问丧具,夫子曰:称家之有亡。子游曰:有无恶乎齐?夫子曰:有毋过礼。苟亡矣,敛首足形,还葬,县棺而封,人岂有非之者哉?”[④]这就是说,办丧事不应该逾越礼的规定,要量力而行,不因事死而有损于生者之资,尽哀而有损于生者之体。故《孝经·丧亲》云:“孝子之丧亲也,哭不偯,礼无容,言不文,服美不安,闻乐不乐,食旨不甘,此哀戚之情也。三日而食,教民无以死伤生,毁不灭性,此圣人之政也。丧不过三年,示民有终也。”[⑤]尽管从现在来看,这样的服丧制度对生者的身体和日常生活与工作影响太大了,但对承荷着传统文化的儒家来说,指出“毁不灭性”“示民有终”这样的居丧原则,仍然是一种意识的进步,反映了儒家的人道精神。

最能体现儒家在丧葬文化上人道精神的是其对以活人殉葬的野蛮风俗的批判。批评殉葬,并非始于儒家,之前的有识之士,已经对此有所拒弃。《诗经·秦风·黄鸟》就是讽喻人殉恶俗的诗篇。但直到孔子的时代,以人殉葬之事仍时有发生。《礼记·檀弓下》记载:“陈子车死于卫,其妻与家大夫谋以殉葬,定而后陈

---

① 王先谦《荀子集解》卷一三,《诸子集成》第2册,第238页。

② 《论语注疏》卷一九《子张》,《十三经注疏》下册,第2531页。

③ 《礼记正义》卷七《檀弓上》,《十三经注疏》上册,第1285页。

④ 《礼记正义》卷八,《十三经注疏》上册,第1291页。

⑤ 《孝经注疏》卷九,《十三经注疏》下册,第2561页。

子亢至，以告曰：夫子疾，莫养于下，请以殉葬。子亢曰：以殉葬，非礼也。虽然，则彼疾当养者孰若妻与宰？得已，则吾欲已。不得已，则吾欲以二子者之为之也。于是弗果用。”[①]陈子车与子亢兄弟二人，都是孔子的学生。但子车死后，他妻子与家宰仍然想用殉葬的方式送殡，可见这种风俗，在当时还是常见的。陈子亢提出的“以殉葬，非礼也”正是孔门的一贯主张，但他估计无法正面说服子车的“妻与宰”，所以只能用以其人之道还治其身的方法来阻止。《檀弓下》还记载陈乾昔欲使二婢殉葬而其子违其乱命的事情：“陈乾昔寝疾，属其兄弟而命其子尊己曰：‘如我死，则必大为我棺，使吾二婢子夹我。’陈乾昔死，其子曰：‘以殉葬，非礼也，况又同棺乎！’弗果杀。”[②]孔子批评以土俑随葬的不道德，“仲尼曰：‘始作俑者，其无后乎！’”[③]以土俑殉葬，或许已经算是对野蛮的人殉风俗的改革，但其精神实质还是非人道的。人类生命思想的发展很重要的一步，就是从统治者唯徇私欲、以不平等的方式对待其他生命，到看到人类生命的整体性，建立每个生命都是平等的认识，后者即所谓的“人道”。“人道”内容自然极其丰富，但儒家对丧葬之礼的改革，在中国古代人道思想发展中无疑十分重要的。儒家始终在“人道”的范围内处理、解释丧祭之事，荀子在这方面可谓集大成。荀子斥责“以生送死”的殉葬制度为贼：“刻死而附生谓之墨，刻生而附死谓之惑，杀生而送死谓之贼。”而认为：“大象其生以送其死，使死生终始莫不称宜而好善，是礼义之法式也，儒者是矣。”[④]换言之，儒家所提倡的丧祭，与其说是为了死者，还不如说是为了生者，是为了人类群体的利益。正因为这样，孟子希望梁惠王富民节用，使民养生丧死无憾，他说：“养生

---

① 《礼记正义》卷一〇，《十三经注疏》上册，第1310页。

② 《礼记正义》卷一〇，《十三经注疏》上册，第1310页。

③ 焦循《孟子正义》卷二《梁惠王上》，沈文倬点校，中华书局，1987年，上册，第63页。

④ 王先谦《荀子集解》卷一三《礼论》，《诸子集成》第2册，第246页。

丧死无憾,王道之始也。"[①]可见儒家认为合理的丧祭制度,正是建立伦理社会的基础。

春秋战国时代,士阶层的兴起,促使新理性的发生和各种思想体系的形成,即西方史学界所谓"哲学的突破"[②]。这种"哲学的突破"若从生命思想发展史来看,则是生命问题思考上理性传统的形成。在这样的思想背景下,从远古以来所逐渐发展起来的作为非理性生命观念的载体的礼仪制度的存在价值,受到士阶层的普遍怀疑。先秦各派中,道家差不多完全否定了丧祭制度,庄子妻死不哀、鼓盆而歌,正是与当时繁礼厚葬的习俗唱对台戏。秦失吊老聃之丧,三号而出,不按时俗的吊丧之礼,子来将死,其妻哭泣,受到子来朋友子犁的叱责,都反映了道家对传统丧葬之礼的蔑视。当时的士阶层对灵魂、鬼神的存在也产生普遍的怀疑,孔子"未能事人,焉能事鬼"之论就反映了他的怀疑态度。尽管他说"祭如在,祭神如神在"[③],可两个"如"字正透露出孔子的暧昧态度。出于对职业传统的尊重和对丧祭制度的维护,孔子不能公然否定神鬼的存在,所以采取了"敬鬼神而远之"[④]的态度。

丧祭文化在诸子时代受到知识阶层普遍的怀疑。儒家通过观念革新保存了它,使之延续到后世;同时,也因此摆脱传统与新理性之间的两难处境,为自己建立伦理价值生命观扫除了意识上的障碍。

---

① 焦循《孟子正义》卷二《梁惠王上》,上册,第 55 页。

② 详见余英时《士与中国文化》"古代知识阶层的兴起与发展"中有关论述,上海人民出版社,1987 年。余英时认为诸子百家的出现,"道术为天下裂"(《庄子·天下》篇),是古代文明发展史上的一个重要关捩,即所谓"哲学的突破"。"哲学的突破"观可上溯到韦伯的有关著述,而以美国学者帕森思之发挥最为清楚,意指公元前1000 年内,希腊、以色列、印度、中国都先后不谋而合地发生过哲学的突破,对人类处境之宇宙的本质发生了一种理性的认识。

③ 《论语注疏》卷三《八佾》,《十三经注疏》下册,第 2467 页。

④ 《论语注疏》卷六《雍也》,《十三经注疏》下册,第 2479 页。

三、墨家的明鬼说与其祭祀观念

墨子学派欲以平民学者之说干天子诸侯、勖善政以利于国家民生，所以继承自古以天道祸淫福善之说，证天志之有、鬼神之必有，以此畅述其说。墨子亦崇仁义之说、崇尧舜禹汤文武之道，但其立说与儒家不同。《墨子》一书中，《尚贤》《尚同》《兼爱》《非攻》是说天子诸侯治国为政的原则，而《天志》《明鬼》则是用天志、鬼神来规范天子诸侯的行为，警诫勖勉他们施行仁义之道。

墨子继承商、周两代的上天、上帝之说，论述天志。他认为当今天下的种种恶劣行为是由于人们不知道天志之所在，不相信有鬼神的存在，不能够施行惩恶奖善之事。墨子认为士君子们知小不知大，他们只知道处家得罪家长，处国得罪国君，纵有邻家、邻国可以避逃，也要相互警诫尽量不要触犯。“然而天下之士君子之于天也，忽然不知以相儆戒，此我所以知天下士君子知小而不知大也。”[①]而天是有意志的，就像人间的统治者有意志一样。只是天的意志，是统一的，即“欲义而恶不义”，所以，统治者要做的事，就是“率天下之百姓以从事于义，则我乃为天之所欲也”[②]。得天之所欲，就能使天下治、天下富，否则就会天下乱、天下贫。墨子将这一切都归于天的意志。

墨子与儒家一样崇尚仁义，但他认为仁义出于天志、天道。他说：天下的士君子崇尚仁义，但不知道仁义之道从何而出。仁义之道，不出于贫且贱者，而出于富且贵者。因行仁义而天下治，所以说仁义是善政。但能行仁义之善政，在于富且贵者，而不在于贫且贱者，所以说仁义之道，出于贵且富者。从贵与富来说，天

---

① 孙诒让《墨子间诂》卷七《天志上》，《诸子集成》第 4 册，第 119 页。

② 孙诒让《墨子间诂》卷七《天志上》，《诸子集成》第 4 册，第 119 页。

子贵于诸侯,诸侯贵于大夫。天下的士君子,都知道天子是贵与富之极,但不知道天子之上还有天。正像在下者要祈求在上者,天子也要祈求于天,天能施祸福于天子,天子总是祷求于天,却没见天子能对天有这种主动的行为。作者通过这一逻辑,论定仁义之道出于天,是天的意志的表现。而天之意志的集中体现,则在于爱民之厚:

> 且吾所以知天之爱民之厚者有矣,曰:以磨为日月星辰,以昭道之;制为四时春秋冬夏,以纪纲之;雷降雪霜雨露,以长遂五谷麻丝,使民得而财利之;列为山川溪谷,播赋百事,以临司民之善否;为王公侯伯,使之赏贤而罚暴;贼金木鸟兽,从事乎五谷麻丝,以为民衣食之财。[1]
>
> 且吾所以知天爱民之厚者,不止此而足矣。曰:杀不辜者,天予不祥。不辜者谁也?曰:人也。予之不祥者谁也?曰:天也。若天不爱民之厚,夫胡说人杀不辜而天予之不祥哉?此吾所以知天之爱民之厚也。[2]

天具有这样的意志,统治者只有顺从它才能获得好的报偿,否则就会受到惩罚:

> 爱人利人,顺天之意,得天之赏者有之;憎人贼人,反天之意,得天之罚者亦有矣。[3]

作者以三代圣王尧舜禹汤文武为例,论证爱人顺天而得天赏者;又以三代暴王桀纣幽厉为例,论证"憎人贼人,反天之意而得天之罚者"。前者之事,"上利乎天,中利乎鬼,下利乎人。三利无所不

---

① 孙诒让《墨子间诂》卷七《天志中》,《诸子集成》第4册,第125—126页。
② 孙诒让《墨子间诂》卷七《天志中》,《诸子集成》第4册,第126页。
③ 孙诒让《墨子间诂》卷七《天志中》,《诸子集成》第4册,第126页。

利，是谓天德，聚敛天下之美名而加之焉”[1]。后者“上不利乎天，中不利乎鬼，下不利乎人。三不利无所利，是谓天贼，聚敛天下之丑名，而加之焉”[2]。

《天志》将仁义道德归于天的意志，向统治者提供上利天、中利鬼、下利人的政治原则。墨家在提倡仁义方面与儒家是一致的，但儒家重视人的个体的伦理自觉，墨家则是通过天志，以及敬神事鬼来确立其伦理道德。在此基础上，墨子明确阐述了他的明鬼神的思想，其基本的论证方式与论述天志的存在相近，但他举了一系列古代的鬼神传说，以证明鬼神确实存在。

《明鬼》篇的基本的思想与《天志》篇一样，墨子将天下之乱归于人们不相信鬼神，更不相信有鬼神赏罚的存在：

> 子墨子言曰：逮至昔三代圣王既没，天下失义，诸侯力正，是以存夫为人君臣上下者之不惠忠也，父子弟兄之不慈孝弟长贞良也，正长之不强于听治，贱人之不强于从事也。民之为淫暴寇乱盗贼，以兵刃毒药水火退无罪人乎道路率径，夺人车马衣裘以自利者并作，由此始，是以天下乱。此其故何以然也？则皆以疑惑鬼神之有与无之别，不明乎鬼神之能赏贤而罚暴也。今若使天下之人，偕若信鬼神之能赏贤而罚暴也，则夫天下岂乱哉？今执无鬼者曰：鬼神者，固无有旦暮以为教诲乎天下，疑天下之众，使天下之众皆疑惑乎鬼神有无之别，是以天下乱。[3]

既然鬼神有无之说，关系天下治乱如此之巨，所以墨子认为，王公大人如果真想兴天下之利，除天下之乱，就必须明察鬼神之道。针对执无鬼论者之说，墨子举例说周宣王冤杀杜伯，杜伯誓

---

① 孙诒让《墨子间诂》卷七《天志中》，《诸子集成》第4册，第127页。
② 孙诒让《墨子间诂》卷七《天志中》，《诸子集成》第4册，第128页。
③ 孙诒让《墨子间诂》卷八《明鬼下》，《诸子集成》第4册，第138—139页。

言死后有知,必行报复。后来果然在宣王田猎时,人们看到杜伯乘素车白马,将宣王射杀于车中。接着墨子又举出一系同样性质的事件:郑穆公时勾芒神出现;燕简公杀其臣庄子仪,后为其击殪于祖途之中。墨子用这些他认为属于事实的果报案例,证明鬼神及其报应的存在,并且认为这种报应之理,古人深知,并引以为警戒。后来王充《论衡·死伪》持无鬼之论,辨析此二事之伪[①]。墨子用来证明鬼神之有的另一论述方法,是追述三代圣王的敬神祭鬼之事:

> 且惟昔者虞夏商周三代之圣王,其始建国营都,日必择国之正坛,置以为宗庙。必择木之修茂者,立以为菆位,必择国之父兄慈孝贞良者,以为祝宗。必择六畜之胜腯肥倅,毛以为牺牲。珪璧琮璜,称财为度。必择五谷之芳黄,以为酒醴粢盛,故酒醴粢盛,与岁上下也。故古圣王治天下也,故必先鬼神而后人者,此也。故曰:官府选效,必先祭器、祭服,毕藏于府。祝宗有司,毕立于朝,牺牲不与昔聚群。故古者圣王之为政若此。古者圣王必以鬼神为,其务鬼神厚矣!又恐后世子孙不能知也,故书之竹帛,传遗后世子孙。咸恐其腐蠹绝灭,后世之子孙不得而记,故琢之盘盂,镂之金石以重之。[②]

除了缕述三代圣王祭祀之事以鬼神外。墨子还用《诗》《书》以批驳无鬼者之论:

> 今执无鬼者之言曰:先王之书,慎无一尺之帛,一篇之书,语数鬼神之有,重有重之,亦何书之有哉!子墨子曰:《周书·大雅》有之。《大雅》曰:"文王在上,于昭于天。周虽旧邦,其命

① 参见本书第十章第四节"《论衡》疾虚妄的生命思想"。

② 孙诒让《墨子间诂》卷八《明鬼下》,《诸子集成》第4册,第146—147页。

> 维新。有周不显，帝命不时。文王陟降，在帝左右。穆穆文王，令问不已。"若鬼神无有，则文王既死，彼岂能在帝之左右哉！此吾所以知《周书》之鬼也。且《周书》独鬼，而《商书》不鬼，则未足以为法也。然则姑尝上观乎《商书》，曰："呜呼，古者有夏，方未有祸之时，百兽贞虫，允及飞鸟，莫不比方，矧隹人面，胡敢异心？山川鬼神，亦莫敢不宁。若能共允，隹天下之合，下土之葆。"察山川鬼神之所以莫敢不宁者，以佐谋禹也。此吾所以知《商书》之鬼也。且《商书》独鬼，而《夏书》不鬼，则未足以为法也。然则姑尝上观乎《夏书》……[1]

以上引文中，墨子举三代鬼神之事、三代祭祀之诚、《诗》《书》上帝鬼神之说，来反驳无鬼神论者，这开了后来南朝有神论诸家引经典以证明鬼神之说的先河。这些引文的思想史价值还在于，向我们展示了春秋战国时代士大夫阶层中发生的有关天帝鬼神问题的第一场辩论。令人感到意外的是，与儒家隐若敌国的墨家流派的思想巨子，竟然是执有鬼神论者。更值得注意的是，与通常的鬼神论常被统治者用作教化工具不同，墨家的鬼神论，则代表了庶民阶级的立场，是庶民阶级使用天志、鬼神来上劝统治者，或庶民阶级试图用天志鬼神之说来规范统治者的行为。儒墨两家具有共同的政治伦理即仁义之说，但用来论述仁义的方法却是完全不同的。

原始的伦理道德观念，是与天帝神鬼的非理性信仰连在一起的。春秋时期士大夫理性觉醒，儒家尝试在一种理性生命观的基础上建立伦理道德生命观。但这种生命理性的觉醒，也引起了建立在天道鬼神信仰基础上的某些道德信念的动摇。墨子将当时的政治问题，尤其是统治者的道德沦丧归于原始天道鬼神信仰的

---

① 孙诒让《墨子间诂》卷八《明鬼下》，《诸子集成》第 4 册，第 147—148 页。

动摇,因而重新返回到旧的鬼神论而对新的伦理原则进行论证。他在伦理上的正确性,与其在生命观念上的非理性倒退矛盾地交织在一起。

墨家的思想与行为,代表了一种筚路蓝缕以启山林的实用精神,充分体现了人类在相对恶劣的环境中求得生存的一种实用精神。其在鬼神与祭祀上的表现,与夏殷相近,其明鬼、节用、节葬、非乐思想,就典型地体现了这种精神,与儒家所代表的周代尚文的祭祀观也有明显的差别。

墨子持有鬼论,但又提倡节葬,这表面上看起来是一种矛盾,其实是统一的。墨子的明鬼论是站在庶民立场,为促成廉洁政治而发。而他的《节葬》反对厚葬久丧,同样是对统治者奢靡作风的一种限制,也是为了纠正受王公大人厚葬久丧影响的庶民风气。王公大人的厚葬久丧,不利于国家与民生;庶民的厚葬久丧,更是造成社会普遍贫困的一个重要原因。在《节葬》篇中,墨子以一种相对客观的态度,列出主张厚葬久丧与反对这种行为的两种意见。双方都认为自己的主张符合仁义原则,是孝子应有的行为。墨子采取的方法,是暂时不对双方观点进行是非评论,而是分析厚葬久丧能否达到使天下国家由贫至富、人民由寡至众、社会由乱之治的效果。显然,作者举出的例证是相反的。他指出,如以厚葬久丧为政,"国家必贫,人民必寡,刑政必乱。若苟贫,是无以为积委也。若苟寡,是城郭沟渠者寡也。若苟乱,是出战不克,入守不固。此求禁止大国之攻小国也,而既已不可矣。欲以干上帝鬼神之福,意者可邪?"[①]墨子进一步指出,这种厚葬久丧所导致的贫、寡、乱,最后会影响到对上帝鬼神的祭祀:

> 若苟贫,是粢盛酒醴不净洁也;若苟寡,是事上帝鬼神者

① 孙诒让《墨子间诂》卷六《节葬下》,《诸子集成》第4册,第111页。

寡也;若苟乱,是祭祀不时度也。今又禁止事上帝鬼神,为政若此,上帝鬼神始得从上抚之曰:我有是人也,与无是人也,孰愈?曰:我有是人也,与无是人也,无择也。则惟上帝鬼神,降之罪厉之祸罚而弃之。①

可见,即使在原本事鬼的丧葬问题上,墨子仍然假托上帝神鬼的意志来立言。其明鬼的观点,可以说是贯彻终始的。当然,最后按照墨子的三表法,还要验之于圣王,他认为古圣王都是节葬的,并且传下节葬之法:

故古圣王制为葬埋之法,曰:棺三寸,足以朽体;衣衾三领,足以覆恶。以及其葬也,下毋及泉,上毋通臭,垄若参耕之亩,则止矣!死则既以葬矣,生者必无久哭,而疾而从事,人为其所能,以交相利也。②

墨子不仅反对厚葬,而且对于儒家推行的丧服制度也是反对的。他的这种完全从平民利益角度出发的节葬观,虽然具有合理的内核,但却不可能为统治者所接受。在中国古代,真正对厚葬久丧的奢侈之风起到一定制约作用的,还是儒家本着慎终追远、民德归厚观念制定的丧葬礼法。在后来儒者抵制道、佛两家影响下的事神媚鬼的非礼、奢侈的丧葬风俗时,也没有人援引墨家之说,这是因为其太俭而有伤礼俗。

墨家的明天志、存鬼神之说,从思想特征来看,最具宗教的色彩。但中国古代的宗教,没有从墨家发展出来,这是因为其过于实用的态度,杜绝奢华的幻想。墨家的一部分思想,与后来道教的祭神祈福甚至禳解的做法较为接近,或者说开启了道教禳解之说。另外,墨子的天志说、鬼神说里面,也存有求长生久视的幻

① 孙诒让《墨子间诂》卷六《节葬下》,《诸子集成》第4册,第111页。
② 孙诒让《墨子间诂》卷六《节葬下》,《诸子集成》第4册,第111—112页。

想。墨子在征引夏商周三代之书以明鬼神实有之后说:

> 以若书之说观之,则鬼神之有,岂可疑哉?于古曰:吉日丁卯,周代祝社方,岁于社者考,以延年寿。若无鬼神,彼岂有所延年寿哉![1]

这里所说的,是夏商周时代留传下来的一种古老的祭祀延年法,与后世道教的禳解以益年之法最为相近。

墨子其实是上古以来宗教之集成者,他是利用上古以来的宗教建立其社会学说。章太炎《诸子学略说》曾畅论墨家的宗教家性质:

> 墨家者,古宗教家,与孔老绝殊者也。儒家公孟,言"无鬼神"(见《墨子·公孟篇》)。道家老子,言以道莅天下,其鬼不神。是故儒道皆无宗教。儒家后有董仲舒,明求雨禳灾之术,似为宗教。道家则由方士妄托,为近世之道教,皆非其本旨也。惟墨家出于清庙之守,故有《明鬼》三篇,而论道必归于天志。此乃所谓宗教矣。[2]

墨子是有鬼神论较早的持论者。有鬼神论出现于鬼神之说受到质疑的春秋时代,这体现了生命思想史上理性与非理性两派思潮交互生长的规律。有鬼、无鬼论在汉魏六朝道教与佛教信仰流行的背景下,又引起持续甚久的新争论。墨子的观念及其引用故事、经典的论述方式,也被后来的有鬼论者所继承。同样,儒家不言怪力乱神的传统,在这个时期也得到发展。儒墨两家以各自的方式继承并改造夏商周三代的事鬼神文化,反映了泰勒所说的"遗留"现象的一种表现方式,即"遗留"并非简单的存留,而是与后来文明的观念相汇合,而被改造和扬弃的。

---

① 孙诒让《墨子间诂》卷八《明鬼下》,《诸子集成》第4册,第150页。

② 章念驰编《章太炎全集·演讲集(上)》,上海人民出版社,2015年,第9册,第55—56页。

第五章　儒家和士阶层的伦理价值生命观

一、生命问题与伦理道德的起源

伦理观念的发生，是一个复杂的问题，不同的思想流派有不同的看法。中国古代的思想家中，有一派认为伦理是一种天赋的原则。最早《诗经·大雅·烝民》中就有"天生烝民，有物有则"的思想[①]，即后来理学家们所说的民彝物则。孟子性善之说、良知之论，中庸诚明之道，以及河南程氏讲的"道外无物，物外无道"[②]、"天下无性外之物"[③]，陆九渊所说的宇宙即我心，我心即宇宙，以及王阳明所说的"良知"，都是属于主张伦理为天赋原则的一派。另一派则认为伦理观念是后天养成的。就人类伦理发展来说，社会伦理道德观念是人类群居的产物，中国古代思想家中，荀子就持这一观点。荀子认为人与动物的根本区别在于"能群"，能知义，能知分，"故人生不能无群，群而无分则争，争则乱，乱则离，离则弱，弱则不能胜物，故宫室不可得而居也，不可少顷舍礼义之谓也"[④]。荀子还从生命的自然欲望与社会之间矛盾调和的角度来阐说"礼"形成的原因："礼起于何也？曰：人生而有欲，欲而不得，则不能无求；求而无度量分界，则不能不争；争则乱，乱则穷。先

① 《毛诗正义》卷一八，《十三经注疏》上册，第568页。

② 程颢、程颐《二程集·粹言卷·论道篇》，王孝鱼点校，中华书局，1981年，第1169页。

③ 《二程集·粹言卷·心性篇》，第1252页。

④ 王先谦《荀子集解》卷五《王制》，《诸子集成》第2册，第104页。

王恶其乱也,故制礼义以分之,以养人之欲,给人之求,使欲必不穷于物,物必不屈于欲,两者相持而长,是礼之所起也。”[①]其实两派并非不能统一,天赋伦理原则之说,是从人类获得伦理的先天条件来说的;而伦理来自社会生活的需要,产生于社会的说法,则是指具体的伦理原则所产生的历史条件而言。伦理问题在很大的程度上可以理解为生命的问题。

在讨论先民生命意识发生时,我们曾指出这样一种精神现象,即最早的伦理观念来自人类在生存问题上的危机,为了解决那些危机而产生了最早的伦理原则。例如,为了不被猛兽等自然力量所袭击和伤害,原始人自动结成群落,共同采集、狩猎,出现了原始公社,并产生了维持这一社会形式的一系列伦理原则。这种现象直观地显示了伦理道德与生命问题之间的关系。随着人类生命观念的形成,我们还会看到,生命观念的一个重要功能就是派生伦理道德观念,各种伦理观念的背后都有其特定的生命观。有学者认为:“在原始宗教之中,本没有伦理道德可言,只知道祈山川以免水旱之灾,祭天神以求收获之丰,甚至杀孩子以媚天神,祀天以求杀敌,厥后思想进步,宗教便从自私自利的动机中变为利人的伦理;于是认天帝为父,认人类为兄弟,对于一切自然现象,更研究其因果关系,分别善恶为正谊人道的标准。宗教的思想即日益进步,伦理观念亦日益提高,乃把至高道德的标准,归于所崇拜的对象;以为这个所崇拜的对象,便是一切伦理道德所从出的渊源。”[②]这个分析当然是有道理的,但原始宗教里应该已含有伦理观念,而且伦理观念的发生,从根本来说是为了利于自己的生命而不是自觉地有利于同群。当人们发现只有利群才能利己时,才萌生伦理观念。伦理观念,其实就是群体原则。伦理

① 王先谦《荀子集解》卷一三《礼论》,《诸子集成》第2册,第231页。

② 王治心《中国宗教思想史大纲》,上海三联书店“近代名籍重刊本”,1988年,第2页。

观念的发生，说到底是群体观念的形成，人们意识到有些群体原则是保障个体的生活与生命必不可少的，才会形成一些伦理原则。比如，一种基本观念认为只有道德的人才可活得长久，即后来儒家所说的“仁者寿”，这种观念，我认为在原始人群中就已经发生。所以，生命观念是伦理道德观念的基石。而这种群体原则是先于宗教而存在的，它是驱动宗教发生的机制之一。

在理性生命观支配伦理道德之前，经历过非理性生命观支配伦理道德的时代，后者正是前者的渊源。迫于某种神秘的生命观，人类发生了服从群体利益和道德自律的意识。这些神秘生命观的核心观念就是天命观。这种观念认为生命是上帝所赐，寿夭祸福取决于天。《诗经》里就经常看到这种思想，如《大雅·荡》云：“荡荡上帝，下民之辟。疾威上帝，其命多辟。天生烝民，其命匪谌。靡不有初，鲜克有终。”[①]这里即认为上天是下民的主宰，但天生烝民，却不能保证他们道德上的始终如一，所以对生民来说，上帝既是造物主，又是严正无私的法官。人们为了不被上帝所惩罚，必须在道德上能够自律，只有这样才能得到天的庇佑。《大雅·假乐》就写了这样一位君子：

> 假乐君子，显显令德，宜民宜人，受禄于天。保右命之，自天申之。干禄百福，子孙千亿，穆穆皇皇，宜君宜王。不愆不忘，率由旧章。威仪抑抑，德音秩秩，无怨无恶，率由群匹。受福无疆，四方之纲。[②]

诗人歌颂这位君子受禄于天，受天的保佑。但他之所以能得到这份洪大的福祉，是因为其具有“显显令德”，能够“不愆不忘，率由旧章”，表现得“威仪抑抑，德音秩秩”。从这里可以清楚看出先民

① 《毛诗正义》卷一八，《十三经注疏》上册，第552页。

② 《毛诗正义》卷一七，《十三经注疏》上册，第540—541页。

的道德意识派生于天命观念。

随着长生永寿幻想的产生,先民还将它与一个人的道德修养联系起来,认为只有道德完善的人才能永寿长生。这种认为人的寿命与其德行相关的观念,在上古时代可能很有影响,在后来一些生命仪式的祝福词中仍遗留着这种观念的痕迹,如《仪礼·士冠礼》中的一段"三加"仪式:

> 始加[1]祝曰:令月吉日,始加元服。弃尔幼志,顺尔成德。寿考惟祺,介尔景福。再加曰:吉月令辰,乃申尔服。敬尔威仪,淑慎尔德。眉寿万年,永受胡福。三加曰:以岁之正,以月之令,咸加尔服,兄弟具在,以成厥德。黄耇无疆,受天之庆。[2]

从这段祝词可以看出,在先民们的观念中,德与寿的关系是如此直接。德的追求是无限的,因而给人这样的幻想:提高个人的道德修养能使寿命延长,以至长寿无疆。"好人长寿"的思想,正是这种原始非理性观念的遗留。在整个中国古代社会,尤其是民间下层,这种观念一直延续着,与道教的"承负"[3]、佛家的"因果报应"一起,成为社会道德思想的支柱,这其中也包括儒家所说"仁者寿"观念。几乎所有宗教教义都程度不同地将道德修养与寿命长短以及永生的问题联系在一起,这可以说是生命观与道德观念联系的维度之一。

由以上论述可知,生命问题是道德规则的发生之源。道德来自对生命的省思,而促发这种生命省思的动机,常基于群体原则。另一方面,社会的许多伦理规范,也都体现出人们对生命的看法,常常是某些生命活动经验的升华。如由生殖崇拜到宗族社会生

---

① "加"即加布于受冠礼者之首。

② 《仪礼注疏》卷三,《十三经注疏》上册,第957页。

③ "承负"是道教的报应思想,详见《太平经》。

命链的认同,并由此发展出“孝道”“慎终追远”等伦理范畴,成为我国古代最有支配性的基本观念。

二、儒家伦理价值生命观的形成

一般认为传统的伦理道德体系是在诸子时代形成的。“春秋战国是我国古代伦理学说形成的时期。在此之前,如殷周时期,虽然维持社会生活的道德规范和道德观念都已产生,但还没有形成完整的伦理学说体系。直到这个时期,随着一批哲学家和思想家的相继出现,人们开始对道德这一社会现象展开广泛的研究与理论上的探讨。”[①]这只能说学说的体系化以及对伦理问题的学术探讨是在诸子时代出现的。至于伦理规范与道德观念本身,则历史极为悠久,差不多与先民的生命意识同步发生。对此我们在上文作过讨论。事实上,诸子常常将自己身处的时代看成道德衰微的时代,所以他们常常在从前的时代中寻找道德典范。儒、道、墨三家都是向古代寻找伦理的原则与典范的。儒家更是经常从夏、商、周三代寻找道德典范,并将他们所强调的道德规范溯至三代,这就是人所熟知的三代圣贤系列。《论语·泰伯》记载孔子对夏禹的赞美之言:“子曰:禹,吾无间然矣。菲饮食而致孝乎鬼神,恶衣服而致美乎黻冕,卑宫室而尽力乎沟洫。禹,吾无间然矣!”[②]禹重视丧祭、礼仪、民生,而自身过着一种俭朴的生活,孔子认为他是难以疵议的道德完人。禹之外,商汤、文、武、周公、伯夷、叔齐等,都是儒家所树立的道德楷模。事实上,树立道德楷模正是儒家建立伦理道德体系的重要环节。儒家思想的深入人心,与道德楷模之成功塑造是分不开的。儒家也将他们所提倡的修身原则

---

① 朱伯崑《先秦伦理学概论》,北京大学出版社,1984 年,第 1 页。

② 《论语注疏》卷八,《十三经注疏》下册,第 2488 页。

溯至前贤,《礼记·大学》在讨论修身问题时引《卫风·淇奥》“有斐君子,如切如磋”数句,并解释说:“如切如磋者,道学也;如琢如磨者,自修也;瑟兮僩兮者,恂栗也;赫兮喧兮者,威仪也;有斐君子,终不可喧兮者,道盛德至善,民之不能忘也。”[1]在这里,《礼记》作者用儒家的修身思想来解释诗句,以突出这种思想的权威性。此外还历引《康诰》等经典中的论道德之语:“《康诰》曰:‘克明德’,《大甲》曰:‘顾諟天之明命’,《帝典》曰:‘克明峻德’,皆自明也。汤之《盘铭》曰:‘苟日新,日日新,又日新’,《康诰》曰:‘作新民’,《诗》曰:‘周虽旧邦,其命惟新’,是故君子无所不用其极。”[2]“君子无所不用其极”是指君子处处追求自我完善;“明明德”是《礼记·大学》的修养新思想,要点在于自明,是建立在个体自觉基础上的。事实上,作者所引据的《康诰》等格言,多为天命道德观,以天的无上权威来促发人的道德观念。之后还引《康诰》之语云:“惟命不于常,道善则得之,不善则失之。”[3]正道出此种道德观的性质。而先秦儒家及其当时士阶层的道德观,则是建立在理性生命观之上的。他们特别重视个体的生命价值的实现,这种价值被赋予伦理道德的性质,所以称之为伦理价值生命观。

儒家伦理价值生命观是以士阶层为主体的。关于“士”的起源和士阶层的形成,余英时在《古代知识阶层的兴起与发展》一文中有很系统的研究。余氏引《说文》“士,事也”,《白虎通》“士者事也,任事之称也”及段注“凡能事其事者称士”等经典性解释,认为“‘士’在古代主要泛指各部门掌事的中下层官吏”。这一见解是合乎事实的。其实只要我们仔细研究一下《诗经》中《风》和《小雅》两部分,就会发现其中存在着一个士阶层,他们“官事鞅掌”,

---

① 《礼记正义》卷六〇,《十三经注疏》下册,第 1673 页。
② 《礼记正义》卷六〇,《十三经注疏》下册,第 1673 页。
③ 《礼记正义》卷六〇,《十三经注疏》下册,第 1675 页。

常常行役在外，出于职业需要，掌握了一定的文化知识，甚至具有较高的文学修养，从而成为《诗经》创作者的主体。《风》诗、《小雅》之所以较多表现理性生命观，常有个体生命情绪的抒发，与其作者身份分不开，反映了士人群体个体意识与生命意识的觉醒。士以职事为业，重在实行，《周礼·冬官考工记》即云："坐而论道，谓之王公；作而行之，谓之士大夫。"[①]因此，士阶层本有躬行勤勉的传统，重视个人才能和业绩，是个体意识比较强的一个群体。春秋战国时代，由于社会阶级地位的变化，上层贵族的下降和下层庶民的上升，导致士阶层的人数大增[②]。士在当时是一个成员变化频繁的特殊社会阶层，庶民可上升为士，士也可以上升为卿大夫，这种地位的变化不系于宗族、世袭等外在因缘，而是凭借士人自身的才能和努力，这就使得士阶层更加注重个人道德、才能的进益，也使他们发现了个体生命价值之所在。思想家们开始论述"士"的社会性质、道德行为规范，于是，"士"由一个单纯的阶层名称升华为一种群体的人格理想，成为具有伦理道德含义的一个范畴，常与"君子"相提并论，称之为士君子。儒家诸子频繁地讨论士君子的准则，在各种场合、从各个不同角度给"士""君子"或"士君子"下定义，逐渐构建起其伦理价值生命观，可以说儒家的整个伦理道德体系，即建立在这种"士君子"生命价值观之上。

在儒家看来，士并非一味争取社会地位的上升和世俗功名，而是要将自己置身于社会伦理的体系之中，全面担负起社会落在个人肩上的各种职责，这一切如果都能达到很高的境界，就是"道"在个体身上的实现。故《论语·学而》云："君子务本，本立而道生。孝弟也者，其为仁之本与。"[③]又《里仁》云："士志于道。"[④]

---

① 《周礼注疏》卷三九，《十三经注疏》上册，第 905 页。

② 此为余英时见解，参看《士与中国文化》，第 12—13 页。

③ 《论语注疏》卷一，《十三经注疏》下册，第 2457 页。

④ 《论语注疏》卷四，《十三经注疏》下册，第 2471 页。

《述而》曰:"志于道,据于德,依于仁,游于艺。"[①]《卫灵公》曰:"君子谋道不谋食。"[②]孔门所说的道,是一种实践理性在个体身上的自觉。孔子对这种理性的自觉追求,甚至到了"朝闻道,夕死可矣"[③]的地步,可见"道"是儒家在生命价值上的最高认同,甚至高于生命本身。士君子的一切行为都应服从于道的需要,这是儒家对士阶层生命价值观的最重要的发展。

在道的支配下,儒家形成了自己的功名观。所谓成名,从内而言,是指一个生命体实现了伦理道德的生命价值;从外来看,是取得来自社会对于某一个体在道义上的肯定。孔子云:"君子疾没世而名不称焉。"[④]他所说的"名"是士人的整体行为所产生的社会影响。尽管对于古人来说,政治方面的作为最容易产生社会影响,但儒家并不将此作为唯一的求名途径;况且只有体现了道义的政治行为才是真正的求名,此即所谓"君子之仕也,行其义也"[⑤]。只要遵循伦理原则,任何方面的社会生活都可以使个人的价值得到实现,仕与不仕,并非妨碍一个人成名的决定性因素。《论语·季氏》载:

> 孔子曰:见善如不及,见不善如探汤,吾见其人矣,吾闻其语矣。隐居以求其志,行义以达其道,吾闻其语矣,未见其人也。
>
> 齐景公有马千驷,死之日,民无德而称焉;伯夷叔齐饿于首阳之下,民到于今称之,其斯之谓与?[⑥]

孔子说自己见过能够修身行善的人,却未曾见过隐居能自持其

① 《论语注疏》卷七,《十三经注疏》下册,第 2481 页。
② 《论语注疏》卷一五,《十三经注疏》下册,第 2518 页。
③ 《论语注疏》卷四《里仁》,《十三经注疏》下册,第 2471 页。
④ 《论语注疏》卷一五《卫灵公》,《十三经注疏》下册,第 2518 页。
⑤ 《论语注疏》卷一八《微子》,《十三经注疏》下册,第 2529 页。
⑥ 《论语注疏》卷一六,《十三经注疏》下册,第 2522 页。

志，施政行义能实现其道的人。但他认为伯夷、叔齐饿死首阳山而百姓至今称颂，是“隐居以求其志”的例子。相反，齐景公虽贵为国君，有马千驷，但当他死的时候，老百姓看不出他一生有何功德可以称颂。两者相比，伯夷、叔齐虽连自身生活都无法保障，却实现了生命的价值；景公虽贵且富有，却丝毫未能实现生命应有的价值。由此可见儒家对生命价值的理解。后来荀子也用类似的话来称颂孔子，《荀子·王霸》：“仲尼无置锥之地，诚义乎志意，加义乎身行，著之言语。济之日，不隐乎天下，名垂乎后世。”[①]

身死而名垂于后世，或是以道德行为来影响后人，或是以功业令后人受惠，或是以著述言论启悟后人，作思想或学术的传薪者。这样的人是实现了他们的生命价值，叔孙豹称之为“不朽”。《左传》襄公二十四年记载叔孙豹使晋，范宣子同他讨论“死而不朽”的古语[②]。宣子从宗族大生命观出发，以“保姓受祀，以守宗祊”为不朽。叔孙豹认为这只是世禄，不能算作不朽，真正的不朽是指一个人或是“立德”，或是“立功”“立言”，久而不废，流传后世。范宣子的解释反映了宗族生命链意识，叔孙豹则完全从个体生命价值出发，与儒家的思想一致。这二者都反映了春秋战国时期士阶层的生命价值观。《礼记·曲礼》有“太上贵德，其次务施报”[③]，可与叔孙豹“太上立德，其次立功”之论相参。至于其所说的“立言”，则更是儒家诸子的本务，儒家本来就注重一个人的言论文章的修养。需要指出的是，在儒家的本旨里，立言者虽未必能立功，却一定能够立德的。

“三立”或称“三不朽”观念的提出，标志着士阶层伦理价值生命观的成熟，表明他们完全摆脱了古老的“不朽”说即灵魂不朽的

---

① 王先谦《荀子集解》卷七，《诸子集成》第 2 册，第 132 页。

② 参看本书第二章第二节的引文。

③ 《礼记正义》卷一，《十三经注疏》上册，第 1231 页。

非理性生命意识,在很大程度上放弃了对宗族生命链的依赖情绪。这也是士阶层独立的重要标志。

儒家伦理价值生命观不仅强调个体生命的生存意义,还确定了如何对待死亡的伦理原则。在他们看来,死亡不能简单地理解为物质生命的消失这样一种自然变化,而是与生存一样,作为实现个体伦理价值的一个环节,其重要性甚至超过了生存环节。儒家对生命不抱任何幻想,也不惧怕自然的死亡,所谓"夭寿不贰,修身以俟之","尽其道而死者,正命也"[①],就明确表现了这种态度。但反对无谓的夭死,认为对生命要采取珍惜的态度,这首先是基于孝道的观念,所谓"身体发肤受之父母,不敢毁伤,孝之始也"[②];而且身体为立业之本,即使从孝的全面性而言,也要做到"立身行道,扬名于后世,以显父母,孝之终也"[③]。身的存在和强健,是实现生命价值的首要条件。《礼记·儒行》即云:"爱其死以有待也,养其身以有为也。"[④]说出了儒家珍惜生命的主要原因,不是一般的惜生惧死之情,而是追求有所作为。一言以蔽之,仍由伦理原则所支配。因此,当死而丝毫无补于伦理价值者,即为无谓之死;相反,当死而能实现伦理价值,则应该在生死之际作出勇毅的抉择。《荀子·荣辱》云:"轻死而暴,是小人之勇也。义之所在,不倾于权,不顾其利,举国而与之不为改视,重死持义而不桡,是士君子之勇也。"杨倞注"重死持义而不桡"云:"虽重爱其死而执节持义,不桡曲以苟生也。"[⑤]意思是说,不以轻忽的态度对待死亡,因为生命对于个人来说只有一次,但并不在任何情况下都一味的苟且偷生。这里带有决定性的伦理范畴就是"义"或"仁"。

---

① 焦循《孟子正义》卷二六,沈文倬点校,中华书局,1987年,下册,第878、880页。

② 《孝经注疏》卷一《开宗明义章》,《十三经注疏》下册,第2545页。

③ 《孝经注疏》卷一《开宗明义章》,《十三经注疏》下册,第2545页。

④ 《礼记正义》卷五九,《十三经注疏》下册,第1668—1669页。

⑤ 王先谦《荀子集解》卷二,《诸子集成》第2册,第35页。

它的原则也是孔子首先提出的,《论语·卫灵公》载:"子曰:志士仁人,无求生以害仁,有杀身以成仁。"[①]在生死抉择之际,当苟且贪生有害于仁的时候,就应该毅然选择杀身成仁,以实现生命的最高伦理价值。《礼记·儒行》也说儒士"见利不亏其义","见死不更其守","可杀而不可辱","身可危也而志不可夺也"[②]。可见这对先秦儒家是一个重要的行为准则。孟子对这个准则解释得最为具体:

> 生,亦我所欲也,义,亦我所欲也,二者不可得兼,舍生而取义者也。生亦我所欲,所欲有甚于生者,故不为苟得也。死亦我所恶,所恶有甚于死者,故患有所不辟也。[③]

这里所表达的思想,简单地说,就是义重于生,这是儒家的勇者精神。既然生存意义完全体现在伦理价值上,那么,当舍生能换取伦理价值的圆满实现,反之会使其生存丧失全部的意义时,死亡就成为唯一的选择。

从对传统的非理性生命意识的丧祭文化进行观念革新开始,儒家一方面建立了对生命的理性认识,站在诸子时代自然生命观的稳固地盘上;另一方面也为其伦理价值生命观奠定了基础。其更积极的发展是从道德伦理观念出发,论述了个体生命的价值及其实现,确立了中国古代士阶层弘道济世、立身行义的积极奋进的人生观,其精神的极致正可用《易·系辞》中"天行健,君子以自强不息"[④]一语来表达。从这种伦理价值生命观出发,儒家发展出一系列实践理性的原则。由此可见,尽管儒家表面上看不像道家那样频繁地讨论生命问题,但其整个伦理道德体系都是这种新的

---

① 《论语注疏》卷一五,《十三经注疏》下册,第2517页。
② 《礼记正义》卷五九,《十三经注疏》下册,第1669、1670页。
③ 焦循《孟子正义》卷二三,下册,第783页。
④ 《周易正义》卷一,《十三经注疏》上册,第14页。

生命观的成果,和道家一样都是我国古代生命观念发展史上的一个飞跃。

三、性命论:儒家一派的生命哲学

儒家对生命本身的认识,也是倾向于自然的,但不像道家那样执着地探讨养生、生死这样的问题。这是因为儒家所关心的层面主要在社会与伦理道德,它的生命哲学也完全是从寻究个体生命的道德性质出发。其核心问题,是寻究个体与社会谐和的基本维度,并将原本属于社会性、在人类社会的发展过程中形成的道德范畴,引回到人类个体生命自身来寻究其根源,也就是人类道德范畴的先天性问题。可以这么说,儒家对个体生命的重视,将生命问题纳入其思想的命题中,是道德问题引发的。

尽管儒家也有自然的生命思想,但它在生命价值的认识上却是超越自然,服从社会的伦理原则。道家深刻地论述了生命的自然性,却因此而将生命的全部意义都归结为自然运化过程本身,生命的真正价值只在于实现其"气聚气散"的物质变化过程,即后来陶渊明所谓的委运任化。纯粹地将生命理解为一种物质,而不讨论道德前提,其弊端会导致虚无放废、物欲至上的生命观,如魏晋玄学虚无派之所行。其实,这种生命观在诸子时代就已出现,《荀子·非十二子》所说的"纵情性,安恣睢,禽兽行,不足以合文通治"[①]的它嚣、魏牟一派,即属此类。荀子认为庄子"蔽于天而不知人"[②],当然也是指庄派学者强调了生命的自然性质而忽略甚至否定生命的社会本质。他认为人的本质体现于人的社会性,所以庄子是"蔽于天而不知人"。儒家则在达知生命的自然性的基础

---

① 王先谦《荀子集解》卷三,《诸子集成》第2册,第57页。

② 王先谦《荀子集解》卷一五,《诸子集成》第2册,第263页。

上重视生命的社会性，对生存意义作出伦理上的价值判断。

儒家对自然生命观没有道家那样彻底，常常留有天命论的遗痕，并且原本以丧葬为职业的儒，在祭祀方面虽然进行大幅度的观念革新，消减原始的宗教功能，而突出政治功能、伦理功能，但不可能完全剔除宗教的色彩。《论语·述而》载："子疾病，子路请祷。子曰：有诸？子路对曰：有之，诔曰：祷尔于上下神祇。子曰：丘之祷，久矣！"[①]以孔子之博学，不应该不知道祷于神祇之事，但他故意装作不知有这回事，反而"请教"子路，这完全是因为孔子不相信传统的祭祷，所以当子路举引古诔"祷尔于上下神祇"时，孔子却说自己早就祷过了。孔子所说的"祷"，其实是指道德上的自律，他不相信有什么神祇在司命，这正说明他已经从天命、神祇所支配的道德观念中摆脱出来，转为理性的道德观。由于"命""天道"等概念在孔子的时代还带有浓厚的唯心色彩，孔子还找不到合适的方式来表达他自己所倾向的自然性的"命""天道"的思想，所以孔子常常回避这些问题，即所谓"夫子之言性与天道，不可得而闻也"[②]，"子罕言利与命与仁"[③]。这表现了孔子式的任之于自然的生命观。可以说，孔子本人怀有一种朴素的生命自然观，但作为一个道德家，他无法将生命完全理解为一种自然物质，但对作为原始的道德范畴的植立基础的天命、天道及神祇主宰生死祸福的观念，他又有一种本能的理性抗拒，所以对"天道""性""命"等范畴回避讨论。这个时候的"天道""性""命"等范畴，还是属于旧的、原始宗教性质的生命思想范畴。

从"夫子之言性与天道，不可得而闻"这句话来看，"性"与"天道"问题，在孔门中已经被提出来，并且，从"性相近"的观点来看，

---

① 《论语注疏》卷七，《十三经注疏》下册，第2484页。
② 《论语注疏》卷五《公冶长》，《十三经注疏》下册，第2474页。
③ 《论语注疏》卷九《子罕》，《十三经注疏》下册，第2489页。

孔子及众弟子认为人类全体趋向一种共同的本性。他们是在道德立场上提出这个问题的,这也就意味着“性相近”观点,是指人类存在着共同的道德本性,而不是共同的非道德本性。因为只有“善”才可以作为人类的共同本性,从“非善”或者“恶”的范畴中推演不出一种共同本性。从这个意义说,孟子的“性善”说与孔子的“性相近”说是一脉相承的,属于孔门正传。孟子在驳斥告子性无善无不善之说时,提出人心共有的“恻隐”“羞恶”“恭敬”“是非”四种基本心理反应,认为这是一种天赋生民的良知。并且从物类的概念出发,认为同一类事物都有共同的性质:“故凡同类者举相似也,何独至于人而疑之?圣人与我同类者。”[①]戴震已经看到孟子这个思想与“性相近”观点的共同性:“然性虽不同,大致以类为之区别,故《论语》曰:‘性相近也’,此就人与人相近言之也。孟子曰:‘凡同类者举相似也,何独至于人而疑之?圣人与我同类者’,言同类之相似,则异类之不相似明矣!”[②]但是戴震所说的“类”是人的不同之类,孟子所说的“类”是人类本身,即人类全体。这是戴氏对孟子思想的曲解,也是他在哲学上一种局限性;但他看出了孟子这一思想与《论语》“性相近”说的相承关系。焦循也引“性相近,习相远”来阐说孟子性善之说,并认为“孟子性善之说,以情验性之指,正孔子‘性相近’之义疏矣”[③]。另外,孟子在论性本善时,引《诗经》“天生蒸民,有物有则。民之秉彝,好是懿德”,并引孔子赞此诗之论(见《告子章句上》),也可见孟子性善说是发挥孔门的人性观点,属于儒家一派的正传。仅从这一点来看,后世儒家将孔孟并称,奉为儒家的圣贤,有其内在的合理性。

孔子之后的思孟学派及荀子等人,吸取道家生命观的某些因

---

① 焦循《孟子正义》卷二二《告子章句上》,下册,第763页。

② 戴震《孟子字义疏证》卷中,中华书局,1982年,第25页。

③ 焦循《孟子正义》卷二二《告子章句上》,下册,第753页。

素，初步建立起儒家的生命哲学，《中庸》的主题，即是论述道德性命之学：

天命之谓性，率性之谓道，修道之谓教。[①]

性，即生命、性命之意，这一句本自《诗经》“天生烝民”[②]之说，从古老的上天诞生下民的观念而来。这种古老观念，在《诗经》的《雅》《颂》中随处可见。但《中庸》作者所说的“性”，已经不是笼统的物质生命，而是一种天赋的伦理之性，即后来《大学》所说的“德性”。这种天赋人类德性的思想，此前虽然存在，但只有到了儒家这里才完全明确，被尽数地发露出来。正因为“天命之性”并非生物性质的性命，而是指伦理性质的德性，才有接下来“率性之谓道，修道之谓教”这两层推演。率性即顺性发展，任性而行。这种思想，其实是接受道家的自然说，但因为其中的“性”已有“德性”这样的伦理内涵，则所谓“率性之谓道”，完全是儒家伦理之道，而非道家自然之道。再加上修道之教，规范得更清楚了。《中庸》后面讲到“修身以道，修道以仁”[③]，仍然是这个意思的发挥，但明确地以仁来定义修道的内容。从这个意义上讲，孟子的性善之说正是发挥《中庸》的学说。

儒家在继承传统伦理观念的基础上，提出并论证了一系列道德规范，其中“仁”“义”是核心。但孔门在讨论仁义时，是根据具体的生活经验，给出具体的经验描述，同时建立具体的教条，比如“仁者爱人”、“夫仁者，已欲立而立人，已欲达而达人”[④]这一类解释，可谓随时随地，根据具体的行为表现来解释“仁”“义”等范畴的意义。孟子也继承了这种经验式的解释方法，但是他的创造性

---

① 《礼记正义》卷五二，《十三经注疏》下册，第1625页。

② 《毛诗正义》卷一八，《十三经注疏》上册，第568页。

③ 《礼记正义》卷五二，《十三经注疏》下册，第1629页。

④ 朱熹《四书章句集注·论语集注》，中华书局，2011年，第89页。

发展在于逻辑思辨方法的运用。孟子从仁义行为是根植于人类的天性这一观点出发讨论性善问题。他反对告子从人的生物性来定义人性。告子用杞柳制成杯棬来类推人性与仁义的关系,认为仁义是后天形成的;孟子认为这一比拟不伦,工匠用杞柳制成杯棬,是经过一番斫削即孟子所说"戕贼"而成,而圣贤诱导人走向仁义,是根据人的自然本性。告子还以水流东西无定来比拟人性的"无分于善不善";孟子则以水必下流而比喻人性向善。水固然也可以激扬其向上,但那并非水流的本性,而是人为或其他外力使然。告子又直接提出他的核心观点"生之谓性",也就是从人类的生物性来定义人性;孟子看到这里有将人类等同于动物的逻辑陷阱,指出单纯从一种性状来定义事物的属性是错误的:

> 告子曰:"生之谓性。"孟子曰:"生之谓性也,犹白之谓白与?"曰:"然。""白羽之白也,犹白雪之白;白雪之白,犹白玉之白与?"曰:"然。""然则犬之性犹牛之性,牛之性犹人之性与?"①

人类与动物相似的某种生物性,并非决定人类本质的属性。从人与动物的身上抽出某些行动上的相同表现,如饮食、性欲等,告子就认为"食色,性也",这只是动物性,而非人性。人性是人类所具有而动物所无的人类的独有属性。动物是行为本能驱使,无所谓善恶。善恶是人类心灵反思所得的一种伦理范畴,是一种心灵行为。孟子说:"耳目之官不思,而蔽于物。物交物,则引之而已矣。心之官则思,思则得之,不思则不得也。此天之所与我者。"②那么,反思所得的结果,能否得出"恶"是一种人性(人类基本属性)的结论呢?事实上,包括告子、荀子乃至弗洛伊德在内的

---

① 焦循《孟子正义》卷二二《告子章句上》,下册,第737—738页。

② 焦循《孟子正义》卷二三《告子章句上》,下册,第792页。

不少思想家，是得出过这样的结论的，但他们都是根据经验而非逻辑。道德的本质或者说人的本质，只有通过逻辑才能得到。孟子的贡献在于寻找出唯一的逻辑理由，这个逻辑就是，只有一种贯穿在所有人类行为中而统一性的东西才能叫作人性。这个统一或者说唯一的东西，只能是人类趋向共同的善的范畴，而非没有统一标准、千形万状的恶的行为。如果立足于恶，人类将不再可能作为一个类而存在，而是分析、解散为无意义的生物群，最终无法相互认识，无法彼此了解，也无法达成共同的行动目标与行为规划。所以，人性的内涵只能是善，而非恶。“恶”不能作为人性的本体。

孟子的性善论，即指出人性善的自在性。为了证明这个自在性，孟子指出恻隐、羞恶、是非、恭敬四端，认为这是存在于所有人心中的四种基本情感反应：

> 公都子曰：“告子曰：‘性无善无不善也。’或曰：‘性可以为善，可以为不善，是故文武兴则民好善，幽厉兴则民好暴。’或曰：‘有性善，有性不善，是故以尧为君而有象，以瞽叟为父而有舜，以纣为兄之子且以为君而有微子启、王子比干。’今曰性善，然则彼皆非与？”孟子曰：“乃若其情，则可以为善矣，乃所谓善也。若夫为不善，非才之罪也。恻隐之心，人皆有之。羞恶之心，人皆有之。恭敬之心，人皆有之。是非之心，人皆有之。恻隐之心，仁也。羞恶之心，义也。恭敬之心，礼也。是非之心，智也。仁义礼智，非由外铄我也，我固有之也，弗思耳矣。故曰求则得之，舍则失之，或相倍蓰而无算者，不能尽其才者也。《诗》曰：‘天生蒸民，有物有则。民之秉夷，好是懿德。’”[1]

---

[1] 焦循《孟子正义》卷二二《告子章句上》，下册，第748—758页。

善恶之行,见于日常,推及历史人物亦然。但对于何者为善、何者为恶的认定,人们还存在着分歧。反对性善之说者,往往举此为理论依据。这其中有性恶之论,有性可善可不善之说。其实他们所说的“性”,都不是孟子所谓的“性”,实质仍属于“行”即行为层面。孟子所说的性,是指人类的一种本能之性,他说的“情”“才”也都是这个意思。他认为仁、义、礼、智这四种道德,并非从外在树立之后来规划我们,而是我们内心原本存在着发生这种伦理行为的根苗。尽管人类行为标准千差万别,甚至存在否认、蔑弃一切人类行为标准的个体,即人们所说大恶之人,但即使在他们的心灵中,也不可能将这四种人类基本感情反应的根苗消泯殆尽。孟子不仅指出仁、义、礼、智等伦理行为根源于人性之善,而且认为人类对于这种伦理行为有一种自然的悦求,就如饥者思食、渴者思饮一样:

> 口之于味有同耆也,易牙先得我口之所耆者也。如使口之于味也,其性与人殊,若犬马之与我不同类也,则天下何耆皆从易牙之于味也!至于味,天下期于易牙,是天下之口相似也。惟耳亦然。至于声,天下期于师旷,是天下之耳相似也。惟目亦然。至于子都,天下莫不知其姣也。不知子都之姣者,无目者也。故曰口之于味也有同耆焉,耳之于声也有同听焉,目之于色也有同美焉。至于心,独无所同然乎?心之所同然者何也?谓理也义也。圣人先得我心之所同然耳。故理义之悦我心,犹刍豢之悦我口。①

从仁义礼智本于人心之四端到人心之同,并且用人口、耳、目在嗜好与欣赏上有共同的趋向来论证人心对善即对理、义等伦理行为的自然趋向,这是孟子性善论在逻辑上的一个推进。人性之

---

① 焦循《孟子正义》卷二二《告子章句上》,下册,第764—765页。

善不仅是一种自在自为,而且是一种自愿自觉的行为。正是基于对这种人类基本的、自在的情感反应现象的丰富、深入的观察,孟子提出良知、良能概念,从哲学上论定人性善的自在性或自然性:

> 孟子曰:"人之所不学而能者,其良能也。所不虑而知者,其良知也。孩提之童,无不知爱其亲者;及其长也,无不知敬其兄也。"①

所谓良能,就是不经过任何是非利弊的考量而自然发生的行为,比如人们遇到紧急情况的各种应急反应,尤其是那些在相当短时间内做出决定的救助行为,这种行为在发生之初,是本着一种悲悯同类的自然反应,所以良知就是不经过思索而得出的结论,如遇到恶劣行为所发生的那种本能厌恶。孟子这里举孩童爱亲、长大后敬兄的例子,认为敬爱行为根植于天性。如果不是后天的破坏,这种敬爱行为将会自然生长,从而造成一种仁爱礼敬的人格。

在指出人性善的自在性或自然性一面之后,孟子还指出它的一种隐在性,也就是人性虽是自在的,但对于具体个人来说,却并非在思想上能够自明,需要进行一番逻辑推究的功夫,尤其是实践中养成的功夫:

> 孟子曰:"牛山之木尝美矣。以其郊于大国也,斧斤伐之,可以为美乎!是其日夜之所息,雨露之所润,非无萌蘖之生焉,牛羊又从而牧之,是以若彼濯濯也。人见其濯濯也,以为未尝有材焉,此岂山之性也哉?虽存乎人者,岂无仁义之心哉?其所以放其良心者,亦犹斧斤之于木也。旦旦而伐之,可以为美乎?其日夜之所息,平旦之气,其好恶与人相近也者几希。则其旦昼之所为,有梏亡之矣。梏之反覆,则其

---

① 焦循《孟子正义》卷二六《尽心章句上》,下册,第897—898页。

夜气不足以存。夜气不足以存,则其违禽兽不远矣。人见其禽兽也,而以为未尝有才焉者,是岂人之情也哉!故苟得其养,无物不长;苟失其养,无物不消。孔子曰:'操则存,舍则亡,出入无时,莫知其乡。'惟心之谓与?"①

在养的方面,孟子又提出小体、大体之说,身体肌肤之养、口耳目之需,属于小体,而心之养、性善之明、义理之养,属于大体:

公都子问曰:"钧是人也,或为大人,或为小人,何也?"孟子曰:"从其大体为大人,从其小体为小人。"②

孟子批评人们虽然知道培养的道理,如培植梧槚之不遗余力,也关心身体的小毛病,如一指之伤,会不远秦楚之路以求医治,但却对性善的本体、仁义的伦理不知培养。前者是小体,后者才是大体。大人与小人之区别,就在一养其大体,一只知养其小体。让本有性善之根不能很好地生长,就如牛山之木,不停砍伐,牛羊又从而践踏,最终变得光秃秃,人们因此怀疑此山根本不会生长草木,却忘了生长草木是山的本有之性。孟子在论述性善的同时,也对人类普遍存在的恶的行为发生的根源作了论证。他不仅在"原善",同时也在"原恶"。他对恶的行为以至恶的个体的生成的分析,主要是从"习相远"的"习"入手的。

孟子对性及性善本质做出了前无古人的深入挖掘,尤其是通过逻辑推演,论证出存在着一种先于人们的经验与知识的善的本体的存在,从而为人类的道德伦理找到一种合理性。当然,伦理本体即善,与人类社会形成的各种伦理道德规范还是有区别的。抽象的善是一种本体性质的"善",它具体阐释这一善之本体的各种原则伦理规范则是它的用。为了辨别实践过程中可能出现的

① 焦循《孟子正义》卷二三《告子章句上》,下册,第775—778页。

② 焦循《孟子正义》卷二三《告子章句上》,下册,第792页。

种种差池，甚至为了考量具体的伦理规范是否合乎性善的本体，孟子提出养心、尽心、求放心、反身而诚等种种修养、反省的方法，以保证人们不违背“养其大”的宗旨：

尽其心者，知其性也。知其性，则知天矣。存其心，养其性，所以事天也。夭寿不贰，修身以俟之，所以立命也。[①]

孟子曰：“仁，人心也。义，人路也。舍其路而弗由，放其心而不知求，哀哉！人有鸡犬放，则知求之，有放心而不知求，学问之道无他，求其放心而已矣。”[②]

万物皆备于我矣，反身而诚，乐莫大焉。强恕而行，求仁莫近焉。[③]

孟子所说的心，即作为反思性善之本体，从而反思仁义由内生而非外铄的一种心灵活动与实践追求。由于这是孟子从自然宇宙的整体中确立的人性主体，因此他进一步指出，存心养性就是事天，这是人们在心灵活动与生命实践中唯一需要展开的行为。遵循这一原则，所发生的夭寿、祸福、贵贱，都是个体需要无条件接受的。后者，就是所谓的“命”。孟子在这里对“天”“事天”及“命”“天命”等传统的宗教性质的天道祸福、敬神事天、祝祷禳灾等天命说作出全新的解释，确立了儒家性命哲学的坚实基础。此外，孟子还有正命、非正命之说，亦见《尽心上》：“莫非命也，顺受其正。是故知命者不立乎岩墙之下。尽其道而死者，正命也；桎梏死者，非正命也。”[④]人类受命于天，故荀子有云：“天地者，生之本也。”[⑤]但这个天是自然的，而非神祇的。由此而言，所谓

① 焦循《孟子正义》卷二六《尽心章句上》，下册，第877—878页。
② 焦循《孟子正义》卷二三《告子章句上》，下册，第786页。
③ 焦循《孟子正义》卷二六《尽心章句上》，下册，第882页。
④ 焦循《孟子正义》卷二六，下册，第879—880页。
⑤ 王先谦《荀子集解》卷一三《礼论》，《诸子集成》第2册，第233页。

“命”,即生命的自然之数。儒家不惧怕死亡,不对生命本身存有任何幻想,同时反对轻忽生命的行为,追求养天命之性,尽自然之数,正命而死,无所畏惧。在中国古代不同阶层都很有支配力的尽天年、求善死的生命思想即渊源于此。

孟子在上述思辨认识下建立其修养及教育、教化的理论,他的集义之说、养气之说,也循此一贯而下。孟子所说的心是精神本体,不同于道家、道教的物质性的心,所以,孟子的养心、养气之说与庄子的心斋、坐忘之说根本上是不同的,从始至终,都是一种伦理教化学说、一种伦理行为。

四、《春秋左传》《论语》中的君子论

儒家的伦理道德生命观的具体承载是君子与圣贤的人格。君子人格是儒家对士大夫人格的基本规范,而圣贤则是其最高的人格理想。当圣与贤分论时,圣又是至高至大、与天地同德的一种人格理想。儒家思想之所以在中国古代发生深远的影响,就在于其不仅通过经典阐述丰富的思想,同时还塑造具体的君子与圣贤的人格形象。某种意义上,凡是中国古代文学中自我塑造或他者塑造中的正面形象,都自觉或不自觉地包含着君子形象的内涵,并且时时地祈向圣贤的人格境界。但圣贤毕竟是过度理想化的,缺少现实承载,所以就文学来说,君子形象的塑造构成中国古代文学的重要内容。

在有关《诗经》生命观的部分,我们已经论述了《诗经》的君子美称及君子形象的初步建立。《诗经》中的君子,从对在位者称呼开始向一种人格赞美词转化。在春秋时期,从一般的使用中,我们看到这种转化在加强。如《春秋左传》“成公二年”齐晋鞌之战中的一个对话:

韩厥梦子舆谓己曰："且辟左右。"故中御而从齐侯。邴夏曰："射其御者，君子也。"公曰："谓之君子而射之，非礼也。"①

这里邴夏所说的君子是指韩厥，邴夏说他是君子，大概是从服饰与气质上判断，较多是指在位者的意思。而齐侯的回答"谓之君子而射之，非礼也"，则已经是一种人格美称。又如同书"昭公元年"中载叔齐评论出奔于晋的秦公子的话说："秦公子必归。臣闻君子能知其过，必有令图。令图，天所赞也。"②又"昭公元年"载医和对秦伯有关作乐问题的答复时说：

先王之乐，所以节百事也，故有五节，迟速本末以相及，中声以降。五降之后，不容弹矣。于是有烦手淫声，慆堙心耳，乃忘平和，君子弗听也。物亦如之。至于烦，乃舍也已，无以生疾。君子之近琴瑟，以仪节也，非以慆心也。③

《左传》记载了大量关于君子的评论，由此可知，《论语》中记载的孔门有关君子之问、君子之论，正是当时士大夫阶层的一种学问风气，也可以称为君子之学。在《春秋左传》里，我们可以看到，君子是有道德与学问者的称谓。《左传》一书中，君子经常就一些事件进行评论。如《左传》"桓公二年"：

春，宋督攻孔氏，杀孔父而取其妻。公怒，督惧，遂弑殇公。君子以督为有无君之心，而后动于恶，故先书弑其君。④

又如同书"文公元年"：

卫人使告于陈。陈共公曰："更伐之，我辞之。"卫孔达帅

---

① 《春秋左传正义》卷二五，《十三经注疏》下册，第1740页。

② 《春秋左传正义》卷四一，《十三经注疏》下册，第2023页。

③ 《春秋左传正义》卷四一，《十三经注疏》下册，第2024—2025页。

④ 《春秋左传正义》卷五，《十三经注疏》下册，第1740页。

师伐晋。君子以为古。古者,越国而谋。[1]

又如"宣公二年":

将战,华元杀羊食士,其御羊斟不与。及战,曰:"畴昔之羊,子为政;今日之事,我为政。"与入郑师,故败。君子谓:"羊斟非人也,以其私憾,败国殄民,于是刑孰大焉?《诗》所谓'人之无良'者,其羊斟之谓乎!残民以逞。"[2]

由上述"君子以为"这样的说法,可知在春秋时代,存在着一个被人们公认的、在对各种事件与问题进行发言时具有权威与信用的士君子群体,承担了今人所说的公共知识分子的角色。而上述君子或以君子名义发表的这些议论,都是站在道德立场上,根据具体的行事来阐发一种行为准则。

君子人格是春秋时期儒家一派承自周代的一种主要的人格规范与人格理想。孔门的君子、小人,还没有完全摆脱身份的意味。刘宝楠《论语正义》在注释《雍也》篇"子曰:质胜文则野,文胜质则史。文质彬彬,然后君子"条时说:"此文'君子',专指卿大夫、士。下篇云:'后进于礼乐,君子也。''君子质而已矣,何以文为?'皆就有位者言之。"[3]但是"君子"一词,即使在《诗经》时代,在作为身份的同时,已含有明显的伦理道德的内涵,《论语》中的君子,基本上已经转化为人格范畴,也正因此才有孔子的君子论的出现。

孔门崇尚君子人格,并且开始深入探讨"君子之道"。在《论语·子张》篇里,子夏就一再提出"君子之道"的说法:

子游曰:"子夏之门人小子,当洒扫、应对、进退,则可矣!

---

① 《春秋左传正义》卷一八,《十三经注疏》下册,第1837页。

② 《春秋左传正义》卷二一,《十三经注疏》下册,第1866页。

③ 刘宝楠《论语正义》卷七,中华书局,1990年,第233页。

抑末也，本之则无，如之何？子夏闻之曰：噫！言游过矣。君子之道，孰先传焉？孰后倦焉？譬诸草木，区以别矣！君子之道，焉可诬也？有始有卒者，其唯圣人乎？"[①]

何谓"君子之道"？这应该是孔门日常讨论很多的问题。《论语》中有两处明确记载弟子向孔子问"君子"之义。其一为《为政》篇中子贡之问："子曰：君子不器。子贡问君子。子曰：先行其言，而后从之。"[②]其二为《颜渊》篇载司马牛之问："司马牛问君子。子曰：君子不忧不惧。曰：内省不疚，夫何忧何惧？"[③]由此可见，"君子之道""君子之问"，是孔门日常施教与受教中讨论最多的话题之一。推之孔门其他著述，如《礼记》之《表记》《中庸》等，可见孔门教化相当程度上可以说是一种君子教化。君子即现实中具有士君子身份之人，同时又是现实的士君子所要达到的一种人格理想。儒家的生命主体，也可说就是君子主体。儒家所有关于人生的教化与陈述，都可以是以君子作为陈述的对象，又以君子作为一种完成的目标。这是一种现实的目标，也是儒者必具的人格；进而至于贤人、圣人，则是一种理想的目标。

孔子和他的门生，接续春秋士大夫的传统，从具体的现实生活出发，不断地、随时随地从行为上印证君子人格，为君子的人格规范与人格理想注入丰富的内容。君子人格的教育，是孔门日常教育的重要内容。孔门论学，在讨论各种道德范畴时采取随时印证，以显示这些范畴内涵的无限丰富性，以及它们所实际包含的实践理性的无限生发性。他们对"君子"这一人格规范或人伦美称的阐述，也是随处生发，随时印证，他们以给君子定义的方式，不断阐述着各种行为与人格的规范。仅看《学而》一篇，就有多条

---

① 《论语注疏》卷一九，《十三经注疏》下册，第2532页。

② 《论语注疏》卷二，《十三经注疏》下册，第2462页。

③ 《论语注疏》卷一二，《十三经注疏》下册，第2503页。

对于君子的定义:“人不知而不愠,不亦君子乎?”①“其为人也孝弟,而好犯上者鲜矣!不好犯上而好作乱者,未之有也。君子务本。本立而道生。孝弟也者,其为仁之本乎?”②“子曰:君子不重则不威。学则不固。主忠信,无友不如己者。过则勿惮改。”③“子曰:君子食无求饱,居无求安,敏于事而慎于言,就有道而正焉,可谓好学也已。”④又如《子夏》篇:“子夏之门人,问交于子张。子张曰:子夏云何?对曰:子夏曰:可者与之,其不可者拒之。子张曰:异乎吾所闻。君子尊贤而容众,嘉善而矜不能。我之大贤与,与人何所不容?我之不贤与,人将拒我,如之何其拒人也?”⑤这些关于君子的定义,从基本的行为准则到“食无求饱,居无求安”这样无关大节的日常生活方面的要求,显示出孔子在诠释君子人格时是无所不包的,是一种活生生、全面的人格塑造的行为。

君子是凝聚儒家整个伦理道德体系的主体,儒家用其仁、义、礼、智、信等多种道德规范来阐述君子的行为方式。关于仁:“君子去仁,恶乎成名?君子无终食之间违仁,造次必于是,颠沛必于是。”⑥关于义:“子路曰:君子尚勇乎?子曰:君子义以为上。君子有勇而无义为乱,小人有勇而无义为盗。”⑦“君子之于天下也,无适也,无莫也,义之与比。”⑧关于知、仁、勇:“子曰:君子道者三,我无能焉。仁者不忧,知者不惑,勇者不惧。子贡曰:夫子自道也。”⑨关于义、礼、逊、信:“君子义以为质,礼以行之,孙以出之,

---

① 《论语注疏》卷一,《十三经注疏》下册,第2457页。
② 《论语注疏》卷一,《十三经注疏》下册,第2457页。
③ 《论语注疏》卷一,《十三经注疏》下册,第2458页。
④ 《论语注疏》卷一,《十三经注疏》下册,第2458页。
⑤ 《论语注疏》卷一九,《十三经注疏》下册,第2531页。
⑥ 《论语注疏》卷四《里仁》,《十三经注疏》下册,第2471页。
⑦ 《论语注疏》卷一七《阳货》,《十三经注疏》下册,第2526页。
⑧ 《论语注疏》卷四《里仁》,《十三经注疏》下册,第2471页。
⑨ 《论语注疏》卷一四《宪问》,《十三经注疏》下册,第2512页。

信以成之，君子哉！”[①]关于惠、泰、威：“子曰：君子惠而不费，劳而不怨，欲而不贪，泰而不骄，威而不猛。”[②]关于命：“孔子曰：不知命，无以为君子也。”[③]关于大节：“曾子曰：可以托六尺之孤，可以寄百里之命，临大节而不可夺也。君子人与？君子人也。”[④]我们所说的儒家伦理道德价值生命观，“君子”即是其载体，是在一定伦理范畴规范与启示下的一种行为方式，并且展示为一种丰满的生命形象。孔门的这种君子讨论，从美学效果上说，也可以理解为君子人格形象的一种塑造。“子夏曰：君子有三变，望之俨然，即之也温，听其言也厉。”[⑤]

从行为区别君子与小人之不同，将君子行为与小人行为放在一起进行对比、体认，也是孔门君子论的一种论述方式：“君子周而不比，小人比而不周。”[⑥]“君子怀德，小人怀土；君子怀刑，小人怀惠。”[⑦]“君子成人之美，不成人之恶。小人反是。”[⑧]“君子和而不同，小人同而不和。”“君子泰而不骄，小人骄而不泰。”[⑨]“君子固穷，小人穷斯滥矣。”[⑩]“君子不可小知，而可大受也。小人不可大受，而可小知也。”[⑪]“君子有三畏：畏天命，畏大人，畏圣人之言。小人不知天命而不畏也。狎大人，侮圣人之言。”[⑫]儒家的君子论，对传统君子观有很多发展，其中最根本的就是将君子视为求道主

① 《论语注疏》卷一五《卫灵公》，《十三经注疏》下册，第2518页。
② 《论语注疏》卷二〇《尧曰》，《十三经注疏》下册，第2535页。
③ 《论语注疏》卷二〇《尧曰》，《十三经注疏》下册，第2536页。
④ 《论语注疏》卷八《泰伯》，《十三经注疏》下册，第2486—2487页。
⑤ 《论语注疏》卷一九《子张》，《十三经注疏》下册，第2532页。
⑥ 《论语注疏》卷二《为政》，《十三经注疏》下册，第2462页。
⑦ 《论语注疏》卷四《里仁》，《十三经注疏》下册，第2471页。
⑧ 《论语注疏》卷一二《颜渊》，《十三经注疏》下册，第2504页。
⑨ 《论语注疏》卷一三《子路》，《十三经注疏》下册，第2508页。
⑩ 《论语注疏》卷一五《卫灵公》，《十三经注疏》下册，第2516页。
⑪ 《论语注疏》卷一五《卫灵公》，《十三经注疏》下册，第2518页。
⑫ 《论语注疏》卷一六《季氏》，《十三经注疏》下册，第2522页。

体。“子夏曰：虽小道，必有可观者焉，致远恐泥，是以君子不为也。”[①]君子之所以要忽略小道之艺，是因为君子致身远大，行道以为己任。

君子人格不仅是一种规范，更是一种追求。君子既是现实中具有君子人格之人的美称，更是为人们悬标的一种人格理想。所以，现实中的君子，并不一定意味着他都是完美的，而是要不断用君子的标准来完善自己，实现其生命价值。所以孔门论君子，多指出其戒惧审思之处。《论语·季氏》篇中，孔子论君子有三戒、三畏、九思之说：

> 孔子曰：君子有三戒：少之时，血气未定，戒之在色；及其壮也，血气方刚，戒之在斗；及其老也，血气既衰，戒之在得。
>
> 孔子曰：君子有三畏：畏天命，畏大人，畏圣人之言。
>
> 孔子曰：君子有九思：视思明，听思聪，色思温，貌思恭，言思忠，事思敬，疑思问，忿思难，见得思义。[②]

从这些论述可知，孔门对于君子人格的论述，是一种生发无穷的人格思想的讨论。孔门对君子的讨论，对后世影响巨大。经过儒家的倡扬与阐述，君子人格成为中国甚至东方儒家文化世界中最重要的人格规范、人格理想、人格行为以及人格形象。而后世对君子的讨论，也沿着儒家学说继续不断地生发。

孔门的君子，是一种诗性的、具有审美意味的人格理想，其对后世影响最为深远的是“文质彬彬”：

> 子曰：质胜文则野，文胜质则史，文质彬彬，然后君子。[③]

---

① 《论语注疏》卷一九《子张》，《十三经注疏》下册，第2531页。

② 《论语注疏》卷一六，《十三经注疏》下册，第2522页。

③ 《论语注疏》卷六《雍也》，《十三经注疏》下册，第2479页。

> 棘子成曰：君子质而已矣，何以文为？子贡曰：惜乎，夫子之说君子也，驷不及舌。文犹质也，质犹文也。虎豹之鞟，犹犬羊之鞟？[①]

“君子”原是西周贵族之称，他们是文化的承载者，所以不仅要有位有德，而且要有文。《诗经·卫风·淇奥》“有匪君子”一句，毛传云：“匪，文章貌。”陆德明《释文》：“匪，本又作斐。”又云：“《韩诗》作邲，美貌也。”《毛诗小序》称此诗“美武公之德也，有文章，又能听其规谏，以礼自防，故能入相于周，美而作是诗也”[②]。孔门的“文质彬彬”、有文有质的理想要求，正来自西周礼乐文化背景中的君子人格理想。孔门这种文质彬彬的理念，正是来自西周礼乐文明传统。而子贡之所以听到棘子成说君子需要质而不需要文这句话而感到如此惊讶，一是因为君子要有文，尤其要文质彬彬，这是孔门一直强调的；二是孔门熟于《诗》《书》礼乐，子贡深知君子有文有质，是西周贵族及士大夫的传统要求。《诗经》中的“君子”，已经有明显的文雅风度的要求，所谓“有匪君子”，不单特指卫武公之有文章，它的真正意思，是指像卫武公这样有文章的人，才是合格的君子。所以，“有匪”，也就是有文章，正是君子应有的形象与表现。当然，这里的“文章”，不是文学作品之文章，而指一个浸润了礼乐文化、《诗》《书》礼仪的君子所表现出的一种形象之美。《礼记·表记》：“是故君子服其服，则文以君子之容；有其容，则文以君子之辞；遂其辞，则实以君子之德。”[③]这里所强调的，正是君子要有其“文”。所谓“文”，是表现在服饰、言辞、仪表等各方面的，并且与内在德行相称。当然，后世所说的文学，也是包括在这里面的，这种文学要体现一种君子的人格理想与道德

---

① 《论语注疏》卷一二《颜渊》，《十三经注疏》下册，第2503页。

② 以上俱出《毛诗正义》卷三，《十三经注疏》上册，第320、321页。

③ 《礼记正义》卷五四，《十三经注疏》下册，第1640页。

追求。由此,我们也可以说,孔门的文质彬彬,是其接受诗教的结果,其中包含一种诗性精神在里面,它也奠定了中国古代士大夫文学的精神传统。

孔门所强调的君子之“文”,言辞尤其具有突出位置,君子之言辞,以信为本,以文为务。“是故君子貌足畏也,色足惮也,言足信也。《甫刑》曰:‘敬忌而罔有,择言在躬。’”[①]“子曰:无辞不相接也,无礼不相见也。”[②]而言辞则以文为追求的目标,《左传·襄公二十五年》载孔子评论晋、郑、陈三国外交活动时的一番话:“仲尼曰:《志》有之,言以足志,文以足言。不言,谁知其志?言之无文,行而不远。晋为伯,郑入陈,非文辞不为功。慎辞哉!”[③]可见孔门重辞,而辞则重在文。文本是文章、文饰之意,是一个形容词,不是名词。辞是体,文是用。文辞原来的意思是文之辞,也就是美的、有文采的词。所以,先秦文学只称辞、赋而不称文。战国以降,文章勃兴,“至战国而后世之文体备”[④],“文”逐渐地名词化,用来指有文饰之辞,尤其是辞赋之类,于是文、文章才取得相当于后世的文学的名词意义。由此可见,中国古代的文章观念,发源于孔门君子文质观中的“文辞”之说。至于如何要做到辞之有文,最有效的办法,当然学习《诗》《书》。《诗》《书》不仅是“义之府”(《春秋左传》),同时也是文辞的渊薮。《论语·述而》载:“子所雅言,《诗》、《书》执礼,皆雅言也。”[⑤]这里的“雅言”历来解为雅音、正音,同时也包含“文雅”的意思。“雅言”与上面孔子所说“文辞”,也是相通的。更明显的例子,则是《论语·季氏》中孔子吩咐孔鲤

---

① 《礼记正义》卷五四《表记》,《十三经注疏》下册,第1638页。

② 《礼记正义》卷五四《表记》,《十三经注疏》下册,第1638页。

③ 《春秋左传正义》卷三六,《十三经注疏》下册,第1985页。

④ 《文史通义校注》卷一《内篇·诗教上》,章学诚著,叶瑛校注,中华书局,1985年,第60页。

⑤ 《论语注疏》卷七,《十三经注疏》下册,第2482页。

要学《诗》时说的“不学《诗》，无以言”[①]。由此可见，孔门的文质观与其诗教说相联系，二者正构成中国文人学文、重文的源头。

孔门文质彬彬的君子观，将“文”作为士君子的一种生命价值确立下来，但它不是片面、单纯地强调文，而是重视文质相焕、文质相称，即将文建立在一种伦理道德的前提下，同时也认为一种完美的伦理道德是不能缺少“文章”的。以君子个人文质彬彬的生命价值观为核心，将文质彬彬、文质相宜的理想推行到国家政治、社会风俗等各个方面，当然也包括文学本身。从这个意义上说，中国古代的文学理想，是一种生命价值的理想，这是儒家文质彬彬的君子观所奠定的。

① 《论语注疏》卷一六，《十三经注疏》下册，第2522页。

第六章 楚辞：个体生命境界的宏伟展示

一、艺术的两种类型：生命境界与生活境界

楚辞，尤其是屈、宋等人的自叙性作品，是直接表现个体生命境界的诗篇。神话表现了群体的生命意识，个体性在神话中是十分模糊的。个体性是随着具有一定独立意志的知识阶层的出现而形成的，个体生命意识也由此而产生。《诗经》时代已经开始孕育知识阶层，因此，《诗经》中出现了个体生命意识的发端，其核心概念即是“士”与“君子”。后世“士君子”这一连称即源于《诗经》。战国时期中国古代的知识阶层即士阶层正式形成，并且确定了自然性和伦理性这两种生命观，又经过儒道诸家的论证，获得丰硕的生命思想的成果。产生于士君子人格理想确立时代的楚辞，若从精神发生的历史环节来看，正是战国时代的生命思想成果在诗歌艺术中的表现。所以，尽管古代的评论中存在着质疑《离骚》的伦理性的观点，但整体上看，屈原是完全符合儒家士君子人格理想的。这也是《离骚》被称为“经”的原因，不仅因其艺术上的卓越，也指它思想的纯正。

但上述以儒家思想和春秋战国士君子为主流的生命思想发展，并不是形成楚辞生命主题的唯一思想背景。它的另一生命思想背景对其生命主题的形成同样是重要的，并且对其表现特点有着决定性的影响，这就是楚国社会中牢固沉淀着的生命意识。这

是从很古老的时代留存下来的，并且仍旧存活在民间观念之中。这一系统的生命观念，总体看仍带有神话思维的特点。作为楚地土生土长的知识分子屈原、宋玉等人，与北方的儒家知识分子不同，他们与楚国神巫文化的生命思想体系非但没有绝缘，而且是熟稔的。屈、宋的非自叙性作品《九歌》《招魂》就表现了楚国民间社会的生命观念。屈、宋自身虽然在理智上拒斥这些非理性的生命幻想的诱惑，但在感情上或自由的想象中，又常常借助这类幻想形式，使其激烈的生命矛盾得到缓解。

上述两大思想背景，其实也囊括了整个先秦时代生命观念的基本类型，所以也可以说，楚辞以艺术形式集大成地表现了先秦时代的生命观念。虽然神话曾经对早期人类的生命观念作出整体性表现，但神话并非自觉的艺术；作为自觉的艺术而对人类在漫长时期所沉积、发生的生命观念作出整体性表现的，则是楚辞艺术。楚辞在表现生命境界的艺术史上，是一个重要的里程碑。

楚辞作品最大的特点是直接表现了生命境界，与普通表现生活境界的诗歌不同。文学艺术的本质在于人类自身的表现，因此从广义上看，一切艺术都是生命的表现。但是在一般的表现现实生活的作品中，生命意识处于潜伏状态，作者、读者及作品主人公似乎都将他们的全部注意力集中在社会生活或自然美的现实状态，没有对生命状态的反思。这样的艺术，我们称之为表现生活境界的艺术，它在数量上是占多数的。另一类表现生命境界的艺术，或是由现实生活或自然景物而引起对生命的反思，产生生命情绪、生命意识；或是直接以生命观、生命意识为表现对象；或是其塑造的形象、虚构的情节完全建立在某种生命观念之上，如游仙、幽灵等主题的作品，我们称这类艺术为表现生命境界的艺术。当然，两类艺术之间的界限是相对的，完全不显示、不包含生命意识和生命观念的艺术是不正常的，那只能是庸俗的艺术。另一方面，表现生命境界的艺术，也总是以具体的生命体验为基础，以生活形象为材料,不然就会成为观念化、抽象化的艺术,失去其应有的效果。

虽然就整个艺术史的情形看,表现生活境界的艺术在数量上远远超过直接表现生命境界的艺术,但是真正的艺术总是有助于人们对生命进行反思。并且,从艺术发生史来看,人类艺术都是从直接表现生命境界开始的,神话、图腾、原始舞蹈都是以原始人所体验的生命状态为表现对象的。那时候的人类,对自己的日常生活还没有产生审美观照的习惯,直到人类已经习惯于生命的变化,对生与死形成了比较正确的认识时,才从无时不缠绕着他们的生命幻想、死亡恐惧等状态中解脱出来,开始对环绕自己周围的现实生活进行审美观照,并产生表现的热情。在我国,《诗经》是这一艺术发展的早期重要成果,它是世俗理性生命观建立之后的产物。所以从总体上看,《诗经》正是表现生活境界的艺术。《诗经》除了《颂》诗反映出较浓厚的天命、祖灵意识外,《风》诗与《小雅》所表现的都是世俗政治与世俗生活的内容及常人的情感与矛盾,看不到神话的影迹。

楚辞、《诗经》一起被列为我国诗史之源头和经典。如果说《诗经》的主体性质属于生活境界的艺术,那么楚辞尤其是屈原的作品,整体上属于生命境界的艺术。楚辞作为生命境界的艺术的性质,可以从两种文化背景去体认。一方面,楚辞家群体其实是春秋战国士阶层群体的一部分,楚辞处于个体生命意识、个体生命价值观成熟的时代而成为表现个体生命境界的艺术。而《诗经》总体上处于群体艺术的原则之中,是以表现社会生活为主。这是“风”与“骚”的根本区别。另一方面,是学者们所关注的楚辞的神话色彩。与风雅作品的远离神话不同,楚辞系统的诗歌与神话有着密切的关系。刘勰的《辨骚》篇,引班固之说,指出《离骚》不合经义的地方:“羿浇二姚,与左氏不合;昆仑悬圃,非经义所载。”对此刘勰也尽量从儒家的正统立场对其进行解释,认为“《离骚》之文，依经立义：驷虬乘翳，则时乘六龙；昆仑流沙，则禹贡敷土”，其经义联属《骚》文，可谓巧妙之极。但事实不是一回事，所以他在强调《离骚》同于风雅的同时，也不得不承认：“至于托云龙，说迂怪，丰隆求宓妃，鸩鸟媒娀女，诡异之辞也；康回倾地，夷羿弹日，木夫九首，土伯三目，谲怪之谈也。”[①]所以，在自觉表现个体价值生命观的同时，楚辞作为生命境界的艺术的另一重要特点，就是与楚国社会“巫术-神话”传统血脉相连的关系。总之，从政治理性到个体生命价值观，再加上“巫术-神话”的文化传统，以屈原为代表的楚辞，在生命意识、生命本体论与生命价值观上，呈现出一种多层性，可视为生命境界文学的典型代表。

二、屈原的生命观及其作品的生命境界

屈原具有坚定的生命价值观念，并且坚持不懈地追求这种生命价值的实现，这是春秋战国士文化所赋予的。在这一追求中，屈原遭遇到现实和生命本身短暂的双重阻力，这使他产生了激越的生命情绪，并陷入痛苦的反思之中，所以，其作品反复地陈述、表白自己对生命价值的认识。《离骚》《九章》等作品，不只是在局部表现生命意识，而且其整体就表现为一个重大的生命主题，它们宏伟地展示了屈原个人波澜壮阔而又崇高的生命境界。

1. 生命的天赋性和神性。

处于生命哲学大发展的战国时代的屈原，他的生命观从其意识性质来看，基本属于理性生命观的范畴。这主要表现在以下三方面。一、屈原对自然死亡有着明确的认识，并因此而产生对于

① 范文澜《文心雕龙注》卷一，人民文学出版社，1958年，第46页。

生命短暂与理想远大之矛盾的焦虑。中古文学的生命短暂及焦虑感的表现,《楚辞》是主要的渊源之一。二、屈原毫不忌讳死亡的事实,他的死亡观完全是道德价值性的,而对于单纯的肉体死亡没有什么恐惧情绪。与春秋诸子一样,他具有明确的“生必有死”的自然死亡观念。尽管《招魂》等非自叙性作品反映出民间的灵魂观念,但在屈原的自叙性作品中,看不出他对死后灵魂的存在抱有什么幻想。他选择死亡,完全是从实现个体生命的道德价值的动机出发的。三、屈原虽然在作品中塑造游仙、升天等幻想性境界,可这属于在其生命意识出现迷幻状态时的幻想,也可理解为一种精神表现的方式。当其清醒和理智中,对当时流行的长生不死之类的说法是抱怀疑态度的。如《天问》有云:“延年不死,寿何所止?”[①]“彭铿斟雉,帝何飨?受寿永多,夫何久长?”[②]《天问》就其实质来说,是屈原理性精神的表现。尽管从材料角度来看,《天问》向来被视为保存古代神话的渊薮,可它与《山海经》《淮南子》等神话典籍的性质是完全不同的,屈原提出这些神话,是希望对它们作出理性的解释,这与儒家对一些神话作出历史式的解释是一样的。在《大司命》中,屈原逾越了这一祭神诗的规范,忍不住对大司命掌执万民寿夭的迷信观念提出了疑问:“纷总总兮九州,何寿夭兮在予!”[③]事实上,屈原从道德价值观出发,自主选择了正义之死亡。这种行为本身就反映了他对上述神秘观念的否定,表明他是一个个体自觉的人。

总结上面所论,我们可以判断屈原对生命本体的认识,基本上是倾向于理性的。但是屈原在生命观念上并非彻底唯物,他具有一种天命的思想。《天问》中有“天命反侧,何罚何佑?”[④]“皇天

---

① 洪兴祖《楚辞补注·天问章句第三》,白化文等点校,中华书局,1983年,第96页。
② 洪兴祖《楚辞补注·天问章句第三》,第116页。
③ 洪兴祖《楚辞补注·九歌章句第二·大司命》,第69页。
④ 洪兴祖《楚辞补注·天问章句第三》,第111页。

集命，惟何戒之？”[①]又说：“帝降夷羿，革孽夏民。”[②]“何亲就上帝罚，殷之命以不救？”[③]尽管屈原对天命的有些表现感到疑惑不解，但对天命本身并没有怀疑。《哀郢》中也感叹道：“皇天之不纯命兮，何百姓之震愆？”[④]屈原是继承周朝天命靡常、惟德是辅的思想，将天命观与伦理道德观结合起来，得出“皇天无私阿兮，览民德焉错辅”[⑤]这样的结论的，他要将天命内在化为个体自觉的道德意识。

在上述天命观念的影响下，加上屈原在情感上对生命有一种崇高的体验，所以他并不像庄学派那样将生命完全等同于虫臂鼠肝，与万物齐同，而是坚信人类的生命是崇高的、天赋的。《离骚》一开篇就表达了这一天赋生命的观念：

> 帝高阳之苗裔兮，朕皇考曰伯庸。摄提贞于孟陬兮，惟庚寅吾以降。皇览揆余初度兮，肇锡余以嘉名。名余曰正则兮，字余曰灵均。[⑥]

这段自叙初度的诗句，表现了屈原身上两种根本性的生命观念：一是宗族大生命观及祖德意识，二是天赋的生命观。这并非说在屈原的认识中，生命有两种本原，一为天，一为先祖。生命从根本上说，是天所赋予的，先祖和先考的生命也是天所赋予的。个人生命是长长的生命链上的一环，天赋的德性也在这条链上环环相传。但是每一个个体的诞生，都是这一生命链的一次新的受命，可以得到新的天赋。天本身就是道德之源，人类不断从天那里接受这道德之命，就像从祖先那里继承美德一样。这种观念到汉人

---

① 洪兴祖《楚辞补注・天问章句第三》，第115页。
② 洪兴祖《楚辞补注・天问章句第三》，第99页。
③ 洪兴祖《楚辞补注・天问章句第三》，第114页。
④ 洪兴祖《楚辞补注・九章章句第四》，第132页。
⑤ 洪兴祖《楚辞补注・离骚经章句第一》，第23页。
⑥ 洪兴祖《楚辞补注・离骚经章句第一》，第3—4页。

那里十分明确了。董仲舒《春秋繁露》"观德第三十三"云:"天地者,万物之本,先祖之所出也。广大无极,其德昭明,历年众多,永永无疆。"[①]又"为人者天第四十一"云:"为生不能为人,为人者天也。人之人本于天,天亦人之曾祖父也。"[②]在董仲舒看来,天是人的元祖。天地生民的思想,不单指天地给了人类生命体,而且指天赋予人的生命以德性。《离骚》开篇数句就包含了这种思想。屈原认为自己出生于一个美好的时辰,天赋予他比常人更多的德性。这里还应该说一下"惟庚寅吾以降"的"降"字。王逸注曰:"降,下也。《孝经》曰:'故亲生之膝下。'寅为阳正,故男始生而立于寅。庚为阴正,故女始生而立于庚。言己以太岁在寅,正月始春,庚寅之日,下母之体而生,得阴阳之正中也。"[③]王逸一方面对出生时辰作了这番神秘的解释,一方面却又将"降"解释为"下母之体而生"。其实屈原用"降"字称呼自己的出生,本来就含有天降生我这一层意思,这正是屈原天赋生命观的关键性用词。"降"或"降生"根本就不是一般意义上的"出生"。

屈原还将这种天赋生命的信念用象征手法表现出来,创作了《橘颂》。在这篇颂中突出了受命于天这一观念,并且以橘生南国、深固难徙象征自己与楚同姓、在生命上的先天联系,反映了屈原的宗族生命观:

> 后皇嘉树,橘徕服兮。受命不迁,生南国兮。深固难徙,更壹志兮。绿叶素荣,纷其可喜兮。曾枝剡棘,圆果抟兮。青黄杂糅,文章烂兮。精色内白,类可任兮。纷缊宜修,姱而不丑兮。[④]

---

① 董仲舒《春秋繁露》卷九,上海古籍出版社,1989年,第56页。
② 董仲舒《春秋繁露》卷一一,第64页。
③ 洪兴祖《楚辞补注·离骚经章句第一》,第3页。
④ 洪兴祖《楚辞补注·九章章句第四·橘颂》,第153—154页。

橘为皇天后土所生嘉树，受命于天，外有文章，内有佳质。在颂的后半部，作者坚信自己幼有异志，独立不移，“秉德无私，参天地兮”[1]。可以说，此颂是将《离骚》开篇自叙初度数句用象征的方式再次加以表现，来加强诗人自己对生命天赋之崇高性的信念。

屈原还将这种崇高性提高到神性的地步，这从他自叙名字中透露出来。他说他的父亲伯庸览揆其初度之美，为他取了佳名，“名余曰正则兮，字余曰灵均。”王逸注曰：“灵，神也。均，调也。言正平可法则者，莫过于天；养物均调者，莫神于地。高平曰原，故父伯庸名我为平以法天，字我为原以法地。言己上能安君，下能养民也。”[2]“灵均”即取神法天地之意，生命自应有一种神性的品质。屈原还称楚怀王为“灵修”，《离骚》中有“指九天以为正兮，夫唯灵修之故也”[3]、“余既不难夫离别兮，伤灵修之数化”[4]、“怨灵修之浩荡兮，终不察夫民心”[5]等语，这与后世臣民称皇帝为“天子”“圣上”这类仪式性敬语不同，是认为怀王与自己同为高阳苗裔，又为万民之主，理应有一种神性的品质。《离骚》中还有一个名为“灵氛”的占卜师，屈原曾向其问卜，他当然也是一个神性化的人物。推而言之，在楚国的民间意识中认为人赋有神的品质的观念是存在的。当然，屈原更多是将神性理解为天地之德性，即“秉德无私参天地”（《橘颂》），而民间则更多是将神性幻想为神秘性，即巫师之流所拥有的一种本领。所以即使在接受这种非理性生命意识时，屈原仍坚持了道德的立场。

屈原并不认为生命中天赋的神性、祖传的德性是一成不变的，而是十分强调后天的自我修养的重要性。《离骚》在叙述了初

① 洪兴祖《楚辞补注·九章章句第四·橘颂》，第155页。
② 洪兴祖《楚辞补注·离骚经章句第一》，第4页。
③ 洪兴祖《楚辞补注·离骚经章句第一》，第9页。
④ 洪兴祖《楚辞补注·离骚经章句第一》，第10页。
⑤ 洪兴祖《楚辞补注·离骚经章句第一》，第14页。

度之美后,接着自叙其自我修养之勤:

> 纷吾既有此内美兮,又重之以修能。扈江离与辟芷兮,纫秋兰以为佩。汩余若将不及兮,恐年岁之不吾与。朝搴阰之木兰兮,夕揽洲之宿莽。[1]

德性需要不断加以反省。人虽受命于天地,仍要不断地法天地之德。《周易·乾卦》象辞即云:"天行健,君子以自强不息。"[2]《孟子》亦云:"尽其心者,知其性也,知其性则知其天矣。存其心,养其性,所以事天也。"[3]《中庸》更明确地说:"天命之谓性,率性之谓道。"[4]这都是强调后天需要不断地反省先天,效法天道,屈原的自我修养思想也属于这一类。他将"好修"作为平生最大的乐趣,在准备退隐时仍不忘自我修洁:

> 进不入以离尤兮,退将复修吾初服。制芰荷以为衣兮,集芙蓉以为裳。不吾知其亦已兮,苟余情其信芳。高余冠之岌岌兮,长余佩之陆离。芳与泽其杂糅兮,唯昭质其犹未亏。忽反顾以游目兮,将往观乎四荒。佩缤纷其繁饰兮,芳菲菲其弥章。民生各有所乐兮,余独好修以为常。虽体解吾犹未变兮,岂余心之可惩![5]

修养理论是从伦理价值生命观中派生出来的。先秦诸派中,儒家最重修养,屈原则以诗歌艺术形式表达了他的人格修养思想。从诗人体验出发,他将道德境界与审美境界打通,阐发出道德中的诗性。在他这里,善与美是合一的,所以他用最美的自然形象形容修养之事。这是屈原诗人道德观的特点,也是他的道德追求能

---

① 洪兴祖《楚辞补注·离骚经章句第一》,第4—6页。
② 《周易正义》卷一,《十三经注疏》上册,第14页。
③ 焦循《孟子正义》卷二六《尽心章句上》,下册,第877页。
④ 《礼记正义》卷五二,《十三经注疏》下册,第1625页。
⑤ 洪兴祖《楚辞补注·离骚经章句第一》,第17—18页。

表现为诗的原因所在。

如果不随时修洁，先天所禀有的德性将会丧失，即使是具有神性品质的人也不例外。怀王就是这样，他受到世俗乐趣的诱惑，不思进取，又听信奸佞之言，疏远君子，因此其德性“数化”，不像屈原那样“深固难徙，更壹志兮”[①]。屈原最初还希望他能抚壮弃秽，改变从前的行为，最终却几于失望，故有“怨灵修之浩荡兮，终不察夫民心”(《离骚》)之叹。屈原还亲眼看到他所培植的许多人才因抗拒不了世俗的污染而纷纷变质：

> 兰芷变而不芳兮，荃蕙化而为茅。何昔日之芳草兮，今直为此萧艾也。岂其有他故兮，莫好修之害也。[②]

《诗》云“靡不有初，鲜克有终”[③]，凡为士人，早年多有良好的品性，并常有高远之志，但多不能保持。屈原所说的“兰芷”“荃蕙”乃至“椒”“樧”之流，历来注家多指实为具体人物。这自然稍嫌穿凿。约略言之，屈原曾经亲眼看到楚国的一批贵族少年中，有些人少年时表现出很好的品质，屈原努力地培养他们，并将楚国的未来寄托在他们身上。可是，他们终于使屈原失望，屈原认为这都是因为他们不好修造成的。这一观察更加坚定了屈原的生命有天赋德性，但需要后天不断反省、修养这一信念。

天赋生命的信念，是屈原将自己的生命置于崇高境界的观念基础，也是其生命激情的发生源泉。屈原之所以能够毅然杜绝一切世俗诱惑，与一切委琐、庸俗的行为绝缘，而表现出贞刚坚毅的生命风格，正是由于他具有这种信念。

2. 生命价值观念的悲剧遭遇。

屈原的生命境界是宏伟的，又是充满着悲剧色彩的。这是一

---

① 洪兴祖《楚辞补注·九章章句第四·橘颂》，第153页。

② 洪兴祖《楚辞补注·离骚经章句第一》，第40页。

③ 《毛诗正义》卷一八《大雅·荡》，《十三经注疏》上册，第552页。

种坚定执持着伦理道德生命价值观念的个体所遭遇的悲剧：一方面是生命价值观念与现实之间的矛盾，另一方面是生命价值的追求与生命本身的短暂之间的矛盾。两者都以无法克服的姿态横亘在屈原的生命道路上，激化了他的生命情绪，并促使他激烈地反思。尽管在这种反思中，诗人有时候寻求暂时的和谐，甚至有过以幻想的形式超越上述矛盾的心理体验，可是总体来看，每一次反思都是对自己所执持的生命观念的回顾。这种回顾并不是纯粹的观念形式，而是在丰富的感性体验基础上进行的。《离骚》《九章》等作品正是以这种回顾生命观念的形式构成其主旋律。

构成屈原生命悲剧的上述两个矛盾，也正是屈原自叙性作品中的两大生命主题。就主题史来看，屈原的作品在文学史上是奠基性的。

屈原生命价值观的基本倾向与以儒家为主的春秋战国士阶层的伦理道德价值生命观是一致的。一般的战国士人，其宗族生命观已经十分淡薄，这与他们游说仕宦于各国，宗国意识趋于淡薄有关。但屈原的宗族生命归属感很强。对于屈原来说，以高阳帝为先祖、与楚同姓为内涵的宗族大生命体的观念，支配着他的伦理价值生命观，构成其基本的生命体验。这种宗族大生命观具有宗教性质，强烈地要求个体对它的服从。屈原并非没有个体独立的意图，但数次的、数种形式的个体独立的追求都以自我取消的方式告终，其原因都是反省了宗族大生命观。这也许是屈原与一般战国士人在生命观上最大的区别。

作为春秋战国士群的共同表现，屈原也将功成名就作为个人生命价值实现的重要标志。《离骚》云："老冉冉其将至兮，恐修名之不立。"[①]表现出一种欲求及时建功立名的紧迫感，这与孔子所

---

① 洪兴祖《楚辞补注·离骚经章句第一》，第12页。

说的“君子疾没世而名不称”[①]情绪上最为接近。但是，屈原的个人事业有着明显的归属感，他是要在楚国实现美政理想，使楚国强盛起来，甚至希望由楚国完成统一事业。这样说是符合屈原的思想的。屈原既然以古帝高阳氏的后裔自居，就已隐然流露出以楚为正统、由楚王统一天下的意图。何况当时儒家著作中已经提出治国平天下的理想，所以屈原有这样的抱负是很自然的。仅从实现个人价值来讲，屈原的事业当然不一定在楚国。周游天下、游说列国、朝秦暮楚，是战国游说之士求功名、徇利禄的常见行径。屈原对此并非不知道，甚至也有过这样的打算，那是在他对楚国君臣完全失望了的时候。在《离骚》中，诗人借卜师灵氛之口说出自己的打算。灵氛认为只有具有共同理想的人才能真正结合在一起，并说天下之大，一定有这样的人，劝说屈原不要留恋故乡。灵氛还向屈原指出党人们不察善恶，颠倒美丑，将楚国风俗大大地败坏了，目的是要让屈原明白，在楚国已经没有任何实现美政理想的基础了。他的话使屈原心动，但仍处于犹豫之中，“欲从灵氛之吉占兮，心犹豫而狐疑”[②]，于是就向更有权威性的巫咸卜问凶吉。巫咸的话其实是屈原的思想活动进入第二个层次，它的要点即在于强调个人生命价值的重要性。他举出历史上那些因遭逢明君而圆满地建立了个人功业的贤臣：

> 曰勉升降以上下兮，求榘矱之所同。汤禹严而求合兮，挚咎繇而能调。苟中情其好修兮，又何必用夫行媒。说操筑于傅岩兮，武丁用而不疑。吕望之鼓刀兮，遭周文而得举。宁戚之讴歌兮，齐桓闻以该辅。及年岁之未晏兮，时亦犹其未央。恐鹈鴂之先鸣兮，使夫百草为之不芳。[③]

---

① 《论语注疏》卷一五《卫灵公》，《十三经注疏》下册，第2518页。

② 洪兴祖《楚辞补注・离骚经章句第一》，第36页。

③ 洪兴祖《楚辞补注・离骚经章句第一》，第37—39页。

巫咸所举的傅说、吕望、宁戚等人,出身都很低微,但因遭逢明主而建立个人功业。作为高阳苗裔而又具有“内美”“修能”的屈原,如果能离开楚国,择主而事,其个人前途的辉煌是毋庸置疑的,何况年岁尚壮,时日仍多。这番理喻鼓舞了屈原实现个人价值的强烈愿望,使他身心为之振奋,于是他择日将行,“折琼枝以为羞兮,精琼靡以为粻。为余驾飞龙兮,杂瑶象以为车”[①],兴奋之情,溢于言表。并且一任情之所至,畅快浪漫地想象未来之行的情景,获得一种游仙般的感觉。在这里,屈原的个体精神得到了极大的张扬。而这段将近全诗结尾的文字,也是《离骚》中最有亮色的一段,仿佛回光返照一般。但最后突然又从兴奋的高峰跌落下来:

> 陟升皇之赫戏兮,忽临睨夫旧乡。仆夫悲余马怀兮,蜷局顾而不行。[②]

他突然放弃了实现个人价值的理想之旅。作品中这种突然跌落式的情节处理,并不是写实性的,在现实中,屈原放弃离开楚国的打算,是一个漫长的思想矛盾的过程。诗中之所以这样处理,完全是一种艺术表现,无非是为了突出作者思想矛盾的激烈。屈原之所以放弃这一理想,没有任何别的原因,完全是那种宗教式的宗族大生命体的体验在发生作用。

生命价值是可作多种理解的。尽管儒家将实现政治理想放在比较重要的地位,但并不认为这是唯一的生命价值。孟子甚至提出“穷则独善其身,达则兼善天下”[③]的“独善”原则,它作为“兼济”的重要补充,使个体生命处于一种自由的境界,并且大大地缓解了生命价值观念与现实之间的矛盾。中国古代士人的生命情绪之所以总体上处于比较和谐的境界,与独善原则的作用是分不

---

① 洪兴祖《楚辞补注·离骚经章句第一》,第42页。

② 洪兴祖《楚辞补注·离骚经章句第一》,第47页。

③ 焦循《孟子正义》卷二六《尽心章句上》,下册,第891页。

开的。屈原对这个独善原则也是有所领会的，他也曾想以此方式超越自己与现实之间的矛盾。《离骚》对此也加以表现：

> 悔相道之不察兮，延伫乎吾将反。回朕车以复路兮，及行迷之未远。步余马于兰皋兮，驰椒丘且焉止息。进不入以离尤兮，退将复修吾初服。制芰荷以为衣兮，集芙蓉以为裳。不吾知其亦已兮，苟余情其信芳。高余冠之岌岌兮，长余佩之陆离。芳与泽其杂糅兮，唯昭质其犹未亏。[①]

这是一段富于闲逸情趣的描写。屈原在遭受第一次贬逐的打击后，不禁后悔自己仓促出仕于无道之世，并将此视为入迷途。儒家一派经常讨论士君子的出处问题，孔子即有“天下有道则见，无道则隐”[②]的思想。屈原此时也将自己作为一个具有这种独立意志的人来观察楚国的现实，反思自己的行为，所以有“悔相道之不察”之语。他想趁入迷途未远之时，退而复修初服，实现个人的自我完善。应该说，这也是实现生命价值的方式。他用文学语言形容了独善的境界，王逸注云：“言我外有芬芳之德，内有玉泽之质，二美杂会，兼在于己，而不得施用，故独保明其身，无有亏歇而已。所谓道行则兼善天下，不用则独善其身。”[③]王氏这番解释符合屈原的本志。《诗经》的《考槃》《衡门》等篇，可视为隐逸文学的滥觞，《离骚》此段则可视为战国纷乱现实中士人阶层独善思想在诗歌中的第一次表现。而《楚辞》中另一部作品《渔父》，则以更加异端的色彩表现了这种思想，它提出以和光同尘的方式保持内心的独立，而不为世俗所左右。文中渔父云：“圣人不凝滞于物，而能与世推移。世人皆浊，何不淈其泥而扬其波？众人皆醉，何不餔

---

① 洪兴祖《楚辞补注·离骚经章句第一》，第16—17页。
② 《论语注疏》卷八《泰伯》，《十三经注疏》下册，第2487页。
③ 洪兴祖《楚辞补注·离骚经章句第一》，第17—18页。

其糟而歠其酾?何故深思高举,自令放为?”[①]这种见解,可以说已经不是孟子等人提出的独善原则的本来意义,但仍可看出它们之间的渊源关系。现实的进一步恶化,使一部分士人不得不将个体的伦理原则弄至模棱两可、似是而非的玄妙境地,但这已经不符合屈原对生命价值的理解。《渔父》虽非屈原所作,但其塑造的屈原形象还是接近屈原本人的。屈原最终还是放弃了独善其身的人生道路,因为他有太强的使命感,已经将个人的生命与楚国的共同事业完全结合在一起。还是这种宗教式的大生命体归属感,打破了个体自由的原则。

屈原是如此宿命般地超越不了现实,仿佛现实已成为他生命的一部分,最后只有走向取消生命来超越现实的悲剧结局。

伦理价值生命观的另一悲剧遭遇是生命的短暂造成的。应该说,伦理价值生命观本身就是人类超越生命短暂的愿望的产物,是在自然死亡的概念明确之后,放弃了肉体生命永恒的幻想,转而追求精神生命的永恒。但是,最终常因生命的短暂而无法圆满地实现个人的生命价值,如果再加上现实的阻力,则其矛盾冲突就显得更加激烈了。

我们前面论述过,屈原对生命的认识基本上是理性的,这使他清醒地意识到生命短暂的事实。《离骚》就是有限生命追求精神永恒的悲壮之诗,它的背景不仅是现实,还在于制约着生命的天道自然。屈原的焦虑感是很强的,在早年就常以生命短暂来警戒自己要建立努力进取的人生观:

> 汩余若将不及兮,恐年岁之不吾与。朝搴阰之木兰兮,夕揽洲之宿莽。日月忽其不淹兮,春与秋其代序。惟草木之零落兮,恐美人之迟暮。[②]

① 洪兴祖《楚辞补注·渔父章句第七》,第179—180页。

② 洪兴祖《楚辞补注·离骚经章句第一》,第6页。

一般来说，个体生命焦虑的程度与他追求事业目标的大小是成正比的。屈原的事业目标十分远大，因此他比常人更强烈感受到生命的短暂。等到他的事业受阻于现实而无法实现时，他对此短暂的事实所感觉到的只有一种悲哀：

> 岁曶曶其若颓兮，时亦冉冉而将至。薠蘅槁而节离兮，芳以歇而不比。[①]
>
> 进路北次兮，日昧昧其将暮。舒忧娱哀兮，限之以大故。[②]

王逸注："限，度也。大故，死亡也。"洪兴祖补注："《孟子》云：今也不幸至于大故。"[③]这种对死亡的预测，比现实压力更沉重地打击了屈原。他的自沉湘流，未尝不可以看作是以极端的方式超越自然死亡规律，实现死亡之自主。

3. 幻想式的超越。

屈原的作品中表现了升天游仙的境界，可以说是一种幻想式的超越。屈原的游仙幻想是一个孤独、痛苦的灵魂所作的遨游，所以没有一般游仙作品所具有的欢快情调。《离骚》中女媭责怪屈原不与世俗妥协，徒然高洁自苦曰："世并举而好朋兮，夫何茕独而不予听？"[④]屈原听了她的话之后，陷入了困惑。但屈原的理性在于历史，他是以历史来判断现实是非的。但他的历史体验，又是以神话或神游的幻想形式展开的，他"济沅湘以南征兮，就重华而敶词"[⑤]，向虞舜陈叙了夏商以降荒淫失节之君臣们的作为，认为他们都受到了历史公正的裁判。这种以神游来展开历史叙

---

① 洪兴祖《楚辞补注·九章章句第四·悲回风》，第158页。

② 洪兴祖《楚辞补注·九章章句第四·怀沙》，第145页。

③ 洪兴祖《楚辞补注·九章章句第四·怀沙》，第145页。

④ 洪兴祖《楚辞补注·离骚经章句第一》，第20页。

⑤ 洪兴祖《楚辞补注·离骚经章句第一》，第20页。

事的方式,也为后人所继承。正是这种对历史的理性认识坚定了屈原的决心,也让他更迫切地感到应该尽快帮助楚王放弃错误的行为,免蹈前世荒淫愚昧之君的覆辙。但是屈原此时已经被楚王疏远,所以他已不能直接亲近楚王,于是他在楚国朝廷上下做了一些活动,寻求与自己志同道合的人,让他们去劝谏楚王,帮助楚王重新建立对屈原的信任。由于这番活动带有人事上的忌讳,所以他不便明言,便借助了游仙求女的幻想形式。《离骚》中从"跪敷衽以陈辞兮"到"余焉能忍与此终古"①一大段,就是描写这个过程的。所以,《离骚》中的游仙境界从其功能来看是象征式的,并非长生成仙观念的反映,而是寄托精神的一种幻想形式。也就是说,游仙情节在这里已失去其原有的非理性实践动机,变为寄托自由意志的审美对象。

当然,在这种游仙境界中也表现了屈原希望超越现实甚至生命短暂的幻想。屈原生命观的主体是伦理价值,但它在实现上的严重受阻使屈原陷入十分痛苦的境地,甚至产生精神上的迷幻恍惚。在此种心理状态下,他不由自主地幻想离开现实,进入带有永恒色彩的神仙境界。《离骚》中"令羲和弭节"②与"折若木以拂日"③这两个幻想,正表现了屈原希望超越时间的自然律,赢得对时间、生命之自主权力的愿望④。

借助游仙以超越现实、追求永恒的主题在《离骚》中还不是很突出,但在《涉江》中却表现得十分明显,如曰:"世溷浊而莫余知兮,吾方高驰而不顾。驾青虬兮骖白螭,吾与重华游兮瑶之圃。登昆仑兮食玉英,与天地兮同寿,与日月兮同光。"⑤因世道混浊而

① 见洪兴祖《楚辞补注·离骚经章句第一》,第25—35页。
② 洪兴祖《楚辞补注·离骚经章句第一》,第27页。
③ 洪兴祖《楚辞补注·离骚经章句第一》,第28页。
④ 参看本书第一章第三节"'夸父逐日'系列:超越时间的幻想"。
⑤ 洪兴祖《楚辞补注·九章章句第四·涉江》,第128—129页。

产生高举游仙思想，可见屈原的游仙完全是现实情绪的产物。

《远游》一篇，可以说是集楚辞系统游仙主题之大成。梁启超曾举以为屈原接受道家哲学之证据，今人则多以为非屈原所作。从《远游》所表现的内容来看，同于《离骚》《涉江》者在于它所阐述的游仙动机的现实性。作者一开始就诉说："悲时俗之迫阨兮，愿轻举而远游。质菲薄而无因兮，焉托乘而上浮。遭沉浊而污秽兮，独郁结其谁语！夜耿耿而不寐兮，魂茕茕而至曙。"[①]在这种情况下，作者进入恍惚的精神状态："步徙倚而遥思兮，怊惝怳而乖怀。意荒忽而流荡兮，心愁悽而增悲。神儵忽而不反兮，形枯槁而独留。"[②]反映纯粹的神仙幻想的作品，是没有这样强的主观感情色彩的。这说明作者完全是为了解除心灵痛苦，寻找精神的慰藉而消极地进入游仙境界。在神仙思想盛行的时代，这种解脱方式的出现是很自然的。但在现实行为上，屈原没有选择隐逸求仙、辟谷导引一途，说明其生命观归根结底还是理性化的。因此，《远游》中无为自守，"深惟元一，修执恬漠"[③]（王逸语）作为一种修习之术出现在作品中，引起学者们对《远游》作者的怀疑，认为是黄老学者的拟作，这应该是比较可信的结论。事实上，《远游》在情节上模拟《离骚》的痕迹是很明显的，如"忽临睨夫旧乡。仆夫怀余心悲兮，边马顾而不行"[④]，完全是对《离骚》"忽临睨夫旧乡，仆夫悲余马怀兮，蜷局顾而不行"[⑤]的抄拟。可以说，《远游》是抽取《离骚》中游仙主题，单独成篇，并大加发挥，所以在精神上与屈作仍有渊源关系。

屈原作品的游仙境界，虽然不是纯粹的神仙观念的产物，却

---

① 洪兴祖《楚辞补注·远游章句第五》，第163页。
② 洪兴祖《楚辞补注·远游章句第五》，第164页。
③ 洪兴祖《楚辞补注·远游章句第五》，第163页。
④ 洪兴祖《楚辞补注·远游章句第五》，第172页。
⑤ 洪兴祖《楚辞补注·离骚经章句第一》，第47页。

是源远流长的非理性生命幻想在文学中的第一次自觉表现，它奠定了古代文学中游仙题材传统，即以游仙形式表现对现实的超越愿望，包含了批判现实的内涵。

4. 生与死的抉择。

伦理道德生命观不仅重视生的伦理价值，而且探求死的道德意义。道家的自然哲学生命观将死亡看成一种物化现象，主张齐同生死，提倡以顺应自然的态度对待死亡。这种理论对"自然死亡"概念的完善作出了贡献。屈原在《怀沙》中也表现出对于生死变化的豁达态度："万民之生，各有所错兮。定心广志，余何畏惧兮？"[①]这里表现出的达观态度，似乎受到道家的影响，但生死变化不仅仅是一种自然现象，更是一个社会问题、道德问题。道家的生命哲学没有对后者作出任何说明，这也可以说是他们"蔽于天而不知人"[②]的缺陷所在。与此相反，以儒家为代表的伦理价值生命观则十分重视死亡的社会性及其道德上的意义，确定了生死抉择的原则。对此，我们在讨论儒家生命观时已经作过分析。

屈原遭遇恶浊的现实，经历了种种生命磨难，使他深刻意识到生存与道德追求之间的矛盾。《卜居》虽为后来的辞赋家代屈原立言之作，但却真实地揭示出屈原曾有过的生存困境。这种困境概括起来说就是道德价值与生命本身在抉择上的矛盾，即对合乎道德的死与放弃道德的生之间的抉择：

> 宁正言不讳以危身乎？将从俗富贵以偷生乎？宁超然高举以保真乎？将呢訾栗斯，喔咿儒儿以事妇人乎？宁廉洁正直以自清乎？将突梯滑稽，如脂如韦，以洁楹乎？宁昂昂若千里之驹乎？将氾氾若水中之凫乎，与波上下，偷以全吾躯乎？[③]

① 洪兴祖《楚辞补注・九章章句第四》，第145页。

② 王先谦《荀子集解》卷一五《解蔽》，《诸子集成》第2册，第262页。

③ 洪兴祖《楚辞补注・卜居章句第六》，第177页。

生存是一种本能，所以屈原在“生”与“义”的抉择上不可能从来没有过矛盾。他所尝试过的独善原则、远离楚国乃至游仙幻想，也都反映出保全自身的生存本能。但是，从高度自觉的道德价值生命观出发，屈原坚定地作出这样的抉择：“夫孰非义而可用兮，孰非善而可服。阽余身而危死兮，览余初其犹未悔。不量凿而正枘兮，固前修以菹醢。”[①]“义”“善”的道德原则高于一切，绝不能因苟且偷生而害义违善。屈原还经常作这样的表白，坚持自己的人生原则，愿意为此付出生命的代价：“亦余心之所善兮，虽九死其犹未悔。”[②]“民生各有所乐兮，余独好修以为常。虽体解吾犹未变兮，岂余心之可惩。”[③]屈原道德追求上的坚定性，在生死抉择上体现得最突出。

对于屈原来讲，义重于生已经不是一个虚悬的、抽象的原则，而是他追求的一种生命境界，它业已转化为一种很强的精神力量，屈原凭借它来抗衡楚国纷乱恶浊的现实政治。他指斥世俗之人一味工巧，置原则于不顾：“偭规矩而改错。背绳墨以追曲兮，竞周容以为度。”[④]他表示自己“宁溘死以流亡兮”[⑤]，也不忍作出这种世俗的丑态。为了坚定自己的信念，屈原仍然利用他那种通过回顾历史以确定现实行为方式的思想方法，寻找历史上因忠贞正直而遭杀身之祸的古人。他寻找到的榜样有彭咸、龙逢、比干、鲧（《离骚》）、伍子胥（《涉江》）、申生（《惜诵》）、介子推（《惜往日》）、申徒狄（《悲回风》）、伯夷（《橘颂》）等人物，认为这些人都坚持了道德原则，不为世俗所诱，不为死亡所慑，属于古圣贤之遗直，而他自己则继承了他们的精神。屈原认为这是一种坚定刚毅的人

---

① 洪兴祖《楚辞补注·离骚经章句第一》，第24页。
② 洪兴祖《楚辞补注·离骚经章句第一》，第14页。
③ 洪兴祖《楚辞补注·离骚经章句第一》，第18页。
④ 洪兴祖《楚辞补注·离骚经章句第一》，第15页。
⑤ 洪兴祖《楚辞补注·离骚经章句第一》，第15页。

格,将其形容为“鸷鸟”,如《离骚》云:“鸷鸟之不群兮,自前世而固然。何方圜之能周兮,夫孰异道而相安。屈心而抑志兮,忍尤而攘诟。伏清白以死直兮,固前圣之所厚。”[1]《涉江》云:“忠不必用兮,贤不必以。伍子逢殃兮,比干菹醢。与前世而皆然兮,吾又何怨乎今之人!”[2]在这些古人中,屈原最常举以为楷模的是彭咸,《离骚》一则曰:“謇吾法夫前修兮,非世俗之所服。虽不周于今之人兮,愿依彭咸之遗则。”[3]再则曰:“已矣哉! 国无人莫我知兮,又何怀乎故都? 既莫足与为美政兮,吾将从彭咸之所居。”[4]《思美人》曰:“独茕茕而南行兮,思彭咸之故也。”[5]从这些表白可以看出,屈原的自沉是经过长期思索后的一个决定,是建立在道德价值生命观上的行为。

当然,屈原虽然被楚王放逐,被同僚疏远,但客观情势并没有对他的生命构成直接威胁。而儒家的杀身成仁、舍生取义,主要是指当生命受外在暴力的威慑时所作的抉择,非到万不得已是不轻易放弃生存权利的。原则上说,儒家认为“身体发肤,受之父母,不敢毁伤”[6],对自杀行为是不赞成的,因此,屈原的自沉常常遭到后人的责备。首先,我们应该看到,屈原虽然受到儒家思想影响,但他本人并不是一个儒家信徒;他的道德伦理价值生命观与儒家接近,却并非直接渊源于儒家。比如义重于生的思想,屈原并没有直接援引儒家诸子的哲言,而是他自己通过对古人行为的理解而建立起来的,所以不能完全用儒家的思想标准去评价屈原的行为。屈原既然不能实行独善原则,又不能超越宗族大生命

---

① 洪兴祖《楚辞补注·离骚经章句第一》,第16页。
② 洪兴祖《楚辞补注·九章章句第四·涉江》,第131页。
③ 洪兴祖《楚辞补注·离骚经章句第一》,第13页。
④ 洪兴祖《楚辞补注·离骚经章句第一》,第47页。
⑤ 洪兴祖《楚辞补注·九章章句·思美人》,第149页。
⑥ 《孝经注疏》卷一《开宗明义章》,《十三经注疏》下册,第2545页。

观而将个人价值置于一切之上，也不可能真正信仰长生成仙之术，所以帮助楚王实现美政理想就成了他唯一的生命价值。而这一理想的破灭，使屈原觉得生存已无任何价值可言。其次，屈原选择自沉，还与他对自己生命的天赋性、神性品质的认识分不开。屈原生前被谗佞所害，他们对屈原的恶意攻击是无所不用其极的，其中肯定有无耻的人身攻击，对此，屈原在作品中并没有具体陈述，只是简单地说："众女嫉余之蛾眉兮，谣诼谓余以善淫。"[①]但从中可以想见中伤之烈，它使屈原百口难辩，觉得尊严的神性生命受到极大污辱，所以他才有"伏清白以死直"[②]的打算。再次，屈原选择自沉，也有希望以死明志、感悟君王的意图，以死证明自己是一个忠贞之臣。对此，《惜往日》中自"何贞臣之无辠兮"[③]至"不毕辞而赴渊兮，惜壅君之不识"[④]一段文字有所表述。最后还应指出，促使屈原毅然自沉的一个心理原因，是因为他无法忍受长期压抑的感情痛苦。假如说《离骚》还是以激愤为主，《九章》则已是自抒愁苦之情为主，愁苦压垮了屈原，使他的精神近乎崩溃，生存已纯粹是一种痛苦，所以他只有以死来结束它。《悲回风》中所说的"宁逝死而流亡兮，不忍为此之常愁"，正透露了这种心理。王逸注云："意欲终命，心乃快也。"[⑤]准确地揭示了屈原此时生不如死的心境。

屈原整个生命境界，都建立在彻底的道德伦理观念之上，这种彻底性几乎是无与伦比的。他在实现这种观念时，没有任何折衷表现。伦理道德生命观的形成，无疑是人类精神发展史上意义最为重大的成果。在其形成之时，是一种全新的甚至是极有魅力

---

① 洪兴祖《楚辞补注·离骚经章句第一》，第14—15页。
② 洪兴祖《楚辞补注·离骚经章句第一》，第16页。
③ 洪兴祖《楚辞补注·九章章句第四·惜往日》，第150页。
④ 洪兴祖《楚辞补注·九章章句第四·惜往日》，第153页。
⑤ 洪兴祖《楚辞补注·九章章句第四·悲回风》，第158页。

的精神境界,出现了像屈原这样自觉为之殉身的个体。从这里我们也可以看出,屈原是中华民族传统精神的先驱人物,他立于民族精神的源头之处;同样,作为第一位全面、深刻地表现个体生命境界的诗人,屈原在表现生命主题方面也是奠基性的,屈原作品的生命主题也具有文学史母题的性质。

三、宋玉的文士式生命情绪

宋玉的《九辩》虽然艺术成就无法与屈原的《离骚》相比,但它在文学生命主题的发展史上却有着深远的影响。屈原因为彻底实现了他的道德价值生命观而成为伟大的悲剧人物,他的生命境界非常人所能达到,所以是一种特殊的个体。人们同情屈原的遭遇,也钦佩他的正义观,可是很少有人能够全面接受他的生命观。事实上,屈原的生命情绪中,最能引发后世文人共鸣的还是"惟草木之零落兮,恐美人之迟暮"[①]这种感叹衰老、迟暮的表现。而宋玉的《九辩》正是将这类在屈原那里还属于次要性的主题发展为中心主题,并且创造出"秋"这一生命意象,从而奠定了文士生命情绪的艺术表现的传统格调。可以说,屈原的作品表现了伟人的生命境界,宋玉的作品则表现了一个具有正义感的普通文士的生命境界,带有更多的群体性。因而就生命主题来看,《九辩》的实际影响反而比《离骚》大,它的主题、意象在后世作品中不断重现。

《九辩》与《离骚》的这种差异,可以说是因不同个体生命体验的差异而自然形成的。屈原的生命观及其个性,基本上属于刚性的,亦即理想型、完善型的生命,它是中国古代文人刚性生命观、理想型生命观的重要典范;宋玉则主要体现文人柔性的、感伤性的生命存在状态。就主观创作动机来说,《九辩》其实是着意追效

① 洪兴祖《楚辞补注·离骚经章句第一》,第6页。

《离骚》《九章》等作品，但它不像后来的汉人拟楚辞作品那样代屈原立言，以屈原为抒情主人公，复现屈原的生命情结，而是宋玉的自叙。从这里我们看到了一个在生命观念和情绪上受到屈原很大影响的辞人。所以，王逸等汉代辞家认为宋玉"闵惜其师（屈原），忠而放逐，故作《九辩》以述其志"[①]的看法，是不符合实际的。

《九辩》也塑造了一个希望实现个人生命价值的形象，所抒发的也是这种价值无法实现的感伤情绪："坎廪兮贫士失职而志不平，廓落兮羁旅而无友生。惆怅兮而私自怜。"[②]"独申旦而不寐兮，哀蟋蟀之宵征。时亹亹而过中兮，蹇淹留而无成。"[③]《九辩》没有像《离骚》那样叙述整个追求过程，主人公到底抱有何种具体理想，他在追求中遭受何种曲折，这些在作品中没有具体交代。作品一开始，我们所看到的是一个追求已经失败的失职贫士，他"去乡离家兮徕远客"[④]，抱着实现个人志愿的理想，可是不为君王所知："专思君兮不可化，君不知兮可奈何！蓄怨兮积思，心烦憺兮忘食事。愿一见兮道余意，君之心兮与余异。车既驾兮朅而归，不得见兮心伤悲。"[⑤]主人公与"君"之间的这种隔阂，好像是他实现理想的主要障碍，但不像《离骚》那样充满了激烈的怨君情绪，主人公与君王之间也没有发生过具体的矛盾。他似乎一开始就被君王周围的人所阻梗："岂不郁陶而思君兮？君之门以九重。猛犬狺狺而迎吠兮，关梁闭而不通。"[⑥]贤路被塞，才是诗人最感愤恨之事，所以《九辩》将个人价值无法实现的原因，主要归咎于恶浊的世俗，继承了屈原愤世嫉俗的思想。正是从这一角度，《九

① 洪兴祖《楚辞补注·九辩章句第八》，第182页。
② 洪兴祖《楚辞补注·九辩章句第八》，第183页。
③ 洪兴祖《楚辞补注·九辩章句第八》，第184页。
④ 洪兴祖《楚辞补注·九辩章句第八》，第184页。
⑤ 洪兴祖《楚辞补注·九辩章句第八》，第184—185页。
⑥ 洪兴祖《楚辞补注·九辩章句第八》，第188页。

辩》将贫士失职表现为一个社会问题,使生命主题变得深刻。

与屈原一样,宋玉也是在一定道德原则的前提下追求个人生命价值的实现。《九辩》中的贫士尽管怀抱利器,冀为君主所用,追求功业的心很热切,但他仍不愿意屈从于世俗,违背道德原则以徇功名,所以,他的"失职"从这个意义上说,正是一种自愿的选择:

> 当世岂无骐骥兮,诚莫之能善御。见执辔者非其人兮,故驹跳而远去。凫雁皆唼夫粱藻兮,凤愈飘翔而高举。①
>
> 变古易俗兮世衰,今之相者兮举肥。骐骥伏匿而不见兮,凤皇高飞而不下。②
>
> 何时俗之工巧兮?灭规矩而改凿。独耿介而不随兮,愿慕先圣之遗教。处浊世而显荣兮,非余心之所乐。与其无义而有名兮,宁穷处而守高。③

诗人不愿降低道德标准,委曲求全地成就那种世俗功名。他遵循先圣遗教,将"义"置于"名"之上。"名"是个人价值得以实现的标志,所以,完整意义上的"名"本来就包含着道德上的完善这一内涵。但是,战国时代的一些士人委身于浊世以求名,求名行为与道德上的自我完善俨为两途,这正是士林分化的表现,"名"这一概念也就不能完整地体现它的本义了。宋玉这里所说的"无义而有名"的"名",就是一种蜕化了本义的"名",亦即欺世之名。

从以上所论可知,《九辩》所体现的价值观念与《离骚》是同一倾向的。但是,宋玉不曾负有先天性的使命,也没有明确的事业理想,所以对个体价值的追求不像屈原那样执着,《九辩》也没有像《离骚》那样宏伟地展现出追求理想的全过程。在感到时运不

---

① 洪兴祖《楚辞补注·九辩章句第八》,第 189 页。

② 洪兴祖《楚辞补注·九辩章句第八》,第 190 页。

③ 洪兴祖《楚辞补注·九辩章句第八》,第 191 页。

济时，主人公很快就退却到“穷处而守高”的堡垒中。此外，《九辩》中的主人公，也不像屈原那样深刻追问死亡的道德意义，没有为道殉死的意图，因此，《九辩》在体现个体生命的崇高性上不及屈原的作品，它的基调只是感伤的。这是屈、宋二人生命体验之不同所致。

《九辩》更多地关注生命本身。感叹衰老、生命短暂并非屈原作品的主要主题，《九辩》则在这方面投放了许多笔墨，尤其是它引进“秋”这一意象，使全诗笼罩着浓重的生命情绪：

> 皇天平分四时兮，窃独悲此廪秋。白露既下百草兮，奄离披此梧楸。去白日之昭昭兮，袭长夜之悠悠。离芳蔼之方壮兮，余萎约而悲愁。[①]

尽管《诗经》中就以草木荣衰与人类生命的壮老相联系，屈原也有效地运用了这一象征方式，但《九辩》的创造性仍然是显著的。它将自然季候之“秋”与人生之衰直接对应起来，大大地丰富了表现生命的意象。严格说来，“秋”在宋玉作品中不单作为生命衰老的象征，更是作为生命的背景，甚至作为生命所必须接受的铁的无情的规律而存在的。作品一开始就揭示了这一点：“悲哉秋之为气也！萧瑟兮草木摇落而变衰，憭慄兮若在远行，登山临水兮送将归。”[②]秋是一种“气”，它不仅使万物凋零，也使人的生命受到催迫，它最能代表生命必定衰亡的自然规律。宋玉对这一自然隐秘的揭露，可以说是《九辩》全诗之创造性的全部维系之所在，也是他对生命主题发展史的最大贡献。

自然草木与人类生命都受到秋气的催迫，所以描写任何一种草木的枯黄、凋零的形象，都暗示着人类的生命状态，一切秋的意

① 洪兴祖《楚辞补注・九辩章句第八》，第185页。
② 洪兴祖《楚辞补注・九辩章句第八》，第182—183页。

象都是生命的意象。宋玉将二者紧密结合起来：

> 叶菸邑而无色兮，枝烦挐而交横。颜淫溢而将罢兮，柯仿佛而萎黄。萷櫹椮之可哀兮，形销铄而瘀伤。惟其纷糅而将落兮，恨其失时而无当。[①]

诗人从残秋的景象中处处看到自己行将衰老的影子，所以悲秋亦即悲伤生命。从感官体验来看，秋天气温下降且变得干燥起来，给人的肌肤带来不适之感。草木枯黄凋零后的景象，又强烈刺激着人们的视觉，使人感到世界变得单调了。于是，人的精神从春夏的舒放变为秋的敛缩。这些外界印象和内在感受综合在一起，让人明显地怀疑无论是自然界还是人类自身，都在丧失着活力。当然，这个感觉并不一定符合真实的情形，因为自然界的万物都有它的生命周期，自然本身永不会失去活力。秋冬的肃杀敛缩过后就是春夏的生发舒放，人类的生命周期也不能简单地比拟为自然的季候变化。但是，诗人并不理会逻辑，而是凭当下即刻的印象判断，将"秋"看成是人类生命的衰老命运在自然界的一个缩影。

楚辞是先秦时代生命思想在文学中的集中表现。它的自叙性作品《离骚》《九章》《九辩》等，以理性的伦理道德生命观为主导倾向，同时也反映了自然哲学生命观的成果；它的非自叙性作品《九歌》《招魂》等，则表现了远古以来一直根植于楚国民众心灵中的神秘、非理性的生命意识。这两部分作品虽然叙述方式不同，但和谐地统一在楚辞文本的整体中。因此，我们可以说，全部的楚辞作品，以诗歌这面神奇的镜子，映现出那个时代生命思想的断面，成为精神史上的一个丰硕的成果。

屈、宋作品对后世文学的影响，还在于它们成功地展现了个

---

① 洪兴祖《楚辞补注·九辩章句第八》，第186—187页。

体的生命境界，确定了文人生命情绪的基调，铸就了中国文人爱好反思生命、融生命体验与自然审美为一体的群体性格。

四、楚辞与神话的多层关系

楚辞与神话具有多层关系。首先，神巫文化是楚辞产生的重要文化背景，它是楚辞的表现对象，宋黄伯思《东观余论》曰："屈、宋诸《骚》，皆书楚语，作楚声，纪楚地，名楚物，故可谓之'楚词'。"[①]神巫文化正是"楚物"的代表性事物之一。从这个意义说，《楚辞》与《山海经》一样，也属于记载古老神话的重要典籍。但是楚辞的根本性质是诗歌艺术，所以楚辞与神话更重要的关系，是第一次出现文人个体的诗歌对神巫文化的艺术表现。

中国古代的神话，是与带有原始宗教性质的巫文化联系在一起，进而与史也有复杂的纠缠。反映在《离骚》《九章》《九歌》等作品里的神话，从根本上说，是屈原置身其中的神巫文化在诗歌中的表现，而《天问》则是屈原尝试对巫文化中的神话的历史解释。对于后者，卡西尔的观点颇有参考价值。卡西尔认为，真正可以称得上历史观念的东西，是很晚的时代才出现的，人类最早对于"历史"的解释是在神话中发生的："当人最初认识到时间问题时，当他不再被封闭在直接欲望和需要的狭窄圈子内而开始追问事物的起源时，他所能发现的还仅仅是一种神话式的起源而非历史的起源。为了理解世界——物理的世界和社会的世界——他不得不把它反映在神话时代的往事上。在神话中，我们看到了想要弄清楚事物和事件的年代顺序，并提出关于诸神和凡人们在宇宙学和系谱学的最初尝试。"[②]《天问》所记载的神话传说，之所以引

① 黄伯思《东观余论》卷下《校定楚词序》，中华书局，1991 年，第 101 页。

② 恩斯特·卡西尔《人论》第 7 章，甘阳译，第 92 页。

起屈原的浓厚兴趣,就在于这些神话其实就是楚人“宇宙学和系谱学的最初尝试”。对于具有成熟的历史意识的屈原来说,这些楚人的原始诗性思维所创造的“历史知识”充满了神秘与疑惑。从这种情况我们可以肯定,《离骚》《九章》等作品中的神话式的叙述,是屈原假托神话与巫术语言来表达自己思想感情的一种方式,其与香草、美人一样,本质上都是一种比兴与寄托。

1.《离骚》《九章》与祝史陈辞。

楚辞与神巫文化的关系的第一重表现,在于其与楚地古老的神巫文学传统的关系。巫术是文学最早的表现形式之一,可能也是诗歌起源之一。维柯《新科学》在论述人类早期的三种自然法时,认为“第一种法是神的,因为人们相信他们自己和他们一切的规章制度都依存于神,由于他们认为任何事物都是一种神或是由一种神所造成的或做出来的”[①]。这种自然法阶段的文化特性,维柯用原始的诗性来解释:“在这三种类型的法律中,第一种是秘奥的神学,流行于异教人民受天神们指挥的时期。它的哲人就是些神学诗人(据说神学诗人就是异教人类的创建人)。他们是神谕奥义的解释者,在一切民族中神谕都是用诗来答复祈求者。”[②]这种神学诗人,其中就有女巫,她们与诗歌创作具有密切的关系:“有一种村俗传说,谈到这种女巫们都用英雄诗格歌唱,而各民族的神诏也用英雄格的六音步回答女巫们的祈祝祷。因此,希腊人称这种诗格为辟通格,根据辟通的亚波罗的那次著名的神诏。”[③]所谓“辟通”,就是接受神的诏谕,用诗歌来沟通人神。维柯的这种理论,有助于我们认识楚地巫术诗歌的形式与功能,以及屈、宋诗歌与这种巫术诗歌的关系,也有助于我们理解《毛诗大序》“动

---

① 维柯《新科学》,朱光潜译,第 464 页。

② 维柯《新科学》,朱光潜译,第 30 页。

③ 维柯《新科学》,朱光潜译,第 216 页。

天地，感鬼神，莫近于诗”①的表述，这种观念正渊源于巫术时代。而我们现下对此的解释，最多只能追溯到《诗经》的三《颂》及楚辞《九歌》的事实。《九歌》是楚地原有的祀神之曲。《离骚》文本中就是“启《九辩》与《九歌》兮”，王逸注曰：“《九辩》、《九歌》，禹乐也。”②虽然不能直接认为屈原的《九歌》即源于禹乐中的《九歌》，但从王逸开始，就认为《九歌》原是楚地祀神的歌舞曲：“《九歌》者，屈原之所作也。昔楚国南郢之邑，沅、湘之间，其俗信鬼而好祠。其祠，必作歌乐鼓舞以乐诸神。屈原放逐，窜伏其域，怀忧苦毒，愁思沸郁。出见俗人祭祀之礼，歌舞之乐，其词鄙陋，因为作《九歌》之曲，上陈事神之敬，下见己之冤结，托之以风谏。故其文意不同，章句杂错，而广异义焉。”③对王逸认为《九歌》是屈原在楚地民间祠神歌曲基础上创作的看法，古今少有异议，其中王国维、闻一多等人则王逸之说的基础上，进一步认为这是一种祭祀神灵的歌舞剧。

《离骚》从根本上说，是屈原的政治抒情诗，也可以说是他的政治生涯的自传，但是在形式上，多层地依借于神巫文化，其性质是从原始时代一直传承到屈原所处时代的原始宗教。首先，《离骚》从形式上说是一首“神曲”，即面向神灵的一篇陈辞。陈辞，又作“敶词”。《离骚》：

> 济沅湘以南征兮，就重华而敶词。启《九辩》与《九歌》兮，夏康娱以自纵……跪敷衽以陈辞兮，耿吾既得此中正；驷玉虬以椉鹥兮，溘埃风余上征……④

这一段长篇陈辞的对象是重华即舜帝，它是一位古帝，当然

① 《毛诗正义》卷一《周南・关雎》，《十三经注疏》上册，第 270 页。

② 洪兴祖《楚辞补注・离骚经章句第一》，第 21 页。

③ 洪兴祖《楚辞补注・九歌章句第二》，第 55 页。

④ 洪兴祖《楚辞补注・离骚经章句第一》，第 20—21、25—26 页。

也是一位神灵。主要是告诉他夏启、太康、夏桀、商纣等夏商失政的君主的行为,以及五王、羿、浞、浇等倾乱之臣的骄奢淫逸、盘游无度,同时也赞颂商汤及周之文、武的美德。作了这一番“陈辞”之后,屈原的心情得以平静,接着就是一个长篇的乘风上征、上昆仑、游阊阖的升天历程。《离骚》之外,《九章·抽思》中也说到“陈辞”:

> 数惟荪之多怒兮,伤余心之慢慢。愿摇起而横奔兮,览民尤以自镇。结微情以陈词兮,矫以遗夫美人……兹历情以陈辞兮,荪详聋而不闻。[①]

这里的陈辞对象是“荪”,王逸注曰:“荪,香草也,以喻君。”[②]与《离骚》中的“荃”是一样的用法。

《九章》诸篇,实为《离骚》之变体,王逸《章句》:“《骚经》之词缓,《九章》之词切,浅深之序也。”[③]《九章》实亦使用向神明陈辞的体制,前面《抽思》篇已两举“陈辞”,体制与《离骚》中“就重华而陈词”一段相近。下面《惜诵》这一段表现得尤为典型:

> 惜诵以致愍兮,发愤以杼情。所作忠而言之兮,指苍天以为正。令五帝以枂(王逸《章句》:一本作“折中”。洪兴祖《补注》:枂,与“析”同。)中兮,戒六神与向服。俾山川以备御兮,命咎繇使听直。[④]

“惜诵以致愍”,王逸《章句》:“惜,贪也。诵,论也。致,至也。愍,病也。言己贪忠信之道,可以安君。论之于心,贪之于口,至于身以疲病,而不能忘。”按王逸这里不免有增字解经之嫌,如以惜做“贪”解。诵即不歌而诵谓之赋之“诵”。惜诵,实即反复陈辞的意

① 洪兴祖《楚辞补注·九章章句第四·抽思》,第137—138页。
② 洪兴祖《楚辞补注·九章章句第四·抽思》,第137页。
③ 洪兴祖《楚辞补注·九章章句第四》,第121页。
④ 洪兴祖《楚辞补注·九章章句第四·惜诵》,第121—122页。

思。接下“发愤以杼情”一句，王逸《章句》：“言已身虽疲病，犹发愤懑，作此辞赋，陈列利害，渫己情思，以风谏君也。”以下几句，“五帝”，王逸《章句》“谓五方神”。“六神”，王氏《章句》“谓六宗之神也”，并引《尚书》“禋于六宗”。六宗有多种说法，洪兴祖《补注》：“又一说云：六宗，星、辰、风伯、雨师、司中、司命。”“俾山川以备御兮，命咎繇以听直”，王逸《章句》：“言已愿复令山川之神备列而处，使御知己志，又使圣人咎繇听我之言忠直与否也。”[1]以上一段，也有助于我们了解《离骚》《九章》来源于祭祀中向神明陈辞之体的体制特点。而这两组作品都具有强烈的抒情性，并且从根本体制来看，是以直陈为主，具有以赋诵为主的特点，这也是其作为“陈辞”之体的原本写作方法，其中且不乏咒誓式的语言，如以上这段。

西晋挚虞《决疑》一文也说到古代祝史陈辞之事：

> 凡救日蚀者，皆著赤帻，以助阳也。日将蚀，天子素服，避正殿，内外严警。太史登灵台，伺候日变，便伐鼓于门。闻鼓音，侍臣皆著赤帻，带剑入侍。三台令史以上，皆各持剑，立其户前。卫尉卿驱驰绕宫，伺察守备。周而复始，亦伐鼓于社，用周礼也。又以赤丝为绳以系社，祝史陈辞以责之。句龙之神，天子之上公，故陈辞以责之。日复常乃罢。[2]

挚虞熟于文体渊源，他这里所说的，正是古代救日蚀的宗教活动中“祝史陈辞”的典制。其《文章流别论》在论文体的来源时说：

> 王泽流而诗作，成功臻而颂兴。德勋立而铭著，嘉美终而诔集。祝史陈辞，官箴王阙。[3]

---

① 以上所引王逸《章句》及洪兴祖《补注》，均据《楚辞补注·九章章句第四·惜诵》，第121—122页。

② 《全晋文》卷七七，严可均辑《全上古三代秦汉三国六朝文》第2册，第1904页。

③ 《全晋文》卷七七，严可均辑《全上古三代秦汉三国六朝文》第2册，第1905页。

可见,上古时代的确存在“陈辞”这样一种文体,由祝史创造并掌握这种文体。由此我们知道,屈原《离骚》中所说的“济沅湘以南征兮,就重华而敶词”[1],所用的正是古老的祝史陈辞之体。甚至《离骚》通篇,都可以视为向天地神灵的陈辞。可见《楚辞》中的《离骚》《九章》实为上古祝史陈辞文体的一种发展。从这里可以知道,所谓“楚辞”之“辞”的另一重要内涵,并且可知其与上古祝史所掌的辞体有一种渊源相承的关系[2]。这种“陈辞”,大略相近于后世道教祭祀中祷告、进呈神灵的“绿章”“青词”。南方一些地方如浙南民间则称为“情旨”。其体制由自述、遭遇、祷告的目的等基本情节构成。《离骚》首段以繁称的方式进行自述,尤其强调其高阳苗裔的世胄身份,并说出其生辰的甲子,可以窥见屈原对祝史陈辞之体的一种利用。《离骚》的倾诉对象是明确的,文中不断出现“灵修”“荃”等词,即是本篇的倾诉对象。其基本性质,由“灵”之一词就已可知。其所模拟的,实是巫史主持楚廷高级祭祀的形式。当然,这只是《离骚》文体的一种来源,正如《九歌》来源于楚地祭祀的仪式歌曲一样。对于后者,学者们基本上没有疑问,并有很多的发挥。前者即《离骚》来自楚地巫史陈辞之体,因为史乏明证,这里只能提供一种推测。但根据文体学的基本原理,凡属文体,必渊源有自,从无绝对独创的可能,故无论如何,《离骚》这首令人称颂的长篇抒情诗,必有其文体来源。这启发我们认识到这样一个事实:《离骚》以及由《离骚》体的种种短篇而衍生的《九章》,其实是从一种巫史陈辞之类的楚地宗教文学中产生的。当然,古老的巫史陈辞之体只是屈原创作《离骚》《九章》的依据,或是受到一种体裁方面的启发,仍然无损于屈原在体裁上一

① 洪兴祖《楚辞补注·离骚经章句第一》,第20页。

② 参看钱志熙《论辞与赋——从文体渊源与文学方法两方面着眼》,《文艺理论研究》2014年第2期。

种前无古人的创造。

2. 古老的升天神话的文学表现。

从神巫文化与文学的关系来看，楚辞作品一方面是神巫文化的重要载体、神话的文本；另一方面，更是文学积极表现神话的成果。

楚地神巫文化的一个重要内容，就是民神杂糅与天地交通，这两者也可以说是屈原作品的重要表现题材。民神杂糅与天地交通，以及这种状态逐渐被理性生命观所淘洗，可以说是上古至春秋战国时期文化史中的一个重要问题。这个问题开端于一个“绝地天通”的神话，它最早见于《尚书·吕刑》：

> 王曰：若古有训：蚩尤惟始作乱，延及于平民，罔不寇贼、鸱义、奸宄、夺攘、矫虔。苗民弗用灵，制以刑，惟作五虐之刑曰法。杀戮无辜，爰始淫为劓、刵、椓、黥，越兹丽刑，并制罔差有辞。民兴胥渐，泯泯棼棼，罔中于信，以覆诅盟。虐威庶戮方告无辜于上。上帝监民，罔有馨香德，刑发惟闻腥。皇帝哀矜庶戮之不辜，报虐以威，遏绝苗民，无世在下。乃命重黎绝地天通，罔有降格。①

据《书序》，《吕刑》是周穆王命吕侯作刑律。这里即是穆王讲述的一个上帝命重黎“绝地天通”的神话。上帝之所以要绝地天通，即隔断天地之间的交通，是因为三苗之君蚩尤作乱，使得平民们的道德大为下降。并且苗民不用“灵”②，即神灵的指示，制作人间五虐之刑，并且不让加刑之人有所审理，任意滥用。三苗之民受到这种乱政的影响，渐至于“泯泯棼棼”，无是无非，毫无信义，背弃面向神灵所立的种种诅盟。其无辜受戮者上告于上天。上

① 《尚书正义》卷一九，《十三经注疏》上册，第247—248页。

② 按“灵”，一作“命”。注家或作“令”或作“善”解。详见刘起釪《尚书校释译论》，中华书局，2005年，第4册，第1934页。

帝观察下民没有馨香之德,闻到他们的刑腥之气,皇皇天帝哀矜众庶受戮之无辜,以天威下报下虐,遏绝苗民,不使上天与天交通,世世皆困留在地,于是命令重黎神断绝天地之交通,使上无所降,下无所格(上天)[1]。

这个上帝命令重黎绝地天通的神话,可以说是以一种神话方式,结束了以前先民天地交通、人神交感的众多神话。前面我们已讨论过上古神话如《山海经》中所记载的各种由地上天、天人相通的观念。《山海经·海外西经》:"巫咸国在女丑北,右手操青蛇,左手操赤蛇,在登葆山,群巫所从上下也。"[2]又《大荒西经》:"大荒之中,有山名曰丰沮玉门,日月所入。有灵山,巫咸、巫即、巫肦、巫彭、巫姑、巫真、巫礼、巫抵、巫谢、巫罗十巫,从此升降,百药爰在。"[3]这些神话都明白告诉我们先民对于天地交通、人神交往的一种幻想。张光直从萨满文化的角度来论证这个问题,认为古代巫师有多种沟通天地的"工具",山是其中之一:"在全世界萨满式的想法,把山当做地到天之间的桥梁是很常见的。美国芝加哥大学从事萨满研究的学者埃里德对此有个术语,叫做'地柱'。就是说这种柱子从地下通到天上,通天地的萨满可以通过这个柱子,从一个世界到另一个世界去。"[4]这种神话在楚国大概是极为流行的。楚人深信人神可以相通,认为在远古颛顼即高阳帝时代,天上与人间原可相通,民神杂糅,不可方物,至颛顼氏始绝天地之通,地面与天上才隔绝,人与神也无法交通了。但是,人们认为有一些特异人物如巫师、圣哲、贤王仍具有神的品质,并且在一定场合下仍可往来于天地人神之间。屈原之所以能够自然地产

---

① 按,以上这段解释,参考《尚书正义》及《尚书校释译论》所引各家之说,有所折中,并参以己见。

② 袁珂《山海经校注·海外西经》,上海古籍出版社,1980年,第219页。

③ 袁珂《山海经校注·大荒西经》,第396页。

④ 张光直《考古学专题六讲》,生活·读书·新知三联书店,2010年,第6页。

生升天、叩帝阍、问天等幻想，也是受到这种民间意识的影响，所以他认为自己的生命具有神性品质也是很自然的想法。

神话的本质，在于它在拥有者或“创造者”那里，是另一种真实的存在。这种存在是一切原始文化的基础，当然也是原始宗教的基本内涵。这种作为另一种真实存在的宗教，产生原始先民的“创造力”，亦即维柯《新科学》所说先民的“诗性”思维逐渐萎缩之后，当然也正是理性精神逐渐发生之后。其后续的讲述，是在历史学、文学与艺术、古代宗教这几种意识类型中分别展开的。上述周穆王讲述的“绝地天通”神话，在《国语·楚语》所载楚大夫观射父的解释中，便成为一个历史事实的文本：

> 昭王问于观射父曰：“《周书》所谓重、黎实使天地不通者何也？若无然，民将能登天乎？”对曰：“非此之谓也。古者民神不杂。民之精爽不携贰者，而又能齐肃衷正，其智能上下比义，其圣能光远宣朗，其明能光照之，其聪能听彻之，如是则神明降之，在男曰觋，在女曰巫。是使制神之处位次主，而为之牲器时服，而后使先圣之后有光烈，而能知山川之号、高祖之主、宗庙之事、昭穆之世、齐敬之勤、礼节之宜、威仪之则、容貌之崇、忠信之质、禋絜之服，而敬恭明神者，以为之祝。使名姓之后，能知四时之生、牺牲之物、玉帛之类、采服之宜、彝器之量、次主之度、屏摄之位、坛场之所、上下之神祇、氏姓之所出，而心率旧典者为之宗。于是乎有天地神民类物之官，是谓五官，各司其序，不相乱也。民是以能有忠信，神是以能有明德，民神异业，敬而不渎，故神降之嘉生，民以物亨，祸灾不至，求用不匮。及少皞之衰也，九黎乱德，民神杂糅，不可方物。夫人作享，家为巫史，无有要质。民匮于祀，而不知其福。烝享无度，民神同位。民渎齐盟，无有严威。神狎民则，不蠲其为。嘉生不降，无物以享。祸灾荐臻，

莫尽其气。颛顼受之,乃命南正重司天以属神,命火正黎司地以属民,使复旧常,无相侵渎,是谓绝地天通。其后三苗复九黎之德,尧复育重、黎之后不忘旧者,使复典之。以至于夏、商,故重、黎氏世叙天地,而别其分主者也。其在周,程伯休父其后也,当宣王时,失其官守而为司马氏。宠神其祖,以取威于民,曰:'重实上天,黎实下地。'遭世之乱,而莫之能御也。不然,夫天地成而不变,何比之有?"①

观射父的这个解释,看起来很复杂,其基本意思却是很清楚的,就是拿现实中的巫史制度来解释绝地天通这个神话。他先是根据现实的巫史制度,构设一个理想的神祇降格制度。即巫觋原是一种专职,并且带有世族色彩,是一种崇高的神职者群体。但在九黎乱德的时候,家为巫史,神职失去其神圣性,神职阶层与庶民阶层的界限趋于模糊。这里面可能蕴藏着某种阶层变动的历史事实。这种家为巫史的混乱局面,造成了民神相狎,"嘉生不降,无物以享。祸灾荐臻,莫尽其气",说到底是传统的祭祀秩序受到破坏。于是颛顼命南正重司神职,火正黎司民职,恢复民神不相杂糅的秩序。观射父为了证明一点,还将这个制度下沿到尧、商、周时代。但他却叙述了一个关于绝地天通的神话,即作为重黎后人程伯休这一族人,一直流传一个神话,认为他们的祖先重能上天,黎能下地。这里上与下,据韦昭《国语》注:"言重能举上天,黎能抑下地,令相远,故不复通也。"②这是符合原义的解释,观射父也知道这一点。但他用一种理性的观念,坚持说这是程伯休一族为了神化其祖先的一种谎话,并且说,天与地自古就是这样,没法想象天与地曾经靠近、连接在一起。这里也可以说是一

① 《国语集解·楚语下第十八》,徐元诰集解,王树民、沈长云点校,中华书局,2002年,第512—516页。

② 《国语集解·楚语下第十八》,第516页。

种理性的自然观念的发生。

观射父的解释，澄清了人们自远古以来就存在的升天及与天神交往的幻想，但却遮蔽了神话作为另一种事实存在的历史真实。这种对神话的理性精神，同样表现在屈原的《天问》之中。但与之相反，楚辞作者则以文学的形式，传述了存在于巫史神话中的凡人升天及神灵交通的神话，使神话第一次由一种原始性的事实存在转化为一种文学的、艺术的表现。

上天下地、遨游四海、交接神灵及求女，是《离骚》的核心情节之一，屈原自己将此称为"周流"：

> 览相观于四极兮，周流乎天余乃下。①
> 及余饰之方壮兮，周流观乎上下。②
> 邅吾道夫昆仑兮，路修远以周流。③

又称为"浮游"："欲远集而无所止矣，聊浮游以逍遥。"④称为"远逝"："曰勉远逝而无狐疑兮，孰求美而释女？"⑤"何离心之可同兮，吾将远逝以自疏。"⑥又称"升降"："皇剡剡其扬灵兮，告余以吉故。曰勉升降以上下兮，求榘矱之所同。"王逸《章句》解"上下"曰："上谓君，下谓臣"，这是用儒家理性来解释，此句前面写的迎巫咸夕降，并有"百神翳其备降兮，九疑缤其并迎"，王逸《章句》引《山海经·大荒西经》十巫于灵山升降的故事（见前）。这里的升降，正是上天下地的意思。洪兴祖《补注》："升降上下，犹所谓经营四荒、周流六漠耳，不必指君臣。"⑦所谓周流、浮游、远逝、升降，都是

① 洪兴祖《楚辞补注·离骚经章句第一》，第32页。
② 洪兴祖《楚辞补注·离骚经章句第一》，第42页。
③ 洪兴祖《楚辞补注·离骚经章句第一》，第43页。
④ 洪兴祖《楚辞补注·离骚经章句第一》，第34页。
⑤ 洪兴祖《楚辞补注·离骚经章句第一》，第35页
⑥ 洪兴祖《楚辞补注·离骚经章句第一》，第43页。
⑦ 均见洪兴祖《楚辞补注·离骚经章句第一》，第37页。

屈原对于这种非人间式的天地四海之遨游的一种表达方式。这完全是一种灵魂的行动,是充分借助楚地巫史固有的一种表达方式。这种灵界的遨游,原是神巫的一种想象与表达方式。当然,屈原用更加充沛的激情来展开,将其作为抒发人生情绪与政治思想的特殊语言来使用。

《离骚》一诗比较完整地展现了楚地巫史神话的主要内容。《离骚》从自述高阳苗裔开篇,然后写吉辰、嘉名、好修等事,然后写党人险恶、众美芜秽、灵修数化等内容,即是写自己在政治上的遭遇。这篇《离骚》之写作,是屈原向神明及灵修陈辞的一份状纸,即诗中所说的"跪敷衽以陈辞"。这前面一大段,可以说是《离骚》的正题。此后的基本情节,就是升天与求女。主人公乘玉虬,溘埃风,朝发苍梧,夕至悬圃,到了《山海经》所说天帝之下都的昆仑之丘。诗中"欲少留此灵琐兮"[①]一句,写其对此传说帝之下都的留恋。此下"吾令羲和弭节"[②],巧妙地接以羲和驭日的神话,以及与日神相关的咸池、若木等情节。然后写月御望舒、风伯飞廉,以及鸾皇、凤鸟,这些神明灵禽,都进入随从之中,以更加浩大的仪仗,乘风云以上征:"飘风屯其相离兮,帅云霓而来御。纷总总其离合兮,斑陆离其上下。"终于到达上帝之阍。但阍者"倚阊阖而望予"[③],不让他进入天府。这当然是其政治遭遇的一个象征,但也反映了原始神话中"绝地天通"之后,凡人上天的艰难。接下来的过程,是主人公继续"周流"于灵界,朝济白水,登阆风以緤马,发生了"忽反顾以流涕兮,哀高丘之无女"[④]的感伤。其下所贯穿的是一系列女神神话。先是宓妃的神话:"吾令丰隆乘云兮,求宓妃之所在。解佩纕以结言兮,吾令蹇修以为理。纷总总其离合

---

① 洪兴祖《楚辞补注·离骚经章句第一》,第26页。
② 洪兴祖《楚辞补注·离骚经章句第一》,第27页。
③ 洪兴祖《楚辞补注·离骚经章句第一》,第29页。
④ 洪兴祖《楚辞补注·离骚经章句第一》,第30页。

兮，忽纬繣其难迁。”[1]此段情节，为后来曹植《洛神赋》所本。求宓妃不得后，主人公又“览相观于四极兮，周流乎天余乃下”[2]，看到瑶台中的有娀氏之佚女，即简狄，其后吞燕卵子而生商。这也是上古流传广泛的一个神话。然此次之求美，比上次似乎更加不顺利：“吾令鸩为媒兮，鸩告余以不好。雄鸠之鸣逝兮，余犹恶其佻巧。心犹豫而狐疑兮，欲自适而不可。”[3]第三次则欲求有虞氏二女：“欲远集而无所止矣，聊浮游以逍遥。及少康之未家兮，留有虞之二姚。”但刚有此念，旋即放弃：“理弱而媒拙兮，恐导言之不固。”[4]全诗所写的第一个升天及求女的情节，至此告一段落，诗中以“闺中既以邃远兮，哲王又不寤。怀朕情而不发兮，余焉能忍与此终古”[5]来收束。这是作者从神话世界淡出的一种处理方法，过渡得十分自然。

再接下来的情节，立即进入了灵氛、巫咸灵占的过程。这一段，比较原生态地展示了楚地的巫术：

> 索藑茅以筳篿兮，命灵氛为余占之。曰两美其必合兮，孰信修而慕之？总九州之博大兮，岂唯是其有女？曰勉远逝而无狐疑兮，孰求美而释女？何所独无芳草兮，尔何怀乎故宇？世幽昧以昡曜兮，孰云察余之善恶。民好恶其不同兮，惟此党人其独异。户服艾以盈要兮，谓幽兰其不可佩。览察草木其犹未得兮，岂珵美之能当？苏粪壤以充帏兮，谓申椒其不芳。欲从灵氛之吉占兮，心犹豫而狐疑。巫咸将夕降兮，怀椒糈而要之。百神翳其备降兮，九疑缤其并迎。皇剡

① 洪兴祖《楚辞补注·离骚经章句第一》，第31页。
② 洪兴祖《楚辞补注·离骚经章句第一》，第32页。
③ 洪兴祖《楚辞补注·离骚经章句第一》，第33页。
④ 洪兴祖《楚辞补注·离骚经章句第一》，第34页。
⑤ 洪兴祖《楚辞补注·离骚经章句第一》，第34—35页。

> 剡其扬灵兮,告余以吉故。曰勉升降以上下兮,求矩矱之所同。[①]

这里不啻是为我们交代了《离骚》一文的巫史文化背景。诗中主人公所占的,是要不要继续远游求女的问题,对应现实的内容,则是要不要继续追求其政治上的理想。但这里让屈原犯难的是,这次占卜的另一个意图,是要不要离开楚国到列国去谋求政治上的出路。从巫咸之占一直到"及余饰之方壮兮,周流观乎上下"[②]这很长一段,是巫咸的占辞与屈原自己的感叹。巫咸的占辞为他讲述武丁举傅说于版筑、文王用吕望于屠肆、齐桓用宁戚于饭牛这三个古代帝王擢用贤才的故事。主人公听了之后,信心增加,同时也陷入对迄今为止他在政治生涯中的各种曲折所归结到的一个主要焦虑,即自身的迟暮与人才的芜败:"何昔日之芳草兮,今直为此萧艾也。"[③]这一段情节,呼应前面香草之喻。我们知道,香草之喻,是《离骚》另一重要取象,它与神话的内容,常常是结合在一起的。巫咸在《山海经》与《诅楚文》中都有出现。在《山海经》中他是能上天的群巫之一,在《诅楚文》中则是大神。《诅楚文》是秦惠文王与楚怀王争霸时,秦国认为楚国背盟而作的告神诅祝之文,其中云:"有秦嗣王敢用吉玉宣璧,使其宗祝邵鼛布愍告于丕显大神巫咸及大沈久湫,以底楚王熊相之多罪。昔我先君穆公及楚成王是戮力同心,两邦以壹,绊以婚姻,袗以斋盟,曰叶万子孙,毋相为不利,亲卬(仰)丕显大神巫咸、大沈久湫而质焉。"文中还说楚王"不畏皇天上帝及丕显大神巫咸、大沈久湫之光烈威神,而兼背十八世之诅盟",最后祈愿大神佑护,使能克楚,使复秦之边城:"礼使介老将之自救殹(也),亦应受皇天上帝及丕显大

---

① 洪兴祖《楚辞补注·离骚经章句第一》,第35—37页。
② 洪兴祖《楚辞补注·离骚经章句第一》,第42页。
③ 洪兴祖《楚辞补注·离骚经章句第一》,第40页。

神巫咸、大沈久湫之几灵德赐，克剂楚师，且复略我边城，敢数楚王熊相之倍盟犯诅，著石章以盟大神之威神。”[①]文中以大神巫咸、大沈久湫列于皇天上帝之后。大沈久湫为秦国之神，或为《春秋左传》中所说的“实沈”。《左传》“昭公元年”：“晋侯有疾，郑伯使公孙侨如晋聘，且问疾。叔向问焉，曰：‘寡君之疾病，卜人曰：“实沈、台骀为祟。”史莫之知，敢问此何神也？’子产曰：‘昔高辛氏有二子，伯曰阏伯，季曰实沈，居于旷林，不相能也。日寻干戈，以相征讨。后帝不臧，迁阏伯于商丘，主辰，商人是因，故辰为商星。迁实沈于大夏，主参，唐人是因，以服事夏、商。其季世曰唐叔虞。当武王邑姜方震大叔，梦帝谓己：“余命而子曰虞，将与之唐，属诸参，而蕃育其子孙。”及生，有文在手曰“虞”，遂以命之。及成王灭唐而封大叔焉，故参为晋星。由是观之，则实沈，参神也。’”[②]而大神巫咸则是楚国之神。《诅楚文》中的“大沈湫”或即主晋地参星神实沈，秦晋相接，实亦秦地之大神。

值得注意的是，灵氛、巫咸之占是一个连续的情节，也是一件事情。屈原去求灵氛预占，灵氛已经为他作出决定，但他仍然犹豫，因为离开楚国一事关系重大，不能轻易听从。在这种情况下，他再求巫咸占卜。但巫咸与灵氛不同，灵氛是现实中的巫师，巫咸则是楚国大神，居于天界或九疑山这样的灵界，怎么请他来呢？仍然是灵氛的作用，亦即巫咸降灵于灵氛体中。其中对巫咸下降的一番铺陈描写，或是屈子之想象，或是灵氛的叙述。这种情形，是巫占中必有的情节。只有明白巫咸之占实为灵氛之占的继续，现实中的巫师只有灵氛一个，才能明白后文“灵氛既告余以吉占兮”[③]这一句，是收束前面整个灵、巫之占全部内容的语句。

---

① 于省吾《双剑誃吉金文选》，中华书局，1998 年，第 372—375 页。

② 杜预《春秋左传集解》，上海人民出版社，1977 年，第 1197 页。

③ 洪兴祖《楚辞补注·离骚经章句第一》，第 42 页。

从“灵氛既告余以吉占兮,历吉日乎吾将行”[①]以下,《离骚》进入最后一个大情节,仍是以周流天地四极的神话行动方式展开的,对应于现实中屈原打算周游列国以求合的意图。这次仍要迂回到昆仑:“邅吾道夫昆仑兮,路修远以周流”[②],这是一个更加漫长修远的游仙行程。其仪仗为“扬云霓之晻蔼兮,鸣玉鸾之啾啾。朝发轫于天津兮,夕余至乎西极。凤皇翼其承旂兮,高翱翔之翼翼”[③]。其程涉流沙,经赤水,路不周山以左转,指西海以为期。其仪从忽然极其繁盛:“屯余车其千乘兮,齐玉轪而并驰。驾八龙之婉婉兮,载云旗之委蛇。”[④]这里所用的,正是周穆王西游的神话传说。而全诗至此,也已进入尾声:“陟升皇之赫戏兮,忽临睨夫旧乡。仆夫悲余马怀兮,蜷局顾而不行。”[⑤]他在升天路、驭日驾的中途突发悲情,结束全诗整个“周流”过程。

从以上可见,《离骚》一诗,使用当时流行的各种神话情节,与《山海经》《穆天子传》所载神话故事,基本上是一个系统的。但这些神话,都是用楚地神巫的叙述方式呈现的。屈原是一个具有理性精神的士人,并且接受了儒家文化,但他更深层或更具有遗传因子性质的一种文化,是楚国的巫史文化。虽然观射父用理性来解释重黎绝地天通的神话,但楚国的普通人,仍如昭王那样幻想着登天。而巫史正是据此而演绎出他们的种种升天故事。屈原用他熟稔的、富有感性体验的这种天地交通、人神交往乃至婚娶的神话,来展示其追求政治理想的全过程。这是楚辞特有的一种比兴、象征的艺术方法,构成后人所说的屈赋的浪漫特色。但是这种植根于楚人原始诗性中的艺术创造力,在后来儒学批评家那

① 洪兴祖《楚辞补注·离骚经章句第一》,第42页。
② 洪兴祖《楚辞补注·离骚经章句第一》,第43页。
③ 洪兴祖《楚辞补注·离骚经章句第一》,第43—44页。
④ 洪兴祖《楚辞补注·离骚经章句第一》,第46页。
⑤ 洪兴祖《楚辞补注·离骚经章句第一》,第47页。

里，很大程度被埋没了。王逸《楚辞章句·离骚序》云：

> 《离骚》之文，依《诗》取兴，引类譬喻，故善鸟香草，以配忠贞；恶禽臭物，以比谗佞；灵修美人，以媲于君；宓妃佚女，以譬贤臣；虬龙鸾凤，以托君子；飘风云霓，以为小人。其词温而雅，其义皎而朗。凡百君子，莫不慕其清高，嘉其文采，哀其不遇，而愍其志焉。[①]

对《离骚》中的神话，王逸也尽量从六经角度加以解释，诚如刘勰《文心雕龙·辨骚》所说："王逸以为诗人提耳，屈原婉顺，《离骚》之文，依经立义：驷虬乘翳，则时乘六龙；昆仑流沙，则《禹贡》敷土。"[②]像这样依经解《骚》的地方，王氏《离骚经章句》中比比皆是。这是有意将《离骚》提高到儒家经典的高度。至于班固，则以其多言神话质疑司马迁的观点，认为不能与《风》《雅》相提并论："多称昆仑冥婚宓妃虚无之语，皆非法度之政，经义所载。"[③]虽是否定性的结论，却比王逸肯定性的观点更加接近事实。但他将《离骚》中求女情节理解为"冥婚"，显然是失去神话诗性思维之后儒生的曲解。刘勰《文心雕龙·辨骚》折中王、班两家之论，但对《离骚》《天问》等作品中的神话书写，也是加以批评的："至于托云龙，说迂怪，丰隆求宓妃，鸩鸟媒娀女，诡异之辞也；康回倾地，夷羿彃日，木夫九首，土伯三目，谲怪之谈也。"[④]事实上，屈原对神话的书写，完全是一种自觉的艺术表达行为。而班固、王逸、刘勰诸家，局限于儒家经义来认识这个问题，在认识上其实是一种倒退。

上面我们讨论过，《九章》与《离骚》在文体性质上最为相近，

---

① 洪兴祖《楚辞补注·离骚经章句第一》，第2—3页。

② 范文澜《文心雕龙注》卷一，人民文学出版社，1958年，第46页。

③ 《全后汉文》卷二五班固《离骚序》，严可均辑《全上古三代秦汉三国六朝文》第1册，第611页。

④ 范文澜《文心雕龙注》卷一，第46—47页。

同是陈辞之体,并且继续使用香草美人的比兴方法。《离骚》中的游昆仑、升天神话,《九章》中的一些作品仍在书写:

> 昔余梦登天兮,魂中道而无杭。吾使厉神占之兮,曰有志极而无旁。①
>
> 余幼好此奇服兮,年既老而不衰。带长铗之陆离兮,冠切云之崔嵬。被明月兮佩宝璐。世溷浊而莫余知兮,吾方高驰而不顾。驾青虬兮骖白螭,吾与重华游兮瑶之圃。登昆仑兮食玉英,与天地兮同寿,与日月兮同光。②
>
> 上高岩之峭岸兮,处雌蜺之标颠。据青冥而摅虹兮,遂倏忽而扪天。吸湛露之浮源兮,漱凝霜之雰雰。依风穴以自息兮,忽倾寤以婵媛。冯昆仑以瞰雾兮,隐岐山以清江。惮涌湍之礚礚兮,听波声之汹汹。纷容容之无经兮,罔芒芒之无纪。轧洋洋之无从兮,驰委移之焉止。漂翻翻其上下兮,翼遥遥其左右。氾潏潏其前后兮,伴张弛之信期。观炎气之相仍兮,窥烟液之所积。悲霜雪之俱下兮,听潮水之相击。借光景以往来兮,施黄棘之枉策。求介子之所存兮,见伯夷之放迹。心调度而弗去兮,刻著志之无适。③

《惜诵》的梦登天,也是上古因神话而流行的一种心理现象,先秦古典中多见。这里值得注意的是,屈原在梦登天而无杭(航)之后,向厉神占卜,可见此种心理现象与巫神活动有密切关系。《涉江》中所写长铗陆离、切云冠、明月宝璐,注家多以好修解之,自然亦无不可。但这里不排除这样的可能,即屈原描写的种种奇服,正是当时楚国巫师、祭师的一种装扮。故后面续以登昆仑,食玉英,与天地同寿、日月同光的情节,这当然是借助神话来表现其

① 洪兴祖《楚辞补注·九章章句第四·惜诵》,第124页。
② 洪兴祖《楚辞补注·九章章句第四·涉江》,第128—129页。
③ 洪兴祖《楚辞补注·九章章句第四·悲回风》,第159—161页。

纯粹高洁的不死精神，以抗争俗世。《悲回风》的情节在于作者是使用“登葆山”（天梯）之类神话来展开扪天的想象，并且使用当时修炼家吸露、漱霜的本领，从而得登昆仑，见岐山。值得注意的是，作者在波涛、霜雪、潮水中展开一种遨游，所以这里不是后人的登山临水，仍然是一种神游活动。关于“借光景以往来，施黄棘之枉策”这两句，王逸《章句》云：“黄棘，棘刺也，枉，曲也。言己愿借神光电景，飞注往来，施黄棘之刺，以为马策。言其利用急疾也。”[①]如果说《山鬼》由神话而带出山景的描写，则此诗是由神话而开出水景的描写。当然，像《离骚》中那种完整的、长篇的神话书写，在《九章》中有相当的弱化。从艺术性来看，则是叙事性减弱，而描写性有所增加，这也正是辞赋艺术本身的一种变化。

《远游》一篇，其实是对《离骚》中周流天地四极的神话书写的再次展示，并且是集中展示，但它的精神倾向却是与《离骚》迥异的。我们说过，《离骚》从本质上是屈原的政治抒情诗，其精神是入世的，《远游》则是出世的，其基本思想属于道家及早期神仙家的一种。因此，有学者怀疑此篇非屈原所作，也不无道理。但若从神话书写来说，《远游》却是《离骚》之正脉所传。《远游》的首两句，就揭出本篇主题：

悲时俗之迫阨兮，愿轻举而远游。[②]

所以，他的“远游”是出世的，并且非真正意义的远游，而是一种精神超越式的远游。远游情节，在这里同样是一种象征。它的基本形式，仍然属于神游性质，并且比《离骚》的神游更加纯粹：

神倏忽而不反兮，形枯槁而独留。[③]

---

① 洪兴祖《楚辞补注·九章章句第四·悲回风》，第 161 页。

② 洪兴祖《楚辞补注·远游章句第五》，第 163 页。

③ 洪兴祖《楚辞补注·远游章句第五》，第 164 页。

但此时的神游,其实近于修炼:

> 内惟省以端操兮,求正气之所由。漠虚静以恬愉兮,澹无为而自得。[①]

继而由此进入仙真世界:

> 闻赤松之清尘兮,愿承风乎遗则。贵真人之休德兮,美往世之登仙。与化去而不见兮,名声著而日延。奇傅说之托辰星兮,羡韩众之得一,形穆穆以浸远兮,离人群而遁逸。[②]

赤松子在刘向《列仙传》中居列仙之首:"赤松子,神农时雨师也。服水玉以教神农,能入火自烧。往往至昆仑山上,常至西王母石室中,随风雨上下。炎帝少女追之,亦得仙,俱去。至高辛时,复为雨师。今之雨师本是也。"[③]赤松子是汉代以降神仙传说、游仙诗赋所表现的主要人物。由此已可证明,《远游》的本质是一篇游仙诗。其在情节的展开过程中,大量使用源于《离骚》"周流""远逝"的表达方式。但其与《离骚》《九章》之不同,在于带有明显的黄老修炼色彩,其所用如"六气""正阳""无滑自然""壹气孔神",都是修炼之词。至于"朝发轫于太仪兮,夕始临乎于微闾"[④]、"历玄冥以邪径兮,乘间维以反顾"[⑤]等语,则让人想起后来《黄庭内景》中的道教修炼词句。尤其是其中还明确阐述了"道"及"自然"等概念,其中讲到嘘吸修炼之术:

> 餐六气而饮沆瀣兮,漱正阳而含朝霞。保神明之清澄兮,精气入而粗秽除。顺凯风以从游兮,至南巢而壹息。见

---

① 洪兴祖《楚辞补注·远游章句第五》,第164页。

② 洪兴祖《楚辞补注·远游章句第五》,第164—165页。

③ 刘向《列仙传》卷上,上海古籍出版社据明正统道藏本影印,1990年,第1页。

④ 洪兴祖《楚辞补注·远游章句第五》,第169页。

⑤ 洪兴祖《楚辞补注·远游章句第五》,第174页。

王子而宿之兮，审壹气之和德。[1]

作者把这种修炼嘘吸的行为称为“道”：

曰：道可受兮，不可传；其小无内兮，其大无垠；无滑而魂兮，彼将自然；壹气孔神兮，于中夜存；虚以待之兮，无为之先；庶类以成兮，此德之门。[2]

这些不太可能是屈原本人的思想，而是战国修仙求道者的思想。道教的远源，实在可以追溯到这里。

《远游》承袭了《离骚》“周流”的基本格局，其中一些情节也明显来自《离骚》，如：

载营魄而登霞兮，掩浮云而上征。命天阍其开关兮，排阊阖而望予。召丰隆使先导兮，问大微之所居。[3]

涉青云以泛滥游兮，忽临睨夫旧乡。仆夫怀余心悲兮，边马顾而不行。[4]

最后的总结之辞，也强调其所进行的是一种上下四极的周流：

经营四荒兮，周流六漠。上至列缺兮，降望大壑。[5]

但是，《远游》的象征对象与《离骚》完全不同，它其实是道家内修与神仙家外游的结合，是使用神话意象来阐述黄老派的道术。从某种意义上，也许可以理解为从原始神话到神仙道术的一个重要转折点。但它与后来的道经如《真诰》之类不同，本质上仍是一种文学创作。在这里我们还发现这样一个长久被遮蔽的历史事实，即战国秦汉时期的早期道教，不仅吸取道家的思想，同时也将楚

① 洪兴祖《楚辞补注·远游章句第五》，第166—167页。
② 洪兴祖《楚辞补注·远游章句第五》，第167页。
③ 洪兴祖《楚辞补注·远游章句第五》，第168页。
④ 洪兴祖《楚辞补注·远游章句第五》，第172页。
⑤ 洪兴祖《楚辞补注·远游章句第五》，第174页。

辞家纳入其体系中,并且大量借助楚辞的神话形象。事实上,在汉代人的观念中,屈原本人也带有神仙的性质。至于后来魏晋时期成熟的道教列仙中,老子、庄子被塑造为教祖式的人物,称为太上老君、南华真君,而没有屈原的形象,或许因为屈原作为政治人物的文学家形象过于强大。

与《远游》踵武《离骚》的周流天地模式相反,《招魂》则可以说是一种"反《离骚》",它以巫术招魂的方式,劝屈原的灵魂放弃周流天地东南西北的行动,回到楚国本宅。王逸序此篇曰:

> 《招魂》者,宋玉之所作也。招者,召也。以手曰招,以言曰召。魂者,身之精也。宋玉怜哀屈原,忠而斥弃,愁懑山泽,魂魄放佚,厥命将落。故作《招魂》,欲以复其精神,延其年寿,外陈四方之恶,内崇楚国之美,以讽谏怀王,冀其觉悟而还之也。[①]

王逸此解,不免避重就轻,只是略得其义理而已。《招魂》是利用楚地民间招魂巫术,用其体制而铺张其辞,内容则是相对《离骚》之"周流"而以戒远游为主旨。全篇仍以屈原自述方式来书写。先是诉说"朕"幼清廉洁,服义未沬,但遭遇世之芜秽,长期离殃愁苦,以至于魂魄离散。上帝命令巫阳为其招魂。文中"魂兮归来!去君之恒干,何为四方些"[②]这一句是关键。其中关于东南西北各方的险情恶物,多与《山海经》《天问》相合。其中对东、西方险恶的铺陈,尤可与《离骚》相对应。《离骚》较充分地利用了日神神话,包括乘日御羲和所驾之车、"折若木以拂日"[③]等情节,一片光明如煦;而《招魂》的东方之游,则强调"十日代出,流金铄石

---

① 洪兴祖《楚辞补注·招魂章句第九》,第197页。

② 洪兴祖《楚辞补注·招魂章句第九》,第198页。

③ 洪兴祖《楚辞补注·离骚经章句第一》,第28页。

些。彼皆习之，魂往必释些”。又如“长人千仞，惟魂是索些”[①]，与《山海经·大荒东经》中“东海之外”记载的大人之国相近，“十日代出”的神话，与《天问》及《山海经》等书所载十日神话相合。而在《离骚》中，日神神话占据重要部分。《招魂》“魂兮归来！西方之害，流沙千里些”[②]，则是直接针对《离骚》中“忽吾行此流沙兮，遵赤水而容与”[③]。西极之游，是《离骚》中精彩情节之一，《招魂》对西方之害的铺陈，正是针对它而发的。至于“魂兮归来！君无上天些。虎豹九关，啄害下人些”[④]，“魂兮归来！返故居些。天地四方，多贼奸些”[⑤]，都是明白对应《离骚》的情节。

《大招》，王逸《楚辞章句》著录云：“屈原之所作也。或曰景差，疑不能明也。”洪兴祖《楚辞补注》认为非屈原之作[⑥]。“大招”也是招魂的意思，或可理解为大招其魂，很可能是楚巫的原有词语。《大招》从天地四方招回屈原的魂魄，情节与《招魂》相近，但对天地四方之害的铺陈比较简单，大体写东之大海、南之炎火、北之寒山、西之流沙，俱可畏之甚。全文的主要比重在于铺叙荆楚之美，如饮食、音乐、美色、华屋、佳囿、良田、美政。其后面一部分，与《离骚》之怨灵修浩荡，哀众芳芜秽、椒兰变节完全相反，不可能是屈子自作，当出自后来辞赋家之笔，重在铺陈名物，抒情性更弱于《招魂》。从《离骚》《九章》到《招魂》《大招》，明显呈现出从专注抒情的辞向重在铺陈的赋的演变过程。这也可以理解为楚辞文学诗性精神的衰变历史。

《招魂》《大招》反映了楚辞系统的作家政治上走向保守。《离

① 洪兴祖《楚辞补注·招魂章句第九》，第199页。
② 洪兴祖《楚辞补注·招魂章句第九》，第200页。
③ 洪兴祖《楚辞补注·离骚经章句第一》，第44—45页。
④ 洪兴祖《楚辞补注·招魂章句第九》，第201页。
⑤ 洪兴祖《楚辞补注·招魂章句第九》，第202页。
⑥ 洪兴祖《楚辞补注·大招章句第十》，第216页。

骚》上天下地,向往一种开放的文化观念与开明的政治格局。《招魂》《大招》盛陈远游之害,力赞楚俗之美,反映了楚国士大夫在政治上走向保守、闭塞。从文化心理角度来说,在一个闭塞、保守、具有原始地方主义倾向的文化中,自然会形成一种自美而排外的思维方式。他们在盲目自大的同时,就对外面世界、不同的地理与风俗加以贬弃。以自身为文明中心,以外部为野蛮地域,同时又因无知而产生一种对外面世界的恐惧心理。这种恐惧心理下容易产生对外面世界的种种奇特幻想。

《离骚》以升降天地、周流四海象征屈原在政治困境中的追求,《远游》则以其作为明洁修身、全生葆真的象征。《招魂》《大招》则力戒升降天地、周流四方,以远行为可畏,返回楚国为安乐。这反映了楚辞这一系统的文学自身在价值观念上的变化。

3.《九歌》:民间祭祀娱乐艺术的性质。

早期宗教是一种庞大、芜杂的存在。它从原始鬼神观念、万物有灵观念、造物主与祖灵等复杂的观念及其幻想出发,从一种混沌的原始宗教祭祀中,逐渐形成一种神灵体系。其中凝结得最为体系化的,当然是与最高政权连结着的祭祀天地山川、祖宗神庙的国家祭祀体系。所谓国之大事在祀与戎,说明这种国家宗教在政治中的重要位置。与这种正统化、高度政治化的国家宗教体系相并行的,是民间自发形成的一种祭祀,它其实是国家宗教产生的母体。但在国家祭祀体系形成后,它被视为一种野蛮祭祀,即后世史家所说的"淫祀"。当然,后来各种外来宗教,如佛教、祆教、基督教等,也曾被视为异端。而从民间宗教中发展出像道教这样的本土宗教,因为它的基础在于"淫祀",又从来没有从淫祀状态中摆脱出来,并且自身树立起一个与国家宗教对抗的神灵体系,所以从正统的国家宗教来说,它也是一种异端。

《九歌》所表现的是一个以神巫为主角的早期宗教祭祀体系,并且是一种相当发达的祭祀文化。从其形态来看,不可能是国家宗教体系，它其实具有后世正统史家所诟病的淫祠的性质，某种意义上说也是一种民间娱乐体系。其机制的第一个表现，是“娱神”：

> 吉日兮辰良，穆将愉兮上皇。抚长剑兮玉珥，璆锵鸣兮琳琅。瑶席兮玉瑱，盍将把兮琼芳。蕙肴蒸兮兰藉，奠桂酒兮椒浆。扬枹兮拊鼓，疏缓节兮安歌，陈竽瑟兮浩倡。灵偃蹇兮姣服，芳菲菲兮满堂。五音纷兮繁会，君欣欣兮乐康。①

祭祀从根本上说就是一种娱神仪式，民间祭祀尤其如此。国家祭祀重视仪式，并且要贯穿主流的政教思想，宣扬道德，如《诗经》的三《颂》，就是这样一种内容，所以它的娱乐艺术的性质是最为薄弱的。《九歌》作为一种民间祭祀，性质正好与之相反。《九歌》的主题就是祭神、娱神，描写酣畅淋漓的人神交会场景。除了《国殇》一篇宣叙一定的家国观念外，其他作品基本上没有表现出道德与政教方面的内容，连伦理内容也很淡薄。王逸序中说屈原作《九歌》，“上陈事神之敬，下见己之冤结，托之以风谏”②，这很大程度上是一种附会。不错，《离骚》与《九歌》都有人神交会、人神相恋的情节，这只能理解为《离骚》采用了神巫活动中人神交结的模式，来表现君臣离合之义，而不应该将《九歌》中的这类内容，过度地阐释为屈原用以寓意君臣关系。《九歌》的好处，其魅力所在，正在于完全是写实的，即对一种民间祭祀的写实。王逸说屈原“出见俗人祭祀之礼，歌舞之乐，其词鄙陋。因为作《九歌》之曲”③，可见《九歌》是基于沅湘民间祭祀而创作的，虽然我们现在找不到任何资料证明屈原的《九歌》在当时民间祭祀中实际使用的情况。

说祭祀是一种娱神的艺术，是就其形式所表现的内容而言；

---

① 洪兴祖《楚辞补注·九歌章句第二·东皇太一》，第56—57页。

② 洪兴祖《楚辞补注·九歌章句第二》，第55页。

③ 洪兴祖《楚辞补注·九歌章句第二》，第55页。

就其实质来说,祭祀就是一种娱人的艺术,是在神灵观念下的民间文化中主流的娱乐艺术。我们无法想象在充满神巫意识的楚国民间,能有什么别的、完全与神灵祭祀活动无关的娱乐艺术存在。我们也无法想象,在楚国民间,会存在一种比《九歌》中所展示的器乐、歌舞更高的另一种娱乐艺术,而这种娱乐艺术又是完全摆脱了宗教内容的。即使在后世,民间的绝大部分娱乐也都是与祭祀及宗教活动相结合的。

整个楚辞系统,除了《天问》以理性为主之外,其他作品都具有激情宣泄的特点,这可能也是楚文化的基本特点。如果说《离骚》是作为士大夫屈原的一种激情倾诉,《九歌》则是楚国民间祭祀中的激情宣泄,也就是普通人的激情生活。这种激情生活是建立在神灵观念之上的,并通过祭祀神灵活动得以表达,从而展示了在神的模式中人的自我存在。这差不多像一个悖论,但却是一种事实。

其实《离骚》是采用《九歌》之类的民间祭祀、巫术中人神相恋的模式,而《九歌》的神人相恋则是原生的。《九歌》称神为"君""夫君"或"灵",这应该是楚俗祭祀中对神灵或扮演神灵的巫觋的一种称呼,亦如后世的"神明""菩萨"一样。整体来讲,《九歌》的每一首歌曲,都是祭祀者对君的一种诉词。与后世的祭祷之词多歌颂神灵、乞求神灵护佑不同,《九歌》的内容多是容状赞叹神灵之美丽,倾诉对神的思念、期待之情:

> 君不行兮夷犹,蹇谁留兮中洲?美要眇兮宜修,沛吾乘兮桂舟。令沅湘兮无波,使江水兮安流!望夫君兮未来,吹参差兮谁思![1]

其中也多有离绝难偶之怨:

---

① 洪兴祖《楚辞补注·九歌章句第二·湘君》,第59—60页。

横流涕兮潺湲，隐思君兮陫侧。桂棹兮兰枻，斵冰兮积雪。采薜荔兮水中，采芙蓉兮木末。心不同兮媒劳，恩不甚兮轻绝。[①]

当然更多的是与神欢会的快乐与对离别的忧愁：

秋兰兮青青，绿叶兮紫茎。满堂兮美人，忽独与余兮目成。□□□□□□入不言兮出不辞，乘回风兮载云旗。悲莫悲兮生别离，乐莫乐兮新相知。[②]

有时也抒写与神灵一道遨游的浪漫畅想：

与女游兮九河，冲风至兮水扬波。与女沐兮咸池，晞女发兮阳之阿。望美人兮未来，临风怳兮浩歌。孔盖兮翠旍，登九天兮抚彗星。[③]

这里抒发的仍是楚地神巫上下陟降、登云升天的神话幻想。可以说在神话层面上，《九歌》与《离骚》是处于共同的文化体系之中的。《离骚》的神灵不仅各有使命，而且各具性格。《九歌》更是这样，它不仅表现人性，而且也表现不同的神性。但是神性说到底是人性的一种变化形式。所以，《九歌》艺术最重要的特点，就是充满对生命的幻想。《山海经》中的神，还处于万物有灵意识的阶段，人们对生命体与万物之间还是种混沌的认识，因此就有各种神怪与物怪的出现，亦即禹鼎所铸“神奸”之类。《九歌》中的神，则完全是以人为形象，并且是人性的、人情的，但也不像后世的神明那样高高在上，完全成为人类祭祷的对象。《九歌》中的神，是像人一样的生活与行动，只是具有凡人所没有的某种神秘力量。这些与古希腊奥林匹斯山上的众神很接近。

---

① 洪兴祖《楚辞补注・九歌章句第二・湘君》，第 62 页。

② 洪兴祖《楚辞补注・九歌章句第二・少司命》，第 72 页。

③ 洪兴祖《楚辞补注・九歌章句第二・少司命》，第 72—73 页。

从诗歌发展历史来看,正是在原始“九歌”所代表的楚地神灵祭祀歌曲之中,产生了屈原、宋玉为代表的文人诗歌。这是《九歌》诗歌史的一种意义。它保存了业已消失的上古神巫文化的诗歌艺术的一些印迹。

4.《天问》的理性精神。

神话是先民以原始思维的方式理解世界、解释宇宙万物的一种意识形态,这种思维方式一直以较为弱化的形式保存在后世的各种传说之中。当人们觉得某些社会现象与事物的原因难以解释时,就自然要摆脱通常的因果关系律,采用一种仅从事物的表象之间的联系来理解某种现象,叙述某种事件。有时人们会根据某种表象进行自由的想象,为这种表象虚构一种故事,并最后将其当作这种表象的成因。如到处可见的关于山水景物的神话传说,就属于沿承这种原始的神话思维方式,其程度当然是弱化了。如果这样理解问题,我们会发现,神话思维并非专属于原始人类,而是一直存在于人类的思维方式中。可以说,我们每个人都离神话思维很近。当然,我们已经失去了创造原始神话的能力,即维柯所说的那种原始英雄的诗性思维。但是神话思维所支配的某些行为方式,迄今却仍然程度不同地存在于我们的日常生活中。我们的祈祷、我们的愿望,都离不开那种思维方式。我们人类的思维方式,从来就是这样理性与非理性地纠缠在一起。

屈原与神话的关系,就其精神世界来说,也是这样理性与非理性纠缠的表现。在《离骚》《九章》中,屈原将神话当作其艺术表现的一种方式,他清醒地运用神话来创作一种艺术形象。但从思维方式来讲,他运用的是一种神话思维方式,他的创作中后人所无法企及的,正是原始诗性精神的一部分。在《九歌》中,屈原放弃了作为一个士大夫的理性认识,完全将自己代入普通人的神巫想象世界,此时他是与神巫同化了。

但是屈原毕竟是一位接受过北方成熟的士大夫文化的学者,

历来强调的他的改革思想与行为，即来自北方文化，甚至包括儒家文化。孔子不言怪力乱神的理性思想，屈原同样也具有。《天问》就是他这种理性思想的一种反映。

《天问》是以一种质疑的方式来讲述神话传说体系。历来对《天问》的评论，一些学者认为《天问》随意与零乱，另一些学者则认为《天问》是整然有序的。李陈玉《楚辞笺注》可为后者的代表，其论云："《天问》当分作三大段，自曰邃古之初起，至曜灵安臧止为上段，共四十四句，是问天上事许多不可解处。自不任汩鸿至乌焉解羽止，共六十八句为中一段，是问地上事许多不可解处。自禹之力献功起，至末忠名弥彰止，共二百六十一句为后一段，是问人间事许多不可解处。"[①]《天问》的第一段，是对天地开辟及日月星象的追问："遂古之初，谁传道之？上下未形，何由考之？冥昭瞢暗，谁能极之？冯翼惟像，何以识之？"[②]这是中国古代关于天地开辟的混沌之说，认为宇宙最初处于天地相合的混沌状态，后来才有明暗之分、冯翼之像。值得注意的是，在关于宇宙万物的科学学说引进以前，这种天地从混沌中开辟的说法，一直是作为一种基本知识在讲述着的。晚清蒙书《幼学琼林》的第一篇《天文》，就是从"混沌初开，乾坤始奠。气之轻清上浮者为天，气之重浊下凝者为地"[③]开始的。屈原却对此发问：既然彼时人类都还未出现，那这种天地开辟之前及开辟之时的景象，又是谁看到的呢？我们猜想，屈原的这种创世说，并非楚国原生的神话创世说，而是来自当时先进的北方文明中的一种混沌学说。道家的老、庄也是接受这种混沌学说，不过是用自然的观念将其哲学化。但是《天问》接下去对于日、月及山川地理的讲述，就完全是按照神话

① 李陈玉《楚辞笺注》，转引自游国恩编《天问纂义》，金开诚、董洪利、高路明补辑，中华书局，1982年，第2页。

② 洪兴祖《楚辞补注·天问章句第三》，第85—86页。

③ 《新增绘图幼学琼林故事》，晚清辛亥浙江绍兴奎照楼重校本，第一册，第1页。

的方式来讲述的。这里有日浴咸池、月中顾菟、女岐无夫而生九子、鲧与禹父子治水、康回凭怒撞不周山、昆仑悬圃,以及南北极地的各种异物的传说。上述部分,可以说是关于天地万物等自然现象的神话。从“禹之力献功,降省下土四方”[①]一直到最后“吾告堵敖以不长。何试上自予,忠名弥彰”[②],则是讲述从最早的羿开始到楚国君主人物的传说故事。这里有从伦理出发的质问,如关于鲧与禹父子治水的故事,对于众口一词的鲧的失败与禹的成功,提出疑问:

> 不任汩鸿,师何以尚之?佥曰何忧?何不课而行之?鸱龟曳衔,鲧何听焉?顺欲成功,帝何刑焉?永遏在羽山,夫何三年不施?伯禹愎鲧,夫何以变化?纂就前绪,遂成考功。何续初继业,而厥谋不同?洪泉极深,何以窴之?地方九则,何以坟之?河海应龙,何尽何历?鲧何所营?禹何所成?[③]

这里明显对鲧所遭受的不公待遇表示质疑,作者想要追问历史的真相。他认为鲧受众人拥戴,只有尧认为他不行。尧既然认为他不行,为何不对其进行考察,拿出理由说服众人呢?屈原认为鲧事实上是成功了,后来禹的治水,是在其父的基础上进行的,但鲧却无端遭到尧的罢免与刑罚。屈原的这种认识,与他自身在政治上的失败有关系。他这里却不全是将鲧写成一个失败的英雄,其中有许多地方,是对所谓天命的质疑:

> 帝降夷羿,革孽夏民。胡射夫河伯,而妻彼洛嫔?[④]

上帝派遣夷羿来惩罚下土的夏民,夷羿本来应该是正义的化身,

---

① 洪兴祖《楚辞补注·天问章句第三》,第97页。

② 洪兴祖《楚辞补注·天问章句第三》,第118页。

③ 洪兴祖《楚辞补注·天问章句第三》,第89—91页。

④ 洪兴祖《楚辞补注·天问章句第三》,第99页。

但其私德却很是不堪，射人夫而夺其妻，这还有什么政治伦理可言？屈原对商周君主的行为及结局，尤多质疑，其中也涉及对武王伐纣的正义性的质问。他甚至直接提出这样的问题：

> 天命反侧，何罚何佑？[①]

他在追问历史上或传说中的人物的种种遭遇时，感到其中难以获得一个统一的伦理标准，难以寻索到一种完全符合他自己的政治伦理的天命。所谓天命，不无反侧，上天用来罚恶佑善的标准又是什么呢？他的这个疑问，与司马迁在《史记·伯夷叔齐列传》中对天道佑善惩恶的说法的怀疑，可谓异曲同工。他们都是遭遇到不公平的待遇，而产生对所谓天命的质疑。

《天问》的“天”，并非人们一般认为的与地对应的“天上”之“天”，而是“天命”之“天”，即天地万物及人间的主宰者之“天”。所以，不仅天上之事要问天，就是地上之事、人间之事，当然也要问天，这才是“天问”的意义所在。总之，《天问》是对具有浓厚神话传说色彩的宇宙知识及历史故事的一种理性的追问，其中也记载了神话中对于不死及长生永寿的传说，详见本书第一章所论。

《天问》的另一实质在于，从根本上说这是一种“人问”，与其说是问天，不如说在“问人”。屈原并非真的认为他所问的这些问题无法回答，而是他认为这些关于天地万物及人间历史的传说，是不符合他的理性精神的。

① 洪兴祖《楚辞补注·天问章句第三》，第111页。

第七章　战国至秦汉时代各种养生思想的流行

战国秦汉时期，是传统的黄老思想流行的时期。黄老思想以通身国为宗旨，在治国方面主张无为而治，在治身方面也形成一系列养生思想，当时被称为“黄老之教”。王充《论衡》即说自己作《论衡》疾虚妄，斥神仙之说为虚妄，但又说论说著述伤生损性：“夫论说者闵世忧俗，与卫骖乘者同一心矣。愁精神而幽魂魄，动胸中之静气，贼年损寿，无益于性。祸重于颜回，违负黄老之教。”[①]又说自己晚年曾作《养性》之书凡十六篇，“养气自守，适食则酒，闭明塞聪，爱精自保，适辅服药引导，庶冀性命可延，斯须不老”[②]。这当然也属于黄老之教。可见，黄老之教具有神秘的神仙之说与实用的养生之说两方面。推而言之，汉代医学从大范围来说，自然也属于黄老之学，故《内经》传为黄帝所作。这是中国古代生命思想发展史中的一个大宗。

战国秦汉时代是我国传统医学和养生学奠定基础、初步形成体系的时代。医学和养生学，如果从它们所体现的形而上的观念来看，也是受到特定生命观的支配，如战国秦汉时代重生、贵生的生命思想，就是促进医学、养生学发展的重要观念。此外，这一时期的医学和养生学仍然部分地与神仙长生观念联系在一起。不可否认，某些非理性的生命幻想也是刺激医学和养生学发展的因

---

① 王充《论衡·对作篇》，《诸子集成》第7册，第280页。

② 王充《论衡·自纪篇》，《诸子集成》第7册，第288页。

素。本章讨论战国至秦汉时代养生思想的发展，也主要是从支配养生行为的生命观念之发展入手的。

一、人类养生行为及观念的起源

养生行为反映了人类重视物质生命的观念，它根源于人类维护生命的本能。原始人在与恶劣的自然环境作斗争的过程中，将维护自身生命作为第一要事，并因此形成养生、卫生、益生的观念。在这些观念的引导下，先民不断改善自身的生存环境，寻求更加合理的生活方式。其中最具历史意义的是取火方法的发明，它使熟食成为可能，是人类养生史上的一件大事。

中国古代典籍中记载的最初的养生行为及观念，都是指向古代帝王教民养生、治生的事实。许多上古帝王都具有养生始祖的色彩，他们主要的功绩就在教民卫生、养生，发明各种养生方法，这就促使人类最早的养生观念形成。如《韩非子·五蠹》云："上古之世……民食果蓏、蚌蛤，腥臊恶臭，而伤害腹胃，民多疾病。有圣人作，钻燧取火，以化腥臊，而民说之，使王天下，号之曰燧人氏。"[①]汉班固《白虎通德论·号》也记载古代燧人氏："钻木燧取火，教民熟食，养人利性，避臭去毒，谓之燧人也。"[②]可见古代的思想家们都注意到取火方法的发现对养生的作用及其对先民养生观念的促进。班固所说"利性"即"利生"，"性"在汉代典籍中，常常与"生"同义[③]。从汉代的多种典籍中，我们知道炎帝神农氏与黄帝轩辕氏的重要功绩，都是教人治生、养生。神农是农业的发明者，《白虎通》云：

---

① 王先慎《韩非子集解》卷一九，《诸子集成》第5册，第339页。

② 班固《白虎通德论》卷一，上海古籍出版社，1990年，第11页。

③ 如枚乘《七发》："皓齿娥眉，命曰伐性之斧。""伐性"即伐生也。又汉人所说的"养性"，与"养生"基本上是同义的。

古之人民，皆食禽兽肉，至于神农，人民众多，禽兽不足。于是神农因天之时，分地之利，制耒耜教民农作，神而化之，使民宜之，故谓之神农也。[①]

据《文子》之说，神农不仅教民农植，而且制为耕作的制度，劝民勤耕：

神农之法曰：丈夫丁壮不耕，天下有受其饥者；妇人当年不织，天下有受其寒者。……是故耕者不强，无以养生；织者不力，无以衣形。[②]

不仅如此，神农更是医药的开创者，托名神农的《本草经》曰：

神农稽首再拜，问于太一小子曰："凿井出泉，五味煎煮，口别生熟，后乃食咀，男女异利，子识其父。曾闻太古之时，人寿过百，无殂落之咎，独何气使然邪？"太一小子曰："天有九门，中道最良，日月行之，名曰国皇，字曰老人。出见南方，长生不死，众耀同光。"神农乃从其尝药，以救人命。[③]

传说黄帝继神农而为养生、治病之术，《帝王世纪》曰：

黄帝有熊氏命雷公、岐伯论经脉，旁通问难八十一，为《难经》，教制九针，著《内外术经》十八卷。[④]

这就将中国古代医约术的起源，推至古帝圣王的作为上，不仅养生、治生之术起于古帝王，春秋诸子述养生、治生之思想，也多托言于炎、黄等古帝王，黄老之学遂得形成。

古代养生诸事中，火的发明、酒的制造、舞蹈的发明，都曾托

---

① 班固《白虎通德论》卷一《号》，第 11 页。

② 王利器《文子疏义》卷一一《上义》，中华书局，2009 年，第 494 页。

③ 《神农本草经》卷一《佚文附录》，滕弘撰，顾观光辑，湖南科学技术出版社，2008 年，第 20 页。

④ 皇甫谧《帝王世纪》，中华书局"丛书集成初编"本，1985 年，第 7 页。

名古帝王。火能益生，酒能养生、治疾，都是古代养生的重要保证。而酒对生命观念的影响尤其大，几乎从一开始就是文学的重要表现对象。《吕氏春秋・审分览・勿躬》："仪狄作酒。"[①]《战国策・魏策二》记载仪狄作酒之事，将酒的制作推到夏禹时代。"酒"有养生功能，可能是发明造酒之法后最初一段时间内酒文化的基本观念。酒由稻米酿制而成，在稻米为主要粮食的时代，酒更被视为高级营养品。在先秦经典中，《诗经・豳风・七月》有云："为此春酒，以介眉寿。"[②]正说明当时人认为酒有延年益寿的功能。《孝经》规定身体羸弱或有病者居丧期间可以饮酒，也是基于上述认识。先民感觉饮酒之后身体发生活力，所以很可能在一个时期内，饮酒成了养生行为的核心。传为东方朔所撰的《神异经》还记载："西北荒中有玉馈之酒，酒泉注焉。""饮此酒，人不生死。"[③]事实上，以饮酒为滋补的观念，一直支配着传统社会的酒文化。后世文人以饮酒高歌来舒放昂扬的生命意志，用醉酒来忘记生之忧愁，早期的王侯贵族却幻想以酒来益生延寿。

另一方面，随着酒的产生，酗酒之陋习也出现了，古人将之视为统治的损德行为，甚至作为亡国的原因。古典记载夏桀、商纣亡国，都将酗酒纵乐作为原因之一。这种批评甚至形之于诗歌，《韩诗外传》卷二：

> 桀为酒池糟堤，纵靡靡之乐，而牛饮者三千。群臣相持而歌："江水沛兮，舟楫败兮，我王废兮。趣归于亳，亳亦大兮。"又曰："乐兮乐兮，四牡骄兮，六辔沃兮，去不善兮善（当作'去不善兮从善'，详见屈守元笺疏），何不乐兮？"伊尹知大命将至，举

① 《吕氏春秋》卷二七，《诸子集成》第6册，第206页。
② 《毛诗正义》卷八，《十三经注疏》上册，第391页。
③ 东方朔《神异经》，上海古籍出版社，1990年，第4页。

> 觞造桀曰:“君王不听臣言,大命至矣,亡无日矣。”[①]

关于商纣酗酒亡国的记载更多,如《吕氏春秋·贵直论·过理》中说商纣云:

> 亡国之主一贯,天时虽异,其事虽殊,所以亡同者,乐不适也。乐不适则不可以存。糟丘酒池,肉圃为格,雕柱而桔诸侯,不适也。[②]

《吕氏春秋》将音乐、饮酒等都归于“乐”,提出“乐适”之说,过度饮酒是一种“乐不适”的行为,是导致亡国乱政的原因之一。关于商纣酗酒作乐的荒淫行为,在汉代典籍被描述为“酒池”“肉林”。王充《论衡·语增篇》:“传语曰:‘纣沉湎于酒,以糟为丘,以酒为池,牛饮者三千人,为长夜之饮,亡其甲子。’”又载:“传又言:纣悬肉以为林,令男女倮而相逐其间。”王充认为这些记载,都是一种过于夸张的“语增”现象[③]。其实,据《战国策·魏策》所记仪狄造酒的故事,当酒刚发明的时候,禹就预料到后世君主会因酗酒而亡国:“昔者,帝女令仪狄作酒而美,进之禹。禹饮而甘之,遂疏仪狄,绝旨酒,曰:‘后世必有以酒亡其国者。’”[④]这应该是春秋战国时的论家托言夏禹,说明时人对饮酒的理性认识,在这一时期已经很明确了。

酒是文学重要的表现对象之一,对于饮酒行为,无论是强调其养生陶情,还是批评其酗饮损德,导致伤生亡国,都与生命情绪的抒发和特定生命观的表达分不开。“酒”之成为表现生命主题的重要意象,正是由它的这种性质决定的。而酒作为文学的重要意象,也是以多种方式展示其生命的意蕴。汉魏乐府在抒发生命

---

① 《韩诗外传》卷二,屈守元笺疏,巴蜀书社,1996年,第186页。
② 《吕氏春秋》卷二三,《诸子集成》第6册,第301页。
③ 黄晖《论衡校释》卷七,中华书局,2018年,第304、305页。
④ 刘向《战国策》卷二三,上海古籍出版社,1978年,中册,第846页。

情绪时,总与饮酒联系在一起。最典型的就是曹操《短歌行》:"对酒当歌,人生几何。譬如朝露,去日苦多。慨当以慷,忧思难忘。何以解忧,惟有杜康。"[1]而魏晋时代玄学任达、虚无放废一派的主要表现方式即饮酒。陶渊明《形影神》诗即以"得酒莫苟辞"为形派生命观的基本表述[2]。陶渊明是后世文人饮酒的典型,其诗中写饮酒,也同时具有歌颂陶情与理智认识到酗酒之害两方面内容,关于后者,他有"日醉或能忘,将非促龄具"[3]的诗句。

除了上述"火"的发明、酒的制造对先民养生观念的促进作用外,我国传统的导引养生术也是渊源久远。《吕氏春秋·仲夏纪·古乐》曰:"昔陶唐氏之始,阴多滞伏而湛积,水道壅塞,不行其原,民气郁阏而滞著,筋骨瑟缩不达,故作为舞以宣导之。"[4]又罗泌《路史·前纪》卷九:"阴康氏之时,水隤渎不疏,江不行其原,阴凝而易闷,人既郁于内,腠理坲著而多重腿,得所以利其关节者,乃制为之舞,教人引舞以利道之,是谓大舞。"[5]可以想见,这种以养生为目的的原始舞蹈,当其参与者蹈踏舞踊之时,一定是充满着对生命活力的渴求。这可以说是我们所能追溯到的养生观念与艺术创造相联系的最早例证。

自原始时代以来所积累的养生知识和朴素的卫生、养生、益生观念,在阶级社会中集中于少数统治者那里,成为他们的专利。这正如原始的神仙传说是一种生命的幻想,体现了人类对自由的向往。但是,到了权力与财富高度集中的阶级社会,豪富们奢靡的求仙拜神的风俗,尤其是帝王泛滥无止、斥举国之财物而从事

---

① 《魏诗》卷一,逯钦立辑校《先秦汉魏晋南北朝诗》上册,第 349 页。

② 《陶渊明集》卷二,第 36 页。

③ 《陶渊明集》卷二《形影神·神释》,第 37 页。

④ 《吕氏春秋》卷五,《诸子集成》第 6 册,第 51 页。

⑤ 罗泌《路史·前纪九》"阴康氏"条,《四部备要·史部》,上海中华书局据原刻本校刊,第 2 册,第 6 页。

的求仙活动,却只能是理解为一种愚昧与贪婪。所以,统治者过分的益生延寿的欲望,歪曲了原本具有科学、合理因素的养生之本义。物极必反,过分追求益生,往往导致损生的结果。所以,春秋战国时代是传统养生行为遭遇困境的时期,从而引发出道家的新养生思想。

二、养生思想体系的形成

人类的养生行为及其观念虽然源远流长,可以追溯至生民之初,但建立在成熟的生命哲学之上的养生学体系,却是在思想发展到一定阶段才出现的。春秋战国时诸子思想的繁荣,大大提高了民族的思辨水平,这在以后各种文化的发展中都体现了出来。在养生学方面,由朴素的、物质性的养生学向思辨的、精神性的养生学发展,寻找到生命活动的内在结构即精、气、神的关系,以及生命活动的外在结构即阴阳五行的物质变化关系在生命活动中的体现,在人与自然、人与社会的辩证关系中确立养生原则。上述这些,即构成传统养生思想体系的根干。

诸子对生命价值的认识各不相同,除了庄学中有一种恶生乐死的虚无主义生命观外,总体上说,诸子都有重生、尊生的思想,共同奠定了中华民族珍爱生命的精神传统。当然,儒家的伦理道德价值生命观中,重生、尊生是以伦理道德为前提的,所以没有发展出独立的养生学体系。养生学体系的真正奠基者是道家,它的关键即在于以全新的、充满辩证色彩的效法自然、以不养为养的养生观取代旧的专任人事、以养为养的养生观,从而化解了春秋战国时代统治阶层养生行为上的危机。可以说强调养生的辩证性质及生命活动的自然性质,是道家经典作家对生命本质认识的深化。但是,这种以不养为养的思想,如果从其彻底的意义上看,无疑取消了养生行为本身。那样的话,它的性质将发生变化,不再是真正意义上的养生思想，而道家在养生学上的革命作用也就无法达成。事实上，庄学的极端发展正是完全取消养生行为的价值，由不养为养发展到纯任自然、生死一贯，进而引出生若赘疣的厌生思想。

效法自然、以不养为养的道家养生观之所以成为养生观念发展中的一个重要环节，是因为它的重点仍在于“养”。换言之，“不养”是新的养生方式。它的要义在于遵循生命活动的自然规律，这些规律在道家经典作家那里十分玄奥，可在战国时期的一些道家养生著作中已经被阐述成可操作的原则。如《管子·内业》说：“是故圣人与时变而不化，从物而不移，能正能静，然后能定。定心在中，耳目聪明，四枝坚固，可以为精舍。精也者，气之精者也，气道乃生，生乃思，思乃知，知乃止矣。凡心之形，过知失生。一物能化谓之神，一事能变谓之智。化不易气，变不易智，惟执一之君子能为此乎。”[①]老子有“静笃”“得一”之说，其语云：“致虚极，守静笃，万物并作，吾以观其复。”又云：“昔之得一者，天得一以清，地得一以宁，神得一以灵，谷得一以盈，万物得一以生，侯王得一以为天下贞。其致之一也。”[②]管子的正、静、定之说，即是老子上述思想的通俗化表达，更具操作性。管子认为正、静、定能使身体康健，为精之舍。“精”则是“气”的精粹部分，生命之气合乎自然之道的运行，是有生之根本。思想和智慧是在这样的基础上自然发生的，其最高境界则为“神”。在这里，管子特别强调“凡心之形，过知失生”，认为过分强调主观知识，包括养生行为中过分关注生命本身，会走向养生的反面，这正体现了道家辩证的养生思想。应该说，管子养生学仍强调自然原则，可自然原则已经不是一种无法知解的混沌，而是化为许多具体细则。一旦自然思想成

---

① 戴望《管子校正》卷一六，《诸子集成》第5册，第270页。

② 以上《老子》引文据魏源《老子本义》，《诸子集成》第3册，第12、32页。

为一种追求合乎自然的方法,也就在很大程度上失去自然思想的本义。这是由老子养生观演变为管子养生观的关键。

在管子看来,把握"精"与"气"的关系,尤为养生致圣的关键:

> 精存自生,其外安荣。内藏以为泉原,浩然和平,以为气渊。渊之不涸,四体乃固。泉之不竭,九窍遂通。乃能穷天地,被四海,中无惑意,外无邪菑。心全于中,形全于外,不逢天菑,不遇人害,谓之圣人。人能正静,皮肤裕宽,耳目聪明,筋信而骨强,乃能戴大圜,而履大方。鉴于大清,视于大明,敬慎无忒,日新其德,遍知天下,穷于四极,敬发其充,是谓内得。①

管子完全从养生角度来论证圣人,是春秋战国诸子有关圣人理论的一个支派,在这里养生与致圣成为一件事。"精存自生"是只有圣人才能做到的事情,做到这一点,就有可能穷天地,被四海,出神入化。这无疑为后来神仙道术作了理论上的启示。除此之外,管子还将"精"神秘化,认为"凡物之精,此则为生,下生五谷,上为列星。流于天地之间,谓之鬼神;藏于胸中,谓之圣人"②。这即是说生命之精来自天地万物,与鬼神相通。汉代《淮南子·精神训》发展了这种学说,认为天地开辟之先,澒洞鸿蒙,后有阴阳二神混生,经天营地,化生万物,其"烦气为虫,精气为人。是故精神,天之有也,而骨骸者,地之有也"③。循此出发,便有人与自然万物相通的宇宙自然大生命观产生。对此,我们拟在另节加以论述。《淮南子·精神训》又云:"精神者,所受于天也;而形体者,所禀于地也。"④《淮南子·原道训》:"形者生之舍也,气者生之充也,神者

① 戴望《管子校正》卷一六《内业》,《诸子集成》第5册,第270—271页。
② 戴望《管子校正》卷一六《内业》,《诸子集成》第5册,第268页。
③ 《淮南子》卷七,《诸子集成》第7册,第99页。
④ 《淮南子》卷七,《诸子集成》第7册,第99页。

生之制也，一失位则三者伤矣。”[①]在这里，精神与形体，或形、气、神之关系，被阐述得更加明确。在汉代，这已经不是什么深奥的概念，而是人们据以养生、治病的常识性见解。在《黄帝内经》中，精、气、神及精神、形体等概念，被十分频繁地加以运用，成为医家对生命活动进行整体性把握时不可缺少的工具。如该书《汤液醪醴论篇》有这样一段病象分析：

> 帝曰：形弊血尽而功不立者何？岐伯曰：神不使也。帝曰：何谓神不使？岐伯曰：针石，道也。精神不进，志意不治，故病不可愈。今精坏神去，荣卫不可复收，何者？嗜欲无穷，而忧患不止，精气弛坏，荣泣卫除，故神去之而病不愈也。[②]

如果去掉精神等概念，就无法进行上述病象分析。同样，从积极的养生行为来说，《内经》也把“积精全神”、“形体不敝，精神不散”视为最高的境界，甚至认为“上古有真人者，提挈天地，把握阴阳，呼吸精气，独立守神，肌肉若一，故能寿敝天地，无有终时”[③]。这是在老子的守静致虚、负阴抱阳和庄子的真人说的基础上发展出来的，它的基本逻辑是认为人生于天地，禀阴阳之气，如果能掌握天地造化的奥理来进行养生，就能道成肉身，与天地相齐。后世的种种与天地同朽、齐天地的神仙幻想，都是以这种唯心的逻辑为前提的。

除了精气神的内在结构的把握外，阴阳五行、四时六合的宇宙大生命与人体小生命的外在结构关系的确立，也是战国秦汉时代养生学体系形成的要素。阴阳与五行原本应为各自独立的两种朴素的自然哲学学说。阴阳思想源于《周易》，在《易传》中得到

---

① 《淮南子》卷一，《诸子集成》第 7 册，第 17 页。

② 王冰《重广补注黄帝内经素问》卷四，第 74—75 页。

③ 王冰《重广补注黄帝内经素问》卷一，第 6 页。

比较充分的发挥,成为春秋战国时代多派学术共同使用的范畴。五行之说,最早见于《尚书·洪范》:"五行,一曰水,二曰火,三曰木,四曰金,五曰土。水曰润下,火曰炎上,木曰曲直,金曰从革,土爰稼穑。润下作咸,炎上作苦,曲直作酸,从革作辛,稼穑作甘。"[①]《洪范》不仅提出作为万物构成的五种元素的五行,而且分析各种元素的性质,这种性质或功能,即称五德。所以五行理论并不停留在世界构成元素论的层次上,而是上升为对一切事物属性进行分析的一套理论。既然世界万物都是由五行构成的,因此每个具体事物,也可以从中分析五行元素,或者其中的五行关系。再根据五德来探讨、论定其性状及运动、变化的方式。这不仅针对具体的事物,甚至包括极为抽象的事物,所以邹衍、董仲舒根据五行理论,建构出五德终始的王朝运行、更替的理论,两千多年一直支配人们对王朝更替的认识,甚至决定着王朝的政治模式。

阴阳为万物生成变化的原理,五行则为构成万物的元素,二者的结合,可以建构出宇宙万物的整体图式。这一整体图式也是在战国秦汉时代形成的,它使人的生命体有了外在对应物。老子将"自然"这一范畴引进养生学中,引起一场革命。在老子或庄子那里,"自然"是一个纯粹抽象、不可描述的范畴,并且老庄的自然养生思想,本质上是对世俗尤其是统治者过于积极的、拔苗助长式的非理智养生现象的批评,其根本在于以不养为养。战国秦汉时代的养生思想,运用了老庄的自然观念,并且引进了阴阳五行学说,使老庄的自然之道变为养生家、神仙家致自然之术。但正因如此,道法自然的思想便在养生行为中落实下来。在战国时代,阴阳思想就已经对养生行为起着具体的指导作用。《吕氏春秋·孟春纪·重己》有云:"凡生之长也,顺之也,使生不顺者,欲也。故圣人必先适欲。室大则多阴,台高则多阳;多阴则蹷,多阳

---

① 《尚书正义》卷一二,《十三经注疏》上册,第188页。

则痿,此阴阳不适之患也。是故先王不处大室,不为高台。"[①]统治者为了满足他们奢侈的欲望,建造高台巨室,但《吕氏春秋》的作者却运用阴阳与养生之关系分析室大台高的坏处。这种批评统治者奢侈行为的方式是很新颖的,它虽然是单例孤证,但从中可以看到作者运用阴阳原理分析养生问题已经达到比较熟练的程度,已经运用它来指导具体的生活方式。

到了汉代,阴阳和五行学说更是全面性地运用在养生与医学方面。汉人普遍将阴阳与天地、四时相结合,共同构成生命活动的外在环境。《淮南子·精神训》云:"是故圣人法天顺情,不拘于俗,不诱于人。以天为父,以地为母,阴阳为纲,四时为纪。天静以清,地定以宁,万物失之者死,法之者生。"[②]事实上,天地四时也可用阴阳之理贯穿,归根结底而言,阴阳是生死之关键,因而《素问·阴阳应象大论篇》中直接地说:"阴阳者,天地之道也,万物之纲纪,变化之父母,生杀之本始,神明之府也。治病必求于本。"[③]那么,阴阳之原则在养生和治病中又是怎样具体运用的呢?在《素问》的《四气调神大论篇》中我们看到,作者根据春夏秋冬四季的阴阳消长规律制定四气调神的法诀:春为"养生",夏为"养长",秋为"养收",冬为"养藏",四季各有养生方式,就是顺应四气之变化。如果不按照这个四气调神之法,就是逆天地四时阴阳之道,其后果是:"逆春气则少阳不生,肝气内变。逆夏气则太阳不长,心气内洞。逆秋气则太阴不收,肺气焦满。逆冬气则少阴不藏,肾气独沉。"[④]所以作者进一步作出这样的结论:

夫四时阴阳者,万物之根本也。所以圣人春夏养阳,秋

① 《吕氏春秋》卷一,《诸子集成》第6册,第7页。
② 《淮南子》卷七,《诸子集成》第7册,第99页。
③ 王冰《重广补注黄帝内经素问》卷二,第27页。
④ 王冰《重广补注黄帝内经素问》卷一,第12页。

冬养阴,以从其根,故与万物沉浮于生长之门。逆其根,则伐其本,坏其真矣。故阴阳四时者,万物之终始也,死生之本也。逆之则灾害生,从之则苛疾不起,是谓得道。道者,圣人行之,愚者佩之。[①]

顺应自然的道家养生观念由于四时阴阳等学说的建立,得到如此具体、富于实用性的阐发,而归结到最后,作者仍自觉地将它归于形而上的道,正可见出其与道家养生观的渊源关系。

在具体的临床诊治上,我们从《内经》的《素问》和《灵枢》中处处可以看到阴阳原理的熟练运用,如《素问·阴阳别论篇》对脉理的阴阳作出这样的分析:"脉有阴阳,知阳者知阴,知阴者知阳……别于阳者,知病忌时;别于阴者,知死生之期。谨熟阴阳,无与众谋。所谓阴阳者,去者为阴,至者为阳;静者为阴,动者为阳;迟者为阴,数者为阳。"阴阳思想对汉人养生医学及一般的生命观念,可以说是起到无处不在的渗透作用,以至于汉儒董仲舒云:"阴阳,理人之法也。"他所说的理人,当然同时包括养生与治政这两方面。

阴阳之外,五行对汉代养生医学也是不可缺少的思想工具,尤其人体脏象学说的建立,完全是依据五行理论。此一事实已为世之学者所熟知,故此不赘论。值得重视的是,传统的营养养生原理,是与五行思想密切相关的,药学也离不开它。因此,在汉代养生实践中,就民间的养生服食行为而言,五行思想似当有更广泛的运用。

以上从学说逻辑发展的角度论述了战国至秦汉时代我国传统养生学的形成过程。随着这个体系的形成,社会上养生风气也趋于兴盛,所以,两汉时代可以说是养生学的盛世。丰富的养生

---

① 王冰《重广补注黄帝内经素问》卷一,第12—13页。

思想也给政治、艺术、文学带来较大的影响，尤其是由于这个体系的形成，并带有初始期新鲜的实践气息和科学式的信誉，大大安定了社会人群的生命情绪。生之可养，成为汉人普遍的信念，这是我们研究汉代社会生命思想首先应该注意的重要现象。

三、《吕氏春秋》的生命思想

《吕氏春秋》的生命思想，从大的流脉来看，属于道家自然哲学生命观，是对老庄生命观的一种发展，也比较典型地呈现出道家生命观在战国后期的一种普及化与常识化。至于它将人类个体生命通过天地大生的观念来阐述生死之理，如将生长、壮盛、衰老、死亡纳入四季十二纪来阐述，体现了一种天人对应的生命观。它一方面是对道家自然生命观的形而上的演绎，另一方面则开启了汉代思想界天人感应的生命观。因此，《吕氏春秋》一书，对了解战国秦汉之际统治者及士人阶层流行的生命思想有重要的参考价值。

《吕氏春秋》是以天道论生死，认为生死本身都是由于天地之德，或是天道的一种基本功能。作者在《孟春纪》中讲述养生之道，《本生》篇中说：

> 始生之者，天也。养成之者，人也。能养天之所生而勿撄之，谓之天子。天子之动也，以全天为故者也。此官之所自立也。立官者，以全生也。今世之惑主，多官而反以害生。①

生是一种天道，养生则是人道。但《吕氏春秋》作为一部资治著作，不是讲养生之理，而是站在统治者的立场上讲养生送死之理。也就

① 《吕氏春秋》卷一，《诸子集成》第6册，第4页。

是说,它的养生学,同时也是一种政治学。这本质上与老子《道德经》的性质相近。它从养生角度定义天子,提出"能养天之所生而勿撄之,谓之天子"。所以天子的一切作为,其目的是在于顺天之道而养生。其所养之生,则不仅是个体的生命,也合于自然万物为一体的一种大生命,当然其中最主要的还是人类的生命。

生与死都是天地之理,审知生死是圣人究极之学。《吕氏春秋·孟冬纪》讲述死丧之事,《节丧》篇云:

> 二曰审知生,圣人之要也。审知死,圣人之极也。知生也者,不以害生,养生之谓也。知死也者,不以害死,安死之谓也。此二者,圣人之所独决也。凡生于天地之间,其必有死,所不免也。[①]

这里对生死自然之理的认识是很透彻的,标志着中国古代自然哲学生命观进入一种坚定、成熟的境界。但它并非一般性阐述生必有死的观点,而是提出养生与安死的积极方法。这是不同于老庄纯任自然的生死观的地方,即它强调人类在生死问题上的主动性,并且把生死问题放在圣人之学的高度,作为一种政治学说来处理。

从个体生命的角度来看,《吕氏春秋》的养生思想,是以贵生、重己为特点。如《仲春纪·贵生》篇云:

> 圣人深虑天下,莫贵于生。夫耳目鼻口,生之役也。耳虽欲声,目虽欲色,鼻虽欲芬香,口虽欲滋味,害于生则止。在四官者,不欲利于生者则弗为。由此观之,耳目鼻口不得擅行,必有所制,譬之若官职不得擅为,必有所制。此贵生之术也。[②]

---

① 《吕氏春秋》卷一〇,《诸子集成》第6册,第96页。
② 《吕氏春秋》卷二,《诸子集成》第6册,第14页。

贵生的一种观念，在于利生，即重视生命的物质需要。这是养生最初的但往往是最肤浅的观念。真正的养生，是要从真正有利于生命本身来考虑。《吕氏春秋》强调贵生之要，在于顺生，即从生命本是天道所生的自然之物的立场，强调一种顺应自然的养生观念，其要点在于“适欲”，即最有利于身体健康的物质需要：

> 世之人主贵人，无贤不肖，莫不欲长生久视，而日逆其生，欲之何益？凡生之长也，顺之也。使生不顺者，欲也。故圣人必先适欲。室大则多阴，台高则多阳，多阴则蹷，多阳则痿，此阴阳不适之患也。是故先王不处大室，不为高台，味不众珍，衣不燀热，燀热则理塞，理塞则气不达，味众珍则胃充，胃充则中大挽，中大挽而气不达，以此长生，可得乎？昔先圣王之为苑囿园池也，足以观望劳形而已。其为宫室台榭也，足以避燥湿而已矣。其为舆马衣裘也，足以逸身暖骸而已矣。其为饮食酏醴也，足以适味充虚而已矣。其为声色音乐也，足以安性自娱而已矣。五者，圣王之所以养性也，非好俭而恶费也，节乎性也。①

作者以圣王的名义，阐述了一种适合富厚者的养生策略，是针对当时富厚者过度的物质享受而发的。这些说法看起来有些肤浅，但其积极之处，在于尊重生命的自然规律，造成了一种比较现实的养生学说，直接开启了后来医学的养生思想。

《吕氏春秋》的作者认为，天道或自然赋予人的生命，原本是长寿的，也就是说天道本身有一种好生之德，这当然是因为生命本身就是自然所生。但在人类的活动过程中，由于与养生直接相关的一些观念与行为上的不适当，使人们不得循天道好生之德，使得生命短夭。《孟春纪·本生》云：

① 《吕氏春秋》卷一《孟春纪·重己》，《诸子集成》第6册，第7页。

夫水之性清,土者抇之,故不得清;人之性寿,物者抇之,故不得寿。物也者,所以养性也,非所以性养也。今世之人惑者,多以性养物,则不知轻重。[1]

人与物,即人与外在世界交际之时所遇到的一切事物与事情,是人类不可避免的,但这里有个以物养性与以性养物的不同。这个“性”即生命本身。养生的原则,是以物来养生,而非以物损生。后者就是以性养物,即以生徇物。顺着这样的原则,作者分析了贵富、权势、声色、名声等事物对生的损害,提出轻富贵而重生的观点:

故古之人有不肯贵富者矣,由重生故也。[2]

进而论之,作者还提出“重己”的思想,重己而轻外物,甚至重己而轻天下:

今吾生之为我有,而利我亦大矣。论其贵贱,爵为天子,不足以比焉。论其轻重,富有天下,不可以易之。论其安危,一曙失之,终身不复得。此三者,有道者之所慎也。[3]

由此可见,《吕氏春秋》对于生命价值的认识,在于重视生命本身,而非其种种外在的功能与目的。从大的分野来看,这属于道家生命思想的范畴,与儒家强调伦理道德价值之实现的生命价值不同,与春秋战国时期流行的重名、三不朽的生命价值也不同。这种贵生重己思想,与后来魏晋玄学的生命思想有所呼应。当然,作为杂家著作的《吕氏春秋》,对各家各派的思想都有所吸取,其在社会政治方面的思想对儒、法、墨各家也多有吸取。

《吕氏春秋》不但重生,也主张安死。其安死之说的要点,在

---

① 《吕氏春秋》卷一,《诸子集成》第6册,第4页。
② 《吕氏春秋》卷一《孟春纪·本生》,《诸子集成》第6册,第6页。
③ 《吕氏春秋》卷一《孟春纪·重己》,《诸子集成》第6册,第6页。

于反对统治者的重费厚葬，认为重费厚葬不是为死者考虑，而是生者奢靡之心的表现。而作者反对厚葬的主要原因，也出于一种现实的考虑，即重费厚葬会招致死者之墓被扣发，即通常所说的盗墓。他的这种看法，主要表现在《节丧》《安死》。其要点云：

> 世之为丘垄者，其高大若山，其树之若林，其设阙庭、为宫室、造宾阼也若都邑。以此观世示富则可矣，以此为死则不可也。夫死，其视万岁犹一瞚也。人之寿久之不过百，中寿不过六十。以百与六十为无穷者之虑，其情必不相当矣。以无穷为死者之虑，则得之矣。今有人于此，为石铭置之垄上，曰：此其中之物，具珠玉玩好财物宝器甚多，不可不扣，扣之必大富。[①]

厚葬必招致盗墓，国君诸侯却恃其势力强大，可防止盗墓之发生。作者冷静客观地指出："自古及今，未有不亡之国也。无不亡之国者，是无不扣之墓也。以耳目所闻见，齐、荆、燕尝亡矣，宋、中山已亡矣，赵、魏、韩皆亡矣，其皆故国矣。自此以上者，亡国不可胜数，是故大墓无不扣也。而世皆争为之，岂不悲哉？"（《安死》）不仅亡国后墓被盗，甚至有"宋未亡而东冢扣，齐未亡而庄公冢扣"这样国家尚在而先墓被盗的现象。与墨家节葬思想不同，《吕氏春秋》的节丧、安死思想，主要是从厚葬会招致盗墓之患、墓主不能安死的观点出发。后世君主不吸取这种教训，多用厚葬制度，但也有些君主鉴于盗墓的教训而为薄葬之法的，五代后周太祖郭威既为典型的例子。郭威有曾亲眼看到唐"李家十八帝陵园广费钱物人力，并遭开发"，遗嘱严令其嗣君柴荣必为瓦棺纸衣的薄葬，并立石晓示其事[②]。

---

① 《吕氏春秋》卷一〇《孟冬纪·安死》，《诸子集成》第6册，第98页。

② 宋薛居正等《旧五代史》卷一一三，中华书局，1976年，第5册，第1503页。

可见,《吕氏春秋》的生死观,是一种以统治者为主要演说对象、具有世俗理性精神的生死观。其中强调贵生之术,透露出这样一个消息:养生之道演变为具体的养生之术,正是战国至汉代养生思想发展的重要趋势。

四、养生思想对政治思想的影响

养生思想与政治思想的沟通,是中国古代生命思想的一个关键,也是中国古代政治学的一个特点。它的积极意义,是体现了我国古代的民本、人本主义思想。战国时代,残酷的战争、腐败的政治、统治者的穷奢极欲,使老百姓的生活处于极端困苦之中。思想家们有鉴于此,提出发展社会经济、与民休养生息的种种政策主张,体现了重生的思想。孟子认为"养生丧死无憾,王道之始也"[①],就体现了儒家重生政治的特点。汉初思想家们鉴于暴秦因残虐民生而迅速覆亡的历史教训,主张与民休养生息。在这样的背景下,重生被视为最高政治道德,视为天经地义。汉代第一部政治学著作陆贾《新语》开宗明义即云:"传曰:天生万物,以地养之,圣人成之。功德参合而道术生焉。"[②]又贾谊《新书・道德说》:"物所道始谓之道,所得以生谓之德。德之有也,以道为本。故曰道者,德之本也。德生物又养物,则物安利矣。"[③]这里已经将重生思想提高到形而上的高度。统治的最高目的,就是要体现这种天地生养之德。董仲舒《春秋繁露・王道通三》云:"天覆育万物,既化而生之,有养而成之。""天常以爱利为意,以养长为事。春秋冬夏皆其用也,王者亦常以爱利天下为意,以安乐世为事。"[④]这种政

① 焦循《孟子正义》卷二《梁惠王章句上》,上册,第55页。
② 《新语・道基》,《诸子集成》第7册,第1页。
③ 贾谊《新书》卷八,上海古籍出版社"诸子百家丛书"本,1989年,第62页。
④ 董仲舒《春秋繁露》卷一一,上海古籍出版社"诸子百家丛书"本,1989年,第67页。

治思想也是汉代天人合一的宇宙自然大生命观形成原因之一。

养生思想对政治思想的影响，还表现在治身与治国在原理上的沟通。《老子》作为大人之学，其最现实的目的是要解决统治者治国与治身这样两个切身的问题。统治者追求奢侈的生活，人为的益生肆欲行为不仅违背了生命活动的自然规律，欲益生反而损生，而且使他们失去了统治良知，败坏了社会风俗，侵夺了百姓财富，这就动摇了他们的统治根基。所以道家意识到治国首先应该治身，身为国之根本。其次，他们发现治国与治身在原理上是相通的，所以道家的政治学，某种意义上可以说是建立在生命直觉之上的政治学。另一方面，儒家也将个体的修身养性作为治国平天下的基础。《礼记·大学》提出格物、致知、诚意、正心、修身、齐家、治国、平天下的行为序列，并有"德润身，心广体胖"[①]之语，可以说是一种以道德养生的思想。《礼记·中庸》论中和之道，也是贯穿于身心与天下万物之中的，其语云："喜怒哀乐之未发，谓之中。发而皆中节，谓之和。中也者，天下之大本也。和也者，天下之达道也。致中和，天地位焉，万物育焉。"[②]中和思想虽然不能被纯粹地说成养生思想，但确实是以治心养性为治国平天下的根本。

上述儒道两家对于治身与治国理万物的各自认识，在后来的思想家那里，实际上是被融合在一起了。《管子·内业》云："得一之理，治心在于中，治言出于口，治事加于人，然则天下治矣。""我心治官乃治，我心安官乃安。"[③]又《管子·心术》说："圣人裁物，不为物使，心安是国安也，心治是国治也。"[④]《管子》甚至将带有一定神秘色彩的治气之说引进政治学中，如曰："赏不足以劝善，刑不足以惩过，气意得而天下服，心意定而天下听。抟气如神，万物备

---

① 《礼记正义》卷六〇，《十三经注疏》下册，第1673页。
② 《礼记正义》卷五二，《十三经注疏》下册，第1625页。
③ 戴望《管子校正》卷一六，《诸子集成》第5册，第270页。
④ 戴望《管子校正》卷一三，《诸子集成》第5册，第223页。

存。”“抟气如神”纯粹是一种养生行为,作者却认为它具有奇妙的政治效应。同样,《吕氏春秋》中也有类似的思想:

> 凡事之本,必先治身,啬其大宝。用其新,弃其陈,腠理遂通,精气日新,邪气尽去,及其天年,此之谓真人。昔者先圣王,成其身而天下成,治其身而天下治。①
>
> 身定,国安,天下治,必贤人。②

《吕氏春秋》的作者甚至认为持身养生为道之根本,治国家天下则是余末之事,该书《仲春纪·贵生》篇中云:“道之真以持身,其绪余以为国家,其土苴以治天下。由此观之,帝王之功,圣人之余事也,非所以完身养生之道也。”③将养生之道的价值提高到无以复加的地步。这可能是战国时代研究养生术的方士们有意高尚其道。后来成于汉代的河上公《老子》注,认为“道可道”乃是“谓经术政教之道”,“非常道”的“常道”则是指“自然长生之道”,并云:“常道当以无为养神,无事安民,含光藏晖,灭迹匿端,不可称道。”④这就是认为不可称道的常道高于可道的经术政教之道,而且包含“无事安民”的妙用。其思想正与《吕氏春秋》相近,甚至可以说是一脉相承的。

但是,在以兼并、争霸为主的战国时代,崇尚权谋、强力、峻法的政治学成为主流,以道家无为思想为主体的治世与治身相结合的道术政治不可能在现实政治中发生实质性的影响。这也是道家在战国后期转入以黄老养生学为主的原因所在。《吕氏春秋》中的《本生》《重己》《贵生》诸篇,宣扬生贵于一切、生重于天下的

---

① 《吕氏春秋》卷三《季春纪·先己》,《诸子集成》第6册,第27页。

② 《吕氏春秋》卷二二《慎行论·求人》,《诸子集成》第6册,第291页。

③ 《吕氏春秋》卷二,《诸子集成》第6册,第15页。

④ 《老子道德经河上公章句》,王卡点校,中华书局“道教典籍选刊”本,1993年。王卡认为该书成于东汉时代。

贵生思想，认为生命本身的价值高于一切，“圣人深虑天下，莫贵于生”，“天下，重物也，而不以害其生”[①]，这种观点反映了战国时期一部分专以养生为主的黄老学者的价值观，把生命本身的价值看得高于生命伦理的、社会的价值。战国秦汉之际黄老养生学的盛行，正是以上述意识为根据，这也造成当时士人群体价值观念的分化。《荀子·修身篇》有云：“扁善之度，以治气养生则后彭祖，以修身自名则配尧、禹。”[②]《韩诗外传》卷一引此文略有异：“君子有辩善之度，以治气养性，则身后彭祖，修身自强则名配尧、禹。”[③]汉初陆贾《新语·怀虑》亦云：“纲纪天下，劳神八极者，则忧不存于家；养气治性，思通精神延寿命者，则志不役于外。”[④]上述荀、韩、陆三家都属于儒家系统的人物，他们所提倡的一种伦理价值生命观是修身立名，自强不息。可是他们也都看到另一些人所选择的行为方式，是以养生全神延寿命为人生的目的，这说明战国秦汉之际确实存在着价值观念的分化。实际上，除了汉初一段时间黄老之术曾部分地用于现实政治、促成黄老政治学复兴之外，黄老在汉代总体上还是作为一种养生哲学出现的，这也是它最后孕生出道教的原因所在。当然，以养生为事的黄老学，甚至以求仙为目的的道教，都没有完全忘掉政治，只是他们不像儒家人物荀、陆、韩那样将经世立名与治气养生分为两途，而是认为养生之道中蕴藏着无事安民、无为而治的经世之道，即《老子》河上公注所说的“常道当以无为养神，无事安民”。《淮南子·本经训》对这种无为的政治哲学作了这样具体的发挥：

故至人之治也，心与神处，形与性调，静而体德，动而理

① 《吕氏春秋》卷二《仲春纪·贵生》，《诸子集成》第6册，第14页。
② 王先谦《荀子集解》卷一，《诸子集成》第2册，第13页。
③ 许维遹《韩诗外传集释》卷一，中华书局，1980年，第7页。
④ 《新语·怀虑》，《诸子集成》第7册，第15页。

> 通,随自然之性而缘不得已之化,洞然无为而天下自和,憺然无欲而民自朴,无机祥而民不夭,不忿争而养足,兼包海内,泽及后世,不知为之者谁何。[1]

即使是修神仙长生之术的道教方士,也认为神仙长生之道中有拯世致太平的良方。《太平经》卷一说如果"不能深学太平之经",就"不能久行太平之事"[2],认为此经为"救迷辅帝王"之教,经中有所谓《和三气兴帝王法》《安乐王者法》等篇[3]。经书最后还大声疾呼:"急教帝王,令行太平之道。道行,身得度世,功济六方含生之类。"[4]其实要义仍不出道家以自养养民、养生与治世相通的思想范围。其中《名为神诀书》一章对所谓太平密诀交代得很清楚:"皆知重其命,养其躯,即知尊其上,爱其下,乐生恶死,三气以悦喜,共为太和,乃应并出也。但聚众贤,唯思长寿之道,乃安其上,为国宝器。能养其性,即能养其民。"[5]可见,性质虽已从养生与治世相结合变为神仙之道与治世相结合,但原理没有什么大的变化。

当然,养生思想对政治思想的影响并不局限于道家一派。以儒家思想为主的汉初思想家陆贾、韩婴等人,也吸取了道家无为而治的思想,只是儒家在这方面表现得不像道家那样神秘。《韩诗外传》卷三解说"遵养时晦"之义时,就吸取了道家自养以养民的思想:

> 能治天下必能养其民也,能养民者为自养也。饮食适乎藏,滋味适乎气,劳佚适乎筋骨,寒暖适乎肌肤,然后气藏平,

① 《淮南子》卷八,《诸子集成》第7册,第117页。

② 王明编《太平经合校》卷一,中华书局,2014年,第4页。

③ 以上皆《太平经》篇名,《救迷辅帝王法》见《太平经合校》第750页;《和三气兴帝王法》见《太平经合校》第19页;《安乐王者法》见《太平经合校》第20页。

④ 《太平经合校》卷一百五十四至一百七十《救迷辅帝王法》,第750页。

⑤ 《太平经合校》卷十八至三十四《名为神诀书》,第18页。

> 心术治，思虑得，喜怒时，起居而游乐，事时而用足。夫是之谓能自养者也。故圣人不淫佚侈靡者，非鄙夫色而爱财用也。养有适，过则不乐，故不为也。是以夏不数浴，非爱水也；冬不频汤，非爱火也；不高台榭，非无土木也；不大钟鼎，非无金锡也；不沉于酒，不贪于色，非辟丑也。直行情性之所安而制度可以为天下法矣。[①]

作者认为，只要君主采取“养有适”的合理养生方式，任情性之安适而不过求奢侈纵欲，其行为可以为天下万民取法，使社会风俗变得淳厚和易。这种“适”的思想，源于《吕氏春秋》等道家派的养生思想，但作者并没有简单照搬无为养神、无事安民的学说，更没有采用神秘的气化学说，而是从影响风俗的角度认识这个问题。可见，儒家即使接受道家思想，也体现了儒家重视社会伦理的特点。

董仲舒以其常用的类比、类合的方法阐述了养生与治国的共通性关系。《春秋繁露》“通国身第二十二”云：

> 气之清者为精，人之清者为贤。治身者以积精为宝，治国者以积贤为道。身以心为本，国以君为主。精积于其本，则血气相承受；贤积于其主，则上下相制使。血气相承受，则形体无所苦；上下相制使，则百官各得其所。形体无所苦，然后身可得而安也；百官各得其所，然后国可得而守也。夫欲致精者必虚静其形，欲致贤者必卑谦其身。形静志虚者，精气之所趣也；谦尊自卑者，仁贤之所事也。故治身者务执虚静以致精，治国者务尽卑谦以致贤。能致精则合明而寿，能致贤则德泽洽而国太平。[②]

---

① 据四部丛刊本《韩诗外传》；许维遹《韩诗外传集释》卷三，第103—104页。

② 董仲舒《春秋繁露》卷七，第40—41页。

这里所表达的无非是贤人治国的思想，与道家无为而治思想本质上是不同的，但作者所说的“夫欲致精者必虚静其形，欲致贤者必卑谦其身”，还是吸取了道家的某些因素。当然，董氏只是在类比意义上谈治国与治身的关系，因为治身之道切近易知，治国之道阔远难及，所以以近喻远，以具体喻抽象，这与黄老家以养生治身为治国之本、能自养则能养民的思想还是存在着本质的不同。董氏还在“考功名第二十一”中阐发了类似的思想：“考绩之法，考其所积也。天道积聚众精以为光，圣人积聚众善以为功。故日月之明，非一精之光也；圣人致太平，非一善之功也。”[①]这里引以为类的是“天”而非“身”，但所说明的同样是积贤治国的道理，本来在董氏的整个类比系统中，人、国、天三者是相通的，养生之道、治国之道、天之道当然也是相通的。

养生思想与政治思想的沟通，甚至以养生为治国之本，是战国至汉代最有特征性的思想。在汉代，这种思想更成为一种普遍的认识。以身为本、由身及物是我们民族古老的思维传统，《周易》就将“近取诸身”作为构筑思想的手段之一。上述养生与治国相沟通、相结合的思想，也典型地体现了这种思维传统。同时，这种现象也说明养生意识在整个社会意识中所占的重要地位，汉代养生风气的盛行，使两汉成为重生、贵生、乐生的社会。我们民族自古就有的生命焦虑、忧患的情绪积累，在这样的社会意识背景下得到了极大的宣释，表现出少见的风和日丽的景象。对生命的自信和乐观、珍视生之价值的中华民族的优良传统，正奠定于两汉的泱泱盛世之中。

① 董仲舒《春秋繁露》卷七，第40页。

第八章　汉儒宇宙自然大生命观的形成

一、汉代生命观理性与非理性错综、反复的现象

有学者在探讨古希腊、古罗马的发展时，曾指出人类精神发展史中的理性与非理性来回反复的复杂情形："文化的历史轨迹是如此错杂，就在赫拉克利特声言世界并非神创之后，编年史上的他的后辈们，却以神创的名义统治欧洲上千年。而事实上对于西方基督教文化的前身——从古典希腊到希腊化（罗马）时代的哲学，取之'哲学-宗教思潮'的'模式'描述，反可能是宏观上更'精确'的。"[①]中国古代的生命思想也同样经历这种"错杂"的情形。《诗经》时代已展示人类摆脱神秘、浑沦的神话世界，建立起世俗理性的生命观与同样理性的政治伦理。先秦诸子的儒、道两派，更是致力于朴素自然的生命观阐述，思想家们在生命意识上都显示出某种理性的澄明之境。这也是雅斯贝尔斯等人所说的"轴心时代"得以展开的依据。他们对人性的思考，也是建立在这种朴素自然的生命观之上的。甚至人们所说春秋政治中的民主因素，也是因为士群个体生命意识觉醒后才获得的，比如对于上帝、天志的意识趋于淡薄。用无意识的自然与道来解释传统的上帝与天志，也是以一种自然哲学生命观为基础的。多种现象可以

① 郑凡《震撼心灵的古旋律》，四川人民出版社，1987 年，第 15 页。

判断春秋战国时代是我国古代理性生命意识发展的重要时期。汉代的思想家们继承了儒、道两家的理性生命观,他们对生命的自然性质有了更加深入的认识。从《史记》《淮南子》到桓谭《新论》、王充《论衡》,我们比较清晰地看到汉代思想家在表现生命意识及探讨生命问题方面的理性进展。但是,秦汉思想家、政治家在继承先秦诸子思想的同时,又因大一统王朝对君权神圣意识的需要,强固地持续并发展统治阶级所赖以维持的君权神授的天命思想:"自齐威、宣时,驺子之徒论著五德之运,及秦帝而齐人奏之,故始皇采用之。"[①]秦始皇初继位,建言者认为:"周得火德,有赤乌之符。今秦变周,水德之时。昔文公出猎,获黑龙,此其水德之瑞。于是秦更名河曰'德水',以冬十月为年首,色尚黑,度以六为名,音上大吕,事统上法。"[②]汉朝初建立,没有立即承用秦的五德之说,刘邦以秦祠白、青、黄、赤四帝,自封为黑帝,立五帝祠。到了汉文帝时,鲁人公孙臣上书,以秦得水德,汉当为土德,应黄龙见。宜改正朔,服色尚黄。其间丞相张苍好律历,以为汉乃水德之时,河决金堤,其符也。公孙臣与所论难,最后文帝还是采用公孙臣之说[③]。统治阶级的意识决定社会的基本意识,汉代社会弥漫的天人感应之说的根源即在于此。事实上,不仅统治阶层与一般社会民众中祭祀神灵、崇尚仙道的风气盛行,就是汉代的儒生文士,也没有完全坚持先秦儒家的理性精神,董仲舒一派的天人学说占据主流,经学之外生出神秘先验的纬学,即是这一事实最显明的表征。在这种情况下,儒家在汉代不仅高度政治化,而且也明显地宗教化。建于东汉桓帝永兴元年(153)的《孔庙置百石卒史孔龢碑》:"孔子作《春秋》,制孝经,(阙二字)五经,演《易·

---

① 《汉书》卷二五《郊祀志》,第4册,第1203页。
② 《汉书》卷二五《郊祀志》,第4册,第1200页。
③ 《汉书》卷二五《郊祀志》,第4册,第1212页。

系辞》，经纬天地，幽赞神明。”[①]建于桓帝永寿二年(156)的《鲁相韩敕造孔庙礼器碑》及建于灵帝建宁二年(169)的《鲁相史晨奏祀孔庙碑》，都是用纬书之说来建构孔子承天命制作教化之典。《鲁相韩敕造孔庙礼器碑》中说：“皇戏统华胥，承天画卦；颜育空桑，孔制元孝，俱祖紫宫，太一所授，前闿九头，以升(一作斗)言教；后制百王，获麟来吐。制不空作，承天之语。乾元以来，三九之载，八皇三代，至孔乃备。圣人不世，期五百载，三阳吐图，二阴出谶，制作之义，以俟知奥。”[②]他们认为皇戏(即伏羲)画八卦、颜育空桑、孔子制作，都是天上的紫宫太一神所授，将整个儒家思想传统，安排在神学的框架之内。这个“太一”，就是汉武帝时的《郊祀歌》中所歌颂的太一神。他们尤其强调孔子的承天制作，是为后来的汉朝定道的，《鲁相韩敕造孔庙礼器碑》中说：“追惟太古，华胥生皇雄，颜(原缺一字)育孔宝，俱制元道，百王不改，孔子近圣，为汉定道。”[③]《鲁相史晨奏祀孔庙碑》亦云：“臣伏念孔子乾坤所挺，西狩获麟，为汉制作。故《孝经神挈》曰：‘元丘制命帝卯行。’又《尚书考灵曜》曰：‘丘生仓际触，期稽度为赤制。’”[④]所谓帝卯，即以刘邦为代表的刘姓皇帝。“赤”也是指刘姓王朝。他们都强调孔子先知先觉，为大汉定王道。

中国古代封建王朝文化具有浓厚的神学色彩，可以说是一种原始宗教的遗留。汉以后整个封建时代，也都承传了秦汉这种神学色彩的帝王文化，但最具生命力与信仰力的时代是在汉代。所以，中国古代上层统治文化与下层世俗文化的许多制度、风俗、事迹与传说，都可以从汉代寻找到根源。而汉代社会生命观、生命意识的种

---

① 《全后汉文》卷九九，严可均辑《全上古三代秦汉三国六朝文》第1册，第1004页。

② 《全后汉文》卷九九，严可均辑《全上古三代秦汉三国六朝文》第1册，第1005页。又，《礼器碑》，吉林美术出版社“中国历代名碑名品”本，2015年。

③ 《全后汉文》卷九九，严可均辑《全上古三代秦汉三国六朝文》第1册，第1005页。

④ 《全后汉文》卷一〇一，严可均辑《全上古三代秦汉三国六朝文》第1册，第1019页。

种现象,是我们理解其种种文化与文学现象的关键。

二、宇宙自然大生命观及其思想渊源

宇宙自然大生命观,是一种有着极其悠久历史的生命观念。我们的先民很早就确立了天地生人、天道决定人的祸福寿夭的天命思想的生命观,这些意识在《尚书》和《诗经》中普遍存在着。在这里,天地自然已经被赋予一种生命意志,人类的个体小生命是这种意志的产物,并且受着它的支配。小生命体包含在一个大生命体中,感受、领悟这个大生命体的意志成了人类最崇高的使命。它最先由巫觋来完成,《山海经·大荒西经》称大荒之中"有灵山,巫咸、巫即、巫肦、巫彭、巫姑、巫真、巫礼、巫抵、巫谢、巫罗十巫,从此升降,百药爰在"[①]。巫领受了上天神秘的生命意志,将其传达给下民。随着理性的发展,又形成性命的思想。所谓"性命",也是贯通于天道与人的生命之间的东西,是天道所赋予人类生命的,换言之,仍然是天地自然大生命体的一种生命意志的呈现。穷究性命之理的使命则是由圣人们完成并且通过他们宣示给世人。《礼记·中庸》云:"天命之谓性,率性之谓道,修道之谓教。"[②]这个天命之性既可作唯物的理解,也可作唯心的理解,在汉儒那里,主要是作唯心的理解。同样,《周易·说卦》的作者也认为"昔者圣人之作易也,将以顺性命之理"[③],又说"易"能够"和顺于道德而理于义,穷理尽性以至于命",晋韩康伯注云:"命者,生之极,穷理则尽其极也。"[④]韩康伯作为玄学家,没有将命与天联系起来,但在汉儒那里,"命""生之极"是被理解为天道意志的。

---

① 《山海经》卷一六,第 111 页。

② 《礼记正义》卷五二,《十三经注疏》下册,第 1625 页。

③ 《周易正义》卷九,《十三经注疏》上册,第 93 页。

④ 《周易正义》卷九,《十三经注疏》上册,第 93 页。

《周易》以阴阳二爻的变化来揭示包括人类生命在内的天地万物的变化消长，又从人类的生育现象中得到启发，认为天地自然的化生万物是其本性，“生生之谓易”(《系辞上》)、“天地之大德曰生”(《系辞下》)，都是赋予天地以大生命的性质。不仅如此，还认为天地化生万物与男女生育性质一样，“乾道成男，坤道成女，乾知大始，坤作成物”(《系辞上》)，“天地絪缊，万物化醇；男女构精，万物化生”(《系辞下》)，“天地感而万物化生”(《易・咸卦》彖辞)①。类似观点在其他儒家经典中也可以见到，如《礼记・郊特牲》论男女婚礼云：“天地合，而后万物兴焉。夫昏礼，万世之始也。”②相对于人类的生育现象，《系辞》作者还提出天地“大生”“广生”的概念：“夫易，广矣大矣，以言乎远则不御，以言乎迩则静而正，以言乎天地之间则备矣。夫乾，其静也专，其动也直，是以大生焉；夫坤，其静也翕，其动也辟，是以广生焉。”③这种天地大生的思想，或者泛生主义，既是宇宙自然大生命观的核心观念，也是我国古代生命思想的特有观念。其立义极其宏伟，但取象之要，仍在人们对自身生命某种现象的体认，所谓“近取诸身”。所以，天地大生是以人类的小生命为模型建构的。从意识发展的历史来看，也可以说是原始万物有灵思想演变出来的一种生命哲学。通过这种生命观的建立，达到超越个体生命的局限，使人们从天地自然那里得到生的认同，在这个意义上建立起人与自然的和谐关系，这对淡化个体的生命焦虑、死亡恐惧起到了一定作用。从文化背景来看，这种天地大生的思想是先民进入农业社会之后逐渐形成的一种生命观。比起狩猎、畜牧、渔业等社会文化，农业社会中人们的生命情绪相对来说是比较稳定的，因为他们最能日常性

---

① 以上所引皆据《周易正义》，《十三经注疏》上册，第78、86、76、88、46页。

② 《礼记正义》卷二六，《十三经注疏》下册，第1456页。

③ 《周易正义》卷七，《十三经注疏》上册，第78—79页。

地、默默地体会天地化生万物的深邃原理,感动于天地大生的力量,所以,其生命情绪得到了抚慰。我国古代文学中的生命意象,比较稳定地取材于植物类,从生命性质并不突出的草木花卉中执着地体验着生命的性质,也是上述农业社会的文化背景及宇宙自然大生命观的体现。

汉代是宇宙自然大生命观形成并在生命思想上占据统治地位的时代。所谓宇宙自然大生命观,如果按照汉人习用的术语,也可称为天人合一的大生命观。这种大生命观,本质上是人类生命直觉的扩大化。人类以自身生命经验为核心来统一宇宙自然,赋予其生命的性质,并且主观地断定宇宙自然真正是一个与人类生命类似乃至性质完全相同的大生命体。所以,宇宙自然大生命观从生命意识的根源来看,是人类试图超越个体生命局限的愿望的反映,所以它有明显的主观性乃至于非理性的成分。在认定宇宙自然为一大生命体的前提下,宇宙自然大生命观的另一重要含义是,人类个体小生命完全从属于宇宙大生命,是从宇宙大生命中派生出来的。个体小生命与宇宙大生命在各个具体机能上都是相对应的,这就已经远远超过一般的天地生人的思想。这种思想的产生,标志着宇宙自然大生命观的成熟。

三、天人学和大一统政治的大生命观

天人学有广义、狭义之分,广义的天人学包括所有以究天人之际为宗旨的思想活动,中国历史上有许多思想倾向明显不同的流派,都曾自称其哲学的最高境界是通天人之际,尽管其所说的“天”和“人”及天人之间的关系各不相同,甚至截然相反。所以,广义的天人学差不多可以涵括整个中国古典哲学。但我们这里所说的是带有浓厚神学色彩的狭义的天人学,它源自先秦,成熟于汉,而衰落于魏晋以降。但在整个中国古代社会,这种神学色彩的天人学都是一种基本的政治逻辑。

狭义的天人学或汉代的天人学是一种神学政治学，它的主要目的是根据天象运行、自然灾变及社会事件阐释天道意志，这是一种纯粹先验的阐释，虽有其内部的阐释原则，但毫无事实的根据。在这里，只有被阐释的现象及阐释中所体现的伦理原则是真实的，其中的天人关系则纯属虚构或者类比。但作为一种神学政治学，它对现实政治的影响也是客观存在的。

班固《汉书·五行志》一开篇就引《易·系辞》"天垂象，见吉凶，圣人象之；河出图，洛出书，圣人则之"[1]之语，这可以说是汉代天人学者的基本原则。《汉书》的《天文志》《五行志》及董仲舒的《春秋繁露》等书，为我们保存了汉代天人学的一批完整材料。《汉书·天文志》云：

> 凡天文在图籍昭昭可知者，经星常宿中外官凡百一十八名，积数七百八十三星，皆有州国官宫物类之象。其伏见蚤晚，邪正存亡，虚实阔狭，及五星所行，合散犯守，陵历斗食，彗孛飞流，日月薄食，晕适背穴，抱珥虹蜺，迅雷风袄，怪云变气：此皆阴阳之精，其本在地，而上发于天者也。政失于此，则变见于彼，犹景之象形，响之应声。是以明君睹之而寤，饬身正事，思其咎谢，则祸除而福至，自然之符也。[2]

从这段话中我们可以看到，天人学者将一切自然变化都看成是人事的符应。他们就是运用阴阳五行学的工具来解释所有自然变化、人间灾祸、事物怪变，为统治者解决政治问题、选择合理的政策提供依据。

天人学在汉代的发展，是与大一统皇权政治的发展直接相关

---

① 《汉书》卷二七，第5册，第1315页。

② 《汉书》卷二六，第5册，第1273页。

的。春秋战国列强争霸时代的政治,被国与国之间的形势强弱变化所制衡,政治上一切以现实为至上,神秘的天道意志对政治的支配降至次要地位。汉初统治者和思想家以吸取亡秦教训、分析秦代覆亡的原因为政治思想的基本主题,其政治思想也是明朗、朴素的,有明显的现实针对性。加上汉初基本以无为而化、与民休养生息为策略,政治问题也比较简单。这种情形下的政治和政治思想,以自然朴素为特点,不大借重于天道意志。但是在学术界,有一些专治春秋公羊学的学者,却以阴阳五行之学研究春秋的历史,并采用对照历史以解释现实的方式。他们就是汉代天人学的先驱和奠基者,而其中尤以董仲舒为突出。此时,政治上也将要发生巨大的变化,武帝欲改汉兴以来以无为因循为主的政治格局,凭借休养生息所积累的空前的物质财富实行有为政治。于是,政治问题变得复杂起来,并且这种皇权具有至高无上之地位的大一统政治局面也是史无前例的,皇权成为没有任何现实力量可以制衡的权威,随时有可能失范。在这种情况下,即使皇帝本人也隐隐感到现实问题缺乏历史模式和思想原则之凭借,产生了某种不安之感,于是就发生了汉武帝下诏征询贤良文学对策和董仲舒的三次应对这一汉代政治思想史上的大事件。董氏的对策,为武帝提供了以天人学为特征的汉代新儒学,寻找到一个可以制衡皇权、辅助皇帝的天道意志。仲舒对策云:

> 臣谨案《春秋》之中,视前世已行之事,以观天人相与之际,甚可畏也。国家将有失道之败,而天乃先出灾害以谴告之,不知自省,又出怪异以警惧之,尚不知变,而伤败乃至。以此见天心之仁爱人君而欲止其乱也。自非大亡道之世者,天尽欲扶持而全安之,事在强勉而已矣![1]

---

① 《汉书》卷五六《董仲舒传》,第8册,第2498页。

这番策论，已经道出天人学在武帝时代兴起的现实原因。仲舒之后的天人学者，据班固《汉书·五行志》记载，有刘向、眭孟、夏侯胜、京房、谷永、李寻等人；其后盛行的谶纬之学，也属于天人学范围。总之，现实问题愈趋复杂，与之相应的学术体系则愈趋烦琐；政治关系愈趋暧昧，神秘意识则愈有发生之条件。董仲舒的天人学和其后的谶纬神学，就是在这样的情势下出现的。但从根本上说，这些都是因为他们所面对的是一种大一统的、君主专制的政治局面，是为了用一种宇宙自然大生命来解释和演绎君权制度。所以，汉儒天人学具有明显的官方学术色彩。尽管学者本人大多时候是以独立的形象出现，并且表面本着一种独立的学术探索的姿态。

由于天人学的发展，传统的、朴素的宇宙自然大生命观趋于神秘、烦琐和体系化。天道自然不仅仅被赋予一种朴素的生命意志，而且具备了生命的所有性质，天地大生的力量被赋予更为理念化的内涵。董仲舒《春秋繁露·观德第三十三》云："天地者，万物之本，先祖之所出也。广大无极，其德昭明，历年众多，永永无疆。"[①]在这里，天地生人的思想被枝枝节节地具体化了。《春秋繁露·为人者天第四十一》云：

> 为生不能为人，为人者天也。人之人本于天（原校注：人之人疑当作人之为人），天亦人之曾祖父也。此人之所以乃上类天也。人之形体，化天数而成；人之血气，化天志而仁；人之德行，化天理而义；人之好恶，化天之暖清；人之喜怒，化天之寒暑；人之受命，化天之四时。人生有喜怒哀乐之答，春秋冬夏之类也。喜，春之答也；怒，秋之答也；乐，夏之答也；哀，冬之答也。天之副在乎人，人之情性有由天者矣，故曰

① 董仲舒《春秋繁露》卷九，上海古籍出版社"诸子百家丛书"本，1989年，第56页。

受,由天之号也。为人主也,道莫明省身之天。[①]

董氏将人的一切都与天象、天道对应起来,这不仅已远远超过传统的天地生人的朴素思想,而且比《淮南子·精神训》的精神属天、骨骸属地的观点发展了一步。在《人副天数第五十六》中,董仲舒进一步论述形体与天数的关系说:

> 唯人独能偶天地。人有三百六十节,偶天之数也;形体骨肉,偶地之厚也。上有耳目聪明,日月之象也;体有空窍理脉,川谷之象也;心有哀乐喜怒,神气之类也。……此见人之绝于物而参天地,是故人之身,首妢(案:苏舆《春秋繁露义证》云当作"坌"。又引俞注,即"颁"。《诗·鱼藻》"有颁其首",毛传:"颁,大首貌。"[②])而员,象天容也;发,象星辰也;耳目戾戾,象日月也;鼻口呼吸,象风气也;胸中达知,象神明也;腹胞实虚,象百物也。百物者最近地,故要以下,地也。天地之象,以要为带,颈以上者,精神尊严,明天类之状也;颈而下者,丰厚卑辱,土壤之比也。[③]

把人身从精神到肉体的一切描述成一个天地,这就是典型的人身小天地的思想。生命来自自然,并且生存于天地自然之间,所以人们很容易在人与自然之间发生联想。但在天人学的宇宙自然大生命观中,这不仅是一种朴素、自发的联想,而且是服从伦理目的的体系构建。天人学者显然是以一种揭示真理的姿态来论述这些现象的,《春秋繁露·官制象天第二十四》云:

> 求天数之微,莫若于人,人之身有四肢,每肢有三节,三

---

① 董仲舒《春秋繁露》卷一一,第64—65页。

② 苏舆《春秋繁露义证》卷一三,中华书局,1992年,第355页。

③ 董仲舒《春秋繁露》卷一三,第75页。《淮南子·精神训》和《灵枢·邪客》也有类似的看法。

> 四十二，十二节相持而形体立矣。天有四时，每一时有三月，三四十二，十二月相受而岁数终矣。官有四选，每一选有三人，三四十二，十二臣相参而事治行矣。以此见天之数，人之形，官之制，相参相得也。人之与天，多此类者，而皆微忽，不可不察也。①

根据数的偶然巧合来确立天、人、官三者性质上的相类，且认为这是一种内在联系，这说明古人对“数”有一种神秘的观念。董氏天人学在当时权威性的确立，也正是以此为信仰基础的。所以，天人学及其派生的宇宙自然大生命观，在本质上是一种神学，它虽然渊源于传统的以强调天地生命意志为宗旨的先民朴素的大生命观，但已经完全舍弃其朴素唯物的性质，走上烦琐的神学哲学的道路。

董仲舒的天人相类、人副天数的理论，其根本目的是为了证明现实社会一切，包括政治制度、伦理关系、道德规范的天经地义性。所以，董仲舒的天人学生命观也可以说是儒家伦理生命观的一个变种。在《身之养重于义》篇中，董氏将人生所需分为“义”“利”两端：“利以养其体，义以养其心。心不得义不能乐，体不得利不能安。义者心之养也，利者体之养也。”②虽然“义”与“利”对人生都是需要的，但董氏认为“体莫贵于心”，所以“义之养”比“利之养”重要得多；并且认为只有义才是生命的根本。这种思想源于孟子的大人、小人之说，“从其大体为大人，从其小体为小人”③。大体即构成儒家所认为的生命本质的义理，而小体则是血肉之躯。前者服从生命的精神需要，属于义；后者服从生命的物质需要，属于利。董仲舒从生命需求的角度来论述义利的关系，认为利为生命的物质需求，义为精神需求，以后者为生命的根本。后

---

① 董仲舒《春秋繁露》卷七，第46页。

② 董仲舒《春秋繁露》卷九，第54页。

③ 焦循《孟子正义》卷二三《告子章句上》，下册，第792页。

来宋儒于此说多有继承发展,如周行己《经解三》说《礼记·曲礼》"敖不可长,欲不可从,志不可满,乐不可极"数句,从义与利、道与欲论说,并总结云:"然则斯四者,为之小者,必可谓之小人矣;为之大者,必可谓之大人矣。君子之学,去其小者,存其大者,如斯而已。"[①]事实上,物质需求是绝对的,是生命本能的表现;精神需求则是相对的,是人类群体的需要。这里也存在着人类全体的大生命与个体小生命的关系,伦理价值生命观从根本上说是以人类全体的大生命为前提的。

董仲舒是大一统思想的提倡者,其言云:"《春秋》大一统者,天地之常经,古今之通谊也。"[②]所以,他的天人合一的大生命观,也反映了其一统、一元的思想。他不仅赋予天地以大生命的性质,而且赋予国家以生命的性质,认为身与国相通,"身以心为本,国以君为主"[③],并以人之四肢十二节与国之"十二臣相参",此即所谓君臣一体、国家一体的思想。可见他构建天地自然大生命观的目的,不是引导人们体认个体生命的崇高性和无限性,而是以构架大生命体系的形式为王道大一统提供先天性的依据。《春秋繁露》中一再强调王者、圣人的一元之意,如云"唯圣人能属万物于一而系之元也"[④],"《春秋》何贵乎元而言之?元者,始也,言本正也。道,王道也,王者,人之始也"[⑤],"君人者国之元"[⑥]。王者不仅是一国之元,而且贯参天、地、人三者之中,董氏称此为"王道通三",《春秋繁露·王道通三第四十四》:"古之造文者,三画而连其中,谓之王。三画者,天地与人也,而连其中者,通其道也。取天

---

① 《周行己集》,周梦江笺校,上海社会科学院出版社,2002年,第25页。
② 《汉书·董仲舒传》载其对策中语,《汉书》卷五六,第8册,第2523页。
③ 董仲舒《春秋繁露》卷七《通国身第二十二》,第40页。
④ 董仲舒《春秋繁露》卷五《重政第十三》,第33页。
⑤ 董仲舒《春秋繁露》卷四《王道第六》,第25页。
⑥ 董仲舒《春秋繁露》卷六《立元神第十九》,第37页。

地与人之中以为贯而参通之，非王者孰能当是?”[1]可见所谓国身相通，人身与天地之数相副，最后都归结到王道一统、王者一元上来了。生命是无可选择的存在，具有天然的合理性。董氏赋予大一统政治以生命的性质，正是利用人们对生命的这种维护、信仰和依赖的感觉，试图将之转化为对大一统政治的同样的维护、信仰和依赖。所以，董仲舒的大生命观，是政治的产物而非生命意识本身的需要。像这类并没有表现出生命自身含义、并不是从生命的内在需要出发的生命观，可以说是人类生命思想发展史中的副产品。

在大一统的政治格局下，个体生命的价值和内在需求是处于被忽视的状态中的。汉代养生风气的兴盛和神仙方术的流行，使人们对生命的体验偏重其物质性、非理性；天人学的天人相副、身国相通的大生命观，又将人们的生命感受引向外在，取消了个体生命的独立性和自由精神。所以，在汉代盛期，个体生命意识是比较淡薄的，这也可以部分解释汉代文学在表现上趋于外在化的现象：铺陈事物、囊括天地万物而缺少主观情志的表达。当然，这只是就总体情况而言，个体生命意识的淡薄也不等于它完全消失。作为对大一统政局忽视个体生命价值的统治意识的抵抗，也出现一些强烈追求个体独立精神、希望实现个人价值的士人，但他们都陷入困境之中。这些士人，其中也包括董仲舒本人。

---

① 董仲舒《春秋繁露》卷一一，第 67 页。

第九章　汉代文学中的神仙主题

汉代表现神仙主题的文学作品有这样几类，即文人创作的辞赋和以民间创作为主体的乐府诗、汉代小说中的神仙描写。与文学相邻的绘画即汉画像中也有大量神仙故事的表现。这些都足以证明，汉代是神仙幻想及其相关文化创造活动最繁盛的时代。从共同的背景来看，它们都是战国秦汉时代我国神仙传说体系形成后的产物①，也是直接生长在汉代社会神仙方术活动盛行、生命意识中非理性倾向上升为主流的这种文化土壤中。但是，从文学精神和表现风格来看，上述两类作品在神仙主题的表现上是有差异的。辞赋继承楚辞经典作品的游仙内容，以表现文人个体的生命幻想为主；同时他们也以神仙幻想的形式曲折地反映了对现实的态度，即所谓"始知骚赋追三百，轻举游仙乃变常"②，是以浪漫的风格反映现实的精神。以民间创作为主的乐府诗则带有民俗纪事诗的性质，它描写了汉代民间社会神仙崇拜和追求长生成仙的现象，真实地再现了汉代民间广泛流行的长生求仙行为。从表现风格来看，它是以"写实"为主，其中所表现的仙境也与辞赋中表现的仙境有明显差异。可以说，如果从继承先秦游仙文学传统

---

① 顾颉刚《〈庄子〉和〈楚辞〉中昆仑和蓬莱两个神话系统的融合》一文（载《中华文史论丛》1979 年第 2 辑）认为，中国古代留传下来的神话中有昆仑和蓬莱两大系统，它们于战国秦汉时代相继在西方和东方形成体系，并趋于融合。笔者认为神话仅止于想象，而战国秦汉时代的神仙传说是与求仙、求长生活动密切结合，已带有一种实用性和实践倾向，与通常所说的原始神话有所区别，所以改称为神仙传说体系。

② 黄节《桑柔》，《黄节诗选》，刘斯奋选注，广东人民出版社，1984 年，第 263 页。

并下启魏晋以降的游仙文学风气这一文学史脉络来看，辞赋表现神仙主题的作品代表了游仙文学的主流，乐府则属旁枝。但是如果从更真实地反映汉代的神仙观念及非理性生命意识的角度来看，则乐府诗中的神仙主题作品具有更丰富的文化内涵。

除了文人辞赋和民间乐府两大类外，还有一类性质上介乎两者之间的作品，那就是作为朝廷祭神乐章的郊祀歌。它们由文人创作，宫廷乐师配乐，反映的却并非文人自身的神仙幻想，而是对以汉武帝为主角的汉廷求仙礼神“大演剧”的文学表现，充当了这场大演剧的“舞台脚本”或“画外音”。在文学风格上，它也继承了楚辞的一些幻想特征，与同时的辞赋游仙境界相照映，但它又与乐府诗一样真实再现了当时的求仙活动，充满了对永生之欢乐的幻想。

一、汉代社会神仙思想的流行

汉代社会是非理性生命思想占主导倾向的时代。其时非理性生命思想的核心观念就是深信神仙可求、长生可得和死后灵魂的永生。《剑桥中国秦汉史》第一章说：

> 在公元2世纪以前，尚找不到佛教的信徒，道教团体的徒众和有组织的礼拜仪礼快到那个世纪之末才出现。在此期间，那些积极寻求长生之道的善男信女已经发展了新的观念，或者充实了古代神话的内容，并且把他们的注意力放在取得这种极乐结果的新手段上。[①]

又该书第十二章《宗教和知识文化的背景》中云：

---

① ［英］崔瑞德、［英］鲁惟一编《剑桥中国秦汉史》，中国社会科学出版社，1992年，第27—28页。

> 新的永生思想已经出现,它抓住了艺术家的想象力,并且使那些哀悼死者的人深信不疑。[①]

后面这段话大概是指墓穴壁画中表现生命永恒、灵魂不朽等主题的作品,并指出其中反映了生者坚定的信念。这两段话虽是一般的历史叙述,却抓住了道教正式形成之前两汉社会非理性生命思想的核心主题。值得注意的是,论者强调这些思想的"新"的性质,即所谓寻求长生之道的新观念、新手段和新的永生思想。这提示我们,秦汉的非理性意识不仅继承了传统,而且有许多因素是在这个阶段发生的。正是这些因素刺激着文学家、艺术家的想象力,使汉代文学艺术在整体上显示出瑰奇新丽、幻想色彩浓厚的特点。只是由于那些刺激文学家、艺术家想象的神秘观念对于我们今天的人来讲太陌生了,因而很难披文入情,从其表现的形象中得到共鸣。如司马相如、扬雄等人的大赋,以包罗宇宙万象为内容,追求广大而稳定有序的艺术结构,这其中就反映了大一统社会的宇宙自然大生命观,与我们现代人的生命体验很不一样。至于辞赋与乐府中出现的山川景物处处映现着仙灵气息,更是与后来山水诗的澄怀观象或含情写景风貌迥异。当然,在诗赋文学中,自然山水与隐逸、神仙之间,始终保持着一种若即若离的关系。

从意识形态方面来看,汉代社会是一个人与天、仙、神、鬼杂糅的社会,我们仅从《汉书》的《郊祀志》《天文志》《五行志》中就可以看到,所谓汉代政治,有相当大一部分内容是致力于这种虚幻的人与天仙神鬼的关系的塑造。虽然这些活动有些是渊源于前代并为后世所承传,但无疑在汉代政治中表现得最为完整、最具活力,在后世的政治中则趋向于仪规化。这类活动的结果就是织

---

① [英]崔瑞德、[英]鲁惟一编《剑桥中国秦汉史》,第698页。

成了一个庞大的云山雾罩的非理性观念之网，以致汉代最有代表性的哲学——以董仲舒为代表的天人学竟是以神学的形式出现的。应该说，天人感应作为政治上的主导与神仙信仰在汉代社会的流行，与汉代大一统的局面也是相呼应的。

汉代社会的神仙思想就是在上述意识背景下流行的。与道教形成之后系统的神仙思想和复杂、规范、严格的求长生手段相比较，汉代的神仙思想是自由活泼的、多元化的。求长生也不只是经过长期严格修炼的方士的专利，它接近普通的社会生活，甚至是社会生活的一部分，尤其是房中术的普及和仙药的流行。汉代房中术属于黄老一派的养生修仙之法，但却被民间（至少是中上阶层）所广泛运用。班固《汉书·艺文志》列房中八家，共一百八十六卷，具体书目为：

《容成阴道》二十六卷。

《务成子阴道》三十六卷。

《尧舜阴道》二十三卷。

《汤盘庚阴道》二十卷。

《天老杂子阴道》二十五卷。

《天一阴道》二十四卷。

《黄帝三王养阳方》二十卷。

《三家内房有子方》十七卷。[①]

这些书托名先王先圣，可见在当时人的观念中绝非异端之书。《汉志》亦云："房中者，情性之极，至道之际，是以圣王制外乐以禁内情，而为之节文。传曰：'先王之作乐，所以节百事也。'乐而有节，则和平寿考。及迷者弗顾，以生疾而陨性命。"班固因为站在儒家立场上，所以不突出房中术与求长生之间的关系，但毕竟承

---

① 《汉书》卷三〇，第6册，第1778页。

认它与寿考之事有关。此类讲御女术的书籍,而冠以“阴道”“养阳方”等名,其基本思想是来自黄老之学。事实上,神仙家正是从长生功效方面认识这种房中方术的。如《列仙传》云:

> 容成公者,自称黄帝师。见于周穆王,能善补导之事,取精于玄牝。其要谷神不死,守生养气者也。发白复黑,齿落更生,事与老子同。亦云老子师。[1]

“取精于玄牝”即通俗所说的“还精补脑”。《后汉书·方术传下》:“(冷寿光)年可百五六十岁,行容成公御妇人法。”章怀注:“御妇人之术,谓握固不泻,还精补脑也。”[2]高罗佩在引用本篇文字时,认为章怀注中的这几句,原来也属于《列仙传·容成公》中的文字[3]。曹植《飞龙篇》写遇仙之事亦云:“授我仙药,神皇所造。教我服食,还精补脑。”[4]可见御妇人,握固而还精补脑,确是汉代流行的仙法,而托名于容成公。汉代成书的《老子道德经河上公注》中也涉及房中术求长生的问题。文学作品方面,张衡《同声歌》写燕尔新婚之夜的交欢情景时也有如下描写:

> 衣解巾粉卸,列图陈枕张。素女为我师,仪态盈万方。众夫所希见,天老教轩皇。乐莫斯夜乐,没齿焉可忘。[5]

高罗佩认为“天老教轩皇”即指《汉书·艺文志》中著录的《天老杂子阴道》一书[6]。又同一作者的《七辩》中写到欲以美女侍候尢为先生,有“侍夕先生,同兹宴瘯。假明兰灯,指图观列”之语,高氏

---

① 刘向《列仙传》卷上,上海古籍出版社,1990年,第2页。转引自[荷兰]高罗佩《中国古代房内考》第二编第97页,李零、郭晓惠等译,上海人民出版社,1990年。高氏此段引自《后汉书·华佗传》注,并云此段文字在现存《列仙传》中有删改。

② 《后汉书》卷八二,中华书局,1965年,第10册,第2740页。

③ [荷兰]高罗佩《中国古代房内考》第二编,李零、郭晓蕙等译,第97页。

④ 赵幼文《曹植集校注》,人民文学出版社,1998年,第297页。

⑤ 《汉诗》卷六,逯钦立辑校《先秦汉魏晋南北朝诗》上册,第286页。

⑥ 见《中国古代房内考》第74页。

认为是指“带插图的房中书放在床边供作爱时查阅”。又边让《章华台赋》亦有“归乎生风之广夏兮，修黄轩之要道”、“美仪操之姣丽兮，忽遗生而忘老”等语，写运用黄老房中术行男女之事的情形[①]。一时代的某种生活，如此频繁地出现于文学作品之中，只能说明它在社会上已经相当普及了。

房中术所包含的求长生意识，使人们对神仙之道有了更新奇的领会，它使成仙与男女之事不可分割地联系在一起。在游仙作品所描写的仙境中，总少不了玉女、仙子这些重要角色，其实，这已经向我们暗示了神仙道术的某些真相。司马相如《大人赋》写了“大人”游仙过程中的这样一个情节：“西望昆仑之轧沕荒忽兮，直径驰乎三危，排阊阖入帝宫兮，载玉女而与之归。”[②]之所以“载玉女而与之归”，当不仅是因为帝宫玉女的非凡之美，更由于她们既是仙界女子，肯定熟知房中成仙之术，所以，得到她们，就等于得到了长生的捷径。

仙药的流行也是汉代求仙活动生活化的原因之一。服食仙药的风气在汉代中上层社会中十分流行，乐府诗中就记载了方士乔装仙人向豪门富室兜售仙药的情形[③]。成于汉代的药学经典《神农本草经》中也载录了许多被时人视为具有不老延年乃至成仙功效的药物。该经将药分为上、中、下三品，并云：“上药（上品药）一百二十种为君，主养命以应天，无毒，多服久服不伤人。欲轻身益气，不老延年者，本上经。”这一百二十种药中，许多药都被认为有成仙功效，如饮“玉泉”能“不老神仙”，水银“久服神仙不死”，曾青“久服轻身、不老”，石胆“久服增寿神仙”，太一禹粮“久服耐寒暑、不饥、轻身、飞行千里、神仙”，菌桂“久服轻身、不老、面

① 傅毅《舞赋》之末云：“天王燕胥，乐而不泆。娱神遗老，永年之术。”观女舞而有此种永年之功能，也反映了汉代对于性的神秘认识。

② 《全汉文》卷二一，严可均辑《全上古三代秦汉三国六朝文》第2册，第243页。

③ 详见下文谈乐府诗神仙主题一节。

生光华,媚好常如童子”[①]。这许多“仙药”的认定,对社会上求仙风气具有巨大的鼓舞作用。古诗句“服食求神仙,多为药所误”[②]是汉末诗人的反省之语,却正好概括了汉代社会广泛流行的服食仙药的风气。不死之药是一种古老的幻想,在更早时代可能已经有所施行,随着医学、药学的发展,一些药物养身、益神、理气的功效被发现,这种科学成果被固执的求仙长生幻想所吸收,加上方士们有意识的利用,不久就有品种相当丰富的“仙药”出现在汉代的医药市场上,让人们感到长生之愿即可达成。其对社会的非理性生命意识的滋长作用是不能低估的。

汉代的神仙意识,对于上层统治者来说,也是其统治意识之一种,或者说神仙意识与统治思想复杂地交织在一起。发源于上古而至汉代高度发展、作为国家重要祭祀活动的封禅、郊祀,在汉代统治者那里,仍然含有意欲交接天神地祇、山川神祇的功利目的,与入海求仙活动性质接近,其渊源可溯之春秋战国时代:

> 自齐威、宣时,驺子之徒论著终始五德之运,及秦帝而齐人奏之,故始皇采用之。而宋毋忌、正伯侨、元尚、羡门高最后,皆燕人,为方仙道。形解销化,依于鬼神之事。驺衍以阴阳主运,显于诸侯,而燕齐海上之方士传其术不能通,然则怪迂阿谀苟合之徒自此兴,不可胜数也。
>
> 自威、宣、燕昭使人入海求蓬莱、方丈、瀛洲。此三神山者,其传在勃海中,去人不远。盖尝有至者,诸仙人及不死之药皆在焉。其物禽兽尽白,而黄金银为宫阙。未至,望之如云,及到,三神山反居水下,水临之。患且至,则风辄引船而去,终莫能至云。世主莫不甘心焉。

---

① 《神农本草经》,滕弘撰,顾观光辑,湖南科学技术出版社,2008年,第15—38页。

② 《汉诗》卷一二《古诗十九首·驱车上东门》,逯钦立辑校《先秦汉魏晋南北朝诗》上册,第332页。

> 及秦始皇至海上，则方士争言之。始皇如恐弗及，使人赍童男女入海求之。船交海中，皆以风为解，曰未能至，望见之焉。其明年，始皇复游海上，至琅邪，过恒山，从上党归。后三年，游碣石，考入海方士，从上郡归。后五年，始皇南至湘山，遂登会稽，并海上，几遇海中三神山之奇药。不得，还到沙丘崩。[①]

燕、齐一带的方士还倡扬海外仙山的不死之药，引起帝王遣人入海求仙药的举措。其始作俑者为战国时燕、齐之君，秦皇、汉武继起而变本加厉。所有数百年间一代代君王的梦想，都来自对现代人来说是如此易于解释的海市蜃楼的自然幻象。昆仑有仙药的传说流传了数千年，已然失去其诱人的魅力，这回被燕、齐方士们移花接木，用海市蜃楼的幻象赋予其新的魅力。三神山遥望就在眼前，是如此顷刻可至，难免让“世主莫不甘心焉”。“甘心”即“贪嗜之心不能已也”（颜师古注）。其后秦始皇巡游到海上，方士得到新的更有实力的顾主，争相言此事，双方一拍即合，“始皇如恐弗及，使人赍童男女入海求之”，但数番不能得手。最后一次，始皇“南至湘山，遂登会稽，并海上，几遇海中三神山之奇药。不得，还到沙丘崩”。这位横扫六合、一统天下的雄主，可谓赍志而殁，遗恨千秋。汉武帝遣人入海求仙的次数更多，规模也更大，他对方士的宠用也是空前绝后的，这引起方士群更大的野心。栾大见武帝，数月之间佩六印，贵震天下，“而海上燕齐之间，莫不搤掔而自言有禁方能神仙矣。”当他东巡海上、行礼祠八神时，“齐人言神怪奇方者以万数”[②]。事实上，向君王兜售神仙方术已经成了一条与通经入仕并行的禄利之途，且已形成巨大的方士群。史家只记下他们在帝王周围活动的情形，其实，这样大的职业性群体，其活

① 《汉书》卷二五《郊祀志》，第4册，第1203—1205页。

② 《汉书》卷二五《郊祀志》，第4册，第1234页。

动范围应该是整个社会的各阶层,他们是促使神仙思想在汉代社会流行的主干力量。史家称他们的道术为“方仙道”,但他们各行其术,并没有严密的教派形式。

汉代的神仙方术与山岳崇拜、巫术淫祀等相杂糅。汉末张昶作《西岳华山堂阙碑铭》,说到华山处秦晋两国之交,曾名阴晋,又名宁秦,春秋以来,即为山岳祭祀的场所,汉武帝在华山建集灵宫、迎仙馆。这里不仅有历代帝王进行祭祀,同时也是方士巫觋们聚集的地方:

> 逮至大汉,受命克乱。不愆不忘,旧名是复。率礼不越,故祀是尊。历叶增修,虔恭又备。一祷三祀,终岁而四,以迄于今。而世宗又经集灵之宫于其下,想乔松之畴,是游是憩。郡国方士,自远而至者,充岩塞崖;乡邑巫觋,宗祀乎其中者,盈谷溢溪。咸有浮飘之志,愉悦之色,必云霄之路,可升而越;果繁昌之福,可降而致也。[①]

其实,求仙致长生之术在汉代是十分多样的,并不像后来正规的道教那样狭窄,只能走某条必由之路。从《汉书·郊祀志》我们可以看到,汉武帝周围的方士不断地有新花招出台,除入海求药外,还有封禅,建仙人承露盘,郊祀太一,筑飞廉、桂馆、益寿、延寿等宫馆,筑通天台以候仙,等等,使宫室、器物都神物化,凭空造成浓厚的神仙氛围[②]。可以想见,与朝廷相对应的民间的求仙迎神活动也是多种多样的,而各种候仙、会仙的传说,也是到处流行的。这一点我们看刘向的《列仙传》就可知道。又如四川简阳《逍遥山会仙题字》,书有“汉安帝元年四月十八日会仙友”字样,也应

① 《全后汉文》卷六四,严可均辑《全上古三代秦汉三国六朝文》第1册,第824页。

② 又《汉书·郊祀志》载王莽信方士苏乐之言,“起八风台于宫中,台成万金,作乐其上,顺风作液汤。又种五粱禾于殿中,各顺色置其方面,先鬻鹤髓、毒冒、犀玉二十余物渍种,计粟斛成一金,言此黄帝谷仙之术也”。则又是一些求仙的新花招。

该是民间方士们的题写[①]，其所记正是方士的神仙会集活动，也可理解为道教组织早期的活动。可惜民间神仙活动的事迹，史家多付阙如。

汉人对神仙尤其是长生之道的信仰是普遍性的，这是这个时代生命意识发展的阶段性所决定的，因为它是神仙文化成熟的时代。此前的时代未曾完备，此后的时代则存在对此神仙文化有所质疑的理性意识。在汉代，即使是有较高思想水平的文士，也很少对长生神仙观念作出比较彻底的质疑。班固《汉书·艺文志》论神仙家书的一段话，算是站在较为纯正的立场上的发言了，但也没有对到底有无神仙作出明确的判断，其语云：

> 神仙者，所以保性命之真，而游求于其外者也。聊以荡意平心，同死生之域，而无怵惕于胸中。然而或者专以为务，则诞欺怪迂之文弥以益多，非圣王之所以教也。[②]

班固所说的神仙的意义，主要是本于原始道家之说，他试图通过对神仙含义作新的解释来委婉批评世俗诞欺怪迂的求仙行为，却没有足够的理性彻底否定它。思想家桓谭在他的《新论》中虽然认为"生之有长，长之有老，老之有死，若四时之代谢矣"，批评神仙家"欲变易其性，求为异道，惑之不解者也"，但他仍相信文帝时乐人窦公年百八十岁之事，按照桓谭的理解，这是因为"窦公少盲，专一内视，精不外鉴，恒逸乐，所以益性命也"[③]。这说明汉代文士即使不相信神仙之事，但对长生久视之道却是认可的，在条件允许的情况往往从事于此。王充的生命思想以自然为宗旨，斥神仙之说为虚妄，代表了汉儒中最为理性的一派；但他并不否

---

① ［日］中村不折等编《书道全集》第二卷，东京平凡社，1930年，第76页。

② 《汉书》卷三〇，第3册，第1775页。

③ 《全后汉文》卷一四，严可均辑《全上古三代秦汉三国六朝文》第1册，第544页。

定养生,晚年也曾从事于养气、房中及服药导引之事[1]。可以这样说,即使是比较有思想的文士们,对于神仙长生之事,也是宁可信其有,并未信其无。桓谭同样代表了理性一派,却作有向往神仙之道的《仙赋》,说明在其意识深处,仍然受着神仙思想的深刻影响。

最后再谈一下方仙道阶段神仙学的理论形态。班固《汉书·艺文志》除著录前文引录过的"房中八家"外,还著录"神仙十家",计"二百五卷":

> 《宓戏杂子道》二十篇。
> 《上圣杂子道》二十六篇。
> 《道要杂子》十八卷。
> 《黄帝杂子步引》十二卷。
> 《黄帝岐伯按摩》十卷。
> 《黄帝杂子芝菌》十八卷。
> 《黄帝杂子十九家方》二十一卷。
> 《泰壹杂子十五家方》二十二卷。
> 《神农杂子技道》二十三卷。
> 《泰壹杂子黄冶》三十一卷。[2]

这些神仙家书,应该是战国至秦汉时代的著述。从大的文化背景来讲,"神仙家"也是诸子百家之一种,而且它们的表达形式,与儒、道两家一样,也是托古的。其所托古代帝王,以黄帝为多,其次为宓戏(伏羲),为神农(炎帝),再就是泰壹神及不著名的"上圣"。于此大体可见汉代神仙学说的各种流派,同时也可知为何

---

① 《太平御览》卷七二〇"方术部一"引《会稽典录》曰:"王充年渐七十,乃作养生之书凡十六篇。养气自守,闭明塞聪,爱精自辅,服药导引,庶几获道。"李昉等《太平御览》,中华书局影印本,1960年,第3189页。

② 《汉书》卷三〇,第3册,第1775页。

汉武帝如此热衷于祭祀泰壹，其所行者，实为方术之士的仙法。另外，这些“仙书”大概都是属于杂录仙术的簿籍性质的东西，不会有比较严谨的理论形式。本来方士们各行其术，重在实用而非理论，与后来正式的道教不同。这种不追求严谨、系统的理论形式的现象，虽可以说明仙学未曾高度发展的状况，但却不能反推出神仙信仰之事在汉代并不风行的结论。事实上，正是因为汉人普遍信仰神仙之术，且没有真正有力量的反对理论出现，才使方士们感觉不到有建构严谨理论、作烦琐的神学思辨的必要。而后来出现像葛洪《抱朴子》那样博大精深的神仙学著作，与其说反映了魏晋时代神仙信仰的深入人心，不如说是反映了汉末以降所存在的神仙信仰方面的危机。朴素而坚定的信仰观念是信仰行为的先导，但精致复杂的信仰理论，往往产生于信仰高潮过去之后。

二、辞赋中的神仙主题

楚辞开创了文学表现游仙境界的传统，它是楚文化中浓厚的神仙意识、丰富的神仙传说[①]与屈原等经典作家的个体精神的完美结合。可以说，个体精神是主体，神仙内容则是表现个体精神的客体。所谓楚辞的游仙文学传统，正包含这一基本精神，它为后世文人游仙作品所继承。但是主体的个体精神并非纯粹被动地被表现，它参与了神仙境界的创造，正是由于这种个体精神的作用，丰富了天界、仙界遨游这种幻想形式。它又反馈给社会宗教的神仙意识，推动了神仙意识的发展。所以，在讨论文人游仙文学与作为其素材的神话传说、神仙宗教的关系时，应该看到这种双向性的作用。

---

① 参见前引顾颉刚《〈庄子〉和〈楚辞〉中昆仑和蓬莱两个神话系统的融合》一文。他认为楚辞中的神话传说属于昆仑神话系统，是战国时期由羌戎传入楚地的。

除表现游仙境界之外,楚辞中的《九歌》《招魂》等作品还描写了人神交会的境界,它主要出现在祭祀情景中。《诗经》的《大雅》和《颂》中已经描写了祭祀中神格来享、人神皆欢的景象,但比较朴素;《九歌》则淋漓尽致地表现了这种境界,通过祭祀情景的拟神化布景及扮演神灵的巫倡等虚拟形式,将参加祭祀者的幻想力充分调动起来,从而进入神灵的世界。与游仙境界表现文人个体精神不同,这种人神交会的境界则没有独立的个体精神存在,人完全沉醉于群体的狂热中,将自已与群体、与神化为一体。这两种境界之不同,有点像尼采所说的日神精神与酒神精神的区别:日神精神的艺术表现了个体化原理的壮丽的神圣形象;酒神精神所表现的则是个体化原理崩溃之时,从人的最内在基础即天性中升起的充满幸福的狂喜,是人群体地与自然重新合一①。当然,在祭神的场合中,这个自然本质上就是神。文学中表现文人个体精神的游仙境界,往往是人与社会尖锐矛盾的产物,通过游仙的追求以摆脱社会。而描写祭祀情景中人神交会境界的作品,丝毫不存在这种内容。相反,一场成功的祭祀,恢复了社会中群体的和谐关系。在汉代,朝廷的各种祭祀活动,其目的之一即在促进臣民对君、国更深的认同关系,与天、神的合一也就是与君、国的合一。

汉代辞赋家继承了上述表现神仙主题的两种传统,在一些表现个体思想和感情的辞赋中,通过游仙幻想展现个体的各种精神,这样的作品包括汉代拟骚辞及《惜誓》(传为贾谊所作)、司马相如《大人赋》、扬雄《太玄赋》、班彪《览海赋》、冯衍《显志赋》、张衡《思玄赋》等。这些作品所表现的主题虽然不同,其游仙成分也不一样,但都属于纯粹幻想型作品。与此相对,一些描写宫苑、都

① 参见尼采《悲剧的诞生》中的有关论述,见《悲剧的诞生:尼采美学文选》,周国平译,生活·读书·新知三联书店,1986年。

市、祭祀的辞赋中所反映的神仙内容,则是汉代社会各种神仙活动的客观再现,尽管其中也含有作者的神仙幻想。

为了论述上的方便,我们先讨论后一类作品。这类作品主要围绕朝廷祭祀活动及帝王求仙活动而展开。祭祀活动包括祭祀祖宗与祭祀天神、地祇、山川之神两大类,后一类祭祀活动往往兼有求仙的性质。尤其是汉武帝为了求得神仙,对各种各样的神灵都存有幻想,所以他的祭祀、郊祠、封禅活动都含有求长生的目的。司马相如等人所作《郊祀歌十九章》,就是一些迎神、礼神之曲,其中表现了武帝追求神仙长生的幻想。这些作品中常有描写神灵降临祭祀场面的情景。如《练时日》,详细描写了"灵"游的全过程以及它的车马仪仗的盛况:

> 练时日,侯有望。焫膋萧,延四方。九重开,灵之游,垂惠恩,鸿祜休。灵之车,结玄云,驾飞龙,羽旄纷。灵之下,若风马,左苍龙,右白虎。灵之来,神哉沛,先以雨,般裔裔。灵之至,庆阴阴,相放怫,震澹心。灵已坐,五音饬,虞旦至,承灵亿。牲茧栗,粢盛香,尊桂酒,宾八乡。灵安留,吟青黄,遍观此,眺瑶堂。众嫭并,绰奇丽,颜如荼,兆逐靡。被华文,侧雾縠,曳阿锡,佩珠玉。侠嘉夜,茝兰芳。澹容与,献嘉觞。[1]

这里表现的不纯粹是幻想,"灵"可能有扮演者,至少"灵"的仪仗车服是在现场出现的。所以,与其说是作者的想象,不如说是作者在描写整个迎神场面,同时也写出在场者的沉醉情绪。其次,这类礼神曲由于描写灵游情节,所以往往被归为游仙类的作品。这里涉及对游仙作品的含义的判定。本书所说的游仙,是指人幻想在天界、仙界或其他类似性质的幻想境界中遨游,它是以作者或作品主人公为"游"的主体。按照这一判定,《郊祀歌》不能称为

---

① 《汉诗》卷四,逯钦立辑校《先秦汉魏晋南北朝诗》上册,第147页。

游仙作品。

当然,在一些求仙色彩浓厚的祭祀活动中,参与者尤其是君主本人常常发生游仙幻想,扬雄《甘泉赋》中就表现了这样的情节。扬雄随从汉成帝郊祠甘泉泰峙、汾阴后土,作了这篇《甘泉赋》。赋中详细描写了祭神仪仗队伍以及祭祀场面中的种种施设,是研究当时宗教活动的重要资料。赋的后部分写天子在这样浓厚的神灵气氛的诱发下发生游仙幻想:

> 于是事变物化,目骇耳回,盖天子穆然珍台闲馆琁题玉英蜵蜎蠖濩之中,惟夫所以澄心清魂,储精垂思,感动天地,逆釐三神者。乃搜逑索耦皋、伊之途,冠伦魁能,函甘棠之惠,挟东征之意,相与齐虖阳灵之宫。靡薜荔而为席兮,折琼枝以为芳,噏清云之流瑕兮,饮若木之露英,集虖礼神之囿,登乎颂祇之堂。建光耀之长旓兮,昭华覆之威威,攀琁玑而下视兮,行游目虖三危。陈众车于东阬兮,肆玉釱而下驰,漂龙渊而远九垠兮,窥地底而上回。风傱傱而扶辖兮,鸾凤纷其御蕤,梁弱水之濎濙兮,蹑不周之逶蛇,想西王母欣然而上寿兮,屏玉女而却虙妃。玉女无所眺其清庐兮,虙妃曾不得施其蛾眉。方揽道德之精刚兮,侔神明与之为资。①

从以上引文可以看到,汉代帝王的郊祠活动常常与他们的神仙幻想交织在一起,也可以看到当时神仙幻想发生的具体环境。大抵汉代的游仙作品境界趋向于实,而后世的文人游仙之作境界趋于虚,就是因为汉代游仙幻想发生在一些具体的求仙活动中,有丰富的诱媒,而后世文人则缺乏这样的背景和诱媒。

同是这次郊祠活动,另一随从文士桓谭也生发出活跃的游仙幻想,创作了《仙赋》:

---

① 《汉书》卷八七《扬雄传》,第11册,第3530—3531页。

余少时为郎，从孝成帝出祠甘泉河东，见部先置华阴集灵宫，宫在华山下，武帝所造，欲以怀集仙者王乔、赤松子，故名殿为存仙。端门南向山，署曰望仙门。余居此也，窃有乐高眇之志，即书壁为小赋，以颂美曰：

夫王乔、赤松，呼则出故，翕则纳新，夭矫经引，积气关元。精神周洽，鬲塞流通，乘凌虚无，洞达幽明。诸物皆见，玉女在旁，仙道既成，神灵攸迎。乃骖驾青龙赤腾，为历躇玄厉之摧嶵，有似乎鸾凤之翔飞。集于胶葛之宇，泰山之台。吸玉液，食华芝，漱玉浆，饮金醪。出宇宙，与云浮。洒轻雾，济倾崖。观沧川而升天门，驰白鹿而从麒麟，周览八极，还崦华坛，汎汎乎，滥滥乎，随天转旋，容容无为，寿极乾坤。①

据该赋小序介绍，桓谭是在游览汉武帝建造的华阴集灵宫时发生这种幻想的。武帝建此殿是为了招集传说中的王乔、赤松子等仙人，所以宫中正殿名“存仙”；正南门向山，署曰“望仙门”。后世道教宫观，即渊源于汉代的这类建筑。由于汉时神仙意识十分活跃，所以文人游览此类宫殿，能产生生动的游仙幻想。这篇赋本身的文学价值虽然不突出，但如其题目“仙赋”所示，差不多是汉代修仙学说、神仙境界、游仙形式的一种集中表现。桓谭这里所描写的求仙之术，似乎是以导引养气为主，兼用房中之术，“玉女在旁”暗示了这一点。他所说的吐故纳新、夭矫经引、积气关元、鬲塞流通为修仙秘法，其基本理论，是通过吐纳存想，修成仙道，达到与神仙交通的境界，从而上下天地，浮游乾坤。后来东晋时代流行的《黄庭内景经》，即是这一套修仙学说的发展。只是《黄庭内景经》是一个更加繁复神秘的修仙体系，更具秘术色彩，普通人难以解读认识，必须有仙师、仙真的指点。桓谭这里所展

① 《全后汉文》卷一二，严可均辑《全上古三代秦汉三国六朝文》第1册，第535页。

示的这套仙术则比较简单,它更多是体现汉代普通士人对于神仙术的领会,以及对于神仙的幻想。其追求的最高境界则是轻举升天,寿同乾坤,但在升天之前,须经历泰山之台。这些描述,比较典型地反映了汉人神仙幻想的特点。这再次证明,汉代神仙意识是普通社会意识的一部分,或者说,汉代的神仙之说乃至修仙之法,较之后世更具一种"常识"化的特点。王充《论衡·道虚》诸篇,之所以在今天看来是很浅显的常识,不厌其烦地论证神仙之说的虚妄,正因为它是固结于一种观念(参见后面相关章节的论述)。

汉代的宫殿、建筑、园林、器物也渗透着神仙色彩,成为神仙文化的一部分。武帝时方士李少翁认为,如果想与神感通,"宫室被服非象神,神物不至"。于是武帝就命人"作画云气车,及各以胜日驾车辟恶鬼。又作甘泉宫,中为台室,画天、地、太一诸鬼神,而置祭具以致天神"[1]。此后又建造了柏梁、铜柱、承露仙人掌之属。后来方士公孙卿又认为"仙人好楼居",于是武帝又造了飞廉、桂馆、通天台等招神迎仙的建筑。而从班固、张衡等人的赋中,我们还可以看到,宫廷内的苑囿也是模拟仙境建造的:

> 前唐中而后太液,览沧海之汤汤。扬波涛于碣石,激神岳之嶈嶈。滥瀛洲与方壶,蓬莱起乎中央。于是灵草冬荣,神木丛生,岩峻崷崒,金石峥嵘。抗仙掌以承露,擢双立之金茎。轶埃堨之混浊,鲜颢气之清英。骋文成之丕诞,驰五利之所刑。庶松乔之群类,时游从乎斯庭。实列仙之攸馆,匪吾人之所宁。(班固《西都赋》)[2]

这可能是我国古代建筑艺术与神仙思想发生关系的早期例子。"庶松乔之群类,时游从乎斯庭"这两句,透露了汉代君主建造此

① 《史记》卷二八《封禅书》,第1388页。
② 《全后汉文》卷二四,严可均辑《全上古三代秦汉三国六朝文》第1册,第603页。

类苑囿的候仙目的。在张衡的《西京赋》中也可以看到类似描写。另外，从王延寿的《鲁灵光殿赋》中，我们还可以看到宫殿的栋壁、窗牖间表现神仙题材的图画：

> 神仙岳岳于栋间，玉女窥窗而下视。忽瞟眇以响像，若鬼神之髣髴。图画天地，品类群生。杂物奇怪，山神海灵。写载其状，托之丹青。千变万化，事各缪形。随色象类，曲得其情。[①]

不仅如此，从张衡《西京赋》中我们还发现，在汉代长安的娱乐中心平乐馆中，除了角觝等杂戏外，还有表演神仙故事的“仙戏”[②]，出现了仙倡、道具、逼真的布景和音响效果：

> 华岳峨峨，冈峦参差，神木灵草，朱实离离。总会仙倡，戏豹舞罴，白虎鼓瑟，苍龙吹篪。女娥坐而长歌，声清畅而蜲蛇。洪涯立而指麾，被毛羽之襳襹。度曲未终，云起雪飞，初若飘飘，后遂霏霏。复陆重阁，转石成雷。礔砺激而增响，磅礚象乎天威。巨兽百寻，是为曼延，神山崔巍，欻从背见。[③]

在这里，洪涯、女娥等重要神仙人物登场，并有歌唱和舞蹈动作，扮演豹、罴、白虎、苍龙的诸角色穿插其间，有“云起雪飞”、神山忽现等奇妙的背景转换。可以说，除了情节因素还不能肯定外，戏剧的其他重要因素都具备了。

从上面介绍可知，汉赋完整地再现了汉代社会的神仙文化，是研究汉代神仙宗教的重要材料。曾有论者认为汉人辞赋对于研究神仙思想发展的意义并不重要，因为它们多堆砌辞藻，少有新意，不像楚辞那样是从一种文化土壤上生发的佳卉。诚然，汉

---

① 《全后汉文》卷五八，严可均辑《全上古三代秦汉三国六朝文》第1册，第790页。

② 参见拙文《汉乐府与百戏众艺之关系考论》，载《文学遗产》1992年第5期。

③ 《全后汉文》卷五二，严可均辑《全上古三代秦汉三国六朝文》第1册，第763页。

人辞赋并没有表现出完整的神仙思想体系,但它同样是在现实的神仙文化土壤上发生的,我们现在要再现汉代神仙文化的各个方面,汉赋还是首先要注意的原始资料。

现在我们再来讨论表现个体精神的游仙作品,这部分作品在反映汉代神仙文化方面的价值不如前一部分,但却反映了文人游仙意识发生的现实原因。这里又可分纯粹游仙之作与涉及游仙主题的作品两类,前者渊源于《远游》,后者则常依傍《离骚》之体制。

纯粹的游仙作品主要有司马相如《大人赋》、桓谭《仙赋》、班彪《览海赋》、班固《终南山赋》等。《大人赋》体制与《远游》《惜誓》接近,完整地展现了游仙全过程,但出现在后两篇作品中的愤世嫉邪的内容在《大人赋》中完全看不到,尽管仍然保留了"悲世俗""迫区中"这一游仙动机的交代。赋首云:"世有大人兮,在乎中州。宅弥万里兮,曾不足以少留。悲世俗之迫隘兮,朅轻举而远游。"从"宅弥万里"句可知,这个"大人"是一位君主,具体地说就是汉武帝。武帝的求仙目的主要在于长生不老,永远延续其极权统治。相如承袭《远游》格局,仍以"悲世俗"为动因,这也反映了"大人"形象中含有相如自身的文人情调。其次,此赋在一定程度上否定了长生不老的价值。赋中写到大人望昆仑、经三危、入帝宫载玉女而归,最后来到西王母的住所,看到她苍老穴处的情景,打消了追求长生的念头:"必长生若此而不死兮,虽济万世不足以喜。"这种观念是值得注意的,单纯的"长生不老"不具备太多价值,必须同时拥有丰富的物质享受与精神上的愉悦。这里透露出由早期简朴的长生之说向奢华的道教转化的消息。统治者所追求的长生不老,是希望无限延伸其骄奢淫逸的生活,所以,《大人赋》中所想象的这番游仙的收获,除了带回美丽的仙女外,就只剩下对游仙中自由境界的玩味。对于普通个体,或者就一般文人来说,游仙的最高价值在于自由。这种自由的极致是个体相对于社会的绝对的独立，所以赋的最后部分这样写道："迫区中之隘狭兮，舒节出乎北垠。遗屯骑于玄阙兮，轶先驱于寒门。下峥嵘而无地兮，上嵺廓而无天。视眩泯而亡见兮，听敞怳而亡闻。乘虚亡而上遐兮，超无友而独存。"[①]在这里，游仙目的已经从以追求长生不老为主转变为以追求自由为主，在一个以帝王为模特的游仙作品中表现了浓厚的文人意识。因"迫区中之隘狭兮"而驰骋游仙之思，在此后中国古代文人的游仙之唱中经久地回荡着。

班彪的《览海赋》和班固的《终南山赋》都是比较纯粹的游仙赋，与桓谭游览集灵宫产生游仙幻想相类似，这两篇赋以观山览海为发想之因。昆仑神话以山岳为载体，蓬莱神话以海为载体，它们深刻地支配着汉人的山海观念，使他们在面对山岳和大海时，能够激发出生动的神仙幻象，秦皇汉武封禅泰山、巡游海上，就是最典型的实例。这种幻想到了文人的笔下，还常常与隐逸、遁世情调结合起来。如《览海赋》中写道："余有事于淮浦，览沧海之茫茫，悟仲尼之乘桴，聊从容之遂行。"又在叙述诸仙之后发出"愿结侣而自托，因离世而高游"[②]。《终南山赋》则强调终南山是荣期、绮季的"恬心"之所，如曰："伊彼终南，岿巀嶙囷。概青宫，触紫辰。嵚崟郁律，萃于霞雰，暧嚉晻蔼，若鬼若神。傍吐飞濑，上挺修竹，玄泉落落，密荫沉沉。荣期绮季，此焉恬心。"[③]仙隐合一是汉代文化中的一个重要现象，司马相如所说的"山泽列仙之儒"就是兼有求仙和隐遁双重行为的一类人。傅毅《七激》写"徒华公子托病幽处，游心于玄妙，清思乎黄老"，去劝说他的玄通子也说他"削迹藏体，当年陆沈"，不思"君子当世而光迹，因时以舒

① 《全汉文》卷二一，严可均辑《全上古三代秦汉三国六朝文》第1册，第24页。

② 《全后汉文》卷二三，严可均辑《全上古三代秦汉三国六朝文》第1册，第597页。

③ 《全后汉文》卷二四，严可均辑《全上古三代秦汉三国六朝文》第1册，第601页。

志”[①]之理。又张衡《七辩》曰:“无为先生祖述列仙,背世绝俗,唯诵道篇。形虚年衰,志犹不迁。于是七辩谋焉,曰:‘无为先生淹在幽隅,藏声隐景,划迹穷居。抑其不韪,盍往辩诸?’乃阶而就之。”[②]傅赋的“徒华公子”,张赋的“无为先生”,都是亦隐亦仙的人物。在汉代,求仙不等于隐逸,但隐逸者大多兼有求仙的动机,蔡邕《琴操》所载托名庄周的《引声歌》,也反映了汉代隐逸者兼修长生久视之道的情形:“天地之道,近在胸臆。呼噏精神,以养九德。渴不求饮,饥不索食。避世守道,志洁如玉。卿相之位,难可直当。岩岩之石,幽而清凉。枕块寝处,乐在其央。寒凉固回,可以久长。”[③]这再次证明神仙意识在汉代是一种渗透在许多社会行为中的活跃的社会意识。

扬雄《太玄赋》、张衡《思玄赋》乃至班固《幽通赋》、冯衍《显志赋》这一类作品,构成了游仙主题的另一序列。现实因素在这些作品中表现得更加突出,文人的主体意识也有了更丰富的内涵。本书第十一章论述了汉代文人群体在追求个体生命价值过程中所遭遇的社会矛盾,以及由此而生发的天道、命运的观念。因为感其无法捉摸,而产生超越现实的愿望,张衡《归田赋》就以此为主题:“谅天道之微昧,追渔父以同嬉。超埃尘以遐逝,与世事乎长辞。”又云:“苟纵心于物外,安知荣辱之所如。”[④]这种超越意识的进一步象征化,就导致游仙幻想的出现。扬雄《太玄赋》中心主题是表现“玄”,他的“玄”来自《易》和《老子》,是指事物间复杂变化的奥理:

观《大易》之损益兮,览《老氏》之倚伏。省忧喜之共门

① 《全后汉文》卷四三,严可均辑《全上古三代秦汉三国六朝文》第1册,第706页。
② 《全后汉文》卷五五,严可均辑《全上古三代秦汉三国六朝文》第1册,第754页。
③ 《汉诗》卷一一,逯钦立辑校《先秦汉魏晋南北朝诗》上册,第314页。
④ 《全后汉文》卷五三,严可均辑《全上古三代秦汉三国六朝文》第1册,第768页。

兮，察吉凶之同域。嗷嗷著乎日月兮，何俗圣之暗烛。岂愒宠以冒灾兮，将噬脐之不及。若飘风不终朝兮，骤雨不终日。雷隐隐而辄息兮，火猶炽而速灭。自夫物有盛衰兮，况人事之所极。奚贪婪于富贵兮，迄丧躬而危族。丰盈祸所栖兮，名誉怨所集。薰以芳而致烧兮，膏含肥而见焫。翠羽孅而殃身兮，蚌含珠而擘裂。[1]

《易》《老》关于人事变化的一些主要"公式"都罗列在这里了。自由运用这些"公式"来破解人生难题，达到生活于现实而又超越现实、依顺命运而又自由驾驭命运的境界就是"玄"，或称"太玄"。作者还认为儒家圣贤所确立的那些仁义忠贞的伦理原则，以及提倡立身扬名的价值观，都无济于事，只有"执太玄"才能"荡然肆志，不拘挛兮"。应该说这种超越意识并不内在地含有求仙的旨趣，但在神仙幻想如此诱人的时代，"玄思"自然与仙境发生了关系：

岂若师由聃兮，执玄静于中谷。纳僑禄于江淮兮，揖松乔于华岳。升昆仑以散发兮，踞弱水而濯足。朝发轫于流沙兮，夕翱翔乎碣石。忽万里而一顿兮，过列仙而讬宿。役青要以承戈兮，舞冯夷以作乐。听素女之清声兮，观宓妃之妙曲。茹芝英以御饥兮，饮玉醴以解渴。排阊阖以窥天庭兮，骑骍騩以踟蹰。载羡门与俪游兮，永览周乎八极。

游仙在这里主要是作为自由精神的象征而出现的，但这种自由已不是《大人赋》中那种绝对、无条件的自由，而是以"执玄"为条件。

张衡《思玄赋》是一首长篇的"论体"赋，结构上受到《离骚》的影响。作者是在现实中遭遇激烈的思想矛盾的情况下开始他的思索的，这个内心的思索过程却被展现为一种游仙过程，这也反

---

① 《全汉文》卷五二，严可均辑《全上古三代秦汉三国六朝文》第1册，第407页。

映了包括张衡在内的汉代辞赋家对屈原《离骚》中游仙情节的认识,深知那完全是内心精神活动的象征化。屈原的游仙是追求理想,张衡则是追寻思想归宿。他的"玄"与扬雄的"玄"基本含义相同,但其思想矛盾却比扬雄激烈得多。赋的开头,作者说自己"仰先哲之玄训",追求道德上的自我完善,这种开端颇类《离骚》的自美好修之德。但这样做的结果却是"何孤行之茕茕兮,孑不群而介立。感鸾鹥之特栖兮,悲淑人之稀合",处于被世俗疏远排斥的逆境之中。接着作者又叙述世俗的种种姿态,感叹"行陂僻而获志兮,循法度而离殃。惟天地之无穷兮,何遭遇之无常"。但作者明知世态如此,却不愿苟合阿世以追求名誉。和屈原一样,张衡也是在这种矛盾境地中求之占卜,"心犹与而狐疑兮,即岐阯而摅情。文君为我端蓍兮,利飞遁以保名。历众山以周流兮,翼迅风以扬声"[①],于是开始了游仙之程。在整个游仙过程中虽然也写到遨游仙境、会遇群仙、长生逍遥等情节,但作者更主要的任务仍然是追问天道,解释古往今来人物的是非得失,以获得自己的坚定信念。在这期间,他历访"九土之殊风",让曾经发生在各处的史事复活,直接质询历史人物。由于游仙这一特定形式,作者进入了历史,希望从历史中验证天道,可结果仍然是暧昧的:"黄灵詹而访命兮,摎天道其焉如。曰近信而远疑兮,六籍阙而不书。神逵昧其难覆兮,畴克谟而从诸?"[②]所谓"玄",正是这种"昧其难覆"的境界。但汉代文人并未因此而完全放弃对它的思索,并常常在这种思索中与神仙、长生意识发生复杂的联系。这反映了汉代文人思想中理智与幻想、理性与非理性复杂交织的特点。

《思玄赋》的游仙幻想是十分铺张扬厉的,这一方面是为了象征作者追寻思索的热烈,另一方面也反映了作者对这种幻想形式

---

① 《全后汉文》卷五二,严可均辑《全上古三代秦汉三国六朝文》第1册,第759页。
② 《全后汉文》卷五二,严可均辑《全上古三代秦汉三国六朝文》第1册,第760页。

的爱好。在汉代，文人们将这种幻想视为激活灵感、创造宏伟新奇的艺术形象的最佳方式，这也是辞赋中游仙情节频繁出现的内因所在。

三、乐府歌曲和歌谣中的神仙主题

现存的汉乐府古辞，篇章完整者只有三十余首，其中有六首诗是表现神仙主题的，这还不包括那些局部涉及神仙和长生主题的作品。乐府诗是汉代社会生活的生动再现，神仙主题的作品在其中占有这么大的比重，有力地说明了汉代社会神仙风气之流行，所以比《郊祀歌》、辞赋中的神仙主题作品更整体地反映出社会观念。我们之所以断定汉代为中国古代神仙意识最活跃、求仙风气最普及、人们的神仙幻想也最真切的时代，其信心大部分是来自对上述现象的认识。文学作品尤其是诗歌在反映社会观念、社会现象方面看起来好像信息量不大，但事实上，诗人之构思诗句、表现主题，犹如蜜蜂采百花而酿蜜，是以丰富的社会生活为素材的。那种对社会普通人来说是深奥、陌生的观念，或者社会中的个别现象，是不会频繁出现在诗人笔下和歌手口中的。所以，诗歌在反映社会现象和观念方面具有特殊的认识价值。

如果从意识性质来看，汉乐府诗中的仙境和求仙情节自然是幻想性质的。萧涤非先生分乐府诗为幻想、说理、抒情、叙事四类[①]，幻想一类就是指这些神仙主题的作品。但是，这些仙境和求仙情节往往是以现实中所虚拟的仙境和求仙活动为蓝本的，所以从这个意义来讲，它们的艺术特点又是写实的，与乐府诗整体的写实描述风格是一致的。葛晓音先生在《论汉乐府叙事诗的发展原因和表现艺术》一文中分析乐府诗中“仙境”的写实特点及其现

---

① 萧涤非《汉魏六朝乐府文学史》，人民文学出版社，1984 年，第 75 页。

实蓝本时云:“乐府游仙诗和汉代的画像石一样,在艺术上大都表现得非常天真。在这些诗里,神人鸟兽杂陈交错,人间仙境就在泰岳华山。它们所描绘的虽是非现实世界,但充溢在浪漫幻想中的却是极其写实的精神。”①文中还论到这种仙境与汉代宫馆祠坛建筑的拟仙境是相类似的。笔者在《汉乐府与“百戏”众艺之关系考论》②一文中将乐府诗放在歌、乐、舞、戏这个大的乐府艺术体系中去考察,发现了汉代娱乐中存在“仙戏”这种隶属于百戏的戏剧雏形。这种仙戏中有模拟仙境的布景,扮演仙人的角色出场,并有歌唱,汉乐府中的神仙主题作品与这种“仙戏”可能存在着直接关系,有些作品可能正是描写仙戏中的情节,如《王子乔》《董逃行》,它们甚至可以被当作“仙戏”的脚本看待。

上文所述是学术界在乐府神仙作品研究上的进展情况。现在我们在对汉代社会的神仙文化进行全局考察之后,能更深切地感觉到这类作品产生的丰厚的文化土壤,乐府神仙诗的写实性要放在这样广阔的背景下理解才行。求仙作为汉人生活的一项内容而存在,所以他们与“仙”的关系是十分亲近的,甚至是一种人间性的关系。我们在前面已经谈到,汉代社会中存在着一个庞大的方士群,他们中的小部分人得以接近帝王贵族,如汉武帝宠用的诸方士和淮南王刘安的淮南八公等,但大部分人还是活跃在民间社会,从事兜售仙药、传授仙术或以种种异术惊世炫俗。这些人往往自称或被人称为神仙、奉为神明,其中有些方士还隐瞒实际年龄,自称年龄逾百甚至数百岁。另一方面,凡人成仙升天的传说也到处流传,并且在歌谣中传唱。如刘向《列仙传》记载葛由、陶安公仙事,都有歌谣流传:

> 葛由者,羌人也。周成王时,好刻木羊卖之。一旦,骑羊

---

① 葛晓音《论汉乐府叙事诗的发展原因和表现艺术》,《社会科学》1984年第12期。

② 载《文学遗产》1992年第5期。

> 而入西蜀，蜀中王侯贵人追之，上绥山，在娥媚山西南，高无极也。随之者不复还，皆得仙道。故里谚曰："得绥山一桃，虽不得仙，亦足以豪。"[①]
>
> 陶安公者，六安铸冶师也。数行火，火一旦散上行，紫色冲天，安公伏冶下求哀，须臾，朱雀止冶上，曰："安公安公，冶与天通。七月七日，迎汝以赤龙。"至期，赤龙到，大雨，而安公骑之东南上。[②]

影响最大的一桩当为淮南王升天的传说。王充《论衡·道虚篇》记载汉代流传的淮南王成仙故事：

> 儒书言：淮南王学道，招会天下有道之人，倾一国之尊，下道术之士。是以道术之士，并会淮南，奇方异术，莫不争出。王遂得道，举家升天，畜产皆仙，犬吠于天上，鸡鸣于云中。此言仙药有余，犬鸡食之，并随王而升天也。好道学仙之人，皆谓之然。此虚言也。[③]

淮南王刘安因谋反被诛，汉武帝讳言其仙去。淮南王门下广集文人术士，大肆为神仙方术之事却是一个事实。刘安与武帝，一王一帝，都好仙术，都是对汉代社会神仙意识及行为影响很大的人，甚至都影响到魏晋仙家术士。《乐府诗集》卷五八引《古今乐录》载有淮南王《八公操》：

> 淮南王好道，正月上辛，八公来降，王作此歌：
>
> 煌煌上天，照下土兮。知我好道，公来下兮。公将与余，生毛羽兮。超腾青云，蹈梁甫兮。观见瑶光，过北斗兮。驰

① 王叔岷《列仙传校笺》卷上，中华书局，2007年，第50页。

② 王叔岷《列仙传校笺》卷下，第144页。

③ 北京大学历史系《论衡》注释小组《论衡注释》，中华书局，1979年，第2册，第410页。

> 乘风云,使玉女兮。含精吐气,嚼芝草兮。悠悠将将,天相保兮。[1]

此诗表现了淮南王之流对于神仙的畅想,并且将方术之士八公直接改造为八公从天上来降。这是中古时代较早的仙降故事,可与同时流传的西王母降汉廷故事并类而论。又《善哉行》亦叙及淮南八公之事。乐府"舞曲歌辞"中又有《淮南王篇》一首,崔豹《古今注》曰:"《淮南王》,淮南小山之所作也。淮南王服食求仙,遍礼方士。遂与八公相携俱去,莫知所往。小山之徒思恋不已,乃作《淮南王曲》焉。"其辞言:"淮南王,自言尊,百尺楼高与天连。"[2]所谓楼高与天连,正如《史记·封禅书》所记方士跟汉武帝说神仙好楼居,劝其筑高楼。至北魏太武帝拓跋焘好道术,信寇谦之,"谦之奏造静轮宫,必令其高不闻鸡鸣狗吠之声,欲上与天神交接,功役万计,经年不成"[3]。其骗术仍是汉代方士那一套,但比武帝、淮南王所造之楼更高了。又歌辞中说"徘徊桑梓游天外",亦是用了升天之说。但舞曲《淮南王》所流露的基本上是哀怨之意,其实是隐晦地讽喻淮南王受方士们甘言,自以为得道术,后又生谋反之事,被诛而不归。

凡上述数端,都可证明神仙传说借歌谣以流传的事实。又汉元帝时,咸阳人茅盈得仙道,隐句曲山,其弟茅衷、茅固俱弃官来从,兴布时雨以利民,民间称为三茅君,作《茅君谣》:

> 茅山连金陵,江湖据下游。三神乘白鹤,各在一山头。佳雨灌畦稻,陆地亦复周。妻子保堂堂,使我无百忧。白鹤翔青天,何时复来游。[4]

---

① 郭茂倩《乐府诗集》卷五四,中华书局,1979年,第3册,第851页。

② 郭茂倩《乐府诗集》卷五四,第3册,第792页。

③ 魏收《魏书》卷一一四,中华书局,1974年,第8册,第3053页。

④ 《汉诗》卷八,逯钦立辑校《先秦汉魏晋南北朝诗》上册,第230页。

歌辞中词语、风格与汉代歌谣略有差别，或是经过后世茅山道派方士的改动。考察上述现象，我们甚至可以说，就文学的发展而言神仙之事兴于歌谣，而小说家所述尚在其后（见后面有关神仙故事小说的论述）。

方士本为巫觋之变种，除了掌有仙方异术之外，兼通音乐歌舞者当亦不在少数，他们又具有较高文化水平，所以不排除方士利用当时流行的乐府体制创作仙诗、宣传仙道的可能性。《善哉行》中的主人公，就极有可能是方士一流的人物。诗云：

> 来日大难，口燥唇干。今日相乐，皆当喜欢。（一解）经历名山，芝草翻翻。仙人王乔，奉药一丸。（二解）自惜袖短，内手知寒。惭无灵辄，以报赵宣。（三解）月没参横，北斗阑干。亲交在门，饥不及餐。（四解）欢日尚少，戚日苦多。何以忘忧，弹筝酒歌。（五解）淮南八公，要道不烦。参驾六龙，游戏云端。（六解）[①]

这是一位有过丰富求仙经历的“方士”在一个宴会上的歌唱，他将自己的奇特经历以更加夸张的方式作成歌辞。从诗中可以看出，他求仙未获成功，因此思想上有些苦闷，歌辞中多慷慨之音，但仍然没有放弃成仙的幻想。他是有点像江淹《别赋》中所说的“华阴上士”[②]之流的人物，偶过豪门富户以炫耀仙道。

方士在民间活动的主要对象是“豪民”阶层。汉代社会经过长期休养生息，社会财富迅速积累，但这种积累并不是平均的，而是集中在国家和豪富吏民阶层。豪民这个阶层以聚敛和靡费为主要特性，他们的饮食、服饰、居住、车马、声色、婚丧礼等各个方

---

① 《汉诗》卷九，逯钦立辑校《先秦汉魏晋南北朝诗》上册，第266页。
② 《全梁文》卷三三，严可均辑《全上古三代秦汉三国六朝文》第3册，第3142页。

面几乎可以与上层统治者媲美[①]。他们中的一些人模仿上层,养有俳倡和门客,其中当亦有方术之士。方士兜售仙药的主要对象就是这些豪民,乐府中对这种现象有十分生动的描写。如《平调·长歌行》:

> 仙人骑白鹿,发短耳何长。导我上太华,揽芝获赤幢。来到主人门,奉药一玉箱。主人服此药,身体日康强。发白复更黑,延年寿命长。[②]

骑白鹿、发短耳长是汉人幻想中的仙人形象,当时"仙戏"中当不乏此类扮相。这位方士自称在太华遇仙,揽采到赤幢芝,制成仙药。现在他带着这种仙药来找"主人",说要献药给他,并且极力宣传此药的神效。《董逃行》中的方士则自称曾到仙人玉堂,"采取神药若木端,玉兔长跪捣药虾蟆丸。奉上陛下一玉柈,服此药可得神仙"[③]。一向皇帝兜售,一向民间豪富兜售,对象虽然不同,手段完全一样。上述作品都带有风俗诗的性质,是汉代社会中方仙道活动的真实写照。

除了服药求长生外,乐府诗中还表现了典型的民间式游仙升天的幻想:

> 邪径过空庐,好人常独居。卒得神仙道,上与天相扶。过谒王父母,乃在太山隅。离天四五里,道逢赤松俱。揽辔为我御,将吾上天游。天上何所有,历历种白榆。桂树夹道生,青龙对伏趺。凤凰鸣啾啾,一母将九雏。顾视世间人,为乐甚独殊。(《陇西行》)[④]

---

① 参见张鹤泉《〈盐铁论·散不足篇〉所反映的西汉社会生活》一文,载《中国典籍与文化》1995 年第 4 期。文章比较详细地介绍了豪民阶层的消费观和消费生活。

② 《汉诗》卷六,逯钦立辑校《先秦汉魏晋南北朝诗》上册,第 262 页。

③ 郭茂倩《乐府诗集》卷三四,第 2 册,第 505 页。

④ 《汉诗》卷九,逯钦立辑校《先秦汉魏晋南北朝诗》上册,第 267 页。

> 今日乐上乐，相从步云衢。天公出美酒，河伯出鲤鱼。青龙前铺席，白虎持榼壶。南斗工鼓瑟，北斗吹笙竽。姮娥垂明珰，织女奉瑛琚。苍霞扬东讴，清风流西歈。垂露成帷幄，奔星扶轮舆。（《艳歌》）[①]

这两首诗，写出了汉代普通人所梦想的天堂，这是一种生动的、摸得到轮廓的梦想。远古神话认为最初天上与人间是相通的，民神杂居。后来蚩尤作乱，苗民助其为虐。无辜受戮之民告于上帝，“皇帝哀矜庶戮之不辜，报虐以威，遏绝苗民，无世在下。乃命重、黎，绝地天通，罔有降格”[②]。袁珂先生解释说：“为了怕再发生像蚩尤裹挟苗民那样的叛乱，上帝便叫大神重和大神黎去将天和地隔绝起来，使人上不了天，神下不了地，人神睽隔，各保平安，建立起宇宙的新秩序。”[③]这其实是以发展的理性对远古天地相连、人神相通的天堂幻想的否定，但仍然采用神话的方式来否定，可见不是一种彻底的否定。它说明人类理性发展之艰难，常常与非理性交糅着。但在民间，天堂的幻想仍然是真切的。《陇西行》《艳歌》中描写的天堂，像人间一样有一种坚实、明朗的感觉，毫无迷离恍惚之象，“离天四五里”、“相从步云衢”，都让人感到天堂与人间邻近，人毫不费力就可以到达天上，就像从乡村越过田野走向都市一样。这正是远古天地相连、人神相通的幻想在民间的存续，再加上当时神仙家所创造的新形象。笔者儿时听到过这样一个民间神话故事：天堂本来很低，它与人间只隔着一只梯子那样的距离，而且天堂口上也确实架着一只梯子，人可以沿着梯子爬上天。孩子们更是得到神的特别恩宠，经常让他们在天堂玩耍，有时还能吃到神做的饭菜。他们总是纳闷为什么神做的菜比妈

---

① 《汉诗》卷一〇，逯钦立辑校《先秦汉魏晋南北朝诗》上册，第289页。

② 《尚书正义》卷一九《吕刑》，《十三经注疏》上册，第247—248页。

③ 袁珂《中国神话通论》，巴蜀书社，1993年，第167页。

妈们做的菜味道好得多。有一天,一个有心计的小孩偷偷溜进神的厨房观看,他终于发现事情的奥秘:原来神们做菜时用了一种叫作“盐”的东西。于是,他起了小小的“歹心”,偷偷抓了一把盐想带回去,可是神很快就发现了,并且追了上来,小孩拼命地跑回大地,神也追到大地,眼看就要追上了,小孩惊慌地将盐撒进身旁的海里,想消除“赃证”,可没想到这一把盐使整个海水都变咸了。神无可奈何地回到天上,却抽掉了架在天堂口的那只梯子,天堂也冉冉地升高了,没入云际。这个神话是对海水产盐现象的一种解释,但引起的是人们对天堂的幻想,也是属于“绝地天通”这一类的神话。对于小孩、对于历史感淡薄的老百姓来说,“绝地天通”好像是不久前发生的事情。笔者清晰记得,当时听了这个故事后,自己对于“天”甚至对于上楼,有了一种神秘的感觉,做过小小的天堂之梦……这里之所以举这个民间神话为例,是想说明在神仙意识活跃的汉代,人人怀有一个轮廓清晰的“天堂之梦”是并不奇怪的。维柯《新科学》卷首“图形说明”在分析祭坛原在地球下方支撑地球,后来逐渐升到恒星与天空之上的一段话,竟与上面这则故事惊人地相似:

> 祭坛在地球下面支撑着地球,读者务必不要认为这种安排不妥当。下文我们会发现,后来诸异教民族把世间的一些最早的祭坛都提升到诗人们所说的第一重天里去了。这些诗人们在他们的寓言里忠实地叙述了天神曾在尘世间统治过人类,替人类留下巨大的福泽。这些原始人类,比起成年时期的人类来,还是些儿童,相信天不过有山顶那样高,就连现在的儿童们也相信天不过比屋顶高。等希腊人的智力发展了,老天才被提升到最高的山峰顶,例如奥林普斯峰,荷马就叙述过他那时候的天神就住在这座山峰上。最后,天神就被提升到诸星球之上,如天文学现在所教导我们的,就连奥

林普斯也被提升到恒星天空之上了。祭坛也被转移到那里去，变成一个星座了。[①]

维柯所说的这种原始性天人合一的神话，即中国古典所记载“绝地天通”的神话。有意思的是，这种神话并非停留在原始时代，到上世纪六七十年代，笔者在浙南地区仍然能够听到这样的神话，并且是用它来解释盐与海水变咸现象的。《山海经》、楚辞、汉乐府所书写的升天神话，正是维柯所说“诗人们”对天神相通的世界观念的忠实叙述。上面两首诗为我们提供了汉代人天堂幻想的“标本”，具有很高的社会学的认识价值。它们与后来文人的游仙诗其实是不同的，文人游仙诗是一种寄托与想象，而它们则是原始性、鲜活的人们意识中普遍存在的神话意识与想象图景的一种写实。

乐府诗游仙升天情节，不含有文人游仙之作那种超越现实、追求个体独立的主题思想，人们只不过想从天堂得到新鲜感受，像游览繁华胜地一样。天堂有无尽的物质享受，充满了快乐，这是常人的天堂梦想的基本内涵，所以乐府诗的升天情节也是清晰的、写实的，只是人间幸福感、享乐感的膨胀。这在《艳歌》一诗中表现得很鲜明。

总而言之，乐府民歌中的神仙长生幻想，比文人辞赋所表现的要真切得多，正是这种精神素质使它们显得真率稚拙，表现出幻想、乐观的生命情调，与文人们因现实压抑而爆发力量、方向明确的游仙情结是异趣的。除了神仙诗外，在其他乐府诗里也可以看到长生延寿的祝词，如“今日乐相乐，延年万岁期”[②]，“长笛续短笛，欲今皇帝陛下三千万”[③]，“清樽发朱颜，四坐乐且康，今日乐相

---

① ［意］维柯《新科学》，朱光潜译，人民文学出版，1987 年，第 5 页。

② 《汉诗》卷九《艳歌何尝行》，逯钦立辑校《先秦汉魏晋南北朝诗》上册，第 147 页。

③ 《汉诗》卷一〇《前缓声歌》，逯钦立辑校《先秦汉魏晋南北朝诗》上册，第 282 页。

乐,延年寿千霜","长笛续短笛,愿陛下保寿无极"[①],这些祝词与《诗经》里"万寿无疆"之类的祝词性质是一样的[②]。作为诗句,没有多少艺术性,但作为民俗材料,还是值得注意的,它反映了我们民族源远流长的祝寿传统,是一种富有民族色彩的生命情调的表现。

当然,我们不能过于强调汉代民间对神仙长生幻想的沉醉。事实上,自从人类走出蒙昧时代之后,从来不会出现全体人群都无条件沉溺在长生幻想中的情形。我们在前面有关章节论述过《诗经》时代世俗理性生命观的建立以及先秦诸子对自然死亡概念的哲学论证,汉代处于这些思想洗礼之后,社会生命观不可能完全回复到神话时代。客观地说,汉代社会非理性生命意识的高涨,主要是一种文化效应,是神仙家及神学哲学家所创造的神仙文化对社会心理之影响的结果。这种影响因个体的生命情绪、现实经历乃至个性、气质之不同而不同,因此有热衷于求仙者,也有因求仙无成而产生怀疑、流露感伤的个体。在乐府诗中还有一些感叹生命短暂的作品,开汉末文人诗此类主题之先河。这些问题我们将在后面的章节中逐一讨论。

总之,汉代文学中神仙主题的表现,是汉代神仙文化的反映。从文学所表现的神仙意识与现实中神仙宗教之贴近、规模之大、种类之多这些情况来看,我们可以说,神仙主题的文学创作高峰应属汉代。

---

① 《汉诗》卷一〇《古歌》,逯钦立辑校《先秦汉魏晋南北朝诗》上册,第289页。

② 龚自珍《瓦录序》记所藏汉瓦当,"其文字多伤心哀丽者",文中云:"予所录五十有五,曰长生未央,曰长乐未央,曰长生无极,曰与天无极,曰千秋万岁、与地无极,曰亿年无疆,曰永奉无疆……曰骀荡万年……曰延年益寿,曰延寿万岁……曰维天降灵、延元万年、天下康宁……"见《龚定庵全集》卷三,国学整理社,1935年,第31—32页。

四、乐府仙诗佚篇《河东蒲反歌诗》考索[1]

班固《汉书·艺文志》"诗赋类"著录的"歌诗二十八家三百一十四篇"的篇目，是研究汉代歌诗的重要文献，然而多数是散佚不可考之作。其中的"《河东蒲反歌诗》一篇"，就是古今无考的散佚之作。另外，郭茂倩《乐府诗集》卷四〇《相和歌辞·瑟调曲》中著录南齐陆厥、梁刘遵《蒲坂行》各一篇，并有按语云：

> 《古今乐录》曰："王僧虔《技录》有《蒲坂行》，今不歌。"《通典》曰："河东，唐虞所都蒲坂也。汉为蒲坂县。春秋时秦晋战于河曲，即其地也。"[2]

陈国庆《汉书艺文志注释汇编》云："顾实《汉志讲疏》：蒲反即蒲坂。按，西汉蒲反，今山西永济县东。"[3]河东为汉郡名，按《西汉会要·方域一·郡国沿革》："河东郡，汉初属魏，高帝二年韩信等虏魏王豹，定魏地，置河东郡。"[4]又河东郡属司隶校尉。又据刘体智《小校经阁金文拓本》卷十一汉鼎部分，著录汉"蒲反迎光宫鼎盖第十一"铭文[5]，可知当时蒲反有迎光宫，当为汉帝行河东祠后土时的行宫，据《汉书·郊祀志》，西汉武帝、宣帝、元帝、成帝都曾行河东祠后土。王先谦《汉书补注》注"《河东蒲反歌诗》一篇"条亦引郭氏此说[6]，即认为陆、刘的《蒲坂行》，即《河东蒲反歌诗》之拟作。按王僧虔《技录》，即《乐府诗集》卷三〇《相和歌辞·平调曲》

---

① 本节原载《文史知识》2007 年第 12 期。
② 郭茂倩《乐府诗集》卷四〇，第 2 册，第 596 页。
③ 陈国庆《汉书艺文志注释汇编》，中华书局，1983 年，第 180 页。
④ 徐天麟《西汉会要》卷六四，中华书局，1955 年，第 639 页。
⑤ 刘体智《小校经阁金文拓本》，民国二十四年手拓影印。
⑥ 王先谦《汉书补注》，中华书局影印光绪二十六年长沙虚受堂刊本，1983 年。

按语中所说的“王僧虔《大明三年宴乐技录》”[①],大明为南朝刘宋孝武帝年号。《古今乐录》,据《隋书·经籍志·乐》,为南朝陈沙门智匠所撰[②]。据此可知,《蒲坂行》歌曲刘宋时仍传,陈代已不歌。按《大明三年宴乐技录》中的《蒲坂行》,其曲名无疑渊源于《汉志》所著录的《河东蒲反歌诗》,但歌曲内容是否即汉代原曲,抑或与原曲内容有渊源关系,现在已不得而知。

按照通常的理解,既然齐、梁时陆厥、刘遵两家的拟乐府诗《蒲坂行》仍存,我们似乎可以从拟作中窥探《河东蒲反歌诗》古辞或刘宋大明时演奏的《蒲坂行》的歌辞内容。但是这里有一个问题,就是陆、刘的《蒲坂歌》在创作方法上,用的是南齐永明以来流行的赋曲名法。这种方法的特点是不管古辞存否,都不考虑原作的内容与题材,而只是将旧曲名当作一个题目来作诗,根据作者的理解来赋咏曲题。原本晋宋文人的拟乐府,都是有原作作为模拟对象的,原作如果不存,或者因某种原因(如朝廷雅颂歌曲)而不能模拟,拟作就不能进行。现在采用了赋曲名即赋题的方法,就形成这样一种情况,不管原作存否,只要有一个曲调,就可以拿来写诗。其实这种拟乐府已经不是真正意义上的拟乐府了,但在齐梁拟乐府中却是主要的方法,并且一直延续到唐人拟乐府中。这个问题我已在一篇论文中详细讨论过[③]。我们现在来看陆、刘拟作:

江南风已春,河间柳已把。雁反无南书,寸心何由写?流泊祁连山,飘飘高阙下。(陆厥《蒲坂行》)[④]

汉使出蒲坂,去去往交河。间谍敢亏对,骖马脱鸣珂。

① 郭茂倩《乐府诗集》卷三〇,第2册,第441页。

② 清人王谟《汉魏遗书抄》、马国翰《玉函山房辑佚书》、黄奭《汉学堂丛书》都有《古今乐录》辑佚本。

③ 钱志熙《齐梁拟乐府诗赋题法初探——兼论乐府诗写作方法之流变》,《北京大学学报(社科版)》1995年第4期。

④ 《齐诗》卷五,逯钦立辑校《先秦汉魏晋南北朝诗》中册,第1464页。

乍作渡泸怨，何辞上陇歌。（刘遵《蒲坂行》）[1]

从这两首拟作来看，作者是将《蒲坂行》当作出塞使节歌唱飘泊情绪的歌曲，就像郭仲产《秦州记》所载晋代歌谣《陇头歌》[2]，所以是抓住“蒲坂”这个地名来写作。但蒲坂即蒲反，在今山西永济东部，刘遵却说“汉使出蒲坂，去去往交河”，地理位置不对，可见在他的理解中，“蒲坂”只是出使西域路上的某个地名，与河东蒲坂无关，或者虽知为河东蒲坂，但对其地理位置并不清楚。而且从陆厥拟作以江南春天、河间柳色暗示蒲坂之“蒲”来看，正是以蒲坂为生长蒲草这个意思入手来写诗。上述内容处理，正是典型赋题法的拟乐府。所以我们绝对不能根据这两人的拟作来猜想《河东蒲反歌诗》的内容性质。陆厥拟古曲多出班《志》“歌诗二十八家三百一十四篇三百一十四篇”[3]中，如《南郡歌》即拟《南郡歌诗》，《左冯翊歌》即拟《左冯翊秦歌诗》，《京兆歌》即拟《京兆尹秦歌诗》，《李夫人及幸贵人歌》即拟《李夫人及幸贵人歌诗》[4]。陆厥的《蒲坂行》正属于这一赋曲名系列，但其题为“蒲坂行”，而非题“蒲反歌”或“河东蒲反歌”，则是兼用宋时尚存的《蒲坂行》的曲名。其内容与《大明三年宴乐技录》之《蒲坂行》有无关系，我们现在也不得而知。

那么，《汉书·艺文志》著录的《河东蒲反歌诗》究竟是什么内容呢？由于原诗很早就已亡佚，所以从来没有人提过这样的问题。但笔者最近阅读王充《论衡·道虚篇》，意外地发现其中完整记载着这首诗的本事，甚至就是歌辞的原始文本的记录：

是与河东蒲坂项曼都之语无以异也。曼都好道学仙，委家亡去，三年而返。家问其状，曼都曰：“去时不能自知，忽见

---

① 《梁诗》卷一五，逯钦立辑校《先秦汉魏晋南北朝诗》中册，第1805页。

② 《晋诗》卷一八，逯钦立辑校《先秦汉魏晋南北朝诗》中册，第1020页。

③ 《汉书》卷三〇，第3册，第1775页。

④ 《齐诗》卷五，逯钦立辑校《先秦汉魏晋南北朝诗》中册，第1465页。

若卧形,有仙人数人,将我上天,离月数里而止;见月上下幽冥,幽冥不知东西。居月之旁,其寒凄怆。口饥欲食,仙人辄饮我以流霞一杯。每饮一杯,数月不饥。不知去几何年月,不知以何为过,忽然若卧。复下至此。"河东号之曰"斥仙"。①

王充《论衡·道虚篇》的主题是驳斥神仙升天之说的虚妄。作者列举黄帝鼎湖升天、淮南王上天、卢敖见若士升天等汉代流传的著名神仙故事,一一用朴素的实证方法驳斥之,但其本身也是关于汉代神仙观念流行的重要资料。上述河东项曼都升天故事,也是作者举出来加以批驳的。《论衡》之外,东晋葛洪的《抱朴子·祛惑》也记载项曼都故事,情节与王充所记基本上一样,但文字稍有不同:

河东蒲坂有项曼都者,与一子入山学仙,十年而归家,家人问其故。曼都曰:在山中三年精思,有仙人来迎我,共乘龙而升天。良久,低头视地,杳杳冥冥,上未有所至,而去地已绝远。龙行甚疾,头昂尾低,令人在其脊上,危怖崄巇。及到天上,先过紫府,金几玉床,晃晃昱昱,真贵处也。仙人但以流霞一杯与我,饮之辄不饥渴。忽然思家,到天帝前,谒拜失仪,见斥来还,令当更自修积,乃可得更复矣。……河东因号曼都为"斥仙人"。②

几乎无可置疑,王充与葛洪记录的"斥仙人"项曼都升天故事,就是班固著录的《河东蒲反歌诗》的内容,而王、葛二人的记载,差不多就是歌辞原来文本的样子。它实际上是一首杂言歌诗。汉代方仙道流行,求仙风气甚盛,流行着许多神仙传说。当时的乐府诗作者,多采此类神仙传说入诗,情节生动,富有娱乐趣味③。汉

① 《论衡》卷七,《诸子集成》第7册,第70页。

② 王明《抱朴子内篇校释》,中华书局,1985年,第350页。

③ 参见拙著《汉魏乐府的音乐与诗》第五部分(二)"方仙道、平乐馆仙戏和乐府神仙诗",大象出版社,2009年,第99—121页。

武帝好神仙，上文引《小校经阁金文拓本》知汉有“蒲反迎光宫”，似为武帝幸河东祠后土所立，则这首游仙乐府诗《河东蒲反歌诗》的采集，很可能与迎光宫有关系，当是武帝时代采集的乐府歌谣之一，也可以说是武帝时代狂热的求仙风气的产物。现存汉乐府《相和歌辞》有多篇讲述游仙升天故事的诗歌，其中杂言体《清调曲·董逃行》与上引王、葛所录项曼都故事的文本样式最为接近：

> 吾欲上谒从高山，山头危险道路难。遥望五岳端，黄金为阙班璘。但见芝草叶落纷纷，（一解）百鸟集，来如烟，山兽纷纶，麟辟邪其端。鹍鸡声鸣，但见山兽援戏相拘攀。（二解）小复前行，玉堂未心怀流还。传教出门来，“门外人何求？”“所言欲从圣道，求一得命延。”（三解）教敕凡吏受言：“采取神药若木端。”玉兔长跪捣药虾蟆丸。奉上陛下一玉柈，服此药可得神仙。（四解）服尔神药，莫不欢喜。陛下长生老寿，四面肃肃稽首，天神拥护左右，陛下长与天相保守。（五解）[①]

项曼都入山精思道术而后由仙人引其升天，此诗也是上谒高山而得升天。这是汉人升天故事的基本情节，是当时神仙意识的直接反映。汉乐府故事情节复杂生动者，多用杂言，世俗故事如《孤儿行》《妇病行》，神仙故事如《董逃行》及《吟叹曲·王子乔》。因相和曲的基本体制为说唱，所以其文体常用杂言，并且时用对白，韵散结合[②]。《河东蒲反歌诗》正是一首杂言体。也因于此，经过王充、葛洪转述后，其歌辞的文本形式，能够最大限度地保持原状，但也因而长期隐蔽在《论衡·道虚篇》与《抱朴子·祛惑篇》中，被作为一个纯粹的散文叙述来看待。

---

① 《汉诗》卷九，逯钦立辑校《先秦汉魏晋南北朝诗》上册，第264页。

② 参看拙著《汉魏乐府的音乐与诗》第三部分（四）“相和歌辞的音乐特点”中的有关论述。

杂言体乐府诗《河东蒲反歌诗》歌词主要是由项曼都自述构成的。《论衡》及《抱朴子》所载的曼都自述,句式相对整齐,并有节奏与押韵。可以肯定,王充与葛洪就是按照歌曲本身记录的。其中王充《论衡·道虚篇》所载"见月上下幽冥,幽冥不知东西。居月之旁,其寒凄怆"等句,葛洪《抱朴子·祛惑》"龙行甚疾,头昂尾低,令人在其脊上,危怖崄巇。及到天上,先过紫府,金几玉床,晃晃昱昱"等句,其句法、韵律节奏,相当整齐,不可能是王、葛二人的修辞造句。但是,葛洪的叙述,情节较王充的叙述更丰富生动,尤其其中有"乘龙"这个情节,为王充叙述所无。葛氏加详的部分,并非葛氏所增,而可能是王充所减。历来注《抱朴子》中这段文字,都要提到王充《道虚篇》。但从葛氏文本之转详于王充来看,王、葛都是根据《河东蒲反歌诗》本身,葛洪并非转引自王充,而是另有所据[①]。当然也有可能,这首《河东蒲反歌诗》,像其他乐府诗一样,有多种版本,王充根据的是汉代版本,葛洪根据的则是魏晋时的版本,因为晋乐所奏的汉魏旧曲,常有增加修改。如果葛洪所看到或听到的项曼都故事是根据歌曲本身,则离葛洪时代稍近一点的王僧虔所撰《大明三年宴乐技录》中的相和歌辞《蒲坂行》,当然有可能就来自《河东蒲反歌诗》的流传,但对此我们无法确定。刘宋末新乐流行,汉魏以来的清商乐过时散落,这种情况王僧虔有具体的介绍。《宋书·乐志》载王僧虔在昇明二年上表章云:"今之清商,实由铜雀,魏氏三祖,风流可怀。京洛相高,江左弥重。……而情变听改,稍复零落,十数年间,亡者将半。自顷家竞新哇,人尚谣俗,务在噍危,不顾律纪,流宕无涯,未知所极。

① 后世述项曼都故事,有引《论衡》者,如《太平御览》卷八天部、卷三四时序部、卷一八六器物部、卷七五九居处部都曾节引项曼都故事,天部引自《论衡》,其他几部都引自《抱朴子》。颜之推《颜氏家训·文章篇》论文章用事之误时,亦称简文帝误用《抱朴子》项曼都事。另古人诗文用项曼都事者,有柳宗元《河东集》、许浑《丁卯集》等。

排斥典正,崇长烦淫。"[1]齐梁时期,汉魏旧乐遗失更尽,《蒲坂行》即《河东蒲反歌诗》,应该就是在这个时期亡佚的。所以陈释智匠称"今不歌",而陆厥、刘遵所拟,亦仅用其曲名而已。对于《河东蒲反歌诗》内容为项曼都升天故事这一点,陆厥肯定已经不知道,他写《蒲坂行》,并未见到原曲的歌辞。至于王、葛所据《河东蒲反歌诗》是否有版本的不同,还有王僧虔《技录》中的《蒲坂行》是否即汉乐府《河东蒲反歌诗》,还有陆、刘所拟《蒲坂行》是纯粹出于他们自己的想象,还是另有所据,这些问题,目前尚不能完全清楚。

以上即是我对《河东蒲反歌诗》的考索。我的看法是,《河东蒲反歌诗》即王充、葛洪所述项曼都升仙故事,两家的转述,纵不能与歌辞文本完全一样,但也是十分接近的。作为一首乐府杂言诗,《河东蒲反歌诗》不仅情节生动,而且歌辞的语言艺术也相当高,与现存乐府神仙诗《董逃行》《王子乔》《陇西行》等相比,艺术上毫不逊色。汉乐府为一代之文艺,而作品所存不过数十篇,而《河东蒲反歌诗》却隐藏在《论衡·道虚篇》《抱朴子·祛惑》中近两千年,今因偶然触会而发现,其快何如!班固《汉书·艺文志》与王充《论衡》都是学者常读典籍,但却一直未有学者发现《论衡》所说"河东蒲坂项曼都事"与《河东蒲反歌诗》的关系,其主要原因,恐怕是因为治子书与治集部者学问悬隔,另外,古今学者对于汉乐府神仙诗的体制及写作特点不十分熟悉。同时也说明,学术的发现,带有一定的机遇和偶然性,而这正是学术研究中的快乐境界。笔者发现这个问题后,曾检阅《汉书·艺文志》及《论衡》《抱朴子》的多种注本,未见有前人提到这一问题。但仍恐学力疏浅,不敢断言前人绝未见及此也,姑记于此,以俟后验。

---

① 沈约《宋书》卷一九,中华书局,1974年,第553页。

第十章 汉代诸子的自然哲学生命观

整个汉代的政治及伦理道德领域，弥漫着一种宗教色彩浓厚的天人合一、天人感应的意识。可以说，汉代生命意识领域整体上是倾向于非理性的。正是这种宗教色彩、非理性意识，与大一统政治结合后，形成了汉代文艺瑰玮神奇的美学特征，其中尤以汉赋、汉碑、汉画像等为代表。

但是另一方面，属于理性范畴的自然哲学的生命观在汉代仍然获得巨大发展。自然哲学范畴的生命观，是建立在明确的自然死亡观念基础上的认识，亦即人类对生死规律的明确认识，这是先秦诸子基本的生命思想。只有墨家执持鬼神之说，但其出发点在于以明鬼神之有而存教化之义，这与儒家的慎终追远而使民德归厚其实是一个意思。当然，这也的确为后来的宗教发展预留基石，就如道教一派对于主观精神作用的绝对化认识、对于人法自然天地的功能的强化，为后来的神仙道教造成神学哲学的基础一样。

汉代诸子之学，是春秋战国诸子之学的继续。汉代诸子的主流，不仅继承了春秋战国诸子的自然哲学生命观，而且继承了其理性思辨精神。而桓谭、王充等人在谶纬、神仙、神鬼之说盛行，并于整个政治与文化施以很大影响的时候，坚持道家原始的自然生命观教义，以及儒家不言怪力乱神的朴素唯物的立场，并作出发展。其根本立场即重视经验与常识，疾虚妄。虽然他们在常识与经验不足以解决的时候，有时也重新陷入神秘的观念，但整体表现出一种廓清各种虚妄的生命意识的力量。这对后来魏晋诸子有直接的启引作用。

一、《淮南子》的生死观

《淮南子》在生命思想方面的基本思想结构，与老子、庄子有密切关系，一方面它继承了老庄的自然哲学生命观，另一方面又因其所处黄老思想与神仙道术流行的背景，成为汉代神仙学之一家，以至为后来魏晋神仙学家葛洪等人所援引。所以，它在从汉代到魏晋的生命思想发展历程中的影响是多方面的，其生命观的性质也是比较复杂的。但作为《淮南子》生命思想的基调，是一种十分明确的自然死亡观念：

> 夫大块载我以形，劳我以生，逸我以老，休我以死。善我生者，乃所以善我死也。[1]

"逸我"两句，高诱注："《庄子》曰：生乃徭役，死乃休息也。故曰休我以死。"[2]高注指出了《淮南子》这种自然死亡的生命思想的来源。经历了战国及秦汉之际的战乱、甫就安定的汉初思想家，对于这种自然死亡的思想，真实地表现出一种亲和感：顺任自然地生养休息，最后以死亡的形式回归自然。比起庄学一派的恶生乐死，《淮南子》将生与死都看作是自然安排，在生死之间找到了一种平衡与调和。这应该是饱经离乱丧亡、经历了大量非自然死亡之后的汉初思想家们的共同体悟。在这里，死亡既非以一种狰狞的死神面目出现，也没有被夸张为原本的乡园与乐国，以及后世佛家的涅槃乐境。正是这种亲和感开启对大自然的审美之门。

① 《淮南子》卷二《俶真训》，《诸子集成》第7册，第20页。
② 《淮南子》卷二《俶真训》，《诸子集成》第7册，第20页。

淮南子对生命的基本思想,是天地生人,阴阳二气化生万物,人之精神来自天,骨骸来自地。生命结束时,精神归于天,骨骸归于地:

> 古未有天地之时,惟像无形;窈窈冥冥,芒芠漠闵,澒濛鸿洞,莫知其门。有二神混生,经天营地,孔乎莫知其所终极,滔乎莫知其所止息。于是乃别为阴阳,离为八极,刚柔相成,万物乃形,烦气为虫,精气为人。是故精神,天之有也;而骨骸者,地之有也。精神入其门,而骨骸反其根,我尚何存?①

生命即为天地自然所生,所以生也不为德,死亦不为酷。天地生人,亦如陶者陶坯,人所应做的,就是因任自然,不以生死为意:

> 夫造化者既以我为坯矣,将无所违之矣。吾安知夫刺灸而欲生者之非惑也?又安知夫绞经而求死者之非福也?或者生乃徭役也,而死乃休息也?天下茫茫,孰知之哉?其生我也,不强求已;其杀我也,不强求止。欲生而不事,憎死而不辞,贱之而弗憎,贵之而弗喜,随其天资而安之不极。吾生也有七尺之形,吾死也有一棺之土。吾生之比于有形之类,犹吾死之沦于无形之中也。然则吾生也物不以益众,吾死也土不以加厚,吾又安知所喜憎利害其间者乎?夫造化者之攫援物也,譬犹陶人之埏埴也。其取之地而已为盆盎也,与其未离于地也无以异。其已成器而破碎漫澜而复归于其故也,与其为盆盎亦无以异矣。②

《淮南子》的这种生死观,出于庄子,但更加地通俗应世。这种生命思想最为积极的意义,在于消除人们的畏死情绪,引导人们正确看待死亡的问题。但它也取消了生命原有的精神价值,尤其是

---

① 《淮南子》卷七《精神训》,《诸子集成》第7册,第99页。

② 《淮南子》卷七《精神训》,《诸子集成》第7册,第102页。

忽略了生命个体的社会属性与社会关系。《淮南子》在死生问题上的通达，有时也体现了某种清明的境界，“以利害为尘垢，以死生为昼夜”，“明于死生之分，达于利害之变”[1]。所以，《淮南子》的生死观从根本来讲，是属于道家一派的。这一派思想体现了自然死亡观念进一步的清晰化。

二、《淮南子》的生命结构论：性命与气志形神

相对老庄两家，《淮南子》呈现出杂家的色彩，而且具有汉代烦琐哲学的特点。在生命思想方面也是这样，对一些春秋诸子已经提出的范畴与观念，它所采用的是来回反复的论证方法，与其繁复、铺张扬厉的文体相应。其《要略》篇交代了这种论述方法与文体的特点：“而语不剖判纯朴，靡散大宗，惧为人之昏昏然弗能知也。故多为之辞，博为之说。”[2]所谓纯朴、大宗，实即老庄之论，而《淮南子》用汉世流行的论说及辞赋之体为之。可见老庄之书，亦为辞赋之一源也。但是，正因为这种论证方式与文体特点，《淮南子》的基本思想虽不越出于老庄，但一些重要概念却得以强化，而概念之间的关系得以建立，形成一种可以称为生命结构论的思想模式。

《淮南子》继承春秋诸子的性命之论。其论性命，倾向于自然的生成：“人生而静，天之性也；感而后动，性之害也。物至而神应，知之动也。知与物接，而好憎生焉。好憎成形，而知诱于外，不能反己，而天理灭矣！”[3]是则以性来自天，静而无知，善恶未形。

---

① 《淮南子》卷二《俶真训》，《诸子集成》第7册，第22页。

② 《淮南子》卷二一，《诸子集成》第7册，第369页。

③ 《淮南子》卷一《原道训》，《诸子集成》第7册，第4页。

但到感物而动后,便生出知识与好恶。而这个动的主体,则在于"神"。如果一味动而应物,不知反本,就会灭却天理。天理即是道。

《淮南子》将生命的整体称为性命。生命本于道,体现为具体的生命形式,则是性命:

> 是故夫得道已定,而不待万物之推移也,非以一时之变化而定吾所以自得也。吾所谓得者,性命之情处其所安也。夫性命者,与形俱出其宗,形备而性命成,性命成而好憎生矣。故士有一定之论,女有不易之行。①

它以得道为宗旨,认为得道则不随万物推移,不拘于一时之自得,其根本则在于达性命之情。这里所说的性命,并非理念性的东西,而是一种现实生命的形式,即所谓"形备而性命成",形有万类,所以性命也各不相同,其中所表现的是非好恶也是各不相同。而圣贤之所为,则是通过一种理性省察,使性命合于道:

> 所谓真人者,性合于道也。故有而若无,实而若虚,处其一不知其二,治其内不识其外,明白太素,无为复朴,体本抱神,以游于天地之樊,芒然仿佯于尘垢之外,而消摇于无事之业。浩浩荡荡乎,机械知巧弗载于心。②

由此可见,《淮南了》通过对烦琐的性命形神思想的论述,以求"合于道",其基本观点,仍然属于老庄的无为哲学的范畴。

合理的性命或合乎于道的性命之情的得到,在于超越现实的是非、好恶、利害,而一循于天地之道。其达到的方式,则是使"形神气志,各居其宜":

> 形神气志,各居其宜,以随天地之所为。夫形者,生之舍

---

① 《淮南子》卷一《原道训》,《诸子集成》第7册,第16页。

② 《淮南子》卷七《精神训》,《诸子集成》第7册,第103页。

也;气者,生之充也;神者,生之制也。一失位则三者伤矣。是故圣人使人各处其位,守其职而不得相干也。故夫形者非其所安而处之则废,气不当其所充而用之则泄,神非其所宜而行之则昧。此三者,不可不慎守也。[①]

它的主张,仍在于合乎自然地保守其形神志气,大抵以清静为尚:

夫精神气志者,静而日充者以壮,躁而日耗者以老。是故圣人将养其神,和弱其气,平夷其形,而与道沈浮俯仰,恬然则纵之,迫则用之。其纵之也若委衣,其用之也若发机。如是则万物之化无不遇,百事之变无不应。[②]

观此可知《淮南子》并非真的要隳废聪明,放弃智慧,一任于无为,而是要以处无、无为为一种原则与方法来养生、治国、使民。事实上,《淮南子》强调精神之用,《览冥训》述师旷奏《白雪》而神物下降、庶女叫天、雷电下击等故事,说明"专精厉意,委务积神,上通九天,激厉至精"[③]。由此可见,《淮南子》养生及治国使民的思想中,其以无为本的思辨实隐藏着极为功利的有为的目的。也正是通过它,老庄一派的自然哲学被过渡为一种可以直接使用在现实政治与社会生活、生命运使之中的实用哲学。这一点,其《修务训》开篇就说得很明白:"或曰:无为者,寂然无声,漠然不动,引之不来,之而不往。如此者,乃得道之像。吾以为不然。"[④]其后再大举古代圣人体道而处有为之例。从这点来说,《淮南子》同于《老子》,而不同于《庄子》。

生命即性命,是由阴阳二神所钟,天地所生。所以在《淮南子》的生命观中,也有一种天人相副的思想:"故头之圆也象天,足

① 《淮南子》卷一《原道训》,《诸子集成》第7册,第17页。
② 《淮南子》卷一《原道训》,《诸子集成》第7册,第18页。
③ 《淮南子》卷六,《诸子集成》第7册,第89页。
④ 《淮南子》卷一九,《诸子集成》第7册,第331页。

之方也象地。天有四时五行九解三百六十六日,人亦有四支五藏九窍三百六十六节。天有风雨寒暑,人亦有取与喜怒。故胆为云,肺为气,肝为风,肾为雨,脾为雷,以与天地相参也,而心为之主。是故耳目者,日月也;血气者,风雨也。"[①]这种天人相副、参以天地以理解人的生命结构与生命现象的思想,构成当时的一种生命科学,作为一种思维方式,深深地植根于中国传统的生命意识之中。自然,传统医学也是从这种生命哲学产生的。可以说,传统医学与神仙道教一样,都是建基于道家的自然哲学生命观之上的。

《淮南子》的养生思想也源于老庄一派,主张循道而养生。在《原道训》中,《淮南子》第一次以汉赋式的铺张扬厉的方式来论道。这可能是汉代思想的一致作风,汉代思想家的基本思想来源于先秦诸子,但其铺张扬厉、联类赋物的方式,则是属于其时代的一种表现。《淮南子》的整个文风,都是建立在这种风格之上。《原道训》的基本思想,仍然是道弥纶天地万物、大而无外、细而无内这样一种观点,而其宗旨则在于自然。所以《淮南子》的养生思想的第一个原则,在体道而任自然:"万物固以自然,圣人又何事焉?"[②]所说的自然,是一种万物之性,所以多举各地风俗服用之不同,乃至动植性状的不同为证,这里面明显具有一种朴素的自然科学的思想。在自然观点的支配下,《淮南子》接受老子处柔弱、守雌节的思想:"是故圣人守清道而抱雌节,因循应变,常后而不先,柔弱以静,舒安以定。"[③]又以水为喻,说明柔弱胜刚强以至柔驰骋天下至坚的道理。又以幻想体于无形,并以无形为一:"是故清静者,德之至也;而柔弱者,道之要也。虚无恬愉者,万物之用

① 《淮南子》卷七《精神训》,《诸子集成》第7册,第100页。
② 《淮南子》卷一《原道训》,《诸子集成》第7册,第6页。
③ 《淮南子》卷一《原道训》,《诸子集成》第7册,第10页。

也。肃然应感，殷然反本，则沦于无形矣。所谓无形者，一之谓也。所谓一者，无匹合于天下者也。卓然独立，块然独处，上通九天，下贯九野，员不中规，方不中矩，大浑而为一，叶累而无根，怀囊天地，为道关门。”[①]这种思想，当然也是来自老子，而解释上更趋通俗。《淮南子》以此来阐述政治及社会理想，主张“至人之治也，掩其聪明，灭其文章，依道废智，与民同出入于公”[②]。

《淮南子》的养生思想，虽然其基本哲学逻辑无过于老庄，但通过形神气志等范畴，第一次将其实用化，或可以说“科学化”：

> 夫孔窍者，精神之户牖也；而气志者，五藏之使候也。耳目淫于声色之乐，则五藏摇动而不定矣。五藏摇动而不定，则血气滔荡而不休矣。血气滔荡而不休，则精神驰骋于外而不守矣。精神驰骋于外而不守，则祸福之至，虽如丘山，无由识之矣。使耳目精明玄达而无诱慕，气志虚静恬愉而省嗜欲，五藏定宁充盈而不泄，精神内守形骸而不外越，则望于往世之前，而视于来事之后，犹未足为也，岂直祸福之间哉？[③]

最后一句中“犹未足为”，其实是“犹足为”的意思，高诱注即曰：“犹，尚也；为，治也。”意思是说，如果在精神上达到那样的境界，就可以有察往知来的大作为，何况趋避祸福这样的小事。本段这种阐述，已经具有相当明显的实践可行性。又如在体天地之道、尊精神之用的原则下，《泰族训》有这样的阐述：

> 今夫道者，藏精于内，栖神于心，静漠恬淡，讼缪胸中，（高诱注：讼，容也。缪，静也。）邪气无所留滞，四枝节族，毛蒸理泄，则机枢调利，百脉九窍莫不顺比。其所居神者得其位也。[④]

---

① 《淮南子》卷一《原道训》，《诸子集成》第7册，第11页。

② 《淮南子》卷一《原道训》，《诸子集成》第7册，第12页。

③ 《淮南子》卷七《精神训》，《诸子集成》第7册，第100页。

④ 《淮南子》卷二〇，《诸子集成》第7册，第349页。

这样的思想,当然可以直接施行于日常养生与医学方面。

《淮南子》的形神志气,是统一在性命之中的。其中"精神"是主宰的一方面,而形体是随着精神而变化的:

> 昔雍门子以哭见于孟尝君,已而陈辞通意,抚心发声,孟尝君为之增欷呜咽,流涕狼戾不可止。精神形于内,而外谕哀于人心,此不传之道。使俗人不得其君形者而效其容,必为人笑。①

这个"君形者"即是精神。"君形者"理论,在后来的绘画、雕塑理论方面有深远的影响,也是后来艺术传神理论的渊源所在。

三、桓谭的形神论与生死观

桓谭是汉儒中持自然哲学生命观的主要思想家之一,继《淮南子》之后进一步阐述生命的自然之理,对自然死亡的观念有比较透彻的论述。桓谭早年曾作《仙赋》,但那主要是文人寄托遐思而已,他本人对长生成仙之说是持怀疑态度的。汉光武帝时,谶纬之说流行,桓谭力言其非:"臣谭伏闻陛下穷折方士黄白之术,甚为明矣;而乃欲听纳谶记,又何误也。其事虽有时合,譬犹卜数只偶之类。"②可见其与稍后的王充一样,具有疾虚妄的思想。《新论·辨惑》明确地说:"无仙道,好奇者为之。"③对于当时一些神仙传说,他也多有讥议,如讥曲阳侯王根迎方士欧阳君惠之言:

① 《淮南子》卷六《览冥训》,《诸子集成》第7册,第90页。

② 《全后汉文》卷一二桓谭《抑谶重赏疏》,严可均辑《全上古三代秦汉三国六朝文》第1册,第535页。

③ 《全后汉文》卷一五桓谭《桓子新论》,严可均辑《全上古三代秦汉三国六朝文》第1册,第549页。

曲阳侯王根迎方士西门君惠，从其学养生却老之术。君惠曰：龟称三千岁，鹤称千岁，以人之材，何乃不及虫鸟邪？余应曰：谁当久与龟鹤同居，而知其年岁耳？[①]

又如讥冷喜称粪土拾食老翁为神仙之事：

余尝与郎冷喜出，见一老翁粪上拾食，头面垢丑，不可忍视。喜曰：安知此非神仙？余曰：道必形体如此，无以道焉。[②]

修道、神仙之说，多采用老庄论道之语，所以汉人直接称神仙为“道”，后来王充《道虚篇》的“道虚”，即是仙虚的意思。又作为后来道教前身的汉魏方仙道，在形式与宣教效果上，都是多种多样，五花八门，其意趣则在崇尚奇异。冷喜看到一个粪上拾食的老人，之所以说安知不是神仙，正是因为世人以为神仙之为多奇异违俗之事。后来到东晋南北朝贵族化的道教中已经将这一类内容消除掉了。

与桓谭同时的刘子骏也信神仙之说，就被桓谭讥议：

刘子骏信方士虚言，谓神仙可学。尝问言：人诚能抑嗜欲，阖耳目，可不衰竭乎？余见其庭下有大榆树，久老剥折，指谓曰：彼树无情欲可忍，无耳目可阖，然犹枯槁朽蠹。人虽欲爱养，何能使不衰？[③]

观上述数条，可见桓谭对于神仙可学之说，是明确否定的。其观点对魏晋无仙论者如王充、曹植等人有直接的影响，曹植《辩道论》就引用了上条说法。对于鬼神之说，桓谭也明确否定。如

---

① 《全后汉文》卷一五桓谭《桓子新论》，严可均辑《全上古三代秦汉三国六朝文》第1册，第549页。

② 《全后汉文》卷一五桓谭《桓子新论》，严可均辑《全上古三代秦汉三国六朝文》第1册，第549页。

③ 《全后汉文》卷一五桓谭《桓子新论》，严可均辑《全上古三代秦汉三国六朝文》第1册，第551页。

他记载楚灵王好鬼信巫祝,吴国来攻,仍然鼓舞自若,并且说神能帮助他;又记其亲见王莽好卜筮,笃事鬼神,多作庙兆,吏民深为所苦,都是明显地持否定态度。他说:“圣王治国,崇礼让,显仁义,以尊贤爱民为务,是为卜筮维寡,祭祀用稀。”[①]可见桓谭辩说神仙、神鬼之妄,与他批评谶纬之说一样,是本着儒家的政治理念。但他又是汉魏晋时期士人不专守一经、博学多闻风气的开创者,所以也记载了如李少君替汉武帝召李夫人魂灵、黄门郎程术好黄白之术、吕仲子婢死后常返家抚女等多涉神鬼的事情。由于《新论》文本散佚,这些记载常常不见首尾,有些已无桓谭的评论,因此多为后来言神仙鬼物者所引据,如葛洪《抱朴子》就引用他有关黄白之术的记载。对于黄老养生之术,桓谭虽不信其成仙之效,但也强调精神专一,能致长寿,所以他的一些观点,有时也被魏晋以降的神仙家所用。

桓谭在生命思想方面影响较大的是形神之说。《弘明集》卷五郑道子《神不灭论》后附有桓君山《新论》以火烛说形神的一篇,严氏辑入《新论·祛蔽》。其文曰:

> 余尝过故陈令同郡杜房,见其读《老子》书,言老子用恬淡养性,致寿数百岁。今行其道,宁能延年却老乎?余应之曰:虽同形名,而质性才干,乃各异度,有强弱坚脆之姿焉。爱养适用之,直差愈耳。譬如衣履器物,爱之则完,全乃久。余见其旁有麻烛,而灺垂一尺所,则因以喻事,言精神居形体,犹火之然烛矣。如善扶持,随火而侧之,可毋灭而竟烛。烛无火,亦不能独行于虚空,又不能后燃其灺。灺犹人之耆老,齿堕发白,肌肉枯腊,而精神弗为之能润泽,内外周遍,则气索而死,如火烛之俱尽矣。

① 《全后汉文》卷一三桓谭《桓子新论》,严可均辑《全上古三代秦汉三国六朝文》第1册,第540页。

……

今人之养性，或能使堕齿复生，白发更黑，肌颜光泽，如彼促脂转烛者，至寿极亦独死耳。明者知其难求，故不以自劳；愚者欺或，而冀获尽脂易烛之力，故汲汲不息。又草木五谷，以阴阳气生于土，及其长大成实，实复入土，而后能生，犹人与禽兽昆虫，皆以雄雌交接相生，生之有长，长之有老，老之有死，若四时之代谢矣。而欲变易其性，求为异道，惑之不解者也。[①]

桓谭的形神之说，就是针对神仙道术一派而言的，是从根本上对神仙可学之说的驳斥。神仙学者所持是全神延生之说，桓谭则认为人的生命与衣物一样，惜用可以长久，滥用则短暂。这一长久之理，在于形神相扶，就像烛与火一样，不断地扶正烛焰，暗则挑明，可以让其尽燃。但是烛尽火亦灭，正如身体死了，精神也跟着消失。从思想史来看，桓谭较早提出形神相依相终的观点。传统自然死亡观念比较粗糙，没有从精神与肉体的关系来论述死亡，因此为灵魂说、神仙说留下了余地。桓谭从形神相依相灭的关系来论述死亡，使自然死亡的观念更趋缜密。后来东晋南朝时期针对成佛、三世轮回之说的神灭论，即是继承桓谭这一派的观点，而发展为更加系统、完整的无神论思想。而主张神不灭的众多论者，如郑道子、慧远等人，也都采用桓谭的火烛之说，从而发展出有神论者的薪火之喻。《弘明集》卷五郑道子《神不灭论》附"桓君山新论"下载注文："臣澄以谓君山未闻释氏之教，至于论形神，已设薪火之譬。后之言者乃暗与之会，故有取焉。"[②]

---

① 《全后汉文》卷一四桓谭《桓子新论》，严可均辑《全上古三代秦汉三国六朝文》第1册，第544页。

② 僧祐《弘明集》卷五，上海古籍出版社影印碛砂大藏经本，1991年，第30页。

四、《论衡》疾虚妄的生命思想

(一)《论衡》对生命本体的看法。

《论衡》所秉持的生命观是建立在自然哲学思想基础上。王充在《自然篇》中申述天地无意志的基本观念:

> 天地合气,万物自生,犹夫妇合气,子自生矣。万物之生,含血之类,知饥知寒。见五谷可食,取而食之;见丝麻可衣,取而衣之。或说以为天生五谷以食人,生丝麻以衣人。此谓天为人作农夫、桑女之徒也,不合自然,故其义疑,未可从也。试依道家论之。[①]

这种观点,与老子所说"天地不仁,以万物为刍狗"[②]的观点,当然是一源所出。他批评当时流行的那种将万物与人类都说成是天道意志的体现的目的论观点。汉代盛行这种目的论,如董仲舒《春秋繁露·服制像第十四》:"天地之生万物也以养人,故其可适者以养身体,其可威者以为容服,礼之所为兴也。"[③]王充运用道家自然的思想来批驳这种观点。所以,《论衡》的生命思想从基本倾向来看,是继承道家的自然哲学生命观,即他自己所说的"试依道家论之"。这从他以"自然"名篇即已可知。近世学者论王充,也多强调这一点,如钟泰即云:"仲任之学,亦本之黄老,一出于自然。"[④]金春峰也认为:"王充哲学思想的核心或基本概念是元气自然论。"并指出"元气"之说,是汉代思想界提出的新概念[⑤]。"自

① 黄晖《论衡校释》卷一八,中华书局,1990年,第676页。
② 《老子道德经》,《诸子集成》第3册,第3页。
③ 苏舆《春秋繁露义证》,中华书局,1992年,第151页。
④ 钟泰《中国哲学史》,东方出版社,2008年,第116页。
⑤ 金春峰《汉代思想史》,中国社会科学出版社,1987年,第478页。

然”之说,可以说是构成《论衡》一书的基本宗旨。王充对一切自然现象与生命现象的认识,都贯穿着自然之说。

在对生命本体的认识方面,王充坚定执持自然之说,强调生命从本质来说,是由物质构成的,当然也体现了物质规律。这种物质,王充将其概括为一种“气”,而气之根本,或者说具有万物本源、世界本体意义的气,则是“元气”。人的生命即由天地元气所生:

> 夫倮虫三百六十,人为之长。人,物也,万物之中有知慧者也。其受命于天,禀气于元,与物无异。[①]
>
> 人禀元气于天,各受寿夭之命,以立长短之形,犹陶者用土(埴)为簋廉(庑),冶者用铜为柈杅矣。器形已成,不可小大;人体已定,不可减增。用气为性,性成命定。体气与形骸相抱,生死与期节相须。形不可变化,命不可减加。以陶冶言之,人命短长,可得论也。[②]

王充提出“形不可变化,命不可减加”的观点,就是针对学道求仙得长生之说。神仙之说在汉代是普遍流行的,不仅存在于传世的仙经道书之中,而且在汉代的文学艺术如画像石、乐府诗、辞赋中也都有突出表现。王充认为人是天地之气所生的一种物质,如同天地中万物一样,有他的形体固定性。人从生到死,只有形体外貌上的变化,生命本质并不会变化,即人不可能超越死亡的规律而变为长生不老的仙人。传说中的神仙,都是虚妄之说。退一步说,纵使有神仙,那也是另一种奇异的物类,与我们现实中的人类不可能是一种生物:

> 图仙人之形,体生毛,臂变为翼,行于云,则年增矣,千岁

---

① 黄晖《论衡校释》卷二四《辨祟篇》,第882页。

② 黄晖《论衡校释》卷二《无形篇》,第91页。

> 不死。此虚图也。世有虚语,亦有虚图。假使之然,蝉蛾(原校:“蛾”,各本作“娥”,今正。)之类,非真正人也。海外三十五国,有毛民、羽民,羽则翼也。毛羽之民,土形所出,非言为道身生毛羽也。[①]

王充所执持的是汉儒崇尚的实事求是的实证观点,所以对当时尚无法实证的所谓海外毛民、羽民,他采取了阙疑的态度。按“蝉娥之类,非真正人”,“蝉娥”,注者多作虫类,但按照这里的语意,应该即是传说中的“嫦娥”。王充坚定地说,纵使有“蝉娥之类”,那也只是一种不同于人类的异物。假如真有《山海经》所记海外三十五国的“毛羽之民”,那也是自然生成的,并非学道后神奇变化而成的。表面看来,王充似乎对流行的神仙之说做了一些让步,事实上仍然在申述万物皆自然的观念,只是他从事实尚不清楚而阙疑的基本学术思想出发,承认有些事实的真相人们还不知道。王充常常采用这种看似迂绕的假设方法,来贯彻其一切求证于事实、一切符合逻辑的学术宗旨,这正是其学术精神的魅力所在。后来嵇康在《养生论》中也说:“夫神仙虽不目见,然记籍所载,前史所传,较而论之,其有必矣!似特受异气,禀之自然,非积学所能至也。”[②]这种观点,明显受到王充的影响,但却将王充的假设坐定为一种事实,径直认可记载中的“神仙”的存在。虽然嵇康也以“自然”为说,但事实上他的这种思想,是对原始道家及汉代王充等人自然观的一种退步,预示着后来玄学中的玄虚生命观以及道教及佛教超现实、超自然生命观的即将流行。当然,嵇康这种神仙属于异类的说法,与道教的神仙说还是有本质上的差别。

---

① 黄晖《论衡校释》卷二《无形篇》,第 57 页。“蝉蛾”,北京大学历史系《论衡》注释小组《论衡注释》作“娥蛾”,中华书局,1979 年,第 100 页。

② 《全三国文》卷四八,严可均辑《全上三代秦汉三国六朝文》第 2 册,第 1234 页。

王充对人类生命本体来自元气，如同陶冶者手中的陶坯这样的思想，受到《淮南子》的影响。《淮南子》对生命的基本思想，是认为天地生人，阴阳二气化生万物，人之精神来自天，骨骸来自地。生命结束时，精神归于天，骨骸归于地（见前章）。

王充进一步发挥来自道家的这一派观点，并运用这种“精气”学说对鬼神作出新的解释：

> 人之所以生者，精气也，死而精气灭。能为精气者，血脉也。人死血脉竭，竭而精气灭，灭而形体朽，朽而成灰土，何用为鬼？人无耳目则无所知，故聋盲之人，比于草木。夫精气去人，岂徒与无耳目同哉？朽则消亡，荒忽不见，故谓之鬼神。人见鬼神之形，故非死人之精也。何则？鬼神，荒忽不见之名也。人死精神升天，骸骨归土，故谓之鬼神。鬼者，归也；神者，荒忽无形者也。或说：鬼神，阴阳之名也。阴气逆物而归，故谓之鬼；阳气导物而生，故谓之神。神者，伸也。申复无已，终而复始。人用神气生，其死复归神气。阴阳称鬼神，人死亦称鬼神。[①]

人的生命征象存在于精气，精气存于血脉中，所以人的精神，本质上仍属于物质活动的现象。人死就是这种所谓精气的物质活动的停止，所以人死不能变为鬼。纵使人们在荒忽中见到一种鬼神形态的东西，那也不是人类的灵魂，而是自然之气所生的别种物类。王充还用汉儒常用的音训方法，训鬼为归，训神为申，认为鬼神是阴阳二气所生，阴气为鬼，阳气为神，根本不是世俗迷信者所说的具有人格性质的鬼魂与神祇。王充的思辨方法，是并不简单地否定鬼神之说，而是给鬼神以新的解释。这是用理性来给传统遗存的非理性概念与观念进行新的诠释。这是中

---

① 黄晖《论衡校释》卷二〇《论死篇》，第1185页。

国古代知识者所常用的方法,但同时也使新观念与旧观念之间产生了复杂的纠缠。王充对鬼神的新解释,采用的也是这样一种方法。宋代理学家的鬼神为二气之说,如张载所说的“鬼神者,二气之良能也”①,“鬼神,往来、屈伸之义”②,即是推演王充的观点而成。

《论衡》对生命本质及生死之理的阐述,包括后面将要论及的他的无鬼论、无仙论,其实都带有一种古代科学的性质,体现出科学实证的色彩。早在20世纪30年代,已有学者注意到《论衡》的这种科学精神。王缁尘《怀疑与迷信——读〈论衡〉》一文即认为王充的怀疑精神代表了一种科学的态度:“只看《论衡》一书,对于经典旧说,社会谬见,不合事理之处,无不尽量抉斥,不遗余力,倘有人因其说而作进一步的探究,则一切科学早发明于中国,何待数千年后,尚在掇拾西方科学家牙慧。”③他的说法虽然有些简单化,但认为王充的怀疑精神具有与近代西方科学相近的观点却是有道理的。其实王充与科学的接近,不仅在于怀疑,更重要的是从怀疑出发,采用常识经验及观察物理的方法,更近于一种科学实证的方法。正是这种科学实证方法的使用,使王充虽生于“迷信空气最浓厚的汉代,独能不为社会锢俗所束缚”④。当然,这种科学实证的方法是建立在自然哲学生命观之上。

(二)《论衡》的无鬼论。

在人类生命思想的发展过程中,人们在摆脱了原始生死混沌的意识状态,对死亡事实有了明确的认识之后,就产生了灵魂独立于身体而存在的观念,鬼神之说即依据于此。它虽然很早就受到理性的质疑,但一直坚固地存在于早期人类的意识中,而

---

① 张载《正蒙·太和篇第一》,《张载集》,中华书局,1978年,第9页。
② 张载《正蒙·神化篇第四》,《张载集》,第16页。
③ 王缁尘《怀疑与科学——读〈论衡〉》,《诸子集成》第7册《论衡》卷首,第1页。
④ 王缁尘《怀疑与科学——读〈论衡〉》,《诸子集成》第7册《论衡》卷首,第3页。

且形成很庞大的历史文献记载。其中有一部分，甚至属于历来被推崇，具有权威性的经典，如《左传》就多记载鬼神之事。同时，鬼神观念也不断被一种文学性的虚构方法叙述着，成为文学的重要表现对象，其中不乏绚烂的艺术花朵。这种在今天看来属于文学创造的成果，有时也转化为现实中的生命意识，这就增加了研究鬼神观念发展史的复杂性。事实上，魏晋以后的鬼神论者，就曾利用经典甚至文学作品中的鬼神之说和鬼神形象来证明鬼神的存在。王充所面对的，不仅是现实中人们观念上的鬼神意识，而且是包括经典在内的大量有关鬼神的记载。

王充用一系列文字来申述他的无鬼之说。他首先从论述死亡的本质出发撰作《论死篇》。世人认为人死为鬼，有知，能害人（当然也能福人）。王充从元气化生万物的观念出发，认为人与其他物类都是物。物灭后不能为鬼，何以人死独能为鬼？人实为精气所生，凝成血脉、骨骸，并有精神知识行于其中。人死骨骸归地，精神消散归天，重新化为元气。而人们说的鬼，居然还拥有人们生前的形状，这是不可能的，因为骨骸、精神已经回归天地，就不可能还有一种形体化的鬼神存在。他用粟米与囊橐的关系这样浅显的日常生活经验来作说明。粟米还盛在囊橐中时，能够看到囊橐的形状，一旦从其中流散出来，就只见粟米，不可能再看到囊橐的形状。人的形体也是这样："粟米弃出，囊橐无复有形；精气散亡，何能复有体而人得见之乎？"[1]接着，他又用人们的常识经验进一步指出，自古以来，死者以亿万计；如果人死为鬼，则"计今人之数，不若死者多"。如果真有鬼，则应该到处可见，"如人死辄为鬼，则道路之上，一步一鬼也"[2]。而事实上，纵使我们承认文献

① 黄晖《论衡校释》卷二〇，第762页。

② 黄晖《论衡校释》卷二〇，第762页。

中记载的鬼的事情有根据,但它却是极为罕见的一种情况。所以,说人死有鬼,是无法从常识得到证明的。

王充认为人类的生命能够繁殖延续,但却不能死后复生,或者变为具有生前全部形状与性情的鬼魂。这就如天地之性,能使火灭后重新生火,但却不能让已经燃尽的死灰重新生火。还有,世俗认为人死为鬼,但人死后衣服腐烂,人能为鬼,衣物必不能为鬼。纵使有鬼,也应该是裸袒之形,何以人们说看到的鬼还穿着生前的衣物呢?这也可见其虚妄。王充的这种论述方法,虽然是朴素的、经验的,甚至有时还让人觉出思想上的粗糙性,但在生命科学还不够发达的时代,使用朴素、经验的常识来破除虚妄的鬼神之说,无疑呈现出一种思想的光彩。更何况王充不仅凭借这种经验实证法,而且以其元气自然的基本哲学观念为基础,比如他用元气自然原理来论述死后无知的道理:

> 夫死人不能为鬼,则亦无所知矣。何以验之?以未生之时无所知也。人未生,在元气之中;既生,复归元气。元气荒忽,人气在其中。人未生无所知,其死归无知之本,何能有知乎?[①]

这种分析是具有一种理性思辨的深度的。以未生无知来证明既死也不可能有知,充分阐述了生命的物质性。后来南朝无神论者认为人死后无神,可以说是王充思想的继续,但在思辨性上并没有达到王充的深度。

死亡说到底是生命活动的一种现象,也可说是生命活动的一个过程。尽管这是个体生命活动的最后一种现象、最后一个过程,但它的活动性质与生命活动中的其他现象体现了共同的规律。王充认识到这一点,并将梦、殄(昏迷)、死三者合论,认为梦

① 黄晖《论衡校释》卷二〇,第764页。

与昏迷在现象上与死亡有共同的表现。人在梦中不能记忆醒时的状态，昏迷时没有知觉，死后也不可能延续生前的知觉与知识。虽然这种论述方法有点粗糙，因为后面两种生命活动现象梦和昏迷的时候，生命活动并未结束，与死亡这一生命现象毕竟有本质区别，所以梦中经验、昏迷中的经验，无法用来证明死后的情形，但王充的可贵之处，在于他能把死亡看作生命活动现象之一。

对于文献记载及世俗流传的鬼魂报仇的说法，王充也同样用常识经验的方法来论证其虚妄。他说人如果死后化为鬼，则为人所殴死、冤杀者，鬼魂应该报仇，或者告知亲人替他报仇。但如果有鬼，那报仇被杀的仇家，也会成为鬼，其势力应该还比先前被杀之鬼强。又如娼妻妒夫，死后夫再娶，妻再嫁，如使有鬼，何以再娶再嫁者能得平安？他进一步从生命机理来分析，如他说言语是气力所生，人死不再拥有气力，所以传说死人（鬼魂）说话是虚妄的。总之，他从各个角度进行繁复、周密的论述，最后得出这样的结论："夫论死不为鬼，无知，不能害人，则夫所见鬼者，非死人之精，其害人者，非其精所为，明矣。"[①]也就是说，人们所说的"鬼"，纵使存在这种事物或现象，那也不可能是人死后所化，人死后是不可能有鬼的。要破除神仙鬼怪之类的迷误，最有效的方法，就是让人们回归常识理性。

在《论死篇》之后，王充又写作了《死伪篇》《纪妖篇》《订鬼篇》，对多种文献典籍所记载的鬼魂神怪故事进行分析，试图给出合乎理性的解释。

在具体的个案分析中，王充的分析是比较繁复的，也就是他自己所说"重文"的方式。他往往先揭出无鬼之说的基本观点，再从经验常识以及社会伦理的一般观念来予以说明。如《死伪篇》对传记中杜伯、庄子义的鬼魂报生前之仇的故事进行分析。杜伯

---

① 黄晖《论衡校释》卷二〇，第770页。

被其君周宣王冤杀,后当宣王出外田猎时杜伯奔起道左,射杀宣王。庄子义为其君燕简公所杀,虽然并未错杀,但庄子义仍在道旁用彤杖击杀外出的燕简公。世人以此为人死为鬼并能报仇害人之证。王充首先重申其在《论死篇》说过的"人生万物之中,物死不能为鬼,人死何故独能为鬼"的观点。接着从经验事实的立场,指出古来无辜冤死者无数,如比干、关龙逢等,都没有听说他们向君主报仇伸冤。再说从道德上说,弑君是大罪,如果真有鬼,那像周宣王、燕简公等人,也应该由比他们级别更高的鬼魂来惩罚,而不应由其臣子以报私仇的形式来加害。再说假如真有鬼魂,那么这两位君王被杀后,他们的鬼魂难道不会继续报复那两位臣子吗?作为君主的鬼魂,死后的势力不是比作为臣子的鬼魂强大吗?所以,周宣王、燕简公之死,另有原因,人们见到他们生前曾杀大臣,就附会其死为臣子亡魂所报复。

王充总是从经验事实与现实生活的基本逻辑来断定这类传说本质上的虚妄。比如他对著名的结草衔环以报恩的故事的分析。这个故事讲的是晋国将领魏颗的父亲魏武子患病,病未重时吩咐魏颗,自己死后让妾改嫁。但到了临死之时却又反悔,遗嘱一定要此妾殉葬。魏颗依照父亲清醒时的说法,将此妾改嫁。后来秦晋辅氏之战中,魏颗遭遇秦军的大力士杜回,却看到一个老人用草环绊倒杜回,魏颗从而俘获了杜回。当天夜里,魏颗梦到白天所见老人对他说,自己就是魏颗父妾的父亲,白天显魂以报答魏颗让其女儿改嫁之恩。王充认为这个老人既然能报答他死后善遇女儿的魏颗,当然也应该报答他生前厚待自己的其他人,甚至杀掉生前对他不善的人,何以唯独选择魏颗呢?王充认为所谓老人结草就跟黄石公教张良、白衣老人教汉光武一样,都是妖象所结,而非人死后亡魂。

《纪妖篇》也讨论了一些影响较大的鬼神记载。如卫灵公在濮水上听到一首新的乐曲,乐师师涓抚其音,说是徵调,是商纣时乐师师延演奏的亡国之音。后来晋平公一定要让师涓演奏此曲，导致晋国大旱，赤地千里，平公本人也得了癃病。王充仍然从人死气散，不能再以人的形体出现的观点出发，来批驳师延鬼魂在濮水演曲的可能性：

> 师延自投濮水，形体腐于水中，精气消于泥涂，安能复鼓琴？屈原自沉于江，屈原善著文，师延善鼓琴，如师延能鼓琴，则屈原能复书矣。扬子云吊屈原，屈原何不报？[①]

他用屈原没有显灵报书，来论证师延之鬼无法出来鼓琴，这是一种同类相推的方法，看起来像是粗浅的论证，但这正是唤回人们常识的一种有效的论证方法。他认为晋国旱、平公癃病，只是一种妖象，根本不是奏徵曲所导致。自《礼记·乐记》有亡国之音说，后世论乐都奉为真理。王充在这里其实是不同意这种亡国之音说法的。后来嵇康著《声无哀乐论》，认为构成音乐的要素“和声”本身是一种自然现象，人的感情寄之而生哀乐，声音本无哀乐属性。唐太宗李世民也曾运用这种学说来质疑“亡国之音”的说法[②]。其渊源都可追溯到王充此论。又如记载中说赵简子病，五日昏迷不知人。扁鹊来诊，奇怪其脉象与当年秦穆公病时的脉象一样，当年穆公病，魂至上帝之所，七日后醒转。简子可能也是这种情况。果然，赵简子在七日半后转醒，自述到了上帝之所，上帝飨以钧天广乐，并令射杀熊罴，赐一翟犬。后来简子出门，途中被一人拦住，简子认出曾在上帝之所见过此人，他告诉简子射杀熊罴及获赐翟犬的预兆寓意。王充说：“是皆妖也。”[③]“凡妖之发，或象人为鬼，或为人象鬼而使，其实一也。”[④]也就是说有

① 黄晖《论衡校释》卷二二，第796页。
② 《旧唐书》卷二八《乐志》，中华书局，1975年，第4册，第1041页。
③ 黄晖《论衡校释》卷二二《纪妖篇》，第800页。
④ 黄晖《论衡校释》卷二二《纪妖篇》，第807页。

的因与人类样子相似而被认为是鬼,有的是人类为了某种目的而假托鬼魂之说。

王充否定有鬼的说法,他仍然运用其自然元气的观点,提出一种妖气、毒气之说。他把史传中种种人死为鬼显灵或害人之事,最后总归于妖象、妖气、妖祥之所为:

> 妖之见出也,或且凶而豫见,或凶至而因出。因出,则妖与毒俱行;豫见,妖出不能毒。申生之见,豫见之妖也;杜伯、庄子义、厉鬼至,因出之妖也。周宣王、燕简公、宋夜姑时当死,故妖见毒因击。晋惠公身当获,命未死,故妖直见而毒不射。然则杜伯、庄子义、厉鬼之见,周宣王、燕简、夜姑且死之妖也。申生之出,晋惠公且见获之妖也。伯有之梦,驷带、公孙段且卒之妖也。老父结草,魏颗且胜之祥,亦或时杜回见获之妖也。苍犬噬吕后,吕后且死,妖象犬形也。武安且卒,妖象窦婴、灌夫之面也。①

那么,这种显象为害的妖,究竟是什么呢?王充仍然从“气”的角度加以解释,将其总归为“太阳之气”,其《订鬼》《言毒》两篇,有比较系统的阐述:

> 天地之气为妖者,太阳之气也。妖与毒同,气中伤人者为之毒,气变化者谓之妖。世谓童谣,荧惑使之,彼言有所见也。荧惑火星,火有毒荧,故当荧惑守宿,国有祸败。火气恍惚,故妖象存亡。龙,阳物也,故时变化;鬼,阳气也,时藏时见。阳气赤,故世人尽见鬼,其色纯朱。②
>
> 故凡世间所谓妖祥,所谓鬼神者,皆太阳之气为之也。太阳之气,天气也。天能生人之体,故能象人之容。夫人所

---

① 黄晖《论衡校释》卷二二《订鬼篇》,第824页。

② 黄晖《论衡校释》卷二二《订鬼篇》,第827页。

> 以生者，阴阳气也。阴气主为骨肉，阳气主为精神。人之生也，阴阳气具，故骨肉坚，精气盛。精气为知，骨肉为强，故精神言谈，形体固守。骨肉精神，合错相持，故能常见而不灭亡也。太阳之气，盛而无阴，故徒能为象，不能为形。无骨肉，有精气，故一见恍惚，辄复灭亡也。[1]

传统有一种评价，认为王充的这种妖气之论，“不可避免地使自己在一定程度上陷入了唯心主义和有鬼论的泥坑”，“这种观点实际上起到了为鬼神迷信辩护的作用”[2]，因此仍属唯心的观点。撇开唯心、唯物之说不论，王充的这种看法，其实是在事物不能尽知的前提下，从其元气自然的立场进行一种新的解释。其立场与态度，与不假思索地相信鬼神之论有着根本不同。它其实体现了一种科学求索的精神。从这些论述也可见出“气”的确是王充哲学思想的一个核心概念。尽管有些说法近乎神秘之说，但基本坚守着万物皆气生的物质主义的立场。

王充之所以对一些关于神鬼妖异的说法不作简单否定的态度，而试图以气论来进行解释，是因为他并不采取独断论的全知立场，而是承认有未知事物与现象的存在。在未知前提下，寻求一种相对合理的解释。虽然其结论不一定正确，有的甚至给人粗浅之感，但其中所贯穿的实证寻索与逻辑推演，却近乎科学的态度。

《订鬼篇》其实具有“原鬼”的意思，也就是从自然元气的哲学立场，阐述鬼作为人们认识中的一种事物出现的原因：

> 凡天地之间有鬼，非人死精神为之也，皆人思念存想之所致也。致之何由？由于疾病。人病则忧惧，忧惧则鬼出。

---

① 黄晖《论衡校释》卷二二《订鬼篇》，第828页。

② 北京大学历史系《论衡》注释小组《论衡注释・订鬼篇》解题，中华书局，1979年，第3册，第1272页。

> 凡人不病则不畏惧。故得病寝衽,畏惧鬼至。畏惧则存想,存想则目虚见。何以效之?传曰:伯乐学相马,顾玩所见,无非马者。宋之庖丁学解牛,三年不见生牛,所见皆死牛也。二者用精至矣,思念存想,虚见其物。人病见鬼,犹伯乐之见马,庖丁之见牛也。伯乐、庖丁所见非马与牛,则亦知夫病者所见非鬼也。病者困剧身体痛,则谓鬼持箠杖殴击之,若见鬼把椎锁绳纆立守其旁,病痛恐惧,妄见之也。[①]

前面《论死篇》中,王充采用音释的方法,释鬼为归,即人死体消,作为一种物质归于大地。这里则进一步从心理学角度来解释鬼的产生,认为鬼魂是人们疾病后的恐惧心理所产生的一种虚见、妄见。他用存想生像的原理来解释这个问题。他的这一理论阐述,可以说是新颖而深刻的,达到了科学解释的水准。也就是说他是从精神现象方面来解释鬼神问题的。战国时期荀子已经有类似说法,《荀子·解蔽》:"凡人之有鬼也,必以其感忽之间、疑玄之时,此人之所以无有而有无之时也。"王先谦集解:"无有,谓以有为无也。有无,谓以无为有也。此皆人所疑惑之时也。"[②]历史文献记载的各种神鬼以及神仙的故事,除了一部分属于完全有意识虚构与捏造之外,也有相当一部分是有来由的。其产生的原因,大半可以从心理学的原理上得到解释。王充作为一个汉代思想家,能够认识到这一点,足见其思想力之强大。这与其坚定的元气自然之说以及力求征实的思考及论辩方法是分不开的。

(三)《论衡》的无仙论。

立足于人为天地元气所生及生死自然之说,王充不但是坚定的无鬼论者,也是坚定的无仙论者。因为神仙之说的理论基础来

---

① 黄晖《论衡校释》卷二二,第 814 页。

② 王先谦《荀子集解》卷一五,《诸子集成》第 2 册,第 276 页。

自道家，所以求仙也被称为求道。所谓“道”，即生命之道，从神仙家的逻辑来说，求仙是寻求一种最合理的生命之道，它的本质原始地存在于生命之中，得到这种道之后，就能超越现实的生命。这正如后来佛教依据佛性来论证涅槃成佛之可能性一样。从《论衡·道虚篇》经常提到的“修道求仙”“方术仙者之业”“好道学仙之人”①，可见王充面对的是一个具有相当规模、活跃于社会各阶层的神仙方术之士群体。所以，《道虚篇》在批评、辨妄的同时，也为我们留下汉代神仙道术活动的丰富史料，对于了解魏晋道教的前身“方仙道”有重要参考价值。事实上，后来的道教徒如葛洪等人，在阐述神仙之说时，也常常运用其中的资料。当然，他们是从与王充完全相反的角度来利用这些资料的。神仙方术之说，是造成“众书并失实，虚妄之言胜真美”的一大宗，王充因此专作《道虚》一篇，畅论神仙之说的虚妄，以及通过修道炼术能够达到长生、成仙、升天等说法的不可信。

王充的无仙论和他的无鬼论一样，逻辑前提都是自然哲学生命观。《道虚篇》在论及黄帝、淮南王成仙之说为伪时说：

> 夫人，物也，虽贵为王侯，性不异于物。物无不死，人安能仙？②
>
> 有血脉之类，无有不生，生无不死。以其生，故知其死也。天地不生，故不死；阴阳不生，故不死。死者，生之效；生者，死之验也。夫有始必有终，有终者必有始。唯无终始者，乃长生不死。人之生，其犹水（冰）也。水凝而为冰，气积而为人。冰极一冬而释，人竟百岁而死。人可令不死，冰可令不释？诸学仙术为不死之方，其必不成，犹不能使冰终不

---

① 黄晖《论衡校释》卷七，第274、275、410页。

② 黄晖《论衡校释》卷七，第276页。

释也。[①]

在思想史上,庄子业已解释清楚死亡在本质上是一种物质变化。王充对生命的物质性,有了更加明确的认识。他的这个论述的精彩之处,在于讲述清楚物有生必有始,有始必有终。生与死、始与终,是一种对待相依的关系。取消了死,也等于取消了生。这是《论衡》批判神仙之说虚妄在理论上最为圆满、自洽的一段文字。

按照一般的做法,只要对生命本质进行上述论证,就可以完成对无仙论的阐发。但是王充跟其他无仙论者不同,他并不停留在这种独断论式的层次上。《道虚篇》仍然采取繁复重文的论述方法,对每个神仙传说的虚妄失实的原因进行分析。其中一种论证方法,可以说是经验性甚至带有某种"实验性"的。

《道虚篇》举出典籍及传说中的几个著名神仙故事,逐一辨析其妄。这些故事分别是黄帝升天之说、淮南王修道术而举家升天之说、方术之士卢敖游北海遇到飞行的仙人若士之说、河东项曼都学道升天而被放回人间之说、齐国方士文挚入鼎烹三日而不死之说,王充一概称其为"儒书言",认为都是失实的,因为各自的现实原因被虚构的,是世人的误会,也是方术之士的有意编造。如他认为卢敖、项曼都二人,都是因为学道无成,难以面对家乡的人,所以一个编造在北海遇仙,一个编造自己曾去过天上,因犯事而被斥回人间。但是王充的驳论并不停留在这个层面,他对每个传说都作了详细的辨妄。试举其辨黄帝与淮南王之事为例。

王充先述"儒书"所记黄帝成仙的故事。黄帝采首山之铜,在荆山之下铸鼎,鼎成之后天龙下降,垂下龙髯,黄帝接住龙髯骑到

---

① 黄晖《论衡校释》卷七,第295页。

龙背,同行的群臣、后宫等七十余人一起坐上龙背。其余小臣也想上,拉着龙髯不放。龙髯被拔断,还掉下黄帝的一张弓,百姓仰望黄帝升天,抱着他的弓呼号。因此,这张弓就被叫作“乌号”,而铸鼎地方就被称为鼎湖。王充认为这是虚言。他首先从分析黄帝谥号入手。他说如果黄帝真是仙去,其谥号应该是“仙”或“升”,不应该是“黄”。“《谥法》曰:静民则法曰‘黄’(皇),(德象天地曰帝)。‘黄(帝)’者,安民之谥,非得道之称。”[①]他也考虑到黄帝时代有无谥号这件事还不能确定,但他认为“黄帝”这个称呼无论是黄帝的臣下谥称,还是后人所追谥,都与仙道无关。其次,王充认为龙是不升天的,只有潜渊的功能。再次,他说黄帝葬于桥山,如果真是升天了,为什么还有墓葬?可见黄帝就是普通的死亡,并非仙去。只有死去的人,才需要造墓埋葬。要说葬的只是黄帝的衣冠,那么群臣既然看到黄帝仙去,并没有死,为什么要埋葬他的衣冠呢?最后,他又迂回到伦理上去论证黄帝成仙之虚,认为治理天下与学习道术是不能兼修的两件事。史载尧舜这两位圣君,都是因忧勤职事而干瘦得像干肉、腌鸟肉一样:“世称尧若腊,舜若腒。”[②]黄帝和他们一样,是治理天下致太平的君主,是圣,不是仙。黄帝要致太平,也必须像尧舜一样。如果学道修仙,就会废职事,不可能致太平。假使说致太平的同时还能成仙,那么尧舜等圣君也应该成仙升天了,但并没有尧舜成仙的记载。从战国燕、齐之君,到秦皇、汉武,以及后来各个时代,都有帝王求长生成仙之术的奢念。《老子》一书,在讲无为治术的同时,也讲后身而身存等生命思想。到了秦汉之际的黄老派,将之改造成一种身国共治的理论。方术之士、道教徒将这种身国共治的理论与神仙方术相结合,贩卖给耽于求仙的帝王。历代统治者不仅因耽于

---

① 黄晖《论衡校释》卷七,第 273 页。

② 黄晖《论衡校释》卷七,第 275 页。

求仙而荒疏国事,而且往往劳民伤财,严重地影响国家政治。王充的这一番论述,看似迂绕,实际具有深刻的批判性。《论衡》一书,不仅在学术上辨析群书的虚妄失实,而且具有深刻的现实批判性,有的还充满激情。

王充论证淮南王升天之说的虚妄,尤其能代表他运用常识理性来论证神仙学说虚妄的方法。淮南王因为生前爱好道术,聚集方士八公等人,所以死后有淮南王举家升天的传说,并且说其家鸡犬,因为吃了多余下来的仙药,也随之升天。王充说:"好道学仙之人,皆谓之然。此虚言也。"[①]历史事实是淮南王刘安的父亲刘长因罪迁蜀道死,"安嗣为王,恨父徙死,怀反逆之心,招会术人,欲为大事。伍被之属,充满殿堂,作道术之书,发怪奇之文,合景乱首。八公之俦,欲示神奇,若得道之状。道终不成,效验不立,乃与伍被谋为反事,事觉自杀。或言诛死。诛死,自杀,同一实也。世见其书深冥奇怪,又观八公之俦似若有效,则传称淮南王仙而升天,失其实也"[②]。应该说,王充这一理性分析,已经切中要害,也有助于我们认识同类传说产生的原因。但这是一般持无仙论者都容易作出的结论。王充的贡献,或者说他独特的、具有科学实证精神的无仙论,是从人类生命的物质性出发,对学道修仙者的飞升之说展开一种科学实验式的辩论。他用一种繁复的解说常识的方式,来论证人非鸟类,不能飞行的道理:

> 鸟有毛羽,能飞不能升天。人无毛羽,何用飞升?使有毛羽,不过与鸟同,况其无有,升天何如?案能飞升之物,生有毛羽之兆;能驰走之物,生有蹄足之形。驰走不能飞升,飞升不能驰走,禀形受气,形体殊别也。今人禀驰走之性,故生

① 黄晖《论衡校释》卷七,第 276 页。
② 黄晖《论衡校释》卷七,第 414 页。

无毛羽之兆，长大至老，终无奇怪。[①]

阐述了这个基本常识之后，王充犹觉意有未尽，因为方士们还有所谓变化之说，所以王充继续展开辩论：

好道学仙，中生毛羽，终以飞升。（笔者按：这是指对方的观点）使物性可变，金木水火，可革更也。虾蟆化为鹑，雀入水为蜃蛤，禀自然之性，非学道所能为也。好道之人，恐其或若等之类，故谓人能生毛羽，毛羽备具，能升天也。（笔者按：这也是指对方的观点）且夫物之生长，无卒成暴起，皆有浸渐。为道学仙之人，能先生数寸之毛羽，从地自奋，升楼台之陛，乃可谓升天。今无小升之兆，卒有大飞之验，何方术之学成无浸渐也？[②]

尽管从当时思想界甚至一般人所具有的常识理性来说，神仙之说的虚妄是显然可见的，但由于人们执着于一种永生的迷思，而方术之士又造作种种修仙方法及成仙之说，固结于世俗人心中，所以王充通过分析鸟类飞翔及事物变化的原理，来破除其说的虚妄。

王充的许多论证，在前提确定后，又采取假设方法，来证明对方说法不能成立：

天之与地，皆体也。地无下，则天无上矣。天无上，升之路何如？穿天之体，人力不能入。如天之门在西北，升天之人，宜从昆仑上。淮南之国，在地东南，如审升天，宜举家先徙昆仑，乃得其阶。如鼓翼邪飞，趋西北之隅，是则淮南王有羽翼也。今不言其徙之昆仑，又不言其身生羽翼，空言升天，

① 黄晖《论衡校释》卷七，第276页。

② 黄晖《论衡校释》卷七，第277页。

竟虚非实也。[1]

在今天看来,王充这样论述未免显得烦琐。但是,如果了解到汉代社会上上下下神仙之说的流行、人们对生命的幻想之深,尤其是方术之说蛊惑或诱惑力之大,就能明白王充的用意。《论衡》对于虚妄的传说与学说,多采用这种繁复的论证方法。在《自纪篇》中他交代了这样做的理由,是这些他称为"伪书俗文"的虚妄记载固结于人心:"通人观览,不能钉(订)铨(诠)。遥闻传授,笔写耳取,在百岁之前。历日弥久,以为昔古之事,所言近是,信之入骨,不可自解,故作实论。其文盛,其辨争,浮华虚伪之语,莫不澄定。没华虚之文,存敦厖之化,拨流失之风,反宓戏之俗。"[2]总之,要反复论证才能澄清事实,反归淳朴之风。他的这种学术精神,和喜欢抗言论辩的孟子有些相似。其次,他因疾俗情之迷误而作《讥俗》《论衡》等书,面向的是大众,所以必须采取这种诉诸常识的方法,并且为应付世俗的种种疑问而作出解释。他说自己著"《讥俗》之书,欲悟俗人,故形露其指,为分别之文"[3]。而"《论衡》者,论之平也。口则务在明言,笔则务在露文"[4]。"夫口论以分明为公,笔辩以荴露为通"[5],即用一种直观的常识事实,进行反复的、多层面、多角度的分析,并且采用"荴露"即明白易懂的行文风格,不仅鲜明申述了他的无鬼非仙的理性观点,也呈现了汉代鬼怪及神仙之说的流行及其对人们思想与生活的深刻影响。这样一种实证方法,正是王充不同于独断论的地方,也是《论衡》与其他子书论述和行文风格很不一样的地方。

神仙家的一些修道学仙理论,来自道家,但在将道家合理的

---

① 黄晖《论衡校释》卷七,第277页。
② 黄晖《论衡校释》卷三〇,第1042页。
③ 黄晖《论衡校释》卷三〇,第1042页。
④ 黄晖《论衡校释》卷三〇,第1043页。
⑤ 黄晖《论衡校释》卷三〇,第1045页。

养生说改变为长生成仙学说的过程中，形成一种道教的神学生命哲学。如世人认为老子之道恬淡无欲能致长久，神仙家就此发展出养精爱气、精神不伤则寿命长而不死的说法。这种观点，也是神仙家的主要说教之一。对于这些成仙之说，王充仍然运用常识理性来破除。王充辩论说，要是恬淡少欲、无思虑、无情欲就能永生，那么鸟兽、草木就能这样。但鸟兽的生存期比人还短，草木也是春生冬死，何以它们无情欲反而比有情欲的人的生命要短呢？可见恬淡无欲就能不死的说法是不可信的。又如术士常说辟谷能长生，王充说："夫人之生也，禀食饮之性，故形上有口齿，形下有孔窍。口齿以噍食，孔窍以注泻。顺此性者为得天正道，逆此性者为违所禀受。失本气于天，何能得久寿？"[①]古人常说人是"噍类"，就是这个意思。这是从人体构成着眼，今天来看虽然肤浅，但不失为实证科学式的观察。王充接着说，人们所说的王子乔那些辟谷不食之人要能成仙，除非他们不像普通人一样长着口齿、孔窍，否则就不能不吃不喝而得长生，所谓"真人食气，以气为食"就是谬说。气是什么呢？如是阴阳之气，不能饱人，"如谓百药之气，人或服药，食一合屑，吞数十丸，药力烈盛，胸中愦毒，不能饱人"。从经验事实来说，彭祖倒是有过"吹响呼吸，吐故纳新"，但最后还是死了[②]。又如导气养性之说，"道家或以导气养性，度世而不死。以为血脉在形体之中，不动摇屈伸，则闭塞不通；不通积聚，则为病而死"。这就是熊经鸟伸、打通经络、运动周天一类的说法，王充认为"此又虚也"。他说："夫血脉之藏于身也，犹江河之流地。江河之流，浊而不清；血脉之动，亦扰不安。不安，则犹人勤苦无聊也，安能得久生乎？"至于"服食药物，轻身益气，颇有其验"，但要"延年度世，世无其效"，药只能除病，使身体复原，"安

---

① 黄晖《论衡校释》卷七《道虚篇》，第 292 页。

② 黄晖《论衡校释》卷七《道虚篇》，第 293 页。

能延年?"[①]

养生可以延年,这是符合生命规律的。王充本人也曾从事养生之术。他晚年因老病贫穷,"乃作《养性》之书凡十六篇。养气自守,适食则酒,闭明塞聪,爱精自保,适辅服药引导,庶冀性命可延,斯须不老"[②]。但他深知这只是一种效果有限的养生延年之术,所以又清醒认识到:"惟人性命,长短有期,人亦虫物,生死一时。"[③]可见他终生坚持着人只是一种生物的说法,坚定地否定永生之说。

总之,王充的无仙论和他的无鬼之论一样,都是在认识了生死的自然规律之后,运用经验事实和物质规律、生命活动的原理相结合的方法,在几乎难以展开正常辩论的神鬼有无、神仙有无的领域,主动地与唯鬼、唯仙论者寻求对话的途径。在今天看来,他的论述过程并不完全严密,多流于经验之谈,缺乏深刻的思辨,而且在不少地方,采用先向对方让步,然后再寻找突破将其驳倒的方式,甚至以另一种看似唯心的说法如妖气说代替有鬼说,对流行的非理性生命意识与观念做了相当大的让步。但他始终坚持认为人死不为鬼,人学道不能成仙,人是天地元气所生,是万物之一种,遵循着万物的生灭、终始的规律,这一看法与观点却是那个时代自然哲学生命观方面最辉煌的成就,甚至在整个中国古代,理性生命观在对生命本体的认识上,也并没有超越王充的思想。他对汉魏晋的疾虚妄、无神论、无鬼论、无仙论这一派,更是起到思想上的奠基作用。

王充的《论衡》,整体上表现出一种廓清各种虚妄的生命意识的力量,在中国古代理性与非理性生命意识及思想的发展历史上

---

① 黄晖《论衡校释》卷七《道虚篇》,第 293—294 页。

② 黄晖《论衡校释》卷三〇《自纪篇》,第 1055 页。

③ 黄晖《论衡校释》第三〇《自纪篇》,第 1055 页。

具有特殊地位。《论衡》疾虚妄的生命思想，可以说代表了中国古代秉持自然哲学生命观这一派的思想高度。后来如南朝的无神论者以及宋明理学家，都继承了以王充为代表的先秦汉魏的自然哲学生命观，但却没有继承他近于科学实证的学术精神与方法。晚清学者宋恕诗云："旷世超奇出上虞，《论衡》精处古今无。"[1]此言完全可以用来评价王充在生命思想史上的建树。

另一方面，《论衡》不仅是表述理性生命观一派的经典，同时也保存了上古到汉代非理性生命观的重要史料。这是因为《论衡》的写作，以疾虚妄为宗旨，并且采用繁征博引的"重文"的方式，不仅征引前人正面的观点与事实，而且对反面的观点与事实也大量征引。所谓众书"虚妄"失实之言，就是人们面对自然界及人类社会而产生的种种虚幻、错误的认识与传闻，其中有一些属于原始以来生命意识与生命观念的反映。所以，《论衡》一书，从文献资料的角度来说，其实也是原始以来各种神话故事、神仙传说以及鬼神传说的渊薮。故就理性与非理性两端来说，《论衡》一书，都具有集成的意义，是研究从上古到秦汉生命意识与生命思想的重要文献。至于《论衡》中有关仙、鬼、神怪之说的一些叙述，常被后来的道教徒所征引，走向疾虚妄生命思想的反面，却是王充所意想不到的。这也反映了古代生命思想发展中的一种曲折性与复杂性，以及人类理性进展之艰难。

最后，需要补充的是，"生命思想"是一个广义的范畴，既包括对生命本体的认识，也包括对生命价值的看法。另外，对于生命个体的遭逢与命运的认识，也属于生命思想的范畴。《论衡》的生命思想，也包括了上述丰富而广阔的生活内容。甚至可以说，《论衡》一书，整体体现了王充对生命的丰富的、多层面的思考，其基本立场，则是一种自然哲学的生命观。但在一些具体问题的论述

① 《宋恕集》卷九，胡珠生编，中华书局，1993年，第858页。

上,有时也存在着矛盾。如《论衡》最前面《逢遇》《累害》《命禄》《气寿》《幸偶》《命义》《无形》《率性》《吉验》《偶会》《骨相》《本性》等篇,主要是围绕时命与性命等问题展开的,其基本立场仍然是一种自然论,尤其是对传统的天道福善祸淫的质疑,但在命运问题上,王充是接受先天决定的命定论的。这其中的原因很复杂,我们可以理解为王充对于人生遭遇陷入困境时寻求一种解释,也与汉代士大夫阶层流行的时命观、士不遇论相关。这些都属于生命思想的范畴。

第十一章　汉代辞赋中的时命主题

一、辞赋二体及其在表现生命主题方面的不同特点

在讨论辞赋的生命主题之前，有必要对辞赋名义的分合问题略作解释[①]，因为这与生命主题的问题也是有关系的。

辞与赋分称，则为两种体裁。屈原的《离骚》《九章》及宋玉的《九辩》是典型的辞；荀卿《赋篇》及宋玉《风赋》《高唐赋》等则是赋。辞与赋的区别主要在写作方式上。辞以陈述为主，重于情志的表达，屈原《离骚》等篇中屡言的"陈辞"及《惜诵》中"惜诵以致愍兮，发愤以抒情"[②]之语，已经对辞体的特点作了最扼要的揭示。赋以铺陈为主，重于事物的摛写。汉人在创作中以侈陈物象、广搜名类为主，所以赋体大兴而辞风衰落。但王逸《楚辞章句》中所收的汉人拟《骚》、拟《九章》之作，仍谨守屈宋规制，为辞体之嫡派。到了汉代，赋已为定名，而辞非专称，又因陈述与铺陈两种方式毕竟不能完全分开，加上汉赋本就继承楚辞体制，所以赋也可以称作"辞赋"[③]。在这个意义上，辞赋是合二为一的文体名，后人

---

① 参见费振刚《全汉赋》"前言"（北京大学出版社，1993 年）及《辞与赋》一文（载《文史知识》1984 年第 12 期）。本章判定辞赋的标准，主要依据王逸《楚辞章句》和《全汉赋》。

② 洪兴祖《楚辞补注》卷四，中华书局，1983 年，第 121 页。

③ 关于辞赋名义更深入的讨论，可参看钱志熙《论辞与赋》，《文艺理论研究》2014 年第 2 期。

甚至称屈原辞为屈赋。

虽然汉赋中侈陈物象之风很盛,但赋家毕竟是楚辞的继承者,并没有全部放弃陈述、表达情志的传统,所以即使是以赋名篇的作品,如贾谊《吊屈原赋》《鹏鸟赋》、司马相如《长门赋》、司马迁《悲士不遇赋》、冯衍《显志赋》等,虽非拟骚为篇,但精神最近于楚辞,我们姑且称之为"辞体赋"。所要指出的是,这类作品是最直接地表现汉代文人生命思想的,它们承传楚辞反思生命的精神并开启魏晋文学表现生命主题的先路。

纯粹的赋与拟骚辞、"辞体赋"在表现生命主题上有所区别:前者比较客观地反映汉代社会的求仙、养生等主题,后者则多表现个体的生命观念和生命情绪。本章将对汉代辞赋中一些重要的生命主题作出分析。

二、汉人楚辞体作品对屈原悲剧生命形象的塑造

哀伤时命不合与悲士不遇是汉代辞赋中经常出现的生命主题,它反映了个人生命价值的实现与现实之间的矛盾。由于受到天命、天道观念的影响,汉人常常将此归之于"命",所以就有时命不合的感叹。

时命不合原是汉代拟骚辞作者对屈原生命悲剧的基本认识。东方朔《七谏·哀命》云:"哀时命之不合兮,伤楚国之多忧。内怀情之洁白兮,遭乱世而离尤。恶耿介之直行兮,世溷浊而不知。"[①]主人公屈原绝望地认识到自己遭遇非时,主暗臣邪,内心充满了苦闷,"固时俗之溷浊兮,志瞀迷而不知路",最后终于选择了自沉的归宿。王逸解"哀时命之不合兮"一句云:"言己自哀生时禄命,

---

① 洪兴祖《楚辞补注》卷一三,第250页。

好行公正，不与君合。”[1]“命”指禄命是不错的，但“时”主要还不是指生时，而是指所届之时，即所遭遇的现实。这种伤时不遇的感愤，在屈原自己的作品中就常有表现，如《离骚》即云：“增歔欷余郁邑兮，哀朕时之不当。揽茹蕙以掩涕兮，沾余襟之浪浪。”[2]屈原所有自叙性作品，都突出地表现了诗人与现实之间不可调和的矛盾，这是诗人作为执着追求个人生命价值的个体的悲剧性结果，可诗人把它归咎于自己所处时代道德价值观念的颠倒。屈原没有在这里面追寻神秘的“命”因，即使从“命”的观念来思考，屈原也自认为是得天地之休命的，“摄提贞于孟陬兮，唯庚寅吾以降”。我们在前面论屈原生命观时，已经论述到这个问题，所以，屈原只将其悲剧结果归之于时而未归之于命。但汉代文士普遍受到天道、禄命观念的影响，所以他们将屈原的遭时不当归结于命。在王褒《九怀·通路》中，王褒写屈原乘虬龙登云，骑神象上行，朝发葱岭，夕至明光，宣游于列宿，顺辰极天庭而彷徉。最后他来到玄圃，目的是为了查考自己的命相，其辞云：“微观兮玄圃，览察兮瑶光。启匮兮探筴，悲命兮相当。”王逸注“启匮”句云：“发匣引筹，考禄相也。”又注“悲命”句云：“不获富贵，值流放也。”[3]《九怀》的这一段，典型地反映了汉代辞赋家在对屈原生命遭遇的认识方面，明显坠入天命、命禄的观念之中。又如东方朔《七谏·自悲》有云：“见韩众而宿之兮，问天道之所在。”[4]亦有追寻命运的含义。在生命观上神秘因素的增加，是汉代文人的普遍情况，这也影响到他们的辞赋在艺术精神上的变化。例如《通路》这一节，完全是模仿《离骚》中“驷玉虬以乘翳兮，溘埃风余上征”[5]一段，但屈原在

---

① 洪兴祖《楚辞补注》卷一三，第 250 页。
② 洪兴祖《楚辞补注》卷一，第 25 页。
③ 洪兴祖《楚辞补注》卷一五，第 271 页。
④ 洪兴祖《楚辞补注》卷一三，第 250 页。
⑤ 洪兴祖《楚辞补注》卷一，第 25 页。

那里以叩阍求女等浪漫幻想的情节,象征了不屈不挠追求理想的精神,充满了阳刚正大之气。而《通路》将升天之旅的目的归于查考命相,寻问个人的富贵流亡、得失穷通之因,这就使得其精神顿时萎缩,失去了真正浪漫艺术的魅力。

屈原的生命悲剧,尤其是通过其杰出的艺术表现,对汉代文人发生了震撼性的影响。他们模拟屈辞虽然也有一般拟古作者的共同心理,即希望通过模仿典范作品以掌握艺术范式,提高创作能力,但更主要的是受到这一史无前例的大悲剧的感染,他们希望再现屈原的生命悲剧的愿望同样是十分强烈的。另外,他们的创作似乎还受着一种神秘观念的影响,带有招魂、礼神、吊祭的性质。这种观念大概承自《招魂》《大招》。汉人最早的吊屈之作有贾谊的《吊屈原文》,他开了汉代辞赋家追怀屈子的先例。这篇赋除了致以吊祭之意外,还对屈原的悲剧作了分析,其中心主题就是"遭世罔极兮,乃陨厥身;呜呼哀哉,逢时不祥"[①],同样开了汉代吊屈、拟骚作品哀时命主题之先。在汉代辞赋家那里,屈原不完全是一个已经成为历史的悲剧人物,其灵魂乃至神明似乎仍然存在着。发生这个感觉,屈赋中的游仙升天情节的表现,似乎也起了一些作用。王逸解释淮南小山等的《招隐士》的一段话,透露了这方面的信息,他说:"小山之徒,闵伤屈原,又怪其文升天乘云,役使百神,似若仙者,虽身沈没,名德显闻,与隐处山泽无异,故作《招隐士》之赋,以章其志也。"[②]王逸认为《招隐士》是为屈原而作的看法值得怀疑,但这番话启发我们注意到这样一个可能有普遍性的现象:汉代辞赋家们对屈原有一种特殊的、带有神秘感应性的感觉。也许这正是他们创作吊屈、拟骚作品的一种心理原因。其实,汉代本来就是历史人物被大量神化、仙化的时代,汉赋

---

① 《史记》卷八四《屈原贾生列传》,第 2493 页。

② 洪兴祖《楚辞补注》卷一二,第 232 页。

也常将天界、仙界的遨游与历史中的遨游叠合起来。

屈原生命悲剧之所以引起汉代文士的广泛共鸣，还与他们自身在实现个人生命价值中所遭遇的困境有关系。春秋战国时代以士人为主体的伦理价值生命观成熟后，士人实现个人价值的追求与社会现实之间的矛盾也随之发生。尤其是因为士人在追求功业时，是以他们自己执持的“道”和“德”为原则的，所以其所追求的生命价值的内涵就以弘道济世为核心。弘道与济世并非截然可分的两方面，而是合为一体的，至少就其理想境界来讲是这样，以道济世，世济则道弘，只有因弘道济世而赢得的名誉，才是真正实现了生命价值。所以，他们不可能降低甚至放弃“道”和“德”去苟求名位，窃取虚荣。这正是孔子和孟子退而著书、屈原宁愿自沉的原因。

三、大一统王朝政治背景下的士不遇主题

屈原的生命悲剧，是士人伦理价值生命观与现实矛盾最尖锐的表现，因此具有典型性。汉代士人在生命价值取向上完全是继承春秋战国士阶层的[①]，但是，这种强调个体价值的生命观与汉王朝的大一统政体是矛盾的。大一统政体虽然提倡重生观念，并且也有可能采取一些厚生政策，对民生有所注意，但对个人生命的独立精神价值却是尽可能加以忽略和淡视的。天人学大生命观之所以成为王朝的统治意识之一，也正是因为这个。因为在这种大生命观中，个体生命的精神价值、个性没有存在的地位，于是一

---

① 陈桐生《中国史官文化与〈史记〉》(汕头大学出版社，1993 年)论及战国士文化在汉初及武帝时代复兴的情况，以及司马迁与战国士风之关系等问题(第 99—105 页)。

些具有比较自觉的伦理价值生命观的个体,与现实之间产生了一定的矛盾。这是他们能够理解屈原,对其生命悲剧发生共鸣的精神基础。贾谊是第一位与屈原在生命遭遇上发生共鸣的汉代士人,也是继屈原之后又一个悲剧生命个体。贾谊忧患时事,毫无忌讳地呈献长策,完全是继承战国时代发扬蹈厉的士风。最初虽以才华为文帝所赏识而被破格拔擢,度过短暂的少年得志的时光,一时之间,他的政治道路似乎一马平川,但绛、灌等老臣的忌恨,使得汉文帝不得不将他贬往长沙。贾谊正是在这种境地中与屈原发生共鸣,他也像屈原那样感愤于现实中是非善恶与价值观念的颠倒,《吊屈原文》云:

> 鸾凤伏窜兮,鸱枭翱翔。阘茸尊显兮,谗谀得志;贤圣逆曳兮,方正倒植。世谓随、夷为溷兮,谓跖、跻为廉;莫邪为钝兮,铅刀为铦。吁嗟默默,生之无故兮,斡弃周鼎,宝康瓠兮。腾驾罢牛,骖蹇驴兮;骥垂两耳,服盐车兮;章甫荐屦,渐不可久兮;嗟苦先生,独离此咎兮。①

作为经历了类似悲剧遭遇的贾谊,很自然地将自己的悲剧与屈原的悲剧归为同一类型,所以吊屈即为自抒愤懑。但从历史的角度来看,贾谊的悲剧是一种新的历史因素促成的。虽然在贾谊看来,汉初政治施设绝非长治久安之图,而且贾谊的一系列治安之策,确实也是对症良方,可是政治本来就有两种类型,即理想的政治和权宜为之的政治,政治既可以实现社会理想为目的,也可以只是统治集团进行权力分配的手段。在汉初,贾谊所谋求的理想政治诚然没有达到,但作为权宜为之的政治,其局面无疑是已经稳定了。况且政治有时候只是权力分配的手段而已,于已经获得这些权力的统治集团来说,现实的政治已经很完美了。贾谊的治

① 《全汉文》卷一六,严可均辑《全上古三代秦汉三国六朝文》第1册,第217页。

安策虽然高明，可并不像战国策士那样出一策、献一计就能使国家转危为安，起死回生。这样的可能性实际上已经不存在了，这是大一统政体所决定的。

表现大一统政局中士人实现个体生命价值的困境，是汉代辞赋的一个重要主题。严忌的《哀时命》，王逸说它是"哀屈原受性忠贞，不遭明君而遇暗世"。事实上，这个作品虽为拟骚辞，却与东方朔的《七谏》不同，是一个自抒性的作品。其理由之一是没有出现《七谏》等作品都有的沉江情节，因为沉江是屈原悲剧的结局，所以，作为哀伤屈原的作品不会不出现这个情节。理由之二是作品中有"子胥死而成义兮，屈原沈于汨罗。虽体解其不变兮，岂忠信之可化"之语。屈原在这里与伍子胥及后文中说到的伯夷这些人一样，是作为榜样人物出现的，这正可证明《哀时命》不是以屈原为抒情主人公或哀伤对象的，它反映的是汉代士人时命不合的遭遇。作品将生不逢时与生命短暂两个主题结合在一起，篇首数句云：

> 哀时命之不及古人兮，夫何予生之不遘时。往者不可扳援兮，倈者不可与期。志憾恨而不逞兮，杼中情而属诗。夜炯炯而不寐兮，怀隐忧而历兹。心郁郁而无告兮，众孰可与深谋？欿愁悴而委惰兮，老冉冉而逮之。居处愁而隐约兮，志沈抑而不扬。①

作者明确指出自己是"生之不遘时"，没有赶上从前的好时光，也等不到以后的盛世，老之将至，个人功业之事眼见是无望了，忧愁无可告诉，只有"杼中情而属诗"。在辞篇中，他也对世道人心作了批评，考虑过求仙、隐逸穷处以避世：

> 愿至昆仑之悬圃兮，采钟山之玉英。揽瑶木之橝枝兮，

① 洪兴祖《楚辞补注》卷一四，第259页。

望阆风之板桐。

> 孰魁摧之可久兮,愿退身而穷处。凿山楹而为室兮,下被衣于水渚。雾露濛濛其晨降兮,云依斐而承宇。虹霓纷其朝霞兮,夕淫淫而淋雨。怊茫茫而无归兮,怅远望此旷野。下垂钓于溪谷兮,上要求于仙者。与赤松而结友兮,比王侨而为耦。使枭杨先导兮,白虎为之前后。浮云雾而入冥兮,骑白鹿而容与。①

因现实中追求功业之无望,转而隐逸求志、求仙,这里反映出汉代士人的隐逸或求仙行为,常常是上述社会矛盾的产物。《哀时命》中的这段文字与淮南小山《招隐士》及张衡《归田赋》,是汉代隐逸文学的代表。其表现隐逸境界的怪异荒凉,也说明汉代的隐士是真正的隐士,而隐逸与求仙相结合,更是汉代突出的现象。魏晋以降,随着道教的形成,仙与隐分流,隐为个体行为,仙则是宗教群体性行为。

如果说严忌《哀时命》的主人公的时代归属还不是特别明确的话,那么司马迁的《悲士不遇赋》和董仲舒的《士不遇赋》,则是主人公及其时代归属都十分明确的作品。值得注意的是,他们既以"士不遇"为题,则其表达的立场已由个体转为群体,反映的是士群中普遍存在的问题。这两篇赋都感叹贞士不遇其时,董赋尤其表现出很深的怀古情调:

> 生不丁三代之盛隆兮,而丁三季之末俗。末俗以辩诈而期通兮,贞士以耿介而自束。虽日三省于吾身兮,繇怀进退之惟谷。

作者以不生三代盛隆之世为不逢时,反映出他作为儒家之士对时世的理想。其耻于以辩诈而期通,似乎是批评战国秦汉之际以权诈显荣的士人。这说明董仲舒不接受一般战国士人的功名观,而

① 洪兴祖《楚辞补注》卷一四,第260、265页。

是严格按照儒家的道德规范来实现个人的功业，所以，他对时代的要求更加严格，认为三代之下都是贞士不遇的时代。但董氏又朦胧地意识到，贞士不遇似乎不完全是与时代不合的问题，他发现即使在三代隆盛之际，也有不遇之士：

> 观上古之清晖兮，廉士亦茕茕而靡归。殷汤有卞随与务光兮，周武有伯夷与叔齐。卞随、务光遁迹于深渊兮，伯夷、叔齐登山而采薇。使彼圣贤其繇周遑兮，矧举世而同迷。[1]

作者纳闷在圣君之世，尚有贤士不遇。这种思索的结果，是使问题变得越发复杂了。于是，他将之归咎于幽昧的命运，并准备服从它的安排："遵幽昧于默足兮，岂舒采而蕲显？"同样，司马迁的《悲士不遇赋》也发生了类似的思想，如曰："天道微哉！吁嗟阔兮！"只是司马迁似乎不想对天道作太多唯心的研究，而采取道家委任自然的态度："无造福先，无触祸始。委之自然，终归一矣。"[2]从"恒克己而复礼，惧志行之无闻"、"没世无闻，古人唯耻"的儒家生命观到委之自然的道家生命观，对司马迁和与他同时代的士人来说，并没有什么观念上的矛盾。

命运问题在汉代文人的思想中占有一定地位。在对命运的认识上，他们通常徘徊于天命观与自然观之间，他们相信个人命运受着天道意志的支配，只有专门的天人学者才认为天道意志是一种可以解释的东西，普通文人则感觉到它是一种神秘的、难以解释的东西。正是在这种认为天道无法解释的认识基础上，汉代文人接受了道家的自然思想。贾谊的《鹏鸟赋》就是这方面的一个典型，整首赋叙述了由希望推求命运凶吉到死生祸福任之自然的思想转变。赋中的作者，是一个天命观的信仰者：

---

① 《全汉文》卷二三，严可均辑《全上古三代秦汉三国六朝文》第1册，第250页。

② 《全汉文》卷二六，严可均辑《全上古三代秦汉三国六朝文》第1册，第270页。

> 单阏之岁兮,四月孟夏。庚子日斜兮,鹏集予舍。止于坐隅兮,貌甚闲暇,异物来萃兮,私怪其故。发书占之兮,谶言其度,曰:“野鸟入室兮,主人将去。”请问于鹏兮:“予去何之?吉乎告我,凶言其灾。淹速之度兮,语予其期。”

而作为答复者的“鹏”,则是老庄自然思想的阐释者:

> 万物变化兮,固无休息。斡流而迁兮,或推而还。形气转续兮,变化而蟺。沕穆无穷兮,胡可胜言!祸兮福所倚,福兮祸所伏;忧喜聚门兮,吉凶同域。[①]

接着“鹏”又举了一些历史人物祸福成败参差的例子,来说明祸福相缠的道理,并进一步得出命运不可知的结论:“命不可说兮,孰知其极!”“天不可预虑兮,道不可预谋;迟速有命兮,焉识其时?”由于天命之不可知,生死祸福无法逆料,所以只有接受齐同生死、以生命等同于万物的典型的庄学生死观。贾谊此赋运用精湛的赋的语言,呈现出汉代文士生命哲学的逻辑结构。另外一个值得玩味的现象是,贾谊用鹏鸟臆对的形式,巧妙地表现了他思想中的两方面,使赋篇的结构也显得十分灵活。可这不纯粹是一个技巧问题,这个技巧也反映了思想的原因,让“鹏”来阐释老庄思想,正说明这种思想对于贾谊来说还是比较外在的。

贾谊的《鹏鸟赋》开创了汉代辞赋表现命运主题的先河。其后东方朔的《答客难》、扬雄的《解嘲》、崔骃的《达旨》、班固的《幽通》、张衡的《应间》《思玄》、蔡邕的《释诲》等[②]以论说为体的辞赋,都在不同程度上受到贾谊《鹏鸟赋》的写作风格和思想的影响。这些作品通过论说个人命运的穷通之理,一方面揭示出大一统现

① 《全汉文》卷一五,严可均辑《全上古三代秦汉三国六朝文》第1册,第209页。

② 属于这类作品的可能还有刘騊駼的《玄根赋》、蔡邕的《玄表赋》。汉人的“玄学”不同于魏晋本体论玄学,而是讲天道、命运的“玄学”。蔡邕《玄表赋》仅存“庶小善之有益”,大约讲的是福善祸淫的问题,可窥此赋之主题,亦属讨论命运问题。

实中个人生命价值实现之艰难，另一方面又常以天道幽微，命运难知，唯有委之自然，抱朴守素等观念进行自我安慰。

上述作品反映出汉代士人对于自身所处现实情势的认识，他们经常将自身所处的大一统盛世与战国时代、秦汉之际这些纷争多事之世相比较，客观地指出大一统盛世中才能之士作用的减小和地位的下降，他们不再像纷争多事之世的士人那样与国家的理乱兴亡、军事和外交的安危反侧有着举足轻重的关系，东方朔的《答客难》最早表述了这个认识。文章开头，“客”难问东方朔，说“苏秦、张仪一当万乘之主，而都卿相之位，泽及后世”，而东方朔虽然“修先王之术，慕圣人之义，讽诵《诗》《书》百家之言不可胜数”，是“好学乐道”并且“自以智能海内无双”之士，但历年忠心服事圣帝，“旷日持久，官不过侍郎，位不过执戟”。于是“客”怀疑东方朔是否在行为方面尚有欠缺。针对这一问难，东方先生感慨良多，他认为“客”不知时势之变化，苏张之世，“周室大坏，诸侯不朝，力政争权，相禽以兵，并为十二国，未有雌雄”。当此之时，统治者“得士者强，失士者亡”，所以苏、张之徒能够以权谋游说诸侯而得“身处尊位，珍宝充内，外有廪仓，泽及后世，子孙长享”。而当今之世为大一统之治，“圣帝流德，天下震慑，诸侯宾服，连四海之外以为带，安于覆盂，动犹运之掌”，所以贤能之士与不肖之人在命运遭际上没有什么区别。况且盛世人才众多，“竭精谈说，并进辐凑者不可胜数”，其中甚至有“困于衣食，或失门户”者，使苏秦、张仪处今之世，恐怕连掌故小吏都当不上，更不要说像东方先生这样在朝廷中做常侍郎了。在作了这样的对比分析之后，东方朔得出了四个字的结论：“时异事异。”但作者并非消极地看待士在新的环境中的处境，而是强调虽处此环境，仍以“修身”为要，并且乐观地认为“苟能修身，何患不荣”[1]。

---

[1] 《全汉文》卷二五，严可均辑《全上古三代秦汉三国六朝文》第1册，第266页。

《答客难》的这种时异事殊的对比分析方法及基本观点，被扬雄、崔骃、张衡、蔡邕诸家继承。各家在具体看法上有所不同，对于“士”处此情势中所应采取的生存方式也各有见解，其中扬雄提出的“守玄”的生存方式，具有一定的代表性。他以盛衰福祸之变幻无常来否定世俗官禄的价值，《解嘲》曰：“且吾闻之也，炎炎者灭，隆隆者绝。观雷观火，为盈为实，天收其声，地藏其热。高明之家，鬼瞰其室。攫挐者亡，默默者存；位极者宗危，自守者身全。是故知玄知默，守道之极；爰清爰静，游神之廷，惟寂惟寞，守德之宅。”[①]从东方朔的相信“苟能修身，何患不荣”到扬雄的“守玄”遗荣，我们可以看出汉代士大夫观念上的变化。汉人的“玄”不同于魏晋之“玄”，它是通过对自然和社会的具体观察来默悟天道变化和人事盛衰，而非本体有无之思辨。在阐述命运之理时，辞赋家们常常引述历史人物的故事，表现出某种朴素的历史观。至于缕述史事的写作方式，又应该溯至屈原的作品。

除了“玄”这一概念，“性命”也是汉代文人用来思索生命及命运问题的一个重要概念。“性命”一词在汉代有多种含义，普通用法是指生之受命于天的寿命与性行(详见前面有关《淮南子》性命观的论述)。《汉书·董仲舒传》载武帝策问贤良的“制”词中有云：“性命之情，或夭或寿，或仁或鄙，习闻其号，未烛厥理。”颜师古注曰：“夭寿，命也。仁鄙，性也。”[②]董仲舒对策中有“陛下发德音，下明诏，求天命与情性”之语，可见“性命”一词中包含着天命与性行两方面的含义。但由于汉人普遍认为个人遭遇的穷通好恶也受着天道的支配，所以“性命”一词中也包含命运这一层意思。崔骃《达旨》云：“固将因天质之自然，诵上哲之高训；咏太平之清风，行天下之至顺。惧吾躬之秽德，勤百亩之不耘；縶余马以

① 《全汉文》卷五三，严可均辑《全上古三代秦汉三国六朝文》第1册，第412页。
② 《汉书》卷五六，第8册，第2496、2497页。

安行，俟性命之所存。”[①]又张衡《应间》云：“观者观余去史官五载而复还，非进取之势也。唯衡内识利钝，操心不改，或不我知者，以为失志矣。用为间余。余应之以时有遇否，性命难求。因兹以露余诚焉，名之曰应间。”[②]这两处所见的“性命”，都可以作命运解[③]。崔骃所说的“絷余马以安行，俟性命之所存”，及张衡所说“时有遇否，性命难求”，都反映了汉代文士顺从命运安排的生存方式。这是他们思考了天道，考察了现实情势之后得出的结论，因为无论是天道还是大一统的政治变化，都是作为个体的文士所无法把握的，所以他们只有在顺应这两者的前提下追求个人的生命价值，选择个人的生存方式。但是，作为精神上相对独立的汉代卓越之士，并没有在复杂的现实和神秘的命运意识中放弃追求。张衡自称“操心不改”，崔骃说“俟性命之所存”，都是抱着等待的态度。班固《幽通赋》一方面极言命运之幽昧，似握于鬼神之手，如曰：“道修长而世短兮，敻冥默而不周。胥仍物而鬼诹兮，乃穷宙而达幽。……道混成而自然兮，术同原而分流，神先心以定命兮，命随行以消息。”另一方面又强调“没世不朽”的生命价值的实现：“俟草木之区别兮，苟能实其必荣。要没世而不朽兮，乃先民之所程。”[④]这好像把东方朔的修身以待荣与扬雄的守玄结合起来了。这说明先秦士阶层所树立的生命价值观，已经根植于士大夫阶层的心灵深处，成为其生命体验的一部分。

最后，应该指出的是，汉代文士由于在生命价值追求中受到

---

① 《全后汉文》卷四四，严可均辑《全上古三代秦汉三国六朝文》第1册，第712页。

② 《全后汉文》卷五四，严可均辑《全上古三代秦汉三国六朝文》第1册，第773页。

③ 崔篆《慰志赋》自叙当汉室中微之时，无法实现“何天衢于盛世兮，超千载而垂绩”的理想，最后决定采取这样的生存方式：“遂悬车以絷马兮，绝时俗之进取。叹暮春之成服兮，阖衡门以埽轨。聊优游以永日兮，守性命以尽齿。贵启体之归全兮，庶不忝乎先子。”此处所说的“性命”也包含命运的意思。见《全汉文》卷六一，严可均辑《全上古三代秦汉三国六朝文》第1册，第460页。

④ 《全后汉文》卷二四，严可均辑《全上古三代秦汉三国六朝文》第1册，第606页。

了现实的阻碍,转而向精神性的方向发展,尤其是转向自觉的著述——写作辞赋、撰述史传和子书,继承了春秋战国士阶层所初步确立起来的注重著述、立言以期不朽的传统,使生命价值以另一种方式得到实现。司马迁更是将这种传统以理论的方式确定下来。他说自己遭腐刑、蒙大耻而"隐忍苟活、函粪土之中而不辞者",不是不知道生命的崇高意义,而是"恨私心有所不尽,鄙没世而文采不表于后也",因此发愤著《史记》,"亦欲以究天人之际,通古今之变,成一家之言",以期"藏之名山,传以其人"。他从自己的这种体验出发,发现自古以来的著作文章,"大抵贤圣发愤之所为作也。此人皆意有所郁结,不得通其道也,故述往事,思来者"[①]。在这里,司马迁明确地将著述作为实现生命价值的一个重要方式,对汉代文士的影响是很大的。本章所引述的这些表现个人生命意义反思的作品,本身就说明了这种现象。

综上所述,我们可以看到,汉代士阶层在生命价值的取向上是继承战国士阶层的伦理价值生命观的。但由于大一统政局中士人作用的下降,使他们在实现个体生命价值的过程中遭遇到困境。又由于宇宙自然生命观、天道思想的影响,使他们陷入神秘的命运观念之中,发展出"玄""性命"等汉代生命哲学的重要范畴。汉代辞赋中的哀伤时命不合、感时不遇、论说穷通幽显等主题,就反映了上述现实问题。从艺术渊源来看,汉代辞赋中这些生命主题直接渊源于楚辞。屈原作品展现了个体生命的宏伟境界及其生命悲剧,对汉代辞赋家们具有震撼性的影响,而辞赋中表现屈原,无论是吊屈、拟骚还是反骚,成了汉代文人思考生命问题的一个特殊角度。可以说,汉代辞赋表现生命主题正是以此为起点的。但是,汉人是站在他们自己的观念立场上表现屈原的,因此在屈原悲剧中渗透了一种天命的意思,这就引起艺术精神的

① 《史记》卷一三〇《太史公自序》,第3300页。

变异。可以说,汉代文人的生命情调是不够显扬的,对生命的体验掩抑多思而又时时陷入形而上学的迷津,表现不出淋漓尽致的悲剧精神。

第十二章　汉代诗歌中感伤生命的主题：生命情绪的逐渐酝酿与爆发

从总体的情形来看，汉代盛世中人们的生命情绪是比较安定的。大一统政局下政治上的相对稳定、养生及求仙风气的盛行、医药技术的发展，以及天人学的宇宙自然大生命观的形成，都是引发人们对生命产生乐观的幻想、促使全社会生命情绪安定化的重要因素。需要指出的是，这其中宇宙自然大生命观是汉代诸种生命意识现象的根本，譬如中国医学，就建立在这种生命哲学之上，可以说它迄今仍然是构成我们的生命思想乃至社会思想的一部分。

但是，生命问题上的矛盾仍然存在于一些思想比较自觉的个体身上，并且有一定的普遍性，在前文中我们就讨论了这个问题。应该说，那些表现时命不合、感士不遇的主题的作品也有着感伤色彩的生命情绪，尽管文人们常用易老思想、天道命运的观念去淡释它，但到了诗歌里，那种复杂的思辨因素被剔除了，感伤生命的情调被尽情地抒发出来，甚至成为诗和音乐有意识追求的一种美感，形成悲哀为美的艺术趣味。这种趣味至少在东汉中晚期已经成为一种时尚。至此，社会危机也已出现，支配社会的生命观念也发生很大的变化，例如，一方面神仙长生的观念受到越来越多人的怀疑，可另一方面，那些在世局动荡中从事宗教活动甚至怀有政治野心的“神仙家”却在制造一种拯救末世的“神”，他不再是那些赐给凡人仙药的方仙道的仙人，而是使世界重至太平的救世主。他们所宣扬的成仙方式是神秘感应式的，这就是《太平经》之类的书中宣传的神仙教。可以说，进入这个时期，中国古代生命观的理性与非理性两部分，出现了复杂交织的情况。这种情况甚至一直持续下去，使思想界也失去春秋时代那种明朗的状态。再者，从汉初以来，养生思想的主流一直是主张合乎自然、注重精神形气的和谐的良性循环的养生思想。可到东汉中晚期，一种无原则地强调贵生适性、放纵享乐的观念占了上风，哀乐任情，完全失去了平和淡适的养生原则。所以，东汉中晚期的生命问题，已经成为突出的社会问题，不再维持着盛汉时代社会生命问题的安定状态。诗歌中表现感伤生命的主题当然不始于东汉中晚期，但在此一时期酿成风气，它有力地催促着五言诗艺术的发展。

一、汉武帝的感伤情绪

自从生必有死的事实为人们熟知后，对于生命短暂的焦虑与对于永生的追求，就成了文学表现生命主题的两翼。这样的文学表现或许有更长的历史，但明确化是在汉代，汉武帝刘彻可以说是一个极具代表性的人物。武帝作为两种典型存在于历史中：既是求仙者的典型，又是感伤生命者的典型。这正说明在文学上，求仙、游仙与忧生、感叹生命短暂的主题，其实具有相依存的关系。无论从哪一方面来说，武帝都是一个在我国古代生命思想发展史上有着特殊影响的人物。他本人的求仙活动对神仙意识在汉代社会的流行起到了不可估量的影响，后世的神仙家也将他作为神仙传说的素材，形成以他为中心的神话系统；文学家们也将他作为表现神仙主题的重要形象。可另一方面，他作为求仙失败者的典型，又有力地证明了长生成仙之道的荒诞，在后来的思想家们批评神仙道时被当作反面的材料。还在汉朝成帝时，谷永上书谏祭祀求神仙，就以武帝行事为前车之鉴，将他与周灵王、楚怀王、秦始皇等君主相提并论[1]。他在这方面所起的作用同样是很深远的。

武帝的求长生是他强烈的生命欲望所驱使的,所以他在这些事上所表现的生命情绪带有迷狂色彩。他不像同时的有些居山泽间的“列仙之儒”那样冷静、持之以恒地修习长生仙术,而是希望神仙能够奇迹般地突然降临。在整个求仙活动中,他的心理始终是欹倾不平衡的:愈是狂热地求仙,愈在内心深处产生对神仙长生的怀疑。可是强烈的生命欲望使他不放弃侥幸可得的心理,所以杀了弄虚作假的李少翁以后,又重用栾大、公孙卿等人。他委派他们求仙,信心从来就不是十足的,直到最后“方士之候神入海求蓬莱者终无验,公孙卿犹以大人之迹为解。天子犹羁縻不绝,几遇其真”[2]。这说明武帝晚年是带着侥幸于万一的心理来求仙的,但他内心的怀疑、欹倾不平衡的心理,是他周围的文士和方士不甚了然的。所以,从《郊祀歌》十九章这样的作品里了解不到武帝复杂的心理。

真实表现出武帝生命情绪的还是他自己的作品。在这些作品中,我们没有发现通常求仙者常有的那种对生命的乐观幻想,却发现他严重的感伤情绪。在感伤远没有成为文学风气的武帝时代,我们只能说他的感伤纯粹是自发的,是他个人欹倾不平衡的心态的表现。在汉代诗人中,第一个毫无顾忌地抒发生命短暂之悲哀的是汉武帝,《秋风辞》开启了后来哀乐任情的文学风气:

---

① 《汉书·郊祀志》载谷永上书云:“昔周史苌弘欲以鬼神之术辅尊灵王会朝诸侯,而周室愈微,诸侯愈叛。楚怀王隆祭祀,事鬼神,欲以获福助,却秦师,而兵挫地削,身辱国危。秦始皇初并天下,甘心于神仙之道,遣徐福、韩终之属多赍童男童女入海求神采药,因逃不还,天下怨恨。汉兴,新垣平、齐人少翁、公孙卿、栾大等,皆以仙人、黄冶、祭祠、事鬼使物、入海求神采药贵幸,赏赐累千金……至初元中,有天渊玉女、巨鹿神人、轑阳侯师张宗之奸,纷纷复起。”见《汉书》卷二五下,第4册,第1260页。

② 《汉书》卷二五下《郊祀志》,第4册,第1247页。

> 秋风起兮白云飞，草木黄落兮雁南归。兰有秀兮菊有芳，怀佳人兮不能忘。泛楼船兮济汾河，横中流兮扬素波，箫鼓鸣兮发棹歌。欢乐极兮哀情多，少壮几时兮奈老何！[1]

首二句既是触景生情，也是对宋玉《九辩》中秋之意象的回顾，含有感叹时光流逝之意。这种兴象在魏晋时习见不鲜，但在武帝时还是很新颖的。中间“怀佳人兮不能忘”的“佳人”非属现实之人，而是武帝长期冀求的神仙。“泛楼船”三句写秋日横汾的具体情景。最后两句突然乐极生悲，痛感人生易老，暗寓仙道无成的悲哀。这两句非一时触景之感，而是武帝长期郁积于心的一种感伤情绪的爆发。此诗所表现的感叹时序流易、年华将老、乐极生哀的情调，对后来作品影响很大。曹丕《燕歌行》“秋风萧瑟天气凉，草木摇落露为霜，群燕辞归雁南翔”三句[2]，似从此诗首二句脱化而来。又其《善哉行》一诗写宴乐之极而生哀伤之感，似亦受此诗启发，其中“乐极哀情来，寥亮摧肝心”[3]两句更是直接借鉴武帝之诗。

武帝除了自抒感伤之怀外，还善作哀婉的歌赋。奉车子侯随武帝东封泰山，巡海上，道中暴病死（《汉书·郊祀志下》）。子侯为霍去病子，为奉车都尉，深受武帝宠爱（《汉书·霍去病传》），武帝乃作《思奉车子侯歌》：

> 嘉幽兰兮延秀，蕈妖淫兮中溏。华斐斐兮丽景，风徘徊兮流芳。皇天兮无慧，至人逝兮仙乡。天路远兮无期，不觉涕下兮沾裳。[4]

此诗讳言死，故有“至人逝兮仙乡”、“天路远兮无期”之句，将生死

---

① 《汉诗》卷四，逯钦立辑校《先秦汉魏晋南北朝诗》上册，第 147 页。

② 《魏诗》卷四，逯钦立辑校《先秦汉魏晋南北朝诗》上册，第 394 页。

③ 《魏诗》卷四，逯钦立辑校《先秦汉魏晋南北朝诗》上册，第 393 页。

④ 《汉诗》卷一，逯钦立辑校《先秦汉魏晋南北朝诗》上册，第 96 页。此诗下引《洞仙传》。

之隔说成仙凡之隔。后来《洞仙传》附会此意,说子侯临死前自称补仙官去。其实武帝这里一则云"皇天兮无慧",再则云"不觉涕下兮沾裳",纯是悲伤之意。他虽然求仙狂热,但不至于沉迷到将死亡说成成仙。道教神仙之事,多是这样附会而成的。

《李夫人赋》是继《诗经·葛生》之后又一悼亡名篇,也是西汉赋中难得的抒情佳作。武帝的生命观是纯粹地站在生命本身的立场上的,生命的价值完全在于其自身的美好,死亡对于个人来说意味着唯一美好的生命的永远消亡:

> 美连娟以修嫮兮,命樔绝而不长。饰新宫以延贮兮,泯不归乎故乡。惨郁郁其芜秽兮,隐处幽而怀伤。释舆马于山椒兮,奄修夜之不阳。秋气潜以凄泪兮,桂枝落而销亡。

在这里,作者将死亡比作漫漫未央的长夜,将美人之死比作严酷的秋气中凋落的桂枝。赋中还追抚李夫人盛年之美好和作者与她共同生活时的幸福:

> 函菱荴以俟风兮,芳杂袭以弥章。的容与以猗靡兮,缥飘姚虖愈庄。燕淫衍而抚楹兮,连流视而娥扬。既激感而心逐兮,包红颜而弗明。驩接狎以离别兮,宵寤梦之芒芒。忽迁化而不反兮,魄放逸以飞扬。何灵魂之纷纷兮,哀裴回以踌躇。势路日以远兮,遂荒忽而辞去。超兮西征,屑兮不见。浸淫敞怳,寂兮无音。思若流波,怛兮在心。[①]

"忽迁化"以下的句子,写尽生者哀婉之情,对于与死者关系亲密的生者来说,出现在眼前的死亡是一个无法接受、难以置信的事实。

在武帝的死亡意识中,除了接受灵魂观念的慰藉外,没有再接受别种生命观念。无论是道家的齐同生死的达观还是儒家的超越死亡的精神价值的不朽,都没有对武帝产生实质性的影响。

---

① 《全汉文》卷三,严可均辑《全上古三代秦汉三国六朝文》第1册,第139页。

所以，死亡对于他来说是无法超越的。武帝这种生命体验是本真式的，他那狂热的求仙行为和深度的感伤情绪，正是本真式体验的两种境界。在个体生命在复杂纠结的观念网络中失去自我定位的时代，武帝是少数几位具有鲜明的个体意识者之一，他的这种本真式的体验，在个体生命意识的发生史上具有超前的意义。他是中古感伤生命文学风气的先导者。

二、乐府诗的忧生之叹

尽管汉代社会的生命情绪普遍比较稳定，但悲哀死亡、忧虑生命归宿的情绪毕竟是无代无之。有两首挽歌在有汉数百年间的丧仪上一直演唱，一首写出死亡的亘古不复的悲哀："薤上露，何易晞！露晞明朝更复落，人死一去何时归？"另一首写尽死后灵魂的凄苦："蒿里谁家地？聚敛魂魄无贤愚。鬼伯一何相催促，人命不得少踟蹰！"[①]崔豹《古今注》曰："《薤露》《蒿里》，并丧歌也，本出田横门人。横自杀，门人伤之，为作悲歌，言人命奄忽，如薤上之露易晞灭也。亦谓人死魂魄归于蒿里。故有二章。至汉武帝时，李延年乃分为二曲，《薤露》送王公贵人，《蒿里》送士大夫庶人。使挽柩者歌之，亦谓之《挽歌》。"[②]所谓田横门人之作，后人多有怀疑，但李延年时二曲已成定制的说法，则历来为学者所接受。两诗中，《薤露》直接感伤生之短暂，死之容易，其抒情方式似更近乐府、古诗中的忧生之作。以薤上露水易被太阳晒干比喻生命的短暂，是《诗经》以蜉蝣比人生之后又一创造性的比喻，并且更加惊心动魄。后来《长歌行》"青青园中葵，朝露待日晞"[③]，完全是活

---

① 《汉诗》卷九《薤露歌》，逯钦立辑校《先秦汉魏晋南北朝诗》上册，第257页。

② 《汉诗》卷九《蒿里曲》，逯钦立辑校《先秦汉魏晋南北朝诗》上册，第257页。

③ 《汉诗》卷九，逯钦立辑校《先秦汉魏晋南北朝诗》上册，第262页。

用《薤露》。大概在汉代,以露水易干比喻生命短暂,是民间语言中常用的,并不只是诗人的比喻。单从《薤露》这首诗所表现的情绪来看,似乎是一种已经洗尽诸种复杂的生命意识,纯净的哀死之情。在这里,死亡就是死亡,不包含任何神秘的幻想,也没有对它作任何价值观的粉饰。如《楚辞·国殇》就有这种价值观的粉饰:"带长剑兮挟秦弓,首身离兮心不惩。诚既勇兮又以武,终刚强兮不可凌。身既死兮神以灵,子魂魄兮为鬼雄。"[①]正义的死亡观与灵魂幻想融在一起,体现了国殇的死亡价值。《薤露》的"死亡"纯然是生命体的消歇,与之相比,《蒿里》所表现的死亡主题则有更加复杂的意识内涵,其中对死亡的体验(指生者对死亡现象的认识、预想)与灵魂的观念联系在一起,并出现鬼伯催促濒死者的情节。显然,"死亡"在这里不是简单的生命体的消歇,而是包含着延想,它可以无穷无尽地推延甚至推演出另一个世界。这种对于死后的延想构成文学的重要主题。

也许像崔豹说的那样,李延年之前,《薤露》《蒿里》两章是合在一起的,但这两章确实表现了两种不同的死亡观和死亡体验。从意识发展来看,附有灵魂之类神秘延想的死亡体验是更古老的方式,在汉代民间,这是主要的体验方式,除《蒿里》外,乐府中《乌生》《怨诗行》都属于这一类。《乌生》是一首禽言诗,它通过乌的现身说法,揭露出社会中处处存在的死亡危机。诗中说,乌生了八九只雏乌,安巢在"秦氏"桂树之上,却不幸被秦家游荡子用睢阳彊、苏合弹一丸弹死,乌的魂魄飞扬上天。底下一段就是这个不幸的乌魂的自艾和自譬:

> 阿母生乌子时,乃在南山岩石间。唶我,人民安知乌子处。蹊径窈窕安从通。白鹿乃在上林西苑中,射工尚复得白

---

① 洪兴祖《楚辞补注》卷二,第83页。

鹿脯。唶我，黄鹄摩天极高飞。后宫尚复得烹煮之。鲤鱼乃在洛水深渊中，钓钩尚得鲤鱼口。唶我，人民生各各有寿命，死生何须复道前后。[1]

乌魂懊丧不能幽处南山岩石间，这是一种隐藏以避祸机的全生思想。乐府《枯鱼过河泣》也表现了这种思想："枯鱼过河泣，何时悔复及。作书与鲂鱮，相教慎出入。"但是乌魂最后还是否定了全生的可能性。他举上林西苑的白鹿、摩天高飞的黄鹄、洛水深渊的鲤鱼分别遭害为例，最后将一切归于神秘的天赋寿命，并说"死生何须复道前后"，看似平静，实为深沉，反映出汉代普通民众被欺凌、被剥夺的生存境遇。当统治者和豪民阶层过着恣睢的生活，做着长生成仙之梦时，他们却连基本的生存权利都被剥夺走了，却也因此获得一种冷峻、深沉的生命体验。客观地说，这首诗并不是表现灵魂主题的，可它显然凭借灵魂观念使情节得以别具一格地展开。"枯鱼过河泣"的虚构方式也与之类似。从这里我们看到，一种生命观念对于艺术表现的实质性影响。

《怨诗行》所抒发的情绪似乎是文人式的，可它表现的死亡体验还是带有神秘延想性质：

天道悠且长，人命一何促。百年未几时，奄若风吹烛。嘉宾难再遇，人命不可续。齐度游四方，各系太山录。人间乐未央，忽然归东岳。当须荡中情，游心恣所欲。[2]

诗中抒发生命短暂的感慨，并因此而生"当须荡中情，游心恣所欲"之想。这些内容在汉末文人诗中常常能看到，但这首诗还是借用灵魂、天道禄命那一套说法来表述"死"的内涵，"死亡"在这里仍然没有被简单化。也许此诗作者并不真正相信那些神秘的

---

① 《汉诗》卷九，逯钦立辑校《先秦汉魏晋南北朝诗》上册，第259页。
② 《汉诗》卷九，逯钦立辑校《先秦汉魏晋南北朝诗》上册，第275页。

说法,“归东岳”在这里只是作为“死”的一种委婉的说法,但在语言表达的层面上,神秘意识仍然在起作用。诗歌所表现的真不是思辨的真,而是直觉印象的真,语言既然属于某一意识范畴,此一意识范畴就已经在诗中得到真实表现了。

尽管乐府中书写死亡体验带有神秘延想的作品比较少,但《薤露》这种纯然悲哀生命消歇的体验方式也不是独一无二的。但毕竟那种神秘延想在乐府诗中趋向淡薄,死亡的真相渐渐地清晰,因而焦虑感也更趋于强烈。“露易晞”的联想正是焦虑所生的灵感,与此相似的“百年未几时,奄若风吹烛”也是惊心动魄的意象创造。《古步出夏门行》中有“行行复行行,白日薄西山”[①],又乐府佚句有“凿石见火能几时”[②],大概都是比喻生命之短暂的。至于直抒之语,如“年命冉冉我遒,零落下归山丘”[③],“大忧催人肺肝心”[④],都让我们分明感觉到忧生哀死之叹在汉乐府中已经成为很重要的一类主题。在这里我们有必要改变一下历来将“古诗”类作品视为中古文学感伤生命之起点的印象式看法。

现存的汉乐府古辞,绝大部分作品的具体创作年代都无法判定,但从诗歌风格及诗中所表现的意识来看,大部分作品出于东汉。萧涤非先生说:“在三十余首古词中,吾人能确认其为西汉之作者,不过寥寥数首而已。”[⑤]以上所引感伤生命短暂的作品,除《薤露》《蒿里》两首外,其他都应是东汉时代的作品。两汉之际社会形势的动荡不安影响了社会意识。在这种背景下,生命问题显得突出,忧生情调易于发生[⑥]。

---

① 《汉诗》卷九,逯钦立辑校《先秦汉魏晋南北朝诗》上册,第268页。

② 《大曲·满歌行》中有“凿石见火,居代几时”,“命如凿石见火,居世竟能几时”,见《汉诗》卷九,逯钦立辑校《先秦汉魏晋南北朝诗》上册,第276页。

③ 《汉诗》卷九《古董逃行》,逯钦立辑校《先秦汉魏晋南北朝诗》上册,第297页。

④ 古歌佚句,见《汉诗》卷九,逯钦立辑校《先秦汉魏晋南北朝诗》上册,第295页。

⑤ 萧涤非《汉魏六朝乐府文学史》,人民文学出版社,1984年,第62页。

⑥ 参见拙著《魏晋诗歌艺术原论》第一章第一节“五”小节的有关论述。

在乐府诗中，感伤生命的主题与表现神仙长生意识的主题可以说是姐妹主题。感伤生命与幻想神仙长生两种生命体验，可以同时存在于一个社会中，甚至同时存在于一个人的身上，如汉武帝就是这样的人。但从汉代社会生命意识发展变化的总趋势来看，西汉时期神仙长生意识盛行，社会整体的生命情调趋于幻想；东汉时期则呈减弱之势，而感伤情绪逐渐增加。一般来说，东汉一些思想家，对于养生长寿的观点还是接受的，因此辟谷导引之类的养生术仍有一定市场，但对过于怪诞的成仙之说则是怀疑甚至公开批判的，尤其是由于帝王求仙活动引起政治上某种危机。如谷永上成帝书就批评周灵王、楚怀王、秦始皇、汉武帝诸君主迷信鬼神、求仙之术而引起政治上的颠危倾覆，班固在《汉书·郊祀志》中历叙诸君主求神仙活动时，也带有一种批评态度，尽管表现得不特别明显，但他显然不是站在认可、赞同的立场上的。汉时的一些思想家之所以能对神仙怪异之说采取比较清醒的态度，还跟他们对儒家思想的纯正认识分不开，他们出于维护正道的意识批判神仙怪异，谷永的话就具有代表性：

> 臣闻明于天地之性，不可或以神怪；知万物之情，不可罔以非类。诸背仁义之正道，不遵《五经》之法言，而盛称奇怪鬼神，广崇祭祀之方，求报无福之祠，及言世有仙人，服食不终之药，遥兴轻举，登遐倒景，览观县圃，浮游蓬莱，耕耘五德，朝种暮获，与山石无极，黄冶变化，坚冰淖溺，化色五仓之术者，皆奸人惑众，挟左道，怀诈伪，以欺罔世主。听其言，洋洋满耳，若将可遇；求之，荡荡如系风捕景，终不可得。是以明王距而不听，圣人绝而不语。①

谷永鉴于西汉末成帝时方术再度兴盛的情形，较早地对神仙

① 《汉书》卷二五下《郊祀志》，第4册，第1260页。

方术之说作了总的清算。其批判的武器有二：一是援引先圣正道以击异端，主要强调“明于天地之性”，即天道自然之意；二是指出方术纯为诈伪，向无实效。后者的说服力更大，更能反映社会对神仙信仰产生动摇的根本原因。当然，对神仙信仰的怀疑态度，也是各种各样的，像谷永这样严正的批判毕竟是个别的，许多人则对神仙长生一方面仍存幻想，另一方面又信心浅弱。一种较有代表性的观点是神仙或许真是有的，但凡夫难求，或求仙之道难得，如《太平经》即认为得道重生者万人中未有一人，魏代嵇康作《养生论》也认为神仙禀于自然，非积学所得。在汉魏之际神仙长生信仰发生动摇的意识背景下道教之所以形成，其社会心理基础正在于此。社会民众，尤其是情感脆弱的文人，因信仰之动摇陷于生命危机感中，出现乐府、文人诗中浓厚的忧生情调，而职业神仙家乃至别有图谋的阴谋家，则利用人们对神仙尚存一线希望的社会心理，努力炮制更为新奇诱人的神仙学说，试验更带“尖端性”的仙术，使道教于此脱颖而出。佛教于此时渡入中土，实际上也是际遇于此。如果不明了东汉中晚期以降神仙信仰这种复杂的变化情势，就无法对此时期社会意识、文学中出现的那些看似矛盾的现象作出合理的解释。

依据上面所论，我们可知东汉社会神仙信仰曾经一度动摇，它是发生感伤生命意识的主要原因。因此，乐府中较多的感伤生命之主题从其发生时间来看，应晚于神仙长生主题。这一点还可以从乐府诗本身得到部分内证。其实这种生命短暂的感叹，常常伴随着一些具体的世俗生活内容而出现。汉乐府诗中有许多作品都描写宴会场面，其中一些宴会上，人们宣扬仙术或作长生祝词，而在另一些宴会上，人们却在感叹生命短暂，倡言应该及时行乐。如前面已介绍的《怨诗行》中有“嘉宾难再遇，人命不可续”及“当须荡中情，游心恣所欲”等句，可知此诗亦为述宴之作，更可知当时的人们在宴乐时感伤生命，倡言行乐以为劝酒侑盏之词。其风俗之远源实可溯之《诗经》时代，《蟋蟀》《山有枢》都有相似的情节，但在汉之末叶，这却是一种新的、时髦的劝酒方式，与向来那种雍雍穆穆、乐谈仙事、祈祝长生的饮宴风气形成鲜明对照。两种饮宴风气或许可以在一时期内并存，因人因团体而异，但可以截然断定，后者属于新的风气，表现了作者新颖的、无忌讳的通脱作风。最突出地表现后一类宴饮行为的当推《西门行》：

> 出西门，步念之。今日不作乐，当待何时。（一解）夫为乐，为乐当及时。何能坐愁怫郁，当复待来兹。（二解）饮醇酒，炙肥牛，请呼心所欢，可用解愁忧。（三解）人生不满百，常怀千岁忧。昼短而夜长，何不秉烛游。（四解）自非仙人王子乔，计会寿命难与期。（五解）人寿非金石，年命安可期？贪财爱惜费，但为后世嗤。（六解）[①]

《西门行》现存两种文本。萧涤非先生云："此篇晋乐所奏，汉'本辞'稍异。晋人每增加本词，写令极畅，或汉、晋乐律不同，故不能不有所增改。"[②]此篇倡言任情享乐，与玄学作达派旨趣极相近，其中一些词句可能为魏晋间人所添，但基本思想还是汉人所有的。此诗虽然不否定仙人的存在，但认为凡人是难求长生的。此种意识，正如上文所论，借宴饮行为的不同，也可以窥见东汉社会生命意识之演变、分化，以及乐府忧生之作的社会背景。

乐府诗人的感伤生命还常与现实遭遇有关，《大曲·满歌行》的忧生情绪就是在一种恶劣的现实状况中发生的：

> 为乐未几时，遭时崄巇，逢此百罹。伶丁荼毒，愁苦难为。遥望极辰，天晓月移，忧来填心，谁当我知。戚戚多思虑，耿耿殊不宁。祸福无形。惟念古人，逊位躬耕，遂我所

① 《汉诗》卷九，逯钦立辑校《先秦汉魏晋南北朝诗》上册，第269页。

② 萧涤非《汉魏六朝乐府文学史》，第280页。

> 愿,以兹自宁。自鄙栖栖,守此末荣。暮秋烈风,昔蹈沧海,心不能安。揽衣瞻夜,北斗阑干。星汉照我,去自无他。奉事二亲,劳心可言。穷达天为,智者不愁,多为少忧。安贫乐道,师彼庄周。遗名者贵,子遐同游。往者二贤,名垂千秋。饮酒歌舞,乐复何须。照视日月,日月驰驱。轗轲人间,何有何无?贪财惜费,此一何愚。凿石见火,居代几时?为当欢乐,心得所喜。安神养性,得保遐期。[①]

这首《满歌行》曾为晋乐所奏,词句略有出入,末尾多作长句,如"凿石"句演为"命如凿石见火,居世竟能几时"。这一比喻亦见于另一乐府佚句中,可见在当时也是一个有名的比喻。此类比喻语的增加和流行,适足以反映出社会中忧生意识的浓厚。从"祸福无形"等六句可以断定作者是一位厕身仕途的中下层官僚,他所说的"遭时崄巇"应该是指整个现实的恶化,因此产生弃官还家、安贫乐道、兼修安神养性之术的想法。这样做不是为了长生,而是为了全生。在张衡的《归田赋》里,诗人说自己"游都邑以永久,无明略以佐时"[②],长久无法实现经邦济时的理想,因此而产生归田之思。《满歌行》的作者准备弃官的原因也是为了全生避祸,而非政治理想的无法实现。显然此时的现实状况,比张衡的时代还要坏。此诗作者对生命的思索是比较认真的,显示出忧愤深广的特点,让我们想起阮籍《咏怀》一类作品。从这首诗我们再次认识到这样一个问题,即所谓生命问题,常常与其他现实问题联系在一起,忧生不仅是忧虑自然生命的短暂,也是忧惧恶劣的现实环境中生命的种种危机。

乐府诗的忧生之叹直接影响了汉魏之际的文人诗,它为我们理解汉魏之际生命意识的勃生提供了更广阔的时代历史背景。

---

① 《汉诗》卷九,逯钦立辑校《先秦汉魏晋南北朝诗》上册,第275—276页。

② 《全后汉文》卷五三,严可均辑《全上古三代秦汉三国六朝文》第1册,第769页。

三、生命之歌：汉末诗人的人生讴吟

“人生”是汉末五言诗的重要主题，甚至是唯一的主题。之所以这样说，是因为这些诗无论表现何种思想情感和生活主题，都是在鲜明的“人生”意识的支配下。“人生”成为诗人们观照所有人间事象的一面镜子，他们是在对“人生”内涵的充分体悟中生活着、创作着。

那么，汉末诗人所把握到的“人生”最基本的内涵是什么呢？那就是人生是生命的尺度，是一个现实的生命自始至终所穿越的有限的时空单位：

人生天地间，忽如远行客。（《古诗十九首》之三）[①]

人生寄一世，奄忽若飚尘。（《古诗十九首》之四）

人生非金石，岂能长寿考。（《古诗十九首》之十一）

人生忽如寄，寿无金石固。（《古诗十九首》之十三）

人生[②]不满百，常怀千岁忧。（《古诗十九首》之十四）[③]

人生无几时，颠沛在其间。（《古诗五首》之三）[④]

人生一世间，贵与愿同俱。（《李陵录别诗》之“钟子歌南音”篇）[⑤]

人生有何常，但恐年岁暮。（《李陵录别诗》“岧岧钟山首”篇）[⑥]

---

① 所引《古诗十九首》排行次序据逯钦立辑校《先秦汉魏晋南北朝诗·汉诗》卷一二（《先秦汉魏晋南北朝诗》上册，第330页），其他几组诗也据该书排行次序。

② 此句“人生”一作“生年”，详见逯氏校语。

③ 亦见《汉诗》卷九，逯钦立辑校《先秦汉魏晋南北朝诗》上册，第269页。

④ 《汉诗》卷一二，逯钦立辑校《先秦汉魏晋南北朝诗》上册，第335页。

⑤ 《汉诗》卷一二，逯钦立辑校《先秦汉魏晋南北朝诗》上册，第340页。

⑥ 《汉诗》卷一二，逯钦立辑校《先秦汉魏晋南北朝诗》上册，第341页。

人生图孠息,尔死我念追。(《李陵录别诗》"远送新行客"篇)[①]

人生自有命,但恨生日稀。(《李陵录别诗》"远送新行客"篇)[②]

人生譬朝露,居世多屯蹇。(秦嘉《赠妇诗》)[③]

之所以如此赘引,是想反映这样一个信息,在完整篇章不超过五十首的汉末文人诗中,"人生"一词的出现频率是如此之高,尤其在《古诗十九首》中更是频频出现,令人惊叹。不错,这些感叹"人生"的诗句的意思大同小异,但正因为这样,才反映出这些诗人们情绪表达上的一致性。这个词的频繁使用,显然不局限于诗歌中,在诗以外的现实生活语境中,应该有更加频繁的使用。换言之,"人生"绝非承自典籍的书面词汇,而是当时人们的日常词汇。出现这样一个词汇,并且在日常语言和诗歌语言中流行,反映的是一种普遍的社会意识,即人生意识。

在今天使用"人生"一词时,可以包含多种意义,如人生义务、人生理想、人生观等等,虽然我们在以"人生"为目标谈论这一切时也是内在地包含着人生是生命的一个尺度这样的底蕴,可并不一定直接触及人生短暂性的问题,更不一定带有人生短暂的感叹。可在汉末诗人这里,我们已经看得很清楚,他们使用"人生"一词时,就是在表明生命短暂这样一个事实。生命短暂本来是人类最显豁的事实,可是人类强烈的求生欲望及种种超越生命的意图所孕生的复杂的生命观、生命幻想,使生命短暂的必然性成为需要反复论证和体认的问题。从乐府和古诗中我们明显看到,产生这些作品的时期,笼罩在生命体验上的非理性烟雾纷纷消去,

① 《汉诗》卷一二,逯钦立辑校《先秦汉魏晋南北朝诗》上册,第342页。

② 《汉诗》卷一二,逯钦立辑校《先秦汉魏晋南北朝诗》上册,第342页。

③ 《汉诗》卷六,逯钦立辑校《先秦汉魏晋南北朝诗》上册,第186页。

同样，披在生命体验上的各种价值观念的网络也多褪落，就这样，我国古代精神发展史迎来一个人们普遍以生命本真状态去体验生命的时期，意识最为活跃的文人们纷纷进入这一状态。也许他们昨天还曾听信某一方士之言，做着游仙的幻想，可是今天突然觉醒，认识到它的荒唐。纵使存在着神仙世界，可那个世界离他们无限遥远，这种幻想几乎彻底被杜绝了。同样，这些游子在跨出家门时，还是满怀着建功立业、显身荣亲的理想，可一来到洛都，许多人就发现这种理想差不多也是荒唐的。此外，我们不妨再设想一下，他们中不少人曾接受齐学派董仲舒等人的著作和学说，在那些体系中，生命的含义被无边无际地放大，天地自然即是一个大生命体，国家的理想状态绝不是一部运行良好的机器，而是被设想为一个大生命体。人的生命的一切属性，都体现在天地生命和国家生命上。这是多么巨大的温情包裹！在这个大生命体里，只要你愿意迷信、愿意陶醉，绝不会感到生命的悲哀。可是现在他们突然发现，那只是一个编织的网，绝无永恒的价值。天地自是天地，国家非但不是一个血肉相连的大生命体，就连一部破损的勉强运转的机器都不如。遥望日月星辰，感受秋风百草，个人的生命是如此孤独：

> 遥望极辰，天晓月移，忧来填心。
>
> 暮秋烈风，昔蹈沧海，心不能安。揽衣瞻夜，北斗阑干，星汉照我。[①]

这些是前引乐府《满歌行》中的句子，诗人不仅在现实中感到伶仃，在自然中感到孤苦，而且后者简直是前者的象征。另一位诗人更吟道："回车驾言迈，悠悠涉长道。四顾何茫茫，东风摇百草。所遇无故物，焉得不速老。"[②]也许是社会中感受到的生命孤独将

① 《汉诗》卷九，逯钦立辑校《先秦汉魏晋南北朝诗》上册，第266页。

② 《汉诗》卷一二《古诗十九首·回车驾言迈》，逯钦立辑校《先秦汉魏晋南北朝诗》上册，第331页。

他驱向郊外,可是在荒野长途,感受到的是更深的孤独和生命短暂。

通过以上论述我们发现,汉末诗人对生命短暂的感伤既是观念变化的问题,也是现实问题,而现实变化正是观念变化的根源。

汉末诗人是汉末士林分化、儒学衰落、传统伦理观念蜕变的时代思潮中产生的一个特殊群体[①]。我们现在能够知道其姓名、身份的仅有蔡邕、郦炎、赵壹、秦嘉等人,而大部分诗歌则是由无名氏诗人创作的。有名氏与无名氏这两类诗人,基本上属于同一个群体。他们的最早身份都是儒生,有些人还有可能是当时太学中的太学生。因为这种身份,所以这些诗人本来对人生有过统一的价值观,追求建功立业,宦途取贵仕,其境界虽有高低,行为趋向却是一致的。从古诗中可以看到,一部分人因政治出路断绝而产生对现实的愤然态度,转而蔑视求名行为,但另一部分人仍然在追求政治出路,仍以实现政治理想为生命的最高价值。蔑视求名行为的诗人,并不向我们透露其政治上所遭遇的曲折内幕,他们蔑视求名的公开理由是生命短暂,终归消亡,与其苦苦追求功名富贵,不如尽目前所有及时享乐。《古诗十九首》中的《青青陵上柏》《驱车上东门》《生年不满百》等诗,就表现了这种生命观:

> 青青陵上柏,磊磊涧中石。人生天地间,忽如远行客。斗酒相娱乐,聊厚不为薄。驱车策驽马,游戏宛与洛。洛中何郁郁,冠带自相索。长衢罗夹巷,王侯多第宅。两宫遥相望,双阙百余尺。极宴娱心意,戚戚何所迫。[②]

> 驱车上东门,遥望郭北墓。白杨何萧萧,松柏夹广路。下有陈死人,杳杳即长暮。潜寐黄泉下,千载永不寤。浩浩阴阳移,年命如朝露。人生忽如寄,寿无金石固。万岁更相

① 参见拙著《魏晋诗歌艺术原论》第一章第三节“汉末诗人群体的思想特色”。

② 《汉诗》卷一二,逯钦立辑校《先秦汉魏晋南北朝诗》上册,第329页。

送，圣贤莫能度。服食求神仙，多为药所误。不如饮美酒，被服纨与素。[①]

生年不满百，常怀千岁忧。昼短苦夜长，何不秉烛游。为乐当及时，何能待来兹。愚者爱惜费，但为后世嗤。仙人王子乔，难可与等期。[②]

最后一首诗，与上节我们引述过的乐府《西门行》的后半部分词句基本相同，可能是晋人在演唱《西门行》时将此诗阑入。可见这类感叹人生短暂、主张及时行乐的言辞与歌词在当时是十分流行的。这三首诗中所表现的自然死亡观念都是比较彻底的。《驱车上东门》中写死亡，不再借用魂魄之类的神秘延想，以死亡为永不复生的物化。《回车驾言迈》中也形容死亡是“奄忽随物化”。此种死亡观从意识性质来看属于庄子一派。此派在汉代虽未大倡，但也并未绝迹。贾谊《鹏鸟赋》是对庄学死亡观的比较完整的表述。《淮南子·精神训》中表述了多种生命观，其中也有死亡物化的观点：“其生也天行，其死也物化。”[③]其态度似乎比贾谊还要达观。古诗作者既为通脱自由、摆脱常规的新颖士人，其接受庄学也属顺理成章，因此成为魏晋时期庄学生命观盛行之先驱。需要分辨的是，上述诸诗虽都有及时行乐之思，但在这批人中，此种思想带有愤激的色彩。他们本身并没有溺于物欲之中，相反，从“斗酒相娱乐，聊厚不为薄”[④]之句可见，他们在物质上并不富裕，大多是失职失意的清贫士人，所以不能将他们与魏晋贵族以肆其肉欲为任诞的行为相提并论。

但是，并不是所有诗人都放弃求名的行为，仍然有一些诗人

① 《汉诗》卷一二，逯钦立辑校《先秦汉魏晋南北朝诗》上册，第332页。
② 《汉诗》卷一二，逯钦立辑校《先秦汉魏晋南北朝诗》上册，第333页。
③ 《淮南子》卷七，《诸子集成》第7册，第103页。
④ 《汉诗》卷一二，逯钦立辑校《先秦汉魏晋南北朝诗》上册，第329页。

将此作为生命的最高价值。《回车驾言迈》诗的作者在一次郊外旅行中强烈地体验到生命变化的迅速,这激起了他乘生命壮盛之时立身扬名的渴望:

> 所遇无故物,焉得不速老。盛衰各有时,立身苦不早。人生非金石,岂能长寿考。奄忽随物化,荣名以为宝。[①]

物质性的身体终要化为异物,唯有精神性的"荣名"可以超越生命本身,赢得长久乃至永恒的存在。在传为李陵、苏武所作而实为汉末文士所咏的一组诗中,这种生命价值观似乎是占上风的。诗人们在临歧之时除了诉别情之依依外,还经常相互勉励,相勖以德:

> 携手上河梁,游子暮何之?徘徊蹊路侧,悢悢不能辞。行人难久留,各言长相思。安知非日月,弦望自有时。努力崇明德,皓首以为期。[②]
>
> 良友远别离,各在天一方。山海隔中州,相去悠且长。嘉会难再遇,欢乐殊未央。愿君崇令德,随时爱景光。[③]

这些诗人仍然过着谨身守礼的生活,并希望有所建树。汉末以清流党人为代表的一批士人,尚气节,发扬蹈厉,以匡时靖世为己任,有很强的功名心。政治的腐败和仕路的艰窘反而激起他们关心政治和从政的热情,有些人还表现得雄心勃勃,诗歌中也出现了言志抒愤之风,如郦炎《见志诗》、赵壹《刺世嫉邪赋》,所谓"陈仲举言为士则,行为世范,登车揽辔,有澄清天下之志"[④],正是此类士人的典型风格。但权门把持政柄,常使他们仕路蹭蹬,因此

---

① 《汉诗》卷一二,逯钦立辑校《先秦汉魏晋南北朝诗》上册,第331页。
② 《汉诗》卷一二,逯钦立辑校《先秦汉魏晋南北朝诗》上册,第337页。
③ 《汉诗》卷一二,逯钦立辑校《先秦汉魏晋南北朝诗》上册,第339页。
④ 余嘉锡《世说新语笺疏·德行第一》,上海古籍出版社,1993年,第1页。

言志之中多有愤世嫉邪之意。他们有时表现得昂扬：

> 大道夷且长，窘路狭且促。修翼无卑栖，远趾不步局。舒吾陵霄羽，奋此千里足。超迈绝尘驱，倏忽谁能逐。贤愚岂常类，禀性在清浊。富贵有人籍，贫贱无天录。通塞苟由己，志士不相卜。陈平敖里社，韩信钓河曲。终居天下宰，食此万钟禄。德音统千载，功名重山岳。[①]

对于汉代有志之士来说，战国群士和汉初名臣一直是他们羡慕的对象，他们从这些人那里认识到生命价值的具体内涵。可时势之不同，又让他们感到命运的不可抗拒，于是有如此低沉之吟：

> 势家多所宜，欬吐自成珠。被褐怀珠玉，兰蕙化为刍。贤者虽独悟，所困在群愚。且各守尔分，勿复空驰驱。哀哉复哀哉，此是命矣夫！[②]

势家无所不可，欬吐成珠；被褐的寒素虽怀珠玉，却是兰蕙同于草刍。这就是诗人所说“命”。所谓“命”，现在他们已经很清楚了，根本不是什么神秘的天道意志，完全是现实情势对个人的制约和裁决。因此，他们中的一些人希望侥幸地冲决它，萌生出驾驭现实的野心：

> 人生在一世，奄忽若飙尘。何不策高足，先据要路津。无为守贫贱，轗轲长苦辛。[③]

他们意识到，所谓清节自持、难进易退的士林所标榜的高行，也许正是大多数士人无能冲决现实情势的根本原因，因此提倡滔荡之

---

① 《汉诗》卷六郦炎《见志诗》二首其一，逯钦立辑校《先秦汉魏晋南北朝诗》上册，第183页。

② 《汉诗》卷六赵壹《疾邪诗》二首其二，逯钦立辑校《先秦汉魏晋南北朝诗》上册，第190页。

③ 《汉诗》卷一二，逯钦立辑校《先秦汉魏晋南北朝诗》上册，第330页。

行,不拘小节:

> 岩岩钟山首,赫赫炎天路。高明耀云门,远景灼寒素。昂昂累世士,结根在所固。吕望老匹夫,苟为因世故。管仲小囚臣,独能建功祚。人生有何常,但恐年岁暮。幸托不肖躯,且当猛虎步。安能苦一身,与世同举厝。由不慎小节,庸夫笑我度。吕望尚不希,夷、齐何足慕。①

伯夷、叔齐一直是士人们的道德偶像,可现在这些滔荡之士却公开表示不准备效法他们。夷、齐本是超越世俗的人,但现在却被世俗所利用,无怪乎这些士人要抛弃这个偶像,这反映出汉末士风的一端。后来魏晋一些士人,既重志业,又提倡通脱之行,即肇端于此,如邺下文士集团的作风,就与这批汉末士人很接近。曹植《赠丁翼诗》有云:“大国多良材,譬海出明珠。君子义休偫,小人德无储。积善有余庆,荣枯立可须。滔荡固大节,时俗多所拘。君子通大道,无愿为世儒。”②此诗与“岩岩钟山首”等诗可谓声气相应,可见邺下士风与汉末士风有一脉相承之处。

从上面的论述我们可以看到,在汉末政治矛盾激烈、风衰俗怨的现实中,士人群体在生命价值观念上也出现了分化。但是我们应该注意到,这种分化并不一定就是分流,追求功名与鄙视功名,重名节清望与滔荡任达,生命情调的昂扬和低沉,这些不同表现,都有可能出现在一个人的身上。所以,从所有汉末文人诗中所表现的生命情调、生命意识来看,这些诗人还是属于比较统一的群体的。

但是,汉末文人在表达生命主题上的最大成就还不是对自身生命价值观的表现,而是在其所表现的一切生活情境中都渗透着

① 《汉诗》卷一二孔融《杂诗》,逯钦立辑校《先秦汉魏晋南北朝诗》上册,第341页。

② 《魏诗》卷七,逯钦立辑校《先秦汉魏晋南北朝诗》上册,第452页。

生命意识，将生活境界升华为生命境界。爱情、友情、别情、离思是汉末文人诗的几项最重要的主题，可是这些主题的表现都与感伤生命的意识相结合。所以从根本上说，古诗艺术是人生艺术，人生是其最大的主题；它表现的不是具体、个别的情和事，而是普遍的人情和人性。这是中国古代诗歌的精神元素，也是古诗对文学生命主题的最大发展。后世具有这种“人生艺术”品质的诗歌并不多，建安诗人、阮籍、陶渊明以及力倡汉魏风骨的陈子昂、李白等人，是继承并演化古诗“人生艺术”的传统的。

在汉末文人诗之前，我国文学中所表现的爱情或情色，纯粹是生活情境中的东西。《诗经》表现纯朴的、真挚的爱情，楚辞中《离骚》等作品以爱情象征政治，赋则从宋玉的《高唐赋》《登徒子好色赋》到司马相如的《美人赋》，以及“七体”一类作品的声色描写，基本上是属于情色范畴，只有像《长门赋》《李夫人赋》等少数作品，表现出激情与心灵的事实，够得上爱情作品的资格。造成这种现象的原因可能是多方面的，与赋体的特点、汉代文人主体性的薄弱乃至房中术所体现的性观念恐怕都有关系。但到东汉中晚期，即使是赋，也开始出现一些比较纯粹的爱情主题，如张衡《定情赋》、蔡邕《青衣赋》《检逸赋》，都十分大胆地表达了对诗人自己所爱恋的女性的恋慕渴思之情。尤其是《青衣赋》，作者不顾流俗之嘲议，抒写自己对于一个婢女的爱情。在汉代的家庭伦理中，一个男人是不应该向他的婢女表达爱情的，对方也没有资格接受这种爱，因为他们是不同阶层的人。蔡邕作此赋后，张超就作《诮青衣赋》讥笑他“志卑意微”[①]。张、蔡赋所反映的并不是个别现象，如果我们将张衡《怨诗》《四愁诗》、汉末文人诗和建安诗赋中的爱情作品联系起来考察，就会发现爱情主题在汉魏之际的文学中所占的分量，它反映了此期文人群体爱情意识的觉醒。

① 《全后汉文》卷八四，严可均辑《全上古三代秦汉三国六朝文》第1册，第929页。

爱情意识的觉醒正是整个生命意识觉醒的一个部分。汉末诗人将爱情视为生命的重要价值,因为爱情最美好的时光在于青春盛时,这也是生命最有光华的时节。诗人将对爱情的体验直接升华为一种生命情绪:

相去日已远,衣带日已缓。浮云蔽白日,游子不顾返。思君令人老,岁月忽已晚。[①]

千里远结婚,悠悠隔山陂。思君令人老,轩车来何迟。伤彼蕙兰花,含英扬光辉。过时而不采,将随秋草萎。[②]

爱情和青春都像花一样美好,又像花那样容易枯萎凋谢,所以在汉诗中,花草完全成为表现生命意识的意象。宋子侯的《董娇娆》在这方面最有代表性:

洛阳城东路,桃李生路傍。花花自相对,叶叶自相当。春风南北起,花叶正低昂。不知谁家子,提笼行采桑。纤手折其枝,花落何飘扬。请谢彼姝子,何为见损伤。高秋八九月,白露变为霜。终年会飘堕,安得久馨香?秋时自零落,春月复芬芳。何如盛年去,欢爱永相忘。吾欲竟此曲,此曲愁人肠。归来酌美酒,挟瑟上高堂。[③]

从比较单纯地哀伤生命短暂到感伤年华易逝、青春和爱情容易消歇,这是生命主题的一个发展。而以自然界的花草作为比兴之象,更使这个主题扩大为一个丰富的艺术世界。

生命短暂让人感到爱情的美好,爱情的体验又增强了人们的生命短暂感。因为这些情诗的主人公都是游子思妇,所以他们长

---

① 《汉诗》卷一二《古诗十九首·行行重行行》,逯钦立辑校《先秦汉魏晋南北朝诗》上册,第329页。

② 《汉诗》卷一二《古诗十九首·冉冉孤生竹》,逯钦立辑校《先秦汉魏晋南北朝诗》上册,第331页。

③ 《汉诗》卷七,逯钦立辑校《先秦汉魏晋南北朝诗》上册,第198页。

期处在对爱情欢乐的等待之中，这时候，每一寸时光的流逝都让他们感到惊心动魄：

> 人生譬朝露，居世多屯蹇。忧艰常早至，欢会常苦晚。[①]
>
> 涉江采芙蓉，兰泽多芳草。采之欲遗谁，所思在远道。还顾望旧乡，长路漫浩浩。同心而离居，忧伤以终老。[②]
>
> 庭中有奇树，绿叶发华滋。攀条折其荣，将以遗所思。馨香盈怀袖，路远莫致之。此物何足贵，但感别经时。[③]

后两首诗中的主人公都是在漫长的爱情等待中度过他们的岁月。在这样的时间里，爱情似乎成了生命唯一的价值，这也是真正爱情诗必具的一种优秀品质。爱情心理所引发的想象是多么美好！他们都在热烈的渴望中将自己幻化为一枝鲜艳芬芳的花，这个形象将爱情最根本的内涵即奉献的性质最鲜明地表现出来。这样的诗歌境界是前所未有的。

生命意识的渗透大大地提高了爱情的境界，它甚至使那种孤立地看来具有放纵性质的感情都显示出人性的合理性：

> 青青河畔草，郁郁园中柳。盈盈楼上女，皎皎当窗牖。娥娥红粉妆，纤纤出素手。昔为倡家女，今为荡子妇。荡子行不归，空床难独守。[④]

这首诗让我们想起话本小说《蒋兴哥重会珍珠衫》的女主人公王三巧。这篇读者熟知的爱情小说，不啻为此诗的一个注脚。两者

---

① 《汉诗》卷六秦嘉《赠妇诗》，逯钦立辑校《先秦汉魏晋南北朝诗》上册，第186页。

② 《汉诗》卷一二《古诗十九首·涉江采芙蓉》，逯钦立辑校《先秦汉魏晋南北朝诗》上册，第330页。

③ 《汉诗》卷一二《古诗十九首·庭中有奇树》，逯钦立辑校《先秦汉魏晋南北朝诗》上册，第331页。

④ 《汉诗》卷一二《古诗十九首·青青河畔草》，逯钦立辑校《先秦汉魏晋南北朝诗》上册，第329页。

在艺术的品质上是相近的。青翠的河畔草、浓绿的园中柳,象征着青春的美好,同时也强烈地暗示出它的短暂。在这样的意识中,主人公的爱情需要成了自觉的人性觉醒,大胆地表现了性爱的主题。性爱是爱情必具的原质,缺少性爱的爱情表达,或如人们常说的柏拉图式的爱情,不是真正意义上的爱情,正如仅表现情色的内容,够不上爱情主题一样。爱情必是灵魂与身体的欢乐或痛苦的交缠。有一些诗中,这种生命意识的渗透还升华为一个浪漫的想象:

> 东城高且长,逶迤自相属。回风动地起,秋草萋以绿。四时更变化,岁暮一何速。晨风怀苦心,蟋蟀伤局促。荡涤放情志,何为自结束。燕赵多佳人,美者颜如玉。被服罗裳衣,当户理清曲。音响一何悲,弦急知柱促。驰情整巾带,沉吟聊踯躅。思为双飞燕,衔泥巢君屋。①

主人公大概是一个滞留洛京、宦学无成的士子,生命的别种价值都纷纷失落,短暂成了纯粹的感伤,而物候变化又加深了它的浓度。于是想到情爱这一杯生命的醇酒,竟然对一个素不相识的佳人发生顷刻上涨的情感之潮。但是,这种心理并没有沦于情色,从"音响一何悲,弦急知柱促"中,主人公顿悟到对方同样的生命感伤情绪,于是升华为真正的爱情,尽管它是短暂的。因为主人公最后因渴慕而产生了物化的心理:"思为双飞燕,衔泥巢君屋",所以此种心理乃是爱情的一个标志。

生命主题和爱情主题的结合,使生命主题获得很高的审美价值,同时也确立了我国古代爱情诗多与生命主题相结合的艺术传统。比较典型的做法,是在思念爱人的感情上,纳入鲜明的感叹

---

① 《汉诗》卷一二《古诗十九首·东城高且长》,逯钦立辑校《先秦汉魏晋南北朝诗》上册,第332页。

生命短暂、时节易流的情绪。如曹丕的《燕歌行》其一，即从感秋开始，“秋风萧瑟天气凉，草木摇落露为霜，群燕辞归雁南翔”[1]。其第二首“乐往哀来摧心肝，悲风清厉秋气寒”[2]，为这篇书写思妇之情的诗歌蒙上浓厚的哀叹生命短暂的情绪氛围。谢朓的《王孙怨》“绿草蔓如丝，杂树红英发。无论君不归，君归芳已歇”[3]，则以春去暗示青春的易逝。顺着这样的逻辑，我们发现绝大多数中国古代爱情诗，从广义上看都属于生命主题的作品。或者可以说，中国古代爱情诗的品质，主要依靠一种生命情绪而获得。那些纯粹地书写情色与情欲的作品，在这方面是缺失的。

汉末文人诗所表现的人生主题，奠定了中古文学生命主题的基调。从魏晋文化的原生点来看，汉魏之际士人群体生命意识的普遍觉醒，也是基本因素之一。自从汉代盛期社会生命情绪的相对稳定局面被打破后，文人们无法真正陶醉在非理性的幻想中，生命问题立刻从潜在状态显现出来，成为思想上首要的问题。魏晋玄学和魏晋士人的种种行为追求，都根源于此。但它在文化上最先的对象化，却是诗歌艺术中生命主题的表现。

四、瘟疫与生命思想及文学的关系

瘟疫是人类最严重的灾害之一，早期道教经典即有“兵疫水火”[4]之说。历代史书的《五行志》《天文志》中也多记载大疫的情形。在造成人类非自然死亡方面，瘟疫占有很大比重。瘟疫的为害，一点都不亚于刀兵水火，甚至更甚于后者，因为刀兵水火，在

① 《魏诗》卷四，逯钦立辑校《先秦汉魏晋南北朝诗》上册，第394页。

② 《魏诗》卷四，逯钦立辑校《先秦汉魏晋南北朝诗》上册，第395页。

③ 《齐诗》卷三，逯钦立辑校《先秦汉魏晋南北朝诗》中册，第1420页。

④ 《太平金阙帝晨后圣帝君师辅历纪岁次平气去来兆候贤圣功行种民定法本起》，王明编《太平经合校》，中华书局，2014年，第3页。

涉及的地域与人群方面,都还有一定的限制。而大疫往往在广大的地域流行,并且漫无边际,其形式又是神出鬼没,无法预防,更不知原因,所以它给人群的心理所造成的影响比刀兵水火似乎更大。刀兵属于人类行为,水火虽然带有自然灾害的性质,但与人类的防范措施不当常有直接的关系。即便是地震,东汉张衡发明地动仪之后,也有一定可预测性。瘟疫则带有上天无端降殃的性质,其对人类生命所造成的威胁很大。可以说,在人类生命意识发生、生命思想发展的历史上,瘟疫担任了一个重要角色。神话、宗教、思想及文学,都以各自的方式来表现瘟疫。其中有几个重要类型。神话与宗教认为瘟疫是鬼神所作,并由此产生种种驱除禳解的方法。宗教家还把瘟疫与刀兵水火等大灾害的发生说成是人类造作罪孽的结果。作为中国古代政治学说重要基础的阴阳五行之说,则将瘟疫流行理解为阴阳失调、五行失序、时令不和的结果,有时也常从上层政治与下层社会风俗方面寻找原因。大疫常常是宗教流行的背景,同时也是文学上生命情绪爆发的起因。

瘟疫可能在原始时代就已经被人们所注意。原始人认为疫疠属于害人的恶鬼之类,同时也想象出一种食鬼驱疫之神。王充《论衡·订鬼篇》:"《山海经》又曰:沧海之中,有度朔之山,上有大桃木,其屈蟠三千里,其枝间东北曰鬼门,万鬼所出入也。上有二神人,一曰神荼,一曰郁垒,主阅领万鬼。恶害之鬼,执以苇索,而以食虎。"[①]《后汉书·礼仪志》所载逐疫大傩之礼中,就有用苇茭驱疫鬼的风俗(见后)。《天问》:"伯强何处?惠气安在?"王逸注曰:"伯强,大厉,疫鬼也,所至伤人。惠气,和气也。言阴阳调和则惠气行,不和调则厉鬼兴。"[②]如果王逸的注解有根据,那这个"伯强"应该就是神话中的疫鬼,即后世所说的瘟神。屈原显然是

---

① 北京大学历史系《论衡》注释小组《论衡注释》,中华书局,1979年,第3册,第1283页。
② 洪兴祖《楚辞补注》卷三,第89页。

想将这个造成瘟疫、虐害下民的疫鬼找出来，并想办法制服它。有疫鬼，即有逐疫之神。传为东方朔所作的《神异经》中已有记载，但在那里没有明确说是疫鬼，而是一个食鬼之人：

> 东南方有人焉，周行天下，身长七丈，腹围如其长。头戴鸡父，魌头，朱衣缟带，以赤蛇绕额，尾合于头。不饮不食，朝吞恶鬼三千，暮吞三百，但吞不咋。此人以鬼为饭，以露为浆。名曰尺郭，一曰食邪，一名黄父。[①]

在经典的记载中，最值得注意的是《周礼·夏官》有"方相氏"，专掌逐疫驱鬼之事。

> 方相氏掌蒙熊皮，黄金四目，玄衣朱裳，执戈扬盾，帅百隶而时难，以索室驱疫。[②]

郑玄注"蒙熊皮"曰："冒熊皮者以惊驱疫疠之鬼，如今之魌头也。"[③]魌头即傩面之类。方相氏应该是一种很古老的逐疫的巫官。其起源似更早于周代。干宝《搜神记》："昔颛顼氏有三子，死而为疫鬼。一居江水，为疟鬼；一居若水，为魍魉鬼；一居人宫室，善惊人小儿，为小鬼。于是正岁命方相氏，帅肆傩以驱疫鬼。"[④]方相氏逐疫在汉代成为一种每年举行的活动。《后汉书·礼仪志中》：

> 先腊一日，大傩，谓之逐疫。其仪：选中黄门子弟十岁以上，十二以下，百二十人为侲子。皆赤帻皂制，执大鼗。方相氏黄金四目，蒙熊皮，玄衣朱裳，执戈扬盾。十二兽有衣毛角。中黄门行之，冗从仆射将之，以逐恶鬼于禁中。夜漏上

---

① 李剑国《唐前志怪小说辑释（修订本）》，上海古籍出版社，2011年，第43页。

② 《周礼注疏》卷三一，《十三经注疏》上册，第851页。

③ 《周礼注疏》卷三一，《十三经注疏》上册，第851页。

④ 《搜神记》卷一六，第189页。

> 水,朝臣会,侍中、尚书、御史、谒者、虎贲、羽林郎将执事,皆赤帻陛卫。乘舆御前殿。黄门令奏曰:“侲子备,请逐疫。”于是中黄门倡,侲子和曰:“甲作食殈,胇胃食虎,雄伯食魅,腾简食不祥,揽诸食咎,伯奇食梦,强梁、祖明共食磔死寄生,委随食观,错断食巨,穷奇、腾根共食蛊。凡使十二神追恶凶,赫女躯,拉女干,节解女肉,抽女肺肠。女不急去,后者为粮。”因作方相与十二兽儛。欢呼,周遍前后省三过,持炬火,送疫出端门;门外驺骑传炬出宫,司马阙门门外五营骑士传火弃雒水中。百官官府各以木面兽能为傩人师讫,设桃梗、郁櫑、苇茭毕,执事陛者罢。苇戟、桃杖以赐公、卿、将军、特侯、诸侯云。①

张衡《东京赋》里也描写了汉代东京腊前逐疫大傩的场面:

> 卒岁大傩,驱除群厉。方相秉钺,巫觋操茢。侲子万童,丹首玄制。桃弧棘矢,所发无臬。飞砾雨散,刚瘅必毙。煌火驰而星流,逐赤疫于四裔。②

《后汉书·皇后纪》还记载:安帝永初三年,窦太后以阴阳不和,诏减逐疫侲子之半。从《礼仪志》中列举甲作、胇胃、雄伯、腾简、揽诸、伯奇、强梁、祖明、委随、错断、穷奇、腾根等十二神兽之名,可见这种逐疫的大傩风俗,是根据上古神话中的逐疫食凶之传说而产生的。

史籍也屡有关于瘟疫的记载。其中较早的是《春秋》“庄公二十年”所载:“夏,齐大灾。”③《公羊传》:“大灾者何?大瘠也。大瘠者何?痢也。何以书?记灾也。外灾不书,此何以书?及我

---

① 《后汉书》,中华书局,1965年,第11册,第3127—3128页。

② 《全后汉文》卷五三,严可均辑《全上古三代秦汉三国六朝文》第1册,第1088页。

③ 《春秋左传正义》卷九,《十三经注疏》下册,第1773页。

也。”[①]可见流行的瘟疫又叫大灾、大瘠，其病又称痢或疠。鲁庄公二十年的这场大疫，先是发生在齐国，又蔓延到鲁国。

汉代有治疫、救疫的制度(见下)。《汉武故事》记载武帝为迎接西王母降临，“上乃施帷帐，烧兜末香。香，兜渠国所献也。香如大豆，涂宫门，闻数百里。关中尝大疫，死者相系，烧此香，死者止”[②]。这一则虽是神仙故事，但可能有一定的真实性因素，至少反映了西汉朝廷有救疫的措施。

根据史书的记载，东汉后期是瘟疫频繁流行的时代。《后汉书·五行志》所记最为突出：

> 安帝元初六年(119)夏四月，会稽大疫。延光四年(125)冬，京都大疫。桓帝元嘉元年(151)正月，京都大疫。二月，九江、庐江又疫。延熹四年(161)正月，大疫。灵帝建宁四年(171)三月，大疫。熹平二年(173)正月，大疫。光和二年(179)春，大疫。五年(182)二月，大疫。中平二年(185)正月，大疫。献帝建安二十二年(217)，大疫。[③]

又“安帝元初六年夏四月会稽大疫”条刘昭注：

> 《古今注》：光武建武十三年(37)，扬徐部大疾疫，会稽江左甚。案传，钟离意为督邮，建武十四年(38)会稽大疫。案此则频岁也。《古今注》曰：二十六年(50)，郡国七大疫。[④]

上述各次大疫，在《后汉书》各帝纪中也都有记载，其中朝廷有防疫措施者有以下几次：

> 《安帝纪》：(元初六年)夏四月，会稽大疫，遣光禄大夫将

---

① 《春秋公羊传注疏》卷八，《十三经注疏》下册，第2236页。

② 《汉武故事》，李剑国《唐前志怪小说辑释(修订本)》，第60页。

③ 《后汉书》卷一七，第11册，第3350—3351页。

④ 《后汉书》卷一七，第11册，第3350页。

太医循行疾病，赐棺木，除田租、口赋。[1]

《桓帝纪》：元嘉元年春正月，京师大疫，使光禄大夫将医药案行。[2]

《灵帝纪》：(建宁四年三月)大疫，使中谒者巡行致医药。[3]

(熹平)二年春正月，大疫，使使者巡行致医药。[4]

(光和)二年春，大疫，使常侍、中谒者巡行致医药。[5]

《灵帝纪》：(建宁四年三月)大疫，使中谒者巡行致医药。[6]

(熹平)二年春正月，大疫，使使者巡行致医药。[7]

(光和)二年春，大疫，使常侍、中谒者巡行致医药。[8]

从上述记载可见东汉时期大疫发生的频繁程度，并且多集中于安帝之后。但光武帝时期也发生过两次，而明帝、章帝、和帝(公元58—106)时期却未见记载。究竟是没有呢，还是史书失载？从《五行志》的记载动机来看，之所以详细记载安帝至献帝时期的十次大疫，当然是因为史家认为此时已进入汉室的衰乱时期，其观念中当然认为这些大疫的造成，有政治上的原因。事实究竟是怎么样呢？我们的确看到安、桓、灵三帝时期，瘟疫的发生极为频繁。而汉末大乱，从初平到建安近三十年间，却只有建安二十二年发生过大疫。这种情况，或许是因为黄巾起义、董卓之乱后，战

① 《后汉书》卷五，第1册，第230页。
② 《后汉书》卷七，第2册，第297页。
③ 《后汉书》卷八，第2册，第332页。
④ 《后汉书》卷八，第2册，第334页。
⑤ 《后汉书》卷八，第2册，第341页。
⑥ 《后汉书》卷八，第2册，第332页。
⑦ 《后汉书》卷八，第2册，第334页。
⑧ 《后汉书》卷八，第2册，第341页。

祸频仍，人口大幅度减少，人民死丧略尽，人口密度大大降低，反而使大疫发生的周期变低。从这个意义上说，东汉中后期的大疫频繁，人口密度增加可能是原因之一。

从上述现象来看，封建史家直接将瘟疫发生归之朝廷的失政，是因为他们对于瘟疫发生的原因并没得到一种科学认识。但是在大疫流行中救治、防疫方面的效果，却是与政治相关。上述《汉武故事》中"烧兜末香"以治关中大疫，虽是神话式的传说，但却是最早的救疫记载。从《后汉书》所记各次朝廷派使者、遣医救疫来看，东汉朝廷在防疫方面已经形成一定的制度，尽管效果未必有多好。在生产力与社会管理、医疗技术都比较落后的封建时代，防疫与救疫的能力，当然无法与现代相比，但肯定存在着好与坏两种情况。我们现在还无法清楚地知晓在封建时代，大疫的发生与流行，一种腐败的政治到底应该负担多大的责任。同样，对相对较好的封建政治在瘟疫的防范与控制中所发生的积极作用也缺乏了解。这些都应该成为今后的研究课题。

瘟疫与政治的关系，更主要的一方面在于瘟疫对政治的影响。早在神话时代，人们就认为瘟疫来自神鬼所施，是惠气不行的结果。汉代的阴阳五行理论体系十分发达，能够将各种灾变及怪异之象归之金、木、火、水、土各行之不调，但对大疫并未形成固定的认识。一个基本的看法，当然认为是邪乱之气所致，如何休所说："民疾疫也，邪乱之气所生。"[①]但邪乱不是凭空来的，它总是因为某种或政治、或人事、或风俗方面的失序所招致的，这大概是古代对大疫的基本认识。具体到每一次疾疫的发生，无论是民间或朝廷君臣、学者，应该都会联系当时的一些情况，作出一些分析与判断。其中《后汉书·五行志》所载安帝延光四年冬的大疫，是在安帝驾崩后发生的。安帝在延光四年三月丁卯巡行河南叶县

---

① 《后汉书·五行志》注引《公羊传》何休注，第11册，第3350页。

时去世，到该月辛未才发丧。太后临朝，立章帝孙北乡侯刘懿为帝，至冬月，新帝薨，而大疫的发生正在此时。到本年“十一月丁巳，京师及郡国十六地震。是夜，中黄门孙程等十九人共斩江京、刘安、陈达等，迎济阴王于德阳殿西钟中，即皇帝位，年十一”[①]，这就是顺帝。他原是安帝太子，但其母李氏前已被安帝阎皇后所害。延光三年，安帝乳母王圣、大长秋江京(宦官)、中常侍樊丰等谮害太子乳母王男等，并惧太子报复而共构陷之，太子被废为济阴王。这场瘟疫就发生在这样混乱、复杂的政治背景下。张衡当时担任太史令，上书言：

> 臣窃见京师为害兼所及，民多病死，死有灭户。人人恐惧，朝廷燋心，以为至忧。臣官在于考变禳灾，思任防救，未知所由，夙夜征营。

据他的分析，是因为安帝南巡驾崩后，“从驾左右行慝之臣欲征诸国王子，故不发丧，衣车还宫”。不但如此，还伪造安帝之旨，遣大臣祷祀郊庙。这是诬蔑先帝的尊灵，岂能无怨？这是第一件事。第二件事，张衡认为是“有司正以冬至之后，奏开恭陵神道。陛下至孝，不忍距逆，或发冢移尸。《月令》：仲冬土事无作，慎无发盖，及起大众，以固而闭。地气上泄，是谓发天地之房，诸蛰则死，民必疾疫，又随以丧”[②]。此事《后汉书·安帝纪》未记。据《安帝纪》：“(延光四年五月)己酉，葬孝安皇帝于恭陵。庙曰恭宗。”[③]此时尚在北乡侯刘懿为帝的时候。而冬至后开恭陵神道，甚至发冢移尸，则在顺帝时期。这里的发冢移尸，可能并非指安帝陵墓，而是在开神道的过程中，将其中的民间坟墓加以迁移之事。这样说来，安帝在五月份下葬时，并未开神道，等到顺帝即位后才开筑。

---

① 《后汉书》卷六《顺帝纪》，第2册，第249页。

② 《全后汉文》卷五四，严可均辑《全上古三代秦汉三国六朝文》第1册，第771页。

③ 《后汉书》卷五，第1册，第242页。

张衡据《月令》来论冬至动土为犯忌之事，会引起民之疾疫。其后永建元年顺帝诏书中，也认为大疫的流行是奸慝所致："先帝圣德，享祚未永，早弃鸿烈。奸慝缘间，人庶怨讟，上干和气，疫疠为灾。"①可见顺帝即位，在清除原来安帝阎皇后的外戚阎显及宦官江京等人之后，朝廷的舆论将这场大疫的责任，推给了此时已被定为奸党的这一派。

上述张衡上书及安帝下诏中对延光四年大疫原因的分析，应该是古代朝廷分析疫情原因的基本模式。其基本思路，当然是因为政治等方面的失误，尤其是奸邪之徒的作祟，伤了天地之和气，导致瘟疫发生。至于一场瘟疫对政治的改进及社会风俗的整肃能起到多大作用，朝廷在防疫与救死、免赋税等方面是否有所作为，则完全是与当时的君主和执政者的好坏相关的。

瘟疫所造成的社会意识方面最大的影响，恐怕是促使鬼神之说的流行，同时也使一部分儒生文士进一步思考这个问题，力图对瘟疫流行进行比较科学的分析。建安二十二年的大疫流行，是历史影响较大的一次疫情。曹丕《又与吴质书》："昔年疾疫，亲故多离其灾，徐、陈、应、刘，一时俱逝，痛可言邪！"②这场瘟疫不仅促使曹魏代汉的步伐加快，而且也是建安文学高潮的终止符。又《三国志·魏志·司马朗传》："建安二十二年，与夏侯惇、臧霸等征吴。到居巢，军中大疫。"③则可知不仅瘟疫，并且加上战争，其综合造成的后果，对汉魏之际的政治、经济及思想方面的影响，应当是不可忽视的。曹植专门为此写了一篇《说疫气》，其宗旨与《辨道论》一样，都是强调自然的原因，批评鬼神之说：

建安二十二年，疠气流行，家家有僵尸之痛，室室有号泣

---

① 《后汉书》卷六《顺帝纪》，第2册，第251—252页。

② 《全三国文》卷七，严可均辑《全上古三代秦汉三国六朝文》第2册，第1088页。

③ 《三国志》卷一五，第2册，第468页。

之哀。或阖门而殪,或覆族而丧。或以为疫者,鬼神所作,人罹此者,悉被褐茹藿之子,荆室蓬户之人耳!若夫殿处鼎食之家,重貂累蓐之门,若是者鲜焉!此乃阴阳失位,寒暑错时,是故生疫。而愚民悬符厌之,亦可笑也![1]

从这里可以看出,当时社会民众一般的看法,是认为瘟疫是鬼神所作,所以民间悬符以厌之。这种民间悬符,自然属于道术之一种。东汉后期各种道教兴起,瘟疫的流行,当然也成为传教取资的重要对象。《太平经》一开头,就叙述太平帝君降世救民之事。说从天地开辟以来,人类好坏循环:"初善后恶,中间兴衰,一成一败。阳九百六,六九乃周,周则大坏。天地混齑,人物糜溃。"[2]然后说到具体败坏的情形:

上皇之后,三五以来,兵疫水火,更互竞兴,皆由亿兆,心邪形伪,破坏五德,争任六情,肆凶逞暴,更相侵凌,尊卑长少,贵贱乱离。致二仪失序,七曜违经,三才变异,妖讹纷纶。神鬼交伤,人物凋丧,眚祸荐至,不悟不悛,万毒恣行,不可胜数。[3]

经文中有阳九之说,又用甲申之说来历论唐尧以来的灾祸。其中又有大小甲申之别。小甲申有兵、病(疫)、火三种,大甲申则更加之以大水。但《太平经》的整个宗旨,在讲太平帝君救世的事情。其救民之法,即教民学道行善,于此而提出"种民"之说:"积善者免之,长为种民。"[4]"凡大小甲申之至也,除凶民,度善人。善人为种民,凶民为混齑。未至少时,众妖纵横互起,疫毒冲其上,兵火绕其下,洪水出无定方,凶恶以次沉没。"听从导化者为种民得留,

---

① 《全三国文》卷一八,严可均辑《全上古三代秦汉三国六朝文》第2册,第1152页。
② 王明编《太平经合校》卷一至十七(甲部不分卷),第1页。
③ 王明编《太平经合校》卷一至十七,第3页。
④ 王明编《太平经合校》卷一至十七,第1页。

其余沉没。此后有圣君贤师降临："小甲申之后，壬申之前，小甲申之君圣贤，严明仁慈，无害理乱，延年长寿，精学可得神仙。"并且强调："不能深学太平之经，不能久行太平之事。"[①]《太平经》并未专就东汉的某次大疫而立论，但经中经常提到的"邪气""毒"之类，应该都包含瘟疫在内。在四大恶中，将疫与兵、水、火三者并列，应该是与东汉时期大疫频发有直接关系。

虽然东汉时期发生过十余次大疫，但文学中表现瘟疫内容的，现在尚未发现。汉乐府诗《瑟调曲·善哉行》写求仙之乐，但在其开头有"来日大难，口燥唇干。今日相乐，皆当喜欢"[②]之语，其所说的"大难"而致人人口燥舌干，其情形颇似大疫。如果是这样的话，应是方士预言大疫将临，人们宣传仙道，讲述游仙之乐。建安二十二年的这场大疫，导致徐幹、陈琳、应玚、刘桢等人的死亡，在曹丕、曹植的文章中皆有反映，但并没有形成一种流行的主题。这大概是因为虽然瘟疫流行，无数人失去生命，但文学作品中直接表现瘟疫内容的并不太多，尤其是瘟疫造成大量非正常死亡，加强了人们对生命脆弱和短暂的焦虑感。这应该是汉末生命情绪爆发的现实原因之一。这一场瘟疫导致邺下文学时代结束，则是与文学史关系极大的事件。

文学中表现疫鬼的形象，前引《天问》有"伯强"之说。小说之中，《述异记》有则关于疫鬼形象的描写：

> 黄州治下有黄父鬼，出则为祟，所著衣袷皆黄。至人家，张口而笑，必得疫疠，长短无定，随篱高下。自不出已十余年，土俗畏怖。[③]

黄父鬼传说，前面所引《神异经》已有记载，但在那里似乎是一个

---

① 王明编《太平经合校》卷一至十七，第4页。

② 《汉诗》卷九，逯钦立辑校《先秦汉魏晋南北朝诗》上册，第266页。

③ 《述异记》，见鲁迅辑校《古小说钩沉》，朝华出版社，2018年，第183页。

食鬼之神。到了这时的民间,却变为疫鬼。我们知道,这种与邪事有关的鬼神,都有善恶两面,可以是驱疫鬼的神,也可直接变为疫鬼本身。其文还记载黄父鬼与庐陵郭庆之婢通。据该婢的叙述,这个黄父鬼"自称山灵,如人裸身,长丈余,臂脑皆有黄色","常隐其身,时或露形,形变无常,乍大乍小,或似烟气,或为石,或作小儿,或妇人,或如鸟如兽,足迹如人,长二尺许;或似鹅,迹掌大如盘,开户闭牖,其入如神,与婢戏笑如人"①。这种神出鬼没、变化无常、闭户能入的样子,或许正是人们对瘟疫恐惧心理的形象化。

总之,瘟疫在历史中,尤其在生命情绪的酝酿、鬼神之说的推激、宗教之造成等方面,都起到相当大的作用。值得思考的是,它在文人文学中的表现相对较少,尤其缺少关于瘟疫的文学经典。

我们在考虑这个时期思想及文学中的各种生命问题时,不能不关注瘟疫的影响这个基本事实。其中有最基本的两个层面:一是文学层面,此期生命情绪的大爆发,尤其是文学史上造成引人注目的汉魏慷慨悲哀的抒情风气;二是意识层面,它是造成各种宗教流行的重要因素。

---

① 《述异记》,鲁迅辑校《古小说钩沉》,第183页。

唐前生命观和文学生命主题

增订本

下册

钱志熙 著

復旦大學出版社

第十三章　神仙方术与建安文人游仙诗

从汉末到两晋，是作为本土宗教的代表道教的形成时期，这是中国古代生命观尤其是非理性生命观发展的重要时期。道教是在传统的神仙方术与神话传说的基础上形成的，在思想上则取老庄之道，而向绝对化、神秘化的方向发展。其核心内容在于虚构神仙世界与神仙人物，其中缘饰以种种修道、求仙的法术，并且在道术之说的基础上建立其现世的伦理说教。从汉末到两晋的文人，针对道教及神仙方术形成种种不同的看法，常常表现出理性与幻想的错综交织，可以说是中国古代思想史上比较复杂的一种现象。与此相关的魏晋文人的游仙诗创作，也呈现出艺术创作与神仙信仰之间复杂交织的现象。

一、汉魏之际神仙方术的再度盛行

自东汉思想家桓谭、王充以来，知识界有一种恢复理性认识的趋向。其基本主题就是破除种种虚妄的非理性的意识，恢复对事物之理以及对于生命本身的理性认识。王充《论衡》以“疾虚妄”为宗旨，确立了一种新的思想传统；此外，桓谭《新论》、荀悦《申鉴》、应劭《风俗通义》等著作，都在不同程度上体现了疾虚妄、正风俗，使知识走向理性、社会走向淳朴的宗旨。尽管由于受到那个时代自然科学发展水平的局限，对有些非理性观念无力破除，甚至继续信仰，如王充的禄命观念，就与他的整个自然思想不

一致,王充、桓谭在养生问题上都带有幻想的色彩等等,但是,他们在主观认识上是始终坚持疾虚妄的思想原则的。应该说,汉魏之际人们对神仙怪异之说的质疑,与疾虚妄、正风俗的潮流是分不开的。牟子《理惑论》虽倡佛教,但作者自序早年“读神仙不死之书,抑而不信,以为虚诞。是时灵帝崩后,天下扰乱,独交州差安。北方异人咸来在焉,多为神仙辟谷长生之术,时人多有学者。牟子常以五经难之,道家术士,莫敢对焉,比之于孟轲距杨朱、墨翟”①。从这一叙述,可见汉末神仙方术之流行,而作者牟子早年也是属于疾虚妄派的。疾虚妄还派生出这样一种思想方法,即求是核实,对各种事物作科学式的分析,《论衡》中有许多结论都是通过这样的分析而得到的。这是一种朴素的实事求是思想,徐幹在《中论·贵验》中说:“事莫贵乎有验,言莫弃乎无征。”②就是这样一种思想。三曹父子曾对方士异术作过目验式的考察,就是属于这一类。应该说,疾虚妄的思想是中古文人怀疑乃至否定神仙观念的基本出发点。从思想传统来说,他们继承春秋诸子的理性传统,尤其是儒家孔子的“子不语怪力乱神”③这样的精神传统,并以此来廓清汉代社会、政治以及知识界所制造的种种非理性的迷雾。

但是,历史的发展总是曲折复杂的,在社会上对神仙长生观念产生怀疑和思想界形成疾虚妄、正风俗的风气的同时,神仙道教却借助于上层统治者的提倡和民间宗教家的活动开始形成。早期道教与政治有着错综复杂的关系,无论是上层的统治者还是下层的农民起义,都曾利用过它。两者方向虽然不同,方式、内涵却是相近的,共同促进了道教的形成。西汉末齐地方士甘忠可造

---

① 牟子《理惑论》,僧祐编《弘明集》卷一,上海古籍出版社影印碛砂大藏经本,1991年,第1页。

② 《中论校注》,徐幹著,徐湘霖注,巴蜀书社,2000年,第68页。

③ 《论语注疏》卷七,《十三经注疏》下册,第2483页。

《天官历》《包元太平经》，就是觑准西汉末政治危机这个缺口。《汉书·李寻传》载："初，成帝时，齐人甘忠可诈造《天官历》、《包元太平经》十二卷，以言汉家逢天地之大终，当更受命于天，天帝使真人赤精子下教我此道。"[1]据考证，甘忠可诈造的神书《天官历》《包元太平经》就是后来于吉《太平清领书》的来源之一。现存《太平经》中有"和三气兴帝王法""安乐王者法""王者无忧法""救迷辅帝王法"，又经中有云："今天师既加恩爱，乃怜帝王在位，用心愁苦，不得天意，为其每具开说，可以致上皇太平之路。"[2]正是属于"天帝使真人赤精子下教我此道"这一类内容。有意思的是，这类早期道教经典又被以推翻朝廷为目的的农民起义所利用。《资治通鉴》卷五十八"汉纪五十"光和六年(183)载：

> 初，巨鹿张角奉事黄、老，以妖术教授，号"太平道"。咒符水以疗病，令病者跪拜首过，或时病愈，众共神而信之。角分遣弟子周行四方，转相诳诱，十余年间，徒众数十万……角遂置三十六方；方，犹将军也，大方万余人，小方六七千，各立渠帅；讹言"苍天已死，黄天当立，岁在甲子，天下大吉"。以白土书京城寺门。[3]

张角"太平道"所奉经典即是于吉的《太平清领书》。太平道虽然以符水治病、祷禳为常用手段，带有巫术的性质，但其最高的目的仍是长生成仙之道。《太平经》卷一至十七中有所谓神授的《灵书紫文》二十四诀，包括服食日精月华、吞灵符、服食药物等项，说是"备此二十四，变化无穷，超凌三界之外，游浪六合之中。止灾害不能伤，魔邪不敢难。皆自降伏，位极道宗，恩流一切，幽显荷赖"。如果不信从，则"自是任暗，永与道乖"，将会"涂炭凶毒，烦

---

① 《汉书》卷七五，第10册，第3192页。

② 王明编《太平经合校》卷三五，第34页。

③ 《资治通鉴》卷五八，中华书局，1956年，第5册，第1864—1865页。

恼混虀”。经中还有“种民”之说,说是“天地混虀,人物糜溃”之时,唯有积善者能够留下来为“种民”,并说:“君圣师明,教化不死,积炼成圣,故号种民。种民,圣贤长生之类也。”又云太平真人“定无极之寿,适隐显之宜,删不死之术,撰长生之方”[①]。由此可见,道教在形成之初,就充分吸取了战国以来的神仙学内容,又将天道思想进一步神格化,建立起太平道的宗教神仙世界,并在社会上形成教团。它的规模已非战国以来流行世俗的方仙道可比。从此,神仙观念因为有了宗教组织的载体,成为独立的观念系统并得以承传下去。

从辩证的角度来看,自由活泼、实用乃至生活化的方仙道转化为具有教团组织、秩序化的神仙世界及繁琐神秘的神学理论的神仙道教,这既是神仙信仰在形式上的发展,同时也是神仙观念动摇时期的产物。由于方仙道形式过于朴素,所以很快就在常识的检验中破产,导致了社会性的信仰动摇,“服食求神仙,多为药所误”[②]之类的怨声大概是到处可以听到的。但是普通民众对神仙长生之事还是抱有很大幻想,于是宗教家以更富欺骗性的新的神仙教吸引民众,迅速地组织起教团。我们知道,方仙道的求仙活动是需要有物质力量作为基础的,所以它主要流行于中上层社会,吸引着统治集团和豪富吏民,它实际上是建立于汉代社会经济发展的基础上的。而早期道教以天神下凡救世传道的方式出现,使用灵符、房中术等手段,以没有经济实力的下层民众为传道对象,所以至少在早期,道教与下层社会更加关系密切,这也是知识阶层没有被卷入其中的主要原因。因此,至少在汉魏晋之际,知识阶层基本上不与道教主流发生思想上的关联,正如他们基本

---

① 王明编《太平经合校》卷一至十七,第 8、1、2、3 页。

② 《汉诗》卷一二《古诗十九首·驱车上东门》,逯钦立辑校《先秦汉魏晋南北朝诗》上册,第 332 页。

上未正面接触佛教一样。非但如此，这种新的、更带有妖妄性质的神仙教，还是统治者防范的对象，因为它具有扰乱社会风俗甚至危及政治的危险性。当张角的教团势力日益增强时，太尉杨赐就曾“上书言角诳曜百姓”[①]。黄巾起义之后，统治阶层对此就有了更切身的体会。曹植《辩道论》说曹操招致诸方士，“本所以集之于魏国者，诚恐此人之徒，挟奸宄以欺众，行妖隐以惑民，故聚而禁之也”[②]。这确实是曹操的初衷。孙策杀道士于吉，也是说他“妖妄，能幻惑众心”，使诸将不复相顾君臣之礼[③]。在这样的情况下，早期道教显然被视为异端，统治者对它是有警惕之心的。

二、建安文人对神仙方术的质疑

汉魏晋之际的文人们，正是在上述复杂的背景下与神仙问题发生关系的。他们首先思考的是有无神仙问题。从“事贵乎有验”的思想出发，他们认为神仙不可能存在，因为谁都没有真正看到过神仙。这也是当时人对神仙提出质疑最常见、最朴素的方式。嵇康《养生论》、葛洪《抱朴子·论仙》都力图说服世俗放弃因未见神仙而断言其无的耳目经验，从侧面反映出动摇社会信仰的最大原因就是这种朴素的质疑方式。其次，这个时期的文人，比较普遍地接受了道家的自然生命观，认为生死寿夭乃自然所定，非人力所能为。荀悦《申鉴·俗嫌》就是以这种观点否定神仙之术的功效：

或问神仙之术。曰：“诞哉，末之也已矣。圣人弗学，非

① 《资治通鉴》卷五八，第1864页。

② 《全三国文》卷一八，严可均辑《全上古三代秦汉三国六朝文》第2册，第1151页。

③ 详见《三国志·吴书·孙破虏讨逆传》裴松之注引《江表传》，《三国志》卷四六，中华书局，1982年，第1110页。

恶生也。终始,运也;短长,数也。运数非人力之为也。"曰:"亦有仙人乎?"曰:"僬侥、桂莽产乎异俗,就有仙人,亦殊类矣。"①

荀悦的思想,不能说是很彻底的理性,他对卜筮、祈禳等事都持模棱两可的说法,但生命自然的观念还是比较坚定的。同篇中有这样一条:"或问:'祈请可否?'曰:'气物应感则可,性命自然则否。'"黄勉之注云:"应感,如土龙致雨之类。"②可见荀悦认为自然事物之间或有应感之效,这是五行学的观点。但他坚持认为性命存于自然,人为的祈祷起不到消灾、解厄、延寿等目的。正是基于这种"性命自然"的思想,他认为神仙之术完全是虚诞无据的,人如学仙,未成已死,因为谁也超越不了自然所赋的命数。他认为养生之道的唯一作用就在于避免人为因素所致的夭折,以尽自然赋予之寿命:

或问:"凡寿者必有道,非习之功。"曰:"夫惟寿,则惟能用道。惟能用道,则性寿矣。苟非其性也,修不至也。学必至圣,可以尽性;寿必用道,所以尽命。"③

大概荀悦否定神仙的观点是坚定的,可是在思想方法上却体现出客观性的态度,所以不能完全凭主观意见断然否定神仙之事,不能采用没看到就不承认的朴素方式,但严格坚持他对人类生命的自然性的认识,将或许有的"仙人"归为非人类:"就有仙人,亦殊类矣。"对于历史上传说的彭祖等长寿之人,他也不截然否定其真实性,而宁可放宽寿命的可能期限:

---

① 《申鉴注校补》,荀悦撰,黄省曾注,孙启治校补,中华书局,2012年,第121—122页。
② 《申鉴注校补·俗嫌》,荀悦撰,黄省曾注,孙启治校补,第119页。
③ 《申鉴注校补·俗嫌》,荀悦撰,黄省曾注,孙启治校补,第124页。

> 或问："有数百岁人乎？"曰："力称乌获，捷言羌亥，勇期贲、育，圣云仲尼，寿称彭祖，物有俊杰，不可诬也。"①

他甚至愿意对怪异之说作出让步，但坚持不放弃人不能成仙的观点：

> 或曰："人有自变化而仙者，信乎？"曰："未之前闻也。然则异也，（黄注：异谓怪异。）非仙也。男化为女者有矣，死人复生者有矣。（黄注：献帝兴平七年，越巂男子化为女子。四年，武陵女子死十四日，复活。）夫岂人之性哉？气数不存焉。"②

他认为男化女、死而复生不是性命之理中应有的事，变化或复活者定非正常的生命。荀悦可以说是以一个注重客观立场的学者的身份，努力维护着生命禀于自然的观念。他的观点包括这一套思辨方式，在当时的文人中，应该是有代表性的。

建安文人中与神仙问题关系比较复杂的还是曹氏父子。曹操曾经写诗批评世俗的求仙行为"痛哉世人，见欺神仙"③，曹植亦有诗云："虚无求列仙，松子久吾欺。"④曹丕有仿游仙诗《折杨柳行》，却是先肆夸仙事，后斥其虚妄。诗云：

> 西山一何高，高高殊无极。上有两仙僮，不饮亦不食。与我一丸药，光耀有五色。（一解）服药四五日，身体生羽翼。轻举乘浮云，倏忽行万亿。流览观四海，茫茫非所识。（二解）彭祖称七百，悠悠安可原。老聃适西戎，于今竟不还。王乔假虚辞，赤松垂空言。（三解）达人识真伪，愚夫好

---

① 《申鉴注校补·俗嫌》，荀悦撰，黄省曾注，孙启治校补，第123页。
② 《申鉴注校补·俗嫌》，荀悦撰，黄省曾注，孙启治校补，第125页。
③ 《魏诗》卷一《善哉行》，逯钦立辑校《先秦汉魏晋南北朝诗》上册，第353页。
④ 《魏诗》卷七《赠白马王彪诗》，逯钦立辑校《先秦汉魏晋南北朝诗》上册，第454页。

> 妄传。追念往古事,愦愦千万端。百家多迂怪,圣道我所观。(四解)[①]

此诗就其立意而言,与其说是游仙诗,不如说是“辟仙诗”。这首诗第一解写遭遇“仙僮”赠药之事,所谓仙僮,无非是当时尚在活动的方仙道人物,即曹植《辩道论》中所说的那一类方术之士。西山这一场景,纯为假设,是模仿汉乐府的写法。曹氏父子日常有与方士交往,但在诗里当然不能太写实,并且本来就是拟乐府诗的体制。第二解是“仙僮”向“我”夸说仙药功效,说服此药后能飞升轻举。这绝不是作者自己的幻想。第三解是“我”对仙道的质疑。荀悦还相信彭祖长寿之说,曹丕则云:“彭祖寿七百,悠悠安可原?”质疑而实为否定之辞,其观点比荀悦还要理智。其余老聃乘仙西去及赤松、王乔之事,概斥为虚妄。最后第四解态度更加明确,以“达人”自居,讥世俗愚氓之好虚诞。作者说百家多迂怪之说,唯有儒家的圣道是自己所服膺的。值得注意的是,从谷永到荀悦、曹丕,他们在辟仙时都标举圣人、圣道。谷永认为“诸背仁义之正道,不遵五经之法言”的神仙奇怪之说都是诈伪的,他说对于这种东西,“明王距而不听,圣人绝而不语”[②]。上引荀悦之语,也说“圣人弗学”。这些都属于儒家攘斥异端的立场。

在曹丕所著的《典论》中也认为神仙之说纯属虚妄:

> 夫生之必死,成之必败,天地所不能变,圣贤所不能免。然而惑者望乘风云,与螭龙共驾。适不死之国,国即丹溪,其人浮游列缺,翱翔倒景,饥餐琼蕊,渴饮飞泉。然死者相袭,丘垄相望,逝者莫反,潜者莫形,足以觉也。[③]

---

① 《魏诗》卷四,逯钦立辑校《先秦汉魏晋南北朝诗》上册,第393页。

② 《汉书》卷二五下《郊祀志》,第4册,第1260页。

③ 《全三国文》卷八,严可均辑《全上古三代秦汉三国六朝文》第2册,第1095页。

曹植的《辩道论》是了解汉魏之际神仙方术流行的重要材料：

夫神仙之书，道家之言，乃言傅说上为辰尾宿；岁星降下为东方朔；淮南安诛于淮南，而谓之获道轻举；钩弋死于云阳，而谓之尸逝柩空。其为虚妄甚矣哉！中兴笃论之士有桓君山者，其所著述多善。刘子骏尝问："言人诚能抑嗜欲，阖耳目，可不衰竭乎？"时庭下有一老榆，君山指而谓曰："此树无情欲可忍，无耳目可阖，然犹枯槁腐朽。而子骏乃言可不衰竭，非谈也。"君山援榆喻之，未是也。何者。（原书注：此处有脱文。）"余前为王莽典乐大夫，《乐记》云：文帝得魏文侯乐人窦公，年百八十，两目盲。帝奇而问之，何所施行？对曰：臣年十三而失明，父母哀其不及事，教臣鼓琴。臣不能导引，不知寿得何力！"君山论之曰："颇得少盲，专一内视，精不外鉴之助也。"先难子骏以内视无益，退论窦公便以不外鉴证之，吾未见其定论也。君山又曰："方士有董仲君，有罪系狱，佯死数日，目陷虫出，死而复生，然后竟死。"生之必死，君子所达，夫何喻乎？夫至神不过天地，不能使蛰虫夏潜，震雷冬发，时变则物动，气移而事应。彼仲君者，乃能藏其气，尸其体，烂其肤，出其虫，无乃大怪乎！世有方士，吾王悉所招致，甘陵有甘始，庐江有左慈，阳城为郗俭，始能行气导引，慈晓房中之术，俭善辟谷，悉号三百岁。本所以集之于魏国者，诚恐此人之徒，挟奸宄以欺众，行妖隐以惑民，故聚而禁之也。岂复欲欢神仙于瀛洲，求安期于海岛，释金辂而履云舆，弃六骥而羡飞龙哉！自家王与太子及余兄弟，咸以为调笑，不信之矣。然始等知上遇之有恒，奉不过于员吏，赏不加于无功，海岛难得而游，六绂难得而佩，终不敢进虚诞之言，出非常之语。余尝试郗俭，绝谷百日，躬与之寝处，行步起居自若也。夫人不食七日则死，而俭乃如是。然不必益寿，可以疗疾而

不惮饥馑焉！左慈善修房内之术，差可终命。然自非有志至精，莫能行也。甘始者，老而有少容，自诸术士咸共归之。然始辞繁寡实，颇有怪言。余尝辟左右，独与之谈，问其所行，温颜以诱之，美辞以导之。始语余："吾本师姓韩，字世雅。尝与师于南海作金，前后数四，投数万斤金于海。"又言："诸梁时，西域胡来，献香罽腰带、割玉刀，时悔不取也。"又言："车师之西国，儿生，擘背出脾，欲其食少而努行也。"又言："取鲤鱼五寸一双，令其一着药，俱投沸膏中。有药者奋尾鼓鳃，游行沉浮，有若处渊。其一者已熟而可噉。"余时问言："率可试不?"言："是药去此逾万里，当出塞，始不自行，不能得也。"言不尽于此，颇难悉载，故粗举其巨怪者。始若遭秦始皇、汉武帝，则复为徐市、栾大之徒也。桀纣殊世而齐恶，奸人异代而等伪，乃如此耶！又世虚然有仙人之说。仙人者，傥猱猿之属与？世人得道，化为仙人乎？夫雉入海为蛤，燕入海为蜃；当夫徘徊其翼，差池其羽，犹自识也。忽然自投，神化体变，乃更与鼋鳖为群，岂复自识翔林薄、巢垣屋之娱乎！牛哀病而为虎，逢其兄而噬之。若此者，何贵乎变化耶！夫帝者，位殊万国，富有天下，威尊彰明，齐光日月。宫殿阙庭，焜耀紫微，何顾乎王母之宫、昆仑之域哉！夫三鸟被致，不如百官之美也。素女常娥，不如椒房之丽也。云衣羽裳，不若黼黻之饰也。驾螭载霓，不若乘舆之盛也。琼蕊玉华，不若玉圭之洁也。而顾为匹夫所罔，纳虚妄之辞，信眩惑之说，隆礼以招弗臣，倾产以供虚求，散王爵以荣之，清闲馆以居之，经年累稔，终无一验。或没于沙丘，或崩于五柞，临时虽复诛其身，灭其族，纷然足为天下一笑矣！若夫玄黄所以娱目，铿锵所以耸耳，媛妃所以绍先，刍豢所以悦口也。何必甘无味之味，听无声之乐，观无采之色也。然寿命长短，骨体强劣，各有人焉。善养者终之，劳扰者半之，虚用者殀之，

其斯之谓矣！[1]

曹植此文，明确地解释曹操聚集方术之士的意图在于为了防范他们在社会上以法术迷惑群众，甚至有可能酿成像黄巾起义这样的事件。对于凭借平黄巾起家的曹操来讲，他的这一举措是很好理解的，但有可能在社会上引起一些疑惑，以为曹操要步秦始皇、汉武帝之后尘，网罗方士以求神仙、致长生。对此，陈贻焮先生在《评曹孟德诗》[2]一文中作过很细致的分析，笔者拟在陈先生分析的基础上对这个问题再作一些探讨。曹氏父子都是求知欲与生命力十分旺盛的人。从求知欲的方面来看，曹操既招集术士，授以微官，就不可能完全将他们当作普通的官员对待，而是要看看究竟，这也仍然符合当时文人实事求是的原则。在这类方术试验中，就像现在那些夸说有特异功能的气功师那样，他们在真正不相信方术那一套的人面前，是发生不了效力的，肯定大多数场合是以露馅丢丑结束的。所以曹植说："自家王与太子及余兄弟，咸以为调笑，不信之矣。"这正是最初考察方术的结果。但方术不可能全是骗局，其中包含着医药、养生的科学知识。曹植对于郗俭的辟谷术、左慈的房中术、甘始"老而有少容"的驻颜术，是一开始就表示部分相信的，但只肯定郗俭之术"可以疗疾，而不惮饥馑"，"左慈修房中术，差可终命"，根本不相信这些东西有成仙致长生的神效。这与荀悦力斥神仙之妄而认为养生有道可以尽命的观点是一致的。看来建安文人已经将养生与长生成仙区别开来，在理智上，对后者是力拒的。《辩道论》的基本论点就是斥神仙之说为虚妄。

曹植所秉承的仍是汉儒中疾虚妄一派的观点，是一种比较典型的常识理性。他承认颐养之功，同时对于方术之事的某些异术

---

① 《全三国文》卷一八，严可均辑《全上古三代秦汉三国六朝文》第2册，第1151页。

② 陈贻焮《论诗杂著》，北京大学出版社，1989年，第8—73页。

如左慈的房中术、甘始的辟谷术的效果,也是承认的,但认为也是仅此而已,其中不乏故为巨怪以欺世的成分。至于世俗流传的神仙之说,曹植并不完全否定,但与当时一些思想家的看法一样,认为纵有神仙,那也是一种另类;凡人如果变为神仙,那就非复人类,不再具有人性。并且说,帝王所享受的现世的物质及精神的娱乐,远过传说中神仙所拥有的。他的这一看法,从比较坚定的无神仙论者来看,不是那么彻底,也缺乏逻辑思辨的深度,但是这正反映了儒家知识分子常识理性的特点。事实上,对于仙、佛、上帝不存在的论证,迄今为止,人们所拥有的一种基本立场,仍然是常识理性。只有在要证明它们存在时,才会使用烦琐的神学方式或建立一种伪科学的体系。也许我们担心的是,这种朴素的疾虚妄、重人道并且也推崇现世精神的思想,会不会在遇到编织有更美丽的仙境及天堂、净土的图景时,尤其是更具技术形式的养生求仙的知识谱系时有所动摇,乃至完全放弃常识理性的立场。这种情况不是不可能,这也是为何儒家士大夫群体,在某些时候,如之后的东晋南北朝时期,比较普遍地陷入天师道及净土信仰之中的原因。所以,这时候群体的风气与外界的政治及社会思潮的环境就变得很重要了。而个体的坚持理性,譬如陶渊明之阐述"神辨自然"的生命哲学,则需要个体本身高度理性的证悟能力。无论如何,在永生的幻想上,曹植是成功抵住了它的诱惑的。对于曾经与一群自称寿命数百的方术之士长期相处的三曹父子来说,这种抵御足以证明他们的高度理性。曹操在《步出夏门行·龟虽寿》中也表达了同样的立场:

> 神龟虽寿,犹有竟时。腾蛇起雾,终为土灰。老骥伏枥,志在千里。烈士暮年,壮心不已。盈缩之期,不但在天。养怡之福,可得永年。①

---

① 《魏诗》卷一,逯钦立辑校《先秦汉魏晋南北朝诗》上册,第354页。

他以神龟、腾蛇为例，否定了人类和一切生物永生的可能，但也认为盈缩之期，不能听之天命，颐养之功，可以尽其天年。东汉以来的一些思想家虽能斥长生之说，但又认为禄命运数是先定的，前举荀悦之论，即属此类。曹操则不信天命，对合理的养生之道的功效有所肯定，这应该说是一种理性的认识。大体可说，三曹等人对神仙与方术，是分别对待的。其基本的观点，是认为方术可能有一定的效果，甚至有神奇的效果，但神仙之说纯为虚妄。上文已经引用过曹丕《典论》以生死常理来否定神仙之说的一段文字。《典论》中还有一段文字，开始是记录方士所说方术之效，但最后还是不相信神仙之说：

> 一说皇甫隆遇青牛道士，姓封名君达，其余养性法，即可放用。大略云：体欲尝少劳，无过虚，食去肥浓，节酸咸，减思虑，损喜怒，除驰逐，慎房室施写，秋冬闭藏。详别篇。武帝行之有效。（中略）甘始、左元放、东郭延年行容成御妇人法，并为丞相所录问。行其术，亦得其验。降就道士刘景受云母九子丸方，年三百岁，莫知所在。武帝恒御此药，亦云有验。刘德治淮南王狱，得枕中鸿宝苑秘书，及子向，咸共奇之。信黄白之术可成，谓神仙之道可致。卒亦无验，乃以罹罪也。刘根不觉饥渴，或谓能忍盈虚。王仲都当盛夏之月，十炉火炙之不热。当严冬之时，裸之而不寒。桓君山以为性耐寒暑。君山以无仙道，好奇者为之。前者已述焉。[①]

这段文字在提到曹操时，两处称“武帝”，一处称“丞相”，颇不统一。而且曹丕作为人子，毫无顾忌地说他父亲的“御妇人”法，这种情形也不好理解。所以，很可能是经过后来道教徒的处理，但基本上客观地转述方士之说，带有疑以传疑的性质。在说曹操

---

① 《全三国文》卷八，严可均辑《全上古三代秦汉三国六朝文》第2册，第1096页。

试用方术与方药的效果时,也还比较客观地承认有某种作用。但最后说刘德、刘向父子按淮南王枕中书之法制黄白、求仙道而失败,又引桓君山之说,认为刘根异于常人的表现,是因为性耐寒暑。最后的结论是"君山以无仙道,好奇者为之",这与他前面以生死为常理、神仙为妄说的观点是一致的。

由此可见,中古时期道术与神仙的关系是比较复杂的,神仙信仰之所以能够流行,与其有方术甚至医药的功效是分不开的。士大夫群体中,相信道术者大有人在,但真正信仰神仙之说的,恐怕只是其中的极端者。

曹操召集方术之士的事情,亦见于张华《博物志·方士》:

> 魏武帝好养性法,亦解方药,招引四方之术士如左元放、华佗之徒,无不毕至。
>
> 魏王所集方士名:
>
> 上党王真　陇西封君达
>
> 甘陵甘始　鲁女生
>
> 谯国华佗字元化　东郭延年
>
> 唐雩　冷寿光
>
> 河南卜式　张貂
>
> 蓟子训　汝南费长房
>
> 鲜奴辜　魏国军吏河南赵圣卿
>
> 阳城郗俭字孟节　庐江左慈字元放
>
> 右十六人,魏文帝、东阿王、仲长统所说,皆能断谷不食,分形隐没,出不由门户。左慈能变形,幻人视听,厌刻鬼魅,皆此类也。《周礼》所谓怪民,《王制》称挟左道者也。[1]

曹操招集方士,应该是继汉武帝招集方士之后一个较大的事

---

[1] 《博物志校证》卷五,张华撰,范宁校证,中华书局,2014年,第61—62页。

件，不仅在当时引起各方的反应，物议纷然，以致曹植专为《辩道论》以辟之，其对后来的两晋南北朝之世，应该也是有影响的。一方面是有识之士，对此阐述方术诬妄之理；另一方面，好道求仙者也借此而附会仙术。

关于曹植对神仙方术的态度，除了《辩道论》外，严可均《全三国文》卷一八还收有曹植的《释疑论》，若据此文所论，似乎他后来又深信长生之道了。文云：

> 初谓道术，直呼愚民诈伪，空言定矣。及见武皇帝试闭左慈等，令断谷近一月，而颜色不减，气力自若。常云可五十年不食，正尔复何疑哉！令甘始以药含生鱼，而煮之于沸脂中。其无药者，熟而可食；其衔药者，游戏终日，如在水中也。又以药粉桑以饲蚕，蚕乃到十月不老。又以往年药食鸡雏及新生犬子，皆止不复长。以还白药食白犬，百日毛尽黑。乃知天下之事，不可尽知，而以臆断之，不可任也。但恨不能绝声色，专心以学长生之道耳。①

这篇文章是从葛洪《抱朴子内篇》的《论仙》篇中辑出来的，考虑到葛氏著书的性质，此文的可信性是很可怀疑的。据文中所述，曹植对长生之道由不信到深信的最主要原因是见曹操试左慈辟谷术，发现其实有效力。但此事已见于《辩道论》，文中还说曹植亲自考察郗俭“绝谷百日，躬与寝处，行步起居自若也”，可他并不认为凭此就可以长生成仙，为何到《释疑论》中却以如此新奇惊讶之语叙述“断谷近一月”之事，且为之改变看法呢？此其可疑之一也。关于甘始以药含生鱼之事，也见于《辩道论》，但在那里并未试验。到了《释疑论》中，却成为真实发生的事。《辩道论》中甘始既已明言药不能得，为何后来又有此等事发生呢？此可疑之二

① 《全三国文》卷一八，严可均辑《全上古三代秦汉三国六朝文》第2册，第1151页。

也。有了这样两个疑点,我们可以初步判定《释疑论》是葛洪据《辩道论》伪造的。曹植的《辩道论》对魏晋之际的士人肯定影响很大,葛洪要倡言仙道,必须先消除此种影响。将曹植说成先疑后信的人物,是因为曹植毕竟相信一些方术的功效,又写过不少游仙诗,所以最易被塑造成深信仙道的人物。于是摘取《辩道论》中部分内容,略加变动,在首尾加上"曹植"改变看法、深信仙道的一段自白,葛洪就这样瞒过了后世的一代代学人。

也有学者认为,曹植"在《辩道论》中子建从统治者的为了巩固政权的角度,批判方士之术,可是对一些现象作了保留。在晚年,由于自身的感受和客观情况的变化,对于方术出现了企羡的思想情感,因此在论里否定了《辩道论》里所作的结论"[①]。曹植晚年处境艰危,动辄有性命之虞,在这样的心态下,能尽天年就是最大的愿望了,安求长生之道?安云未能专心于长生之道是未能绝声色?《赠白马王彪诗》中有两节文字写出曹植自身真实的生存心态:

> 太息将何为,天命与我违。奈何念同生,一往形不归。孤魂翔故域,灵柩寄京师。存者忽复过,亡没身自衰。人生处一世,去若朝露晞。年在桑榆间,影响不能追。自顾非金石,咄唶令心悲。
>
> 苦辛何虑思,天命信可疑。虚无求列仙,松子久吾欺。变故在斯须,百年谁能持?离别永无会,执手将何时?王其爱玉体,俱享黄发期。收泪即长路,援笔从此辞。[②]

从这些诗句我们看到,曹植后期的生命情绪,悲剧色彩十分浓厚。父亲和爱弟的相继亡故,对他的打击是很大的,尤其是爱弟

---

① 赵幼文《曹植集校注》,人民文学出版社,1998年,第397页。

② 《魏诗》卷七,逯钦立辑校《先秦汉魏晋南北朝诗》上册,第453页。

不明不白的死，更给他的心灵蒙上一层恐惧的阴影，所以说“变故在斯须，百年谁能持”。在这种处境下，长生不老显然是无暇虑及了。

上面举到曹丕的游仙诗，曹操和曹植也作了不少游仙诗，曹植游仙诗的艺术成就尤其高。其原因颇为复杂，未可一概而论。首先从创作心态来看，是因为他们理智上虽拒弃仙道，不蹈秦皇、汉武、成帝、灵帝及王莽等君王的覆辙，但在感情愿望上还没有完全与神仙观念割断关系，因此借游仙诗这种形式作生命的畅想，陶写性灵。曹操的游仙诗分为两类：一类是完全沉浸于幻想，如《气出倡》《陌上桑》；一类是幻想之后仍然恢复理智，如《精列》《秋胡行》。《精列》把这种心态表现得最明白：

> 厥初生，造化之陶物，莫不有终期。莫不有终期，圣贤不能免，何为怀此忧？愿螭龙之驾，思想昆仑居。思想昆仑居，见欺于迂怪，志意在蓬莱。志意在蓬莱，周孔圣徂落，会稽以坟丘。会稽以坟丘，陶陶谁能度？君子以弗忧。年之暮奈何？时过时来微。[1]

此诗首明生物莫不有终期，不能永留，这是曹操一贯的看法。次云圣贤亦不能免死，劝慰自己不要以死为忧。但忧终不能解，他坦率承认真想像神仙传说那样，乘螭龙游于昆仑仙界。但这毕竟是欺人的迂怪之说，燕齐方士所说的蓬莱仙界亦复如此。千古以来，又有谁能度此死亡之关？只见陶陶生民，新陈代谢，圣如周公、孔子，概不能免。晚年的曹操，生死之情更趋激烈，可是他始终没有利用他周围的方士从事求仙活动，可见理智上一直是清醒的。曹植的游仙诗，创作动机也很复杂。他晚年遭际困厄，精神愁苦，所以以游仙形象来表现渴求自由的幻想。这原是屈原《离

---

① 《魏诗》卷一，逯钦立辑校《先秦汉魏晋南北朝诗》上册，第346页。

骚》《九章》所开创的传统，当然在境界上，曹植又吸收了汉乐府游仙诗的一些因素。他的游仙诗，有《飞龙篇》《升天行》《五游咏》《仙人篇》《盘石篇》《驱车篇》《平陵东行》等，是汉魏晋之际游仙诗之大宗。其具体的艺术境界我们将在后文论述。

曹氏父子创作游仙诗，除去以幻想陶写性灵的原因外，还跟文学传统的影响分不开。尤其是乐府诗中本有此类题材，有些曲名就是专门用来写游仙题材的，如《精列》《气出倡》《善哉行》《折杨柳》等，曹氏父子遵依旧例，采所见闻之方士事迹，复引用旧有的神仙传说，写成游仙诗，以至一发不可收拾，越作越有感慨，所谓"借酒浇愁愁更愁"也。从三曹的游仙诗，我们还可以看到，他们用为素材的仍是旧有的方仙道，属于昆仑、蓬莱两大系统，与汉魏之际的道教关系不大。

建安文人还以比较理性的态度思考过生死、寿夭、祸福等问题。徐幹《中论》有《寿夭》篇，讨论个人行为与寿夭祸福的关系。问题是从怎样理解孔子所说的"仁者寿"及"积善之家必有余庆"这两句话开始的。汉魏之际的文人，对于百家迂怪之说，多以其不合圣道为理由拒斥之。但随着讨论的深入，一些人发现圣贤经典中的有些说法也带有非理性色彩，或至少可以导致人们对这些说法作非理性的解释。比如"仁者寿"、"积善之家有余庆"，都可以被理解为天道的福善祸淫，很容易将它们与早期道教的"承负"之说联系起来。行善得长寿，善行完满可以成仙，行恶则致夭折，这是《太平经》的基本教义之一。但为了解释现实中有人行善反而短命、为恶却得长寿的相反现象，道教则虚构了与佛教的果报说有些类似的"承负"说：

> 凡人之行，或有力行善，反常得恶，或有力行恶，反得善，因自言为贤者非也。力行善反得恶者，是承负先人之过，流灾前后积来害此人也。其行恶反得善者，是先人深有积畜大

> 功，来流及此人也。能行大功万万倍之，先人虽有余殃，不能及此人也。[①]

经中还认为，上寿一百二十、中寿八十、下寿六十，“如行善不止，过此寿谓之度世。行恶不止，不及三寿，皆夭也”。在此种迷信思想盛行时，道士或一般相信神仙教的人，很可能会引“仁者寿”、“积善之家必有余庆”等语相附会。这大概是徐幹他们讨论这个问题的背景。据《中论·夭寿》篇，问题是这样提出的：“或问：孔子称‘仁者寿’，而颜渊早夭；‘积善之家必有余庆’，而比干、子胥身陷大祸。岂圣人之言不信而欺后人耶？”[②]这与上文《太平经》所提出的问题实质上是一样的，可见这是当时士俗和宗教界共同关心的问题。据《夭寿》篇及《申鉴·俗嫌》，对这种现象的解释有这样几种。第一种是《夭寿》篇载荀爽之论，以生命的精神价值解释这些问题：

> 故司空颍川荀爽论之，以为古人有言，死而不朽，谓太上有立德，其次有立功，其次有立言。其身殁矣，其道犹存。故谓之不朽。夫形体者，人之精魄也；德义令闻者，精魄之荣华也。君子爱其形体，故以成其德义也。夫形体，固自朽弊消亡之物，寿与不寿，不过数十岁。德义立与不立，差数千岁。岂可同日言也哉？颜渊时有百年之人，今宁复知其姓名耶？诗云：“万有千岁，眉寿无有害”，人岂有万寿千岁者？皆令德之谓也。由此观之，仁者寿岂不信哉！传曰：“所好有甚于生者，所恶有甚死者。”比干、子胥，皆重义轻死者也。以其所轻，获其所重，求仁得仁，可谓庆矣。

荀爽的生命观，完全属于儒家的道德伦理价值一派，作为汉魏之

---

① 王明编《太平经合校》卷十八至三十四“解承负诀”条，第22—23页。

② 《中论校注》，徐幹著，徐湘霖注，第205页。

际士人伦理价值生命观高度弘扬的典范之论,其时代意义是很重大的。但就其对“仁者寿”、“积善之家有余庆”及《诗经》“万有千岁,眉寿无有害”的解释来说,则完全是郢书燕说。第二种解释是孙翱的教化之说。他认为圣人为了诱人行善,所以立此教化之义。对于这两种说法,徐幹都不同意。他的基本观点是维护经典作家的原义,认为“仁者利养万物,万物亦受利矣,故必寿也”,又云:“天虽欲福人,亦不能以手臂引人而亡之,非所谓无庆也。”对于颜渊之夭,比干、子胥之身陷大祸,他认为这是因为“天道迂阔,暗昧难明,圣人取大略以为成法,亦安能委曲不失毫芒,无差跌乎?”也就是说承认有例外,但仁义行善是人之本分,更不能以个别例外而责圣人立言有误。他的解释也许很符合经典原义,但却不是彻底的理性。最后仍援汉儒天道说以勉强应付,为非理性观念留下一丝可乘之机。荀悦的解释与徐幹相近,但更接近养生学的原理:

> 或问:“仁者寿,何谓也?”曰:“仁者内不伤性,外不伤物,上不违天,下不违人,处正居中,形神以和,故咎征不至,而休嘉集之,寿之术也。”曰:“颜、冉何?”曰:“命也。麦不终夏,花不济春,如和气何?虽云其短,长亦在其中矣。”①

他站在性命自然的立场上解释颜、冉之夭,认为他们命数如此,但如不行仁义,恐怕连这自然的命数也不能尽期。这与他的养生之作用在于“尽命”的观点是一致的。徐幹、荀悦之论,透露出汉魏之际生命思想的这样一个变化现象:为了抵御神仙家的养生说,一些士人从儒家经典中寻找合乎理性的养生原理。荀悦在《申鉴·俗嫌》中将“中和”作为养生原则,说:“养性秉中和,守之以生而已。”“故喜怒哀乐思虑必得其中,所以养神也;寒暄虚盈消息必

---

① 《申鉴注校补·俗嫌》,荀悦撰,黄省曾注,孙启治校补,第134页。

得其中，所以养体也。善治气者，由禹之治水也。若夫导引蓄气，历藏内视，过则失中，可以治疾，皆非养性之圣术也。”[1]他的意思很明确，圣人的养生，以道德修养为根本，中和是其原则，不求延年，唯以尽命为目的。“导引蓄气”这一类的方士养生术，有时也有治病的功效，但容易出偏差，不是圣人的养生之术。所以，他虽然对导引蓄气之术作了具体介绍，但认为如无疾病，不必尝试，否则有致阴阳失调之虞。这与曹植的看法是接近的。由此可见，建安文人对方术基本上是持理智的态度进行考察。

总之，建安文人继承东汉思想家疾虚妄的传统，在理智和行为上比较坚定地拒弃了神仙长生观念的诱惑，并且对世俗的求仙行为作出明确的否定。同时他们将神仙长生与养生区别开来，承认某些方术有一定养生、疗疾的功效。他们深受汉人禄命思想的影响，认为养生的作用只在于“尽命”而不在于长生。曹操不信天命，认为养生可以延年，但说到底，他所说的延年只是得上寿而已，并无幻想长生的倾向。在这方面曹操的思想还是带有革命性的，它突破了禄命思想，比王充还前进了一步。禄命思想与神仙观念虽然截然相反，但非理性的性质是一样的。后来玄学生命观比较彻底地破除了禄命思想，曹操可以说起到一种先导作用。但是，建安文人在幻想中，仍然为神仙世界留出一个位置，并且用游仙诗的形式加以表现。这样一来，建安文人与神仙观念就具有了理性和幻想的双重关系，但后者应该看作是一种文学的精神，对建安文人现实的生命行为没有产生实质性的影响。

三、源于道家的玄真之思、游仙之作

汉魏之际的文士，如曹植、仲长统、徐幹等人，其凭借神仙之

① 《申鉴注校补》，荀悦撰，黄省曾注，孙启治校补，第126页。

术来抒发生命幻想者,多借助老庄之说。从广义来看,可视为魏晋玄风之开端。三曹游仙诗的问题,已见前说。仲长统崇尚方外之道,在汉魏之际也是一位有代表性的思想家,著有《昌言》,结合儒法,成一家之说。汉魏之际复杂的政治背景,使一些原先有志于拯济世难的士人由入世转为出世,放弃了刑名法术,甚至放弃了儒术而转向道家。其实,这种情形在扬雄、张衡、冯衍等人身上就已经存在,可以说已经形成一定的传统。这与西汉大一统下政治危机的暴露,以及两汉之际王莽专权、篡汉所造成的严重的政治混乱局面有关系。扬雄等人常常将天道、玄想等抽象的精神与想象中的神仙境界结合起来,创造了文人特有的游仙方式,对之后中古文士的影响很大。在他们的游仙幻想中,当然包含物质生命延续的非理性愿望,更主要的是在游仙境界中寄托其自由精神。他们还常将求仙、隐逸、经营家园以保证自身和家人的物质生活等多种生活方式融合在一起,使精神和形体都有一个理想归宿。冯衍在《显志赋》中自叹仕宦不能行道,又致家道困穷,"年衰岁暮,悼无成功",于是决定:

> 将西田牧肥饶之野,殖生产,修孝道,营宗庙,广祭祀。然后阖门讲习道德,观览乎孔老之论,庶几乎松乔之福。上陇阪,陟高冈,游精宇宙,流目八纮。历观九州山川之体,追览上古得失之风。愍道陵迟,伤德分崩。夫睹其终必原其始,故存其人而咏其道。疆里九野,经营五山,眇然有思陵云之意。①

《后汉书·仲长统传》载其作"乐志之论"云:

> 使居有良田广宅,背山临流,沟池环市,竹木周布,场圃筑前,果园树后。舟车足以代步涉之艰,使令足以息四体之

① 《全后汉文》卷二〇,严可均辑《全上古三代秦汉三国六朝文》第1册,第577页。

> 役。养亲有兼珍之膳，妻孥无苦身之劳。良朋萃止，则陈酒肴以娱之；嘉时吉日，则烹羔豚以奉之。蹰躇畦苑，游戏平林，濯清水，追凉风，钓游鲤，弋高鸿。讽于舞雩之下，咏归高堂之上。安神闺房，思老氏之玄虚；呼吸精和，求至人之仿佛。与达者数子，论道讲书，俯仰二仪，错综人物。弹《南风》之雅操，发清商之妙曲。消摇一世之上，睥睨天地之间。不受当时之责，永保性命之期。如是则可以陵霄汉，出宇宙之外矣。岂羡夫入帝王之门哉！[①]

冯衍和仲长统的表述，都带有游仙色彩。从他们都注重庄园经济这一点来看，显然他们的遨游天地、陵霄汉、出宇宙主要是一种精神性的活动，与真正的轻举飞升是不同的。

值得注意的是，冯衍的遨游是个人式的，仲长统则强调与朋友一起遨游山水、论道讲书的快乐。后来魏晋文士好群游、清谈等风习，与此汉末士习是一脉相承的。仲长统的《昌言》在思想上继承王充《论衡》疾虚妄的传统。《昌言》中他主张正常修礼、医药，以尽寿考，并认为传统的“祷祈之礼，史巫之事”，也是为尽中正，竭精诚。但到了后世，“为奸邪之阶，于是淫厉乱神之礼兴焉，侜张变怪之言起焉，丹书厌胜之物作焉。故常俗忌讳可笑事，时世之所遂往而通人所深疾也”[②]。观其思想，与曹植的《辩道论》相近。但因为仲氏深嗜黄老，又曾有隐逸志趣的表达，所以魏晋以降，多将其归入隐逸之流，如孔稚圭《北山移文》就说：“尚生不存，仲氏既往，山阿寂寥，千载谁赏。”[③]以至于葛洪论仙道，亦颇引其说。《抱朴子内篇・至理》云：“仲长公理者，才达之士也，著《昌言》，亦论行炁可以不饥不病，云：‘吾始者未之信也，至于为之者，

---

① 《后汉书》卷四九，第 6 册，第 1644 页。

② 《全后汉文》卷八九，严可均辑《全上古三代秦汉三国六朝文》第 1 册，第 952 页。

③ 《全齐文》卷一九，严可均辑《全上古三代秦汉三国六朝文》第 3 册，第 2900 页。

尽乃然矣。养性之方若此至约而吾未之能也,岂不以心驰于世务,思锐于人事哉?他人之不能者,又必与吾同此疾也。……'又云:'河南密县,有卜成者,学道经久,乃与家人辞去。其始步稍高,遂入云中不复见。此所谓举形轻飞,白日升天,仙之上者也。'"[①]据此,则仲长统似乎也是开始不信长生成仙,后来因见行炁之法有效而转为深信,并且还记录了卜成举形轻飞之事。这两则文字虽被严氏辑入《全后汉文》卷八十九《昌言》之中,但出于《抱朴子》,似尚有待于考其真伪。又传世《尹文子》一书,标注"山阳仲长统撰定",并有仲氏之序,文中说:"庄子曰,不累于物,不苟于人,不忮于众,愿天下之安宁,以活于民命,人我之养,毕足而止。以此白心,见侮不辱。此其道也。而刘向亦以其学本于黄老,大较刑名家也。近于诬矣。余黄初末始到京师[②],缪熙伯以此书见示。意甚玩之,聊试条次,撰定为上下篇。"[③]《尹文子》后来编入《道藏》。仲氏以庄子治生处世之道来解释尹文子,并称爱玩其书,可见他本来以治世之务,结合儒法两家的政治思想,同时又以道家学说来治生处世。他的这种思想在汉魏之际的士人群中,应该有一定的代表性。

仲长统的《见志诗》也是借游仙形式来表达与天地精神相往来的境界,其二云:

> 大道虽夷,见几者寡。任意无非,适物无可。古来绕绕,委曲如琐。百虑何为,至要在我。寄愁天上,埋忧地下。叛散五经,灭弃风雅。百家杂碎,请用从火。抗志山栖,游心海

① 《抱朴子》卷五,《诸子集成》第8册,第23、24页。

② 严可均《全后汉文》卷八九辑此文,后有按语曰:"统卒于献帝逊位之岁,而此序言黄初末始到京师,当是后人妄改。或此序非统作也。疑莫能明。"《全上古三代秦汉三国六朝文》第1册,第946页。

③ 《尹文子》卷上,上海古籍出版社"诸子百家丛书"本,1990年,第1页。

左。元气为舟，微风为柂。敖翔太清，纵意容冶。[①]

仲氏的这种文学，与张衡的《思玄赋》一样，都是魏晋文士游仙之风的先驱。叶适曾评论说："仲长统二诗，放弃规检，以适己情，自是风雅坏而黄初、建安之体出。"[②]魏晋游仙诗有两源，一源于汉乐府游仙诗，以方仙道的仙术、神仙传说为基本内容，所谓名山求仙药、房中术还精补脑之类；另一源则出于融合了道教思想与楚骚境界的玄想之作，它往往以游仙为表达方式，其精神还在于个体精神的自由，即个体求道行为的仙圣化。但后来的道教徒，适时利用了文人的玄思，将其纳入神仙修炼的范畴之中。

仲长统的游仙诗，并非严格意义的游仙之作，它与源于乐府游仙诗的三曹之作，是两种不同的类型。它开启了嵇康、阮籍一派玄言游仙诗的创作。

---

① 《汉诗》卷七，逯钦立辑校《先秦汉魏晋南北朝诗》上册，第205页。

② 《宋元学案》卷五四《水心学案》，黄宗羲原撰，全祖望补修，中华书局，1986年，第1776页。

第十四章　建安风骨：建安文人的生命情调

作为诗歌史上的一种审美理想，“建安风骨”的内涵被许许多多诗歌爱好者和研究者不停探寻着，关于这方面的学术论文也不在少数。不同研究者从不同的角度出发，虽然抓住了问题的某些方面，但最后总是感到并未成功地阐发出建安风骨的全部内涵。其实，这是很自然的，因为建安风骨是建安诗人所追求的诗歌世界的精神呈现，它具有与这个诗歌世界同一的丰富性，即使在今天读者心目中复现时，也是一种活生生的审美体验，而不是一个抽象的名词。所以，任何理论性的解释都只是局部、有限的。当然，只要是建立在对建安诗歌真切的鉴赏体验的基础上，每一种对建安风骨的理论阐释又都有其展现一定真相的意义。

在这里，笔者不打算为“建安风骨”这一概念提供一种新的理论性的阐释，而只想站在生命主题的立场上，希望通过对建安诗人的生命价值的追求，以及这种追求中所发生的生命矛盾的揭示，通过对他们的生命境界的描述，来再现建安风骨的精神基调；更希望通过这些努力，让读者得到这样一种认识：所谓“建安风骨”，就是建安文人的生命情调在他们所追寻的诗歌世界中的呈现。

一、从个体感伤到大生命体的关怀

建安文人的生命悲哀意识历史地承接着汉末生命意识潮流，

尤其是对生命短暂事实的清醒认识而带来的或感伤或慷慨的生命情绪的抒发，可以说与汉代文人诗赋所反映的同样的生命情绪一脉相承。但由于社会的大离乱以及战争与瘟疫等所造成的灾难，加深了他们对生命的悲剧体验，也加深了他们对生命内涵的理解。所以，建安士群的生命意识及其文学生命主题，仍然有它自己的发生起点。

如果将建安文人的生命情绪与战乱前汉末社会的生命情绪相比较，可以说是少了一些颓废、单纯伤感的成分，而多了一种悲愤苍凉的色彩。乱前汉末社会的各种带有颓废色彩的生命情绪，主要流行于统治者和豪富吏民之间，普通文士亦深受感染。其发生的直接现实原因是汉末现实的恶化，带有某种末世的色彩，也可以说是对即将到来的大乱的预感性的反应。早期道教经典《太平经》也曾以宗教的方式表现这种末世情绪。东汉前期政治局面相对安定，君主在形象上集道统、皇统于一身，在臣民中有很高的政治威望。安、顺以降，多为幼帝即位，母后摄政，外戚专权，这很容易让人联想起西汉末的政治格局，以及政治上的不安定因素。桓、灵时代，宦官专权，更是臣民们所深感不安的现象。汉人本就深信天道意志，在这方面表现得十分敏感。在统治者的威望一落千丈之时，自然界的灾变怪异对人心的影响变得异常显著，它甚至是酿成社会变乱的重要原因，新莽篡政与农民起义都利用了这种社会心理。桓、灵之世，主荒政谬，灾异屡显，又让一般臣民的心理变得十分脆弱，产生乱世将至的惶惑。这种心理同样存在于朝廷君臣之间，灵帝光和初为灾变事屡下诏问，有“比灾变互生，未知厥咎，朝廷焦心，载怀恐惧”之语，而蔡邕的答问，直云“伏思诸异各应，皆亡国之怪也”[1]。他认为只有重视天责，努力补救弊

---

① 蔡邕《对诏问灾异八事》，《全后汉文》卷七〇，严可均辑《全上古三代秦汉三国六朝文》第1册，第857页。

政,才可转危为安。蔡邕的话,其实代表了一种普遍的社会心理,汉末的黄巾起义正是利用了这种心理。

在对乱世的严重预感中,颓废奢靡之风最易发生,人们的生命情绪也最难安定,许多行为势必染上醉生梦死的色彩,尤其是贵富阶层。应劭《风俗通义》记载了桓灵年间以哀为美的社会风俗:

> 桓帝元嘉中,京师妇人作愁眉、啼妆、堕马髻、折腰步、龋齿笑。愁眉者,细而曲折;啼妆者,薄拭目下若啼痕;堕马髻者,侧在一边;折腰步者,足不任体;龋齿笑者,若齿痛不忻忻。始自梁冀家所为,京师翕然皆放效之。……
>
> 灵帝时,京师宾婚嘉会,皆作魁櫑,酒酣之后,续以挽歌。魁櫑,丧家之乐;挽歌,执绋相偶和之者。天戒若曰:国家当急殄瘁,诸贵乐皆死亡。①

应劭所说的"天戒",正是当时社会心理的真实写照。但当大战乱真正发生后,颓废的世风及与之相应的生命感伤情绪却不再有其存在的条件,人们遭遇的是真正的乱离和死亡。战乱加上瘟疫,死神的威力正空前地肆虐。所谓生命短暂、寿夭无定以及对自然死亡的悲愁情绪,已经不是主要的生命问题,非自然死亡的剧增,才是令人最感悲愤、留下深深心灵创伤的现象。

建安诗歌最早的一批作品所表现的生命主题,主要不是感伤个人的生死之期,而是悲哀万姓死亡、生灵涂毒。在诗人们的眼里,正在走向死亡的不是个体,而是整个社会、类群。生民道绝的恐惧使他们惊慑。曹操用《薤露》《蒿里行》这两支挽歌来写时事,其深意一直鲜为人知。其实,这正是对于大生命死亡的一种体验,是为宗庙燔丧、万民死亡所作的空前绝后的大挽歌:"贼臣持

① 《全后汉文》卷四一,严可均辑《全上古三代秦汉三国六朝文》第1册,第697页。

国柄，杀主灭宇京。荡覆帝基业，宗庙以燔丧。播越西迁移，号泣而且行。瞻彼洛城郭，微子为哀伤。”[①]这是哀挽君国。“铠甲生虮虱，万姓以死亡。白骨露于野，千里无鸡鸣。生民百遗一，念之断人肠。”[②]这是哀挽万姓。证之“《薤露》送王公贵人，《蒿里》送士大夫庶人”之语，若合符契。但是，汉人旧有的观念是君国臣民，实为一体，是一个完整的大生命；现在正在死去的不是某个小生命，而是整个大生命。其悲愤之深广，岂战乱前个体忧生情绪可比？大死亡的情景也出现在其他诗人的笔下，如“天降丧乱，靡国不夷”[③]，“出门无所见，白骨蔽平原”[④]。在这类作品中，最应注意的是女诗人蔡琰以自身悲惨的生命经历为核心而创作的反映人类生命大灾劫的《悲愤诗》。蔡琰是汉末文学名家蔡邕的女儿，初嫁河东卫仲道，夫亡无子，归居父母家。献帝兴平中，董卓作乱，她在乱离中被胡骑掳获，没入南匈奴，为左贤王所得，在胡地十二年，为他生了两个儿子。后为曹操遣使赎归，重嫁陈留董祀。《悲愤诗》就是写诗人的这些生命遭遇，可它的深刻性在于并非只写个人的哀伤，而是写出乱世群类共同的生命遭遇。诗人悲愤的是生命如此横遭摧残，其写平民为胡羌军队所掳的途中情形，最为惊心动魄：

平土人脆弱，来兵皆胡羌。猎野围城邑，所向悉破亡。斩截无孑遗，尸骸相撑拒。马边悬男头，马后载妇女。长驱西入关，迥路险且阻。还顾邈冥冥，肝脾为烂腐。所略有万计，不得令屯聚。或有骨肉俱，欲言不敢语。失意几微间，辄言毙降虏。要当以亭刃，我曹不活汝。岂复惜性命，不堪其

① 《魏诗》卷一曹操《薤露》，逯钦立辑校《先秦汉魏晋南北朝诗》上册，第347页。
② 《魏诗》卷一曹操《蒿里行》，逯钦立辑校《先秦汉魏晋南北朝诗》上册，第347页。
③ 《魏诗》卷二王粲《赠士孙文始》，逯钦立辑校《先秦汉魏晋南北朝诗》上册，第358页。
④ 《魏诗》卷二王粲《七哀诗》，逯钦立辑校《先秦汉魏晋南北朝诗》上册，第365页。

> 詈骂。或便加棰杖,毒痛参并下。旦则号泣行,夜则悲吟坐。欲死不能得,欲生无一可。彼苍者何辜,乃遭此厄祸。[1]

无辜苍生遭到这样的厄祸,生命的尊严被肆意践踏,诗人所要表现的正是这样的主题。诗的后半部写诗人回到家乡后,发现亲人死丧已尽,"城郭为山林,庭宇生荆艾。白骨不知谁,纵横莫覆盖"。整首诗就是一曲回肠荡气的生命悲歌。

残酷的现实促使文人们关怀全体生命的生命意识的觉醒,悲剧性的生命体验由以个人为对象扩大到以所有的生命为对象。这是一种具有时代意义的精神发展。虽然由于复杂的政治背景的制约,这种关怀大生命的意识没有发展为自觉的人道主义,但它确实促进了那个时代有良心的人们的人性自觉,促使他们产生社会责任感。

从文学创作方面来看,除上述悲愤苍凉的悲叹苍生遭劫的作品外,在一些反映现实生活的作品中,我们也发现建安诗人对族群生命的关怀在增多。一个普通的甚至是微渺的生命的悲剧遭遇,会引起诗人们深切的关注,并且在作品中表现它。王粲《七哀诗》中所写的弃儿与其母亲,阮瑀《驾出北郭门行》中受到后母凌虐的孤儿,陈琳《饮马长城窟行》中的筑城兵士和他们的妻子,都是一些不幸的普通人。诗人出于社会责任感表现他们,而这种社会责任感的深层意识正是对族群生命的关怀。在这里,生命与生命是平等的,每一个生命,它本身都具有宝贵的价值。汉乐府民歌中多写民生疾苦之事,如《孤儿行》《妇病行》《东门行》之类,但此种风气在汉末文人诗中基本上消歇了,《古诗十九首》等作品主要是着眼士人自身的遭遇。建安诗人则以上面所讲的那种精神发展为契机,恢复了乐府民歌的现实精神。早期作品中这种特点

---

① 《汉诗》卷一,逯钦立辑校《先秦汉魏晋南北朝诗》上册,第199—200页。

是明显的，后期的创作中，这种精神也没有完全消歇。尽管后期作品的题材领域扩大了，可写民生疾苦的作品仍然是其中的一个种类。曹丕是一个有着严重的生命感伤情绪的诗人，他在表现自身生命情绪的同时，也关注他人的生命遭遇。阮瑀妻守寡艰辛，曹丕作《寡妇诗》《寡妇赋》，并倡议其他诗人一起作。刘勋妻王氏被丈夫所出，曹丕作《代刘勋妻王氏杂诗》表示同情，其《出妇赋》似亦为此事而作。又如其见挽船士兄弟之别，作《见挽船士兄弟辞别诗》，同时徐幹亦作《于清河见挽船士新婚与妻别诗》。曹丕的《燕歌行》写征夫思妇之苦，也应该属于这一类。曹植不仅在诗中表现对同群友朋命运的关怀，还作了《泰山梁甫行》这样对民生疾苦表现深切同情的作品："八方各异气，千里殊风雨。剧哉边海民，寄身于草墅。妻子象禽兽，行止依林阻。柴门何萧条，狐兔翔我宇。"[①]诗人最后用了第一人称"我"，表现自身与边海穷民之间生命的平等感。

从上面论述可见，建安文人以时代变乱为契机，扩大了自身的生命境界，将东汉后期所酝酿的主要以生命感伤为主的个人情绪，发展为对大生命体的关怀，为他们确立坚定的伦理价值生命观提供了一个重要前提。生命共同面临的危机，使这种具有大生命意识的生命情绪加强，当然其基本的思想基础，则是拯道济世的生命价值观。

二、生命短暂与终极关怀

建安文人不仅因乱世遭遇复苏了对大生命的关怀情绪，而且因清醒地意识到个体生命的短暂而产生强烈的终极关怀情绪。这两种关怀是联系在一起的，建安文人对个体生命的终极关怀是

① 《魏诗》卷六，逯钦立辑校《先秦汉魏晋南北朝诗》上册，第426页。

通过对群体大生命关怀的具体行动体现出来的。两种关怀的同时存在,使建安文人能够比较完美地将社会责任感即济世弘道的志愿与个人的建功立业以期不朽的理想结合在一起。

不同的人有不同的终极关怀。终极关怀的不同,取决于对生命本质,也就是生命本体观的不同认识,所以仍然有必要从建安文人的生命本体观入手来谈他们的终极关怀。我们之所以在上一章中反复讨论建安文人与神仙长生观念的关系,意图也正在于此。显然,对于深信神仙长生观念的人来说,追求肉体生命的永恒是他们的终极关怀。尽管神仙家有时也讲社会道德,也关怀社会和国家,道教在这些方面表现得尤其突出,但这不是道教之所以为道教的根本原因,道教只是把长生成仙之外的其他关怀作为中介,他们提倡行善,其理由是积善可以成仙,至于他们常常对国家君主表现出热烈关怀和念念不忘的情绪,主要是为了得到君主及世俗官僚的护教、崇教。对于将要讨论的建安文人,可以明确他们基本上摆脱了神仙长生幻想的干扰,而且总的说来,是摆脱得比较彻底的,这是他们建立起纯粹自觉的道德伦理价值生命观的重要前提。

为了把这种前提阐述得更加清楚,也为了对建安文人基本的生命观有更加全面的了解,我们有必要对他们的灵魂观念作一些探讨。因为这种观念也足以引起一种终极关怀,尤其是当它得到完全的发展时。

作为对意识到的问题都力求作出理性思索的建安文人,在灵魂问题上却没有作正面的理论探讨。其实不止建安时期,就是整个魏晋时期,这个问题似乎都没有引起思想界的注意。出现这种现象,其原因可能有两方面:一是他们一如既往地继承着灵魂观念,不加思索和怀疑;另一方面是他们没有从灵魂的角度建立起他们的生命关怀,因此对它采取比较淡漠的态度。对于建安文人和魏晋文人来说,后一方面原因是主要的。

建安文人是比较彻底的自然论者，他们认为形体纯粹是一种物质，没有永久存在的可能："夫形体固自朽弊消亡之物"（《中论·夭寿》引荀爽[①]语），"造化之陶物，莫不有终期"，"腾蛇乘雾，终为土灰"[②]，"棺椁足以朽骨，衣衾足以朽肉而已"[③]，可见他们对生命物质性的认识是比较彻底的。那么，他们在生命朽弊、物化的认识中，是否也包含了精神魂魄与肉体共朽腐的看法呢？也就是说，他们对死后有无灵魂存在这个问题是怎么考虑的？是不加思索地接受传统的灵魂观念，还是有所怀疑甚至否定？看来这个问题比较复杂，不同的个体有不同的体会。《中论·夭寿》记荀爽云："夫形体者，人之精魄也。"[④]他所说的形体显然包括肉体与精神两部分，也就是生命的完整意义。而考虑到他接着又说"形体固自朽弊消亡之物"，可以肯定他认为精魄随肉体一起消亡。受荀爽思想影响很深的荀悦，似乎也是这样理解肉体与精神的关系的。《申鉴·杂言下》："或问性命。曰：'生之谓性也，形神是也。所以立生、终生者之谓命，吉凶是也。夫生我之制，性命存焉尔。君子循其性，以辅其命，休斯承，否斯守，无务焉，无怨也。'"[⑤]这段话主要讨论"命"的问题，但以形神为立生之资，则生命终没之时神与形也应该是并尽的。从思想史背景来看，王充在《论衡》中已经比较彻底地否定了人死后灵魂存在甚至变化为鬼神等迷信观念。《论衡》在汉末士人中影响不小，蔡邕、王朗等大名士都看重

① 荀爽没有生活到建安时期，我们之所以在讨论建安文人的思想时引述他的观点，是因为他的思想对建安文人有直接的影响，他的子侄辈荀彧、荀悦、荀攸（孙辈）都是建安时期的重要人物。

② 《魏诗》卷一曹操《精列》《步出夏门行》，逯钦立辑校《先秦汉魏晋南北朝诗》上册，第347页。

③ 《全三国文》卷八曹丕《典论·终制》，严可均辑《全上古三代秦汉三国六朝文》第1册，第1098页。

④ 《中论校注》，徐幹著，徐湘霖注，第205页。

⑤ 《申鉴注校补》，荀悦撰，黄省曾注，孙启治校补，第195—196页。

此书,则其思想对汉魏之际的文人应该是有影响的。在日常的生活行事中,建安文人似乎没有发生灵魂、鬼神之类的神秘联想。

但是,人的心理是复杂的,对待生命问题尤其如此。在日常的世俗行为中,建安文人没有受死后灵魂之有无这类问题的困扰,但当真正想到死后的问题时,又对灵魂发生依依的想望。自称不信天命的曹操,当其临死之时,却吩咐让他生前的婢妾伎人居铜雀台,"善待之,于台堂上安六尺床,施繐帐,朝晡上脯糒之属,月旦、十五日,自朝至午,辄向帐中作伎乐"[①]。想不到曾经说过自己死后婢妾都当出嫁的曹操,却一反他一贯通达的作风,幻想死后的灵魂仍能继续生前的享乐,可见情欲是导致个体生命迷思的主要原因。在这里,我们不禁对建安文人的灵魂观念发生扑朔迷离的印象。其实,包括曹操在内的建安时期之人,当他们真正思索此事时,其态度也是十分矛盾的。曹丕的遗嘱《终制》比较真实地反映了他对这个问题的矛盾看法[②]。在三曹中,曹丕的生命观向来是最通达的,譬如对于神仙,他始终持否定态度。现在且看他是怎样处于生死之际的。他写遗嘱的主要目的就是要求对他实行薄葬,认为厚葬是衰世风俗,非上古之制。他主张薄葬,说明他对死有着比较通达的态度,认为死亡是肉体归于物化,吩咐"寿陵因山为体,无为封树,无立寝殿,造园邑,通神道"。他认为埋葬等于埋藏,"夫葬也者,藏也,欲人之不得见也。骨无痛痒之知,冢非栖神之宅,礼不墓祭,欲存亡之不黩也,为棺椁足以朽骨,衣衾足以朽肉而已"。贵为皇帝,却希望自己的坟墓不为人所知,甚至不要后裔去墓地祭祀,真正是"一死了之"!但我们再往下看时,却发现他要求薄葬的主要原因还是有鉴于汉氏诸陵被

① 《全三国文》卷三曹操《遗令》,严可均辑《全上古三代秦汉三国六朝文》第2册,第544页。

② 见《三国志》卷二《魏书·文帝纪》,第1册,第81页。

盗："丧乱以来，汉氏诸陵无不发掘，至乃烧取玉匣金缕，骸骨并尽，是焚如之刑也。"在这时，他不禁又产生亡灵涂毒之苦的想象。说薄葬不封树，"使魂灵万载无危，斯则贤圣之忠孝也"。这与他刚刚说过的"骨无痛痒之知，冢非栖神之宅"是矛盾的，说明他的力主薄葬，不完全因为死后一切无知的观念。但曹丕对死后灵魂存在之说又是怀疑的。《终制》中说到皇后及贵人以下的后宫嫔妃不同墓随葬而葬涧西这件事时说："魂而有灵，无不之也，一涧之间，不足为远。"想象死后仍可与嫔妃来往；又说嗣君如不坚遵其嘱，"使死者有知，将不福汝"。但"魂而有灵"、"使死者有知"这两句话，都是以假设的口气说的，可见曹丕对这个问题是暧昧不清的。他的这种态度，在建安时代的知识阶层中大概是有代表性的。曹操那样做，也只不过是临死一念而已，是其强烈的恋生情绪的流露，陆士衡《吊魏武帝文》说魏武临死前的这种种徒然的安排，与他简礼薄葬的主张颇为矛盾："既晞古以遗累，信简礼而薄葬。彼裘绂于何有，贻尘谤于后王。嗟大恋之所存，故虽哲而不忘。"[①]陆机将之归结为曹操在临死之际对生的大恋，遗憾像他这样的哲人也有这种种徒然的希望。

在建安文学作品中，偶尔出现灵魂的意识，则主要出现在悼念亡者和想象死后的场合。曹丕《短歌行》悼念其父有"神灵倏忽，弃我遐迁"[②]之句，曹植《赠白马王彪诗》哀伤其弟任城王彪朝会时死于京师，亦云："奈何念同生，一往形不归。孤魂翔故域，灵柩寄京师。"[③]所表现的即是死后形神分离、形朽神存的观念。但哀悼类作品如此措辞，自是其文体所固有，即使今人，也会借助此种灵魂观念以措辞，寄托内心的哀思。事实上，作为原始"遗留"

① 《全晋文》卷九九，严可均辑《全上古三代秦汉三国六朝文》第2册，第2030页。
② 《魏诗》卷四，逯钦立辑校《先秦汉魏晋南北朝诗》上册，第389页。
③ 《魏诗》卷七，逯钦立辑校《先秦汉魏晋南北朝诗》上册，第453页。

的灵魂观念,一直是文学的基本主题。除此类表现外,值得注意的是,阮瑀有两篇作品接触到灵魂这个主题。阮瑀是建安诗人中生命悲哀意识最突出的一位,这与他体弱多病、仕宦不达有关系。他的诗大体都是悲哀为主:

> 民生受天命,漂若河中尘。虽称百龄寿,孰能应此身。犹获婴凶祸,流落恒苦辛。[①]

可见乱世中的建安士人,不独哀伤生之必死,更有难得正命尽年而夭的恐惧。阮瑀在触及死亡的主题时,却颇为特殊地发生了灵魂想象:

> 丁年难再遇,富贵不重来。良时忽一过,身体为土灰。冥冥九泉室,漫漫长夜台。身尽气力索,精魂靡所能。嘉肴设不御,旨酒盈觞杯。出圹望故乡,但见蒿与莱。[②]
>
> 白发随栉堕,未寒思厚衣。四支易懈倦,行步益疏迟。常恐时岁尽,魂魄忽高飞。自知百年后,堂上生旅葵。[③]

汉魏之际,生命主题在文学中占有很大比重,可真正表现死亡的作品是极少数的。建安文人感慨生命短暂的主要原因不是恐惧死亡,而是忧虑个人价值不能及时实现。阮瑀因体弱多病,并且受过曹操精神上的打击,所以在诸子中,他的功业之望也许是最淡的。因此,他感伤生命,直接与悲哀死亡联系着。“死亡”是最难表现的主题,死后情形的想象也只有以“灵魂”为主体。所以,不能据此类作品判定作者的灵魂观念有多深。另外,上引二诗对灵魂的存在方式的想象也表现出有趣的差异。第一首诗中的“精魂”栖息在圹穴之中,“冥冥九泉室,漫漫长夜台”,他除尚能感知

---

① 《魏诗》卷三阮瑀《怨诗》,逯钦立辑校《先秦汉魏晋南北朝诗》上册,第381页。

② 《魏诗》卷三阮瑀《七哀诗》,逯钦立辑校《先秦汉魏晋南北朝诗》上册,第380页。

③ 《魏诗》卷三阮瑀《佚题诗》,逯钦立辑校《先秦汉魏晋南北朝诗》上册,第381页。

曾有的“自我”、并知故乡之所在外，其他种种活人所有的生命能力都消失了。对灵魂作这样的想象，自然无法慰藉生人忧死之情于万一，这里更发生不了终极关怀，因为真正作为宗教信仰的灵魂观念是与升天、来世、成神等情节紧紧联系在一起的，徒然无为、默默栖息的灵魂，让人产生不了任何温馨的联想。所以与其说是一种灵魂，还不如说是永恒的死亡的代名词。第二首诗的“魂魄”却不是与朽体为伴，静栖圹穴之中，而是弃死亡之体高飞而去。在这里，这高飞的魂魄绝无进入天国的希望。那么它究竟飞往何处呢？单在这首诗中是得不到答案的。它其实源于另一种生命观，《淮南子·精神训》说，天地之“烦气为虫，精气为人。是故精神，天之有也。而骨骸者，地之有也。精神入其门，而骨骸反其根，我尚何存?”[①]这种形神观虽然也认为死后形神分离，但却不同于通常的灵魂观念，更无鬼神之联想。尚存的精神入于神秘的天道生命之门中，不再延续对曾有的自我的感觉，只是一团精气而已。阮瑀所说“魂魄忽高飞”，与这种形神观是接近的，所以离身体高飞的“魂魄”，已经不像静栖圹穴中的“精魂”那样尚能感知“自我”，因而更是毫无意义的东西。归根到底，死亡就是死亡本身，别的什么都不是。这也可以作为我们对建安士人的灵魂观作如此曲折的探讨后的结论。他们纵使存在一些灵魂想象，但终究是淡薄的意识，离宗教境界还有很大的距离。在建安之后相当长的一个历史时期，灵魂观念越来越淡化，尤其到了玄学家那里。

对生命的物质性有清醒认识的建安文人，不可能将他们的终极关怀建立在神仙长生或死后灵魂永生之类的非理性生命观念上。他们真正的终极关怀，只能建立在伦理价值生命观上，传统的立德、立功、立言，是他们真正的归依，这使得这个时代成为注重行动、奋发有为的时代。建安诗歌表现了这种时代精神，尽管

① 《淮南子》卷七，《诸子集成》第7册，第99页。

在不同作者那里体现出不同的个性。

建安时代上层思想的主流,还是属于儒家一派,尤其是在生命价值观、人学思想方面。徐幹的《中论》可以说是建安时代人学思想的总反映。《中论》上卷《治学》《法象》《修本》《虚道》《贵验》《贵言》《艺纪》《核辩》《智行》《爵禄》诸篇,是一个完整的人生思想体系,是对"三立"人生观展开的具体论证。第一篇《治学》,开宗明义即云:"昔之君子,成德立行,身没而名不朽,其故何哉?学也。"学的目的很明确,是为了成德立行,名垂不朽。所以,整个人生就是一个强学进取、立志不懈、奋发向上的过程:

> 故学者如登山焉,动而益高。如寤寐焉,久而愈足。顾所由来,则杳然其远,以其难而懈之,误且非矣。[①]

在漫漫的治学、成德立行的历程中,回首向来之路,杳然其远,但前途同样是无止境的。如果因跋涉的艰难而松懈下来,则是十分错误和失算的。正因为人生治学的艰难易懈,所以作者特别强调立志:

> 子夏曰:"日习则学不忘,自勉则身不堕,亟闻天下之大言则志益广。"故君子之于学也,其不懈犹上天之动,犹日月之行,终身亹亹,没而后已。故虽有其才而无其志,亦不能兴其功也。志者,学之师也。才者,学之徒也。学者不患才之不赡,而患志之不立。是以为之者亿兆,而成之者无几。故君子必立其志。《易》曰:"君子以自强不息。"

这就是建安士人的生命主旋律:立志高远,永远自强不息,像天道之运行。曹操《观沧海》诗,正是通过对宇宙形象的描绘,张扬了奋进、敢于以道配天的主体意识:

---

① 《中论校注》,徐幹著,徐湘霖注,第5页。

> 东临碣石，以观沧海。水何澹澹，山岛竦峙。树木丛生，百草丰茂。秋风萧瑟，洪波涌起。日月之行，若出其中。星汉灿烂，若出其里。幸甚至哉，歌以咏志。[①]

大自然以伟大的运动旋律启迪了诗人，感动了诗人，使此诗在歌颂自然中表现出一种追求崇高理想的生命情调。无论曹诗还是徐论，其表现形式虽然不同，但精神的归趣是一致的。

在《法象》《修本》《虚道》三篇中，徐幹着重论述了士君子的人格修养，将它们归结为一个主题，就是立德。尽管建安士人对“小人之儒”的虚伪的道德形象十分鄙视，提倡通脱之行，可徐幹的这三篇论文并没有否定道德本身，没有放弃人格修养。《修本》篇中认为自我的人格修养是根本：“君子之理也，先务其本，故德建而怨寡。”在此观念引导下，作者建立起自我反省的理论：

> 夫见人而不自见者谓之矇，闻人而不自闻者谓之聩，虑人而不自虑者谓之瞀。故明莫大乎自见，聪莫大乎自闻，睿莫大乎自虑。此三者举之甚轻，行之甚迩，而人莫之知也。故知者举甚轻之事以任天下之重，行甚迩之路以穷天下之远。故德弥高而基弥固，胜弥众而爱弥广。[②]

可见自我反省是人格修养的根本，其目标即为立德。在《虚道》篇中，徐幹提倡以虚为德，唯有虚其心志，才能不断进取，成就远大：“人之耳目尽为我用，则我之聪明无敌于天下矣！”[③]当然，治学和立德的目的仍在于致用。比起汉儒和后来的玄学名士来，建安士人是一个善于行动、务本尚用的群体，所以立德不是抽象的，治学也不是为学而学，而是为用而学。《中论》及时地反映出这种时代

---

① 《魏诗》卷一，逯钦立辑校《先秦汉魏晋南北朝诗》上册，第353页。

② 《中论校注》，徐幹著，徐湘霖注，第38页。

③ 《中论校注》，徐幹著，徐湘霖注，第59页。

精神,在《艺纪》《核辩》《智行》诸篇中,充分地强调了士人行为能力的重要:

> 艺者所以旌智饰能,统事御群也,人所不能已也。艺者以事成德者也,德者以道率身者也。艺者德之枝叶也,德者人之根干也。斯二物者,不偏行,不独立。木无枝叶则不能丰其根干,故谓之瘣;人无艺则不能成其德,故谓之野。若欲为夫君子,必兼之乎。(《艺纪》)[①]

这里的"艺"是才能的泛称,包括政治才能、艺术才能等各方面。重在行动的建安士人,对此作出充分的肯定。在《智行》篇中,作者在强调行为修养为根本的前提下,充分重视才智的作用,并主张对行为要作通达的理解,不能胶执于抽象的道德规范:

> 或曰:"苟有才智而行不善,则可取乎?"对曰:"何子之难喻也。水能胜火,岂一升之水灌一林之火哉?柴也愚,何尝自投于井?夫君子仁以博爱,义以除恶,信以立情,礼以自节,聪以自察,明以观色,谋以行权,智以辨物。岂可无一哉?谓夫多少之间耳。且管仲背君事仇,奢而失礼,使桓公有九合诸侯、一匡天下之功。仲尼称之曰:微管仲,吾其被发左衽矣。召忽伏节死难,人臣之美义也,仲尼比为匹夫匹妇之为谅矣。故圣人贵才智之特能立功立事益于世矣。如愆过多,才智少,作乱有余而立功不足,仲尼所以避阳货而诛少正卯也。何谓可取乎?汉高祖数赖张子房权谋以建帝业,四皓虽美行而何益夫倒悬。此固不可同日而论矣。[②]

在复杂的观念背景下,徐幹要谈清楚这个问题是比较困难的。但是他以"立功立事益于世"为标准来肯定才智的独立价值,认为虽

---

① 《中论校注》,徐幹著,徐湘霖注,第95页。

② 《中论校注》,徐幹著,徐湘霖注,第126页。

然行为不太符合某些道德规范，但只要不是大恶大过之人，即使细节有损，如其才智足为世用，还是可取的。这种观点与曹操《求贤令》《敕有司取士毋废偏短令》《举贤勿拘品行令》中所反映的用人思想基本上是一致的。建安毕竟是暴乱未除、天下未定、百废待兴的多事之秋，所以士人们不谈抽象、迂阔的德行名节。在他们看来，一个士人不应该放弃功业之事而徒尚德行。后来魏明帝诏征管宁，说管宁"盘桓利居，高尚其事"不应诏命，劝说道："不惟古人亦有翻然改节以隆斯民乎，日逝月除，时方已过，澡身浴德，将以何为？"[1]管宁的不出自有他的理由，从历史的长远眼光来看，他的这种行为对后世士人未必没有积极的影响，但明帝的这番话，在那个时代，也不失为推心置腹的通达之语，与徐幹所说的"四皓虽美行而何益夫倒悬"是一样的思想。

建安诗人是注重现实的，但不是实用主义者，而是理想主义者，因为他们最大的愿望是追求生命活动的永恒价值。可由于乱世这个特定的背景，他们执着地认为，功业之建立是垂名不朽的最大保证。在立德、立功、立言三项中，他们最看重的还是立功，立德是作为一种前提而存在的，单纯的立德，如四皓、管宁之流，在建安时代是未被提倡的。至于立言，只是作为立功不成后的一种补偿。当然，广义的功业，也应该包括文章著述等立言行为，曹丕称"盖文章经国之大业，不朽之盛事"[2]，也是首先重视文章的经世功能。曹丕重视文章的思想是比较个人化的，对于大部分建安文人来说，曹植的思想更有代表性。其《与杨德祖书》，虽云"击辕之歌，有应风雅，匹夫之思，未易轻弃"，但旋又自扫其迹，发为壮谈：

---

① 《全三国文》卷九魏明帝《诏青州刺史礼遣管宁》，严可均辑《全上古三代秦汉三国六朝文》第2册，第1102页。

② 《全三国文》卷八魏文帝《典论·论文》，《全上古三代秦汉三国六朝文》第2册，第1097页。

> 辞赋小道,固未足以揄扬大义,彰示来世也。昔杨子云先朝执戟之臣耳,犹称壮夫不为也。吾虽薄德,位为藩侯。犹庶几戮力上国,流惠下民,建永世之业,流金石之功,岂徒以翰墨为勋绩,辞颂为君子哉?若吾志不果,吾道不行,亦将采史官之实录,辨时俗之得失,定仁义之衷,成一家之言。虽未能藏之于名山,将以传之同好。[①]

这是重功业而轻著述,重著述而轻辞赋的观点。曹植对文学创作的热爱是毋庸置疑的,但爱好是一回事,观念又是一回事;爱好是个人性的,观念则受时代的制约。如果观念上已经将文学作为可与现实功业相提并论的一项事业,曹植的晚年心境也不至于凄惶无主,屡次冒然上表请求朝廷试用他。

事实上,无论是曹植还是其他建安诗人,其诗赋创作的热情都未曾发挥到极致。从文学史的角度,我们自然应该充分重视建安文学的地位,称其为诗歌的时代;但如果从历史的角度来看,则我们不能不承认,建安时代首先是一个功业的时代,崇尚功业才是这个时代最大的特征。这是由士人们的价值取向决定的,建安文学也因其表现了这样一种价值取向而显示出时代的精神。如从艺术发展应有的高度来看,则建安文学不能说已达到充分发展的境地,无论就诗人们的潜能还是文学史所提供的可能性来说,都是这样的。从创作方式来讲,自抒其情始终是建安诗人的基本方式,艺术修辞则是次要的。当然,这种情形在邺下文人群体形成后文人切磋竞艺成为风气的时候有所改变,但仍然是应景之意多,锻艺之志弱,这都是因为他们未将文学创作作为生命中的第一价值来对待。所以论其实绩,或可谓建安是文学自觉的时代,但文人的角色定位却未能完成,有自觉的文学,却没有角色意识

① 《全三国文》卷一六,严可均辑《全上古三代秦汉三国六朝文》第2册,第1140页。

自觉的文学家。

三、建安文学对生命价值观念的表现

建安文学就其基本特征来看，表现出浓厚的生命意识，尽管有些作品咏事物、叙恩荣、纪游宴，还停留在生活境界的表现上，但大部分作品直接或间接地表现出对生命的体认和反思。所以，建安文学的主流是属于生命境界的文学，这是建安风骨赖以发生的基本素质。

风骨是坚定的人格体现，坚定的人格指向一种生命的理想。刘桢《赠从弟三首》在这方面是有代表性的：

> 泛泛东流水，磷磷水中石。苹藻生其涯，华叶纷扰弱。采之荐宗庙，可以羞嘉客。岂无园中葵，懿此出深泽。
>
> 亭亭山上松，瑟瑟谷中风。风声一何盛，松枝一何劲。冰霜正惨凄，终岁常端正。岂不罹凝寒，松柏有本性。
>
> 凤凰集南岳，徘徊孤竹根。于心有不厌，奋翅凌紫氛。岂不常勤苦，羞与黄雀群。何时当来仪，将须圣明君。[1]

钟嵘赞刘桢诗“真骨凌霜，高风迈俗”[2]，其印象恐怕主要得之于这组诗。它们用比兴的形象来表现一种生命境界，这种境界典型地属于儒家的士君子型。主人公具备芬芳的美质、坚定的人格和不懈的理想追求，这一切都根植于对一种生命价值坚定而明确的认同。

王粲的《杂诗》则以婉约的形象表现了坚定的追求，柔中见刚，最能反映诗人虽在乱世纷扰中经受曲折的生命历程，但信念

---

① 《魏诗》卷三，逯钦立辑校《先秦汉魏晋南北朝诗》上册，第371页。

② 王叔岷《钟嵘诗品笺证稿》卷上，中华书局，2007年，第156页。

永不改变的形象：

> 日暮游西园，冀写忧思情。曲池扬素波，列树敷丹荣。上有特栖鸟，怀春向我鸣。褰衽欲从之，路险不得征。徘徊不能去，伫立望尔形。风飙扬尘起，白日忽已冥。回身入空房，托梦通精诚。人欲天不违，何惧不合并。[1]

在复杂的政治关系下，诗人把自己的理想追求用恋鸟这个情节象征地表达出来，两者在生命追求的性质上是相同的。“其称文小而其指极大，举类迩而见义远”[2]，王粲、刘桢的诗，都是对屈赋比兴原则的纯熟运用，事实上，生命境界在艺术中的展开，端赖此种联类及物的艺术表现方法。价值观念概括为理论语言是十分简约的，但此种观念成为一种生命境界后，则会有无限的感物联类、无限的顿悟。此诗中王粲以恋鸟这样一个奇特的情节、纯粹虚构的情节，成功地表现了一个宏大的理想。王粲怀抱美才，早年即怀经世之志，但遭遇乱离，托命荆襄一隅之地，且不为刘表所重，其实现生命价值的愿望是一直积郁着的。《登楼赋》就表述彼时诗人的耿耿心志：

> 惟日月之逾迈兮，俟河清其未极。冀王道之一平兮，假高衢而骋力。惧匏瓜之徒悬兮，畏井渫之莫食。[3]

这是建安士人共同的追求，亦是建安文学的主旋律。建安十三年(208)曹操智取荆州，王粲是起到一些作用的。因此事以及后来王粲屡次希望被重用的表现，王粲被时人看作是躁进轻锐之辈，持此种看法的人中，很可能还包括曹操。其实王粲是无辜的，他与荆州刘表没有真正的君臣之谊，只是形式上的关系。他的积极

① 《魏诗》卷二，逯钦立辑校《先秦汉魏晋南北朝诗》上册，第364页。

② 《史记》卷八四《屈原贾生列传》，第2482页。

③ 《全后汉文》卷九〇，严可均辑《全上古三代秦汉三国六朝文》第1册，第959页。

迎取曹操平荆州，是他政治上长久的期待之后合理的表现。管仲“背君事仇，奢而失礼”，但其结果能成就辅佐桓公九合诸侯一匡天下之功，使华夏文化的正脉得以依存，因而得到孔子的赞扬。王粲那个形式上的“君”并未被弑，且此“君”自己也归依曹操，则王粲何责之有？只不过他本着诗人的气质，比那些儒学高名之士表现得更加真率、热情而已。但北归后的王粲，终未被重用，这也许得归咎于他本人期望太大。他的悲剧与曹植何其相似！所以，建安诗人生命境界中最有感染力的地方，在于坚韧的追求。因追求而不得，或至于慷慨激昂，或至于深沉遐思，或至于愁苦恍惚，或至于想象轻举飞升，凡此种种，连环相生，都是建安文人基本的生命情调。

建安抒情诗的情感主调是慷慨激昂、哀而能壮，这也是风骨的基本表现。但这种慷慨激昂、哀而能壮，正是日常的生命情调。这种情调不独为诗歌所有，而且作为建安士人一种日常的心态随处形之于赋颂、书函、章表、诏令等一切文字之中，真可以说是万斛源泉，不择地而出。我们一打开建安时代的文献，心灵的琴弦随时都有可能被拨响，发生慷慨激昂的共鸣。曹操那篇为了政治目的而写的《让县自明本志令》，之所以能引起无数人的爱好，不在于他以巧妙的措辞掩饰其政治野心，而在于它真实地叙出了曹操作为一个普通士人对于生命价值的追求，在平淡朴素的叙述中，表现了动人的、难以掩抑的昂藏：

> 孤始举孝廉，年少，自以本非岩穴知名之士，恐为海内人之所见凡愚。欲为一郡守，好作政教，以建立名誉，使世士明知之。故在济南，始除残去秽，平心选举，违迕诸常侍，以为强豪所忿，恐致家祸，故以病还。去官之后，年纪尚少，顾视同岁中，年有五十，未名为老。内自图之：从此却去二十年，待天下清，乃与同岁中始举者等耳。故以四时归乡里，于谯东五十里筑精舍，欲秋夏读书，冬春射猎。求底下之地，欲以

泥水自蔽,绝宾客往来之望。然不能得如意,后征为都尉,迁典军校尉,意遂更欲为国家讨贼立功,欲望封侯作征西将军,然后题墓道言:“汉故征西将军曹侯之墓”,此其志也。[①]

生命的所有追求,所有风华和绚丽,整个的丰满,最后被风干为一行文字,这是精神的木乃伊,灵魂在这里永生。真正的建安人,他们所轻者爵禄尊养,所重者功德名声:

夫人贵生者,非贵其养体好服,终竟年寿也,贵在其代天而理物也。夫爵禄者,非虚张者也,有功德然后应之当矣。无功而爵厚,无德而禄重,或人以为荣,而壮夫以为耻。(徐幹《中论·爵禄》篇,整篇论述的,也是这种思想。)故太上立德,其次立功。盖功德者,所以垂名也。名者不灭,士之所利。故孔子有夕死之论,孟轲有弃生之义。彼一圣一贤,岂不愿久生哉?志或有不展也。是用喟然求试,必立功也。呜呼,言之未用,欲使后之君子知吾意者也。[②]

“名者不灭,士之所利”,不相信有肉体长生和灵魂永存的建安士人,将所有的终极关怀都寄托在名垂不朽之上。如果有谁被确切地认为已经做到了这一点,他的全部生命就被画上一个成功的句号,旁人是那样欣羡,以至完全忘记自己现实中的尊位。而赍志以殁者,又是那样的令人痛惜:

观古今文人,类不护细行,鲜能以名节自立。而伟长独怀文抱质,恬淡寡欲,有箕山之志,可谓彬彬君子者也。著《中论》二十余篇,成一家之言,辞义典雅,足传于后。此子为不朽矣!德琏常斐然有述作之意,其才学足以著书,美志不

① 《全三国文》卷二,严可均辑《全上古三代秦汉三国六朝文》第2册,第1063页。

② 《全三国文》卷一五曹植《又求自试表》,严可均辑《全上古三代秦汉三国六朝文》第2册,第1136页。

遂，良可痛惜！[1]

志业无成，未能垂名于后世，这对建安士人来说是生命最大的悲哀；而死亡本身，并不足以悲哀。一切事业都在生命内完成，在生命外开花；都在时间内完成，在时间外开花。建安士人深知生命就是一段有限的时间，他们以惊心动魄的心态体验着时间的流逝："少壮真当努力，年一过往，何可攀援？"[2]"日月逝于上，体貌衰于下，忽然与万物迁化，斯志士之大痛也。"[3]"年与时驰，意与岁去，遂成枯落，多不接世，悲守穷庐，将复何及？"[4]此等文词，真可谓"惊呼热中肠"[5]。掌握诗歌艺术的建安诗人，很自然地将此吐之于诗歌，让生命之琴奏弹出最高昂又最悲怀的音律：

> 对酒当歌，人生几何？譬如朝露，去日苦多。慨当以慷，忧思难忘。何以解忧，唯有杜康。青青子衿，悠悠我心。但为君故，沉吟至今。呦呦鹿鸣，食野之苹。我有嘉宾，鼓瑟吹笙。明明如月，何时可掇？忧从中来，不可断绝。越陌度阡，枉用相存。契阔谈宴，心念旧恩。月明星稀，乌鹊南飞。绕树三匝，何枝可依？山不厌高，海不厌深。周公吐哺，天下归心。[6]

生命之短暂，使曹操深切地焦虑治世大业难以完成："不戚年往，

---

① 《全三国文》卷七曹丕《又与吴质书》，严可均辑《全上古三代秦汉三国六朝文》第2册，第1089页。

② 《全三国文》卷七曹丕《又与吴质书》，严可均辑《全上古三代秦汉三国六朝文》第2册，第1089页。

③ 《全三国文》卷八曹丕《典论·论文》，严可均辑《全上古三代秦汉三国六朝文》第2册，第1097页。

④ 《全三国文》卷五九诸葛亮《诫子》，严可均辑《全上古三代秦汉三国六朝文》第2册，第1239页。

⑤ 杜甫《赠卫八处士》，仇兆鳌《杜诗详注》卷六，中华书局，1979年，第512页。

⑥ 《汉诗》卷一曹操《短歌行》，逯钦立辑校《先秦汉魏晋南北朝诗》上册，第349页。

忧世不治。”[①]这时他渴望群贤相助,以成就这共同的事业:“自古受命及中兴之君,曷尝不得贤人君子,与之共治天下者乎?……今天下尚未定,此特求贤之急时也。”[②]《短歌行》以诗的形式表现了曹操这种愿望。统治者对人才的呼吁,更加鼓舞起士人追求功业的理想。汉末外戚专权,宦官执政,进贤之路壅塞,士人的弘道济世热情只有徒形于意气:“冀王道之一平兮,假高衢而骋力!”这岂是王粲一人的愿望,也是几代士人的梦想。一场大战乱,使腐朽的政体成为过去,士人的功业愿望与现实对他的需求之间,达到前所未有的契合。尽管有时个人的政治理念与统治者的政治行为之间仍然存在着矛盾,但这些矛盾在当时的形势下应该说是次要的。其他时代的士人经常表现出的临路迟回、出处难定的心态,在建安士人这里是很少见的。曹操不仅自己以功业为荣,而且也重视他人的功业名誉,曹操的文集中,就有不少表章是为属下论功请赏的。如他屡次为荀彧请封爵,高度评价荀彧的功绩,将他与自己相提并论:“臣自始举义兵,周游征伐,与彧戮力同心,左右王略,发言授策,无施不效,彧之功业,臣由以济。”甚至说:“天下之定,彧之功也。”[③]《请封荀攸表》则云:“军师荀攸,自初佐臣,无征不从,前后克敌,皆攸之谋也。”[④]虽然为人请功以美言为主,但如此实事求是,确实难能可贵。对其余属下,如田畴、郭嘉、张辽,也都曾为其从实请功。曹操承汉末士人领袖推贤褒士、品评人物之遗风,对当世人物多有品议。建安之所以成为士人建功立业的时代,曹操的作用是不容忽视的。他以自己的地位,自己

① 《汉诗》卷一曹操《善哉行》,逯钦立辑校《先秦汉魏晋南北朝诗》上册,第351页。
② 《全三国文》卷二曹操《求贤令》,严可均辑《全上古三代秦汉三国六朝文》第2册,第1063页。
③ 《全三国文》卷一曹操《请爵荀彧表》,严可均辑《全上古三代秦汉三国六朝文》第2册,第1056页。
④ 《全三国文》卷一,严可均辑《全上古三代秦汉三国六朝文》第2册,第1056页。

对生命价值的理解和有效的功罚制度，使得士人各个奋发进取，如百舸争流。所以，建安时期追求功业是一种群体行为，群体的价值取向高度地趋于一致。

但是，理想与现实之间仍然存在着矛盾，尤其是以辞赋记颂的创作著称的一批文士。他们自己都有很高的功业理想，“建功不及时，钟鼎何所铭”[①]，可见他们不甘心做一个掌管簿书、起草檄移的普通文官。但是，客观现实却决定了这些文士在这个功业时代只能成为次要的角色。吴质的《答魏太子笺》就对徐幹、陈琳、刘桢、应玚作了这样的盖棺之论：

> 陈徐刘应，才学所著，诚如来命。惜其不遂，可为痛切。凡此数子，于雍容侍从，实其人也。若乃边境有虞，群下鼎沸，军书辐至，羽檄交驰，于彼诸贤，非其任也。往者孝武之世，文章为盛，若东方朔、枚皋之徒，不能持论，即阮陈之俦也。[②]

吴质评价诸子才能或许是怀有偏见，称不上当时第一流才子的他，隐然以谋略自负，故出言如此。但我们不能不承认，陈徐诸子在生前所充任的正是这样一种角色，对此，他们自己也是意识得到的。王粲建安二十年(215)从征张鲁，作《从军诗》五首，除了记军威之壮盛，颂元戎之神武、从军之苦乐外，也抒写了自己在军中仍无所作为的苦闷心理，如其四云：

> 朝发邺都桥，暮济白马津。逍遥河堤上，左右望我军。连舫逾万艘，带甲千万人。率彼东南路，将定一举勋。筹策运帷幄，一由我圣君。恨我无时谋，譬诸具官臣。鞠躬中坚内，微画无所陈。许历为完士，一言犹败秦。我有素餐责，诚

① 《魏诗》卷三陈琳《游览》，逯钦立辑校《先秦汉魏晋南北朝诗》上册，第368页。

② 《全三国文》卷三〇，严可均辑《全上古三代秦汉三国六朝文》第2册，第1221页。

愧伐檀人。虽无铅刀用,庶几奋薄身。[①]

我们说过,他们奉为最高价值的是以功业垂名,而非以文章传世。在这一点上,七子与曹植在心态上是很接近的。这就使他们的生命价值追求同样遭遇现实的矛盾。“忧从中来,不可断绝”[②],奋进中有感伤,慷慨与低沉相互变奏,建安诗歌常常给我们这样的印象。究其原因,正是由于上述的生命矛盾,时不我待,机遇似近而仍乖。在这个政治主旋律鲜明的时代,文人显然不愿意让这种矛盾激化。他们往往不明言失意者何事,而是将现实遭遇化为一种颇为纯粹的情绪表现出来,或寄之于比兴。王粲《杂诗》、阮瑀《七哀》、刘桢《赠从弟三首》,这些邺下诗坛的代表作,都属于这一类。又如下列作品:

高会时不娱,羁客难为心。殷怀从中发,悲感激清音。投觞罢欢坐,逍遥步长林。萧萧山谷风,黯黯天路阴。惆怅忘旋反,歔欷涕沾襟。[③]

莫名的悲怀从何而来,以致使诗人高会不娱,投觞罢坐,自窜于长林野谷之间?陈琳的另一首同题之作,成为上面这首诗的一个答案:

节运时气舒,秋风凉且清。闲居心不娱,驾言从友生。翱翔戏长流,逍遥登高城。东望看畴野,回顾览园庭。嘉木凋绿叶,芳草歼红荣。骋哉日月驰,年命将西倾。建功不及时,钟鼎何所铭。收念还寝房,慷慨咏坟经。庶几及君在,立德垂功名。[④]

节物变换,大自然一如既往,矫健地驱迁着时气,又从盛暑转入凉秋。但诗人仍觉闲居不乐,于是呼朋邀侣,戏长流,登高城,以舒

① 《魏诗》卷二,逯钦立辑校《先秦汉魏晋南北朝诗》上册,第362页。
② 《魏诗》卷一曹操《短歌行》,逯钦立辑校《先秦汉魏晋南北朝诗》上册,第349页。
③ 《魏诗》卷三陈琳《游览》其一,逯钦立辑校《先秦汉魏晋南北朝诗》上册,第367页。
④ 《魏诗》卷三陈琳《游览》其二,逯钦立辑校《先秦汉魏晋南北朝诗》上册,第368页。

怀抱。但忽然看到园庭中“嘉木凋绿叶，芳草歼红荣”，顿悟向来不娱之意，皆在于此，遂产生浓厚的生命情绪。但诗人没有因此沉入哀伤，而是走向振奋。可是这种振奋不是总能维持的，有时诗人们会觉得这根生命之弦已经无法弹拨得那样高扬嘹亮。且看陈琳的另外一些失题诗句：“仲尼以圣德，行聘遍周流。遭斥厄陈蔡，归之命也夫。”“沉沦众庶间，与世无有殊。纡郁怀伤结，舒展有何由。”[1]“轗轲固宜然，卑陋何所羞。援兹自抑慰，研精于道腴。”[2]最后这句诗，让我们觉察到这样一种迹象：由于功业蹉跎，诗人准备向研精道腴的方向发展。这预示着在日趋复杂的政治背景下，一个哲学时代即将来临。

繁钦的《咏蕙诗》可以说是建安诗歌表现生命主题哀感最深的作品：

> 蕙草生山北，托身失所依。植根阴崖侧，夙夜惧危颓。寒泉浸我根，凄风常徘徊。三光照八极，独不蒙余晖。葩叶永凋瘁，凝露不暇晞。百卉皆含荣，己独失时姿。比我英芳发，鶗鴂鸣已哀。[3]

诗人将自己比作纤微然有芬香的蕙草，托身失所，但仍勉力修洁于艰危之中；然而失时后发，鶗鴂已经哀鸣。对于文人来说，好时光竟是这样的短暂，稍迟一步，就已失之交臂。但难道只是一个迟来早到的问题吗？文人的素质、纯真而又任性的作风，注定他们不能以实现政治理想的方式来达到他们梦想的生命境界。所以，每一种纯真的政治理想，都只能是悲剧。曾经与现实和政治那样契合的建安文人也未例外。

曹植是继屈原之后又一位在文学中表现出宏伟的个体生命

---

① 《魏诗》卷三，逯钦立辑校《先秦汉魏晋南北朝诗》上册，第 368 页。
② 《魏诗》卷三，逯钦立辑校《先秦汉魏晋南北朝诗》上册，第 368 页。
③ 《魏诗》卷三，逯钦立辑校《先秦汉魏晋南北朝诗》上册，第 385 页。

境界的诗人,他将汉魏士人弘道济世的群体理想成功地转变为文学精神。这种精神无疑派生于儒家的士君子人格理想,是儒家生命价值观的体现。曹植在创作上每每以雅颂为旨归,继承了儒家传统的文学理念,但他的创作心态又是汉魏之际的慷慨抒怀,突破了温柔敦厚的诗教。《前录序》云:

> 故君子之作也,俨乎若高山,勃乎若浮云。质素也如秋蓬,摛藻也如春葩,泛乎洋洋,光乎皜皜,与雅颂争流可也。余少而好赋,其所尚也,雅好慷慨,所著繁多,虽触类而作,然芜秽者众,故删定别撰,为《前录》七十八篇。[①]

在这里我们清楚地看到,曹植明确地以君子的身份从事文学创作,他按照自己的理解在文学中重现了君子的人格形象。《薤露行》与《鰕䱇篇》二诗正面地塑造了这种形象:

> 天地无穷极,阴阳转相因。人居一世间,忽若风吹尘。愿得展功勤,输力于明君。怀此王佐才,慷慨独不群。鳞介尊神龙,走兽宗麒麟。虫兽犹知德,何况于士人。孔氏删诗书,王业粲已分。骋我径寸翰,流藻垂华芬。(《薤露行》)[②]
>
> 鰕䱇游潢潦,不知江海流。燕雀戏藩柴,安识鸿鹄游。世士此诚明,大德固无俦。驾言登五岳,然后小陵丘。俯观上路人,势利惟是谋。仇高念皇家,远怀柔九州。抚剑而雷音,猛气纵横浮。泛泊徒嗷嗷,谁知壮士忧。(《鰕䱇篇》)[③]

《鰕䱇篇》是拟汉乐府中的《长歌行》(据吴兢《乐府解题》),它与《薤露行》一样,原本就是表现生命主题的。曹植这里所表现的是典型的弘道济世的精神,在这个主题上,他达到了前所未有的深

---

① 《全三国文》卷一六,严可均辑《全上古三代秦汉三国六朝文》第2册,第1143页。

② 《魏诗》卷六,逯钦立辑校《先秦汉魏晋南北朝诗》上册,第422页。

③ 《魏诗》卷六,逯钦立辑校《先秦汉魏晋南北朝诗》上册,第423页。

度。在《杂诗》其五、其六中，曹植则塑造了感激慷慨、重义轻死的“烈士”形象：

> 仆夫早严驾，吾将远行游。远游欲何之，吴国为我仇。将骋万里涂，东路安足由。江介多悲风，淮泗驰急流。愿欲一轻济，惜哉无方舟。闲居非吾志，甘心赴国忧。[①]
>
> 飞观百余尺，临牖御棂轩。远望周千里，朝夕见平原。烈士多悲心，小人偷自闲。国仇亮不塞，甘心思丧元。拊剑西南望，思欲赴太山。弦急悲声发，聆我慷慨言。[②]

曹植终生不懈追求的理想，是为了“戮力上国，流惠下民，建永世之业，流金石之功”[③]，可是这种追求最后是以悲剧告终的。事实上，以理想开始而以悲剧告终，是大部分建安文人共同的生命历程。也是中国古代怀抱政治理想的大多数士人的共同命运。但曹植在两方面都达到了前所未有的境界。他的悲剧命运释放出屈原之后少见的艺术能量，使一个又一个悲剧性的生命形象从他的笔底出现，他们不再以士人的本来形象出现，而是以游仙、思妇、失意的佳人、投罗的鹞雀等变化的形象出现，但他们又与士人的正面形象有着血肉相连的关系。曹植在寄托方法上的这种创造，也是屈原之后少见的。

总之，可以毫不夸张地说，曹植抒情文学的所有形象，都是他个人生命形象的再现。这里，我们可以更简洁地说，所谓“风骨”，就是具有生命形象的文学所表现出的审美特征。

从本章和前面一章的论述，我们得到这样一些清晰的印象：

---

① 《魏诗》卷七，逯钦立辑校《先秦汉魏晋南北朝诗》上册，第457页。

② 《魏诗》卷七，逯钦立辑校《先秦汉魏晋南北朝诗》上册，第458页。

③ 《全三国文》卷一六曹植《与杨德祖书》，严可均辑《全上古三代秦汉三国六朝文》第2册，第1140页。

建安士人继承东汉思想家疾虚妄的精神,立足于比较坚定的自然生命观上,群体性地排除了神仙长生、灵魂永生等非理性幻想的干扰,将他们的终极关怀情绪坚定地凝聚在儒家士君子型的伦理价值观念上。这正是建安士人生命观的主流表现。总体来看,建安文学是相当向心地凝聚在生命意识上的,这形成了建安文学的精神,从审美鉴赏的角度来讲,即是建安风骨。建安文学的现实精神也是由此而形成的。

汉魏之际是社会的生命意识弥漫、积聚的时期。这种弥漫、积聚的生命意识,成为魏晋的诗歌、艺术和人生哲学的原生点,是文化从两汉型走向魏晋型的内在动力;而汉魏之际显然是对魏晋文化的形成有着决定性影响的文化转型期。

感伤的生命意识之所以成为文化发展的基因,是因为其作为意识运动时具有积聚与消释的双重互生的运动形式。当人们在感到死亡的恐惧、生命的悲哀时,除了沉浸其间,获得一种悲剧美感外,更需要超越、消释这种情绪。诗在汉魏之际的兴起,正是根源于对严重积聚的感伤、悲哀情绪进行消释的需要。人们陶醉于诗与音乐中(汉魏之际的诗人和诗作虽然数量有限,但考虑到当时的诗是与音乐配合传唱,所以其社会流行度应该是相当高的),将自身的生命情绪转化为审美对象,以审美的形式进行感伤体验。因为在审美过程中,生命焦虑感已经大大淡化。以悲哀为宗、追求慷慨激扬的审美趣味的五言诗、清商乐在汉魏之际的流行,正是这种意识运动的产物。

但是,积聚的消释不只依靠诗和音乐或当时可能存在的其他艺术形式,艺术的消释只是一种方式,尽管常常是最圆满、最成功的消释。中古感伤生命的社会意识的积聚,还促成思想上对传统生命观的自觉的回顾。其中儒家的伦理价值生命观和道家的自然哲学生命观,成了最主要的回顾对象。因为对创造这两种生命观的哲人来说,其生命情绪是曾成功地被消释或超越的。这些哲

人的个体生命境界连同他们的思想，对溺于生命悲哀意识中的中古士人产生了很大的魅力，尽管两家的观念差异很大，但都建立在对生死的透彻之悟上。当然，不能说上述两家的生命观在汉代盛期已中断了承传，前面有关章节的论述已经否定了这种看法。但是，两家的生命观始终不是汉代社会占主流地位的生命观，更从来没有形成一种群体性的精神状态。尽管表面上，汉代社会的士君子阶层传承了儒家伦理价值生命，但这种传承就其精神形象来说是苍白的，不是发展得很丰满的；而道家自然哲学生命观，在汉代的知识阶层内，也是一种要么像异端、要么像先知先觉者的思想那样新奇的东西。彻底的生命物化思想无论与天人学生命观还是神仙长生、灵魂观念相比，都有着根本不同的内涵，在汉代它不可能成为较普遍的意识，只有道家的养生思想才以黄老之学的形式在汉代流行，并很快神秘化，最后成为道教的一部分。所以，只有自然死亡的概念稳固后，才可能群体性地回顾儒、道两种生命观，追求通儒或体玄的人格。所谓消释、超越，回顾传统的生命观，也是重要的方式。通过回顾，魏晋文化的主题得到深化；通过回顾，勾连起我国古代思想精神发展史的断绪，使魏晋士阶层与先秦士阶层在精神上发生了感应，成为魏晋文化发展的契机。

当然，魏晋士人的消释方式并非只有文学和哲学这两种方式，但这两种方式无疑是最主要的。概括而言，生命意识（主要指感伤、悲哀型，因为它们才是真正的文化动力）、诗、哲学三者构成魏晋文化的基本主题。就其发生情况来看，生命意识是诗和哲学的根源；但就其完成形态即作为一种历史的文化现象来看，诗和哲学又成为生命意识的载体。

第十五章　玄学生命观及其文学表现

曹魏作为一个政权集团，经历了三个历史阶段：即曹操时代（建安时代），曹丕、曹睿时代和三少主时期。前两个时代又合称三祖时代，它是曹魏政权集团从兴起到壮大并走上顶峰的时期。第三个阶段即三少主时期，历史上也常称为魏晋易代之际，它是司马氏集团从兴起到壮大的时期。表面上看，魏晋易代和汉魏易代在形式上是那样一致，后者几乎可以说是照抄前者，但实质却很不相同。汉朝的政权在董卓作乱时就已经灭亡，曹操使它在形式上延续下来，它与实际权力已经完全脱节。当然，任何存在的事物不可能完全是一个形式，至少在观念、礼仪上面，汉朝仍然现实地存在着。曹操自己也是充分重视这个现实的，这甚至影响到他的心灵深处，至少在诗歌里，我们看到，曹操在大多时候是以一个带着忧郁气质、近乎失意者的形象出现的。对于这一点，历史学家还没有给以足够的重视。不愿意正视专权强人内心的软弱之处，也许是我们研究历史时常犯的错误，一些重要的事实往往就轻易地从我们的视野中溜走。这个补充说明似乎有些离题，可我们还是要点出，曹操面对的基本上是一个形式上的汉朝，而司马氏父子却面对着一个实际存在的政权集团。司马氏政权集团是直接脱胎于曹魏集团的，所以魏晋易代与汉魏易代形式虽同而实质不同，它是一个政治上较量激烈的时期。处在两个不同时期的士人，心态也是完全不同的。伴随汉魏易代的历史产生了建安文化；而伴随魏晋易代，则产生了正始文化。这两个高峰分别处

于曹魏统治历史的兴起壮大期与衰落期。上面所叙的基本上是一些历史事实，目的是想为阮籍、嵇康的玄学生命观及文学生命主题的研究提供一个背景。不面对这个背景，难以对它们作出透彻的分析。阮籍、嵇康是正始文化的代表，是正始的诗和玄学的顶峰人物，更是在魏晋时代的生命观、文学生命主题的发展上具有特殊地位的人物。所以在谈正始文化的生命观和文学生命主题时，我们打算采用分析中心人物以见出其整体文化背景的方式。

一、从建安到正始群体生命价值观的历史性转变

从建安时代到正始时代，社会的价值观念发生了根本性的变化，玄学发生的内在动因正在这里；而玄学的目标，也完全可以看成是在完成社会价值观体系的一次重构。在整个价值观体系中，生命价值观实为最核心的部分。建安到正始的价值观的历史性的全方位变化，正是从对伦理价值生命观的反思中悄悄开始的，而且是在建安文人那里萌芽的。当曹操在《秋胡行》中歌唱“明明日月光，何所不光昭。二仪合圣化，贵者独人不？万国率土，莫非王臣。仁义为名，礼乐为荣”时，诗人因此而淡化了他对死亡的忧虑，并且表示所虑者在于世之未治，不在于命之短浅：“不戚年往，世忧不治。存亡有命，虑之为蚩。”应该说他对生命的价值取向已经很明确了。可是在另一面，就在此诗结尾之处，我们却发现诗人生命价值取向上的疑惑心态：

> 戚戚欲何念，欢笑意所之。壮盛智惠，殊不再来。爱时进趣，将以惠谁？泛泛放逸，亦同何为？歌以言志，戚戚欲何念？[1]

[1] 《魏诗》卷一，逯钦立辑校《先秦汉魏晋南北朝诗》上册，第350—351页。

在这里,我们发现曹操的生命矛盾:欲乐仍忧戚,一方面说要趁壮盛智慧之时努力进取,可另一方面又发出“爱时进趣,将以惠谁”的疑问,对建功立业、垂名于后的生命价值观产生了怀疑。但诗人又自问,如果不爱时进取,而是“泛泛放逸”,过一种放任自流、不负责任的享乐主义者的人生,又像什么样子呢?曹操的例子,让我们看到个体生命观的复杂性,也让我们感到,没有任何一种生命价值观能真正像真理一样经得起论证,各种生命价值观之间彼此否定、取代的情况极易发生。曹操的怀疑,当然完全是自发的,没有明显的意识背景。但仲长统的表现,则完全是自觉地从弘道济世转向个体生命的精神超越,即由儒转为道。这个问题在第十一章第一部分中曾论说过,现在从新的角度对它再作论述。仲长统的《见志诗》十分完整生动地呈现了他在精神上的这种转变:

> 飞鸟遗迹,蝉蜕亡壳。腾蛇弃鳞,神龙丧角。至人能变,达士拔俗。乘云无辔,骋风无足。垂露成帏,张霄成幄。沆瀣当餐,九阳代烛。恒星艳珠,朝霞润玉。六合之内,恣心所欲。人事可遗,何为局促。(其一)
>
> 大道虽夷,见几者寡。任意无非,适物无可。古来绕绕,委曲如琐。百虑何为,至要在我。寄愁天上,埋忧地下。叛散五经,灭弃风雅。百家杂碎,请用从火。抗志山西,游心海左。元气为舟,微风为柁。敖翔太清,纵意容冶。(其二)[①]

作者以“大道”为旨,而要“叛散五经,灭弃风雅”。诗人借用游仙形式塑造了一个超现实的“至人”“达士”的形象,所谓超现实,实际上是指生活于现实而又不受任何现实关系、现实观念所支配的人。这当然是一种理想,也是一种幻想。其实现实生活中根本不

---

① 《汉诗》卷七,逯钦立辑校《先秦汉魏晋南北朝诗》上册,第205页。

可能出现具有这种超现实形象的人物，所以只能以游仙的形象来象征它。仲长统的精神变化完全是由于生命价值观念的变化引起的，他放弃了现实生命价值，追求超现实生命价值。

当然，仲长统代表的只是他个人，或者说在群体还在对现实行为中实现个体生命价值这种观念抱着宗教般的热情时，他独自游离出来，成为一个超前的形象。但是，反思的萌芽从其他个体身上也能看到，甚至出现在曹操的身上。前面我们曾说到过，建安士人在实现生命价值上也受到一定的阻碍，这种阻碍迫使他们进一步思考生命价值，除了生前的功业富贵和身后的荣名外，生命难道就没有别种价值了吗？事实上，游离在当时的政治现实之外，以另一种方式实现生命价值的个体是存在的。这里不是指仲长统，而是指邴原、管宁，他们在当时影响甚大，甚至是一种典范。他们的生命价值在于"抱道怀贞"，这个"道"的内涵我们不大清楚，有可能是儒家的"道"，也有可能是道家的"道"，更有可能是儒道合一的"道"。但不管他们自身是怎样的体验，社会上甚至当局者是这样认识他们的：

> 邴原名高德大，清规邈世，魁然而峙，不为孤用。闻张子颇欲学之，吾恐造之者富，随之者贫也。[①]
>
> (管)宁抱道怀贞，潜翳海隅，比下征书，违命不至，盘桓利居，高尚其事，虽有素履幽人之贞，而失考父兹恭之义。使朕虚心，引领历年，其何谓邪？徒欲怀安，必肆其志，不惟古人亦有翻然改节以隆斯民乎？日逝月除，时方已过，澡身浴德，将以何为？[②]

---

① 《全三国文》卷二曹操《为张范下令》，严可均辑《全上古三代秦汉三国六朝文》第2册，第1063页。

② 《全三国文》卷九曹睿《诏青州刺史礼遣管宁》，严可均辑《全上古三代秦汉三国六朝文》第2册，第1102页。

当局的心情是这样的复杂,显然对这类人的行为十分不满,可又不能不承认他们代表着"道"和"德"。这种圈外人的行为方式,对圈内人的心态不可能一点影响都没有。仲长统的情形我们不知道,张范的行为据曹操说是慕仿邴原,曹操下此令,恐怕不仅是针对张范个人,也是在提醒有此倾向的某些人。在这些地方,政治家的心跟恋人的心一样敏感。阮瑀可能是希望走邴原那个路子的。晋人张隐《文士传》载:

> 太祖雅闻瑀名,辟之,不应,连见偪促,乃逃入山中。太祖使人焚山,得瑀,送至,召入。太祖时征长安,大延宾客,怒瑀不与语,使就技人列。瑀善解音,能鼓琴,遂抚弦而歌。……为曲既捷,音声殊妙,当时冠坐,太祖大悦。[①]

裴松之认为此事是虚构的,但这种行事很符合曹操的性格,我们不妨将它看作当时曾经发生的同类事情的投影。在这些事情上,曹操是颇为势利且近于狡诈的。在他看来,阮瑀根本不够资格摆这个谱。但阮瑀本人也确实对现实功名表示出失望放弃,这从他的诗中可以看出:

> 四皓潜南岳,老莱窜河滨。颜回乐陋巷,许由安贱贫。伯夷饿首阳,天下归其仁。何患处贫苦,但当守明真。[②]

"明真"就是"道",放弃现实中的功名富贵,生命仍可以有"守明真"这样一种价值。有意思的是,徐幹在《中论·智行》篇中对四皓行为表示了不全肯定的观点,阮瑀却要以四皓这一类人为榜样。可曹丕却又赞扬徐幹本人"恬淡寡欲,有箕山之志"[③],离管宁

---

① 见《三国志》卷二一《王粲传附阮瑀》裴松之注引《文士传》,第3册,第600页。

② 《魏诗》卷三阮瑀《隐士》,逯钦立辑校《先秦汉魏晋南北朝诗》上册,第381页。

③ 《全三国文》卷七《又与吴质书》,严可均辑《全上古三代秦汉三国六朝文》第2册,第1089页。

之流似乎也只有一步之遥。扑朔迷离的现象，正反映了人们观念上的复杂性。另一位诗人陈琳虽有热切的功业愿望，可也表示如果真的无望，也不妨“研精于道腴”[①]。当然，各人的具体理解都不一样，不能一概而论。但总的看来，上述的行为和思想构成了对作为建安时代的主流的以建功立业垂名后世的价值观的一种反思倾向，这是建安到正始生命价值观变化的前奏。

在群体生命价值观的历史性转变中，曹植是一个关键性的个体。他是汉魏士人弘道济世人格的热烈追求者，在理想之崇尚方面，超过了包括他父亲曹操在内的许多建安士人。可是他在生命后期所遭遇的悲剧命运，使他陷于异常的苦闷之中。在长期经受这些体验后，曹植对自己的行为方式产生了一些怀疑，开始接受道家的生命观。《释愁文》是他晚期的一篇心灵独白。文中写自己被极度的愁惨所困扰，“行吟路边，形容枯悴，忧心如焚”，遇到了“玄虚先生”。他向“玄虚先生”诉说愁苦之情，“玄虚先生”开解他说：

> 予徒辩子之愁形，未知子愁何由为生，我独为子言其发矣。方今大道既隐，子生末季，沈溺流俗，眩惑名位，濯缨弹冠，谘诹荣贵。坐不安席，食不终味，遑遑汲汲，或憔或悴。所鬻者名，所拘者利，良由华薄，凋损正气。吾将赠子以无为之药，给子以澹薄之汤，刺子以玄虚之针，炙子以淳朴之方，安子以恢廓之宇，坐子以寂寞之床。使王乔与子携手而游，黄公与子咏歌而行，庄生与子具养神之馔，老聃与子致爱性之方。趣遐路以栖迹，乘轻云以翱翔。于是精骇魂散，改心回趣，愿纳至言，仰崇玄度。众愁忽然，不辞而去。[②]

---

① 《魏诗》卷三陈琳失题诗，逯钦立辑校《先秦汉魏晋南北朝诗》上册，第368页。
② 赵幼文《曹植集校注》卷三《释愁文》，第468页。

儒家的伦理价值生命观退到了背后,道家的生命观登场,作者第一次将他平生孜孜不倦的求名行为放在“大道”之下来批评。这一思想转变具有历史性的意义,因为正始玄学的第一步,就是从对“名”和“为”的反思开始的。另外,这里的老庄思想,是与神仙观念杂糅在一起的,这是受到东汉后期道家神仙家化的影响。当伦理价值的行为被否定后,生命失去了主动进取的精神。在行为和思想上真正做到无为、玄虚,不仅对曹植这样一个临时“改心向趣”的人来说是不可能的,即使是真正的道家服膺者,也是困难的,所以不知不觉地又转向非理性的生命行为。其实,不仅曹植是这样,正始时期的不少玄学家也都从玄道滑向仙道,使仙道在士群中又具有了一定的影响。这个问题,我们在后文中还要谈到。

群体生命价值观念的历史性转变的进一步发展,与正始玄学的无为无名思想的提出有直接的关系。何晏著《无为论》云:“天地万物,皆以无为为本,无也者,开物成务,无往不成者也。阴阳恃以化生,万物恃以成形,贤者恃以成德,不肖恃以免身。故无之为用,无爵而贵矣。”[①]玄学是本体论和方法论紧密结合在一起的。当何晏提出“以无为为本”时,他的结论很快就达到了“无之为用”。其实不妨说后者更是目的,何晏知道,“有”是一个事实,“夫道者,惟无所有者也。自天地已来,皆有所有矣,然犹谓之道者,以其能复用无所有也,故虽处有名之域而没其无名之象”[②]。很明显,何晏是从“无之为用”的目的出发而建立起“以无为为本”的本体观的,处有而体无是他们的政治活动所追求的方式,也是他们所追求的生存方式,尽管实践上离此境界还十分遥远。事实上,

① 《全三国文》卷三九,严可均辑《全上古三代秦汉三国六朝文》第2册,第1274页。

② 《全三国文》卷三九何晏《无名论》,严可均辑《全上古三代秦汉三国六朝文》第2册,第1274—1275页。

何晏、王弼这派的玄学家，仍然是政治上的有为者，在正始年间曹爽当政时，他们辅助曹爽进行政治革新，并与司马懿一派进行政治的较量。但是，他们显然不希望曹爽或其他什么实权人物成为曹操、曹丕这样的“有为有名”的新强权者。因为当明帝死后，齐王芳以幼童之眇身嗣位，曹爽、司马懿等顾命大臣执政，大权旁落已成事实。鉴于历史教训，他们深知这种情况会导致什么样的结果。事实上，亲近玄学家的曹爽未必理解这一点，或者说即使理解也不愿意完全接受，他们还是将这些玄学家当作普通的智囊团人员来看待的：“（王弼）初除，覲（曹）爽，请间。爽为屏左右，而弼与论道移时，无所他及，爽以此嗤之。时爽专朝政，党与共相进用，弼通俊不治名高。”①王弼希望以他的论道使曹爽领悟他应该怎样处好自己的地位，扮演好“处有名之域而没其无名之象”的角色，却没料到枉费心机，空惹无知者的嗤笑。其实，当时真正运用这一招的恐怕还是司马懿，当然在他这里，无为无名更是手段中之手段。

虽然何晏、王弼的无为无名只是手段，并不放弃现实行为，但从生命价值观念来讲，已经在暗暗地发生变化。关键就在从理论上说，处有体无要求从事现实行为的个体首先要放弃个体的求名意识，一个士人想通过功业在生前致位荣显，死后名垂不朽，所谓“戮力上国，流惠下民，建永世之业，流金石之功”②，以这样突出的有为者的个体形象来从事政治及各种世俗事务，是完全不符合玄学无名无为原则的。所以，必须取消个体性，至少在玄学的逻辑上，应该这样做。何晏在注《论语》中“毋我”之义时云：“述古而不自作，处群萃而不自异，唯道是从，故不有其身。”③要达到这种境

① 《全晋文》卷一八何劭《王弼传》，严可均辑《全上古三代秦汉三国六朝文》第 2 册，第 1557 页。

② 赵幼文《曹植集校注》卷一《与杨德祖书》，第 154 页。

③ 《论语注疏》卷九《子罕》，《十三经注疏》下册，第 2490 页。

界,首先要抛弃传统的、世俗的名誉观念,做到无名无誉。为此,何晏在无为的基础上进一步阐发无名之义,作《无名论》云:“为民所誉,则有名者也;无誉,无名者也。若夫圣人,名无名,誉无誉,谓无名为道,无誉为大,则夫无名者可以言有名矣,无誉者可以言有誉矣。然与夫可誉可名者,岂同用哉?”[①]这里有三种境界:有名有誉的境界;无名无誉的境界,也就是民不知其有所为,所以也就不会得到世俗的名誉;以无名为名,以无誉为誉,亦即圣人的名誉。这三种境界,第一种境界是被否定的,第二种境界是被提倡的,第三种境界是自然而达至的。圣人无名,以道为名;以道为名,也就是圣人之名,然此种名与世俗之名截然不同。《论语·雍也》“子谓子夏曰:女为君子儒,无为小人儒”,何晏集解引“孔曰”:“君子为儒,将以明道;小人为儒,则矜其名。”[②]按照何晏的无名论来理解,“明道”即体无,是一种玄学的境界,而矜名则是世俗的名誉观念。现在我们可以进一步领会到,所谓“毋我”,亦即取消个体性,是要让个体与道合一。与道合一,能直接以道为名,以大为誉。然此岂世俗矜名之名,盖圣人无心而受之也,自然而达至,不以此名为名,不以此誉为誉。所以世俗虽有“高山仰止,景行行止”之心,圣人则不知其有名也。说得再透彻一点,就是假如世俗将名作为个人精神上的收获,亦即曹植所说的“名者不灭,士之所利”[③]的“利”,那么,圣人虽具无名之名,但却收获不到这一份精神之“利”。所以何晏说两者之间,“岂同用哉”。

以上理论,可以说是玄学改变群体生命价值观念的第一步,它没有取消行为本身,更不否认行为所具有的道德伦理价值,但取消了实现道德伦理价值的行为所派生的作为个体存在之标志

---

① 《全三国文》卷三九,严可均辑《全上古三代秦汉三国六朝文》第2册,第1274页。

② 《论语注疏》卷六《雍也》,《十三经注疏》下册,第2478页。按何晏此注,阮元校记又作引马融之语。

③ 《三国志》卷一九《魏书·陈思王植传》裴松之注引《魏略》,第2册,第569页。

的“名”。无名之行为，对于个体来讲就是为而无为。正始玄学的这种思想，表面上看，是纯粹哲学思辨的成果，似乎是从思想到思想；但事实上，是对汉魏之际士人群体尚名节、以求名垂不朽的功名观念的一种反思，更是对统治者以名誉为个人所利、凭借名誉以为个人专权、篡位之资本的一种批判。如果说建安文人是抱着纯真的心理，希望通过自己的努力取得名誉功勋，那么魏朝正式建立后，那批靠劝进、献祥瑞、造天意起家的趋炎附势之徒，和那些修饰干名誉的世家子弟，则是完全变质了的。何晏他们当然不会将这两种不同的求名行为相提并论，但是哲学的否定方式，必须立足于概念本身，追求推理的彻底性，所以必须对名誉观本身进行否定，这也正是哲学批判与一般的社会批判的不同之处：一是注重事实本身，一是从事实上升到概念。再转一层说，何晏这批人自己不正是靠修饰才能、循名干誉而夤缘上进的吗？这里面恐怕只有“通俊不治名高”的王弼才真正有点身体力行的味道。但是我们显然不能因为他们的行为而否定他们的理论，至于把理论直接当作其行为的写照，那就更离谱了。

从理论的性质来看，正始玄学的第一步确实是儒与道的结合，援道释儒，道只是用，儒才是体。按照何晏他们的理论，向来立身于现实行为的士人根本不需要对行为本身进行调整，只要改变对自身行为价值的认识方式就行了。就其理想的结果来说，也就是提高自己的生命境界。将自身的事业泯然于大生命体的共同事业中，虽有“巍巍成功”，而“荡荡无能名焉”[①]，但是这种理论的理想境界并没有达到，它或是被司马懿之流当作伎俩来使用，或是为那些不修名检、放荡自任的行为提供了借口，为魏晋放荡

---

① 何晏《无名论》云：“仲尼称尧荡荡无能名焉，下云‘巍巍成功’，则强为之名，取世所知而称耳。”《全三国文》卷三九，严可均辑《全上古三代秦汉三国六朝文》第2册，第1275页。

风气开了一道门。儒家的伦理价值生命观至此才真正被冲淘。尽管如此,玄学理论本身仍然不应为此负责。

正始玄学改变群体生命价值观念的第二步,是以阮籍、嵇康为代表的竹林名士们的人生哲学。这种人生哲学已经完全撇开儒家伦理价值生命观的立场,而将其基础建立在老庄哲学之上。如果说无为和无名在何、王那里强调的是它们的用,那么在阮、嵇这里,则是真正追求无为无名的生命境界,不是处有体无,"处有名之域而没其无名之象",而是本来就准备将人生处于无、玄的境界,放弃现实的生命价值,追求一种超现实的生命价值。

何晏认为要"毋我",以道为名,个体性在道中泯灭;阮、嵇则是将"道"作为个体性的唯一内涵。体道、遨游玄境、追求绝对的精神自由,是个体实现其超现实生命价值的基本内涵,虽然无名无为,但不等于说即失去个体价值的标志;相反,个体的精神得以充分甚至是无条件地发展。在这里,确立个体的依据不是来自外界的名誉及与之相连的功勋爵禄,而是以体道自足。

通过自足境界的建立,阮籍、嵇康他们在人生观上超越了传统的伦理价值生命观,完成了在历史上影响极为深远的生命价值观的革命。但是,我们仍然应该看到,这种超现实价值的生命观同样是现实的产物,是他们在复杂危险的现实中所寻求的某种生存方式的哲学化,并且他们并没有放弃对生命的现实价值的追求。从根本上说,超现实境界无法达到,所以他们真实的生命体验,倒是在生命的现实价值和超现实价值之间作着痛苦的抉择。他们的心灵以如此的方式反映着现实的矛盾,所以除哲学的表达外,仍然不可能没有诗的抒发。而何、王一派的哲学家,毕竟没有发生如此激烈的生命矛盾,自然只须凭借思辨而无须借助抒情。这是以阮、嵇为代表的竹林名士与以何、王所代表的正始名士不同的现实处境与生命矛盾所决定的。

二、生命的现实价值与超现实价值之间的痛苦抉择

玄学与道教是几乎同时发生的两种文化事物。从思想史来看，玄学与道教属于两个不同的精神活动领域，一为哲学，一为宗教。但是它们又有无法完全割开的关系。由于道教被异端利用，酿成黄巾起义这样的政治事件，所以汉魏之际道教方术属于异端之流。而玄学在其发展的第一个阶段，也带有反对名教的异端色彩，曾被汉魏当局作为浮华学术而加以禁抑。两者又以各自的方式改造了道家的思想传统，同出于所谓的“三玄”之说。道教的发展，实有借资玄学思想的地方。刘勰《文心雕龙·明诗》在评述正始诗歌与玄风的关系时说：“正始明道，诗杂仙心”[①]，其所说的“正始明道”无疑是指正始玄学，刘氏以此来解释其时“诗杂仙心”的现象，正启示我们认识玄与仙之间的某种肸蠁旁通的关系。

所谓“正始明道，诗杂仙心”，其最初的表现如何晏的《言志诗》，托灵禽以寄放旷之思，以释现实忧患之感：

> 鸿鹄比翼游，群飞戏太清。常恐夭网罗，忧祸一旦并。岂若集五湖，顺流唼浮萍。逍遥放志意，何为怵惕惊？

逯钦立注：“《诗纪》引《名士传》曰：是时曹爽辅政，识者虑有危机。晏有重名，与魏姻戚，内虽怀忧，而无复退也。著五言诗以言志。”[②]此诗之意，在于游于太清仍有网罗之忧，不如集于五湖之能逍遥放志意。其形似放旷，而实甚拘束，忧生之意多于游仙之想。

魏晋玄学最初是被作为一种新的统治思想提出来的。当然，

---

① 范文澜《文心雕龙注》卷二《明诗》，上册，第67页。

② 《魏诗》卷八，逯钦立辑校《先秦汉魏晋南北朝诗》上册，第468页。

为了提出这种新的统治思想,必须有新的本体论和方法论,这就为玄学在其后整体的、多歧的发展奠定了基础。同时,玄学这种新的统治思想又是与新的生命价值观和人性论联系在一起的。我们在论述王、何思想时已经谈到这一点。王、何之后,玄学在政治方面的发展受阻,以阮、嵇为代表的玄学流派更进一步将玄学演变为批判政治哲学,将自两汉以来的自然与名教的观念和行为方面的冲突发展到了顶点。而从主体精神的发展来看,由于政治方面发展的受阻,开拓、发展个体的精神境界成了主要的努力方向。这种开拓、发展又是立足于一种思辨生命本体和生存本质的哲学之上的。我们认为,魏晋玄学的有机发展,到此已基本完成。

对于阮籍、嵇康他们来说,并不是一开始就放弃传统的生命价值观。尤其是阮籍,他生于建安十五年(210),少年和青年时代是在曹丕和曹睿时代度过的。魏朝自建立后,儒学有所恢复,朝廷也常有崇儒之举,明帝时代更是有意识地提倡儒学以增加王朝的正统色彩。于是,年轻的士子尤其是寒素出身者,颇有希望走凭借经礼之学以致身仕途的道路。这本来就是汉代士子的从政之路,不可能完全断了。阮籍幼年丧父,正属寒素,所以少年时努力学儒,其自叙云:“昔年十四五,志尚好诗书。被褐怀珠玉,颜闵相与期。”[①]《伏义与阮籍书》也说他本来是“雅性博古,笃意文学,积书盈房,无不烛览,目厌义藻,口饱道润,俯咏仰叹,术可纯儒”[②]。这都说明阮氏是从儒学出身的,曾按传统儒生的形象塑造过自己。又他的父执辈正是包括丕、植兄弟在内的建安名士,这一辈人发扬蹈厉的进取精神对少年阮籍不会没有影响,所以《晋书》本传说:“籍本有济世志,属魏晋之际,天下多故,名士少有全

---

① 《魏诗》卷一〇阮籍《咏怀》其十五,逯钦立辑校《先秦汉魏晋南北朝诗》上册,第499页。本书所引阮籍《咏怀》诗,均据《先秦汉魏晋南北朝诗》次序。

② 《阮籍集》卷上,李志钧、季昌华、柴玉英、彭大华校点,上海古籍出版社,1978年,第59页。

者，籍由是不与世事，遂酣饮为常。”[①]这应该是有根据的。需要指出的是，“天下多故，名士少有全者”只是阮籍改变人生观的一方面原因，士风的转变对他的影响可能还先于此。何晏、王弼等人倡无名无为之说，影响到一般的青年士人，促使他们对向来奉守的人生观进行反思，其激进程度，恐怕一开始就比他们的思想导师何晏等人要大得多。就思想发展的过程来讲，这批青年士子首先怀疑的是“名”的价值。就在上面所举的自叙少年好儒术的《咏怀》其十五中，阮籍接着是这样交代他思想转变的原因的：“开轩临四野，登高望所思。丘墓蔽山冈，万代同一时。千秋万岁后，荣名安所之。乃悟羡门子，噭噭令自嗤。”[②]本来是因为生命短暂而努力建立功业，以期不朽，但身死之后，名又何关于我？另一诗人嵇康不仅说荣名无用，而且说荣名本身就不一定是干净的东西，其《与阮德如》诗云：“泽雉穷野草，灵龟乐泥蟠。荣名秽人身，高位多灾患。未若捐外累，肆志养浩然。”[③]这种思想，比何、王不知要激烈多少倍。他这样说，是看到了高位中隐藏的危机和世俗追求虚名假誉的丑态。他在《秋胡行》中就说：“富贵尊荣，忧患谅独多。古人所惧，丰屋蔀家。人害其上，兽恶网罗。”（第一章）又说：“天道害盈，好胜者残。强梁致灾，多事招患。”[④]（第三章）《秋胡行》原是咏秋胡戏妻的故事。嵇康诗中没有提及秋胡的事情，但正是就秋胡获官后一种心灵堕落来议论的，指出富贵尊荣、好胜（名）、酒色之害，提倡劳谦、绝智弃学乃到求道学仙的生活道路。至于世俗修饰以求虚名甚至借虚名以行奸谋的丑恶之态，阮、嵇他们更是常加抨击。

否定了名，自然也就会导致对名教本身的否定。因为当时的

① 《晋书》卷四九《阮籍传》，中华书局，1974 年，第 5 册，第 1360 页。
② 《魏诗》卷一〇，逯钦立辑校《先秦汉魏晋南北朝诗》上册，第 499 页。
③ 戴明扬《嵇康集校注》卷一，上册，中华书局，2014 年，第 113 页。
④ 戴明扬《嵇康集校注》卷一《重作四言诗七首》，第 77、79 页。

名就是由名教之事派生的,所有现实行为,凡是符合正统伦理观念的,都属名教的范围。可以说,舍名教无从求名,个人生命价值只有在名教事业中实现。世俗之所以一意维持名教,正因为名教可以求名荣身。《伏义与阮籍书》一开始就说:"盖闻建功立勋者,必以圣贤为本;乐真养性者,必以荣名为主。"①阮籍《达庄论》中那些反对玄虚的"缙绅好事之徒"也说:"吾生乎唐、虞之后,长乎文、武之裔,游乎成、康之隆,盛乎今者之世,诵乎六经之教,习乎吾儒之迹。被沙衣,冠飞翮,垂曲裙,扬双鶡有日矣,而未闻乎至道之要,有以异之于斯乎?"②他的《大人先生传》中那位投书批评"大人先生"的名教之士,也说"天下之贵,莫贵于君子。服有常色,貌有常则,言有常度,行有常式",又说君子"唯法是修,唯礼是克。手执珪璧,足履绳墨。行欲为目前检,言欲为无穷则。少称乡闾,长闻邦国。上欲图三公,下不失九州牧。故挟金玉,垂文组,享尊位,取茅土,扬声名于后世,齐功德于往古"③。这都是当时社会公认的行为原则,是名教说的基本内容,也是一群礼法之士视之为全部生命价值的所在。所以,当阮、嵇等玄学名士对此价值观念提出质疑,甚至加以否定时,自然会在社会意识领域引起轩然大波。

在何、王等人提倡无名无誉的基础上,阮籍他们进一步指出世俗以名为身心之利,导致争名逐利的社会风气,名誉和礼法成为虚伪的渊薮。其高者固然能以名节自励,如《咏怀》其六十所写的"儒者":

> 儒者通六艺,立志不可干。违礼不为动,非法不肯言。渴饮清泉流,饥食并一箪。岁时无以祀,衣服常苦寒。屣履

① 《阮籍集》卷上,第57页。
② 《阮籍集》卷上,第31页。
③ 《阮籍集》卷上,第64页。

咏《南风》，缊袍笑华轩。信道守诗书，义不受一餐。烈烈褒贬辞，老氏用长叹。[1]

对于这些失职守节之儒士，阮籍并不完全否定，但他觉得这些人守于“是非”之一隅，烈烈褒贬，离老氏的大道还很远，他们还不知道生命自然之理。嵇康甚至认为颜回短命不是因为贫穷，而是役神劳心，有伤生理之和，他将之与纵欲相提并论说：“役神者弊，极欲疾枯，颜回短折，下及童乌。”[2]因为在他们看来，纵令抱着纯洁的动机求名，但求名之事劳心役神，不符合生命自然之理。推而言之，名教在许多方面都与此理相背，遵循名教，甚至会导致伤生害性，有失生命恬静之致：

彼六经之言，分处之教也；庄周之云，致意之辞也。大而临之，则至极无外；小而理之，则物有其制。夫守什五之数，审左右之名，一曲之说也；循自然性天地者，寥廓之谈也。凡耳目之名，分之施处，官不易司，举奉其身，非以绝手足裂肢体也。然后世之好异者，不顾其本，各言我而已矣，何待于彼？残生害性，还为仇敌，断割肢体，不以为痛，目视色而不顾耳之所闻，耳所听而不待心之所思，心奔欲而不适性之所安。故疾疢萌则生不尽，祸乱作则万物残矣！（《达庄论》）

这一段是以身体之理譬说名教常有违于自然，是生命不能恬静尽天年的最根本原因。而至人对于生命，则是这样的：

夫至人者，恬于生而静于死。生恬则情不惑，死静则神不离，故能与阴阳化而不易，从天地变而不移，生究其寿，死循其宜，心气平治，不消不亏。是以广成子处崆峒之山，以入无穷之门；轩辕登昆仑之阜，而遗玄珠之根。此则潜身者易

---

① 《魏诗》卷一〇，逯钦立辑校《先秦汉魏晋南北朝诗》上册，第507页。

② 戴明扬《嵇康集校注》卷一《重作四言诗七首》其四，第80页。

以为活,而离本者难与永存也。(《达庄论》)[①]

"恬于生而静于死",即是实现真正的无为。阮籍甚至认为无为之至,死也无异于生,因其神不离。阮氏作品中所塑造的一系列至人、神人、仙人的形象,就是从此种玄理中推演出来的。他还吸收了汉代以隐逸兼求仙一派隐士的思想,认为真正恬生静死者,可像广成子那样入无穷之门;而黄帝轩辕以治世之身登昆仑之丘,究竟未恬于生、静于死,所以丢失生命之玄珠。此二者,即所谓"潜身者易以为活,而离本者难与永存也"。循此而引发出阮籍、嵇康他们新的仙学思想。还有,这种恬于生、静于死的思想境界,与后来佛教的涅槃之说,其实已经很接近了。

真正的名教尚且有违生命自然之理,虚伪的名教更是社会的祸害、人群的克星。对此,阮籍等人在日常的清谈和诗文中都施以激烈的批判。他们之所以遭致世俗的忌恨和政治的迫害,甚至引来杀身之祸,主要是由于这种现实的批判而非上述那种纯粹的哲学批判。《达庄论》中说,当生命失去自然之理后,世俗的名教行为看似符合道德,实际上却丝毫无益于人群与家国:

是以作智造巧者害于物,明是考非者危其身,修饰以显洁者惑于生,畏死而崇生者失其贞。故自然之理不得作,天地不泰而日月争随,朝夕失期而昼夜无分。竞逐趋利,舛倚横驰。父子不合,君臣乖离。

在此种淳散朴消、虚伪竞生的情况下,再谈信、仁、忠、节等行为道德都是没有用的。因为大道已失,名德相生,道德行为如夷、齐、颜渊之所为,功业行为如三晋纵横游说之士之所行,无非都是为求名垂不朽,"是以名之途开,则忠信之诚薄;是非之辞著,则醇厚

① 《阮籍集》卷上,第33页。

之情烁也”[1]。

归结到底，他们否定的还是名的思想。从下面的批评之语中我们可以看到，他们与汉魏奋厉以求功名的士群的人生旨趣已经完全相反：

> 昔大齐之雄，三晋之士，尝相与瞑目张胆，分别此矣。咸以为百年之生难致，而日月之蹉无常，皆盛仆马，修衣裳，美珠玉，饰帷墙，出媚君上，入欺父兄，矫厉才智，竞逐纵横，家以慧子残，国以才臣亡。故不终其天年而大自割，繁其于世俗也。（《达庄论》）[2]

对阮籍来说，“百年之生难致，而日月之蹉无常”，这些是多么熟悉的信条呀！就是他自己又何尝不曾这样想过、说过呢？昨天所服膺的价值观念，今天却发现是毫无价值的，一觉醒来，发现自己眼中的世界颜色都变了。昨天奉为偶像的人，今天却发现不是可怜就是可憎。真诚地奉信这种价值观的人是可哀的，虚伪地利用这种价值观的人则是可憎的，而说到底也是可哀的：

> 洪生资制度，被服正有常。尊卑设次序，事物齐纪纲。容饰整颜色，磬折执圭璋。堂上置玄酒，室中盛稻粱。外厉贞素谈，户内灭芬芳。放口从衷出，复说道义方。委曲周旋仪，姿态愁我肠。（《咏怀》六十五）[3]
>
> 修涂驰轩车，长川载轻舟。性命岂自然，势路有所由。高名令志惑，重利使心忧。亲昵怀反侧，骨肉还相仇。更希毁珠玉，可用登遨游。（《咏怀》七十）[4]

---

① 《阮籍集》卷上，第 34 页。

② 《阮籍集》卷上，第 35 页。

③ 《魏诗》卷一〇，逯钦立辑校《先秦汉魏晋南北朝诗》上册，第 508 页。

④ 《魏诗》卷一〇，逯钦立辑校《先秦汉魏晋南北朝诗》上册，第 509 页。

洪生不仅要享受今世的穷奢极欲,还要骗取后世之名。当然,这种人最终是留不下好名声的。一般的士人,虽然未必本质就很坏,但一旦踏上名利之途,也就难以保持其纯真之性,从而失去了生命的恬静。

但是,阮籍、嵇康绝不是无是非论者。表面上看他们似乎认为一切价值都是相对的,但实际上,他们自己正是希望探讨到一种真正的价值。他们把这种价值建立在自然观念的基础上,并不完全是为了个人而寻找这种价值,而是为全部的人群论证一种合理的生存方式,使浇薄恶化的社会返回到淳朴的境界,至少是让士群的心灵首先得以纯洁。所以,他们在追求个体的超现实的生命价值的同时,又抱着很深的现实关怀。阮籍《通易论》有云:

> 阮子曰:《易》者何也?乃昔之玄真,往古之变经也。庖牺氏当天地一终,值人物憔悴,利用不存,法制夷昧,神明之德不通,万物之情不类,于是始作八卦,引而伸之,触类而长之。[①]

存在于庖牺氏身上,引起他作《易》动机的现实关怀情绪,同样存在于阮籍、嵇康的身上。说到底,这些玄学先驱们对名教价值观的否定,其实是一种批判现实的方式。士人通过建功立业实现个人的生命价值,前提必须是他投身的事业本身是正义的,有益于社会全体人群。这样的情况下,士人与现实政治保持一致才是可取的。汉魏之际的士人之所以从建功立业行为中体验到真正的生命价值,产生了崇高的精神,正是因为他们个人的功业与社会的进步方向、人群的利益基本上一致。建安以后的政治每况愈下,终至于成为集团之间的阴谋倾轧,早已失去良好政治的性质。此时所谓建功立业之士,类多尔虞我诈之徒,所以阮、嵇一辈真正

---

① 《阮籍集》卷上,第20页。

关怀现实的士人，只能从这种政治中超脱出来。他们投身于思想的事业，希望寻找使生命和社会都归于合理状态的“玄真”，因此他们屡屡遭受政治迫害，而嵇康更为此献出了生命。从这个意义上说，嵇康的行为，又完全符合儒家重义轻死的原则。他在《家诫》中告诫儿子云：“不须作小小卑恭，当大谦裕。不须作小小廉耻，当全大让。若临朝让官，闻义让生，若孔文举之求代兄死，此忠臣烈士之节。”[①]一句话，就是痛斥虚伪，倡扬真诚。“闻义让生”，就是重义轻死，视死如归。嵇康不屈于司马氏淫威，坚持独立的思想，至死不渝，其临刑之时，真正做到视死如归。

对于真正的壮士，阮籍并没有轻视。《咏怀》其三十九就是一曲壮士的颂歌：

> 壮士何慷慨，志欲威八荒。驱车远行役，受命念自忘。良弓挟乌号，明甲有精光。临难不顾生，身死魂飞扬。岂为全躯士，效命争战场。忠为百世荣，义使令名彰。垂声谢后世，气节故有常。[②]

诗人因为处于精神再生的痛苦之中，从道家自然观出发，对名教价值观作了批判，但并没有否定伦理道德本身，没有抛弃那使全人类得以存在的善的内核。这种善是自觉的，存在于本心，无需外在的约束和鼓励，是最高的良知良能的行为。当阮籍在《大人先生传》中对名教之徒的“君子”极尽讽刺之能事时，嵇康却没有忘记重建属于他们自己的君子人格理想。他对君子作了这样一个崭新的定义：“夫称君子者，心无措乎是非，而行不违乎道者也。”[③]在这篇著名的《释私论》中，作者出色地运用他天才的思辨力，论证了一种真善美统一的人格。这种人格的良知良能与人群

① 戴明扬《嵇康集校注》卷一〇，下册，第546页。

② 《魏诗》卷一〇，逯钦立辑校《先秦汉魏晋南北朝诗》上册，第504页。

③ 戴明扬《嵇康集校注》卷六《释私论》，下册，第402页。

终极的善是相通的。阮、嵇一派的玄学家,一方面激烈地批评现实的恶,另一方面却又是性善论者,他们认为道德的本质存在于性的自然状态中,通过反省,君子体验到本心的道德,所以能够做到"越名任心",放弃自矜之私。这就是《释私论》的基本逻辑。至此,玄学名士已建立起一种新的生命价值观。

三、嵇、阮的新神仙思想和游仙主题

嵇康、阮籍的神仙思想,是他们追求超现实生命价值的产物。这种神仙思想本身的内涵比较单薄,并不足以支撑起真正的宗教信仰,引发不了专注无二的追求长生成仙的行为。现存嵇康、阮籍等人的传记资料中,留下了一些求仙的事迹,如与所谓的仙人孙登、崔烈的交游。但这只是他们多种浪漫行为之一种,是他们生命经历中的一些小插曲,并不能由此推论他们是坚定的求仙者。

暂且不论幻想的形式,仅从作为思想家的角度考察阮籍、嵇康的神仙思想,可以说仍然是一种思索的结论,而非无条件的信仰。从前文我们可以看到,对神仙、长生这些问题的思考、讨论是汉魏之际的一个学术课题。嵇康撰作《养生论》《答向子期难养生论》及向秀的《难嵇叔夜养生论》,都是对前人思考、讨论的继续。但因为双方都采取了玄学的自然观和新型的逻辑思辨方法,使这个老课题一跃而成为玄学的新命题,养生也成为两晋清谈的三大主题之一。《世说新语·文学篇》载:"旧云:王丞相(导)过江左,止道'声无哀乐'、'养生'、'言尽意',三理而已。"[1]但此种清谈并没有引发士人的求仙风气,也足以证明这个问题在玄学家这里只是作为被思考和讨论的问题。神仙家葛洪似乎吸取过嵇康(当然包括后来同意嵇康观点的玄学家)的神仙思想。

---

① 余嘉锡《世说新语笺疏·文学第四》,上海古籍出版社,1993年,第211页。

现在我们回过头来谈谈嵇、阮新神仙思想的具体内容。嵇康称神仙长生之道为“自然道”，其《游仙诗》云：“飘飖戏玄圃，黄老路相逢。授我自然道，旷若发童蒙。”[①]在《养生论》及《答向子期难养生论》中，嵇康完全是站在自然思想的立场上，运用逻辑的方法来论证神仙长生之道的。他说世俗中有两种观点：一种认为“神仙可以学得，不死可以力致”；另一种认为“上寿百二十，古今所同，过此以往，莫非妖妄者”[②]。这两种观点嵇康认为都有所失。考察全文，可以知道，嵇康认为前者将神仙长生看作任何人都能轻易求得的，不知道神仙禀于自然，长生之道在于因任性命自然之理。这是针对汉代流行的方仙道来说的，他们总是把成仙放得很低，而吸引其兜售仙法对象的社会大众。至于后者之所失，则在于不了解生命本身所蕴含巨大的可以致养长生的潜力。这是对王充等主张无仙论者来说的。基于这种认识，嵇康正面提出了他的神仙长生观点：

> 夫神仙虽不目见，然记籍所载，前史所传，较而论之，其有必矣。似特受异气，禀之自然，非积学所能致也。至于导养得理，以尽性命，上获千余岁，下可数百年，可有之耳。而世皆不精，故莫能得之。

嵇康分三个步骤提出自己的正面观点：首先肯定神仙之事，既有文献可证，必无疑；其次认为神仙得之异禀，非徒积学所能致；最后认为导养合理，可获长寿久生。文章主要展开论述的是最后一层，所以题为“养生论”。

嵇康推论的出发点，是根据日常所见的某些生理现象，证明生命体内部存在着某种潜能，这种潜能在经过合理的引发后，可

① 戴明扬《嵇康集校注》卷一，上册，第64页。
② 戴明扬《嵇康集校注》卷三《养生论》，上册，第252页。

促成长寿久生之功效。《养生论》云：

> 夫服药求汗,或有弗获;而愧情一集,涣然流离。终朝未餐,则嚣然思食;而曾子衔哀,七日不饥。夜分而坐,则低迷思寝;内怀殷忧,则达旦不瞑。劲刷理鬓,醇醴发颜,仅乃得之;壮士之怒,赫然殊观,植发冲冠。由此言之,精神之于形骸,犹国之有君也。神躁于中,而形丧于外;犹君昏于上,国乱于下也。[1]

强调精神的作用,乃至把这种作用绝对化,这是嵇、阮他们常有的表现。阮籍《清思赋》中也贯穿着这种观点:“夫清虚寥廓,则神物来集;飘飖恍惚,则洞幽贯冥;冰心玉质,则激洁思存;恬淡无欲,则泰志适情。伊衷虑之遒好兮,又焉处而靡逞?”[2]其以精神为生命之根本,认为精神能变化神妙的看法,与嵇康是一致的。推而言之,正始玄学家视为最高境界的“神”,其实也正是将精神作用绝对化。何晏称:“惟神也,不疾而速,不行而至,吾闻其语,未见其人。”[3]阮籍将这种玄学家所向往的“神”的境界用文学的形象表现出来,就成了“大人先生”这种超现实的生命存在。《大人先生传》以骚之体写玄之境。“大人先生”“以万里为一步,以千岁为一朝,行不赴而居不处,求乎大道而无所寓”[4],完全是超越时空界限的。这其实正是“不疾而速,不行而至”这种玄通致神境界的形象化。当这种将精神作用绝对化的哲学思想一旦与神仙意识发生联系时,极容易转化为神仙长生行为的理论基础。葛洪《抱朴子内篇》首冠《畅玄》一篇,云:“玄者,自然之始祖,而万殊之大宗也。

---

① 戴明扬《嵇康集校注》卷三,上册,第253页。

② 《阮籍集》卷上,第13页。

③ 《三国志》卷九《魏书·桓范传》裴松之注引《魏氏春秋》,第1册,第293页。

④ 《阮籍集》卷上《大人先生传》,第63页。

眇昧乎其深也,故称微焉;绵邈乎其远也,故称妙焉。"[1]完全是借鉴玄学家畅发玄旨的方式,其意图正是要将这种玄旨转化为神仙学的"本体",为成仙、致长生提供新的依据。嵇康的核心观点,也是认为如果将精神引导到高度和谐的状态,尽最大限度减少甚至完全避免机体的耗损,再辅以《神农本草经》所说的养命之上药、养性之中药,致寿数百岁、千余岁是完全可能的。其论云:

> 是以君子知形恃神以立,神须形以存,悟生理之易失,知一过之害生。故修性以保神,安心以全身,爱憎不栖于情,忧喜不留于意,泊然无感,而体气和平。又呼吸吐纳,服食养身,使形神相亲,表里俱济也。[2]

嵇康认为世人之所以短寿而亡,是因为不知道这种养生之理,机体被声色之欲、哀乐之情一点点地损耗而不自知。人们都知道哭悼那些因疾病等原因而致死的人为不善持生,但却不知道不善持生是世人共有的毛病。他说:"至于措身失理,亡之于微,积微成损,积损成衰,从衰得白,从白得老,从老得终,闷若无端,中智以下,谓之自然。"[3]应该说嵇康的这一说法是带有一定科学性的,他否定了东汉以来流行的禄命之说,这种禄命之说曹操也曾有所怀疑,而嵇康的这些观点,更具逻辑性,更有说服力。但嵇康将自然养生的功效无限夸大,从理性走向了非理性:

> 善养生者,则不然矣。清虚静泰,少私寡欲。知名位之伤德,故忽而不营,非欲而强禁也;识厚味之害性,故弃而弗顾,非贪而后抑也。外物以累心不存,神气以醇白独著,旷然无忧患,寂然无思虑。又守之以一,养之以和,和理日济,同

① 《抱朴子内篇》卷一《畅玄》,《诸子集成》第8册,第1页。
② 戴明扬《嵇康集校注》卷三《养生论》,上册,第253页。
③ 戴明扬《嵇康集校注》卷三《养生论》,上册,第254页。

> 乎大顺。然后蒸以灵芝,润以醴泉,晞以朝阳,绥以五弦,无为自得,体妙心玄,忘欢而后乐足,遗生而后身存。若此以往,恕可与羡门比寿,王乔争年,何为其无有哉?[①]

就这样,嵇康由颇具合理性的养生思想走向了长生成仙的幻想。向秀《难嵇叔夜〈养生论〉》对嵇康的驳论,并没有把重点放在批驳嵇康的神仙论方面,指出其将养生功效绝对化的前提性错误,而是直接对嵇氏的养生观施以辩难,所以其驳论是不太成功的。但是向氏同样是站在自然观念的立场上,以"有生则有情,称情则自然"[②]为立论之基,强调情欲自然之说,不同意嵇康对人类正常的物质和精神方面需求的质疑。从这一点来说,他的驳论又是足以对嵇康的思想构成威胁的。所以,嵇康又作了篇幅数倍于《养生论》原文的《答向子期难〈养生论〉》,仍然坚持《养生论》的基本观点,而将重点放在讨论究竟怎样的生活和生存方式才是符合自然的生活方式。嵇康的思辨力是杰出的,远高于向秀,所以从理论上说,他的反驳又是成功的。但从嵇、向二人的论文中,我们发现,玄学内部对于生命自然之说的内涵之理解已经产生分歧。向秀所说的自然,即上文所引嵇康的批评"闷若无端,中智以下,谓之自然"的"自然",类似于我们今天常说的"任其自然"的说法。而嵇康则从形神关系来阐述"自然",也就是从一种极致的意义来重新阐释"自然"之义。嵇康将自然理解为生命的玄虚无为态度,是完全从现实的生命行为中超越出来的超现实的生命状态。表面上看否定了智,实际却是将智发展到超凡入圣的境界。向秀将自然理解为生命的现实状态:"夫人含五行而生,口思五味,目思五色,感而思室,饥而求食,自然之理也,但当节之以礼耳。"[③]他还

① 戴明扬《嵇康集校注》卷三《养生论》,上册,第255页。

② 戴明扬《嵇康集校注》卷四《黄门郎向子期难养生论》,上册,第284页。

③ 戴明扬《嵇康集校注》卷四《黄门郎向子期难养生论》,上册,第285页。

认为名位富贵也是人的内在需求。他的观点应该说是符合生命的本来涵义的，但也有将生命完全等同于物欲享受的倾向。后来西晋玄学名士中以放荡情欲为因任自然者，即从此种理论发展出来。可见，在魏晋玄学中，其实存在着两种不同的“自然观”，即高真的自然观与放荡的自然观。嵇康所重新阐述的“自然观”，被后来道教神仙说援引，成为道教神仙说的思想基础之一。

嵇康的《圣贤高士传赞》比较突出地体现了玄学名士高真的生命思想，其中既有自然任真、抱朴守素、不以生死为怀、不以得丧为意的荣启期、长沮、桀溺、汉阴丈人等，还记载了不少流传有神仙事迹的人物，传达炼神、服食等神仙方术，尤其是强调炼神。如《广成子》条：

> 广成子在崆峒之上，黄帝问曰：“吾欲取天地之精，以养万物，为之奈何？”广成子蹷而起曰：“至道之精，窈窈冥冥。无视无听，抱神以静。我守其一，以处其和。故千二百岁，而形未尝衰。得吾道者，上为皇，下为王。失吾道者，上见光而下为土。吾将去汝，入无穷之间，游无极之野，与日月参光，与天地为常。”[①]

此即嵇康所理解的上古养神理论，它不但能寿身治国，而且可能长生不老。广成子自称千二百岁而形未尝衰，可见嵇康所说的“至于导养得理，民尽性命，上获千余岁，下可数百年”的养神理论，也是渊源有自。又其《许由》传之赞曰：

> 许由养神，宅于箕阿。德真体全，择日登遐。[②]

而楚狂接舆，“后更名陆通，好养性，在蜀峨嵋山上，世世见之”[③]。

---

① 戴明扬《嵇康集校注》附录《圣贤高士传赞·广成子》，下册，第647页。

② 戴明扬《嵇康集校注》附录《圣贤高士传赞·许由》，下册，第648页。

③ 戴明扬《嵇康集校注》附录《圣贤高士传赞·狂接舆》，下册，第655页。

可见嵇康这一派的玄学神仙观念,是以养神、养性为基本的观念与方法的。

阮籍没有写过养生及神仙的专题文章,但从《达庄论》《大人先生传》等文可以看出,在他身上也存在着比较浓厚的神仙意识,他的神仙思想与嵇康相近。首先,他对生命的本体提出了这样的见解:"人生天地之中,体自然之形。身者,阴阳之精气也;性者,五行之正性也;情者,游魂之变欲也;神者,天地之所以驭者也。"[①] 这是《淮南子》一派的生命观,此派观点渊源于庄子的生死气化之说。但庄子是笼统地言气,此派则进一步推言天地自然之气中就已有构成生命的形与神的因素。如阮籍此处所说的阴阳精气、五行正性、游魂、神,都是在生命之先存在于自然之中的。所以此派已经偏离了比较纯粹的自然生命观,包含着先验的因素,易导致对生命的神秘体验,并为神仙家留下了立论的余地。阮籍说大人先生"养性延寿,与自然齐光"[②],与嵇康的养性致长生之说是一致的。他还特别重视"神"或"神明"的超凡作用:

> 时不若岁,岁不若天,天不若道,道不若神。神者,自然之根也。彼勾勾者自以为贵夫世矣,而恶知夫世之贱乎兹哉?故与世争贵,贵不足尊;与世争富,富不足先。必超世而绝群,遗俗而独往。登乎太始之前,览乎忽漠之初,虑周流于无外,志浩荡而自舒。飘飖于四运,翻翱翔乎八隅,欲从肆而仿佛,浣瀁而靡拘。细行不足以为毁,圣贤不足以为誉。变化移易,与神明扶。[③]

可以说,像《大人先生传》这样宏伟的幻想世界之所以得以确立,其根源仍在于对"神"的作用的绝对化。"神者,天地之所驭",

① 《阮籍集》卷上《达庄论》,第32—33页。
② 《阮籍集》卷上《大人先生传》,第63页。
③ 《阮籍集》卷上《大人先生传》,第71—72页。

生命中既有与天地之神相联系的“神明”，则将此神明发扬到极致，自然会与天地同根，与自然齐光。这就是阮籍塑造超现实生命体的观念基础。

总体上看，阮籍对神仙的认识是比较模糊的，不像嵇康那样清晰，他所塑造的一系列神仙形象，常处于仙真与玄思之间。但是阮籍在《达庄论》中认为至人恬于生，静于死，“能与阴阳化而不易，从天地变而不移”[①]，所以广成子能入“无穷之门”，而轩辕则因抚世治人而失生命之玄珠。可见他也认为，使生命处于最高的自然状态，就能长生不死，或者其神超越于生死之上。

嵇、阮的神仙思想是他们整个玄学生命哲学的一部分，与他们的生命价值取向也是一致的，其本质仍在于强调对生命的现实行为和现实价值的超越。事实上，在嵇、阮那里，这更是一种思辨，而非实践。但是由于这种思辨，使他们与传统的神仙文化得以沟通，使神仙长生的幻想成为他们的一种生命体验，使他们发生了浓厚的神仙意识，也使他们成为魏晋游仙文学的代表人物。

嵇康由于具有比较坚定的养生致长生的思想，所以其表现的神仙境界也带有乐观、明朗的色彩。其最有代表性的作品是五言《游仙诗》：

> 遥望山上松，隆冬郁青葱。自遇一何高，独立迥无双。愿想游其下，蹊路绝不通。王乔弃我去，乘云驾六龙。飘飖戏玄圃，黄老路相逢。授我自然道，旷若发童蒙。采药钟山隅，服食改姿容。蝉蜕弃秽累，结友家板桐。临觞奏九韶，雅歌何邕邕。长与俗人别，谁能睹其踪。[②]

此诗以作者遨游山泽间、偶遇异人的生活经历为基础，采用传统

---

① 《阮籍集》卷上《达庄论》，第33页。

② 戴明扬《嵇康集校注》卷一，上册，第64—65页。

的昆仑神话传说构思而成。它不像汉人辞赋中的游仙境界那样渲染仙界的缤纷绮丽,而是以清静自然为特色。这实际上是现实的“竹林之游”的仙境化。在另一首《述志诗》中,嵇康比较清晰地交代了促使他向往神仙的现实原因:

潜龙育神躯,濯鳞戏兰池。延颈慕大庭,寝足俟皇羲。庆云未垂景,盘桓朝阳陂。悠悠非我匹,畴肯应俗宜。殊类难遍周,鄙议纷流离。轗轲丁悔吝,雅志不得施。耕耨感宁越,马席激张仪。逝将离群侣,杖策追洪崖。焦明振六翮,罗者安所羁。浮游太清中,更求新相知。比翼翔云汉,饮露餐琼枝。多念世间人,夙驾咸驱驰。冲静得自然,荣华安足为。①

此诗中嵇康以神龙自喻,反映了他超凡脱俗的生命情调。“延颈”四句明显地表现了对现实政治的不满情绪,作者将此寄之于怀古;“悠悠”数句写自己不幸婴身世网,与流俗之间发生了种种矛盾。上面两层,是写使诗人产生避世求仙心理的现实原因。诗人最后希望摆脱生命的羁绊,翱翔在仙境般的自由境界中。这应该是嵇、阮游仙诗的基本主题。

嵇康的游仙诗在艺术上虽然比较率易,但情调奔放自由,处处体现着诗人不羁的个性。在幻想中,诗人毫不犹豫地将自己变化成神仙境界中的人物,如其《琴赋》云:“凌扶摇兮憩瀛洲,要列子兮为好仇。餐沆瀣兮带朝霞,眇翩翩兮薄天游。齐万物兮超自得,委性命兮任去留。”②诗人在他所创造的游仙境界中鲜明地突出了“我”的存在,这与两晋诗人所作的拟游仙诗主体形象隐晦正好形成一种对照。可以说,只有在游仙诗、畅玄诗中,嵇康独特的

---

① 戴明扬《嵇康集校注》卷一,上册,第58页。

② 戴明扬《嵇康集校注》卷二,上册,第142页。

生命情调、超凡的人格形象才得以充分地表现。

阮籍和嵇康一样，有很深的求仙情结。在他这里，求仙的意义不仅在于超越现实生命，追求永恒，更在于追求一种肉体和精神完美结合的理想的人格。《大人先生传》中的大人，绝不能视为通常理解中的神仙，而是一个结合了仙和玄两种性质的超现实的生命存在。这个生命的存在形体完全是本体性的，以至于我们很难将它与具体的生命形象等同起来。作者最后这样交代“大人先生”的“下落”：“先生从此去矣，天下莫知其所终极。盖陵天地而与浮明遨游，无始终自然之至真也。”[①]实际上作者在提示我们，不要将“大人先生”视为一个具体的生命体来理解，他是一种存在于天地精神中的“至真”。一个现实的生命，如果顿悟到这种“至真”的存在，他就已经从生命中把握到永恒，能够超越于生死之外。所谓“广成子处崆峒之山，以入无穷之门”，也绝不是通常意义的长生成仙，而是带有精神归于无穷、与永恒并体的性质。在阮籍看来，没有顿悟到这生命真谛的生命，都是无意义、无价值的。现实中求名求利、醉生梦死的人是如此，即使真得千岁的长生之人也未尝不是这样：

千岁犹崇朝，一餐聊自已。（《咏怀》其五十二）[②]

人言愿延年，延年欲焉之？黄鹄呼子安，千秋未可期。独坐山岩中，恻怆怀所思。王子一何好，猗靡相携持。悦怿犹今辰，计校在一时。置此明朝事，日夕将见欺。（《咏怀》其五十五）[③]

深受庄子相对思想影响的阮籍，对于单纯的延年益寿是抱有矛盾心理的：一方面出于恐惧肉体死亡的心理，幻想生命能够更长久

① 《阮籍集》卷上，第73页。
② 《魏诗》卷一〇，逯钦立辑校《先秦汉魏晋南北朝诗》上册，第506页。
③ 《魏诗》卷一〇，逯钦立辑校《先秦汉魏晋南北朝诗》上册，第506页。

地存续;另一方面又觉得,如果只是延长了现实生命本身,而没有一种精神上的超越,求仙的意义又何在呢?所以,对阮籍来讲,求仙常常带有精神追求的意义。他诗中经常出现的“佳人”,就是一种超越现实的理想人格。《咏怀》其十九在这方面具有代表性:

西方有佳人,皎若白日光。被服纤罗衣,左右珮双璜。修容耀姿美,顺风振微芳。登高眺所思,举袂当朝阳。寄颜云霄间,挥袖凌虚翔。飘飖恍惚中,流盼顾我旁。悦怿未交接,晤言用感伤。[1]

此诗从情节上看,颇似一篇浓缩了的《洛神赋》,这位佳人具有非凡的美,缥缈如仙。从《咏怀》诗的整体审美倾向来看,阮籍对于现实生命的美是采取否定态度的,认为这种美是短暂的,并且会很快地走向丑和死亡。所以,这首诗中所表现的美,显然不是一种现实的物质形式的美,而是一种超现实的精神性的美;这个“佳人”,也是属于“大人先生”那样的虚构形象,尽管两者的外表不一样。

当然,《咏怀》诗中也表达了纯粹意义上的求神仙、求长生的愿望,但在这方面,阮籍不像嵇康那样抱有乐观的信念,他常常是处于矛盾、犹疑之中的,更多的是表现求仙不得、无法超越现实生命的痛苦,是对人类悲惨的、无法逃避的死亡命运的哀叹。在这一点上,阮籍与汉末及建安诗人的生命情绪是相近的。《咏怀》其四十一、七十八、八十就是表现这种情绪的:

天网弥四野,六翮掩不舒。随波纷纶客,泛泛若浮凫。生命无期度,朝夕有不虞。列仙停修龄,养志在冲虚。飘飖云日间,邈与世路殊。荣名非己宝,声色焉足娱。采药无旋返,神仙志不符。逼此良可惑,令我久踌躇。[2]

---

① 《魏诗》卷一〇,逯钦立辑校《先秦汉魏晋南北朝诗》上册,第500页。

② 《魏诗》卷一〇,逯钦立辑校《先秦汉魏晋南北朝诗》上册,第504页。

昔有神仙士，乃处射山阿。乘云御飞龙，嘘噏叽琼华。可闻不可见，慷慨叹咨嗟。自伤非俦类，愁苦来相加。下学而上达，忽忽将如何。[①]

出门望佳人，佳人岂在兹。三山招松乔，万世谁与期。存亡有长短，慷慨将焉知？忽忽朝日隤，行行将何之？不见季秋草，摧折在今时。[②]

我们发现，阮籍从来没有将自我作为游仙的主体。嵇康能够通过想象轻易地进入神仙境界，成为仙众中的一员，而阮籍则是把现实与理想及幻想很清晰地区分开来，没有一次能忘情地将自己想象成“佳人”本身。所以，从他的游仙诗中所体验到的更多是一种压抑的生命情绪，这与他《咏怀》诗八十二首整体的生命情调是一致的。

从艺术方面来看，阮籍的游仙诗取材宏富，《山海经》《楚辞》《庄子》等作品中的神话故事和灵异传说，都能自由地驱遣在笔下，这使他的诗歌具有一种神奇瑰丽的色彩。之所以能达到这种境界，除了借鉴前人浪漫作品的结构艺术外，主要还在于阮籍本人对生命的宏伟而又神秘的体验。他是在超现实与现实之间把握生命的存在形式。他对于“神”的特殊理解，使他的作品在塑造境界时常常令常人感到匪夷所思，所谓“言在耳目之内，情寄八荒之表”，“厥旨渊放，归趣难求”[③]，未尝不与诗人这种独特的生命体验相关。当然，这个问题已经越出游仙诗范围了。

在神仙观念受到普遍的质疑，游仙主题发展有走向衰落的趋势时，嵇康和阮籍受玄学思维和玄学自然观的刺激，产生了新的神仙思想，重新获得神仙情结，于是创作了大量游仙作品，达到了中古游仙文学的高峰。

① 《魏诗》卷一〇，逯钦立辑校《先秦汉魏晋南北朝诗》上册，第510页。
② 《魏诗》卷一〇，逯钦立辑校《先秦汉魏晋南北朝诗》上册，第510页。
③ 陈延杰《诗品注》卷上“晋步兵阮籍”条，人民文学出版社，1961年，第23页。

四、阮籍《咏怀》诗的生命主题

阮籍对于生命问题的哲学性思辨,并没有上升为纯粹的理智。诗人以充分自觉化的生命个体置身于恶化的现实中,增加了他对生命的悲剧性的体验。他曾用种种方式超越现实,可最终没有成功。比之于前代诗人,阮籍对生命的感伤有过之而无不及,所以他自觉继承了用诗歌抒发生命情绪的艺术传统。《咏怀》八十二首仍然是生命境界的诗,比起建安诗人,阮籍把诗的主题更纯粹地凝聚在生命问题上。

《咏怀》诗虽然总称"咏怀",但作者所运用的表达方式却是多种多样的,有自抒、言理、怀古、讽谕、感物、游仙等多种类型。因此在这一组诗中,生命主题从各个角度被加以表现,突破了汉魏诗人比较单一的抒情模式。同时,《咏怀》诗用来表现生命主题的语言材料也达到前所未有的丰富多样。但在这些诗中所反映出来的诗人的生命意识和生命情调却是相当一致的。

首先,我们从这八十二首诗中看到,阮籍对生命的基本体验完全是悲剧性的。在阮籍看来,现实的生命行为及其所体现的价值取向,几乎常常是盲目的冲动,没有真正的价值,此时阮籍总是以悲天悯人的眼光看着人群:

> 灼灼西隤日,余光照我衣。回风吹四壁,寒鸟相因依。周周尚衔羽,蛩蛩亦念饥。如何当路子,磬折忘所归。岂为夸誉名,憔悴使心悲。宁与燕雀翔,不随黄鹄飞。黄鹄游四海,中路将安归?(其八)[1]

---

[1] 《魏诗》卷一〇,逯钦立辑校《先秦汉魏晋南北朝诗》上册,第498页。

此诗前面几句富有象征性，在一个寒冷的冬日的薄暮，残阳照在诗人的衣服上，回旋的寒风吹拍着空空的四壁。阮籍对于变化的自然景象是十分敏感的，如《咏怀》其一的“薄帷鉴明月，清风吹我襟”[①]，其九的“良辰在何许，凝霜沾衣襟。寒风振山冈，玄云起重阴”[②]，其十四的“微风吹罗袂，明月耀清晖”[③]，都属此类。诗人在这些平常的景象中感觉到的是一种理趣，产生的是天人相遭的感受。

所以在阮诗中，形象所包含的意义往往比形象本身要大得多。像《咏怀》其八前面所写的这种冬日薄暮的一幕，绝不是被诗人敏捷的诗才捕捉到的几样景物，而是诗人冷静观照着的一个生存境界。这些寒鸟、周周和蛩蛩，它们的行动完全被本能所支配，它们是可悯的，然而尚不失为自然。而人类却常常追求本能之外的名誉和利益，并为此扭曲了心灵，损害了生命。阮籍觉得他们比自然界中的生物还要盲目、可悲。需要指出的是，阮籍在描写、讽谕现实生活中的许许多多人事时，不是站在道德立场上，而是站在自然的立场上。其五十三云：

> 自然有成理，生死道无常。智巧万端出，大要不易方。如何夸毗子，作色怀骄肠。乘轩驱良马，凭几向膏粱。被服纤罗衣，深榭设闲房。不见日夕华，翩翩飞路傍。[④]

《咏怀》诗中频繁出现的讽刺对象有“夸毗子”（其五十三）、“当路子”（其八）、“闲游子”（其十）、“秀士”（其十一）、“繁华子”（其十二）、“途上士”（其二十）、“工言子”（其二十五）、“闲都子”（其二十七）、“路上童”（其二十八）、“佞邪子”（其五十六）、“缤纷子”（其五

① 《魏诗》卷一〇，逯钦立辑校《先秦汉魏晋南北朝诗》上册，第496页。
② 《魏诗》卷一〇，逯钦立辑校《先秦汉魏晋南北朝诗》上册，第498页。
③ 《魏诗》卷一〇，逯钦立辑校《先秦汉魏晋南北朝诗》上册，第499页。
④ 《魏诗》卷一〇，逯钦立辑校《先秦汉魏晋南北朝诗》上册，第506页。

十九)、“洪生”(其六十七)、“便娟子”(其七十五)[①],等等,这些人借名教为幌子,都是所谓的社会上流人物。他们的活动方式虽不同,但都被世俗的名利欲念驱使着。他们事实上都不是真的猛士,可都把自己打扮成社会上的重要角色。阮籍觉得他们是以丑恶为美,以无价值为有价值,是可恶的,又是可悲的,因为他们都违背了生命的自然之理。

诗人正面肯定的则是种瓜东门,“布衣可终身,宠禄岂足赖”的邵平(其六)[②],首阳岑上的采薇士伯夷、叔齐(其九)[③],“玄通士”(其七十七)[④]以及诗中经常出现的“君子”[⑤],一种不同于名教之士的新的君子人格。他们虽然仍是现实中的人,但却深知性命自然之理,过着抱朴守素的纯洁生活,静静地等待着自然来否定他们的生命。可是阮籍并不认为这就是理想的生命,毋宁说这些人更深刻地证明了生命是一种悲剧性的存在。因为精神虽然超越了,肉体终究要被否定。所以,诗人真正的理想是那些超现实的生命——佳人和大人先生,而其幻想则寄托于神仙。但诗人深知那都是无法追求到的境界,因而在他看来,生命的悲剧是必然的。这种悲剧体验,也许只有重新回到道德生命观上,重新建立起道德的价值,才能得以超越。在这一方面,嵇康是开始着手了,那就是《释私论》对君子人格的重新建立。但那种自觉将道德含在生命里面的至善形象,也许过于理想了,所以无论是嵇康还是阮籍,

---

① 以上诸首均引自《魏诗》卷一〇,逯钦立辑校《先秦汉魏晋南北朝诗》上册,其八、十、十一见第498页,其十二见第499页,其二十见第500页,其二十五、二十七见第501页,其二十八见第502页,其五十三、五十六见第506页,其五十九见第507页,其六十七见第508页,其七十五见第509页。

② 《魏诗》卷一〇,逯钦立辑校《先秦汉魏晋南北朝诗》上册,第497页。

③ 《魏诗》卷一〇,逯钦立辑校《先秦汉魏晋南北朝诗》上册,第498页。

④ 《魏诗》卷一〇,逯钦立辑校《先秦汉魏晋南北朝诗》上册,第510页。

⑤ 如《咏怀》其十六、其十八等,见《魏诗》卷一〇,逯钦立辑校《先秦汉魏晋南北朝诗》上册,第499—500页。

都没有使之成为诗歌的形象。后来东晋玄言诗倒是着力塑造那种神性、道性的人格，但因为是非现实的，所以不可能丰满，没有生命的情韵和气息，因而是概念化的。

阮籍体验生命悲剧性的主要方式仍然是传统的盛衰观。诗人所有的表现意图，似乎都指向这一点，即揭示生命由盛到衰、由美到丑、由老到死的必然规律。在他看来，盛衰之变就包含了生命的一切，既然无法超越到某种永恒的存在状态，则生命存在的所有意义，似乎只证明了一个自然的生死过程。而思想所能做到的一种自觉境界，就是对此静静的观照，即"恬于生而静于死"。他的这种观照方式，与后来佛教徒的色空、涅槃思想有些接近，当然并没有表达到佛教生命哲学的抽象高度，也未能将主观的体验充分地客体化。

在否定了各种传统的价值观念而又未及建立稳固的新价值观念的情况下，阮籍几乎失去了终极关怀的热情，他完全将个体生命作为一个孤立的东西来观照，自然就陷入这种悲观状态。所以他的短暂感，几乎是纯粹的短暂感："鸣鸠嬉庭树，焦明游浮云。焉见孤翔鸟，翩翩无匹群。死生自然理，消散何缤纷。"（其四十八）[①]被前人反复吟唱过的这个盛衰、短暂的主题，仍然是诗人最频繁感叹的内容，但诗人的这种感叹，随时都以新的意象出现："清露被皋兰，凝霜沾野草。朝为媚少年，夕暮成丑老。"（其四）[②]"娱乐未终极，白日忽蹉跎。"（其五）[③]"岂知穷达士，一死不再生。视彼桃李花，谁能久荧荧？"（其十八）[④]"愿为三春游，朝阳忽蹉跎。盛衰在须臾，离别将如何？"（其二十七）[⑤]"箫管有遗音，梁王安在

---

① 《魏诗》卷一〇，逯钦立辑校《先秦汉魏晋南北朝诗》上册，第 505 页。
② 《魏诗》卷一〇，逯钦立辑校《先秦汉魏晋南北朝诗》上册，第 497 页。
③ 《魏诗》卷一〇，逯钦立辑校《先秦汉魏晋南北朝诗》上册，第 497 页。
④ 《魏诗》卷一〇，逯钦立辑校《先秦汉魏晋南北朝诗》上册，第 500 页。
⑤ 《魏诗》卷一〇，逯钦立辑校《先秦汉魏晋南北朝诗》上册，第 502 页。

哉?”(其三十一)[1]“朝阳不再盛,白日忽西幽。去此若俯仰,如何似九秋。人生若尘露,天道邈悠悠。”(其三十二)[2]“荧荧桃李花,成蹊将夭伤。焉敢希千术,三春表微光。自非凌风树,憔悴乌有常。”(其四十四)[3]“墓前荧荧者,木槿耀朱华。荣好未终朝,连飙陨其葩。”(其八十二)[4]所有这一类诗句,在我们今天读来,仍然是惊心动魄的。念兹在兹,触处皆是,万物生愁,正是诗人的本色。对于诗人来讲,他的最主要的创造不在于思想主题的增加,而在于语言意象的创新。在生命短暂主题的表现上,阮籍达到了一种新的高度。可见在努力建造一种玄学的带有永恒性体验的生命哲学的同时,阮籍仍然没有超越作为一种激情表达的生命短暂主题。

通过以上的探讨,我们发现,造成玄学和文学新阶段的根本原因还在于生命价值观念的变化,这种变化使它成为魏晋精神发展中的一个重要阶段。

---

① 《魏诗》卷一〇,逯钦立辑校《先秦汉魏晋南北朝诗》上册,第502页。
② 《魏诗》卷一〇,逯钦立辑校《先秦汉魏晋南北朝诗》上册,第503页。
③ 《魏诗》卷一〇,逯钦立辑校《先秦汉魏晋南北朝诗》上册,第505页。
④ 《魏诗》卷一〇,逯钦立辑校《先秦汉魏晋南北朝诗》上册,第510页。

第十六章　两晋社会的变迁和士群生命思潮的演变

两晋时代处于汉魏各种生命意识潮流涌动的背景下，士人群体内部的生命价值取向严重分流，由此而导致人格企尚和行为方式的多元化，这可以说是两晋士人社会的一大特点。分流的基本理论依据仍然来自儒家和道家的生命观，两晋士人更为习惯的术语则为名教与自然。但无论对于自然还是对于名教，都可以有截然不同的理解，因此，这种分流又不能简单地归结为儒道的分流。就两家意识的比重来看，渊源于道家的生命观，显然扮演着最活跃的角色，尤其是庄学生命观的流行，更是给社会带来了冲击性的影响，也可以说是后来佛教流行的重要前提。但儒家的价值观也以相当恒定的姿态存在着，有时还在吸取、同化着道家生命观，因为它毕竟扮演着维护现存政体和社会伦理制度的重要角色。正是基于这种机制，在分流的同时，融合的努力也在不断地发生作用。从晋初统治者提倡礼教与玄雅的兼容，西晋寒素士人在追求功名的同时兼尚玄冲表现，一直到东晋门阀士族名教与自然合一的人格模式的确立，融合也在作着历史性的追求。所以，我们可以说，两晋士人群体生命思潮演变的最大特点就是分流与融合的同时进行，但分流无疑是矛盾的主要方面。

应该指出，上述的分流、融合等思潮演变，是在两晋社会变迁的复杂背景下发生的。如魏晋之际势族士人与寒素士人在仕进方式上的分流，即是士群生命价值观分流的基本原因。而西晋灭亡的悲剧教训又是促使东晋初期的人们重新重视名教行为的契

机,促使着自然与名教两种人生观的融合。本章的讨论将展示意识自身发展规律和历史条件的有机结合。

一、魏晋之际寒素与势族的分流及其历史背景

关于寒素士人与势族士人在学风、士风上的分流及此种现象与西晋文学的决定性关系,笔者在《魏晋诗歌艺术原论》的第四章中已经作了具体的论述,这里准备对分流的背景及分流导致的思潮分化再作一些补充分析。

应该说,这是王朝和统治集团的历史规律,即每当一个新的政治局面开创出来时,最先总是注重个人的才能和功业建树的。在这样的时代,士人群体中个人价值生命观往往能得到比较圆满的实现。但是,随着政治局面的稳定,权力分配的秩序也确定下来,一方面是凭借世袭、恩恤等正式的制度,另一方面是权势在人事上的作用,使得仕进之门开始向势族子弟大幅度地打开,与他们同时的寒素士人的发展空间则迅速缩小,甚至完全被塞断。这时的社会权力分配,就是典型的“世胄蹑高位,英俊沉下僚”[①]。但是我们仍然应该看到,这种局面的形成是有一个过程的,势族士人和寒素士人各方面的分流也是在这个过程中形成的。

建安是一个崇尚个人才能和个人功业建树的时代。汉末大乱后,旧的权门有许多自然地消失了,一些名公大勋的后裔,也形同寒素,他们完全凭自身的功业重新走上政治舞台,王粲、杨修乃至荀彧、荀攸等人都是这样,曹操更是有意识地消除门第、先德、虚望的影响,一再下令拔举没有声望、背景而有才能的士人。这真是寒素建立功业的大好时机。在这个时期,门第的作用退到很

---

① 《晋诗》卷七左思《咏史》,逯钦立辑校《先秦汉魏晋南北朝诗》上册,第733页。

次要的地位，而功业思想得到了发扬。但与此同时，新的势族、门第也在形成，一些势族子弟开始凭借父祖之荫进入仕途。曹操本人就是向来重视功勋后裔的，他将此看作是对功勋本人封赏的延续，认为只有这样才能调动人们的积极性。他在《请追赠郭嘉封邑表》中说："臣闻褒忠示宠，未必当身；念功惟绩，恩隆后嗣。是以楚宗孙叔，显封厥子；岑彭既没，爵及支庶。诚贤君殷勤于清良，圣祖敦笃于明勋也。"又说："褒亡为存，厚往劝来也。"[①]在这种情况下，个人价值的实现已经转化为整个家族的利益分享，这在封建时代被认为是天经地义的。所以在封建时代，无论是东方还是西方，个人价值生命观是不可能得到圆满的发展的，但上述情况，在建安时期并非主流。

仕进方式的改变必然影响到价值观念的改变，建安文人并不以单纯的爵禄为荣，徐幹、曹植都有这方面的表述。徐幹在《中论》专设《爵禄》篇，指出："古之制爵禄也，爵以居有德，禄以养有功。功大者其禄厚，德远者其爵尊。"所以爵禄原本是可贵的。"爵禄之贱也，由处之者不宜也。"出现这种情况，是因为"文武之教衰，黜陟之道废，诸侯僭恣，大夫世位；爵人不以德，禄人不以功"[②]。曹植在《求自试表》中也认为："夫论德而授官者，成功之君也，量能而受爵者，毕命之臣也。故君无虚授，臣无虚受。虚授谓之谬举，虚受谓之尸禄。"他认为自己"爵重禄厚"而"无德可述，无功可纪"，有愧于古之以德功受爵禄者。所以希望朝廷给他机会，让他自试其能，不然的话，"如微才弗试，没世无闻，徒荣其躯而丰其体，生无益于事，死无损于数，虚荷上位而忝重禄，禽息鸟视，终于白首，此徒圈牢之养物，非臣之所志也"[③]。从徐、曹两人不同场

① 《全三国文》卷一，严可均辑《全上古三代秦汉三国六朝文》第2册，第1057页。

② 《中论校注》，徐幹著，徐湘霖注，第137—141页。

③ 赵幼文《曹植集校注》卷三，第368、370页。

合所表达的相近的爵禄观,说明建安时期的士人,追求个人功业,轻视世功世禄,与两晋南朝的重世族而轻视个人德功正好相反。但建安之后逐渐走上政治舞台的一些势族子弟,却逐渐滋生起重爵禄门第而轻视功名的观念,士人中浮华交游、不务实学事功的风气开始形成。

西晋虽属新朝,实承旧基。司马氏在篡权过程中,一方面裁抑甚至消灭曹氏、夏侯氏及亲曹魏的权门势族,另一方面对其余的势族则采取拉拢的方式,并且积极扶植新的权门势族。魏甘露三年(258),司马昭"奏录先世名臣元功大勋之子孙,随才叙用",咸熙元年(264)又"建五等爵"[①]。晋又继承魏代九品中正制,而使品定人士之权柄把持在势族手中。这些政策、制度加上人事上的结果,使一个庞大的势族阶层在晋初固定下来。晋初刘颂上书武帝时就指出了这一点:"泰始之初,陛下践阼,其所服乘皆先代功臣之胤,非其子孙,则其曾玄。古人有言,膏粱之性难正,故曰时遇叔世。"[②]到了西晋中后期,情形更加恶化,差不多是重蹈汉末旧辙。势族士人中,轻视功业的观念发展到恶性的地步,他们养虚望,尚清谈,废实务。干宝在《晋纪总论》中批评西晋上层之风气云:

> ……又加之以朝寡纯德之士,乡乏不二之老,风俗淫僻,耻尚失所。学者以庄老为宗而黜六经,谈者以虚薄为辩而贱名检,行身者以放浊为通而狭节信,进仕者以苟得为贵而鄙居正,当官者以望空为高而笑勤恪。是以目三公以萧杌之称,标上议以虚谈之名。刘颂屡言治道,傅咸每纠邪正,皆谓之俗吏。其倚杖虚旷,依阿无心者,皆名重海内。若夫文王日昃不暇食,仲山甫夙夜匪懈者,盖共嗤点,以为灰尘,而相诟病矣。由是毁誉乱于善恶之实,情慝奔于货欲之途。选者

① 《晋书》卷二《文帝纪》,第1册,第35、44页。
② 《晋书》卷四六《刘颂传》,第5册,第1296页。

> 为人择官，官者为身择利，而秉钧当轴之士，身兼官以十数，大极其尊，小录其要，机事之失，十恒八九。而世族贵戚之子弟，陵迈超越，不拘资次。悠悠风尘，皆奔竞之士；列官千百，无让贤之举。[①]

干宝是在对西晋历史进行认真地研究之后作出上面这番议论的。他的话，应该是每一句都有事实的根据。在这种情况下，势族士人群体的伦理观念严重混乱，生命价值的追求失落了。本来这种贵族社会的糜烂症，与老庄思想并没有什么联系，相反，真正的道家自然观念正是以这种糜烂症为批判对象的，其理想在于实现淳朴自然的社会。但是，西晋势族士人却以玄学清谈为他们的文化标志，以虚无放废为自然，混淆是非为齐物。他们紧紧地抓住爵禄，而又蔑视功名，并拿"无名无为"当依据。这样一来，玄学居然成了他们最大的精神托庇所。汉魏之际所建立起来的士人社会的人格理想，在这群势族士人中完全失落了。

我们知道，以文章著述为实现生命价值的手段，也是汉魏士人伦理价值生命观的一部分。势族士人既然放弃这种生命观，自然也就抛弃了奋力著述的风气。魏晋之际，著述转为清谈。早期的玄学家有很深的学问功底，经史老庄，都是博通的。后来的玄学名士，大部分都是空疏无学，儒学和文史之学不用说，就连《老》《庄》等玄学家奉为经典的书，他们也未必认真地读过。《世说新语·文学篇》载："庾子嵩（敳）读《庄子》，开卷一尺许便放去，曰：'了不异人意。'"又载："诸葛厷年少不肯学问。始与王夷甫谈，便已超诣。王叹曰：'卿天才卓出，若复小加研寻，一无所愧。'厷后看《庄》、《老》，更与王语，便足相抗衡。"[②]庾子嵩、诸葛厷是否有特

---

① 《文选》卷四九，萧统编，李善注，中华书局影印清胡克家校刻本，1977 年，第 692—693 页。

② 余嘉锡《世说新语笺疏·文学第四》，第 204、202 页。

别的天才颖悟,且不去管它,我们只是从这两则轶事中,就能窥见西晋玄学界读书治学风气衰微已甚。但我们不禁又会发生这样的疑问:庾子嵩既然未读《庄子》,为什么又说《庄子》所言"了不异人意"?诸葛厷没有好好地读过《老》《庄》,为什么与王夷甫相谈"便已超诣"呢?这其实正反映了西晋玄学"繁盛"的真相:一些玄学名理已作为一种社会意识流行于上层,势族子弟耳熟能详,早已按他们的方式理解老庄,所以不读老庄之书,也能清谈玄理。汉魏文学本来就建立在博学的基础上,玄学名士既然不读书,枵腹清谈,自然无法创作文学,尤其是写不了纯正入流的诗赋作品。加上他们又提出言不尽意之论,更以玄悟为真际,视文学为糟粕。庾敳本非文学之士,但"见王室多难,终知婴祸,乃著《意赋》以豁情,犹贾谊之《服鸟》也"。此赋是作者为了排却内心恐惧而作,谈的都是名理,艺术上实在没有什么可取之处,根本无法与贾谊《鹏鸟赋》相比。但就是这样一次率尔之试,他的侄儿庾亮也提出这样的质疑:"若有意也,非赋所尽;若无意也,复何所赋?"[①]对他的写作提出质疑。这话被史家作为名言记下来,其实这样的"名言",当时的势家子弟都能说出几句。说什么事都首先表现出否定、不以为然的姿态,正是那种以聪明自诩的势家子弟的制胜秘诀。从庾亮的话里,我们也能看出势族玄学名士对文章著述的普遍看法。由此可见,他们与文学无缘,是先天决定了的。

西晋文学家群体的主要成员是寒素族士人。西晋的寒素族与后来南朝时代的庶族,在内涵上是有所不同的。南朝区分世族与庶族主要依据门第之高下,含有崇尚门望的意思;西晋区分素族与势族的标准却是务实的,完全以有无当世的权势勋爵来区分。西晋人荀组对寒素作了一个明确简洁的说明:"寒素者,当谓门寒身素,无

---

① 《晋书》卷五〇《庾敳传》,第5册,第1395页。

世祚之资。”[①]所谓世祚之资是指父祖两辈有可袭之勋爵及可依之权势，足使一个士人可以不需要自身的努力而进入仕途。除此之外的“门寒身素，无世祚之资”的士人，无论他是田茅之子如赵至、薄宦门第如左思，还是一般的官僚子弟如张载兄弟、吴蜀两国的元勋之后如陆机兄弟、吴蜀两国的下层官员如陈寿[②]，都应归入寒素之列。与南朝时期世族处于文化上的优越地位不同，西晋时期寒素族处于文化的优越地位。这一方面是由于这些士人中，有一部分出于世守儒学的门第，在汉魏动乱之时，儒学之士窜逐林莽之间，大部分儒学门第沦于底层，到了魏晋之际，统治者渐倡儒学，这些士人因时而出，希望求得功名。所谓寒素的“素”正有清素、儒素之义。另一方面，寒素者主要凭借学业优博和文史创作的才能，或直接应举孝廉、秀才，或由文章获致声誉，得到荐举的机会。基于这种原因，寒素士人崇尚博学有文，谨身守礼，其文化水平和道德水准都远高于势族士人。其中的一些人，成为西晋文坛的中坚。

尽管正始玄学家对名教作了激烈的批判，而且在上层势族子弟中也盛行浮华虚诞、不修名检、不事功业的风气，但在魏晋形成的以求功名为主要目的的寒素族士人，却仍然以名教的规范来塑造自己。由于需要通过个人努力以改变社会地位，所以他们普遍重视个人生命价值的实现。可以说，汉魏之际士人的价值观、人生观，是由他们延续下来的。西晋文学所继承的，主要是正始以前的汉魏文学格局，张衡、蔡邕、曹植、王粲是他们心目中的近代文学大师。这种继承方式，其根源正在于西晋文人与汉魏文人在价值取向上的接近。

但是，我们还应该看到，魏晋之际形成的这个寒素群体，尽管在个人生命价值观上接近汉魏文人，但在人格表现上却有很大的不

---

① 《晋书》卷四六《李重传》，第5册，第1311页。

② 陆机诸人的情况，拙著《魏晋诗歌艺术原论》中已论及。陈寿事见《晋书·陈寿传》：“少好学，师事同郡谯周，仕蜀为观阁令史。”（《晋书》卷八二，第7册，第2137页）蜀平后寿沉滞累年，后因张华之荐，举为孝廉，其实际地位正属寒素。

同:汉魏文人追求独立的人格,富于弘道济世的热情。他们对待政治的态度,一方面是积极的,另一方面更是自主的。从冯衍的《显志赋》《扬节赋》、张衡的《归田赋》《思玄赋》、赵壹的《刺世疾邪赋》,乃至郦炎的《见志诗》、仲长统的《言志诗》、王粲的《登楼赋》、刘桢的《赠从弟》以及曹植的许多诗赋中,我们都可以看到汉魏文人对独立人格的追求。即使在文人与现实政治关系最密切的建安时期,文人仍然重视个性和独立思考。建安文人这种坚强弘毅、自主自由的性格,是他们的文学具有风骨的精神基础。可以说,汉魏文人是以人格独立为建功立业的前提的。功业在这里标志着生命真正的辉煌境界,而非简单地被视为个人地位的改变、勋名位望的取得。相反,奋励有当世志的士人,普遍的心态是轻忽名位爵禄的,曹植就是一个典型的例子。可是,士人对人格独立的追求,常常与统治者的政治利益相冲突。这种冲突一直存在,而当政治专制达到顶峰的魏晋之际,则变得异常激烈,以至于迫使士人们要在人格独立与生存之间作出抉择。龙性难驯的嵇康,将这种独立精神发展到极致。在这一点上,他甚至是中国历史上独一无二的人物。他在当时显然成为人格独立、自由的楷模,影响了一代青年的心灵。当嵇康下狱时,太学生数千人请免,一时豪俊皆随入狱。从表面上看,嵇康入狱事件引起了一场不小的运动,它使逮捕嵇康的司马氏当局陷于尴尬境地,但太学生的请求并没有被批准,那些随嵇康入狱的豪俊也被劝喻遣散了。这场运动非但未能挽救嵇康,反而促使司马昭下定杀害嵇康的决心。嵇康的死标志着独立精神在士群中的结束。竹林名士中,阮籍于嵇康被杀次年郁郁而终,山涛、王戎本来就已经走向世俗的功名,向秀也不得不归依司马昭,为世所役①。刘伶后来也参

---

① 《晋书·向秀传》载:"康既被诛,秀应本郡计入洛。文帝(司马昭)问曰:'闻有箕山之志,何以在此?'秀曰:'以为巢许狷介之士,未达尧心,岂足多慕。'帝甚悦。"见《晋书》卷四九,第5册,第1374—1375页。

加了对策[①]。当向秀作《思旧赋》,王戎经黄公垆怀念与阮、嵇旧游而慨叹"视之虽近,邈若山河"时,汉魏独立自由的精神,仅能托遗响于悲风矣!

在这样的背景下走上功名之路的寒素士人,其人格由独立转向依附。他们从玄学那里接受的不是其批判精神和超越现实的自由个性,而是处有体无,在追求功名的同时不失玄冲的姿态。当他们还处于寒素的境地时,更注意玄学所带给他们的全生保身、以退为进、以小谋大的人生智慧。后来成为西晋文坛领袖和朝廷重臣的张华,早年未知名时,曾"著《鷦鷯赋》以自寄","陈留阮籍见之,叹曰:'王佐之才也!'由是声名始著"[②]。在这篇赋中,作者借渺小的鷦鷯以自喻,他说在万类之中,鷦鷯只是一个微禽,但也摄生受气于自然,育此丑陋微小的身躯。它无玄黄色彩以自贵,毛羽也没有使用价值,肉质也不登于俎豆,连鹰鹯都对它不屑一顾,还须惧怕网罗的猎获吗? 这正是以小自存,以无用为用。这只小鸟,自身的生存需要和活动空间都很有限:"飞不飘扬,翔不翕集。其居易容,其求易给;巢林不过一枝,每食不过数粒。"完全是自足于内,不骛于外。要说自由的话,这也是一种自由;要说自然的话,这也是一种自然:"委命顺理,与物无患。伊兹禽之无知,而处身之似智。不怀宝以贾害,不饰表以招累。静守性而不矜,动因循而简易。任自然以为资,无诱慕于世伪。"老庄的全生思想在这里得到圆满的发挥。接着,作者列举了与鷦鷯不同的另一些珍禽异鸟,它们有以勇猛著称、介其觜距而善斗的雕鹖,翱翔于云际的鹄鹭,窜入幽险之境的鹍鸡,生于遐荒的孔雀,以及那些美丽的晨凫归雁,皆矫翼而逝,气势不凡。但是"咸美羽

---

① 《晋书·刘伶传》载:"泰始初对策,盛言无为之化。时辈皆以高第得调,伶独以无用罢。"见《晋书》卷四九,第5册,第1375页。

② 《晋书》卷三六《张华传》,第4册,第1069页。下引《鷦鷯赋》同。

而丰肌,故无罪而皆毙;徒衔芦以避缴,终为戮于此世”,都因材美而取祸;而“苍鹰鸷而受绁,鹦鹉慧而入笼”,则是因有用而受累。作者有感于魏晋之际名高位显者多遭杀身之祸,或为世所役,困顿丧气,所以有这样的议论。赋的最后还阐发大小相对之理,将鹪鹩与“巢于蚊睫”的鹪冥和“弥乎天隅”的大鹏相比,正是“上方不足而下比有余”,作者说:“普天壤而遐观,吾又安知大小之所如?”

张华的这篇《鹪鹩赋》,反映出魏晋之际寒素文人的一种心态,所谓以小自足,不以材美有用取祸累于世,并不是他们真正的生存方式;其真正的用意在于以小谋大,以无用的姿态掩蔽有用的实质。他们普遍的意识,是首先要学会生存的策略,才有发展的可能。阮籍之所以从《鹪鹩赋》中看出张华有“王佐之才”,正是领会到作者赋内赋外的全部用意。

寒素士人既要保身全生,又不愿意真的自足于小,自处于无名无用的境地,而要求得到发展,其结果势必是以依附强权、揣摩政局为智慧,完全失去了汉魏名士那种独立自由的人格理想。这可以说是汉魏的生命价值观在延续的同时的精神衰变。

二、寒素心态与西晋文学风貌

西晋文学的基本格局,是承自正始之前的汉魏文学。这一方面是因为拟古、雅正及崇尚体制规范的创作思想在起作用,另一方面是因为西晋文人继承了汉魏文人的生命价值观,并深受汉魏文人的生命意识、抒情风格的影响。当然,寒素士人群体精神上的某些衰变,使得文学的精神也有所衰变。比如西晋寒素群体的依附性人格表现,反映在创作上,就形成以因袭古人为主,缺乏独立创新意识的西晋文坛风气。又如西晋前期的文学,显然丧失了

汉魏文学的批判精神。陈子昂所说的“汉魏风骨，晋宋莫传”[①]，正是这些精神衰变的结果。但对于这个断语，我们应当辩证地看待，所谓“莫传”并非突然中断，而是一个逐渐衰变的过程。如将东晋文学与西晋文学比较，我们可以发现，东晋的玄言文学，才是真正偏离汉魏文学的传统，以言理达性，塑造模式化、没有现实生命性质的玄学人格的文学；而西晋文学的创作原则仍是抒情言志，表现现实生命及其追求和矛盾。饶宗颐先生对东西晋文学的差异作过很简括精辟的评论：“西晋主情，实深乎风；东晋体性，渐偏于理。”[②]我想，“渐偏于理”的“理”如改为“颂”，也许概括能更全面。玄言文学其实是颂体文学的苗裔，它始于西晋而倡于东晋，但在西晋“玄颂”绝非主流。两晋文学风貌的差异，与文人群体的构成不同是直接相关的。西晋文人群体由寒素阶层构成，所反映的是寒素士族的生命价值观和情调；东晋文人群体则主要由门阀士人构成。东晋时代寒素攻儒业文者虽然并未绝迹，但形成不了一个文学团体，左右不了文坛风气。

“西晋主情，实深乎风”，尽管西晋文学的理念是古典式的，没有表现出深刻的现实精神，但是审美价值取向仍然属于现实美的范围。既不表现抽象的道德境界即“性”，也不表现超现实的生命存在即“神”，而是以现实生命的、行动、感情、愿望为文学的表现对象。正始玄学家们曾讨论过感情问题，事实上也就是讨论感情存在的价值，感情是否是生存的本质表现这一重要的哲学问题。其中何晏主张圣人体无，无哀乐之情；王弼则认为圣人也有与常人相同的感情，但“神明”即道德性体茂于常人，所以虽有情而无累，能“体冲和以通无”，“应物而无累于物”[③]。王、何两家的观点

---

① 《陈子昂集》卷一《修竹篇并序》，徐鹏校点，上海古籍出版社，2013 年，第 16 页。

② 饶宗颐《两晋诗论序》，邓仕梁《两晋诗论》，香港中文大学出版部，1972 年，第 1 页。

③ 《三国志・魏书・王弼传》裴松之注引何劭《王弼传》，第 3 册，第 795 页。

在当时影响很大。何晏为了使贵无的本体论在逻辑上完满,不惜违反常人的心理经验作出如此结论,王弼否定了它,事实上也是修正了它,显然更接近于心理事实。但在对于感情的存在价值的判断上,王、何其实是一致的,他们都认为现实感情并非体玄人格所必要的,圣人不管有情无情,无累于情是肯定的。后来嵇康作《声无哀乐论》,更将此命题延伸到艺术美的本体问题上来。其实,所有这些理论,从主观动机来看,都反映了玄学家超越现实感情的努力,表现为对玄虚境界的体验。在这种意识背景下,汉魏文学所确立的抒情原则面临来自哲学的挑战。从西晋玄学群体放弃文学这一抒情工具和东晋玄言文学的盛行,我们可以看到,这种挑战不仅在逻辑上是可能的,而且是一种事实。在玄学背景下的西晋寒素文学家,尽管也尝试将玄冲意识表现在诗赋中,但并没有放弃汉魏文学的抒情原则,这正与他们的基本生命情调是寒素式的易于感激、慷慨不平之特征相符。

情志作为文学的根本,无论表现于创作还是形之于理论,都是明确的。汉魏之际盛行的以慷慨悲哀为美的审美趣味,仍是西晋抒情诗赋所追求的一种境界。张华的《情诗》五首、潘岳《悼亡诗》、陆机《拟古诗》十二首以及西晋后期诗的代表作如左思的《咏史》、张协的《杂诗》,这些西晋诗坛的上乘之作,都能再现汉魏诗的美学特征。与汉魏诗人的表现方式一样,这些诗歌也都是在自觉的生命意识的氛围中表现现实生活境界的。例如张华《情诗》、张协《杂诗》其一,在物候的描写中暗示瞬时意识,使主人公处于爱情悲剧(指离别独处而言)与生命悲剧(指对生命瞬间的顿悟而言)这样双重悲剧中。潘岳的《内顾诗》二首和《悼亡诗》三首,其成功的奥秘正在于尽情抒发生命与爱之悲哀,从而使它们成为爱情诗中的经典之作,奠定了潘岳在文学史上的一席之地。其《内顾诗》与《古诗十九首》的风格最为接近,如其二:

> 独悲安所慕？人生若朝露。绵邈寄绝域，眷恋想平素。尔情既来追，我心亦还顾。形体隔不达，精爽交中路。不见山上松，隆冬不易故。不见陵涧柏，岁寒守一度。无谓希见疏，在远分弥固。[①]

潘岳的抒情，毫不矫饰，也不耽玩辞藻，只是缕缕展诉，实感弥满，貌似拙率的诗句，细味十分精劲。如“形体隔不达，精爽交中路”，“无谓希见疏，在远分弥固”，如此语言，对耽溺绮靡情色的宫体诗流来说，是做梦也达不到的，诗品实在不俗。其《悼亡诗》三首，悲哀弥襟，情不自胜。其一云：

> 荏苒冬春谢，寒暑忽流易。之子归穷泉，重壤永幽隔。私怀谁克从，淹留亦何益。僶俛恭朝命，回心反初役。望庐思其人，入室想所历。帏屏无髣髴，翰墨有余迹。流芳未及歇，遗挂犹在壁。怅恍如或存，回遑忡惊惕。如彼翰林鸟，双栖一朝只。如彼游川鱼，比目中路析。春风缘隙来，晨霤承檐滴。寝息何时忘，沉忧日盈积。庶几有时衰，庄缶犹可击。[②]

诗一开始就抒迁逝之感，是西晋诗的常格。妻子亡故已经一个寒暑，诗人如梦未醒地打发着日子，悲情难以断绝。但作为一个以仕宦为生的士人，不能不“僶俛恭朝命，回心反初役”。临行之前再次抚悼亡妻的室庐，诗人更感悲从中来，不可断绝。中段层层展示，体现潘岳式的朴素而执着的写情艺术。其写对亡人如存如亡的感觉，十分逼真地表现出此种心理状态。此诗体制颇学秦嘉《赠妇诗》，生离死别，事虽不同，情实相近。情诗（广义的）一体的发达与否，最能见出一个时期文学抒情风气的浓淡强弱。汉末、建安时期，都是抒情高潮，其情诗也最发达。西晋时期，情诗情赋

---

① 《晋诗》卷四，逯钦立辑校《先秦汉魏晋南北朝诗》上册，第635页。

② 《晋诗》卷四，逯钦立辑校《先秦汉魏晋南北朝诗》上册，第635页。

虽不及前面两个时期发达,但仍为重要的一体。建安诗人有代人作情诗的习惯,西晋诗人亦承此前轨。陆机集中有《为顾彦先赠妇》诗二首、《为陆思远妇作》诗、《为周夫人赠车骑》诗,都是规摹汉魏情诗体制而有所创新。如《为顾彦先赠妇》诗二首:

> 辞家远行游,悠悠三千里。京洛多风尘,素衣化为缁。循身悼忧苦,感念同怀子。隆思乱心曲,沉欢滞不起。欢沉难克兴,心乱谁为理。愿假归鸿翼,翻飞浙江汜。
>
> 东南有思妇,长叹充幽闼。借问叹何为,佳人渺天末。游宦久不归,山川修且阔。形影参商乖,音息旷不达。离合非有常,譬彼弦与筈。愿保金石躯,慰妾长饥渴。[1]

前面说过,西晋时仕宦中朝的江南士人,实际上是一种寒素身份,感情十分敏感,每有不适应京洛生活的感觉,且多万里孤身来仕,情形更显得凄惶。陆机写这类诗,还是有一定的现实性的,表现了他对这些游子思妇的关怀之情。陆机的诗赋,虽然总体上看感情深度不够,但其缺失不在于不重抒情,而在于抒情常常过于外露,或者说有意识追求外表性的慷慨顿挫的节奏,而失去内在深沉的感染力。总观西晋文学,陆机在运用抒情上的得失,是有代表性的现象。西晋文学之所失,在于没有发展抒情方式,而并非不重视抒情。陆机"诗缘情而绮靡"[2]这个断语,还是符合西晋诗坛的基本风尚的。

更为直接地反映了西晋文人的生命价值观的是功名的主题。这些寒素之士关心、热望功名含有双重意义。首先是只有通过功名的建立,才能改变他们门寒身素的处境,使自身和家族的社会地位得以提高。其次是一种终极的关怀,也就是士人们向来崇尚

---

① 《晋诗》卷五,逯钦立辑校《先秦汉魏晋南北朝诗》上册,第682页。

② 《文选》卷一七陆士衡《文赋》,萧统编,李善注,第240页。

的三不朽。对于渐渐被势族阶层挤到一边、处于权力分配夹缝中的西晋寒素士人，无论是前期的张华、傅玄，还是后期的左思、张载，他们对于社会地位和权力分配特别敏感，所以比较起来，上面的双重意义中，前一重显得更加突出，而终极关怀的意识则比汉魏名士要淡薄得多。他们更多地关怀家族和同群，而对大生命的关怀则无法与汉魏名士相比。这一点，无论寒素还是势族都是一致的，它表明士族群体将走入以家族为中心的时代，他们奋斗的目标将由建立一种理想的社会转为建立一个理想的、上层的家族。这种观念的变化，使得西晋寒素的功名观变得狭隘起来，缺乏更丰富的社会价值，因而也缺乏一种崇高感。文学上现实精神的萎缩也是与相关。当然，这里并未全部否认其理想色彩。

张华在某种意义上可以说是西晋寒素文士的典范。他由一个孤儿通过学业建树和文学成就走向社会的上层，他以自己政治和文学上的双重成功鼓舞了一代文士，甚至可以说是东汉以来文学之士致位通显的第一人。他还以提携寒素为己任，许多著名文人都由他奖掖而进。《晋书》本传说："华性好人物，诱进不倦，至于穷贱候门之士有一介之善者，便咨嗟称咏，为之延誉。"[①]而另一名士领袖王戎，虽号称有"人伦鉴识"，却是"自经典选，未尝进寒素，退虚名，但与时浮沉，户调门选而已"[②]。其实这正反映了寒素与势族的分流从荐士用人上也可以明显地看出来。张华还写了《励志诗》，鼓励士人们积极地追求功名。诗的第一段叙迁逝之理，激励士人们乘时奋发："大仪斡运，天回地游。四气鳞次，寒暑环周。星火既夕，忽焉素秋。凉风振落，熠燿宵流。吉士思秋，实感物化。日与月与，荏苒代谢。逝者如斯，曾无日夜。嗟尔庶士，

---

① 《晋书》卷三六《张华传》，第 4 册，第 1074 页。

② 《晋书》卷四三《王戎传》，第 4 册，第 1234 页。

胡宁自舍。"[①]迁逝感是西晋文士的共有心态,也是西晋文学表现生命意识的主要方式。张华首叙此意,是最容易引起共鸣的。诗的中间几段讲的是士人励行修身、进德精业的一些原则。如"仁道不遐,德輶如羽。求焉斯至,众鲜克举",是讲求仁。"虽有淑姿,放心纵逸。出般于游,居多暇日。如彼梓材,弗勤丹漆。虽劳朴斫,终负素质",是戒怠惰、浮华宴游,与他所作的《轻薄篇》意思接近。其下数段,都是讲进德精业之事。作者最强调持之不懈的精神,这正是像他这样的寒素士人的成功"秘诀":"水积成川,载澜载清。土积成山,歊蒸郁冥。山不让尘,川不辞盈。勉尔含弘,以隆德声。高以下基,洪由纤起。川广自源,成人在始。累微以著,乃物之理。纆牵之长,实累千里。"张华的诗笔洪纤皆达,很巧妙,诗语也温雅有味。将这样的主题写得如此生动,实见功力。最后一段是向寒素士人预示成功的境界:"复礼终朝,天下归仁。若金受砺,若泥在钧。进德修业,辉光日新。隰朋仰慕,予亦何人。"这位士人克己复礼,终于成功了,他名满天下,成为士林的典型,为同侪所仰慕。从这里我们可以看到,成功的最主要标志是个人在当时社会中地位名望的提高。在《壮士篇》中,张华笔下的壮士通过从戎建立功名,最后是"独步圣明世,四海称英雄"[②]。这些都反映出西晋寒素追求功名的首要动机在于为自身和家族提高地位。当然,这种追求是要体现伦理之善的,张华也完全是用儒家的人格理想来规范士人的,但在西晋浊乱的政治现实中,这种人格理想显得十分空洞。

对于西晋文人来说,功名的追求与玄冲意识之间的矛盾,也是值得研究的一种心态。功名原是寒素者的安身立命之处,他本可以毫不矜持地表达这种愿望。可是,经过玄学的洗礼,名誉观

---

① 《晋诗》卷三,逯钦立辑校《先秦汉魏晋南北朝诗》上册,第615页。下引同。

② 《晋诗》卷三,逯钦立辑校《先秦汉魏晋南北朝诗》上册,第613页。

念受到一定质疑，上层势族的一些玄学名士以虚旷为高，而西晋朝廷也有意识地提倡虚伪的谦素冲和的人格。追求功名从某种意义上说，也会让个体精神的追求招致过于进趣之讥。更何况浊世中求取功名，本就容易与仕途的混浊相侵，所以潘岳招来拜路尘之非议，而另一位文学家陆机，从各方面来看，都是符合人伦标准的，他“负其才望，而志匡世难”，应该说是值得赞美的一种志向，但仍因“好游权门，与贾谧亲善，以进趣获讥”[①]。在这种情势下，寒素士人在热望功名的同时，不能不表现出玄冲恬淡的姿态，而当时朝廷也有意识地褒扬像皇甫谧这样的“素履幽贞”之士。张华本是功名之士，且有豪侠精神，可是他有时却将自己说成是玄冲之人，似乎他走上功名之途是很不得已的。其《答何劭诗》云：

> 洪钧陶万类，大块禀群生。明暗信异姿，静躁亦殊形。自予及有识，志不在功名。虚恬窃所好，文学少所经。忝荷既过任，白日已西倾。道长苦智短，责重困才轻。周任有遗规，其言明且清。负乘为我戒，夕惕坐自惊。是用感嘉贶，写心出中诚。发篇虽温丽，无乃违其情。[②]

何劭赠诗张华，有“既贵不忘俭，处有能存无。镇俗在简约，树塞(《韵语阳秋》作‘塞门’)焉足摹”[③]之语。张华得到这位玄学名士的赞赏，干脆将自己说成本来就是玄冲之士。当然，他这样说也不是完全没有理由的，他是完全凭自己的努力上进的寒士，早年却因那篇《鷦鷯赋》得阮籍赏誉而声名始著。显然，他的那种以小自存的庄学人生观的表白，赢得了上流社会的好感，为他打开通向上层社会之门。这真是以退为进的妙用。当然，这不等于说那篇《鷦鷯赋》里的感情完全是虚伪的，这只是就它产生的社会效果

① 《晋书》卷五四《陆机传》，第5册，第1473、1481页。

② 《晋诗》卷三，逯钦立辑校《先秦汉魏晋南北朝诗》上册，第618页。

③ 《晋诗》卷四，逯钦立辑校《先秦汉魏晋南北朝诗》上册，第648页。

而言。张华成功之后,显然没有忘记那番经历,所以在他的作品中,常常看到道家人生观的表白:“乘马佚于野,泽雉苦于樊。役心以婴物,岂云我自然。”(《诗》)“君子有逸志,栖迟于一丘。仰荫高林茂,俯临渌水流。恬淡养玄虚,沉精研圣猷。”(《赠挚仲治诗》)[①]他还写过一首讲述玄道的诗,可见张华始终塑造着儒玄兼综的人格。但他真正的价值取向在于现实的功名,在《壮士篇》中,他借壮士的形象,畅快地抒发了热望功名的心态:“天地相震荡,回薄不知穷。人物禀常格,有始必有终。年时俯仰过,功名宜遽崇。壮士怀愤激,安能守虚冲。”[②]他终于走出玄冲的境界,淋漓尽致地表达着功名愿望。从文本上看,这个人不是张华自己,而是“壮士”。同样,他将自己身上的豪侠精神寄托在《博陵王宫侠曲》二首、《游侠篇》这些代言体的作品中:“岁暮饥寒至,慷慨顿足吟。穷令壮士激,安能怀苦心。”(《博陵王宫侠曲》其一)“少孤贫,自牧羊”(《晋书》本传)的张华,在这里不会没有亲身的感受。“宁为殇鬼雄,义不入圜墙。生从命子游,死闻侠骨香。身没心不惩,勇气加四方。”(《博陵王宫侠曲》其二)[③]从这里可以窥见张华的另一种生命情调,他是保持了寒素感激的一面的。这种感激也表现在《招隐》诗二首中:

隐士托山林,遁世以保真。连惠亮未遇,雄才屈不伸。(其一)

栖迟四野外,陆沉背当时。循名掩不著,藏器待无期。羲和策六龙,弭节越崦嵫。盛年俯仰过,忽若振轻丝。(其二)[④]

在他看来,隐士无法实现作为一个士人的生命价值毕竟是一种悲

---

① 《晋诗》卷三,逯钦立辑校《先秦汉魏晋南北朝诗》上册,分见于第623、621页。
② 《晋诗》卷三,逯钦立辑校《先秦汉魏晋南北朝诗》上册,第613页。
③ 《晋诗》卷三,逯钦立辑校《先秦汉魏晋南北朝诗》上册,第612页。
④ 《晋诗》卷三,逯钦立辑校《先秦汉魏晋南北朝诗》上册,第622页。

剧，这与《赠挚仲治诗》中表现的希企隐逸的情调很不一样。存在于张华身上的功名热望与玄冲姿态的双重表现，在西晋寒素士人那里是有代表性的。

西晋寒素文士在权力分配的夹缝中追求功名，是受到一定现实阻碍的。在西晋前期皇权政治运转尚属正常之时，朝廷为了平衡权力分配，抑制豪门势族过分膨胀，采取了举寒素、秀才、孝廉等政策，有司以文章选士[①]。而当时的舆论，也有一种进寒素、退虚名的声音，如前所引王戎因为典选未尝以退虚名、进寒素为务而被世人所讥，张华则以奖掖人物而取誉于世，就是这种舆论的反映。在这种情况下，寒素士人尚有求得功名的希望。东吴未平前，也有不少士子将建功希望寄托在统一大业上，傅玄《长歌行·利害同根源》、枣据《杂诗·吴寇未殄灭》、左思《咏史·弱冠弄柔翰》都反映了这一点。从张华的《励志诗》来看，似乎寒素争取功名完全是水到渠成之事，真是"诸生业患不能精，无患有司之不明；行患不能成，无患有司之不公"[②]。这当然已经掩盖了某种现实矛盾，但也说明寒素对仕进的成功，仍然抱有幻想，所以他们不愿意正视这种现实矛盾。但是随着西晋政治的恶化，这个矛盾越来越暴露出来。"寒素后门之士"郭泰机的一曲寒女之叹，引发了西晋中后期寒士们的不平之诗、激愤之文。郭氏《答傅咸》诗云：

> 皦皦白素丝，织为寒女衣。寒女虽妙巧，不得秉杼机。天寒知运速，况复雁南飞。衣工秉刀尺，弃我忽若遗。人不取诸身，世事焉所希。况复已朝餐，曷由知我饥。[③]

---

① 参见夏侯湛《抵疑》，《全晋文》卷六九，严可均辑《全上古三代秦汉三国六朝文》第2册，第1855—1856页。

② 《韩昌黎文集校注》卷一《进学解》，马其昶校注，马茂元整理，上海古籍出版社，1986年，第45页。

③ 《晋诗》卷三，逯钦立辑校《先秦汉魏晋南北朝诗》上册，第609—610页。

诗人说尽寒女的悲哀,婉诉着世事的不平,引发后世无数文士的共鸣,其工在意而不在辞。傅咸在《答郭泰机诗序》中说:“河南郭泰机,寒素后门之士,不知余无能为益,以诗见激切可施用之才,而况沉沦不能自拔于世,余虽心知之而未如之何,此屈非复文辞所了,故直戏以答其诗云。”傅氏此诗仅存四句,所谓“素丝岂不洁,寒女难为容”,“贫寒犹手拙,操杼安能工”云云[①],真所谓敷衍游戏之辞耳。傅咸之父傅玄为寒素至通显者,“性刚劲亮直”(《晋书·傅玄传》)。咸虽袭父爵,按势族之例入仕途,但“刚简有大节”,“推贤乐善”(《晋书·傅咸传》)[②],其治官以抑裁权门为务,所以郭泰机投诗给他,是希望得到他的荐拔。但傅咸对此无能为力,并说“此屈非复文辞所了”,可见寒素受阻已是社会的不治之症。寒素文士从幻想功名到愤激世事,终于从掩饰矛盾到尖锐地揭开了矛盾。左思《咏史》、张载《榷论》、王沈《释时论》、蔡洪《孤奋论》(见《晋书·王沈传》,原文已亡),相当集中地表现了“世胄蹑高位,英俊沉下僚”的主题。士人们实现生命价值的道路又一次遇到严重的梗阻,加上世道乱离,一些人走上以隐逸全生的道路,这就是张协《杂诗》十首和郭璞《游仙诗》十九首产生的环境土壤[③]。

从表现生命主题的角度来看,陆机的作品是值得重视的。他身为亡国之臣,亲身体验了繁华瞬息即空,目睹着生命纷纷夭折,心灵受到严重的刺激。但他不敢过多流露故国之思,只能将沧桑之感寄托于命运祸福、天道盛衰等主题下,反复地加以表现。他有时达观地承认盛衰是自然之理,如天道的四时变化、阴阳更替,但更多时候是对此兴发感激、忧思之情。他未尝不知生是偶然,死为物化。其《感丘赋》云:

---

① 《晋诗》卷三,逯钦立辑校《先秦汉魏晋南北朝诗》上册,第609页。

② 傅玄、傅咸传见《晋书》卷四七,第5册,第1317、1323页。

③ 详见拙著《魏晋诗歌艺术原论》第四章第二节“素族文士的功名心和失落感”,第七节“西晋后期诗歌的新精神”。

伊人生之寄世，犹水草乎山河。应甄陶以岁改，顺通川而日过。生矜迹于当已，死同宅乎一丘。翳形骸于下沦兮，飘营魄而上浮。随阴阳以融冶，托山原以为畴。妍媸混而为一，孰云识其所修。[①]

一般的西晋文士，对于生死自然之理是认识透彻的。皇甫谧《笃终》一文中的观点，在士群中是有代表性的，他认为“存亡天地之定制，人理之必至也”，又云：“夫人之所贪者生也，所恶者死也。虽贪不得越期，虽恶不可逃遁。”这样的看法，不失为达观明理。至于死亡的性质，他仍是继承精神、形骸二气分离之说：“人之死也，精歇形散，魂无不之，故气属于天；寄命终尽，穷体反真，故尸藏于地。是以神不存体，则与气升降；尸不久寄，与地合形。形神不隔，天地之性也；尸与土并，反真之理也。”[②]皇甫谧虽认为魂气属天，却非灵魂永生论者。陆机《感丘赋》中的死亡观，与皇甫谧是相同的，但陆机并不是以哲人心态对待它，而是以文士心态为此感伤忧郁。

感伤生命是陆机作品的重要主题，他的许多诗赋都是直接表现生死问题的。从作品中可以看到，他对生死之事的感情是十分复杂的，前人作品中出现过的各种生命意识，或悲哀，或昂奋，或颓伤，甚至慆荡享乐，在陆机的作品中都有所再现。其《顺东西门行》表现了一种取欢今日的享乐主义思想：

出西门，望天庭，阳谷既虚崦嵫盈。感朝露，悲人生，逝者若斯安得停。桑枢戒，蟋蟀鸣，我今不乐岁聿征。迨未暮，及时平，置酒高堂宴友生。激朗笛，弹哀筝，取乐今日尽欢情。[③]

但从其他作品可以知道，作者的功名情结又是十分根深蒂固的，

---

① 《全晋文》卷九六，严可均辑《全上古三代秦汉三国六朝文》第3册，第2012页。

② 《晋书》卷五一《皇甫谧传》，第5册，第1416页。

③ 《晋诗》卷五，逯钦立辑校《先秦汉魏晋南北朝诗》上册，第667页。

将功名放在生死之上。《秋胡行》云:

> 道虽一致,涂有万端。吉凶纷蔼,休咎之源。人鲜知命,命未易观。生亦何惜,功名所勤。[①]

《晋书》本传载:“时中国多难,顾荣、戴若思等咸劝机还吴,机负其才望,而志匡世难,故不从。”[②]陆氏受汉儒天道运命思想影响甚深,但乱世中求功名,只有将生死置之度外。此诗欲推命运而置之不理,以“命未易观”自解,且欲以生循名,可见陆机是一个典型的功名之士。《长歌行》也表现了类似的主题:

> 逝矣经天日,悲哉带地川。寸阴无停晷,尺波岂徒旋。年往迅劲矢,时来亮急弦。远期鲜克及,盈数固希全。容华夙夜零,体泽坐自捐。兹物苟难停,吾寿安得延。俯仰逝将过,倏忽几何间。慷慨亦焉诉,天道良自然。但恨功名薄,竹帛无所宣。迨及岁未暮,长歌承我闲。[③]

单纯从语言的运用来看,陆机可以说是汉魏文学生命主题的集大成者。他作为一个拟古倾向明显的诗人,模拟最多的正是前人表现生命主题的作品。在形式上他也希望有所发展,写了《挽歌诗》《百年歌》等一些作品,可见他对这个主题的嗜好。至于迁逝之感,几乎弥漫在他所有的抒情性作品中,无怪乎他在《文赋》一开篇就写迁逝之感:

> 伫中区以玄览,颐情志于典坟。遵四时以叹逝,瞻万物而思纷。悲落叶于劲秋,喜柔条于芳春。心懔懔以怀霜,志眇眇而临云。[④]

---

① 《晋诗》卷五,逯钦立辑校《先秦汉魏晋南北朝诗》上册,第652页。

② 《晋书》卷五四,第5册,第1473页。

③ 《晋诗》卷五,逯钦立辑校《先秦汉魏晋南北朝诗》上册,第655—656页。

④ 《文选》卷一七,萧统编,李善注,第240页。

在陆机的文学观念中，对迁逝的体验是文学发生的根源。表面上看，迁逝是一种自然现象，实际上，自然万物的迁逝是生命迁逝的巨大的无可逃脱的背景，一切自然迁逝的形象都是生命迁逝的象征。在这个精神发展的阶段中，人们几乎被这巨大的、无所不在的迁逝规律毫不放松地抓住，无法以宁静的心灵鉴赏自然本身的美，也很难将文学表现领域扩大到丰富的社会生活中去。尽管西晋诗人长于体物和叙述，可是并没有成功地发展出一种体物艺术和叙述艺术，为文学开辟新的境界。他们超越不了汉魏文学生命主题的内涵和表现方式，不断地重复着前人的感叹。我们读陆机的诗赋，发现他的作品真可谓悲怀满幅，慷慨弥襟，但是真正有艺术感染力的作品并不多。在这里我们发现，一方面，西晋诗人对于文学表现感情这一原则的理解趋于表面化；另一方面，比之于汉魏诗人，西晋诗人的比兴艺术却有所衰落。比如曹植以各种不同的生命形象来表达他的生命境界，获得形象塑造上的成功；而陆机则常常是概念化地表现他的生命主题，没有赋予主题以丰富多彩的艺术形象。在西晋诗坛上，兴象和意境上有独特创造的作品并不多，所以生命主题没有得到真正艺术的、审美的展开，这也限制了西晋文学的整体成就。

三、两晋玄学生命思想：郭象与《列子》

两晋时代是玄学实用化的时期，皇权、势族、素族从玄学中各取所需，形成多元的意识。如果没有东晋时期玄佛的合流，两晋玄学将徘徊在实用阐释的层面，不会有真正的哲学发展。但玄佛的合流也使玄学失去其作为一种哲学流派的独立性，同时，魏晋哲学的真正精神也沉落于历史之中。

在两晋时代，玄学的生命思想被加以实用阐释之后，成为行为理论在社会上流行，各阶层的人们都从玄学中寻找他们的行为

的理论依据,而造成这些行为的根源却在现实之中。在此我们不准备对这些行为作概括描述,只对存于文献中的生命思想作些分析。

我们首先要分析郭象《庄子》注中的生命思想[①]。郭象玄学思想的核心仍然在于自然观念,其注《逍遥游》“若夫乘天地之正,而御六气之辩,以游无穷者,彼且恶乎待哉”数句云:

> 天地者,万物之总名也。天地以万物为体,而万物必以自然为正。自然者,不为而自然者也。故大鹏之能高,斥鴳之能下,椿木之能长,朝菌之能短,凡此皆自然之所能,非为之所能也。不为而自能,所以为正也。故乘天地之正者,即是顺万物之性也;御六气之辩者,即是游变化之途也。如斯以往,则何往而有穷哉?所遇斯乘,又将恶乎待哉?此乃至德之人玄同彼我者之逍遥也。[②]

这段话可以说是郭象思想的纲领。从对自然界现象的理解来看,郭象的自然观无疑是比较彻底的唯物论。他将种种天道、天命的观念完全否定了,指出自然就是不为而自然,认为万物的差异即是物自性的差异,于是提出“顺万物之性”的思想。“顺万物之性”也就是万物自顺其性,圣人也自顺其性,所不同者,圣人是自觉的。自顺其性则能“自得”,故其释《逍遥游》之题义云:“夫小大虽殊,而放于自得之场,则物任其性,事称其能,各当其分,逍遥一也,岂容胜负于其间哉?”[③]对于人类之外的物来讲,“物任其性”是无意义的说法,自然界的万物按照自然规律的发展,当然是能自

① 郭象注庄材料,此处依据清郭庆藩《庄子集释》。郭象注庄是在向秀注庄的基础上进行的,然向注本已失传,难以分清郭注中承袭向注的成分。从思想角度来看,郭象所接受的向秀思想,也可以看作郭象的思想,所以这里直云郭象《庄子》注。至于判分向、郭的学术成果,则有俟于将来文献研究的突破。

② 郭庆藩《庄子集释》卷一,《诸子集成》第3册,第10页。

③ 郭庆藩《庄子集释》卷一,《诸子集成》第3册,第1页。

任其性。但对于人类来讲,“放于自得之场”、“物任其性”正是一种自觉的主体精神,其最高境界即是“玄同彼我”。郭象或者说整个玄学的狡黠之处,正在于将物的自任其性与人的自顺其性且顺万物之性等同视之,有意疏忽了自然规律和人类追求这一规律的自然思想间的根本性差异,所以能引出“玄同彼我”、泯灭主客差异的玄学人格。须知这样的人格在现实中是根本不存在的。当郭象进一步用自然万物自性差异、自性自足的观点来解释社会现象时,他的观点几乎成为消极的“存在即是合理”的荒谬逻辑。尽管我们也重视人与人之间的个性差异,但我们知道这种个性差异绝不是形成各种社会差别的根源。社会的差别、不合理现象绝没有它们的自性根据,它们是由政治腐败、制度有缺陷等纯粹的社会因素导致的。但是郭象却认为社会差别也有自性的根据。他通过这种哲学,最大限度地维护了当时的现实政权,为不合理的政治辩护。尽管这一层意思在《庄子》注中没有公然展开,但却是他的哲学意图所在。所谓“小大自殊而放于自然之场”,是要求人们都安于自己的现实地位。无论势族、素族还是皇权,彼此都不要去考虑地位和处境。处境虽不同,但只要任其性、称其能、当其分,都能自得。试问在人与人的社会差别上能有什么根源于生命的自性依据呢?可见用自然差异的理论来解释社会差别,是无法自圆其说的。其实,这也是将人降低到物的地步。

郭象认为圣人能顺万物之性,御六气之变,其结果是玄同彼我。在这样的前提下,名教即是自然。他认为《逍遥游》中所说的藐姑射之山的“神人”,并非世俗所理解的神仙一类的人,而是指行名教而体自然的圣人:

夫神人即今所谓圣人也。夫圣人虽在庙堂之上,然其心无异于山林之中。世岂识之哉?徒见其戴黄屋,佩玉玺,便谓足以缨绂其心矣;见其历山川,同民事,便谓足以憔悴其神

> 矣。岂知至至者之不亏哉?今言王德之人而寄之此山,将明世所无由识,故乃托之绝垠之外而推之于视听之表耳。[①]

“名位”只是世俗的观念,差别也只由世俗所生。在郭象看来,圣人泯然于此,居庙堂之上而无异于处山林之中。郭象有意识以“戴黄屋,佩玉玺”者为例,是以玄学思想美化皇权,掩盖皇权的统治本质。但从理论上说,举“皇权”只是举其显著者,实际上他是指统治阶层中那些所谓的体自然的人物。所以到了门阀政治的东晋时代,郭象的这种思想在统治阶层中空前流行,成了他们的人格模式,更成为歌功颂德的一套新的话语。郭象的圣人无名之说,从理论上说是十分彻底的。何晏还认为圣人以无名为名,以无誉为誉,虽然这种“名”“誉”不同于世俗的名誉,但何晏毕竟无法完全取消“名誉”这个概念。郭象注《逍遥游》“是其尘垢粃糠,将犹陶铸尧舜者也。孰肯以物为事”之义云:“尧舜者,世事之名耳。为名者,非名也。故夫尧舜者,岂直尧舜而已哉?必有神人之实焉。今所称尧舜者,徒名其尘垢秕糠耳。”[②]郭象说,“尧”和“舜”这两个名字以及世俗对他们的崇拜,都只是世俗抽象的名字,难道说尧和舜的一切都已包括在这两个抽象的世俗之名里面了吗?显然不是的,他们作为神人之实,丝毫都没有从这两个名字中反映出来。所以,“尧舜”之名,有名而实未能名,毫无价值,尘垢糠秕而矣。至于与名相联系的“位”,也是有位而无位,如尧治天下,“天下虽宗尧,而尧未尝有天下也。故窅然丧之,而尝游心于绝冥之境,虽寄坐万物之上而未始不逍遥也”[③]。世俗存迹,尧则圣人能冥。自世俗之迹视尧,有尧之名、尧之位,尧则冥矣。然世俗岂识尧之冥乎?通过这些逻辑推演,郭象完成了他对玄学

---

① 郭庆藩《庄子集释》卷一,《诸子集成》第3册,第14页。
② 郭庆藩《庄子集释》卷一,《诸子集成》第3册,第17页。
③ 郭庆藩《庄子集释》卷一,《诸子集成》第3册,第17页。

乃至历史影响深远的名教即自然的思想。同时，这也是一种玄同彼我的生命价值观，它超越了三不朽思想。只是这种理想人格，在现实中几乎是不可能存在的，但对人们实现生命价值的行为，这种思想也不无启示意义。事实上，它属于一种伦理的极限境界。

除了上述思想之外，郭象还从自然观念出发对生命的本质作了新的解释，提出了“块然自生”的观点。其注《齐物论》“天籁”、“吹万不同，而使其自己”等义云：

> 此天籁也。夫天籁者，岂复别有一物哉？即众窍比竹之属，接乎有生之类，会而共成一天耳。无既无矣，则不能生有；有之未生，又不能为生。然则生生者谁哉？块然而自生耳。自生耳，非我生也。我既不能生物，物亦不能生我，则我自然矣。自己而然，则谓之天然。天然耳，非为也，故以天言之。所以明其自然也，岂苍苍之谓哉？而或者谓天籁役物使从己也。夫天且不能自有，况能有物哉？故天者，万物之总名也。莫适为天，谁主役物乎？故物各自生而无所出焉，此天道也。[1]

这种“块然自生”的思想对于天命、天赋之类的神秘生命思想是一个比较彻底的否定。但它将人类生命物化了。人类的生育和生命发展是一种有意志的行为，将它等同于物的块然自生，客观上会导致对于积极的生命意志和行为理性的否定。生命当然也是一种自然存在，可同时更是一种社会存在。从自然的、物质的方面来看，人类生命与万物一样都是各自独立的，每一个生命体都在独立地完成吐故纳新、生老病死的生物活动过程。从这个意义上可以说是“物各自生”。但是作为社会的人，却绝非彼此块然自生，而是存在于社会关系之中。每一个生命体都是在社会关系中

① 郭庆藩《庄子集释》卷一，《诸子集成》第3册，第24页。

完成其生命历程,实现其生命价值;而其所实现的生命价值在他生命体结束后仍然存在。这就是生命的伦理价值。郭象显然回避了人的这种生命本质,回避甚至是否定了生命伦理价值的客观存在。

郭象的这种生命观是有其深刻的现实背景的。魏晋时代每况愈下的政治局面,及由此引起的愈来愈混乱的社会矛盾,使得士人渐次失去了社会理想,对个体生命价值的认定也趋向紊乱。尤其是郭象生活的西晋后期,已经是十足的乱世,现实矛盾已经无法获得解决,对于大多数统治阶层的人来说,生命的社会价值已经很模糊,生命本身也处于朝不保夕的危机中。既然生命的社会性、社会价值已经模糊,就只能往物质方面体认生命的性质,于是就有了块然自生的思想,它甚至可以为奢侈纵欲、醉生梦死的行为提供一种依据,尽管郭象自己未必怀有这样的动机。客观地说,郭象作为一个士人,也有他个人的政治理想,但在乱世局面无法挽回的情况下,他幻想以一种"吹万不同""使其自己"的方式对矛盾作消极的"解决",于是任自然成为他推诿、无视现实责任的最好口实。可是,郭象仍然将这种"使其自己"的消极方式当作真正的解决方式,其注《逍遥游》"之人也,之德也,将旁礴万物以为一,世蕲乎乱,孰弊弊焉以天下为事"之义云:

> 夫圣人之心,极两仪之至会,穷万物之妙数,故能体化合变,无往不可,旁礴万物,无物不然。世以乱故求我,我无心也。我苟无心,亦何为不应世哉?然则体玄而极妙者,其所以会通万物之性,而陶铸天下之化,以成尧舜之名者,常以不为为之耳。孰弊弊焉劳神苦思,以事为事,然后能乎?[①]

这段话,真是西晋后期那些玄学名士的心态的逼真再现。他们承

---

① 郭庆藩《庄子集释》卷一,《诸子集成》第3册,第16页。

认自己所处的是乱世，并且不放弃当乱世中救世英雄的梦想，但表面却故作姿态，高尚其事，云："世以乱故求我，我无心也。"此即无心于世俗功名。又云，既然已经无心于世俗功名，那么略施其玄妙之能，一拯世难，又何乐而不为？这差不多可以说是菩萨心肠了。可惜说到最后，竟是"常以不为为之耳，孰弊弊焉劳神苦思，以事为事，然后能乎"，谁耐烦做一个三过家门而不入的大禹呢？那与风尘俗吏有什么区别呢？想象那个捉麈清谈的王夷甫，这些话真如从其口出，而他又是很欣赏郭象的清谈："太尉王衍每云：'听象语，如悬河泻水，注而不竭。'"[①]这样看来，我们又怎能为王夷甫诸人完全洗清清谈误国的罪名呢？

当然，从生命哲学本身来看，郭象的生命思想仍然是超卓的建树，也有它自身的逻辑。尤其是郭象将生命自然物质性的概念阐述得十分透彻，杜绝了任何非理性幻想发生的可能。对《庄子》中一些颇具神话色彩的概念和寓言故事，郭象都作了理性的解释。在这方面他处理得特别干净，尽管不一定符合庄子原意，但却贯彻了他自己的自然思想。从生命思想发展史来看，郭象的贡献是卓越的。

两晋生命思想领域的另一重要文献是托名列御寇的《列子》。它是魏晋玄学之流所作的伪书，对于这一点，前人考辨甚力，可以说已经定论了。但它到底是魏晋哪个时期的作品，出于何人之手，对此还没有形成定论。马叙伦论此书材料渊源云："魏晋以来，好事之徒，聚敛《管子》《晏子》《论语》《山海经》《墨子》《庄子》《尸佼》《韩非》《吕氏春秋》《韩诗外传》《淮南》《说苑》《新序》《新论》之言，附益晚说，成此八篇，假为向序以见重。"[②]在马氏所举的

---

① 《晋书》卷五〇《郭象传》，第5册，第1396页。

② 马叙伦《列子伪书考》，转引自杨伯峻《列子集释》附录三"辨伪文字辑略"，中华书局，1979年，第305页。

群书中,尤以《庄子》《吕氏春秋》《淮南子》三家的思想对此书影响最大：其于《庄子》所取的是生死同贯及凝神、坐忘等思想；于《吕氏春秋》所取的是重生、贵生、适性的思想；于《淮南子》则主要取其《精神训》中的生死观。这些思想在西晋时期都十分流行,所以《列子》一书的出现,于思想领域并没有提供什么重要内容,但是像《杨朱》篇这样公然提倡放荡纵欲的行为,并且为其提供哲学依据,反映的却是社会意识中的新现象。阮籍、嵇康虽然蔑弃礼教,放任自然,可绝不提倡放纵情欲,并且阮、嵇还追求道德的自觉,郭象的《庄子》注也以玄学附会名教。可见《列子》非阮、嵇、向、郭之流的撰述,当然更不会是王、何之流所作,也不会是提倡名教、自然合一的东晋初玄学政治家所作,它应该是两晋势族士人中那些完全放弃自身对现实政治的责任,也放弃了对门阀家族的责任的“多余人”所作,他们的身份,与《杨朱》篇中子产的兄弟公孙朝、公孙穆是相近的。当然,也许还得肯定他们仍有著撰之心,但这些人从小生活于上流社会的玄学沙龙中,早年为了以玄谈自鸣,也曾泛览群籍,时流之言、玄典之义烂熟于口耳之间,放笔直书,不计工拙,倒也并不费神劳思。这与真正欲以著述垂名不朽者不一样,所以不留名姓。论者或云:“张(湛)不肯自居著作之名。彼盖于无名主义,深造有得者。”[1]言《列子》编者于“无名主义深造有得”,是很对的,但说此人即是张湛,则张湛何以仍居注书之名?须知注疏之事,是著述中尤为两晋玄学高流所轻视者,郭象地位不高,故注《庄》以自鸣,王夷甫诸人是不大愿意操觚的。张湛作注自鸣,可见其名心未灭。客观地说,张湛注《列子》心力所耗,是远过于伪造《列子》者的率尔操觚。愿意费如此心力注一部书去求名,还愿意造伪书甘居无名之流吗?所以说此书是张湛所伪

① 陈旦《〈列子·杨朱篇〉伪书新证》,转引自杨伯峻《列子集释》附录三“辨伪文字辑略”,第318页。

造，好像不大可能。

上文所引马叙伦氏之语，说《列子》造伪者于聚敛先秦两汉典籍外“附益晚说”。这里的“晚说”主要应该是晋世玄流之说，其中尤其值得注意的有二。一是《列子·天瑞》篇中论生化之理时，明显受到郭象“块然自生”思想的影响，如云：“有生（张湛注：今块然之形也。）不生，（张湛注：生物而不自生者也。）有化不化，不生者能生生，不化者能化化。生者不能不生，化者不能不化。故常生常化。”又云：“故生物者不生，化物者不化。自生自化，自形自色，自智自力，自消自息。谓之生化形色智力消息者，非也。”[1]正如张湛注所启示的，这种自生自化思想直接来自郭象，只是它加上“不生者能生生，不化者能化化”这一层，此即张湛《列子序》所说的“其书大略明群有以至虚为宗”的意思，是在自生思想之上再加上一个不生之生的本体。二是《黄帝》篇中列子形容坐忘之境，有“心凝形释，骨肉都融”[2]之语。这是玄学家对玄同彼我境界的体验：达于此，则悟生死变化之理，可以做到无惆于胸。庾敳《意赋》有云：“飘飖玄旷之域兮，深漠畅而靡玩。兀与自然并体兮，融液忽而四散。”[3]这其实是对死亡的预先体验。玄学自然观认为形骸是物质，生为气聚，死为气散。陆机《感丘赋》也说形骸下沦，“随阴阳以融冶”[4]。所以通过坐忘达到“心凝形释，骨肉都融”。在他们看来，已了悟生死之理，亲临归于自然、与自然同体之境。孙绰《游天台山赋》亦云：“浑万象以冥观，兀同体于自然。”[5]这些说法都可作《列子》这句话的注脚。由上面这两点，可以推测《列子》一书大约成于郭象、庾敳诸人之后。

---

① 杨伯峻《列子集释》卷一，第2—5页。

② 杨伯峻《列子集释》卷二，第47页。

③ 《晋书》卷五〇《庾敳传》，第5册，第1395页。

④ 《全晋文》卷九六，严可均辑《全上古三代秦汉三国六朝文》第3册，第2012页。

⑤ 《文选》卷一一，萧统编，李善注，第166页。

《列子》书中最显著地反映了两晋上流社会流行的生命意识的是《力命》《杨朱》两篇。《力命》篇的中心思想,是认为寿夭、穷达、贵贱、贫富的差异是由于“命”而非由“力”。“力”即智能、行为乃至道德。作者能够坦率地抛弃两晋贵族的人种优越论,具有一定的进步意义,而且也揭露了富贵者往往才劣德薄的现象。篇中有这样一则故事:北宫子和西门子两人,一穷一达,一贱一贵。北宫子认为自己主观方面的各种条件都不比西门子差,为何遭遇不及西门子?西门子讥笑北宫子做什么事情都要倒霉——“造事而穷”,夸耀自己做什么事情都很顺利——“造事而达”。西门子认为这正反映了两人道德及才禀的厚薄不同,所以不能说两人的主观条件都一样。北宫子被他这样一奚落,深有愧色,后遇东郭先生,诉以此事,东郭先生就去和西门子再作论理。他跟西门子说:

> 汝之言厚薄不过言才德之差,吾之言厚薄异于是矣。夫北宫子厚于德,薄于命,汝厚于命,薄于德。汝之达,非智得也;北宫子之穷,非愚失也。皆天也,非人也。而汝以命厚自矜,北宫子以德厚自愧,皆不识夫固然之理矣。[①]

德薄者富贵,德厚者贫贱,尽管作者将此归之于命,但指出这种事实,客观上已经揭露了社会的不平等。同样,在《杨朱》篇中,作者指出“名”有真伪之别。真名之人,其求名行为只能导致自身贫贱:“凡为名者必廉,廉斯贫;为名者必让,让斯贱。”真正有名者即是有德者,他不可能因名得利。而使人得利,处高官、享厚禄、泽延子孙者之名,皆是伪名:“实无名,名无实。名者,伪而已矣。昔者尧舜伪以天下让许由、善卷,而不失天下,享祚百年。伯夷、叔齐实以孤竹君让而终亡其国,饿死于首阳之山。实、伪之辩,如此

① 杨伯峻《列子集释》卷六,第195页。

其省也。"[1]作者是要据此否定求名行为，申发其纯粹享乐的人生观。但这样剖判名之实伪，其锋芒不可谓不犀利。

《杨朱》篇的纯粹享乐的人生观是建立在极端虚无的生命观之上的。作者认为人们生存境界虽然不同，但都面临共同的死亡命运。生时有贤愚、贵贱的区别，死则同归于臭腐、澌灭。无论是仁圣如尧舜，还是凶愚如桀纣，死后都是腐骨一堆。这样说来，除了任情适性地趣生外，生存还有别的意义吗？既然死亡是一致的，不如让生存也一致起来，大家奔任情适性之路。而养生之理，在于放肆其欲而非壅阏其欲："恣耳之所欲听，恣目之所欲视，恣鼻之所欲向，恣口之所欲言，恣体之所欲安，恣意之所欲行。"如果壅阏这些欲望，等于放弃生命。那样纵能久生百年、千年、万年，也是没有意义的。这种观点，我们从司马相如的《大人赋》和向秀的《难嵇叔夜〈养生论〉》中曾经见到过，《杨朱》篇将其发挥到无以复加的地步，可以说是集享乐论生命观之大成。但是，这种享乐论是建立在贵族生活的基础上的，作者似乎很达观地说："丰屋美服，厚味姣色。有此四者，何求于外？有此而求外者，无厌之性。无厌之性，阴阳之蠹也。"[2]可除了他们这些贵族豪富外，谁又具有此四者？有此四者，还自称非无厌之性；自己就是蠹虫，却在骂另外一些蠹虫。也许蠹虫中确实还有小蠹虫、大蠹虫之分别，前者或许真有批评后者的权力吧！

我们缕述两晋时代的玄学生命思想，发现了这样一个事实：这时期玄学生命思想的发展、流行，是与势族阶层的存在、变化分不开的，它们从各个方面反映了势族阶层的意识。

---

① 杨伯峻《列子集释》卷七，第217、218页。

② 杨伯峻《列子集释》卷七，第222、238页。

第十七章　从玄言到山水田园：文学的境界化与生命情绪的淡释

从西晋到东晋，文学中所体现的精神气质及文学自身的艺术表现，都发生了很大的变化。这种变化从一个角度来看，似乎可以概括为由情绪化的文学向境界化的文学的转化。前者比较单纯地表现主体的情感世界，后者则通过主体的精神活动（包括情感及意识的各方面）的表现同时再现出客观世界。境界化的文学要求表现者具有整体地、有机地把握客观世界（自然界）的能力。这种能力不是来自一般观察经验的积累，而是来自理性的顿悟。换言之，来自玄学的悟道活动。所以，玄言文学本身虽然不是境界化的文学，但它却截断了情绪化文学的主流，导致境界化文学的发生。

在上述文学变化的流向中，文学中生命情绪的淡释是一个显著的现象。这种淡释也是从文学中表现玄学意识开始的。玄学是在魏晋之际生命意识勃生的背景下发生的，它的发生动机至少有一部分来自对生命问题的反思，可以说是凭借哲理来淡释生命情绪的由情向理的运动。这种淡释由比较粗糙地陈述道家生死观逐渐走向将主体同化于某种哲理境界，寻求对本体的直觉，塑造一种玄学化的人生境界，这是玄言诗达到高峰时的标志。哲理境界在寻求它的客观象征物时发现了自然界，导致了山水意识的勃兴，于是，生命情绪在山水境界中进一步得到淡释。

当然，文学中生命情绪的淡释不是简单的直线运动。在这个

过程中，传统的汉魏式生命情绪的表现方式仍然有所持续，尤其是玄学采取了回避生命情绪的态度，漠视其客观存在。所以在纯真的心态中，人们会超越玄学，重新肯定以生命情绪为核心的一切感情的存在。刘琨、王羲之都曾突破玄学的生死观，在文学中真率地表现过生命情绪。这也说明玄学的淡释作用是相对的。陶渊明的出现，更有着特殊的意义。他突破了玄言文学，重新回顾汉魏以来的生命思潮和文学生命主题，并以此作为其思想和文学的起点。但陶氏最后达到对生命矛盾的超越，实现了和谐的境界。这其实并非陶渊明文学的独特发展方式，作为一种倾向，同样存在于谢灵运、颜延之等南朝前期的一批作家身上。情绪化的文学与境界化的文学在此期间同时存在，但最后真正得到生长的是后者。

一、玄言文学所表现的生命意识

玄言文学表现生命意识的基本特征，是通过玄学生命观的作用，使生命情绪得到淡释，玄学家将这一精神过程称为去除情累。许询《农里诗》云："亹亹玄思得，濯濯情累除。"①孙绰《答许询》诗云："愠在有身，乐在忘生。"又云："理苟皆是，何累于情。"②支遁《咏怀》云："亹亹沉情去，彩彩冲怀鲜。"③这些都是对去除情累过程的形象描写。去除情累心态以及对这一心态的表现，构成玄言文学与感情的独特关系。我们正要从这一角度把握玄言文学的内涵。

正始诗人阮籍和嵇康，是最早在文学中表现新玄理的作家。

---

① 《晋诗》卷一二，逯钦立辑校《先秦汉魏晋南北朝诗》中册，第894页。

② 《晋诗》卷一三，逯钦立辑校《先秦汉魏晋南北朝诗》中册，第900页。

③ 《晋诗》卷二〇，逯钦立辑校《先秦汉魏晋南北朝诗》中册，第1080页。

但阮籍的诗仍然属于典型的抒情诗,他的玄学批判,非但没有起到淡释生命情绪的作用,反而陷入更深的生命矛盾状态,所以他的诗歌仍然属于激情类型的汉魏式生命主题的文学。嵇康的诗歌带有宁静的玄思特点,塑造了"至人"的生命境界。在这种境界里,现实的生命情绪完全被淡释了。《四言赠兄秀才入军》诗第十七、十八章曰:

> 琴诗自乐,远游可珍。舍道独往,弃智遗身。寂乎无累,何求于人。长寄灵岳,怡志养神。[①]
>
> 流俗难悟,逐物不还。至人远鉴,归之自然。万物为一,四海同宅。与彼共之,予何所惜。生若浮寄,暂见忽终。世故纷纭,弃之八戎。泽雉虽饥,不愿园林。安能服御,劳形苦心。身贵名贱,荣辱何在。贵得肆志,纵心无悔。[②]

在第十七章中,诗人"舍道独往,弃智遗身",做着精神上的远游。这种远游并非空间性质的,而是取消了空间(亦即现实性)的,亦即玄学家所说的"惟神也,不疾而速,不行而至"[③]。同样,诗人所说的"灵岳"也不是什么现实空间,而是象征诗人所追寻的终极性的生命境界。在第十八章中,诗人批评流俗执着于生死、物我之分别,主张以至人的态度远鉴自然之根,达到个体生命与天地万物一体化的体验,以此消泯生与死的界限。诗人还主张抛弃世俗的名利追求,过一种肆志达性、纵心无悔的人生。

但是,嵇康所追求的是一种超现实的生命境界,是纯任自然而否定名教的。这与东晋玄言诗表现的名教与自然合一的人格有很大差异,但两者在淡释生命情绪这一点上是一致的。嵇康之兄嵇喜的《答弟叔夜》诗四首,可以说开启后来玄言文学中名教与

---

① 《魏诗》卷九,逯钦立辑校《先秦汉魏晋南北朝诗》上册,第483页。

② 《魏诗》卷九,逯钦立辑校《先秦汉魏晋南北朝诗》上册,第483页。

③ 《三国志·魏书·何晏传》裴松之注引《魏氏春秋》载何晏语,第1册,第293页。

自然合一主题的先声，是更为典型的玄言文学。这组诗的其二、其三云：

> 君子体变通，否泰非常理。当流则蚁行，时逝则鹊起。达者鉴通塞，盛衰为表里。列仙徇生命，松乔安足齿。纵躯任世度，至人不私己。
>
> 达人与物化，无俗不可安。都邑可优游，何必栖山原。孔父策良驷，不云世路难。出处因时资，潜跃无常端。保心守道居，睹变安能迁。[①]

嵇喜这两首诗是针对嵇康诗所表现的隐逸、求仙的情调，表现的是与嵇康的超然独往相反的入世思想。他主张安于世俗，认为都邑可优游，不必栖于山原，提倡孔子策驷周游以济世的精神。但他同时又运用道家的至人、达人之说，并且阐述一种与物俱化、任运推移的道家式的生命思想。也就是说，作者同样是站在道家的“道”的立场上阐述儒家的生命观，并认为这才是真正通达体道的生命行为。假如仅仅从这里所表现的意识本身来看，这样论证“道”的本性，在理论上是成立的，但作者的现实目的是肯定名教行为，只是为了达到与作为玄学家的嵇康对话的目的，才使用了玄学的思辨方式。他的意图是要说服对方，既然立足于道，不私于己，那么从事名教也完全无碍于通达和自然。从这里我们可以看到，所谓名教即自然或名教、自然合一等玄学思想流派的产生，来自名教内部对自然一派的反应。因为玄学在理论上的绝对优势，使得原来对抗的一方也不得不接受它的逻辑前提，于是就有了运用玄学自然观来解释名教行为一派的出现，像嵇喜正是这样的先导者。

西晋时代，文学中的哲理因素有所增加，但总体格局仍然是

① 《晋诗》卷一，逯钦立辑校《先秦汉魏晋南北朝诗》上册，第550页。

汉魏式的。檀道鸾《续晋阳秋》云:“及至建安,而诗章大盛。逮乎西朝之末,潘陆之徒虽时有质文,而宗归不异也。”[①]说的正是这样一种从建安到西晋一脉相承的文学发展格局。但是,正始玄学尤其是中朝谈玄的风气,仍然对文学发生了影响,其时诗赋中出现了一些表现玄学生命意识的作品,如张华的诗作。陆机也喜欢言理,只是他的理多是汉人的旧玄论,而少魏晋新玄思。他作过几章“玄言诗”,其中有这样的表达:

> 太素卜令宅,希微启奥基。玄冲纂懿文,虚无承先师。
> 澄神玄漠流,栖心太素域。弭节欣高视,俟我大梦觉。(佚题诗)[②]

陆机所说的澄神于玄漠之流,栖心于太素之域,含有以宇宙精神为归宿的意味,但并不一定就是玄学家所说的那种玄同彼我、兀然与自然同体的境界。他说自己“弭节欣高视,俟我大梦觉”,希望从现实的生命矛盾中解脱出来,似乎也染上了晋末生命虚无观的意识。诗中最值得注意的还是“玄冲纂懿文”一句,它将“玄冲”与“懿文”联系起来,体现了一种新的文学思想。汉魏以来,文学家对创作心态的体认都是尚实的,认为情志饱满乃至激情状态是文学发生的依据。陆机自身也认为“诗缘情而绮靡”,然而这里却以“玄冲”为“懿文”之根据,其所说的“文”虽是广义的“文”,但自然也包括文学之文。这种观点说明玄学意识已经影响到美学层面,而文学也开始从尚实走向尚虚。东晋时期玄言文学的繁盛与此不无关系。

两晋之际庄学生死观流行,其中均齐生死、等同寿夭的思想,尤为自命旷达虚诞者所常言。郭象注《庄》,也对此多有发挥。如

---

① 余嘉锡《世说新语笺疏·文学第四》刘孝标注引,第262页。

② 《晋诗》卷五,逯钦立辑校《先秦汉魏晋南北朝诗》上册,第693页。

其注《逍遥游》"小知不及大知，小年不及大年"云："齐死生者，无死无生者也。苟有乎死生，则虽大椿之与蟪蛄，彭祖之与朝菌，均于短折耳。故游于无小无大者，无穷者也。冥乎不死不生者，无极者也。"[①]要做到齐死生，首先要不以生为生。只有不以生为生，才能不以死为死，才能消除对死亡的恐惧。郭象将此境界也称作"遗生"，其注外篇《至乐》"人之生也，与忧俱生，寿者惛惛，久忧不死，何苦也，其为形也亦远矣"数句云："夫遗生然后能忘忧，忘忧而后生可乐，生可乐而后形是我有，富是我物，贵是我荣也。"[②]这样看来，齐生死是为了克服死亡恐惧，因为死亡恐惧大大减损了生的乐趣，弄得有生命之形而无乐生之实，富贵、荣爵都不能发挥其效用。只有克服死亡恐惧，才能充分地享受有生之乐。贵族们以此为当务之急，这样我们就可了解他们一边高谈生死均齐，一边紧紧抓住财富、爵禄的原因所在。如庾敳，"聚敛积实，谈者讥之"，可又善《老》《庄》，作《意赋》，大谈生死均齐、荣辱同贯之理，其语云："至理归于浑一兮，荣辱固亦同贯。存亡既已均齐兮，正尽死复何叹！"又云："真人都遣秽累兮，性茫荡而无岸。纵躯于辽廓之庭兮，委体乎寂寥之馆。天地短于朝生兮，亿代促于始旦。顾瞻宇宙微细兮，眇若豪锋之半。飘飖玄旷之域兮，深漠畅而靡玩。兀与自然并体兮，融液忽而四散。"[③]最后一句，正是说"死亡"的境界。这样的"真人"，并不是道德自觉的真人，而是像《列子·杨朱》篇所说的那种纵欲以为道的"真人"。这里的关键，是缺少一种主体性的精神。

但是，均齐生死的思想只能看作是一种麻醉品，它的逻辑前提是荒谬的，理论也十分粗糙，凭借它，不能让生命情绪得到理性的消

① 郭庆藩《庄子集释》卷一，《诸子集成》第 3 册，第 6 页。
② 郭庆藩《庄子集释》卷六，《诸子集成》第 3 册，第 269 页。
③ 《晋书》卷五〇《庾敳传》，第 5 册，第 1395 页。

释。所以,即使是玄学内部的人,当经历真实的生死之感的体验后,也放弃了这种粗糙的理论。刘琨在《答卢谌》诗的附书中云:

> 昔在少壮,未尝检括,远慕老庄之齐物,近嘉阮生之放旷,怪厚薄何从而生,哀乐何由而至。自顷辀张,困于逆乱,国破家亡,亲友彫残。块然独坐,则哀愤两集;负杖行吟,则百忧俱至。时复相与举觞对膝,破涕为笑,排终身之积惨,求数刻之暂欢。譬由疾疢弥年,而欲一丸销之,其可得乎?夫才生于世,世实须才,和氏之璧,焉得独耀于郢握?夜光之珠,何得专玩于随掌?天下之宝,固当与天下共之,但分析之日,不能不怅恨尔。(引者按:"夫才生于世"以下数句,说的是惜别之意。)然后知聃周之为虚诞,嗣宗之为妄作也。[①]

这是两晋有数的情文之一,作者用真实的感情体验,否定了均齐死生、不生哀乐等流行的玄学生命观。我们看卢谌《赠刘琨》诗及书,虽然也写得颇有情意,但他却不能免俗,在诗中颇扇玄风,且附庸均齐生死之论:"爰造异论,肝胆楚越。惟同大观,万途一辙。死生既齐,荣辱奚别。处其玄根,廓焉靡结。"[②]这是标准的玄言诗了。而刘琨的上述议论,很可能是针对卢氏诗中这类玄学论调而发的。

从粗率地采用虚诞方式否定感情到承认感情的客观存在,是玄学主题的一个深化,尽管去除情累的努力是不变的。两晋之际的渡江名士,在流离播迁、生死存亡之际,又多变为软弱的感伤者:

> 过江诸人,每至美日,辄相邀新亭,藉卉饮宴。周侯中坐而叹曰:"风景不殊,正自有山河之异。"皆相视流泪。唯王丞

① 《晋诗》卷一一,逯钦立辑校《先秦汉魏晋南北朝诗》中册,第850页。
② 《晋诗》卷一二,逯钦立辑校《先秦汉魏晋南北朝诗》中册,第881页。

相愀然变色曰："当共勠力王室，克复神州，何至作楚囚相对？"（《世说新语·言语》）

卫洗马初欲渡江，形神惨悴，语左右云："见此芒芒，不觉百端交集。苟未免有情，亦复谁能遣此？"（《世说新语·言语》）[①]

不讳言"情"，似乎又成为一种新的风流表现，《世说新语》中就记载了许多任情哀乐的表现。王羲之的《三月三日兰亭诗序》[②]，就是任情哀乐的千古情文。作者在文中畅叙群贤高会、仰观俯察之乐，表现出一种高旷的宇宙情怀：

天朗气清，惠风和畅，仰观宇宙之大，俯察品类之盛，所以游目骋怀，足以极视听之娱，信可乐也。

可是作者很快就产生了俯仰之间已为陈迹的感伤，其生命情调很快由开朗欢畅转为慷慨悲怀。诗人还指出这种变化是生命的常态，他用生动的描写为我们揭示了生命意识发生的现实场景：

当其欣于所遇，暂得于己，快然自足，曾不知老之将至。及其所之既倦，情随事迁，感慨系之矣。向之所欣，俯仰之间，已为陈迹，犹不能不以之兴怀。况修短随化，终期于尽。古人云：死生亦大矣！岂不痛哉！每览昔人兴感之由，若合一契，未尝不临文嗟悼，不能喻之于怀。固知一死生为虚诞，齐彭殇为妄作。后之视今，亦犹今之视昔。悲夫！

王羲之在这里其实已经描述了人生的几种不同境界，即审美境界、生活境界和生命境界。当人们专注于审美活动或实践活动时，会达到快然自足甚至忘我的境界。这个时候，生命意识是潜

① 余嘉锡《世说新语笺疏·言语第二》，第92、93页。

② 此文通称《兰亭序》，此处据《全晋文》卷二六，严可均辑《全上古三代秦汉三国六朝文》第2册，第1609页，下引同。

伏着的,忘却了生死寿夭之事。但这种“快然自足”的状态不可能永远不被打破。当人们从审美境界中出来,或是对自己曾发生浓厚兴趣、全力以赴地追求的事情产生厌倦情绪时,往往会反思生命本身,进入生命境界,悲从中来,不可断绝。王羲之认为人们的生死之情是客观存在的,那种均齐生死寿夭的观念,完全是不近人情的虚诞意识。在这里,他回应了刘琨的观点。他还断言生命情绪是一种永恒的存在,并且发现自古以来人们所兴感、文章所抒发的生死之情,“若合一契”。这也可以说是对文学史生命主题的一个总结。

但是,东晋士人任情哀乐的表现,并没有成为一种普遍的文学风气。就东晋文学的一般表现来看,仍是着意于塑造一种淡焉虚止的玄学人格。即使在两晋之际的动荡世局中,诗歌中仍不乏玄学意识的表现:一方面循名教,努力于救亡图存之事;另一方面不忘记标榜体道任自然。这种意识很快转化为文学中的歌颂语言,被广泛运用于赠答诗、碑诔、人物赞铭等各种作品中,共同扇炽着文学中的玄风。从这个意义上说,玄言文学的主要性质,正属于雅颂文学。现试举数例。卢谌《赠刘琨》:

> 邈矣达度,唯道是杖。形有未泰,神无不畅。如川之流,如渊之量。上弘栋隆,下塞民望。[1]

卢谌将对方塑造成具有玄达之度、以道为杖的人物,其奔波于救亡事业,形虽有未泰,但畅神于自然,未有不安之处。只有这样的人物才能为国之栋梁,应民之望。刘琨自己表示过与玄学决裂的态度,但在卢谌看来,他却是名教、自然合一的人格典范。郭璞《赠温峤》诗赞扬温峤“清规外标,朗鉴内景”,并说自己与他虽然隐显有异,但彼此都不违自然,同符老庄之道:

---

① 《晋诗》卷一二,逯钦立辑校《先秦汉魏晋南北朝诗》中册,第882页。

子策骐骏，我案骀辔。进不要声，退不傲位。遗心隐显，得意荣悴。尚想李岩，逍遥柱肆。

言以忘得，交以淡成。同匪伊和，惟我与生。尔神余契，我怀子情。携手一壑，安知尘冥。[①]

又孙绰《赠温峤》诗中亦云：

既综幽纪，亦理俗罗。神濯无浪，形浑俗波。颖非我朗，贵在光和。振翰梧摽，翻飞丹霞。[②]

王胡之《赠庾翼诗》《答谢安诗》，也充满此种意识。东晋时品评人物，不单在事功，亦不单在风流自然，而在于如何做到任事功而体自然。只有这样的人物，才能得到高评。玄言文学中充分反映了这种时代意识[③]。

玄学改变了人们的生命意识，也改变了人们的时空观念。汉魏和西晋的文学，一直以时间性的意象为主，一切的时间意象都是围绕着生命瞬时的意识。但在东晋文学中，我们发现时间性意象开始退居次要地位，空间性意象开始增加。与此相关的是感物兴思、时序迁移这一西晋文学的重要主题在东晋时代开始衰落。其间偶有所作，如卢谌《时兴诗》《秋日诗》，都重在表现通过玄淡体验消释时序感慨的心态。如《时兴诗》：

亹亹圆象运，悠悠方仪廓。忽忽岁云暮，游原采萧藿。北逾芒与河，南临伊与洛。凝霜沾蔓草，悲风振林薄。摵摵芳叶零，槃槃芬华落。下泉激洌清，旷野增辽索。登高眺遐荒，极望无崖崿。形变随时化，神感因物作。澹乎至人心，恬

① 《晋诗》卷一一，逯钦立辑校《先秦汉魏晋南北朝诗》中册，第864页。

② 《晋诗》卷一三，逯钦立辑校《先秦汉魏晋南北朝诗》中册，第898页。

③ 详见拙作《魏晋诗歌艺术原论》第五章。

然存玄漠。[1]

此诗的大部分篇幅表现的都是传统的节物意识，迁移、凋谢之感，这些不是纯粹的自然景物的描写，而是潜流着感伤生命的情绪。正因为这样，作者最后才对自己感物兴思的心理现象作了分析，说是“形变随时化，神感因物作”，人的心理感应着外物的变化，并因此产生强烈的迁逝之感。但作者希望超越这种心理之流，以淡然的至人之心，宁神息虑于玄漠之境。从卢谌这首《时兴诗》，我们发现了传统的感物兴思、时序迁移主题衰落的一个原因。

玄言文学对生命情绪的淡释，是玄学对文学生命主题影响的最直接的反映，但却不是这个影响的全部。从社会意识的发展的逻辑来看，正是玄学负担起解决生命问题的历史课题，尽管这种解决也带来了一些负面影响。在这个背景中，文学生命主题的表现也由激情型、感伤型向淡释型、和谐型转变。玄言文学虽然偏离了文学的抒情传统，在汉魏以来文学生命主题的发展史上有截断众流的性质，但也走出过于凝聚于生命主题的局面，为文学表现领域的扩大创造了条件。

二、山水境界中生命情绪的淡释

我国古代士人群体自觉的自然山水审美意识的确立是在东晋时期，它标志着我国古代士人精神生活发展进入一个新阶段。作为一种新的精神现象，自然山水审美意识勃生的原因是多方面的，也是一个可以进一步进行综合研究的问题。笔者在《魏晋诗歌艺术原论》中，主要是从玄学自然观对天人学自然观的取代，以及由人格自然学说导致凭借山水体悟自然之道、表现自然风格风

① 《晋诗》卷一二，逯钦立辑校《先秦汉魏晋南北朝诗》中册，第885页。

气的发生这两方面来论述山水审美意识发生的哲学基础。

前文曾经论述到天人学的自然观是与一种神秘的生命意志联系在一起的，它将天地万物视为一个受天道意志支配的大生命体，人的生命是这个大生命体的一部分。在这种观念的作用下，人在自然中处处看到生命的影子，最典型的就是董仲舒关于天人相副的一系列表述。人们在自然中感受到生命意志，产生生命的紧张感和压抑感。文学中对天道运行、物候现象的描写，正是这种感觉的产物。在西晋人的笔下，我们仍然强烈地感受到，运动变化着的四时、阴阳、盛衰等自然现象，体现着神秘的生命意志。他们很难以宁静的审美心态照鉴一片自然景物，而只能表现那些作为时间之流（实际上也就是生命之流）的表象的自然变化景象。就是对这种景象本身，也作为时间象征来把握，而没有将一片落叶、一段季节、一种物候作一种宁静的超越了时间之流的审美照鉴。这样表现出来的自然，充满生命的紧张感，失去了生命的自由意志。

玄学自然观的成熟，把士人们从天人学生命观中解放出来。郭象注《庄》的一大贡献，就是将自然之说彻底化。人们顿悟到自然山水体现了最完整的自然之道，与它的接近、融合能够将生命的自然意义最充分地发挥出来。所以，人们从自然中体验到生命的自由意志，消释了生命的紧张感，尤其是在庄园经济成熟的条件下，自然山水也是庄园式的自然。在这样的自然中，士族们体验到一种宁静和恬淡。东晋玄言诗人王胡之的一段描写，就是典型的庄园式山水情调：

> 回驾蓬庐，独游偶影。陵风行歌，肆目崇岭。高丘隐天，长湖万顷。可以垂纶，可以啸咏。取诸胸怀，寄之匠郢。[1]

---

[1] 《晋诗》卷一二王胡之《赠庾翼诗》，逯钦立辑校《先秦汉魏晋南北朝诗》中册，第886页。

在自己的庄园“蓬庐”的周围,诗人享受着充分的自由,其审美活动也达到很高的境界。在这种境界里,诗人的生命情绪完全被淡释了。

东晋初比较多创作山水纪游之作的有李颙、庾阐。李颙的《经涡路作诗》《涉湖诗》还带有体物赋的特点;庾阐的山水诗则比较明显地受到玄学意识的影响,诗人借山水游观以豁怀释郁,追求心灵与自然的融合:

> 心结湘川渚,目散冲霄外。清泉吐翠流,渌醽漂素濑。悠想眄长川,轻澜渺如带。(庾阐《三月三日诗》)[①]
>
> 命驾观奇逸,径骛造灵山。朝济清溪岸,夕憩五龙泉。鸣石含潜响,雷骇震九天。妙化非不有,莫知神自然。翔霄拂翠岭,绿涧漱岩间。手澡春泉洁,目玩阳葩鲜。(庾阐《观石鼓诗》)[②]
>
> 北眺衡山首,南睨五岭末。寂坐挹虚恬,运目情四豁。翔虬凌九霄,陆鳞困濡沫。未体江湖悠,安识南溟阔。(庾阐《衡山诗》)[③]

从这些诗中可以看出,庾阐表现山水美的意识是比较自觉的,他受着崇尚自然观念的启发,努力从山水中表现一种近乎玄淡的心态。这突破了赋法体物外在于心灵的局限。

永和九年(353),以王羲之为首的兰亭修禊之会,也是一次集体性的游览山水、创作山水诗的活动。尽管这是一个传统的节会,但所作诗中表现的基本情调不是感喟时节推移,而是静观山水,体会山水悟道之乐。王羲之本人所作的《兰亭诗》,典型地表现了以玄理、山水来淡释时序之感的心理动机:

---

① 《晋诗》卷一二,逯钦立辑校《先秦汉魏晋南北朝诗》中册,第873页。

② 《晋诗》卷一二,逯钦立辑校《先秦汉魏晋南北朝诗》中册,第873—874页。

③ 《晋诗》卷一二,逯钦立辑校《先秦汉魏晋南北朝诗》中册,第874页。

> 代谢鳞次，忽焉以周。欣此暮春，和气载柔。咏彼舞雩，异世同流。乃携齐契，散怀一丘。
>
> 悠悠大象运，轮转无停际。陶化非吾因，去来非吾制。宗统竟安在，即顺理自泰。有心未能悟，适足缠利害。未若任所遇，逍遥良辰会。
>
> 三春启群品，寄畅在所因。仰望碧天际，俯磐绿水滨。寥朗无厓观，寓目理自陈。大矣造化功，万殊莫不均。群籁虽参差，适我无非新。[①]

在这几首诗中，诗人也写了他对时节流逝的感受，但显然不准备将此感受引发为浓郁的感伤情绪。作者熟知在传统的生命主题中，季节变化是一种时间的意象。对于生存于天地之间的人来说，天地的时间就是生命的尺度。所以，“代谢鳞次，忽焉以周”、“悠悠大象运，轮转无停际”这些句子的歇后语就是生命的易逝、人生的短暂。但诗人认为，既然运化之柄不操在我们自己的手里，就应该顺应自然的变化，乘时间之流，泛乎悠悠，此即“即顺理自泰”。做不到这一点，就是有心而未悟，陷于利害之境，有失玄达。在这种思想的引导下，诗人开始尽情地享受自然之美，感觉自然的和谐。于是季节物候由一种生命意象变为纯粹的自然形象，成为审美的对象。王羲之的审美方式是整体式的，带有明显的体自然理念：“寥朗无厓观，寓目理自陈。”他畅玩自然以消释生命情绪的意图也是明确的：“取欢仁智乐，寄畅山水阴。清泠涧下濑，历落松竹松。”[②]

东晋的山水文学，寄孕于玄言文学的母体中。这时期山水审美意识其实已经很发达了，但山水文学的表现技巧差不多还处于

---

① 《晋诗》卷一三，逯钦立辑校《先秦汉魏晋南北朝诗》中册，第 895 页。

② 《晋诗》卷一三王羲之《答许询诗》，逯钦立辑校《先秦汉魏晋南北朝诗》中册，第 896 页。

幼稚的阶段。加上此时的门阀士族仍然没有摆脱轻文重玄的观念，所以山水文学的成绩并不大。但是以山水自然淡释生命情绪的行为，使文人群体的生命体验发生了深刻变化，它预示着文学的主流将由生命情绪的表现转向自然景物的描写。这是汉魏晋文学生命主题衰落的一大原因。在文学复兴的晋宋之际，传统的生命主题虽然也在拟古风气的驱动下再度兴起，但文学主流毕竟已经从直接表现生命境界转向再现山水境界及生活境界。当然，无论玄理还是山水，都只能做到淡释生命情绪，无法真正解决生命问题。中古生命思潮最后还是在佛教生命观的作用下退潮的。

三、佛教早期传播及在东晋文学中的表现

佛教在东汉时期就传入中国，东吴至西晋时代，佛寺已经广布南北方各地。东晋时王谧称："大法宣流，为日谅久，年逾四百，历代有三。"(《答桓玄书明沙门不应致敬王者》)[①]但在东晋之前，僧人主要是来自西域，东晋桓玄即云："曩昔晋人，略无奉佛，沙门徒众，皆是诸胡，且王者与之不接。"(《难王谧》)[②]不仅如此，在汉魏西晋时期，佛教对文人群体的思想没有产生明显的影响。一般文人虽然未必不知道佛教的存在，但只是把它作为众多的神仙道之一种。汤用彤论汉代及三国之佛教云："汉代佛教养生除欲，以守一修定为方法。以清净无为住寿成道为鹄目。与《太平经》教同为黄老道术之支流。安世高康僧会之学，虽亦探及人生原始，但重守意养气，思得神通，其性质仍上承汉代之道术。"[③]汤先生的

---

① 《全晋文》卷二〇，严可均辑《全上古三代秦汉三国六朝文》第2册，第1569页。

② 《全晋文》卷一一九，严可均辑《全上古三代秦汉三国六朝文》第3册，第2144页。

③ 汤用彤《中国佛史零篇·三国时之佛学》，载氏著《理学·佛学·玄学》，北京大学出版社，1991年，第223页。

其他著作，如《汉魏两晋南北朝佛教史》，对汉代、三国时期佛教的这种性质也反复地加以论述，如其对汉代佛教下结论云：

> 佛教在汉世，本视为道术之一种。其流行之教理行为，与当时中国黄老方技相通。其教因西域使臣商贾以及热诚传教之人，渐布中夏，流行于民间。上流社会，偶因好黄老之术，兼及浮屠，如楚王英、明帝及桓帝皆是也。至若文人学士，仅襄楷、张衡略为述及，而二人亦擅长阴阳术数之言也。此外则无重视佛教者。故牟子《理惑论》云："世人学士，多讥毁之。"又云："俊士之所规，儒林之所论，未闻修佛道以为贵，自损容以为上。"[①]

我们在前面有关章节中论述过，汉魏之际是士人群体摆脱非理性生命观的思想觉醒时期。佛教在此时既与黄老道术、《太平经》教同流不别，以住寿成道、养生成神、消灾解厄为目的，自然不为学士、儒林所注重。所以，佛教先觉人物牟子在《理惑论》中极力分辨佛道与神仙道术之区别。但他认为"道有九十六种，至于尊大，莫尚佛道也"，还是不能将佛道与其他道术完全区别开来。这里最重要的原因是佛教与道教不同的生命哲学尚未被士大夫们所领会，这是由佛教在当时的基本性质决定的。

其实，不仅汉魏西晋时的士人佞佛者以佛教为方术的一种，到了东晋南朝，恐怕仍有士人以佛教为致长生之术。慧远在《答王谧书》中，针对王谧"年始四十七，而衰同耳顺"之叹时说："古人不爱尺璧而重寸阴，观其所存，似不在长年耳。檀越既履顺而游性，乘佛理以御心，因此而推，复何羡于遐龄邪？聊想斯理，久已得之，为复酬来讯耳。"[②]这里透露出一个重要的信息，就是旧的佛

① 汤用彤《汉魏两晋南北朝佛教史》，中华书局，1983 年，第 83 页。

② 《全晋文》卷一六一，严可均辑《全上古三代秦汉三国六朝文》第 3 册，第 2390 页。

教徒,多以涅槃之说等同于长生之道,但到了东晋却发生变化:一是般若学的兴起,让佛旨与重玄之义相通;二是净土信仰的流行。所以东晋士人信佛,旨在悟道与求往生净土,对于现实生命的长生久视之求业已放弃。这就是慧远和王谧所说的"斯理"。但从王谧的早衰之叹,慧远觉察到他仍存旧佛教徒的长生久视情结,所以跟他再强调"斯理"。这可以说是新佛教徒的一种理念。从旧佛教徒到新佛教徒的这种转变,是中国古代士人接受佛学的一个重要转变。但事实是在整个中国古代,涅槃成佛之说乃至三世轮回之说,始终没有完全摆脱长生不老的幻想,即普通佛教信仰中的生天成佛、西天极乐世界,而无余涅槃、寂灭等佛教最深层的生命思想,并没有在中国人的意识中扎根,只有崇尚烦琐哲学的一小部分僧徒与学者对其感兴趣。至于民间,虽然佛道仍有教派的不同,但祈求福佑的信仰功能完全是一样的。

魏晋玄学兴起之后,佛教对文人群体的思想影响具有了一种机缘。但魏和西晋时代,玄学还没有与佛学发生关系,佛教真正流行于中土且预于中土文人思潮之主流是在东晋时期。其时玄学自然贵无之说与般若本体相发明,名士和名僧在自然玄远的人格上相互企慕。这时候的玄言文学,最能体现佛玄融合之密切。如孙绰的《游天台山赋》,涉及仙、佛、玄三种思想。其篇末写色空、有无之理曰:

> 肆觐天宗,爰集通仙。挹以玄玉之膏,嗽以华池之泉。散以象外之说,畅以无生之篇。悟遣有之不尽,觉涉无之有间。泯色空以合迹,忽即有而得玄。释二名之同出,消一无于三幡。恣语乐以终日,等寂默于不言。浑万象以冥观,兀同体于自然。①

① 《文选》卷一一,萧统编,李善注,第166页。

天台山有许多神仙传说，赋中云："涉海则有方丈蓬莱，登陆则有四明天台，皆玄圣之所游化，灵仙之所窟宅。"因此作者在游山中发生了神仙长生的幻想："仍羽人于丹丘，寻不死之福庭。苟台岭之可攀，亦何羡于层城。"他还说自己冒险攀登，虽有违于"千金之子，坐不垂堂"之诫，但存想仍在于寻仙境、求长生："虽一冒于垂堂，乃永存乎长生。"[①]最后归结为象外之说、无生之篇，则含有以玄佛思想排遣此种神仙长生幻想之意图。这种玄佛结合以解脱生命情结的现象，反映出佛学在这个阶段，主要还是一种消除执着于有生之情的生命哲学。郗超《答傅郎诗》之第一章云：

> 森森群像，妙归玄同。原始无滞，孰云质通。悟之斯朗，执焉则封。器乖吹万，理贯一空。[②]

这里将"玄同"与"空"两种本体论贯通起来，悟玄和悟空成了一件事。从"悟之斯朗，执焉则封"可知，门阀士族的玄学家从佛教中寻求的不是住寿成道或极乐净土等生命幻想，而是要寻求无生、色空的生命解脱，反对执着于肉体生命观。只有到了这个阶段，佛教生命观与道教生命观的实质性差别，才开始为学人所注意。可是，它又与玄学生命观纠结在一起，还不能分别归于自然与归于空无这两者之不同。可以说，在汉魏佛教依附道术的阶段，佛教生命观被引向非理性的方向，而在其与玄学结合的阶段，则更多被引向理性化的方向。总而言之，上述两阶段佛教自身的生命观体系都还处于沉晦未扬的状态。

从另一方面来看，在政治与社会的作用上，在玄佛结合的阶段，佛教面向整个社会的教化功能还没有显露出来。不仅如此，在统治者的认识中，它还常常被看作有碍教化的夷狄异端之教，这成为汉

---

① 《文选》卷一一，萧统编，李善注，第163—165页。
② 《晋诗》卷一二，逯钦立辑校《先秦汉魏晋南北朝诗》中册，第887页。

魏以来反佛、疑佛者的主要理由。而像牟子《理惑论》、无名氏《正诬论》等阐教文章，也将主要精力放在为佛教作辩护上。东晋初，元帝、明帝渐与佛教徒相接，成帝时崇佛风气渐盛。明帝曾手绘佛像于彭城乐贤堂，经苏峻之难，堂像犹存。彭城王司马纮以为宜敕著作官作颂，成帝让群臣议论可否，蔡谟表示反对，其议云：

> 佛者夷狄之俗，非经典之制。先帝量同天地，多才多艺，聊因临时而画此象，至于雅好佛道，所未承闻也。盗贼奔突，王都隳败，而此堂块然独存，斯诚神灵保祚之征，然未是大晋盛德之形容，歌颂之所先也。人臣睹物兴义，私作赋颂可也。今欲发王命，敕史官，上称先帝好佛之志，下为夷狄作一象之颂，于义有疑焉。①

明帝本人与佛教的关系到底怎样，是一个需要另外讨论的问题。但蔡谟以“佛者夷狄之俗”为理由，对“上称先帝好佛之志，下为夷狄作一象之颂”提出质疑，正说明佛教仍被看成是与教化相忤的外来宗教。而包括帝王在内的统治者，他们与佛教所发生的关系，仍然属于私人性质，与统治教化本身尚未挂上钩。关于沙门敬王者之争论，也反映了佛礼与传统礼教的严重冲突。看来，佛教要真正勃兴，必须解决其与传统教化之冲突，并使其自身与统治者的统治教化意识发生关系。这正是南北朝佛教发展所取得的成果。而佛教生命观体系的整体呈现，并渗透到士俗的生命意识中，也只有在这个时期才成为现实。这是我国古代生命观念发展史上的一个重要环节。

佛教文学是弘扬佛教教义、叙述作者佛教信仰的文学。佛教文学与佛教对文学的影响，是相关而有区别的两个层面。近期研究者多将其混称，将两者都笼统地称为佛教文学，这是不利于佛

---

① 《晋书》卷七七《蔡谟传》，第7册，第2035页。

教与文学关系的深入展开的[1]。佛教文学以表现佛教内容为主要主题，东晋当是其正式展开的时期。玄言诗中的一部分，即是佛理诗，如前文所述郗超的《答傅郎诗》。东晋已有佛徒开始介入五言诗创作，尤其是支遁、慧远、庐山诸道人之作，堪称此体之经典。支遁之诗，与其以即色宗义解《逍遥游》一样，融入了重玄之学。但与以自然、名教合一为主体的正宗的玄言诗已经不一样，亦如《真诰》所载杨羲等人之仙真诗，虽为玄言诗风诱发，但非玄言诗，至少不是正宗的玄言诗。支氏典型佛理诗有《四月八日赞佛诗》《咏八日诗三首》《五月长斋诗》《八关斋诗三首》《咏大德诗》《咏禅思道人诗并序》《咏利城山居》等。姑举其《四月八日赞佛诗》为例：

> 三春迭云谢，首夏含朱明。祥祥令日泰，朗朗玄夕清。菩萨彩灵和，眇然因化生。四王应期来，矫掌承玉形。飞天鼓弱罗(熙案：萝或锣)，腾擢散芝英。绿澜颓龙首，缥药翳流泠。芙蕖育神葩，倾柯献朝荣。芬津霈四境，甘露凝玉瓶。珍祥盈四八，玄黄曜紫庭。感降非情想，恬怕(泊同)无所营。玄根泯灵府，神条秀形名。圆光朗东旦，金姿艳春精。含和总八音，吐纳流芳馨。迹随因溜浪，心与太虚冥。六度启穷俗，八解濯世缨。慧泽融无外，空同忘化情。[2]

四月八日为佛诞日，此诗以赞佛为主，整首诗都是讲释迦修道成佛，及其用六度、八解之说来教化众生的无穷法力。支遁的诗风，继承两晋玄雅诗风中以奇藻写名理的做法[3]，只是其名理、隶事出

---

① 相关论述，见于笔者为蔡彦峰《中古早期士僧交往与文学》所作序文，中国社会科学出版社，2021 年，第 1—3 页。

② 《晋诗》卷二〇，逯钦立辑校《先秦汉魏晋南北朝诗》中册，第 1077 页。

③ 参考拙著《魏晋诗歌艺术原论》“东晋文学的特征和玄言诗风格”一节，第 376—386 页。

自佛典。此诗“菩萨彩灵和,眇然应化生”的菩萨,当指佛。佛在涅槃之前,其身份也可以说是住世宣教的菩萨。这种看法,存在于佛经之中。四王指四天王,丁福保《佛学大辞典》“四王”条:“四天王也。六欲天之第一,为四天王所住,故云四王天。在须弥之半腹,最初之天也。”[①]又如“玄根泯灵府,神条秀形名”,看似玄言,实为佛理,是指般若空性,灵府寂照,不可名言。但释迦仍用名言宣教,所以支遁会这样描写,实为对佛理的一种精彩表述。又此诗之奇藻,如其对赞佛之境的描写,当然多出于佛教诸经,其实是作者对现实的环境展开一种净土佛国的想象。从这些方面来看,支遁的这些作品,都可以说是佛理诗或赞佛诗中的经典之作,比后来梁武帝等人但以散文化的语言述佛理要精彩得多。支诗化虚理为奇藻,凝练精劲,如《咏八日诗三首》其一:“大块挥冥枢,昭昭两仪映。万品诞游华,澄清凝玄圣。释迦乘虚会,圆神秀机正。”又如其二:“伫驾三春谢,飞辔朱明旬。八维披重蔼,九霄落芳津。”这些诗句,虽为玄虚之咏,但会合中土旧典如“两仪”“玄圣”等词来形容释迦的应身与法身。就颂佛诗来说,支诗堪称上乘。

支遁的佛理诗,也是由玄言向山水转化过程中的一个环节。其《咏禅思道人诗序》“图岩林之绝势,想伊人之在兹”,说的是禅思道人作诗,其中有咏岩林之绝的内容。其咏岩林之绝应该是附以灵鹫之想,而“伊人之在兹”的伊人,当是指佛菩萨。支遁此诗,以铺张禅思道人所处山林,并写他于其中习禅悟佛:

> 云岑竦太荒,落落英岊布。回壑伫兰泉,秀岭攒嘉树。蔚荟微游禽,峥嵘绝蹊路。中有冲希子,端坐摩太素。(逯辑正文作“摹”,校云:“《广弘明集注》:明本云,一作‘摩’。《诗纪》云,一作‘摩’。”熙案,作“摩”是。)[②]

---

① 丁福保《佛学大辞典》,上海佛学书局,1999年,第756页。

② 《晋诗》卷二〇,逯钦立辑校《先秦汉魏晋南北朝诗》中册,第1082页。

其结构、境界摹范于郭璞《游仙诗》“翡翠戏兰苕”等作是很明显的。又其《咏利城山居》，形容山居从“五岳盘神基，四渎涌荡津”始，赞自然化山水，其法与孙绰《游天台山赋》实亦相近，都反映了东晋玄佛之士重视自然之整体的意趣。但接下来“动求目方智，默守标静仁”则属佛理，方智即方等之智，是大乘佛法；而静仁，则是以道家守静来释佛徒的寂照。于此都可见支氏文学，在理上会合道佛，在艺上吸收两晋诗赋，实可称东晋佛玄诗歌之一代名家。

释慧远《庐山东林杂诗》于山水之中寄佛理，将道教游仙之道转化为佛教悟彻真如常住之道：

> 崇岩吐清气，幽岫栖神迹。希声奏群籁，响出山溜滴。有客独冥游，径然忘所适。挥手抚云门，灵关安足辟。留（逯辑正文作“流”。校云：“《升庵诗话》作‘留’。《诗纪》云：‘一作“留”。’”熙案：作“留”是。）心叩玄扃，感至理弗隔。孰是腾九霄，不奋冲天翮。妙同趣自均，一悟超三益。[①]

诗写崇岩邃谷之中，有客于中悟真修道。其所修者为佛道，表面上看与隐逸求仙者同形，但内在体验是根本不同的，“挥手”两句、“孰是”两句，都是说不必如仙家之求辟灵关，求升九霄。只要冥感至理，则内外无隔，有无两遣。这种至理，当然是般若真理。

庐山诸道人《游石门诗》以及它的序文，是东晋末的山水杰作，其主旨是表现自然之神丽，与孙绰《游天台山赋》境界类似，文笔亦能尽壮丽之奇观。此诗虽多借神仙之说，如序中说：“乃其将登，则翔禽拂翮，鸣猿厉响，归云回驾，想羽人之来仪”，但归趣仍在学佛，如云：“灵鹫邈矣，荒途日隔，不有哲人，风迹谁存？应深悟远，慨焉长怀。各欣一遇之同欢，感良辰之难再。”既感灵鹫之

---

① 《晋诗》卷二〇，逯钦立辑校《先秦汉魏晋南北朝诗》中册，第1085页。

邈,更欣遇哲人而见风迹。这位“哲人”,就是论议宗极、畅神不灭之说、弘念佛得生极乐的慧远法师。其诗云:

> 超兴非有本,理感兴自生。忽闻石门游,奇唱发幽情。褰裳思云驾,望崖想曾城。驰步乘长岩,不觉质有轻。矫首登灵阙,眇若凌太清。端坐运虚论,转彼玄中经。神仙同物化,未若两俱冥。①

此诗的“理感”二字,屡见于玄言诗,有道佛二义,此处是佛义,盖同缘起之说。诗中写到云驾、曾城,仍是游仙诗的笔法,但是最后归于“端坐运虚论”的禅定之说,而“玄中经”也是指佛经而非道家书。最后“神仙同物化,未若两俱冥”,与上面慧远的《庐山东林杂诗》一样,都是认为与其求神仙之道,不若身物两冥,寄之于般若空观之境,则可得某种特殊形式的永恒。“神仙同物化”,也是指历来所有“神仙说”与“物化说”,不如俱归于冥寂。这正说明佛教的寂灭之说,取代了此前的“神仙”与“物化”两说。

竺僧度的《答苕华诗》与杨苕华的《赠竺度诗》,讲述了一个僧侣谢绝其俗世未婚妻的挽留而皈依佛教的故事。此事见于《高僧传》。竺僧度本姓王,少孤随母居,求同郡杨苕华为妻。未成礼而僧度母及苕华父母俱亡。僧度有感世代无常而出家修道,苕华执女子三从之义,服除后修书并写诗赠僧度,劝其返俗:

> 大道自无穷,天地长且久。巨石故叵消,芥子亦难数。人生一世间,飘若风过牖。荣华岂不茂?日夕就雕朽。川上有余吟,日斜思鼓缶。清音可悦耳,滋味可适口。罗纨可饰躯,华冠可耀首。安事自剪削,耽空以害有。不道妾区区,但令君恤后。②

---

① 《晋诗》卷二〇,逯钦立辑校《先秦汉魏晋南北朝诗》中册,第1086页。
② 《晋诗》卷二〇,逯钦立辑校《先秦汉魏晋南北朝诗》中册,第1089页。

杨苕华此诗，所表达的天地无穷、人生短暂的感慨，正是汉魏以来的一种生命主题。但她认为不能因生命短暂而否定生命本身的价值，她肯定世俗物质生活的价值，并且以儒家不孝有三，无后为大之义，劝其未婚夫返俗。诗中“安事自剪削，耽空以害有”，可以说是站在世俗生活与儒家大义的立场上，对佛教的一种否定。与之相反，竺僧度的《答苕华诗》则是对佛教之义的一种申述，表达了佛教徒的一种生命观：

> 机运无停住，倏忽岁时过。巨石会当竭，芥子岂云多。良由去不息，故令川上嗟。不闻荣启期，皓首发清歌。布衣可暖身，谁论饰绫罗。今世虽云乐，当奈后生何？罪福良有己，宁云己恤他。①

感叹生命短暂，是竺僧度与杨苕华的共同语言。从这意义上说，他们都是接受人生苦与空的教义的。杨氏的“芥子”之词，也出于佛经，她对佛教也应该是有所了解的。但杨氏坚持世俗生活的价值，而僧度则从佛教的罪福之报、三世果报的学说中确定其以修佛为终生追求的生命价值。两人诗中还蕴藏着不同的本体观。杨苕华诗开首即言“大道自无穷，天地长且久”，反映的是一种道家的自然之道的本体观，而僧度的本体论，强调机运无停，岁时已过，初看也似中土旧有的时序之叹，但加上“巨石会当竭，芥子岂云多”，则反映了佛教诸法无常、四大皆空的一种本体观。在东晋南朝信仰佛教与质疑佛教的两派之争中，道家的自然之道之说是与儒家的世俗（相对于佛教而言）伦理观结合在一起的，共同构成与佛家相对的一种思想。这在此诗中也反映出来。杨、竺二人赠答诗，从诗体方面追溯其源，自然会让我们想起东汉末秦嘉、徐淑夫妇赠答诗的模式，也可能渊源于情诗之流，至少杨苕华的

---

① 《晋诗》卷二〇，逯钦立辑校《先秦汉魏晋南北朝诗》中册，第1089页。

诗,还应该属于情诗。秦嘉《赠妇诗》“人生譬朝露,居世多屯蹇”(其一)、“宝钗好耀首,明镜可鉴形”(其三)[①],都为杨苕华诗所本。可见她这首诗,其实是学习秦嘉的《赠妇诗》的。但在笃信佛教与顺从世俗两者的巨大思想差异中,两人的爱情成为一个悲剧。没有比这个故事更能直观地反映出东晋时佛教观念对士俗思想及行为的深刻影响,以及像巨石投浪般地造成人们在世界观与伦理观上的分歧。

四、陶渊明的生命思考及其文学表现

陶渊明处在魏晋时代整个生命思潮的背景下,自身又遭遇各种生命矛盾,这促使他对生命问题进行认真的思考。他正是通过这种思考来选择自己的生存方式,确定行为准则的。所以,陶渊明的人生基本上可以说是一种理性的、自觉的人生。

从基本趋向来看,陶渊明生命思考的动机是要解决存在于自身的生命问题,他一生的努力都在于使自身所遭遇的各种生命矛盾得到化解与和谐。在这一点上陶渊明与魏晋玄学思潮超越生命矛盾、淡释生命情绪的趋向是一致的,而陶氏的“神辨自然”思想也正是对玄学自然生命观的继承和发展。但是他的整个生命思考和行为实践的理性都远远超过了玄学的范围。他不是在玄学的起点上开始生命思考,而是在思考现实的生命问题时吸取了玄学的一些思想,并且以躬自实践的精神克服了玄学名士的习气。所以,玄学只能说是陶渊明生命思想形成的渊源之一。

在《形影神》诗中,陶渊明提出他的生命哲学。他将生命分为形、影、神三要素。“形”指物质生命及其感情欲望;“影”指生命行为所发生的社会影响;“神”指生命对自身存在本体的反思能力,

---

① 《汉诗》卷六,逯钦立辑校《先秦汉魏晋南北朝诗》上册,第186、187页。

通过这种反思使生命达到自足而又自觉的境界。这三个概念包括生命的自然性质和社会性质及其相互之间的关系。同时，陶渊明所说的形、影、神又是指三种生命境界，它们各自具有一套认识价值，实际上正是总结了魏晋生命思潮中最有代表性的三种生命观，即物质主义生命观、立名不朽生命观和自然体道生命观。

《形赠影》诗是物质主义生命观的表述。诗云：

> 天地长不没，山川无改时。草木得常理，霜露荣悴之。谓人最灵智，独复不如兹！适见在世中，奄去靡归期。奚觉无一人，亲识岂相思？但余平生物，举目情凄洏。我无腾化术，必尔不复疑。愿君取吾言，得酒莫苟辞。[①]

“形”从物质意义上认识生命的全部价值，是在于它的物质性的存在。持“形”之生命观的人们，慨叹天道悠久，草木亦能枯而复荣，只有我们人类虽号称万物之灵长、天地之精华，却只是短暂地一度存在，死后则一切归于空无。神仙家说有腾化升天、长生不老之术，但那真实性是很可怀疑的，并且不是我辈凡俗之人所能想望的，所以剩下来唯一可做的也许只有生前享乐这一件事了，因为只有这样才能求得生命物质价值最大限度的实现。

《影答形》诗是伦理价值生命观的表述。诗云：

> 存生不可言，卫生每苦拙。诚愿游昆华，邈然兹道绝。与子相遇来，未尝异悲悦。憩荫若暂乖，止日终不别。此同既难常，黯尔俱时灭。身没名亦尽，念之五情热。立善有遗爱，胡可不自竭。酒云能消忧，方此讵不劣！

“影”并不简单地否定“形”的求生本能，但认为长生久视既不可得，游仙不死更属幻想。既然如此，就要放弃对“形”的存续的无

---

① 《陶渊明集》卷二《形影神》，逯钦立校注，中华书局，1979年，第35—37页。本书所引陶渊明诗文，俱依逯钦立校注《陶渊明集》。

谓追求,转而追求生命行为的伦理价值,并通过这种价值的建立垂名后世。陶渊明巧妙地将人影的“影”引申为人的名声影响,其“憩荫若暂乖,止日终不别”既是对光学的形影关系的逼真描写,又隐含出仕声著、隐遁名沉的意思。

《神释》则是突破形、影两种价值观。因这两种价值虽然境界有高下之别,但都有局限,都没有达到自足自由的生命境界,所以在“神”的觉悟高度上否定了“形”与“影”的生命观。组诗序云:“贵贱贤愚,莫不营营以惜生,斯甚惑焉。故极陈形影之苦,言神辨自然以释之。好事君子,共取其心焉。”《神释》诗云:

> 大均无私力,万物自森著。人为三才中,岂不以我故。与君虽异物,生而相依附。结托善恶同,安得不相语。三皇大圣人,今复在何处?彭祖爱永年,欲留不得住。老少同一死,贤愚无复数。日醉或能忘,将非促龄具?立善常所欣,谁当为汝誉?甚念伤吾生,正宜委运去。纵浪大化中,不喜亦不惧。应尽便须尽,无复独多虑。

“神”是陶渊明所追求的最高的生命境界。陶氏的“神”是参照了庄子的生命思想而建立的,但改造颇多。在陶氏思想里,“神”不是对生命简单的放弃,更无乐死恶生或虚无放诞之意味,而是指生命理性地、独立地解决其在“形”或“影”层次上产生的种种矛盾,使生命立于自足无待于外(无论“形”的需求还是“影”的愿望)的境界。所以,“神”是一种归宿,是使生命矛盾达到和谐的反省。“神”在某种意义上说也就是理,是透彻地了悟生命真谛的“理”。

形、影、神既是三种生命境界,又是构成生命涵义的三种要素。从境界一方面来看,影对形、神对影之间是否定的关系。但从作为要素这一方面来看,并非简单的否定,神不是取消形与影的存在,而是使之自觉化。从形神关系来看,陶氏反对心为形役。陶渊明曾因生活所迫而出仕,这并不符合他原来的理想。其《归

去来兮辞》一开始就挑明了这一点："归去来兮，田园将芜胡不归？既自以心为形役，奚惆怅而独悲！悟已往之不谏，知来者之可追；实迷途其未远，觉今是而昨非！"[①]屈从于生活的压力而出仕，是因物质需要而压抑着生命的自由意志，也损害了个性的自然。"心为形役"即指这个意思。所以，他是反对物质至上，而非否定生命的物质需要。即就饮酒而言，陶渊明本人虽不免有满足嗜欲的一面，但主要是借酒达到返璞归真的和谐的陶然境界："故老赠余酒，乃言饮得仙。试酌百情远，重觞忽忘天。天岂去此哉，任真无所先。"[②]又从影与神的关系来看，陶渊明也不是否定伦理行为本身的。陶氏将伦理行为称为立善，立善是人生的根本："贞脆由人，祸福无门。匪道曷依，非善奚敦。"[③]但有为求名甚至求名不朽而立善，有为求得因果善报而立善。这两种立善，都是有待于外的。而《神释》"立善常所欣"则是自足无待于外的立善行为。方宗诚《陶诗真诠》讲得很对："《神释》所云'立善常所欣，谁当为汝誉？'破除留名之私，非谓不必立善也。"[④]在追求道德的自在自为这一点上，陶渊明与嵇康是很接近的。他超越了世俗的名教观念，从自然的意义上重新认识伦理道德的意义。

《形影神》组诗，不仅是对魏晋生命思潮的总结，也是对陶渊明自身生命境界的提示。应该说这三种生命观及与之相应的三种生命境界在陶渊明的实际人生中都存在着。对于生命短暂，陶渊明有时也会产生悲哀乃至绝望的情绪：

> 万化相寻绎，人生岂不劳！从古皆有没，念之中心焦。何以称我情，浊酒且自陶。千载非所知，聊以永今朝。（《己

---

① 《陶渊明集》卷五，第 160 页。

② 《陶渊明集》卷二《连雨独饮》，第 55 页。

③ 《陶渊明集》卷一《荣木》，第 16 页。

④ 方宗诚《陶诗真诠》，清光绪八年刻本，第 2 页。收入《柏堂遗书·柏堂读书笔记》，清光绪三年至八年桐城方氏志学堂刻本，第 17 册。

酉岁九月九日》)[①]

个人生命只是一度存在,“翳然乘化去,终天不复形”(《悲从弟敬德》)[②],因此而产生的以酒自陶的情绪,这是“形”的生命观的表现。陶诗中反映这种心态的诗篇和诗句很不少,《游斜川》《诸人共游周家墓柏下》都是这样的作品。《饮酒》其三甚至因焦虑生命短暂而产生愤激之情:

> 道丧向千载,人人惜其情。有酒不肯饮,但顾世间名。所以贵我身,岂不在一生。一生复能几,倏如流电惊。鼎鼎百年内,持此欲何成!

在这里,“形”以饮酒否定“影”的求名。在陶诗中,像这样表现阮籍式的激烈的生命情绪的作品并不少见。当然,有时在抒发激烈情绪的同时,也在追求理性的和谐,如《饮酒》之一云:

> 衰荣无定在,彼此更共之。邵生瓜田中,宁似东陵时。寒暑有代谢,人道每如兹。达人解其会,逝将不复疑。忽与一觞酒,日夕欢相持。[③]

衰荣之事,也是魏晋诗人所常叹的。陶渊明说这像寒暑代谢,也是晋人常道之语。认识到这是自然之理,内心就比较平静和谐了,也就由形的执着达到神的解悟。

陶渊明的《形影神》诗,从主题类型来看,正是汉魏以感叹生命短暂为主题的诗歌的一种延续。形影神三种思想都有渊源,《形赠影》诗所反映的思想,在汉魏诗歌中尤其常见,如傅玄的乐府《放歌行》云:

---

① 《陶渊明集》卷三,第83页。
② 《陶渊明集》卷二,第69页。
③ 《饮酒》其一、其三均见《陶渊明集》卷三,第87、88页。

灵龟有枯甲，神龙有腐鳞。人无千岁寿，存质空相因。朝露尚移景，促哉水上尘。丘塚如履綦，不识故与新。高树来悲风，松柏垂威神。旷野何萧条，顾望无生人。但见狐狸迹，虎豹自成群。孤雏攀树鸣，离鸟何缤纷。愁子多哀心，塞耳不忍闻。长啸泪雨下，太息气成云。①

傅诗从慨叹灵龟亦枯、神龙亦没开端，是一种正比；陶诗则从山川、天地的长久，以草木的能再生长开端，是一种反比。但都是感叹人寿之促。傅诗"存质空相因"的"存质"相当于陶诗所说的"形"。傅、陶二家，所持的都是当时士人群体中已经成熟的生必有死的理性生死观。傅玄《放歌行》所表现的是纯粹的对于生命短暂的焦虑，这是汉魏以来生命主题的常调，陶渊明本人也有不少这种类型的作品。但《形影神》组诗意在建立一种"神辨自然"的委运任化的生命观，来超越汉魏以来诗人长期陷身其中的生命焦虑主题及其文学表现。

陶渊明的另一重大生命矛盾是出与处的抉择。儒家的伦理价值生命观对于陶渊明来讲，也是一个根深蒂固的生命情结，《荣木》诗即是抒发因人生如寄而希望及时有所建树的感情。其序云："荣木，念将老也。日月推迁，已复九夏，总角闻道，白首无成。"诗云：

采采荣木，结根于兹。晨耀其华，夕已丧之。人生若寄，憔悴有时。静言孔念，中心怅而。

采采荣木，于兹托根。繁华朝起，慨暮不存。贞脆由人，祸福无门。匪道曷依，匪善奚敦！

嗟予小子，禀兹固陋。徂年既流，业不增旧。志彼不舍，安此日富。我之怀矣，怛焉内疚。

① 《晋诗》卷一，逯钦立辑校《先秦汉魏晋南北朝诗》上册，第557页。

> 先师遗训,余岂之坠。四十无闻,斯不足畏!脂我名车,策我名骥。千里虽遥,孰敢不至。[①]

从“四十无闻”之句可推测此诗是陶氏四十岁以前写的。此时他还没有做终老田园的打算,弘道济世、建功立业之念仍殷,所以有这样的激情表现。《荣木》可以说是陶渊明作品中表现“影”的生命境界的代表作,《咏荆轲》诗、《感士不遇赋》都属于这一类。

“神”作为一种理性的解释力量,随时起着使矛盾和谐化的作用。因此,“神”的境界是陶渊明始终不懈的追求,它是与陶诗的平淡风格、田园境界相呼应的。陶渊明从黾勉应世到归隐田园,是一种生命境界的转化,在田园境界中他体验着生命的自然和自由。这与玄学名士借山水悟道性质接近,而陶渊明也确实是在东晋山水意识兴盛的背景下成长起来的诗人。他自称“少无适俗韵,性本爱丘山”,就透露出与这种时代风气的关系。但陶渊明通过归隐田园,将自然意识由一种哲学境界和审美境界发展到生活境界,并且将此充分地表现在诗中,这已经不是时风所能范围的了。

《形影神》组诗是陶渊明对自身生命矛盾与和谐追求的哲学概括。假如以组诗所体现的生命思想为核心,我们可以看到它与陶渊明全部文学境界之间具有一种辐射性关系。也就是说,他的全部文学,都可以纳入形、影、神三种境界,而三种境界之间又是依存、转化的关系。这是我们把握陶渊明文学生命主题的要点所在。从文学的性质来看,陶渊明文学是将生活境界上升到生命境界,或是在生活境界中体现生命自觉性的文学[②]。

从玄言到玄学名士的山水,再到陶渊明的田园,淡释生命情

---

① 《陶渊明集》卷一,第15—16页。

② 关于陶渊明生命哲学及其诗歌境界的详尽阐述,可参看钱志熙《陶渊明经纬》(北京大学出版社,2019年)的相关章节。

绪、和谐生命矛盾这一精神追求经历了曲折反复的过程。陶渊明作为一个真正自觉的人，在自身生命追求的动力驱使下，几乎是将整个魏晋生命思潮在他个人生命境界中浓缩地再现了一番，从而使他站在魏晋精神的高峰之上。他的文学，也是魏晋生命文学一个圆满的结局。

第十八章　两晋神仙道教及其生命观

道教作为一种宗教，一般认为其渊源可追至汉末。传统的方仙道，是以寻求仙人与仙境以及采药、长生之术为主要的形式。长生术的思想渊源多追溯到黄老之道，这也是神仙长生术被称为修道行为的原因。这些也是传统游仙诗所表现的主要内容。它在两汉魏晋时代，甚至可以视为一种经济活动的形式，即术士们游走于豪富吏民之室，兜售仙药，传授长生久视之术，以获得利益与名声。这是后来道教传道活动的起源。其中帝王与方士的关系，则属于此种形式的极端、特殊的表现（见本书有关汉代方仙道部分的论述）。此种方仙道，对于正宗的儒家士大夫影响并不大，事实上在汉魏时期，它一直受到儒家士大夫的抵制。

上述神仙道术传统称为“方仙道”，被视为道教的前身，而不直接称为道教。道教与方仙道最大的不同，在于它不仅是一种个人求仙、长生久视的方式，更是一种具有社会教化功能的宗教。因具教化的性质，所以与现实的政治（包括军事）发生复杂的关系。汉末兴起的张陵的五斗米道、太平道，即具此种性质，所以被视为道教的早期传播形态。五斗米道在两晋南北朝发展为主要的道教教派，即后来所称的天师道。但道教的前端，甚至包括它后来的各发展阶段，并不像佛教那样单一、清晰。从神仙道教的发展史来说，从汉末至西晋这一段，道教及神仙术主要还是在下层社会发展，其中包括单独活动的“道士”（方士）与成教团形式的

"妖道百余种"[①]。同时,在民间还有各种巫术的流行。刘义庆《幽明录》记载东晋元帝永昌元年(322)巴丘巫师舒礼之事,就反映出这种情况。舒礼是巫师,当地人称巫师为道人。病死,土地神将他送到太山。阴司中有一种地方叫"道人舍":"数千间瓦屋,皆悬竹帘,自然床榻,男女异处。有诵经者,呗偈者,自然饮食者,快乐不可言。"这种道人,其实是生前修佛道之人,与舒礼这个民间巫师道人不一样。但土地神不知情,以为舒礼也可以进这种道人舍,结果被阴司纠出,太山府君因为舒礼在人间时杀生淫祀,让他备受地狱的刑罚。后来府君查知舒礼尚有八年阳寿,将其送还人间,并且告诫他不要再杀生淫祀。舒礼还阳后,就不再做巫师了。其中有这样一段:

> 太山府君问礼:"卿在世间,皆何所为?"礼曰:"事三万六千神,为人解除、祠祀,或杀牛犊、猪羊、鸡鸭。"府君曰:"汝佞神杀生,其罪应上热鳌。"[②]

巫师舒礼所从事的,正是各种"妖道"之一种,其事三万六千神,正是原始巫术的形式,民间亦称道人。这则小说,是从正宗的佛教徒或道教徒的立场来构造的,反映了道教发展过程中,对各种外道的压制。根据历史文献,我们现在能获得这样一种初步认识,即在汉末至西晋这个时期,传统的方仙道仍然是主要的形式,这从建安诗人、西晋诗人的游仙诗、葛洪的《抱朴子内篇》中也可以得到证实。在文学史上,与后来仙真人诗主要是以道教为表现对象不同,建安、西晋诗人的游仙诗,则是以传统的神话及方仙道活动为表现对象的。也就是说,神话、方仙道与汉魏西晋的游仙诗,道教与东晋仙真诗,有一种对应的关系。

---

① 《抱朴子内篇》卷九《道意》,《诸子集成》第8册,第39页。

② 李剑国《唐前志怪小说辑释》(修订本),上海古籍出版社,2011年,第502页。

进入东晋南北朝时期,道教的最大发展,就是走向上层。其重要表现,即与士族(南朝),与最高政权(北魏)发生关系。这种情况,与佛教在这一时期的发展,具有平行的、一致的趋势,而且不无交叉。道教的士族化,促使大量的道教经典产生。不仅《老》《庄》《列》等道家著作被神仙道教重新阐释,而且玄学思想被大量地利用到道教神仙学说中。至少从形式上讲,我们不能不说,学术史上真正传承着道家、玄学的,其实是神仙道教。在魏晋南北朝神仙道教中,“玄”与“真”两个概念,都被道教化了,成为与“仙”这个概念并列的三个最重要的概念。而道教成立的一个重要标志,就是以老子为首一些道家人物被神格化。

道教逐步确立以及佛教的发展,使得中国思想史、观念史进入儒、释、道三教分立的局面,这种分立在政治、社会生活及文化的各个领域都表现出来,其内部机制与所呈现的现象极为复杂纷陈。但从生命观的角度来看,民间社会曾对释、道二教的不同有极为简单而切要的概括,即道教保现生,释教求来世。那么,儒教则主要遵循一种群治的原则,其所追求的是社会性的、伦理价值性质的生命价值的实现。佛、道二教在士大夫阶层的流行,对中国古代士大夫阶层的生命思想发展有着极为深刻的影响。从此以后,中国古代士大夫的生命观念与生命意识,长期地处于以儒家思想为根本的理性思考与以佛、道为借鉴的趋于感性神秘、非理性的生命体验的复杂交织之中,也出现了不少士大夫的道教徒、佛教徒,这种现象在东晋南朝时代最为突出。

关于道教的早期历史,专门道教研究者已有多种著作问世。本章主要是从思想史尤其是生命观的角度,以文人士大夫为核心对象,来阐述早期道教发展中的一些问题,并且尽量靠近其与士族及文学的关系。

一、道教的发生及其与道家思想的渊源关系

道家崇自然，其自然哲学生命观，原本与神仙方术无涉。不仅如此，老子反对厚生、益生，主张后其身而身存。庄子也对养形者流颇有讥议。可以说，原始道家正是要破除神仙与长生幻想的。《汉书·艺文志》所载神仙书十家，出于黄帝、神农、上圣与泰壹[①]，与老庄一派根本无涉。张尔田《史微·原道》溯道家于上古史官，认为道家所论为君人南面之术，而“后世讲长生不死者皆神仙家言，神仙为方技之一种，明载《汉志》，非道家也。至张道陵、寇谦之等之伪道教，则又稗贩佛教及巫觋诸说而为之，益与古道家相去万里矣”[②]。这也可见原始道家及老、庄思想，原来与神仙家无涉。但神仙方术与道家思想合流，并非至张道陵、寇谦才如此，两汉神仙家已经有将道家思想往神仙长生之术方面发展的，而正如玄学中也颇孕育神仙思想(详见第十五章“论嵇、阮的新神仙思想和游仙主题”一节)。看来，道家思想转化为道教，是经历较长时间并十分复杂的过程。

原始神话中并无“道”的概念。战国至秦汉神仙家与方术之士在进行一系列的求仙行为与方术试验中，开始吸收道家的修真思想，出现了“道”的概念。传为屈原所作的《远游》大概产生在战国秦汉之际，全篇多借神话以描写游仙，其中讲述了嘘吸修炼之术，并且明确阐述“道”“自然”等概念。

汉魏之际的神仙方术活动明显地借助于黄老之说，尤其是历史上老子的神格化。这是因为黄老之说以治身来说治国，主张身

---

① 见《汉书·艺文志》“右神仙十家”，第6册，第1779页。

② 张尔田《史微》卷二，黄曙辉点校，上海书店出版社，2006年，第29页。

国同理,身国同治。《老子》通篇都讲君主治国之术,是论道以经邦。但从究明天道开始,同时近于身,阐述养身之理,剖别身与名孰轻孰重,其中确实为后世的神仙家提供了系统的哲学基础。传说汉文帝时出而讲道的河上公,其注《道德经》,宗旨就在于用《老子》来阐述清静无为、长生久视之说。如他认为老子讲"道可道",这个道是指"经术政教之道",也就是儒家所说的那种道。而老子所说的道,则是"常道"。故其解"非常道"一句云:"非自然长生之道也。常道当以无为养神,无事安民。"[①]其解"虚其心"云:"除嗜欲。"解"实其腹"云:"怀道抱一,守五神也。"解"强其骨"云:"爱精重施,髓满骨坚。"[②]至于其解"谷神不死"云:"谷,养也。人能养神则不死,神谓五藏之神:肝藏魂,肺藏魄,心藏神,肾藏精,脾藏志。五藏尽伤,则五神去矣。"解"是谓玄牝"云:"言不死之道,在于玄牝。"[③]可以说,后世以清静无为、养神炼性为宗旨的一派的基本理论已经包含在其中了。可见道教之"道",的确是来自道家之"道"。但这种道教之"道",其实是以"术"为主。"道""术"二字,春秋以来,本就是常连在一起使用的。像"五斗米道""天师道"之"道",其"术"或"法术"的意味多于"道",但各家宗旨仍是修道为主,甚至黄巾所谓天道、地道、人道,其义仍出于《老子》。曹植将辨析神仙方术有无的文章题为"辨道论"[④],可见当时方术之士,总是以"道"名其术(参见前面论王充无仙论的部分)。"道"本是诸家共用的概念,但方术之士斥别家之道为非道,只有他们所说的清静无为、养神炼性的长生之道才是道,所以据"道"字为一家所有的专用名词。即河上公所论,儒家之道非"常道"(当然也包括百家所说的"道"),只有道家的"常道"才是"道"。道教之名义,即

---

① 《老子道德经河上公章句》卷一《体道》,王卡点校,中华书局,1993年,第1页。

② 《老子道德经河上公章句》卷一《安民》,第11页。

③ 《老子道德经河上公章句》卷一《成象》,第21页。

④ 赵幼文《曹植集校注》卷二,第186页。

出于此。但对道家思想及其人物谱系的系统演用，则在汉魏之际。这时候，不但老子被变为人格神，而且道家的自然本体之论，也被赋予一种先天而存在的元始天尊的人格神的色彩。老子的神化，具体的过程如何，还须详考，但我们看《太平经》中，老子已经完全被神化了：

> 《太平部》卷第八《老子传授经戒仪注诀》云：“老子者，得道之大圣，幽显所共师者也。应感则变化随方，功成则隐沦常住。住无所住，常无不在。不在之在，在乎无极。无极之极，极乎太玄。太玄者，太宗极主之所都也。老子都此，化应十方。敷无有之妙，应接无穷，不可称述。近出世化，生乎周初，降迹和光，诞于庶类，示明胎育，可以学真，虽居下贱，无累得道。周流六虚，教化三界，出世间法，在世间法，有为无为，莫不毕究。文王之时，仕为守藏史。或云，处世二百余载。至平王四十三年，太岁癸丑，十二月二十八日，为关令尹喜说五千文也。”①

这段文本的具体产生时间虽不可考，但大概可以说是老子神化的最初形象。当然，《太平经》中还有一位“太平金阙帝晨后圣帝君”，其经文云：“长生大主号太平真正太一妙气皇天上清金阙后圣九玄帝君，姓李，是高太上之胄，玉皇虚无之胤”云云。这位“后圣李君”其实就是以老子为原型虚构出来的神。“后圣帝君”是在玄元帝君时太皇十五年，“育于北玄玉国天冈灵境人鸟阁蓬莱山中李谷之间，有上玄虚生之母，九玄之房，处在谷阴。玄虚母之始孕，梦玄云日月缠其形，六气之电动其神，乃冥感阳道，遂怀胎真人”。这位后圣帝君，“七十之岁，定无极之寿，适隐显之宜，删不死之术，撰长生之方”。他是太平道的主神，他有一师四辅，其师“后圣李君太师姓彭，君学道在李君前”，这位应该就是传说

① 王明编《太平经合校》卷一至十七，第10页。

中的彭籛。其辅为:“后圣李君上保太丹宫南极元君。后圣李君上傅白山宫太素真君。后圣李君上宰西城宫总真王君。”[1]道教的神,一种为假托历史上的人物,一种是天地日月山川等自然物的神化,也有两者合一。这种造神的历史始于何时尚需详考,但早期汉魏之际的道经,应该是较早期的一批造神的文本。

除道家之外,《周易》及京房一派的汉儒易学,也是神仙方术之士资借的重要思想基础。尤其是东汉吴地人魏伯阳的《周易参同契》,就是用易理及《周易》的阴阳八卦等来阐述内外丹术,尤其是其中的乾坤、坎离,即天地、日月、水火,都可以用来阐说丹术。其道深秘,非行家不能深究,但大略可知,易学亦为神仙道术之资取者。

《庄子》一书,继《老子》畅发自然之道,在身国理论方面,主要发挥治身之说,但以不治为治,不养为养,放诞任真,阐述最高的、绝对性的个体自由之道。从这方面来讲,它与神仙家的思想是相反的,尤其《至乐》等篇所宣扬的以生为赘疣、以死为去疣决溃、以恋生为弱丧、以死为大归,更可以说与养生家言完全背道而驰。《庄子》书中也常常讽刺养生之士。这些似与长生久视之说不同。所以,秦汉以来多以黄老并称,未及老庄,只是汉代蔑弃礼法之士,提倡饮酒全生、裸葬如杨王孙这一派的人,提倡庄学。但是《庄子》毕竟出于《老子》,其中所塑造的绝对人格,如至人、真人、神人,却在道教兴起的魏晋时代,大为其资借,以至于最终被列为《道德经》之外的第二经典,号称《南华真经》。其间的演变之迹,实为了解魏晋道教思想发展历史的重要脉络。

二、《抱朴子内篇》的神仙思想

东晋道教神仙之说,除援引老、庄之外,同期的玄学也是其重

---

① 以上引文,见王明编《太平经合校》卷一至十七,第2、5、6页。

要的思想渊源，前面有关阮、嵇新神仙思想的章节对此有所分析。可以说阮、嵇的游仙，是较典型的会合玄仙为一体。此后玄学中一直有以玄宗会仙旨的一派，葛洪《抱朴子》为此派之集大成。《抱朴子内篇》多称引仙经道书以畅论其说，如准佛藏经、论两体而言，《抱朴子内篇》可称为神仙道论，而文献家则列其为子书之类。

神仙之说，原本出于神话，是早期人类在不了解生命的自然死亡真相时，基于人类本能的求生、延生愿望的一种幻想结晶，也可以说是一种原始的诗性精神的产物。但在人类思想进一步发展过程中，尤其摆脱了巫史文化的知识阶层兴起的时候，神仙之说受到很大的质疑。这个知识阶层，在中国古代来说，即形成于东周春秋的士大夫阶层，其代表人物是列国的开明士大夫与春秋战国的诸子百家。儒、道、法、名、墨各家，总体上说，都是持生命理性观念的。但就中墨家为了立神道设教，倡明鬼之说；道家老子持身国一体的观念，在阐述渊默恬退的政治哲学的同时，阐述后身而身先的养生思想，法天道自然以养生。战国秦汉的神仙家即从上述思想中，引用一种不设前提的逻辑方式，无限推演，阐述一种新的灵魂不朽、长生久视的思想，上古以来的昆仑升天神话及蓬莱蹈海神话，由此而得以嫁接到这一新的非理性生命哲学之上。同时，儒家一派虽然一直以不言怪力乱神为原则，左辟右黜，在百家纷纭的生命价值之争中，努力地建立起一种伦理道德生命价值观。但在"国之大事，在祀与戎"[1]的观念支配下，儒家不能不致力于封建国家祭祀体系的建设，而这也使其难以完全摆脱神灵观念的生命意识。在这种情况下，士大夫阶层完全理性的生命思想一直难以用比较彻底的方式来建立，尤其是以董仲舒为代表的天人说政治学说，阳儒而内墨，为汉代社会各种非理性生命思想

① 《春秋左传正义》卷二七"成公十三年"，《十三经注疏》下册，第1911页。

的流行提供一种新的生命哲学基础。蒙文通认为:“道教之始为太平道,而太平道则似源出儒墨。”[1]其意或即在此。从最高统治阶层来看,春秋燕、齐诸国君主,就颇事求仙之术,秦皇、汉武继之,使方术大兴。在上述复杂的思想背景下,士大夫中的一部分人,与方术之士合流,形成一个具有高度知识素质的新的讲求长生求仙的群体,东方朔即是其中的代表人物。东方朔作《十洲记序》,对武帝自言:“臣学仙者耳,非得道之人”,其所谓“得道”即得儒家之道,此即明确地说在儒家治国之道外,有一种神仙方术的存在。他并且诡言周流异域仙国、遨游天地之间的奇异经历:“北至朱陵扶桑之国,溽海冥夜之丘,纯阳之陵,始青之下,月宫之间,内游七丘,中旋十洲,践赤县而遨五岳,行陂泽而息名山。臣自少及今,周流六天,涉历八极于是矣。”但是他认为他的学仙游历及神仙方面的见识仍然是有限的:“未若陵虚之子,飞真之官,上下九天,洞视百方,北极钩陈而并华盖,南翔太丹而栖大夏,东之通阳之霞,西薄寒穴之野,日月所不逮,星汉所不与,其上无复物,其下无复底。臣之所识,始愧不足以酬广访矣。”[2]君主与士大夫阶层的进入,在一种新的神秘生命思想与宇宙知识的支持下,神仙思想进入新一轮的发展。但另一方面,汉魏执持儒家伦理生命观及道家自然生命观的士大夫,一直在进行一种理性批评的工作。魏晋玄学的主流,是阐述自然哲学生命观,其中使用“几”“神”以及“道”“玄”“自然”这些概念,当与养生求仙之术相遇时,在一种放弃逻辑前提的思维方式中,这些概念成为神仙思想重要的哲学基础。这就是东晋以后的道教神仙思想发展新的逻辑起点。

《抱朴子》的神仙思想,是在与汉魏以来认为神仙为虚无之说

---

① 蒙文通《道教甄微·道教史琐述》,《蒙文通全集》,巴蜀书社,2015年,第5册,第1页。

② 《全汉文》卷二五,逯钦立辑《全上古三代秦汉三国六朝文》第1册,第267页。

的疾虚妄思想相对立的基础上展开的。其基本的思辨方式是这样的，首先使“有”畅论玄虚本体。道教与此前的神话、神仙方术的最大不同，在于其是以“道”的观念为核心的。从求仙的方法来说，有遇仙与修仙两类，遇仙是传统的求仙、成仙的方法，是渊源于神话世界的一种求仙方法，如周穆王、汉武帝之遇西王母，即是典型的事例。而修仙，则是利用方术包括丹药、符箓成仙。当然，这两者往往也联系在一起，有时遇仙的同时也得到神仙所授的仙药，而修炼也是遇仙条件。修炼中的一种，即渊源于黄老养性修真，则是以“道”的观念为核心的。得道即成仙，进入正式的道教时代，这种意识更加明确。这也是道教之所以称为道教的根本原因，其关键在于修道以求仙。《抱朴子内篇·道意》即阐述“道”意：

> 抱朴子曰：道者，涵乾括坤，其本无名。论其无，则影响犹为有焉；论其有，则万物尚为无焉。隶首不能计其多少，离朱不能察其髣髴。吴札晋野竭聪，不能寻其音声乎窈冥之内。猬狶犭步猪疾走，不能迹其兆朕乎宇宙之外。以言乎迩，则周流秋毫而有余焉；以言乎远，则弥纶太虚而不足焉。为声之声，为响之响，为形之形，为影之影。方者得之而静，员者得之而动，降者得之而俯，升者得之以仰。强名为道，已失其真。况复乃千割百判，亿分万析，使其姓号，至于无垠。去道辽辽，不亦远哉？俗人不能识其太初之本，而修其流淫之末。人能淡默恬愉，不染不移，养其心以无欲，颐其神以粹素，扫涤诱慕，收之以正，除难求之思，遣害真之累，薄喜怒之邪，灭爱恶之端，则不请福而福来，不禳祸而祸去矣。何者？命在其中，不系于外，道存乎此，无俟于彼也。[1]

① 《抱朴子内篇》卷九《道意》，《诸子集成》第8册，第37页。

葛洪论道，自然是渊源于老子，但更多是接受了玄学的本体论。在葛洪那里，或者可以说在整个神仙道教那里，道就是“玄”。道经多以玄为题，如《通玄真经》《玄珠录》等等。《抱朴子内篇·畅玄》采用玄学重玄思想的思路，极力论述玄作为一种本体性的存在方式：

> 抱朴子曰：玄者，自然之始祖，而万殊之大宗也。眇昧乎其深也，故称微焉。绵邈乎其远也，故称妙焉。其高则冠盖乎九霄，其旷则笼罩乎八隅。光乎日月，迅乎电驰，或倏烁而景逝，或飘滭而星流，或滉漾于渊澄，或雰霏而云浮。因兆类而为有，托潜寂而为无。沦大幽而下沉，凌辰极而上游。金石不能比其刚，湛露不能等其柔。方而不矩，圆而不规，来焉莫见，往焉莫追。乾以之高，坤以之卑，云以之行，雨以之施。胞胎元一，范铸两仪，吐纳大始，鼓冶亿类。佪旋四七，匠成草昧，辔策灵机，吹嘘四气，幽括冲默，舒阐粲尉(原注：一作郁)。抑浊扬清，斟酌河渭。增之不溢，挹之不匮。与之不荣，夺之不瘁。故玄之所在，其乐不穷。玄之所去，器弊神逝。①

作者以一种文学想象的方式畅叙玄的无所不在，及其神异虚灵的存在状态。这里关键是“玄”这个概念，已经从一种思辨哲学的本体存在，不知不觉地转化为一种无所不及的神灵式的存在，事实上已成为一种神秘哲学化的万物有灵论。但作者的想象不只是指出玄作为世界万物本体的存在，而是将守玄作为一种最高的人生境界。达到玄的境界，或者说不失去玄，就能“其乐无穷”，而失去玄，就会“器弊神逝”，即形体鄙劣而精神远去。接着作者从反面来论证各种世俗的荣华富贵，尤其是美色华车等物质享受，没法给人带来真正的快乐。真正的快乐，在于得到玄道：

---

① 《抱朴子内篇》卷一《畅玄》，《诸子集成》第8册，第1页。

> 夫玄道者，得之乎内，守之者外，用之者神，忘之者器，此思玄道之要言也。得之者贵，不待黄钺之威；体之者富，不须难得之货。高不可登，深不可测。乘流光，策飞景，凌六虚，贯涵溶，出乎无上，入乎无下。经乎汗漫之门，游乎窈眇之野。逍遥恍惚之中，徜徉仿佛之表，咽九华于云端，咀六气于丹霞。徘徊茫昧，翱翔希微，履略蜿虹，践跚璇玑，此得之者也。其次则真知足，知足者则能肥遁勿用，颐光山林，纡鸾龙之翼于细介之伍，养浩然之气于蓬荜之中，缊缕带索，不以贸龙章之晖晔也；负步杖策，不以易结驷之骆驿也。[①]

葛洪在这里所形容的得玄道者，其最高境界，已经近乎神仙，其低者也能遗荣养真，这为后来道教的神仙之说提供了直接的基础。《真诰·运象篇第二》：

> 今人居风尘之休盛者，乃多罪之下鬼，趣死之考质也。夫处无用于嚣途，乃得真之挺朴。任凡庸以内观，乃灵仙之根始也。盖富贵淫丽，是破骨之斧锯，有似载罪之舟车耳。荣华矜世，争竞徼时，适足以诲愆要辱，为伐命之兵，非佳事也。[②]
>
> ……
>
> 若夫能眇邈于当世，则所重唯身也。罕营外难者，则无死地矣。是以古之学者，握玄筌以藏领，匿颖镜十纷务。凝神乎山岩之庭，颐真于逸谷之津。于是散发高岫，经纬我生；晖晖景曜，采吸五灵；游蹑九道，登元濯形；投思绝空，人事无营；闭存三气，研诸妙精。故能回日薄之年，反为童婴耳。[③]

两者比较，我们能清晰地看到六朝道教神仙理论脱胎于玄学的痕

---

① 《抱朴子内篇》卷一《畅玄》，《诸子集成》第8册，第1—2页。

② 《真诰校注》卷二，[日]吉川忠夫、麦谷邦夫等编，朱越利译，中国社会科学出版社，2006年，第55页。

③ 《真诰校注》卷二《运象篇》，第66页。

迹,而《抱朴子内篇》的畅玄诸说,则是直接的启钥。在玄学思辨哲学推进道家自然哲学生命本体论的同时,其原本具有的形神思想,却同时被引向道教神仙。在吸收了更高的哲学形式后,神仙长生之说冲破儒家士大夫苦心经营的疾虚妄理性堤坝,在知识阶层中得以泛滥,严重地影响了中古士群的精神气质。

传统的神仙境界,或为昆仑、蓬莱,或为华霍、嵩岱,这是从上古到秦汉时代创造出来的仙境。葛洪《抱朴子》的神仙境界,除了上述传统的仙境之外,更重要在玄虚、玄思的基础上,虚构了许多新的仙境。如《抱朴子内篇·微旨》中,他就虚构了两座充满玄虚意味的仙山:

> 或曰:窃闻求生之道,当知二山。不审此山,为何所在?愿垂告悟,以祛其惑。抱朴子曰:有之,非华霍也,非嵩岱也。夫太元之山,难知易求,不天不地,不沈不浮,绝险绵邈,崋嵬崎岖,和气絪缊,神意并游,玉井泓邃,灌溉匪休,百二十官,曹府相由,离坎列位,玄芝万株,绛树特生,其宝皆殊。金玉嵯峨,澧泉出隅。还年之士,挹其清流,子能修之,乔松可俦。此一山也。长谷之山,杳杳巍巍,玄气飘飘,玉液霏霏,金池紫房,在乎其隈,愚人妄往,至皆死归。有道之士,登之不衰;采服黄精,以致天飞。此二山也。皆古贤之所秘,子精思之。或曰:愿闻真人守身炼形之术。抱朴子曰:深哉问也。夫始青之下月与日,两半同升合成一。出彼玉池入金室,大如弹丸黄如橘。中有嘉味甘如蜜,子能得之谨勿失。既往不追身将灭,纯白之气至微密。升于幽关三曲折,中丹煌煌独无匹。立之命门形不卒。渊乎妙矣难致诘。此先师之口诀,知之者,不畏万鬼、五兵也。[①]

① 《抱朴子内篇》卷六《微旨》,《诸子集成》第8册,第28页。

作者这里所说太元、长谷之山，实际上是一种存想玄修的神秘境界，其实是对身体与精神的某种幻想。从汉魏伯阳《参同契》附会《易》《老》倡内丹之术，到葛仙翁、葛洪等人附会玄理，《黄庭内景经》展开对身体内部的神秘玄想，我们可以看到汉魏晋之际长生久视、神仙修炼思想发展的大致脉络。

在畅玄之说的基础上，葛洪重新论证神仙的存在。其《抱朴子内篇》中的《论仙》《对俗》，采用魏晋玄学论文常见的对话形式展开。文章开头，“或问”者提出“神仙不死，信可得乎”的疑问。作者明确地指出，即使是经验最为丰富的观察者，也不可能了解所有的情况。人们简单地根据自己的见闻，遽然否认神仙的存在，这是世俗在认识上的误区。篇中“问者”认为生必有死是一个自然的道理，“故古人学不求仙，言不语怪，杜彼异端，守此自然”[①]，这可以说是世俗理性的自然生命观，也可以证明汉魏以来，理性的生命观已经成为士大夫阶层甚至普通人的一种常识。汉魏晋文学中的热烈的生命主题，正是这一生命意识发展阶段的产物。所以，自我的觉醒，从历史发展的角度来说，就是人类第一次清晰认识到生命是一种有限的、自然的存在。这几乎可以说已经成为一种常识。葛洪则以经验论来质问常识理性。葛洪为了论证神仙确实存在，采用了这样一种说法：人们的经验始终是有局限的，不能根据常识来判断某一事物是否存在。他的基本观点，是认为人类的各种感觉与认识的能力是有限的，有许多现象，超出人类的认识范围，更存在着许多与人们的常识相反的自然界与人类社会的现象。他认为那些不相信有神仙存在的人，与聋者不能闻至响之声、瞽者不能见至明之形一样：

> 抱朴子答曰：夫聪之所去，则震雷不能使之闻；明之所

① 《抱朴子内篇》卷二《论仙》，《诸子集成》第8册，第2页。

> 弃,则三光不能使之见。岂輷磕之音细,而丽天之景微哉?而聋夫谓之无声焉,瞽者谓之无物焉。又况管弦之和音,山龙之绮粲,安能赏克谐之雅韵,玮晔之鳞藻矣!故聋瞽在乎形器,则不信丰隆之与玄象矣!而况物有微于此者乎?暗昧滞乎心神,则不信有周孔于在昔矣,况告之以神仙之道乎?[①]

认为不能依靠常识来断定某一事物的存在与否。这原本是一种理性的思想,也是一种讲究征实的思想。正是这一思想推进了魏晋时期自然哲学与历史科学的发展。但是,神仙家们却用这一逻辑,来为鬼神、仙人等虚构事物的存在作辩护。这其实是古今中外的宗教家在强调上帝神仙存在时,不约而同使用的一种强辩方式。

葛洪用来论证鬼神、仙人存在的另一种方法,除了强调世俗流传之说,就是引征古典及名人之说,大体上可以称为“众人之说”与“权威之言”,这也是魏晋南北朝神仙论、神鬼论者最常用的一种论辩方法。泰勒曾经指出,人们容易认为大家都在说的,就是正确的,但是他认为“公认的论据和对某一问题观点的鲜明而普遍的一致性本身并不能成为真理的准绳”[②]。这一观点,也许有助于我们理解魏晋南北朝神鬼论者运用众人之说与权威之言的问题所在。葛洪就是善于运用这种论证方法的,他摘录式地引用曹丕关于火浣布的记载,将曹植《辩道论》改为《释疑论》,留下有利于其论点的事实,留下其中关于左慈等方术之士的说法,而以佐证其基本看法。曹植原本是辨道术之是非,葛洪将之改为释世人不相信神仙之疑(见前有关曹植《释疑论》的讨论)。刘向《列仙传》更是他的重要论证材料:

---

① 《抱朴子内篇》卷二《论仙》,《诸子集成》第8册,第3页。

② [英]爱德华·泰勒《原始文化》第一章,连树声译,第14页。

> 刘向博学则究微极妙，经深涉远，思理则清澄真伪，研核有无，其所撰《列仙传》，仙人七十有余。诚无其事，妄造何为乎？邃古之事，何可亲见？皆赖记籍，传闻于往耳。《列仙传》炳然，其必有矣！然书不出周公之门，事不经仲尼之手，世人终于不信。[①]

对于古时求仙而最后难逃死亡命运者如秦皇、汉武等人，葛洪归结为他们难以摆脱世上的荣名权力，他认为仙法在于“静寂无为，忘其形骸”[②]，秦皇、汉武当然做不到这一点。对此他还提出“历览在昔，得仙道者多贫贱之士，非势位之人”[③]。有时则是因为不得其法，他举刘向的例子。刘向父刘德治淮南王狱，得到“作金”的方法，但方法非尽纸上所书，还有秘传的口诀。刘向仅据纸上施行，所以不能成功。至于刘向的《列仙传》，葛洪认为得于秦大夫阮仓之书。葛洪认为求仙也与世人做任何事情一样，有做成功与做不成功的，不能因为有人求仙不成功，而否认求仙之道本身。

对于世人认为从没有看到过仙人的质疑，葛洪认为仙人弃世遗荣，本来就不愿意与世俗相见。况且有时纵使仙人出现，普通人也未必认得出来。他说世之明哲大才，遁世不用，世人也多不能认识，何况是仙人：

> 设有哲人大才，嘉遁勿用，翳景掩藻，废伪去役。执太璞于至醇之中，遗末务于流俗之外，世人犹鲜能甄别，或莫造志行于无名之表，得精神于陋形之里。岂况仙人，殊趣异路，以富贵为不幸，以荣华为秽污，以厚志为尘壤，以声誉为朝露，蹈炎飙而不灼，蹑玄波而轻步。鼓翮清尘，风驷云轩，仰凌紫

---

① 《抱朴子内篇》卷二《论仙》，《诸子集成》第8册，第4—5页。

② 《抱朴子内篇》卷二《论仙》，《诸子集成》第8册，第5页。

③ 《抱朴子内篇》卷二《论仙》，《诸子集成》第8册，第6页。

极,俯栖昆仑,行尸之人,安得见之?假令游戏,或经人间,匿真隐异,外同凡庸,比肩接武,孰有能觉乎?[①]

他的这种辩护仙道的方法,仍然是狡黠地运用经验论逻辑方法,以没有看到不等于不存在为理由,强力地维护着虚无事物的存在。人类的经验总是有限的,立足于经验论,而不上升到思辨理性,将不能对任何事物的是非与有无作出判断。汉魏以来疾虚妄一派的基本立场即是经验论,而魏晋新一轮的神仙思想所采用的也正是经验不足之论,所以能够让神仙及长生久视之说在士大夫阶层中重新流行。

魏晋时期,与神仙有无问题相关的,是神仙能不能学的问题。嵇康《养生论》认为养生有效,可致数百岁、千岁的长寿,只是世人未能精之。对于神仙,他认为“虽不目见,然记籍所载,前史所传,较而论之,其有必矣”[②]。但他认为神仙是一种自然的异禀,不是凡人力学所能致。葛洪《论仙》《对俗》两篇论神仙之有,在很大程度上是吸收了嵇康《养生论》的方法与观点的。嵇康根据载籍承认神仙之有,又根据养生的效果,强调长寿可致,只是他将这种养生的效果绝对化了,但本身还是循着一种理性的、逻辑的方法来展开讨论,尤其是他将神仙与长生两事分而论之。如果按照嵇康的观点,神仙之说,仍然无法在世人中流行。如果存在特异的、不同于凡人的神仙,那么,道教的诸神谱系或能建立,而世人成仙之可能将大打折扣。葛洪敏锐地感受到这里所存在的可以攻破虚幻神仙之说的理性种子,所以力破神仙为自然异禀、凡人不可学的看法:

或人难曰:“人中之有老彭,犹木中之有松柏,禀之自然,

① 《抱朴子内篇》卷二《论仙》,《诸子集成》第8册,第4页。
② 戴明扬《嵇康集校注》卷三《养生论》,上册,第253页。

何可学得乎?”抱朴子曰:“夫陶冶造化,莫灵于人,故达其浅者,则能役用万物,得其深者,则能长生久视。知上药之延年,故服其药以求仙;知龟鹤之遐寿,故效其道引以增年。且夫松柏枝叶,与众木则别;龟鹤体貌,与众虫则殊。至于彭老,犹是人耳,非异类而寿独长者,由于得道,非自然也。众木不能法松柏,诸虫不能学龟鹤,是以短折耳。人有明哲,能修彭老之道,则可与之同功矣!若谓世无仙人乎,然前哲所记,近将千人,皆有姓字,及有施为本末,非虚言也。若谓彼皆特禀异气,然其相传,皆有师奉服食,非生知也。”①

又《抱朴子内篇·极言》云:

或问曰:“古之仙人者,皆由学以得之,将特禀异气耶?”抱朴子答曰:“是何言欤!彼莫不负笈随师,积其功勤,蒙霜冒险,栉风沐雨,而躬亲洒扫,契阔劳艺,始见之以信行,终被试以危困,性笃行贞,心无怨贰,乃得升堂以入于室。”②

由葛洪的反复驳斥中,我们可以看到魏晋时期神仙为异禀、非凡人所能学的观点之流行。葛洪是以玄学中神秘论为哲学基础的。他以人类经验有限来强调神仙的存在,又利用自己博涉广览、搜集史传典籍中的各种神异传闻,认为古人言不虚发,书不徒著,以为论证神仙存在的证据。在做了这样的论证工作后,葛洪最后将重点放在对神仙异禀之说的驳斥之上。因为神仙异禀说虽然根据传记承认神仙的存在,但同时又认为神仙非凡人之器所成,是异禀所致,这就杜绝了凡人学仙之路,事实上也杜绝了道教的发生,所以它其实是一种含有一定理性成分的思想。葛洪意识到这对他所构筑的神仙世界是一个潜在的威胁,所以一再加以批评。

① 《抱朴子内篇》卷三《对俗》,《诸子集成》第8册,第8页。
② 《抱朴子内篇》卷一三《极言》,《诸子集成》第8册,第56页。

因为他的神仙学说,不仅仅要证明神仙的存在,更是认为神仙可学,为凡人学仙开辟一条他自己认为可行的通途。他的基本逻辑是人人都可以学仙,都能够成仙,但学仙是一件复杂而艰巨的事情,其间需要授受有自的法术,如仙药、内外丹、符箓等等。同时他也强调学仙的过程,也是一个道德自我完善的过程。葛洪的这种成仙思想,其实与儒家的人可为尧舜,佛学的真如法性人人皆有、人人可以成佛的思想是相通的。经此论证,神仙思想更加严密建立在繁复的方术的基础上,同时建立在烦琐哲学的基础上。这大概可称为葛洪的新神仙思想。葛洪的新神仙思想,奠定了道教仙学的基础,并有了一种可行性,其吸引力是很大的。《梁书·陶弘景传》载:"(弘景)幼有异操,年十岁,得葛洪《神仙传》,昼夜研寻,便有养生之志。谓人曰:仰青云,睹白日,不觉为远矣。"[①]可见葛洪这一系的神仙思想及其方术的影响力。

从辨论神仙的有无来说,葛洪的著作基本上还属于诸子学术的范畴,与纯粹的道教经典不同。但在论证神仙确实存在、神仙可学之后,葛洪系统地演述了他的神仙学体系,奠定了东晋南朝道经、仙书的基础。葛洪的神仙学有两个来源,一是来自流传于世的《仙经》《玉策》之类。《抱朴子内篇》屡引《仙经》:

> 按《仙经》云:上士举形升虚,谓之天仙;中士游于名山,谓之地仙;下士先死后蜕,谓之尸解仙。[②]
>
> 《仙经》曰:服丹守一,与天相毕。还精胎息,延寿无极。[③]
>
> 《仙经》长生之道,有数百事,但有迟速烦要耳。[④]

除来自《仙经》秘笈外,葛洪还直接寻访道士,并且多有师承,授受

---

① 《梁书》卷五一,第3册,第742页。
② 《抱朴子内篇》卷二《论仙》,《诸子集成》第8册,第6页。
③ 《抱朴子内篇》卷三《对俗》,《诸子集成》第8册,第8页。
④ 《抱朴子内篇》卷三《对俗》,《诸子集成》第8册,第10页。

有自。《抱朴子内篇·金丹》对其仙术的来源，有比较集中的交代：

> 抱朴子曰：余考览养性之书，鸠集久视之方，曾所披涉篇卷以千计矣，莫不皆以还丹金液为大要者焉。然则此二事，盖仙道之极也。服此而不仙，则古来无仙矣！往者上国丧乱，莫不奔播四出。余周旋徐、豫、荆、襄、江、广数州之间，阅见流移俗道士数百人矣。或有素闻其名，乃在云日之表者，然率相似如一。其所知见深浅有无，不足以相倾也。虽各有数十卷书，亦未能悉解之也，为写蓄之耳。时有知行气及断谷、服诸草木药法，所有方书，略为同文，无一人不有《道机经》，唯以此为至秘，乃云是尹喜所撰。余告之曰："此是魏世军督王图所撰耳，非古人也。"图了不知大药，正欲以行气入室求仙，作此道机，谓道毕于此，此复是误人之甚者也。余问诸道士以神丹金液之事，及三皇内文、召天神地祇之法，了无一人知之者。其夸诞自誉及欺人，云已久寿，及言曾与仙人共游者，将太半矣！足以与尽微者甚鲜矣！或有颇闻金丹，而不谓今世复有得之者，皆言唯上古已度仙人，乃当晓之。或有得方外说，不得其真经，或得杂碎丹方，便谓丹法，尽于此也。昔左元放丁天柱山中精思，而神人授之以金丹仙经，会汉末乱，不遑合作，而避地来渡江东，志欲投名山以修斯道。余从祖仙公，又从元放受之。凡受《太清丹经》三卷及《九鼎丹经》一卷、《金液丹经》一卷。余师郑君者，则余从祖仙公之弟子也。又于从祖受之，而家贫无用买药。余亲事之，洒扫积久，乃于马迹山中立坛盟受之，并诸口诀，诀之不书者。江东先无此书，书出于左元放，元放以授余从祖。从祖以授郑君，郑君以授余，故他道士了无知者也。然余受之，已二十余年矣。资无担石，无以为之，但有长叹耳！有积金

盈柜,聚钱如山者,复不知有此不死之法,就令闻之,亦万无一信,如何?[①]

葛洪所述的,正是汉魏西晋以来流传的方仙道之术,与汉末盛行民间的五斗米道迥为两流,盖后者是有组织、有教派的传教,并且具有政治目的,在汉末两晋之际,具有异端作乱的性质。《抱朴子内篇·道意》专阐道意,以虚玄恬静为本,而对于其他以法术蛊惑人心、结集乃至造乱者,皆斥为妖道:"诸妖道百余种,皆煞生血食"[②],对于汉魏以来造作祸乱的太平道之类,皆斥其逆:"曩者有张角、柳根、王歆、李甲之徒,或称千岁,假托小术,坐在立亡,变形易貌,诳眩黎庶,纠合群愚,进不以延年益寿为务,退不以消灾治病为业,遂以招集奸党,称合逆乱。"[③]因为正是此派,险些让整个神仙道术陷于覆灭之境。又由葛洪所述可知,自战国秦汉流传下来的方仙道及其众多的仙经、玉策,在西晋时期仍然流行,至东晋则流入南方。但像其中最重要的金丹之术,已有绝传之虞,而众多道士,虽无例外地捏造遇仙传奇,但道及修炼不死金丹之法,则多认为是上古仙人之法。于此可见,其时的方士,对于真正修成仙道的信心已经减少,而江湖术士的性质更加突出了。

《抱朴子内篇》是一个庞杂多端的学仙体系,它是丹药、符箓与存想修真并重,所体现的正是由汉魏的方仙道向东晋六朝以存想修真、禳解、降仙为主要方式的道教过渡状态。总的看来,在仙术方面,葛洪还是偏重于丹药方术。另外,从根本来说,他的神仙理论,还是一种士大夫的知识理论,亦即仍然根据理性的经验来设论,而非完全的宗教理论。葛洪在魏晋属于博涉多通、总览百家道术、热衷奇闻异学的一派,与郭璞相近。此派就其阶层性质

---

① 《抱朴子内篇》卷四《金丹》,《诸子集成》第8册,第12—13页。

② 《抱朴子内篇》卷九《道意》,《诸子集成》第8册,第39页。

③ 《抱朴子内篇》卷九《道意》,《诸子集成》第8册,第38页。

来看，乃是魏西晋时期寒素士人的身份。葛洪认为“历览在昔，得仙道者多贫贱之士，非势位之人”[①]，正反映出从汉到魏、西晋，从事神仙方术者，多为地位寒素之人，其作风以躬行为主，势族高门者则较少践行此道。

三、神仙道教的士族化

西晋后期，天师道等带有异端性质的教派开始在上层流行，至东晋更盛。陈寅恪《魏晋南北朝史讲演录》第四篇《西晋末年的天师道活动》对西晋王室赵王伦受孙秀等人影响，崇信天师道，以及刘伯根、王弥等起义者，张昌、李特等地方割据势力利用天师道的情况，进行了较详尽的分析。其第十篇《孙恩、卢循之乱》，则着重讨论天师道流行东南沿海与孙、卢之乱的关系[②]。另外，其《天师道与滨海地域之关系》《陶渊明之思想与清谈之关系》等文都涉及天师道于东晋南朝时期在士族阶层流行的问题[③]。其结论云：“东西晋南北朝时之士大夫，其行事遵周孔之名教（如严避家讳等），言论演老庄之自然。玄儒文史之学著于外表，传于后世者，亦未尝不使人想慕其高风盛况。然一详考其内容，则多数世家其安身立命之秘，遗家训子之传，实为惑世诬民之鬼道，良可慨矣！”[④]其论虽未甚圆密，但东晋南朝士大夫家族以信仰神仙、神鬼之道教为“门业”（见张融《门律》），基本事实的确如此。关于天师道流行于海滨及与皇室、士大夫家族关系，陈氏所举之例已甚多。

---

① 《抱朴子内篇》卷二《论仙》，《诸子集成》第8册，第6页。

② 《陈寅恪魏晋南北朝史讲演录》，万绳楠整理，贵州人民出版社，2012年，第55—65、140—147页。

③ 见《陈寅恪集·金明馆丛稿初编》，生活·读书·新知三联书店，2015年，第1—46、201—229页。

④ 陈寅恪《金明馆丛稿初编》，第44页。

但流览文史,考察东南吴越两地之众多神仙传说,可补者尚多。如东吴孙权时,有王表之事。《三国志·吴书·吴主传第二》:“初,临海罗阳县有神,自称王表。周旋民间,语言饮食,与人无异,然不见其形。又有一婢,名纺绩。是月(按指吴主孙权太元元年夏五月),遣中书郎李崇赍辅国将军罗阳王印绶迎表。表随崇俱出,与崇及所在郡守令长谈论,崇等无以易。所历山川,辄遣婢与其神相闻。秋七月,崇与表至,权于苍龙门外为立第舍,数使近臣赍酒食往。表说水旱小事,往往有验。”又记载太元二年(252),“皇后潘氏薨,诸将吏数诣王表请福,表亡去”[①]。吴孙权时,分永宁县、罗阳县,其地即瑞安及温州南部一带。清施元孚《白石山志》卷一《山水》云:“世传十二真君并佛祖传灯所载邢和璞、王表等五人,先后修炼于此,俱无实迹,鲜足取信。”[②]以文献与温州当地传说相印证,更可见王表道术确曾煽动吴国士庶。益可见吴越之地原为神仙道术发源乃至发达之地。即以永嘉(温州一带)一地而言,东晋时已有众多士族游宦、移居,其中不无隐逸求仙之事,如王羲之为永嘉太守,曾至乐成访张文君。其所隐之地在今乐清市区白鹤寺一带。据云此寺即文君舍宅而成,则文君不仅为道隐之流,后亦礼佛。再如隐居乐成今柳市镇后湖潢山中之阮仿,亦羲之同时之人。至谢灵运任永嘉太守,游山之外,兼寻道佛之迹,如《登石室饭僧诗》,望山而发灵鹫之想[③]。此属佛教净土之信仰。又有《舟向仙岩寻三皇井仙迹》,则在今温州瓯海区之仙岩景区,所谓三皇井,传说为上古黄帝成仙之所[④]。灵运永嘉山水诗中如《登江中孤屿》“表灵物莫赏,蕴真谁为传。想像昆山姿,缅邈

---

① 《三国志》卷四七,第1148页。

② 施元孚《白石山志》,陈玮重辑,邱星伟校注,线装书局“乐清文献丛书”本,2013年,第41页。

③ 《宋诗》卷二,逯钦立辑校《先秦汉魏晋南北朝诗》中册,第1164页。

④ 顾绍柏《谢灵运集校注》,中州古籍出版社,1987年,第80页。

区中缘”[①],《石室山诗》所谓“虚泛径千载,峥嵘非一朝。乡村绝闻见,樵苏限风霄。微戎无远览,总笄羡升乔。灵域久韬隐,如与心赏交”[②]。观此可知,对于谢灵运而言,永嘉不仅为名山水郡,实亦求仙道之区,实因其地原多神仙传说。可见吴越原为道教兴盛之地,士族居游其地,而染其风俗与信仰也。

此前南方固有士族,多已信仰道教,如陈氏文中所举之孙秀,而北方南渡之皇室与士大夫之信仰此教,当是渡江以后对当地信仰的一种接受。此点陈氏未甚明言,特为检出。其实,葛洪在《抱朴子·道意》等篇中,就透露了两晋之际道教这方面的一些原始信息。其论各种妖道:“威倾邦君,势凌有司,亡命逋逃,因为窟薮。皆由官不纠治,以臻斯患,原其所由,可为叹息。吾徒匹夫,虽见此理,不在其位,末如之何。临民官长,疑其有神,虑恐禁之,或致祸祟,假令颇有其怀,而见之不了,又非在职之要务,殿最之急事,而复是其愚妻顽子之所笃信。左右小人,并云不可,阻之者众,本无至心而谏,怖者异口同声,于是疑惑,竟于莫敢,令人扼腕发愤者也。”[③]他又记载蜀中李阿,传云八百岁,人皆从其问凶吉之事,后不知所终。后来又有李宽,从蜀至吴,众人传说即是李阿。“于是避役之吏民,依宽为弟子者恒近千人,而升堂入室,高业先进者,不过得祝水及三部符,导引日月行炁而已,了无治身之要、服食神药、延年驻命、不死之法也。”李宽死后,世人谓其尸解。“宽弟子转相教授,布满江表,动有千许。”[④]凡此皆可证,两晋之际,神仙道教之流行于上层,开始时尚带有异端色彩。诚如陈氏之论,士大夫阶层原本是以儒家不言怪力乱神的生命观念为基本的信条,而统治阶层对争夺百姓甚至有可能倾覆其政权的宗教异

---

① 《宋诗》卷二,逯钦立辑校《先秦汉魏晋南北朝诗》中册,第1162页。
② 《宋诗》卷二,逯钦立辑校《先秦汉魏晋南北朝诗》中册,第1164页。
③ 《抱朴子内篇》卷九《道意》,《诸子集成》第8册,第38—39页。
④ 《抱朴子内篇》卷九《道意》,《诸子集成》第8册,第39页。

端,也一直采取禁抑之态度。但到两晋时期,士大夫阶层中的许多人在各种主客观条件的影响下,接受了神仙道教的影响,于是神仙、神鬼之说重新流行。其对文学之影响,在于儒家伦理价值生命观在文学中的表现趋于淡薄,生命短暂之虑得以宽缓,文学中生命短暂的感喟逐渐消沉。只有像陶渊明这样执持形神俱灭的文人,其作品仍然承传了汉魏以来慷慨激越的忧生之思。而葛洪等人在倡言仙道的同时,也对多种他认为是异端的道术、妖术加以批判,对神仙思想进行一种统一的工作,奠定了后来如上清派等正统道教流派的基础。

东晋时期,神仙道教在士族社会流行,具有明显的士族化的特点。神仙原为传说,修仙之士即术士、道士,原是方外孤踪之人,且如葛洪所说,多是孤根寒素、没有来历的人物。《列仙传》所载多此类,汉魏晋时期的隐逸求仙之士,仍多孤踪之人。其出世亦即传统说的"方外"特点是很明显的。此亦春秋战国以来神仙之士多不见于正统史籍的原因。这时期的道教,不仅在政治上与政权有着矛盾与冲突,而且与世俗社会的伦理观念也有冲突。葛洪注意到这些问题,并试图予以调和、解决,《抱朴子内篇·对俗》:

> 或曰:"审其神仙可以学致,翻然凌霄,背俗弃世,蒸尝之礼,莫之修奉,先鬼有知,其不饿乎?"抱朴子曰:"盖闻身体不伤,谓之终孝,况得仙道,长生久视,天地相毕,过于受全归完,不亦远乎?果能登虚蹑景,云轝霓盖,餐朝霞之沆瀣,吸玄黄之醇精,饮则玉醴金浆,食则翠芝珠英,居则瑶堂瑰室,行则逍遥太清。先鬼有知,将蒙我荣。或可以翼亮五帝,或可以监御百灵。位可以不求而自致,膳可以咀茹华璚,势可以总摄罗酆,威可以叱咤梁柱。诚如其道,罔识其妙,亦无饿之者。得道之高,莫过伯阳。伯阳有子名宗,仕魏为将军,有

功封于段干。然则今之学仙者，自可皆有子弟，以承祭祀之事，何缘便绝？”①

葛洪的论辩，正是为了消弭世俗伦理者的一种顾虑，引《孝经》身体发肤不敢伤之义，则纳长生久视之术于孝道之中。又强调为仙之崇贵与势位，以满足权贵社会者的心理。最后举伯阳为例，说明当世的学道求仙者，照样可以有子孙后代。这应该是神仙士族化的开端，即是家族成仙、世代成仙，使求仙学道与世俗生活得以调和。《抱朴子内篇·明本》则是针对儒道之矛盾而发。作者的基本观点认为道为本，儒为末，修道无妨于儒之经世与事功。班固批评司马迁“先黄老而后六经”是世俗的、肤浅的看法②。有问者提出这样的批评：“为道之士，不营礼教，不顾大伦，侣狐貉于草泽之中，偶猿猱于林麓之间，魁然流摈，与木石为邻。”③这其实与司马相如讥讽王母蓬头戴胜，隐居岩穴，无世俗荣华之利是一样的，曲折地反映出方外之道开始多为寒民逸士所行，少荣华之事。要想让道教在士族社会中流行，必须让神仙社会势位化、贵族化，满足士族社会的一种幻想。葛洪在此篇之末，为神仙生活描述这样一幅蓝图：

夫得仙者，或升太清，或翔紫霄，或造玄洲，或栖板桐，听钧天之乐，享九芝之馔，出携松羡于倒景之表，入宴常阳于瑶房之中，曷为当侣狐貉而偶猿狖乎？④

到此为止，葛洪至少在理论上，已经解决了神仙道教与士族社会的原有矛盾。他的理论的历史价值，也在于反映出从汉魏方仙道

---

① 《抱朴子内篇》卷三《对俗》，《诸子集成》第 8 册，第 11 页。

② 葛洪引班说见《抱朴子内篇》卷一〇《明本》，《诸子集成》第 8 册，第 43 页。原文见《汉书》卷六二《司马迁传》，第 9 册，第 2738 页。

③ 《抱朴子内篇》卷一〇《明本》，《诸子集成》第 8 册，第 43 页。

④ 《抱朴子内篇》卷一〇《明本》，《诸子集成》第 8 册，第 44 页。

到两晋士族的神仙道教之间的历史演变。这个演变,其实与佛教士族化、世俗政教化,有一种共同的内在机制。

《真诰》一书,是反映两晋时期神仙道教士族化的重要历史文献。其书记载众真仙降临,授真经及诰言于杨羲,并由杨羲传授许迈、许谧兄弟,以及谧子许刿等人。许氏诸人被称为真胄,是一个士族家庭。杨羲则未见其家世,似为寒素之流,但他是南岳夫人的弟子,只有他能够接灵,而后纷纷成仙的许迈等人,却没有这样的功能。陶弘景了达此中关系:"二许虽玄挺高秀,而质挠世迹,故未得接真。今所授之事,多是为许立辞,悉杨授旨,疏以示许尔。"[①]也就是说,杨羲是一个传信之人。在此之前,众真曾经选择了另一个人物华侨来降旨许氏,但华侨"性轻躁,多漏说冥旨,被责,仍以杨君代之"[②]。

从现实关系来看,杨羲也可以说是一种方士,或是已经成仙之人。从汉魏以来,就多方士传仙道于豪富及贵族之家的现象。江淹《别赋》中就写到这一种术士:"傥有华阴上士,服食还山。术既妙而犹学,道已寂而未传。守丹灶而不顾,炼金鼎而方坚。驾鹤上汉,骖鸾腾天。暂游万里,少别千年。惟世间兮重别,谢主人兮依然。"[③]杨羲就是这种"上士",曾在名山学仙,从南岳魏夫人。而许氏实为其居停主人。然许氏虽通过杨羲来受《真诰》,但仙真之意在度有神仙道德之根柢的许氏,杨氏不过是神媒之类,所以后世成仙者为许氏诸人,此即世称许旌阳者。许氏之所以得以成仙,其仙果高于杨羲之流,就是因为其为士族名家。这里我们可以看出两晋时期神仙道教中的士庶关系。也许可以这样理解,《真诰》的主体文字,其实就是杨羲创作的,其中神仙诰言与诗歌、

---

① 《真诰校注》卷一九《翼真检第一》,第566页。

② 《真诰校注》卷二〇《翼真检第二》,第595页。

③ 《江文通集汇注》卷一,胡之骥注,李长露、赵威点校,中华书局,1984年,第39页。

书札，就是杨羲的创作。陶弘景《翼真检第二》记载杨羲事迹云：

> 杨君名羲，成帝咸和五年庚寅岁九月生。本似是吴人，来居句容。真降时犹有母及弟。君为人洁白，美姿容，善言笑，工书画，少好学，读书该涉经史。性渊懿沉厚，幼有通灵之鉴。与先生、长史年岁并悬殊，而早结神明之交。长史荐之相王，用为公府舍人自随。简文登极后，不复见有迹出……得真职任，略如九华所言，当辅佐东华为司命之任，董司吴越神灵人鬼，一皆关摄之。杨先以永和五年己酉受《中黄制虎豹符》，六年庚戌又就魏夫人长子刘璞受《灵宝五符》，时年二十一。兴宁三年乙丑岁，众真降㖷，年三十六。真降之所，无正定处，或在京都，或在家舍，或在山馆。山馆犹是雷平山许长史廨，杨恒数来就掾，非自山居也。①

神仙降临的具体事迹，有东晋升平三年(359)女仙愕绿华降临羊权家，此是另一士族人物。但其仙果似不及后来的许氏。此事非杨羲亲历，但却为其所知照，所以可以看作是降仙的序曲。《真诰》降仙的正文之事，发生兴宁二年(364)、兴宁三年(365)六月至十二月南岳夫人、清灵真人(王子乔)等众多仙灵多次降临许迈等士大夫家。仙真降灵，除授《上清经》等道经，同时以口授及笔语的形式，传授羊权、杨羲、许迈等士族大量关于神仙道术的诰语，其中有不少是用骈文和四言、五言诗体的形式来书写的。据亲历者也是记录者的杨羲说，这些文字都是仙真的诰授，所以称为《真诰》。

《真诰》流传于南朝各代，至梁代由陶弘景整理成书。《真诰·翼真检第一》中详细地记载了其在南朝士大夫中保存流传的经过。陶氏将《真诰》所受《上清经》与佛教的《妙法莲华经》及《庄

① 《真诰校注》卷二〇《翼真检第二》，第592页。

子内篇》并提：

> 仰寻道经《上清》上品，事极高真之业；佛经《妙法莲华》，理会一乘之致；仙书《庄子内篇》，义穷玄任之境。此三道足以包括万象，体具幽明。①

陶氏整理《真诰》，为其分篇，并根据《庄子》名篇的方法，兼取纬书之义，冠以“运象”“甄命授”“协昌期”“稽神枢”“阐幽微”“握真辅”“翼真检”等名字：

> 夫真人之旨，不同世目。谨仰范纬候，取其义类，以三言为题。所以《庄篇》亦如此者，盖长桑公子之微言故也。俗儒观之，未解所以。②

“仰范纬候”，由此述可见道教经典与汉代谶纬学的渊源关系。陈国符《道藏源流考》在考证《上清经》时说：“《上清经》据梁陶弘景《真诰叙录》，《上清经》乃晋哀帝兴宁年间扶乩降笔。”又云：“按《真诰》，众真下降，而魏夫人为杨羲之师，故云魏夫人降授。道书述道经出世之源，多谓上真降授。实则或由扶乩，或由世人撰述，依托天真。清孙星衍《廉石居藏书记内篇》卷上谓《真诰》记神仙降形，善写歌诗之属，似近世所谓扶箕降仙书者。”③

神仙及道教经书，唐以前者源流常不可考。班固《汉书·艺文志》列“房中八家”，又列“神仙十家”，已多托名上古圣帝、神仙如太一、宓戏、黄帝、老子、容成诸家。《汉书·李寻传》载成帝时，齐人甘忠可诈造《天官历》、《包元太平经》十二卷，亦称“天帝使真人赤精子下教我此道”。然两汉魏晋时，道教神仙之书纷出于世，葛洪自称寻览千余种，并指认其中晋时道士传为春秋尹喜所作的

① 《真诰校注》卷一九《翼真检第一》，第563页。
② 《真诰校注》卷一九《翼真检第一》，第564页。
③ 陈国符《道藏源流考》，中华书局，1963年，上册，第7—8页。

《道机经》,实为三国时魏国军督王图所作[①]。大抵自汉历魏至西晋,神仙方术多出下层方士,地位低下,道教之作难厕著作之林,便多假托天仙神人所传。所以,这一大宗的仙书,亦如汉代乐府、古诗,多为无名氏所作。等到士族从事修道学仙之事,则《真诰》及其所载各种经典,虽然假托仙真降授,神秘其事,但多记载授受经诰的士大夫的阀阅,有源流可寻。此亦神仙道教士族化的表现形式之一。

魏晋士族主体的道教从根本来说,是玄风影响下形成的宗教学说,是将老、庄及玄学本体论、养生论向神秘绝对、非理性方向的一种发展。在那里,老子所说的"道"被改造为具有人格特点的神仙,即太上老君、元始天尊这样的神灵,而其具体形象,则为老子本人。《魏书·释老志》云:

> 道家之原,出于老子。其自言也,先天地生,以资万类。上处玉京,为神王之宗;下在紫微,为飞仙之主。千变万化,有德不德,随感应物,厥迹无常。授轩辕于峨嵋,教帝喾于牧德,大禹闻长生之诀,尹喜受道德之旨。[②]

从这里可以看出,宇宙本体的神化、老子本人的神化,是道教成立的关键。道教将道家从一种哲学的、历史的维度中剥离出来,改造为一种神秘的宗教学说。在神仙道教中,现实是可以超越的,或者说存在着一种与现实平行的非现实的虚幻的神仙世界,在这个虚幻的神仙世界中,现实世界的规律已经不起作用,人们可以随时从现实走向神仙世界,也可以从神仙世界返回现实。这是完全自由的,但这种自由却非人们天然就能获得的,而要通过以道德为根源的种种内外丹药的修炼而得到。这就是道教神

① 《抱朴子内篇》卷四《金丹》,《诸子集成》第8册,第12页。
② 魏收《魏书》卷一一四《释老志》,中华书局,1974年,第8册,第3048页。

仙世界与现实世界的关系。神灵干预着现实世界,但却不受现实世界规律的约制,这是从空间来说。从时间方面来说,更能体现道教宇宙观根本的,在于对作为现实最重要的维度的历史时间的超越。道教所构设出来的,是一个没有历史的世界,或者漫长的、无始无终的历史,存在于同一空间之中。借此思维方法,人们不仅可以与传说的神仙并游,而且可以任意地将任何一个历史上真实存在的人物直接变为神仙,如老子、晋宣帝司马懿(西明公)等。这里的根本,就在不死的学说,尤其是创造了尸解、兵解等禳解之说,不仅现实中任何一个人可以成仙,而且历史上的任何一人都可以进入神仙世界。至于谁可成仙,哪个历史人物可以进入神仙系列,则实际上是依据现实社会的政治规则,比如门阀政治的特定规则。

第十九章 两晋游仙诗与仙真诗的流变

两晋游仙诗承接建安、正始的游仙之作，但在精神气质上却有很大差别，如故事性的减少、幻想性的增强、铺彩摛文因素的增加。建安三曹游仙诗，虽出自汉乐府游仙诗，但对楚辞游仙有明显的继承，个性化的特点突出，并且延续楚辞的寄托精神。两晋游仙诗在这一方面继续发展，尤其是郭璞的游仙诗，意在坎壈咏怀，明显地继承楚辞的精神，直接开启唐人游仙诗的作风。

东晋时期，在文人游仙诗及玄言诗的启发下，出现道教羽士的仙真诗。从诗歌发展来说，仙真诗可以说是文人游仙诗的变种，但从宗教方面来说，可以说是神仙文学的嫡脉。其中艺术水平最高的，当属杨羲等上清派道教徒的降真唱和诗作。某种程度上，为东晋淡焉虚止、平典如道德论的玄言诗坛增加了一种奇彩。至于《黄庭内景经》等，虽也托体韵语，但词句粗糙，文理不精，与同期的佛经翻译的偈语一样，都是不具备任何文学价值的实用性质韵文。

一、仙隐合流的西晋游仙诗

魏晋游仙诗源于汉乐府中的游仙之作，同时又深受游仙题材的辞赋，尤其是楚辞具有游仙性质的篇章与情节的影响。建安诗人曹操、曹丕的游仙作品，主要继承乐府游仙诗的做法，其主要场景在山海，也偶有升天及周流八极的情节。魏晋之际傅玄的游仙

诗,如他的《云中白子高行》,完全是模拟汉乐府游仙之作的:

> 陵阳子,来明意,欲作天与仙人游。超登元气攀日月,遂造天门将上谒。阊阖辟,见紫微绛阙,紫宫崔嵬,高殿嵯峨,双阙万丈玉树罗。童女掣电策,童男挽雷车。云汉随天流,浩荡如江河。因王长公谒上皇,钧天乐作不可详。龙仙神仙,教我灵秘;八风子仪,与游我祥。我心何戚戚,思故乡。俯看故乡,二仪设张。乐哉二仪,日月运移。地东南倾,天西北驰。鹤五气所补,鳌四足所支。齐驾飞龙骖赤螭。逍遥五岳间,东西驰。与天地并,复何为!复何为![①]

"云中白子高行"当为汉乐府诗题,古辞今已不见。傅玄这一篇,可以说是汉魏游仙诗升天情节的集大成表现,它写陵阳升天后所看到的天上的种种景象,以及逍遥五岳、周流八极的自由飞翔的情节,里面洋溢着一种鲜明的、真实的幻想画面,不像后来两晋游仙诗常常只是表现片段的、折枝式的情形。从这里我们能窥测到,在游仙诗的发展中,存在着从汉魏型到两晋型的演变过程。其主要的变化,是汉乐府的游仙情节,多是根据神话及神仙故事来叙述的,虽是幻想,却具有一种生动写实的风格。而两晋的文人游仙诗,则属于自由幻想型。东晋的仙真诗,则体现着道教体系化的修道成仙思想与虚构情节,是一种典型的宗教文学作品。

陆机《前缓声歌》,也是上述汉乐府游仙的类型,但更加铺叙,赋化作风明显:

> 游仙聚灵族,高会层城阿。长风万里举,庆云郁嵯峨。宓妃兴洛浦,王韩起太华。北征瑶台女,南要湘川娥。肃肃霄驾动,翩翩翠盖罗。羽旗栖琼鸾,玉衡吐鸣和。太容挥高弦,洪崖发清歌。献酬既已周,轻举乘紫霞。揔辔扶桑枝,濯

---

① 《晋诗》卷一,逯钦立辑校《先秦汉魏晋南北朝诗》上册,第564页。

足汤谷波。清辉溢天门，垂庆惠皇家。[①]

汉乐府杂曲歌辞有《前缓声歌》，并非游仙之作，但结尾有“长笛续短笛，欲今皇帝陛下三千万”[②]。又乐府古辞吟叹曲《王子乔》有歌颂圣主的词句，如“令我圣朝应太平”、“圣主享万年”[③]等。此诗所拟，正是《王子乔》一类的诗，但情节更加完备，场景性更强，与傅玄之作一样。可见西晋乐府游仙诗，是在汉魏乐府游仙诗的基础上加以发展，的确带有集大成的性质。

在游仙诗发展过程中，曹植是走向文人化的重要环节，他最重要的贡献是重新接续了楚辞游仙的传统。但他的游仙诗，从体制来说，仍属于乐府游仙诗。嵇康、阮籍将游仙从乐府向五言徒诗发展。嵇康的《游仙诗》，是迄今所知第一首直接用“游仙诗”为题的诗作。西晋的游仙诗，除延续乐府旧题之外，其余都直接题为“游仙诗”。可以说，游仙诗与招隐诗一样，属于西晋诗歌的一个品种。

从神仙谱系与游仙方式来说，西晋的游仙诗仍然属于汉魏型。其神仙谱系分为两种，多数来自上古三代秦汉传说中的神仙，如西王母、湘妃、云中白子高、陵阳子、赤松子、萧史，都是汉代传诵的神仙人物，其修炼方式以漱清泉、采芝草为主，而游仙的场所多为五岳名山，尤其以靠近西京的西岳华山为主要场所。如张华《游仙诗》四首：

云霓垂藻旒，羽袿扬轻裾。飘登清云间，论道神皇庐。箫史登凤音，王后吹鸣竽。守精味玄妙，逍遥无为墟。

玉珮连浮星，轻冠结朝霞。列坐王母堂，艳体餐瑶华。湘妃咏涉江，汉女奏阳阿。

---

① 《晋诗》卷五，逯钦立辑校《先秦汉魏晋南北朝诗》上册，第665页。

② 《汉诗》卷一〇，逯钦立辑校《先秦汉魏晋南北朝诗》上册，第282页。

③ 《汉诗》卷九，逯钦立辑校《先秦汉魏晋南北朝诗》上册，第261、262页。

乘云去中夏,随风济江湘。亹亹陟高陵,遂升玉峦阳。云娥荐琼石,神妃侍衣裳。

游仙迫西极,弱水隔流沙。云榜鼓雾柂,飘忽陵飞波。[①]

其中人物如萧史、王后(即西王母)、湘妃、汉女,都是上古三代至春秋时代的神话人物,其游仙西极、涉流沙、至弱水,则同于楚辞体系的神话。其中"论道神皇庐"之"道",与楚辞《远游》中的"道"及曹植《辩道论》之"道",皆指神仙之道,正是道教之"道"的早期形态。又其《萧史曲》则是专写萧史、秦女故事:

萧史爱长年,嬴女吝童颜。火粒愿排弃,霞雾好登攀。龙飞逸天路,凤起出秦关。身去长不返,箫声时往还。[②]

又如成公绥《仙诗》(《广文选》作《游仙诗》):

盛年无几时,奄忽行欲老。那得赤松子,从学度世道。西入华阴山,求得神芝草。珠玉犹戴土,何惜千金宝。但愿寿无穷,与君长相保。[③]

汉魏游仙诗的另一个重要的情节,是常常在抒发生命短暂之忧的情绪中提出游仙之愿。成公绥的这首诗在这方面就表现得很典型。

西晋游仙诗还有一个特点,其游仙多属于仙隐性质,有时仙与隐难以清楚地分别。仙与隐原本是两种不同的行为形态。隐是一种实际发生的行为方式,仙则是一种幻想性质的行为类型。神仙意识源于上古神话,而隐逸则是士人群体意识成熟后的一种道德行为。虽然中国古人标榜的最初的隐士如许由、伯夷、叔齐等,都是上古三代的人物,但隐逸意识的真正成熟,是在春秋战国时期。所以,较之游仙,隐逸是更晚发生的一种行为方式。而且

① 《晋诗》卷三,逯钦立辑校《先秦汉魏晋南北朝诗》上册,第621页。
② 《晋诗》卷三,逯钦立辑校《先秦汉魏晋南北朝诗》上册,第614页。
③ 《晋诗》卷二,逯钦立辑校《先秦汉魏晋南北朝诗》上册,第585页。

从上古到秦汉，仙与隐两类人物，基本上不相混杂。但是秦汉以来的游仙，多以游名山、漱甘泉、采芝草为主要的活动方式，这就使得它与山林隐逸发生了一种混合的情况。这种情况，汉代已经出现。司马迁《史记·司马相如列传》记载：

> 天子既美子虚之事，相如见上好仙道，因曰："上林之事未足美也，尚有靡者。臣尝为《大人赋》，未就，请具而奏之。"相如以为列仙之传居山泽间，形容甚臞，此非帝王之仙意也，乃遂就《大人赋》。[1]

司马贞《索隐》："列仙之传居山泽。案，传者，谓相传以列仙居山泽间，音持全反。小颜及刘氏并作'儒'。儒，柔也，术士之称，非。"[2]按，作"儒"亦有可能，术士正是汉代方仙道之流。司马相如认为神仙有两种：一种是升天遨游、远游四方八极的神仙，这其实正是从上古到楚辞作家所表现的神仙；另一种则是居于山泽间的"列仙之儒"，以饵芝草、漱甘泉为术。这可以说是文化历史上隐逸与游仙合流的开端。

魏晋之际，带有出世色彩的隐逸、高士人格受到士大夫阶层的普遍推崇。嵇康、皇甫谧等都撰有《高士传》，搜罗并阐扬历史上的高士逸民人物，这也是魏晋时期玄学自然思想的一种表现。他们所搜罗崇赞的高士，多是带有传说及传奇色彩的人物，其中不少人具有神仙的事迹。如嵇康《圣贤高士传》所载广成子、涓子、齐子、关令尹喜、河上公等人，都是神仙家一类的人物。皇甫谧《高士传》中的王倪、善卷、老子李耳、陆通、安期生等人，也都是具有神仙事迹的人物。事实上，由于道家自然思想的启发，隐逸在很大程度上与修道求仙合流。

---

① 《史记》卷一一七《司马相如列传》，第3册，第3056页。

② 《史记》卷一一七《司马相如列传》，第3册，第3056页。

西晋时期隐逸文化进一步发展,并且渗入玄真的意识,仙隐合流成为此时游仙的主流。与汉乐府游仙多表现民间对神仙天真烂漫、富有生活情趣的想象不同,西晋的游仙诗趋于一种高逸玄隐的倾向。枣据《诗》(《诗纪》作《游览》):

矫足登云阁,相伴步九华。徙倚凭高山,仰攀桂树柯。延首观神州,回睛盼曲阿。芳林挺修干,一岁再三花。何以济不朽,嘘吸漱朝霞。重岩吐神溜,倾觞挹涌波。恢恢大道间,人事足为多。[①]

何劭《游仙诗》:

青青陵上松,亭亭高山柏。光色冬夏茂,根柢无凋落。吉士怀真心,悟物思远托。扬志玄云际,流目瞩岩石。羡昔王子乔,友道发伊洛。迢递陵峻岳,连翩御飞鹤。抗迹遗万里,岂恋生民乐。长怀慕仙类,眇然心绵邈。[②]

陆机《招隐诗》二首:

驾言寻飞遁,山路郁盘桓。芳兰振蕙叶,玉泉涌微澜。嘉卉献时服,灵术进朝餐。(其一)

寻山求逸民,穹谷幽且遐。清泉荡玉渚,文鱼跃中波。(其二)[③]

张协《游仙诗》:

峥嵘玄圃深,嵯峨天岭峭。亭馆笼云构,修梁流三曜。兰葩盖岭披,清风绿隟啸。[④]

邹湛《游仙诗》佚句:

---

① 《晋诗》卷二,逯钦立辑校《先秦汉魏晋南北朝诗》上册,第589页。
② 《晋诗》卷四,逯钦立辑校《先秦汉魏晋南北朝诗》上册,第649页。
③ 《晋诗》卷五,逯钦立辑校《先秦汉魏晋南北朝诗》上册,第691—692页。
④ 《晋诗》卷七,逯钦立辑校《先秦汉魏晋南北朝诗》上册,第748页。

潜颖隐九泉，女萝缘高松。
紫芝列红敷，丹泉激阳渎。[①]

此期游仙、隐士、逸民三种人物常常混合在一起。潘尼曾作《逸民吟》：

我顾傲世自遗，舒志六合，由巢是追，沐浴池洪迅羽衣。陟彼名山，采此芝薇。朝云叆叇，行露未晞。游鱼群戏，翔鸟双飞。逍遥博观，日晏忘归。嗟哉世士，从我者谁？[②]

其《游西岳诗》中的"神秀士"亦属此类：

驾言游西岳，寓目二华山。金楼虎珀阶，象榻瑇瑁筵。中有神秀士，不知几何年。[③]

上述诗歌中的逸民以住山、采仙草、漱清流为生活方式，实同于仙真之流，可见在神仙意识活跃的背景下，隐逸与求仙两种意识是合流的。

考察西晋诸家诗，可知游仙已为晋诗的主要品种之一，并且完成了从乐府游仙诗到文人五言游仙诗的转变，作者甚夥。至郭璞、庾阐，引其流发展为组诗之体。

西晋游仙诗的殿军性人物是郭璞与庾阐。郭氏《游仙诗》十九首与庾氏《游仙诗》十首，虽然没有明确的创作时间方面的记载，但两家之作，都属于西晋游仙诗，与东晋仙真诗迥然有异。郭璞于东晋明帝太宁二年(324)卒，年四十九，入东晋八年。庾阐于东晋咸康六年(340)卒，年五十四，入东晋二十四年。郭、庾都是入东晋后才著誉当时的，《晋书·郭璞传》称其文章为"中兴之冠"，同书《文苑传》亦称"曹毗、庾阐，中兴之时秀"[④]。但郭氏游仙

① 《晋诗》卷四，逯钦立辑校《先秦汉魏晋南北朝诗》上册，第626页。
② 《晋诗》卷八，逯钦立辑校《先秦汉魏晋南北朝诗》上册，第769—770页。
③ 《晋诗》卷八，逯钦立辑校《先秦汉魏晋南北朝诗》上册，第771页。
④ 《晋书》卷七二《郭璞传》云"(璞)词赋为中兴之冠"，第6册，第1899页；《晋书》卷九二《文苑传》，第8册，第2370页。

诗应该是西晋后期之作[①]。庾氏《游仙诗》十首,虽不能遽定为西晋时之作,但其类型与郭诗相近。

郭璞的《游仙诗》十九首,向来被视为游仙诗的正宗,但其与魏晋游仙诗的渊源关系,向来未得准确的揭示。郭诗集中了上述魏晋游仙诗的几种类型。前面三首,是典型的西晋仙隐诗意境:

> 京华游侠窟,山林隐遁栖。朱门何足荣,未若托蓬莱。临源挹清波,陵冈掇丹荑。灵溪可潜盘,安事登云梯。漆园有傲吏,莱氏有逸妻。进则保龙见,退为触藩羝。高蹈风尘外,长揖谢夷齐。(其一)
>
> 青溪千余仞,中有一道士。云生梁栋间,风出窗户里。借问此何谁?云是鬼谷子。翘迹企颍阳,临河思洗耳。阊阖西南来,潜波涣鳞起。灵妃顾我笑,粲然启玉齿。蹇修时不存,要之将谁使?(其二)
>
> 翡翠戏兰苕,容色更相鲜。绿萝结高林,蒙笼盖一山。中有冥寂士,静啸抚清弦。放情凌霄外,嚼蕊挹飞泉。赤松临上游,驾鸿乘紫烟。左挹浮丘袖,右拍洪崖肩。借问蜉蝣辈,宁知龟鹤年。(其三)[②]

第一首是序曲,以京华游侠的名利场与山林隐遁之士相对起,其实是揭示西晋隐逸求仙行为产生的现实原因,即厌弃争名夺利的上层社会,退隐到山林之中。之所以厌弃,除了一种道德自省的原因外,更是出于对现实中的种种危机的逃避,同时更意识到生命的短暂,希望对此有所超越,因而选择归隐山林,修真养生,并且企望偶遇神仙。因为自古以来,人们就将幽深夐绝的山林幻想为上古逸民、仙真灵异的活动场所,这在《山海经》中就有

---

① 参见拙著《魏晋诗歌艺术原论》有关郭璞游仙诗部分的论述,北京大学出版社,2005年,第232—233页。

② 《晋诗》卷一一,逯钦立辑校《先秦汉魏晋南北朝诗》中册,第865页。

清晰的表达。值得注意的是，作者将山林作为最理想的隐真盘游场所，甚至说出“灵溪可潜盘，安事登云梯”，公然对自古以来视为成仙的最高境界的飞升上天的行为提出怀疑，这与司马相如“以为列仙之传居山泽间，形容甚臞，此非帝王之仙意”正好相反。如果仅从这一点来说，郭璞的游仙诗，是从一种反游仙的思想出发的，亦如反招隐的思想一样，他所表现的主要是一种超越现实的思想。但从第二首我们可以看到郭璞游仙诗的一种核心情节，即是以居山泽间的列仙之儒的身份，来展开对各种游仙境界的幻想，其真正的意思，不是写神仙之游，而是写山泽之儒对各种神仙世界的幻想，即心灵游于仙境。这正是文人游仙诗的基本情节，也是其精神之所在。在第二首诗中，“青溪道士”想象在阊阖西南，见灵妃启齿一笑，自恨无蹇修为媒。这就直接地采用《离骚》的游仙情节。第三首中，山中“冥寂士”放情于凌霄之外，从而见赤松驾飞鸿乘紫烟而来，并与浮丘、洪崖相娱游，登时升入仙人世界，并且自信获得一种可以傲视命如蜉蝣的凡人的长生之术。诗中的有些句子，甚至直接表露其游仙的想象性质：

放浪林泽外，被发师岩穴。仿佛若士姿，梦想游列缺。（其十六）

翘首望太清，朝云无增景。虽欲思灵化，龙津未易上。（其十七）[①]

郭璞《游仙诗》源于汉魏以来表现浓厚的生命情绪的杂诗一类，尤其受阮籍《咏怀》的影响很明显，其《游仙诗》十九首中，有不少地方都在感叹生命短暂，是因为生之短暂、时之易逝而发游仙之想：

六龙安可顿，运流有代谢。时变感人思，已秋复愿夏。

① 《晋诗》卷一一，逯钦立辑校《先秦汉魏晋南北朝诗》中册，第867页。

淮海变微禽,吾生独不化。虽欲腾丹溪,云螭非我驾。愧无鲁阳德,回日向三舍。临川哀年迈,抚心独悲咤。(其四)

逸翮思拂霄,迅足羡远游。清源无增澜,安得运吞舟。珪璋虽特达,明月难暗投。潜颖怨清阳,陵苕哀素秋。悲来恻丹心,零泪缘缨流。(其五)[①]

上述两诗,是典型的感叹生命短暂主题的作品,但作者的取象之大,超过西晋诗歌感时兴思的写法,而是融入天地运流的大象,逸翮拂霄、迅足远游的游仙之思,其取象较西晋盛平时期的感时兴思之作要瑰玮宏丽。钟嵘评郭诗:“坎壈咏怀,非列仙之趣”[②],钟氏是以道教仙真诗之流为游仙之正宗,认为郭诗属于变创之体。其实从楚辞到魏晋文人的游仙诗,其根本立意正在悲哀生之短暂而发游仙之想,是典型的感叹生命主题的文学。可以说,“坎壈咏怀”正是文人游仙诗的本色。因生命之短暂、现实之危机、繁华之易逝等原因,而发寻仙之愿。这一部分内容,是典型的游仙之作。其中仍有两种小类型。一种是借神话、神仙传说来展开想象,如:

杂县寓鲁门,风暖将为灾。吞舟涌海底,高浪驾蓬莱。神仙排云出,但见金银台。陵阳挹丹溜,容成挥玉杯。姮娥扬妙音,洪崖颔其颐。升降随长烟,飘飖戏九垓。奇龄迈五龙,千岁方婴孩。燕昭无灵气,汉武非仙才。(其六)

璇台冠昆岭,西海滨招摇。琼林笼藻映,碧树疏英翘。丹泉溧朱沫,黑水鼓玄涛。寻仙万余日,今乃见子乔。振发晞翠霞,解褐礼绛霄。总辔临少广,盘虬舞云轺。永偕帝乡侣,千龄共逍遥。(其十)[③]

---

① 《晋诗》卷一一,逯钦立辑校《先秦汉魏晋南北朝诗》中册,第865—866页。

② 陈延杰《诗品注》卷中“晋弘农太守郭璞”条,第39页。

③ 《晋诗》卷一一,逯钦立辑校《先秦汉魏晋南北朝诗》中册,第866页。

上面这两首诗，第一首主要依据春秋战国以来燕齐方术之士造作的蓬莱神话，绾以陵阳子、容成子（黄帝时人）、姮娥、洪崖等人。最后说燕昭、汉武等人海上求仙的失败，是因为他们本身就没有灵气与仙才。这种求仙、求长生需要主观上具备一种异禀的观点，其实是根据玄学才性之说，嵇康就强调神仙是一种有异禀的人物。第二首诗，则主要依据从上古以来就已流传的昆仑、西海的神话。郭璞曾注《山海经》，这也是其游仙诗的重要取材对象。此诗所写的璇台、昆岭、西海、招摇、碧树、丹泉、黑水，多属《山海经》中的事物。昆仑神话的最高指向是帝乡，也就是升天的神话。昆仑本身就是天帝之下都。从升天来说，昆仑只是第一个境界。所以，所谓昆仑神话体系，其实应该是昆仑升天神话，是一种西方求仙升天的故事。其基本内容是西向涉流沙，过西海，入昆仑悬圃、帝之下都。其主要人物则有西王母、“神陆司”等。这是从上古至春秋流行于世的神话，《山海经》《穆天子传》《楚辞》等作品，都属于这一神话体系。郭璞《游仙诗》也以此为主要的取材对象。

当然，游仙诗不只有对上古神话及神仙传说的缘饰成篇这一种，还有一种是要强调各种修炼、修真的方法，就郭璞《游仙诗》来说，这应该是一个基本的观点。这是战国秦汉以来方仙道的基本内容，也是道教神仙方术的渊源所在：

> 晦朔如循环，月盈已复魄。蓐收清西陆，朱羲将由白。寒露拂陵苕，女萝辞松柏。蕣荣不终朝，蜉蝣岂见夕。圆丘有奇草，钟山出灵液。王孙列八珍，安期炼五石。长揖当途人，去来山林客。（其七）
>
> 采药游名山，将以救年颓。呼吸玉滋液，妙气盈胸怀。登仙抚龙驷，迅驾乘奔雷。（其九）
>
> 吐纳致真和，一朝忽灵蜕。飘然凌太清，眇尔景长灭。

(其十一)

登岳采五芝，涉涧将六草。散发荡玄溜，终年不华皓。(其十五)[①]

游仙境界，由想象与方术两部分构成。想象不是凭空构想，它是文人以神话与神仙故事为素材所展开的艺术想象；而方术则来自方仙道、道教，其中的修真炼神之术，则源于战国秦汉之际的黄老学者。

至此，我们可以对郭璞的《游仙诗》十九首作这样的总结：郭璞《游仙诗》直接承接西晋诸家游仙诗风，同时深刻受到汉魏感叹生命短暂主题、敏感地表达现实危机的诗风的影响，具有丰富的生命情绪。在内容上，则是接受上古至秦汉之际形成的昆仑升天、蓬莱蹈海神话，以及战国至秦汉方仙道的影响。自汉代开始，隐逸之道与神仙之术有所结合，西晋时期隐逸诗与游仙诗有合流的倾向，郭璞《游仙诗》典型地表现了这一特点。郭氏《游仙诗》的成功，在于发展了文人游仙诗的个体抒情精神。

庾阐《游仙诗》的创作时期难以明确认定。庾氏也是湛方生、谢灵运之前写作山水诗的重要诗人。《晋书·文苑传》载其为颍川人，少随舅孙氏过江。晚期曾为零陵太守，入湘川，吊贾谊[②]。庾氏山水之作，取景多在江汉、湖湘一带，其多首山水诗如《三月三日诗》《登楚山》《观衡山》及《采药诗》，当作于此期。其《游仙诗》为《艺文类聚》所载，多为短残之篇章，其中四首五言，六首六言。其境界仍以昆仑、蓬莱为主，主旨重在采药与炼丹，但以自然神药为主，而少化学性的神药：

神岳竦丹霄，玉堂临雪岭。上采琼树华，下挹丹泉井。(其一)

---

① 《晋诗》卷一一，逯钦立辑校《先秦汉魏晋南北朝诗》中册，第866—867页。

② 《晋书》卷九二，第8册，第2385页。

其境界与郭璞所写接近，但庾诗风格更趋华丽，其采炼之事也更加复杂：

> 邛疏炼石髓，赤松漱水玉。凭烟眇封子，流浪挥玄俗。崆峒临北户，昆吾眇南陆。层霄映紫芝，潜涧泛丹菊。昆仑涌五河，八流萦地轴。（其三）
>
> 赤松游霞乘烟，封子炼骨凌仙。晨漱水玉心玄，故能灵化自然。（其六）
>
> 朝嗽云英玉蕊，夕挹玉膏石髓。瑶台藻构霞绮，鳞裳羽盖级缅。（其八）
>
> 玉房石檐磊砢，烛龙衔辉吐火。朝采石英涧左，夕翳琼葩岩下。（其十）①

比之郭氏游仙诗，庾氏游仙诗的修炼性增强，境界更加密丽，并且有玄思的色彩，如其强调“灵化自然”，又如：“乘彼六气渺芒，辎驾赤水昆阳。遥望至人玄堂，心与罔象俱忘。”（其七）邻于玄境。上述这些，似与门阀的贵族趣味及玄言的修辞风格有关系。但从整体上看，仍是西晋游仙之境界，不能归入东晋玄言的范畴，与道教仙真诗也是不同的。

二、仙玄合流的仙真诗

仙真诗以虚拟仙灵为创作主体，实亦凡人假托神仙之作，如后世扶乩诗。论其性质，与小说中的人物作诗是一样的原理。六朝小说故事中的人物多有歌咏，或作者为其量体裁衣而撰作，或采集民间歌谣俚曲以为用。

仙真诗盛于东晋，论其性质，溯其渊源，实为西晋游仙诗与东

① 《晋诗》卷一二，逯钦立辑校《先秦汉魏晋南北朝诗》中册，第875页，下引同。

晋玄言诗的结合。但游仙诗多以凡人为主体,想象仙境或游历仙境,其中荡漾着浓郁鲜明的生命情绪,并且在游仙与仙真之外,明显地存在着一个现实世界。仙真诗则根植于神仙之道、玄真之理,附会以传说及想象之仙境。两者的根本区别,在于游仙诗由情生境,而仙真诗则由理入境,形虽同而质实异,故仙真诗可归于玄言之流。

仙真作诗,原出自文人狡狯。《晋书·文苑传·曹毗传》载:"时桂阳张硕为神女杜兰香所降,毗因以二篇诗嘲之,并续作《兰香》歌诗十篇,甚有文彩。"[①]按《杜兰香传》载:"晋太康中,兰香降张硕,为诗赠硕。"[②]而《杜兰香别传》则称:"杜兰香,自称南阳人,以建兴四年春,数诣张傅,傅年十七。"此处张傅,似即张硕[③]。据此,杜兰香降张硕事,时间有太康与建兴之不同,相差二三十年。《杜兰香传》《杜兰香别传》作者不详,逯钦立以《晋书·文苑传》所载,直接将杜兰香诗归于曹毗所作。唯曹毗先为兰香降张硕事作诗二篇,又称兰香之名续作十篇。今见《杜兰香传》载《杜兰香赠诗》两句:

纵辔代摩奴,须臾就尹喜。[④]

摩奴为兰香御者,尹喜则古之成仙者,即邀老子作《道德经》的关令尹喜,《魏书·释老志》所谓"大禹闻长生之诀,尹喜受道德之旨"[⑤]。这两句诗,词语质直,犹乐府之体。又《杜兰香别传》列诗二首,一为《杜兰香作诗》:

---

① 《晋书》卷九二《文苑传》,第8册,第2386页。

② 李昉等《太平御览》卷五〇〇《人事部·奴婢》,中华书局,1960年,第2289页。

③ 下文有云"傅先改名硕"。欧阳询《宋本艺文类聚》卷七九《灵异部下·神》,上海古籍出版社,2013年,第2021页。

④ 《晋诗》卷二一,逯钦立辑校《先秦汉魏晋南北朝诗》中册,第1093页。

⑤ 《魏书》卷一一四,第8册,第3048页。

阿母处灵岳，时游云霄际。众女侍羽仪，不出墉宫外。飙轮送我来，且复耻尘秽。从我与福俱，嫌我与祸会。①

一为《复作诗》：

逍遥云雾间，呼吸发九嶷。游女不稽路，弱水何不之。②

这两首与汉魏游仙诗风格相近，仍然是质直的叙事之语，未浸染玄虚雕丽之风，与《真诰》中雕饰纂组的仙真诗风格不同。

《汉武帝内传》叙元封元年西王母降汉宫与武帝相会的神话故事，其中载《玄灵之曲》二首、《上元夫人步玄之曲》及《四非歌》等仙真所作的诗歌。按《汉武帝内传》虽叙汉事，实为后来神仙家虚构，旧题班固所撰，但据余嘉锡《四库提要辨证》卷十八《子部九小说家类三》，据唐张柬之《洞冥记跋》及日本藤原佐世《见在书目》，考订为葛洪所作③。所以，逯钦立将此书中四诗收入《晋诗》卷二十一葛洪名下。

《汉武帝内传》所载玄灵、上元夫人之诗，风格较曹毗"杜兰香诗"更为豪华俳丽，《玄灵曲》其二、《上元夫人步玄之曲》、《四非歌》这三首，叙述游仙境界，与郭璞《游仙诗》相近，亦是西晋游仙风格的余波。此举《上元夫人步玄之曲》为例：

昔涉玄真道，腾步登太霞。负笈造天关，借问太上家。忽过紫微垣，真人列如麻。渌景清飙起，云盖映朱葩。兰宫敞琳阙，碧空起璚沙。丹台结空构，晖晔生光华。飞凤踶甍峙，烛龙倚委蛇。玉胎来绛芝，九色纷相拏。挹景练仙骸，万劫方童牙。谁言寿有终，扶桑不为查。④

---

① 《晋诗》卷二一，逯钦立辑校《先秦汉魏晋南北朝诗》中册，第1094页。

② 《晋诗》卷二一，逯钦立辑校《先秦汉魏晋南北朝诗》中册，第1094页。

③ 余嘉锡《四库提要辨证》卷一八《小说家类三·汉武帝内传一卷》，中华书局，1980年，第3册，第1131—1132页。

④ 《晋诗》卷二一，逯钦立辑校《先秦汉魏晋南北朝诗》中册，第1092—1093页。

诗中玄气已深,其仙境实赖于玄想,如“昔涉玄道真”,“夕入玄元阙”(《四非歌》)[①],尤其是《法婴玄灵之曲》第一首,纯是援《老子》“执大象”,道为天地之根、万物之母的说法,畅为神仙玄旨:

> 大象虽寥廓,我把天地户。披云沉灵舆,倏忽适下土。空洞成玄音,至精不容冶。太真嘘中唱,始知风尘苦。颐神三田中,纳精六阙下。遂乘万龙楯,驰骋眄九野。[②]

此诗开头用《老子》“执大象,天下往”,以及“玄牝之门,是谓天地之根,绵绵若存,用之不勤”[③],但主角则换成仙真本人,说自己在寥廓大象中,能把握住天地之根,所以能与天地同寿。接下来的灵舆、玄音、太真等,也都是玄理的具象。其情节虽玄幻神奇,无非是玄理的神仙化而已。可见玄真诗与汉魏以来文士抒情性质的游仙诗的最大不同,在于后者是借神话与神仙传说以抒情,而前者则是建立在成熟的道教修炼思想的基础上,是一种宗教功能的诗歌。

《真诰》中所载仙真诗歌、谣谚等,逯钦立辑入《晋诗》卷二十一,共九十四首。据陶弘景之说,《真诰》是众仙真降临,杨羲接旨受诰,转传给许迈、许穆、许翙等人。所以,《真诰》的正文,可以看作是杨羲所撰。凡降真众仙人诗,逯氏皆归在杨羲名下。杨氏自然是仙真文学家、仙真诗人,在文学史中应有一席之地。除此之外,还有几首为羊权、许穆、许翙所作。结合前面所论曹毗、葛洪的同类作品,我们有理由认为在东晋初中期有一种仙真文学的创作风气,存在着这样一个创作群体。

《真诰》仙真诗,继承了传统游仙诗昆仑悬圃、三山五岳的意象,以作为仙真活动的主要场所。仙真们都自称来自灵山神岳,

---

① 《晋诗》卷二一,逯钦立辑校《先秦汉魏晋南北朝诗》中册,第 1093 页。

② 《晋诗》卷二一,逯钦立辑校《先秦汉魏晋南北朝诗》中册,第 1092 页。

③ 分见魏源《老子本义》上篇,《诸子集成》第 3 册,第 27、4 页。

有时候还能上抵天际。其中境界比较突出的，如《萼绿华赠诗》(《真诰》另本“萼”作“愕”)，据说是萼绿华驾临士人羊权家时所作：

神岳排霄起，飞峰郁千寻。寥笼灵谷虚，琼林蔚萧森。羊生标美秀，弱冠流清音。栖情庄惠津，超形象魏林。扬彩朱门中，内有迈俗心。[①]

此诗场面比较完整，前四句铺陈神岳，可以说是仙灵化的山水诗，树则琼林，谷则灵谷。后半则塑造了一个扬芬振彩的朱门秀士，他弱冠有清誉，栖情庄惠。象魏是廊庙的象征，羊生能够超形于象魏之林，是说他虽处门阀仕途，但能超然处之，这也是玄学名教即自然的意思。所谓“迈俗”，都是同样的意思。由此可见，仙真是游仙与玄理的结合。其中仙境是形象，玄理是内容，但它们的仙境，很大程度上也是玄理化了。各诗中有以下形容玄境的诗句：

龙旂舞太虚，飞轮五岳阿。所在皆逍遥，有感兴冥歌。无待愈有待，相遇故得和。沧浪奚足辽，玄井不为多。郁绝寻步间，俱会四海罗。岂若绝明外，三劫方一过。(《云林与众真吟诗》其五)[②]

八途会无宗，乘运观嚣罗。化浮尘中际，解衿有道家。骋烟忽未倾，携真造灵阿。虚景盘琼轩，玄钧作凤歌。适路无轨滞，神音儛云波。齐德秀玉景，何用世间多。(《中候王夫人诗》)[③]

登軿发东华，扇飙儛太玄。飞辔腾九万，八落亦已均。

---

① 《晋诗》卷二一，逯钦立辑校《先秦汉魏晋南北朝诗》中册，第1096页。

② 《晋诗》卷二一，逯钦立辑校《先秦汉魏晋南北朝诗》中册，第1099页。

③ 《晋诗》卷二一，逯钦立辑校《先秦汉魏晋南北朝诗》中册，第1100页。

暂眄山水际，窈窕灵岳间。同风自齐气，道合理亦亲。龙芝永遐龄，内观摄天真。东岑可长净，何为物所缠。(《六月二十三日夜中候夫人作》)[①]

北登玄真阙，携手结高罗。香烟散八景，玄风鼓绛波。仰超琅园津，俯眄霄陵阿。玉箫云上唱，凤鸣动九遐。乘气浮太空，曷为蹑山河。金节命羽灵，征兵折万魔。齐挹二晨晖，千春方婴牙。丧真投竞室，不解可奈何。(《十月二十日授》二首其一)[②]

作者化玄理为仙境，其中如“沧浪奚足辽，玄井不为多”，“虚景盘琼轩，玄钧作凤歌。适路无轨滞，神音儛云波”，“扇飙儛太玄”，转虚玄为有象，以附会神仙境界。而右英夫人“北登玄真阙”一首，更是通篇依据玄理以成象。某种意义上，也可以理解为非凡的想象，但这种想象是以虚无之理为内核，并没有真正的感情驱动，其形象也是类型化，缺少文人游仙诗的个性创造。尤其是其根本性质，就像玄言诗一样，是在演绎一种教义。

仙真诗中有很多游仙描写，其实是在阐述上清派的修性养真的宗旨：

坦夷观天真，去累纵众情。体寂废机驷，崇有则摄生。焉得齐物子，委运任所经。(《中候王夫人诗》其二)[③]

此类诗，包括《云林与众真吟诗》中关于有待、无待的玄理表达，正是当时玄言诗的一种。还有一种诗，主要是讲修炼方法，如嘘吸吐纳、存想丹穴等，实为长生久视的养生术，其作用多在身体之内，但到仙真诗作者笔下，化为仙游之境：

---

① 《晋诗》卷二一，逯钦立辑校《先秦汉魏晋南北朝诗》中册，第1101页。

② 《晋诗》卷二一，逯钦立辑校《先秦汉魏晋南北朝诗》中册，第1111页。题下注：“亦应是右英喻长史也。”

③ 《晋诗》卷二一，逯钦立辑校《先秦汉魏晋南北朝诗》中册，第1100页。

龟阙郁巍巍，墉台落月珠。列坐九灵房，叩璈吟太无。玉箫和我神，金醴释我忧。（紫微王夫人《歌》）[①]

超举步绛霄，飞飙北垄庭。神华映仙台，圆曜随风倾。启晖挹丹元，扇景餐月精。交袂云林宇，浩钤还童婴。萧萧寄无宅，是非岂能营。世网自扰竞，安可语养生。（紫微王夫人《玄垄之游》）[②]

上述诗中，比较具体地展示上清派存想的养生方法，虽不能一一解读，但大体可知是讲存养之理，如"叩璈吟太无"，实为叩齿之法，而"启晖挹丹元，扇景飡月精"似即意守丹田、吸食日精月华的修炼方法。诗中所说"玄垄"，类似于内丹法的丹炉。诗中还讲到这种存养的效果，即所谓"交袂云林宇，浩钤还童婴"，在虚拟的一种云林仙境，于存想、梦寐的境界与仙真交会，得到了还童的效果。所有《真诰》诗中，这一类内容其实很多。道经中有不少仙诀，葛洪《抱朴子内篇》中还记载了一种据说传自葛仙公的口诀（见前文相关章节）。《真诰》诗其实具有仙诀、仙偈的性质，但较之《黄庭内景经》里的仙诀来说，在写作上，作者还是将其作为一种诗歌来创作，这主要得益于游仙文学传统的灌溉。

《真诰》以超升上清世界为主要的信仰形式，这也是此派被称为道教上清派的由来。《真诰·运象篇第一》载紫微王夫人介绍神女李夫人时说："此是太虚上真元君金台李夫人之少女也。太虚元君昔遣诣龟山，学上清道。道成，受太上书，署为紫清上宫九华真妃者也。"[③]《运象篇第二》载九华真妃授书中说："日者霞之实，霞者日之精。君唯闻服日实之法，未见知餐霞之精也。夫餐

① 《晋诗》卷二一，逯钦立辑校《先秦汉魏晋南北朝诗》中册，第1103页。
② 《晋诗》卷二一，逯钦立辑校《先秦汉魏晋南北朝诗》中册，第1103页。
③ 《真诰校注》卷一《运象篇第一》，第31页。

霞之经甚秘,致霞之道甚易,此谓体生玉光,霞映上清之法也。”[①]可见餐霞为上清派的重要法术之一。此派经书,多以“上清”或“清”字为题,如《运象篇第一》载紫微夫人下降时,侍女所持书,有所谓“玉清神虎内真紫元丹章”[②],当是上清派的一种内丹术,或者只是虚拟的一本书。又《运象篇第二》载九华真妃在传餐霞之法后,又授眼、耳、心、脑四官的正确修炼方法,以及益精之道等,称“此四道乃《上清内书》立验之真章也”[③]。又《运象篇第二》载九华真妃、紫微夫人、南岳夫人等同降,令侍女发箧授书于杨羲,有《上清玉霞紫映内观隐书》《上清还晨归童日晖中玄经》[④]。《真诰》中众多仙真多居于各处的山岳,这些仙真所说的“神岳”,包括五岳、各处名山等现实中的山岳,也有蓬莱等神话中的仙山,但是他们的修炼目标似在上清。上清实指天界,在《真诰》中则为一实际具有的天都、天庭之类的幻想境界。《运象篇第二》载杨羲求茅二君指示前程,授书曰:“复二十二年,明君将乘龙驾云,白日升天。先诣上清西宫,北朝玉皇、三元,然后乃得东轸执事矣。”[⑤]《真诰》中的群仙,也多以“清”字命名,如“清灵真人”(王子乔)、“清虚三真人”等。仙真人诗中,也多言及上清:

紫空朗玄景,玄宫带绛河。济济上清房,云台焕嵯峨。(《九月九日紫微夫人喻作因许示郗》)[⑥]

左把玉华盖,飞景蹑七元。三晨焕紫辉,竦眄抚明真。变踊期须臾,四面皆已神。灵发无涯际,勤思上清文。(《十

① 《真诰校注》卷二《运象篇第二》,第 51 页。
② 《真诰校注》卷一《运象篇第一》,第 30 页。
③ 《真诰校注》卷二《运象篇第二》,第 51 页。
④ 《真诰校注》卷二《运象篇第二》,第 54 页。
⑤ 《真诰校注》卷二《运象篇第二》,第 55 页。
⑥ 《晋诗》卷二一,逯钦立辑校《先秦汉魏晋南北朝诗》中册,第 1104 页。

月十八日紫微夫人作》)[①]

玄清眇眇观，落景出东渟。愿得绝尘友，萧萧罕世营。(《紫微吟此再三》)[②]

控景始晖津，飞飙登上清。云台郁峨峨，阊阖秀玉城。晨风鼓丹霞，朱烟洒金庭。(《紫微夫人作》)[③]

“清”是两晋门阀士族的基本审美趣向，在政治、社会意识及各种文学艺术中，无不显现“清”的理念。在政治上，士族所期待晋身的为清官、清途，其要造成的社会影响为清誉、清望，其所自许者则为清流。在文学方面，“清”字构成一系列审美范畴，如清新、清逸、清婉等等，清的审美理念对中国文学影响至深。由此可见，《真诰》的神仙世界，以上清、清、玄、虚为特点，这充分显示出《真诰》上清派神仙信仰中所包含的士族阶层的理念。

仙真诗中，也有关于现实的表现。与上清派视现世为浊恶之世，蔑视、否定世俗生活的基本宗旨一致，仙真诗的一个重要内容，是在企求仙真世界尤其是上清世界的同时，贬低现实世界与世俗的价值，甚至以凡人肉身、情感为一种俗累：

谁云幽鉴难，得之方寸里。翘想樊笼外，俱为山岩士。(《萼绿华赠诗》其三)[④]

济济高仙举，纷纷尘中罗。盘桓嚣蔼内，愆累不当多。(《二月十六日右英作》)[⑤]

振衣尘滓际，褰裳步浊波。愿为山泽结，刚柔顺以和。相携双清内，上真道不邪。(《九华安妃见降口授作诗》)[⑥]

---

① 《晋诗》卷二一，逯钦立辑校《先秦汉魏晋南北朝诗》中册，第1104页。
② 《晋诗》卷二一，逯钦立辑校《先秦汉魏晋南北朝诗》中册，第1104页。
③ 《晋诗》卷二一，逯钦立辑校《先秦汉魏晋南北朝诗》中册，第1105页。
④ 《晋诗》卷二一，逯钦立辑校《先秦汉魏晋南北朝诗》中册，第1096页。
⑤ 《晋诗》卷二一，逯钦立辑校《先秦汉魏晋南北朝诗》中册，第1112页。
⑥ 《晋诗》卷二一，逯钦立辑校《先秦汉魏晋南北朝诗》中册，第1097页。

以现实世界为“樊笼”,向往仙山神阙的士人,希图振衣于尘滓,褰裳于浊波,进入上清世界。但作者也明确地指出,这种超越,其实在于心灵本身发生幽鉴,即“得之方寸里”。这与后来禅宗的直指本心、自性成佛有相同之处。在《十二月一日夜方丈左台昭灵李夫人作与许玉斧》诗中,昭灵夫人自述仙界而下,难耐臭腥的下界,告谕许玉斧要尽快脱离这个世界,上升到太虚:

飞轮高晨台,控辔玄垄隅。手携紫皇诀,倏忽八风驱。玉华翼绿帏,青帬扇翠裾。冠轩焕崔嵬,珮玲带月珠。薄入风尘中,塞鼻逃当途。臭腥凋我气,百阿(《真诰》作“痾”)令心徂。何不飙然起,萧萧步太虚。[①]

漱此紫霞腴,方知秽涂辛。佳人将安在,勤心乃得亲。(《七月十八日夕云林右英夫人授诗》)[②]

在所谓仙真人的谕诗中,有很多肉身成道、超入仙界、永脱尘浊的诰示:

玩彼八素翰,道成初不辽。人事胡可豫,使尔形气销。(《兴宁四年丙寅四月二十七日夜降杨羲家作》)[③]

悼此四维内,百忧常在心。俱游北寒台,神风开尔襟。(《南极王夫人诗》)[④]

浪神九陔外,研道遂全真。戢此灵凤羽,藏我华龙鳞。高举方寸物,万吹皆垢尘。顾哀朝生蟪,孰尽汝车轮。(许翙《郭四朝叩船歌》其二)[⑤]

《真诰·运象篇第二》载众仙真夫人授杨、许等人书中,除了

① 《晋诗》卷二一,逯钦立辑校《先秦汉魏晋南北朝诗》中册,第1102页。
② 《晋诗》卷二一,逯钦立辑校《先秦汉魏晋南北朝诗》中册,第1107页。
③ 《晋诗》卷二一,逯钦立辑校《先秦汉魏晋南北朝诗》中册,第1118页。
④ 《晋诗》卷二一,逯钦立辑校《先秦汉魏晋南北朝诗》中册,第1119页。
⑤ 《晋诗》卷二一,逯钦立辑校《先秦汉魏晋南北朝诗》中册,第1123—1124页。

指示仙途外，极言尘累之须弃：

> 今人居风尘之休盛者，乃多罪之下鬼，趣死之考质也。夫处无用于嚣途，乃得真之挺朴，任凡庸以内观，乃灵仙之根始也。夫富贵淫丽，是破骨之斧锯，有似载罪之舟车耳。荣华矜世，争竞徼时，适足以诲愆要辱，为伐命之兵，非佳事也。是故古之高人，览罪咎之难豫，知富贵之不可享矣，遂肥遁长林，栖景名山，咀嚼和气，漱濯清川，欲远此恶迹，自求多福，超豁绖聘，保全至素者也。君亦奚足汲汲于人间之贵贱，投身于荣辱之肆哉？且方交兵日会，三灾向臻，神风驱除，臭气参天。明金生秽于泥渎，宝玉投粪以招尘。褰衣振血，浊精亏真。玄通远逸，是其时也。[1]

上清派的这种思想，虽然在此前的五斗米道、太平道中也出现过，但无疑是更加明确了。关键是此前的各种道教，具有济世思想，或改良现实的思想，这在太平道中尤其明显。后来被张角黄巾军利用为谋天夺国的工具，是另外一回事。相比之下，我们发现，以士族为主体的上清派道教，重在个体的修真炼性、成仙升天，而对人间社会，则是取一种单纯的贬弃、蔑视的态度。这比较鲜明地体现了深受道家玄虚思想影响的门阀士族的观念。从思想渊源来讲，则与庄子的厌世思想有关系，但更多的恐怕是受佛教小乘思想的影响。上清派其实在很大程度上吸收了佛教教义，如“开括泥丸宫，万响入百关”（《南岳夫人授太上宫中歌》）[2]，泥丸即涅槃，不过在道书中实为一种内丹术中的要穴，并虚化为一种神宫。《真诰・协昌期》记载汉明帝梦见西神人、遣使者往西域求佛之事，其于佛教信仰似不排斥。又载大方诸山、小方诸山，并称

① 《真诰校注》卷二《运象篇第二》，第55页。

② 《晋诗》卷二一，逯钦立辑校《先秦汉魏晋南北朝诗》中册，第1120页。

“大方诸之西,小方诸上,多有奉佛道者。有浮图,以金玉镂之,或有高百丈者,数十层楼也。其上人尽孝顺而不死,是食不死草所致也。皆服五星精,读夏《归藏经》,用之以飞行”[①]。观此知上清派亦将佛教列为众仙之一种。至于大小方诸及不死之人,食不死之草,则是仿照《山海经》中有关不死之国的神话编造的。这里可见道教不仅将老庄改造为神仙,而且常常采择上古神话传说。另外如“空”这一概念,也在《真诰》中经常出现,只是与佛教的“空”略有不同。因为道教是追求肉身成道的,其所取消的只是现实的生命,而非生命本身。另外,上清派虽然以玄虚为旨,甚至强调心灵超越,但并不脱离有色的世界,毋宁说是幻想一种更加华丽的有色世界,所以不可能原封不动地接受佛教的色空观念。陶弘景将《上清经》与《妙法莲华经》相提并论,也可见出此中的消息。上清派道士中,兼学佛法也有不少。《真诰》中记载:“裴真人有弟子三十四人,其十八人学佛道,余者学仙道牖。”“周真人有十五人弟子,四人解佛法。”“桐柏有二十五人弟子,八人学佛。”[②]如以佛教来对比,上清派以及后来陶弘景的茅山道,与小乘佛教的性质比较接近。这也是南派道教的特点,寇谦之所传的北派的天师道,则比较接近于大乘佛教。

从文学的表现来看,东晋仙真诗所塑造的境界,比传统游仙诗更为瑰丽神奇,但却缺少生动之感,而且事实上这种仙境,有很大一部分属于玄思的产物,并且带有教义、仙诀的性质。从文学审美发展的历史来说,最值得注意的是比较典型地反映了东晋门阀士族的审美趣味,也让我们比较清晰地看到,道教在其发展过程中,汇入东晋南朝的门阀士族在玄学、佛教、传统神仙方术启迪下所产生的丰富的生命幻想,东晋南朝因而是中国古代士阶层非

---

① 《真诰校注》卷九《协昌期第一》,第 299 页。

② 《真诰校注》卷一四《稽神枢第四》,第 446 页。

理性生命观发展的高峰，也是士大夫阶层非理性生命思想、生命情绪最为泛滥的时期。

三、齐梁文人的游仙诗

齐梁时期，在佛教流行的同时，道教仍在继续发展。从纯粹的道教徒与佛教徒的立场上说，两教在此期相互排斥，尤其是佛教，视民间信仰与道教为外道、异端。统治者与士大夫阶层，虽在崇佛与崇道上有各自的立场，但也多依违于两教之间。如萧齐竟陵王萧子良，在崇佛的同时，也兼信神仙道教。齐明帝萧鸾、东昏侯萧宝卷，都热衷于神仙，事见沈约《桐柏山金庭馆碑》[①]。梁武帝早年颇崇道教，晚年则力崇佛法，追悔其早年崇道之事："弟子经迟迷荒，耽事老子。历叶相承，染此邪法。习因善发，弃迷知返。今舍旧医，归凭正觉。"[②]可见其早年对于神仙道教的笃信。事实上，他在晚年也并未完全放弃道教，与著名道士陶弘景保持密切的关系。而据《真诰》所述，上清派真人们的弟子学佛者也不在少数。这当然与齐梁统治者的崇尚佛法相关。儒教作为封建统治的基本的意识形态，当然一直存在，但此期的儒教，事实上也深受佛道两派的影响。齐梁时代的文人士大夫，在信仰上有纯信一家的，也有三教兼信的。所谓三教合流的局面，实始于此期。

上述即是齐梁文人游仙之作产生的基本的现实背景。当然，游仙诗经魏晋时期的发展，已经成为文人诗的一种传统题材。齐梁文人的游仙诗，一方面沿承晋宋格局，同时又相当程度上表现出当时文人的道教信仰，尤其是《真诰》一系的上清派道教的内

① 《全梁文》卷三一，严可均辑《全上古三代秦汉三国六朝文》第3册，第3130页。

② 《全梁文》卷六《舍道事佛疏文》，严可均辑《全上古三代秦汉三国六朝文》第3册，第2986页。

容,在诗歌中有明显的表现。比之魏晋文人之空耽想象,齐梁文人多实际参与道教活动,所以其游仙诗在隶事数典的同时,又具有某种写实性。

齐梁文人标题为“游仙诗”的作品,基本沿承晋宋游仙诗的格局。沈约有《和竟陵王游仙诗》二首,题下注有“王融、范云同赋”。齐竟陵王萧子良虽然是著名崇佛之士,竟也创作游仙诗,今虽不存,但从沈约和诗可知。沈约《和竟陵王游仙诗》二首:

> 夭矫乘绛仙,螭衣方陆离。玉銮隐云雾,溶溶纷上驰。瑶台风不息,赤水正涟漪。峥嵘玄圃上,聊攀琼树枝。(其一)
>
> 朝止阊阖宫,暮宴清都阙。腾盖隐奔星,低銮避行月。九疑纷相从,虹旌乍升没。青鸟去复还,高唐云不歇。若华有余照,淹留且晞发。(其二)[①]

沈作虽承传统游仙诗格局,但更多是以想象为主,缺少汉魏游仙诗的写实之感。此诗中的“清都”是上清派的说教内容,但其余阊阖宫、奔星、避月、九疑、青鸟、高唐,乃至若华、晞发,多是楚辞中的内容。此诗体现了齐梁文人游仙诗越来越趋于用典化的倾向,说到底,只是罗列仙典的咏仙之作。

范云和竟陵王的游仙诗不存。王融有《游仙诗》五首,原集云“应教”[②],即是和竟陵王之作。其一、其二云:

> 桃李不奢年,桑榆多暮节。常恐秋蓬根,连翩因风雪。习道遍槐岻,追仙度瑶碣。绿帙启真词,丹经流妙说。长河且已萦,曾山方可砺。
>
> 献岁和风起,日出东南隅,凤旍乱烟道,龙驾溢云区。结

① 《梁诗》卷六,逯钦立辑校《先秦汉魏晋南北朝诗》中册,第1636—1637页。

② 《游仙诗》五首题下注云:“《诗纪》云:集云‘应教’。”见《齐诗》卷二,逯钦立辑校《先秦汉魏晋南北朝诗》中册,第1398页,下引同。

赏自员峤，移宴乃方壶。金卮浮水翠，玉斝挹泉珠。徒用霜露改，终然天地俱。

这两首诗其实是叙写以竟陵王为主角的一场道教活动的情形。其一写有感于桃李芳华不永，桑榆晚节已迫，并蓬根之易折，近风雪残年，因而发起一种求道的活动，游览修道之域，诵说仙经真诀。其二写献岁发春的一场求道活动，其实是歌颂竟陵王的求道行为。在此基础上，作者也创作出更具传统游仙诗特点的作品。其三写昆仑仙境：

命驾瑶池隈，过息嬴女台。长袖何靡靡，箫管清且哀。璧门凉月举，珠殿秋风回。青鸟骞高羽，王母停玉杯。举手暂为别，千年将复来。

其四写往南方的沅湘一带求仙："湘沅有兰芷，汨吾欲南征。遗珮出长浦，举袂望增城。朱霞拂绮树，白云照金楹。五芝多秀色，八桂常冬荣。弥节且夷与，参差闻凤笙。"其境界出于楚辞及《山海经》。其五则写往北方求仙，主要运用烛龙、若士的神话故事。诗中略云："命驾随所即，烛龙导轻镳"，"忽与若士遇，长举入云霄。罗绎徒有睨，蟭螟已寥寥。"主要用载于王充《论衡·道虚》等的卢敖游北方见若士的神话。这种一一咏写神仙故事的写作方法，体现了齐梁诗赋化的特点。

梁武帝萧衍早年信道，其集中亦有《游仙诗》一首，风格与上述沈约、王融之作相近，应该是其作为萧齐竟陵八友时所作：

水华究灵奥，阳精测神秘。具闻上仙诀，留丹未肯饵。潜名游柱史，隐迹居郎位。委曲凤台日，分明柏寝事。萧史暂徘徊，待我升龙辔。①

---

① 《梁诗》卷一，逯钦立辑校《先秦汉魏晋南北朝诗》中册，第1530页。

萧衍此作,比起沈、王两家之作,更缺少魏晋游仙诗的空灵杳渺的境界,只是堆垛仙典。其中的柱史,是指当时已被神化为太上老君的老子,而隐迹居郎位,则是指东方朔。这是用了《汉武帝内传》等书中的典故。这些诗与其说是游仙诗,不如说是咏仙诗更为妥当。但从上述诸家的游仙诗来看,基本还是沿着魏晋游仙诗的格局,与《真诰》所载的仙真诗实为异流。其内容也是以古老的神话与神仙故事为主,并非当时道教如上清派内容的演绎。

在传统游仙诗之外,齐梁时期有一类诗歌,直接描写当时现实中所进行的神仙道教活动,尤其是咏写当时的仙道人物。这些作品,多就现实的道教人物畅发仙情,同时也多援用神仙典故。其中一个要点,就是按神仙形象来塑造现实中的道士,用仙境模式来描述现实中的修道环境。例如陶弘景,不但在他生前被赋予浓厚的神仙形象的特点,甚至对于他的死亡,也被赋予一种解化的形式。梁简文帝萧纲的《华阳陶先生墓志铭》,记其于大同二年(536)三月十二日蝉蜕于茅山朱阳馆,但碑文仍然是按成仙的模式来处理陶弘景的死亡:

> 若夫真以归空为美,道以无形为贵,不知悦生,大德所以为生;不知恶死,谷神所以不死。妙矣哉,隐显变化,物莫能测。既而岫开折石,天坠玉棺,银书息简,流珠罢灶,九节丽于空中,千和焚于地下,仙官有得朋之喜,受学振临谷之悲。[①]

作者所展开的这种叙述,他自己当然也明白只是一种谀美的文字,但这其中又反映了作者的一种仙道意识。这样的文字在道教徒尤其是社会上信仰神仙的民众的接受中,又会成为一种成仙的"事实"。正如这篇碑文最后所发出的"三仙白鹤,何时复旋"的感叹,原只是抒情,但也未尝不会转化为一种新的神仙传说。而陶

① 《全梁文》卷一三,严可均辑《全上古三代秦汉三国六朝文》第3册,第3027页。

弘景以及后来众多的道教徒，在其死后也都纷纷地“羽化”，成为新的神仙形象和神仙崇拜的对象。这也许就是中国古代道教神仙谱系传承并且不断增长的事实所在。文学在其中当然是起到很重要的甚至是决定性的作用。

陶弘景是齐梁时期最著名的道教人物，他本人也是一个文士，齐梁时期的许多文士都与之交往，因此而产生的作品，成为齐梁“游仙诗”的一种新类型。沈约集中有《酬华阳陶先生诗》《还园宅奉酬华阳先生诗》《华阳先生登楼不复下赠呈诗》《奉华阳王外兵诗》等作，比较生动地展示了当时士大夫与陶弘景相交并从事道教活动的情形。如《酬华阳陶先生诗》：

> 三清未可觌，一气且空存。所愿回光景，拯难拔危魂。若蒙丸丹赠，岂惧六龙奔。[①]

又如《奉华阳王外兵诗》：

> 餐玉驻年龄，吞霞反容质。眇识青丘树，回见扶桑日。烂熳蜃云舒，嵚崟山海出。[②]

第一首诗中的“三清”是道教上清派所说的上天世界，是道教徒向往的仙界。诗中说，三清难见，希望陶氏教给自己驻景之术，惠赐仙丹来延寿命，乃至长生，这样就不惧怕六龙之奔，即不惧时光流逝。第二首仍是借蓬莱神仙传说来驰骋想象。这种以现实人物为依据来寄托神仙想象的方式，与其说表现了作者真实的成仙愿望，不如说是应酬道教人物的一种表达方式。另一种更具现实化的表现，则是将道教人物的居住处直接形容为一种仙境，如沈约所作的《华阳先生登楼不复下赠呈诗》：

> 侧闻上士说，尺木乃腾霄。云軿不展地，仙居多丽樵。

---

① 《梁诗》卷六，逯钦立辑校《先秦汉魏晋南北朝诗》中册，第1637页。

② 《梁诗》卷六，逯钦立辑校《先秦汉魏晋南北朝诗》中册，第1638页。

卧待三芝秀,坐对百神朝。衔书必青鸟,佳客信龙镳。非止灵桃实,方见大椿凋。[①]

这样的作品,本质上是运用神仙故实来歌颂一位当代的术士。还有一种情形,是写因游观道士之馆宇,发生一种游仙的想象,如沈约的《游沈道士馆诗》:

秦皇御宇宙,汉帝恢武功。欢娱人事尽,情性犹未充。锐意三山上,托慕九霄中。既表祈年观,复立望仙宫。宁为心好道,直由意无穷。曰余知止足,是愿不须丰。遇可淹留处,便欲息微躬。山嶂远重叠,竹树近蒙笼。开襟濯寒水,解带临清风。所累非物外,为念在玄空。朋来握石髓,宾至驾轻鸿。都令人径绝,惟使云路通。一举凌倒景,无事适华嵩。寄言赏心客,岁暮尔来同。[②]

这首诗说秦皇、汉武的求仙,不是真正的好道,而是出于帝王事业也无法让其满足的奢心。葛洪曾畅论汉武多欲而妨碍其成仙道,认为求仙求长生非富贵者之事,而是寒素者之业。这成了后来道士的一种观念。沈约的这种观点,正是受到这种思想的影响。诗的后一部分写沈道士馆,缘饰以神仙典故,但主旨还是强调此处能让人超然物外,耽心虚玄之境。沈约晚年奉佛,但早年曾耽于仙道。其《桐柏山金庭馆碑》自叙其学道之经历云:“早尚幽栖,屏弃情累,留爱岩壑,托分鱼鸟。涂愈远而靡倦,年既老而不衰。高宗明皇帝以上圣之德,结宗玄之念,忘其菲薄,曲赐提引。末自夏汭,固乞还山,权栖汝南县境,固非息心之地。圣主缵历,复蒙絷维。永泰元年,方遂初愿,遂远出天台,定居兹岭。所憩之山,实惟桐柏,灵圣之下都,五县之余地。仰出星河,上参倒

① 《梁诗》卷六,逯钦立辑校《先秦汉魏晋南北朝诗》中册,第1638页。
② 《梁诗》卷六,逯钦立辑校《先秦汉魏晋南北朝诗》中册,第1637页。

景，高崖万沓，邃涧千回。因高建坛，凭岩考室，饰降神之宇，置朝礼之地。桐柏所在，厥号金庭。事昺灵图，因以名馆。圣上曲降幽情，留信弥密。置道士十人，用祈嘉祉。约以不才，首膺斯任。永弃人群，窜景穷麓，结恳志于玄都，望霄容于云路。仰宣国灵，介兹景福。"[①]桐柏山在天台，《真诰·稽神枢》："越桐柏之金庭，吴句曲之金陵，养真之福境，成神之灵墟也。"[②]传说是周朝王子乔成仙之地。《真诰·运象篇》所载"桐柏真人右弼王领五岳司侍帝晨王子乔"[③]，又载东晋兴宁三年(365)六月二十六日夜所降仙人，除八真人外，"又有一人，甚少整顿，建芙蓉冠，朱衣带剑，未曾见也。意疑是桐柏山真人王子乔，多论金庭山中事，言多有不可解者"[④]。此碑文不仅叙出沈约本人学仙的经历，可视为齐梁文人从事"仙学"者的心路历程，同时也记载了萧齐末年齐明帝萧鸾、东昏侯萧宝卷以至尊身份"结宗玄之念"，"曲降幽情，留信弥密"的事实。可见这时期崇信"仙学"者，非只士族之流，已及帝王宗室。而道教与上层政治的关系，也开始建立，如朝廷设立"十道士"。而事道学仙，非仅一身求长生、登云路之效，同时也是"仰宣国灵，介兹景福"[⑤]。

范云的《答句曲陶先生诗》，比沈约赠陶氏诸作，形容得更加

---

① 《全梁文》卷三一，严可均辑《全上古三代秦汉三国六朝文》第 3 册，第 3130 页。

② 《真诰校注》卷一一《稽神枢第一》，第 349 页。

③ 《真诰校注》卷一《运象篇第一》，第 7 页。

④ 《真诰校注》卷二《运象篇第二》，第 46 页。

⑤ 按沈约此文，高步瀛《南北朝文举要》引欧阳棐《集古录目》卷一："齐金庭馆碑，征虏将军、南清河太守、司徒、左长史、扬州录事沈约造，扬州刺史、骠骑记室倪珪之书。据记称：永泰中，定居桐柏岭，因地名建馆，曰金庭宫，命置道士十人，而己为之首。盖道士自叙之言，非约所撰。"认为此碑所叙学道及遇人主提挈，受命为十道士之首，是桐柏观道士，非沈约本人。高步瀛认为碑文是沈约代道士所作。文中"约以不才，首膺斯任"，高氏认为文中所叙，与沈约仕历不合，因此据《法海》本认为应作"越"。"越"是该道士的名字。今录欧阳、高氏之说以备考，详见《南北朝文举要·梁文》，高步瀛选注，孙通海点校，中华书局，1998 年，第 331、335 页。

仙气十足:

> 终朝吐祥雾,薄晚孕奇烟。洞涧生芝草,重崖出醴泉。中有怀真士,被褐守冲玄。石户栖十秘,金坛谒九仙。乘鹓方履汉,辔鹤上腾天。[①]

这首诗,当然还是沿用郭璞、庾阐游仙诗的格局,但所写完全是一个现实中的道士。由此可见,齐梁游仙诗,逼真的神仙幻想减弱,使用仙典以抒情的意味更加明显。这正是后来唐宋神仙诗歌中相近类型的开端。

随着诗歌内容的生活化,作为信道文人的生活形式之一,修炼饵食也进入诗歌的题材领域,如谢朓的《和纪参军服散得益诗》:

> 金液称九转,西山歌五色。炼质乃排云,濯景终不测。云英亦可饵,且驻羲和力。能令长卿卧,暂故遇真识。[②]

饵食仙丹,严格来说只是一种生活的内容,但它与一种求长生甚至成仙的目的联系在一起,所以也可归入游仙的题材类型中。

齐梁是新声乐府流行的时代,民间的祀神与道教的弦诵,不乏采用新声俗曲者。吴声中原有神弦曲一种,《乐府诗集·清商曲辞》有《神弦歌》十八首[③],其风格大多婉约旖旎,如《青溪小姑曲》:“开门白水,侧近桥梁。小姑所居,独处无郎。”《圣郎曲》:“左亦不佯佯,右亦不翼翼。仙人在郎傍,玉女在郎侧。酒无沙糖味,为他通颜色。”虽为祀神之歌,实近于男女相悦之辞。但其中也有于神仙之事想象真切、造语生动有趣者,如《白石郎曲》:“白石郎,

---

① 《梁诗》卷二,逯钦立辑校《先秦汉魏晋南北朝诗》中册,第1545页。

② 《齐诗》卷四,逯钦立辑校《先秦汉魏晋南北朝诗》中册,第1447页。

③ 详见《乐府诗集》卷四七,第2册,第683—685页。

临江居，前导江伯后从鱼。”其写白石郎神，以江伯为前驱，神鱼为随从，可以说是《楚辞·九歌》之流裔。又如《宿阿曲》：“苏林开天门，赵尊闭地户。神灵亦道同，真官今来下。”此诗所写，正是《真诰》中的那种降仙之事，但语言真质，正是民间乐府的本色。

梁武帝萧衍的《上云乐》七曲，是吴声的一种变曲，为游仙诗开了新的境界。诸作原文如下：

> 凤台上，两悠悠。云之际，神光朝天极，华盖遏延州。羽衣昱耀，春吹去复留。（《凤台曲》和云：上云真，乐万春。）
>
> 桐柏真，升帝宾。戏伊谷，游洛滨。参差列凤管，容与起梁尘。望不可至，徘徊谢时人。（《桐柏曲》和云：可怜真人游。）
>
> 方丈上，崚层云，挹八玉，御三云。金书发幽会，碧简吐玄门。至道虚凝，冥然共所遵。（《方丈曲》）
>
> 方诸上，上云人。业守仁，扱金集瑶池，步光礼玉晨。霞盖容长肃，清虚伍列真。（《方诸曲》和云：方诸上，可怜欢乐长相思。）
>
> 玉龟山，真长仙，九光曜，五云生。交带要分影，大华冠晨缨。耉如玄罗，出入游太清。（《玉龟曲》和云：可怜游戏来。）
>
> 紫霜耀，绛雪飞。追以还，转复飞，九真道方微。千年不传，一传裔云衣。（《金丹曲》和云：金丹会，可怜乘白云。）
>
> 句曲仙，长乐游，洞天巡，会迹六门，揖玉板，登金门，凤泉回肆，鹭羽降寻云。鹭羽一流，芳芬郁氛氲。（《金陵曲》）[①]

这类作品，不再缘饰以仙典，而是以当时实际发生的“仙事”即上清派茅山道的求仙活动为内容来畅发长生成仙的幻想。

汉代游仙诗是一种幻想的真实化，也可以说是原创性的游仙

---

① 《梁诗》卷二，逯钦立辑校《先秦汉魏晋南北朝诗》中册，第1524—1526页。

诗。魏晋文人的游仙诗,则是真实的幻想。齐梁文人的游仙诗,则是当时道教活动的写实,而就游仙诗写作而言,可以说趋向于用典化,从诗歌手法来说,是当时用典盛行的表现之一。同时,齐梁游仙诗也开启了唐宋诗歌中使用仙典的风气。但就其幻想力来说,无疑相对地减弱了。或许可以说,这正是齐梁诗歌风力衰弱在游仙类写作上的一种表现。

第二十章　魏晋南北朝的形神哲学

魏晋南北朝可以说是理性与非理性各个派别的生命观激烈冲突的时期，这甚至可视为魏晋南北朝时期生命思想的发展特点。各派生命观各自陈说、激烈冲突的核心，即是在形神问题上的各自表述。这个时期形神问题的讨论，从传统的有神无神的朴素陈述，发展为一种可称为形神哲学的学术形态。而问题的起源，仍然来自对宗教的评价，即仙、佛、神、鬼的存在与否。慧远、宗炳等人的神不灭论，即是为佛教的轮回、果报以及生天成佛之说寻找一种哲学的依据。而范缜著《神灭论》，明确说是为了破鬼神之说，是有鉴于"浮屠害政，桑门蠹俗"[1]。当然，当其独立为一种哲学命题时，会超越原本由之发生的现实依据与宗教立场，而其作为生命哲学的性质得以鲜明的凸显。奉持理性与非理性生命本体论的双方或多方，在各自的立场上将问题进一步展开。在中国古代，这一讨论的深度及哲学上的高度是空前绝后的。可以说，在现代生命科学与生命哲学产生之前，魏晋南北朝时期的形神哲学，是中国古代在探讨生命本体、生命本质方面最深入的学术讨论。

一、形神哲学发生的宗教与哲学背景

有神论是各种宗教的前提，所有的宗教都属于有神论者。形

---

① 《全梁文》卷四五，严可均辑《全上古三代秦汉三国六朝文》第 4 册，第 3210 页。

神二分渊源于古老的灵魂观念,神的观念则植根于万物有灵的原始意识。万物有灵论的主要阐述者泰勒认为:“万物有灵观构成了处在人类最低阶段的部族的特点,它从此不断地上升,在传播过程中发生深刻的变化,但自始至终保持一种完整的连续性,进入于高度的现代文化之中。”“事实上,万物有灵观既构成了蒙昧人的哲学基础,同样也构成文明民族的哲学基础。”[①]中国古代有神论的发展历史,就比较充分地证明了这个事实。中国古代的物神观念,广泛存在于民间信仰之中,其中一部分被道教所收纳,使得道教也带有比较浓厚的原始自然宗教的色彩。佛教虽然创造了更加精致的有神论哲学,尤其是涅槃佛性之说超越简单的灵魂观念,但在民间信仰里,仍然需要使用灵魂的观念,并且也充满像八部天龙、金翅大鹏这样的物神形象。另外,作为古代科学技术的中国医学,在阐述身体器官时,也使用道教修炼活动中所形成的五脏六腑之神的观念,尽管有时只是作为一种通俗的解说之用。

从历史上说,有神论是更为自然、自在的一种生命意识,而无神论则是作为对这种自在、自然的有神论的一种反思而出现的。在中国古代思想史上,春秋战国诸子,除墨家一派属有神论外,其余诸家,总体上说均属于无神论者,但他们也并未对无神论展开过多的辩论。这一时期的无神论,也处于一种自然、自在的状态,它是人类在生命理性觉醒后所自然拥有的一种意识状态。正因于此,从战国到秦汉这段时间,有神论反而得以长足的发展,甚至儒家也染上浓厚的有神论色彩,两汉儒学与神学出现界限模糊的现象。在这种情况下,维护纯正儒家立场的汉代思想家们,对有神论及由此造成神格天、神仙、鬼神等虚妄意识现象进行论说,力求解除流俗的困惑。王充的《论衡》从唯理与经验论的立场,对几

① [英]爱德华·泰勒《原始文化》第十一章《万物有灵观》,连树声译,第414页。

乎所有以有神论为基底的虚妄之说进行辩驳，虽然在某些方面仍为非理性生命意识留下余地，但在否定鬼魂之说、主张形神同时而灭方面，表现得极为彻底。王充等人的神灭思想，对魏晋不信神仙神鬼、疾虚妄一派有直接的影响。魏晋士大夫所创造的文化、文学中崇尚自然、清新、明朗的审美境界，证明这个时期的士大夫绝大部分属于自然论者。也正因这个原因，使站在宗教学说立场的另一部分士大夫们，起而维持原本自然发生、具有悠久历史的有神论，从形神关系出发来论仙、明佛、明鬼。而持自然之说的一方又对这种论仙、明佛、明鬼的新学说进行批驳，促使神灭论进一步发展。

神仙、鬼怪其实是联系在一起的一种生命幻想，其中又分为不同的类型。神原本是非人类的事物，是左右或统治人类的事物，其中的天神、地祇、山川神明及万事万物之神，构成一个庞大的体系，是从原始的万物有灵的意识中发展出来的。在人类最初的观念中，大大小小的神灵，与人间社会的生活密切相连着，也是原始的政治与伦理道德发生的依据。对于这些神灵，人类发展出极其丰富庞杂的巫术系统来加以督理，后来民间及国家的各种祭祀体系即由此出。道教的诸神谱系及神灵祭祷，有一部分即来自这种源于巫术的神灵文化。从原始神灵到道教神灵，神的形象有一个从非人类神灵向具有人类形象与性格的神灵的发展变化。西王母形象从《山海经》中具有人与动物相杂的形象到《汉武故事》《汉武内传》中色相庄严而又活泼的女仙甚至女教主形象的发展，即是一个例证。在神灵信仰的发展过程中，由于人间道德观念、道德理想的绝对化，或者说原本属于理性的道德观念的非理性化，依据灵魂不死的幻想，一部分在人类的公私生活及社会各领域做出贡献的人物，被塑造提升为神人。这就是人们常说的“造神”。造神在后来成为某些统治者及统治集团有意而为之的行为。神仙道教在造神方面起到了特殊的作用。

鬼是与神性灵相似而功能有差别的另一些幻想事物。依据灵魂不灭的原理,人类死亡之后,以鬼魂的形象继续存在着。鬼也不仅仅限于人类的亡魂,各种山精木怪,也会以鬼的形象出现。鬼以阴魅为性质,在伦理上属于混沌的状态,其自身并不体现人类伦理道德的性质,不受性善论哲学家所说的性善律的支配。所以鬼具有非人类或说异化人类的性质。古今文学中表现的鬼也多体现这种性质。

最后一类仙,是在人类非理性生命思想领域最为活跃、原则上能唤起人类每一个体的幻想热情的一种形象。仙是人类对自身生命无限延长的一种幻想性的追求。人类对此并不只是纯粹地耽于一种幻想之中,如果是这样,就不会产生神仙文化了。相比神、鬼两个领域,人类在仙的领域,投入最大的热情与努力,形成了丹(内丹与外丹)、药、符、箓等各种长生求仙之术。不仅如此,神仙家们还将这种长生求仙活动,建立在一个贯通天人之际的道德本体上,这就是求仙被称为求道,追求生命的升华,而以神仙信仰为核心的宗教被称为道教的原因所在。由于其联系着一种伦理道德的原理,所以它在相当大程度上也带有社会教化的功能。后者对于道教的持久存在,起到了极大的作用。六朝的道教是以贵族为主体,承载着贵族的仙真生命幻想,六朝之后的道教,作为庶民信仰的性质开始变得突出。从道教的发展历史来说,越到以后的时代(主要限于封建时代),道教作为一种庶民宗教的性质就越突出。长生求仙的道术,则主要是在帝王贵族及部分文人术士中延续。

至于佛,它原本是一种静觉的境界。但佛教的轮回学说,认为存在一个轮回的主体,这个轮回的主体,用中国原有的哲学范畴来表达,就是神,所以是一种新的、更精致的精神不死的生命思想。这对中土士庶信仰者来说是最大的吸引。《冥祥记》复述魏晋以来一直传述的汉明帝梦佛的故事时,其中就说汉明帝“发使

天竺，写致经像，表之中夏。自天子王侯，咸敬事之。闻人死精神不灭，莫不瞿然自失”[①]。可见在佛教传入中国之初，轮回之说及其中所包含的神不灭思想，就已作为其主要教义在发生影响。魏收的《魏书·释老志》是我们了解魏晋南北朝佛道两派原始形态的重要文献，其中对佛教内容概括如下：

> 浮屠正号曰佛陀，佛陀与浮图声相近，皆西方言，其来转为二音。华言译之则谓净觉，言灭秽成明，道为圣悟。凡其经旨，大抵言生生之类，皆因行业而起。有过去、当今、未来，历三世，识神常不灭。凡为善恶，必有报应。渐积胜业，陶冶粗鄙，经无数形，澡练神明，乃致无生而得佛道。其间阶次心行，等级非一，皆缘浅以至深，藉微而为著。率在于积仁顺，蠲嗜欲，习虚静而成通照也。故其始修心则依佛、法、僧，谓之三归，若君子之三畏也。又有五戒，去杀、盗、淫、妄言、饮酒，大意与仁、义、礼、智、信同，名为异耳。云奉持之，则生天人胜处，亏犯则坠鬼畜诸苦。又善恶生处，凡有六道焉。[②]

佛教的生命观，原本植根于生命高度灵觉，寂灭无为而得常乐我净的涅槃思想，被信仰化为一种极乐世界的蓝图。它的寂灭为乐的生命思想，与道教炼神成仙的思想有着本质的差异。佛教初期传入时，是作为众多道术的一种出现的，强调方术，也以“澡练神明”为说，与神仙道术在形式上相似。在发展的过程中，佛教与道教在终极的幻想上汇通，“仙佛”“神佛”这样的联合词组自然也就出现了。《释老志》概括晋南北朝佛学，具有繁复的修证特点，与唐宋以后流行的禅宗以“自性清净”为宗旨的简捷自然的风格迥异。

---

① 《冥祥记》,《古小说钩沉》,第 451 页。

② 《魏书》卷一一四,第 8 册,第 3026 页。

探究上述鬼、神、仙、佛四种能够联合汇通并常相互转化的根源,或者说它们被纳入思想领域乃至哲学领域来讨论的时候,是以形神问题的讨论为基本形式的。所有这些非理性生命幻想的领域,都植立于由古老的万物有灵、灵魂意识发展而来的人类生命体形神分立的基本思想。而不同意此种形神分离的思想即形神共灭的思想,则作为一种唯物的生命思想而得以树立。这就是神灭、神不灭问题之所以成为六朝思想界热点问题之一的关键所在。

二、道教神仙、神鬼之说中的形神观

形神之说,从老庄到战国的黄老学派,再到汉代的神仙方术,一直是人们理解生命以及谋求修炼长生之道的核心。这一派在逻辑上的核心,是充分强调神的主宰作用。在形与神两者之间,形是被动的、被支配的,神则是能动的。关于这方面的内容,我们在前面有关老庄形神说与汉代养生思想的章节中已经介绍过。

对于现实人来说,如果相信长生成仙的可能,就要相信神具有一种能力,它能够以最合理的运行方式让生命无限期甚至永恒地延续下去。这种方式,本身就可以称为“神”。这样的观点甚至在《庄子》的外篇、杂篇中就已经确立,后来战国秦汉的神仙家,只是将其完善化、技术化,或者说烦琐化,最后以《黄庭内景经》这样的形式固定下来。这其中玄学的自然说、形神说也是一个重要的环节。其中嵇康的形神之说,可视为道教仙学的哲学基础之一。嵇康一方面认为神仙“似特受异气,禀之自然,非积学所能致也”,但在另一方面又认为“至于导养得理,以尽性命,上获千余岁,下可数百年,可有之耳”。他之所以这样说,就是强调“神”(精神)具有极大的潜在力。“精神至于形骸,犹国之有君也;神躁于中,而

形丧于外，犹君昏于上，国乱于下也。”“是以君子知形恃神以立，神须形以存，悟生理之易失，知一过之害生。故修性以保神，安心以全身，爱憎不栖于情，忧喜不留于意，泊然无感，而体气和平。又呼吸吐纳，服食养生，使形神相亲，表里俱济也。”①

《黄庭内景经》是东晋时期流行的道教上清派的经典，据《云笈七签》卷十一《上清黄庭内景经》务成子注，是“扶桑大帝君命旸谷神仙王传魏夫人”②，魏夫人即魏华存，据颜真卿《魏夫人仙坛碑铭》，为晋司徒魏舒之女。魏舒于西晋太康初拜右仆射，山涛去世后继其为司徒③。可知魏夫人学仙于西晋中后期。《黄庭经》，葛洪《抱朴子》并未提及，所以此经也可能是在东晋初造作出来的。此经有永和十二年(356)王羲之写本，可知创作于此前无疑。此经使用七言韵文体，句句入韵，与《凡将篇》《急就章》是相同的文体。汉魏晋时期，口诀等应用文多用七言。葛洪《抱朴子内篇·微旨》所言的真人守身炼形之术，亦用此种句句入韵之七言体。今存《云笈七签》中的《黄庭内景经》与王羲之所写《黄庭经》内容多异，当是后世道教作者有所增改。《黄庭内景经》的演说修仙方式，即是身内之神的神格化。所谓“黄庭内景”，据务成子注叙：“黄者，中央之色；庭者，四者之中也。”内景，则是指心内之景象，“心居身内，存观一体之象色，故曰内景也”④。可见属于典型的存想之术。其核心观念，即是道教对形神关系中“神”的作用绝对化。务成子注叙曰：

> 此文罗列一形之神室，处胎神之所在耳。恒诵咏之者，则神室明正，胎真安宁，灵液流通，百关朗清，血髓充溢，肠胃

---

① 戴明扬《嵇康集校注》卷三《养生论》，上册，中华书局，2014年，第252—253页。

② 《云笈七签》卷一一《三洞经教部·上清黄庭内景经》，张君房纂辑，蒋力生等校注，华夏出版社，1996年，第56页。

③ 《晋书》卷四一《魏舒传》，第4册，第1186—1187页。

④ 《云笈七签》卷一一《三洞经教部·上清黄庭内景经》，第57页。

虚盈,五藏结华,耳目聪明,朽齿白发,还黑更生。所以却邪痾之纷若者,谓我已得魂精六纬之姓名也。形充魂精而曰欲死,不可得也。故曰内景黄庭为不死之道。[①]

可见其存想内视,以调动所谓身内的心神、胎神、五脏之神等,达到不死之道。关于这一段文字的附注则说:

人之死也,常在形神相离。今形既恒充,则神栖而逸;神既常宁,则形全无毁,两者相守,死何由萌?虽曰欲逝,其可得乎?此道乃未能控景登虚,高宴上清。而既无死患,形固神洁,内御身灵,外降英圣,隐芝大洞,于是而至,端从招真,不俟游涉。筌蹄之妙,岂复逾此。[②]

现在简单介绍一下王羲之写本《黄庭经》,它应该是东晋修上清派的士人习见的经本。经一开始介绍吐纳之法的总纲:"上有黄庭,有下关元,前有幽阙,后有命门,嘘吸庐外,出入丹田,审能行之可长存。"[③]这种吐纳之法,应该是很古老的,前面论述汉代辞赋所表现的神仙主题时,我们提到桓谭《仙赋》:"夫王乔赤松,呼则出故,翕则纳新,夭矫经引,积气关元。精神周洽,鬲塞流通,乘凌虚无,洞达幽明。"[④]《黄庭经》与之一脉相承。又葛洪《抱朴子内篇·微旨》在说到仙道时,立"二山"之说,认为二山非华非霍,愚人不知往,或不得法,虽往亦死。他说的正是这种吐纳存想成仙之法。所谓二山,乃身体内精神的隐喻,与《黄庭经》的"黄庭",是同样性质的仙学术语。葛氏不仅说此二山,并传修炼之诀:

此二山也,皆古贤之所秘,子精思之。或曰:"愿闻真人

① 《云笈七签》卷一一《三洞经教部·上清黄庭内景经》,第56页。
② 《云笈七签》卷一一《三洞经教部·上清黄庭内景经》,第56页。
③ 王羲之写本《黄庭经》引文,均据《三希堂小楷八种·王羲之书〈黄庭经〉》,中国书店出版社,1984年。下引同。
④ 《全后汉文》卷一二,严可均辑《全上古三代秦汉三国六朝文》第1册,第535页。

守身炼形之术。"抱朴子曰:"深哉问也。夫始青之下月与日,两半同升合成一。出彼玉池入金室,大如弹丸黄如橘。中有嘉味甘如蜜,子能得之谨勿失。既往不追身将灭,纯白之气至微密。升于幽关三曲折,中丹煌煌独无匹。立之命门形不卒,渊乎妙矣难致诘。此先师之口诀。"①

由桓谭《仙赋》的吐纳要领,到葛洪二山之说修仙法的吐纳存想口诀,进一步的发展,即《黄庭经》比较繁复的内景存想法,可以明显地看到汉魏晋时代道教吐纳存想派修炼法在经典文本中的发展情况。此经最主要的内容,是展开对人身内部,即黄庭内景的存想观摹。经中说到"三池",应该是吐纳存想的要领,它们分别是玉池、中池、华池。根据《云笈七签》本《黄庭内景经》"中池章第五""中池内神服赤珠"句务成子注:"胆为中池,舌下为华池,小腹胞为玉池,亦三池之通名。"②按:这可能是后来道教的解释,原本《黄庭经》"玉池"("丹田之中精气微,玉池清水上生肥")、"中池"("中池有士服赤朱"及"赤神之子中池立")、"华池"("沐浴华池生灵根,被发行之可长存"),应该即是上、中、下三丹田的通称,亦即炼气者常说的"丹田气海"。全部经文所展示的吐纳存想,应该是以三池为核心。其中突出的存想情景,即存想中池之神,所谓"黄庭中人衣朱衣"、"中池有士服赤朱,横下三寸神所居"、"赤神之子中池立",都可证明"中池之神"为主神,实为传统形神之说中"神明"之说的人格化。它是生命精神的象征,守住此神,即是不死之道:"方寸之中谨盖藏,精神还归老复壮。""灵台通天临中野,方寸之中至关下。玉房之中神门户,即是公子教我者。明堂四达法海员,真人子丹当我前。三关之间精气深,子欲不死修昆仑。绛宫重楼十二级,宫室之中五采集。"在存想的黄庭内景中,

① 《抱朴子内篇》卷六《微旨》,《诸子集成》第8册,第28页。

② 《云笈七签》卷一一《三洞经教部·上清黄庭内景经》,第59页。

他们及时将传统的神仙境界昆仑内景化。前面所说葛洪《微旨》篇中非华非霍的"二山",到了这里,被"昆仑"所替代。这让我们窥见上清派等道教新的神仙学,是怎样及时地将传统神话及神仙传说纳入其吐纳存想之术中。这与汉末魏伯阳《参同契》利用《周易》体系演绎仙道,当属两类。相比《参同契》,《黄庭经》的存想,更带想象与玄远的色彩,它与魏晋玄学名士的简远清通境界是相通的。同时,此经在演示存想之道时,并不忘记自然之说:"虚无自然道之故,物有自然事不烦,垂拱无为心自安。"从这里可以看到玄学自然之说,在上清道教中的影响。在存想中池之后,又历叙存想心、肺、脾等五藏六府[①]。在《黄庭内景经》中,各藏府各有神明:"心神丹元字守灵,肺神皓华字虚成,肝神龙烟字含明,翳郁导烟主浊清。肾神玄冥字育婴,脾神常在字魂停,胆神龙曜字威明,六腑五藏神体精。"[②]当然,五脏又配以五行、五色、五方、干支等。这应该是后来道士对原本《黄庭经》脏神之说的烦琐神学式的发展。相比起来,东晋流行的写本,则要清通简要得多。

前面说过,形神之"神",源于古老的灵魂观念,因此,不仅成仙之说需要依借对"神"的功用的无限强调,而且仙家尸解之说、世俗鬼神之说,都需要依借形灭而神不灭、神能独立自存的基本观念。道教在建构天、神、仙、鬼的整个体系中,都需要"神"的观念作为基础。

关于鬼的问题,前述墨子有明鬼之说,可见在春秋士大夫中,对鬼神有无的问题,就存在着争论。从东汉王充以降,疾虚妄思想流行,儒家士大夫不仅以神仙之说为虚妄,同样也不相信鬼神的存在。魏晋时期,有鬼无鬼更成两派之热议。上面我们论述过,其实仙与鬼神问题在魏晋时期曾成为士大夫讨论的热点问

① 以上有关《黄庭经》的引文,均据《三希堂小楷八种・王羲之书〈黄庭经〉》。
② 《云笈七签》卷一一《三洞经教部・黄庭内景经・心神章第八》,第 60 页。

题，相信有长生不老的仙人存在者，同样也会相信鬼神的存在。葛洪《抱朴子内篇·论仙》就将仙与神鬼、怪异放在一起讨论，认为都是一种客观的存在：

> 又神仙集中有召神劾鬼之法，又有使人见鬼之术，俗人闻之，皆谓虚文。或云天下无鬼神，或云有之，亦不可劾召。或云见鬼者，在男为觋，在女为巫，当须自然，非可学而得。按《汉书》及《太史公记》，皆云齐人少翁，武帝以为文成将军。武帝所幸李夫人死，少翁能令武帝见之如生人状，又令武帝见灶神，此史籍之明文也。夫方术既令鬼见其形，又令本不见鬼者见鬼，推此而言，其余亦何所不有也。鬼神数为人间作光怪变异，又经典所载，多鬼神之据，俗人尚不信天下之有神鬼，况乎仙人？[①]

葛洪在这里将仙、鬼放在一起讨论，而其主张有鬼的依据，与其主张有仙一样，就是认为史籍、经典中有许多关于鬼神的记载。对仙、鬼、神、佛之有无，道教徒、佛教徒自然不把它们当作一个问题来讨论。将其作为一种学术性问题来讨论的，仍属士大夫中的人物。他们分为有仙有鬼与无仙无鬼两派。如《幽明录》载："刘道锡与从弟康祖少不信有鬼，从兄兴伯少来见鬼，但辞论不能相屈。"[②]刘氏一门之中，就有信鬼的刘兴伯与不信有鬼的刘道锡、刘康祖。可见有鬼无鬼是当时士大夫经常辩论者。持有鬼论的士大夫的论证方法之一，就是引征经典的鬼神记载，如《搜神记》卷十六所载阮瞻与客论有鬼无鬼一条：

> 阮瞻字千里，素执无鬼论，物莫能难，每自谓此理足以辨正幽明。忽有客通名诣瞻，寒温毕，聊谈名理。客甚有才辨，

① 《抱朴子内篇》卷二《论仙》，《诸子集成》第8册，第7页。

② 《幽明录》，见《古小说钩沉》，第300页。

瞻与之言良久,及鬼神之事,反复甚苦,客遂屈,乃作色曰:“鬼神古今圣贤所共传,君何得独言无?即仆便是鬼!”于是变为异形,须臾消灭。瞻默然,意色太恶,岁余病卒。[①]

从此条可见鬼神有无问题在当时争论之激烈,亦可见有鬼无鬼问题,与养生、神仙的问题一样,都是当时玄谈中的一大主题。阮瞻无鬼论的具体内容不详,有意思的是,他能令持有鬼论者理屈词穷,最后不得不拿出“鬼神古今圣贤所共传”这样一个理论,与葛洪的论证方法如出一辙。除了引古以证的方法外,另一种方法是从魂魄来立论的:

人有贤愚,皆知己身之有魂魄。魂魄分去则人病,尽去则人死。故分去则术家有拘录之身,尽去则礼典有招呼之义,此之为物至近者也。然与人俱生,至乎终身,莫或有自闻见之者也,岂可遂以不闻见之,又云无之乎?[②]

这是属于形神思想范畴的一种论证方式,即认为生命由形、神构成,形是物质,而神则是独立于形的另外一种东西,其形象化的表述即为魂魄。大概如阮瞻等持无鬼论者,其基本观点,应该是在于形神共生,形神同灭。从根本来说,鬼神是人类执着于自身的生命而发生的一种幻想性的认识,对于自觉的个体,可以通过明心见性、破除我执来来照鉴其无。道家的自然哲学生命观、儒家的伦理价值生命观以及魏晋玄学、佛学般若说等生命哲学,都曾以各自的认识,对这种古老的、根深蒂固的鬼神观念有所破除。但是,随着神仙方术向道教的进一步发展,以及佛教生天成佛、三世果报及地狱、天堂等信仰的发生,古老、朴素的鬼神观念进一步地神学化,甚至哲学化,从而获得更强固的信仰依据。我

① 《搜神记》卷一六,第189—190页。

② 《抱朴子内篇》卷二《论仙》,《诸子集成》第8册,第7页。

们发现,这种对鬼神观念的哲学化提升,主要是通过对形神问题的讨论而展开的。另一方面,相对的一方,即持无神鬼论的一方,同样是依据形神关系来立论的。

三、佛教对形神问题讨论的推进

上节已言,形神问题始于原始的灵魂有无问题,至道家一派以形神来分析生命中形体、形质与精神的关系问题,强调精神对身体的支配作用,并以此作为长生久视之术的依据。但在神仙之说中,精神与身体是始终在一起的,所以精神能否脱离形体独立存在,尤其是肉体消失后,精神能否继续存在,亦即神不灭的问题,在神仙道教的范畴内还是属于潜在的问题,没有引起讨论的必要。人们只有在面对做梦的现象或者鬼魂的现象时,才会意识到精神有可能脱离实际的身体而独立活动。但即使是梦境或人们传说中的鬼魂,它们也是以一种与醒时或活着时一样的身体而存在。总上所言,形神是否分体、形灭是否神不灭,这样的哲学问题,在包括道教在内的传统的生命思想领域,基本上还没表现出来。佛教虽然在东汉已传入中土,但相当长一段时间,人们对它的认识,只是道术的一种,甚至是仙术的一种,故佛被称为“金仙”。早期佛学的形神问题隐而未发,早期佛教对于形神问题,或者说对于“神明”的理解,也只是像道教一样,属于修炼精神以长生甚至成佛这样一种意识。《世说新语·文学第四》:

> 佛经以为祛练神明,则圣人可致。简文云:“不知便可登峰造极不?然陶练之功,尚不可诬。”[①]

“祛练神明”四字,与道教修炼之说无异,或者即是直接用道

① 余嘉锡《世说新语笺疏》卷上《文学第四》,第229页。

教之说来理解佛经。而晋简文帝所说的登峰造极,实亦即以肉身成佛之意,与成仙升天无异。简文帝为东晋人,而此条之记,已在刘宋。所谓“佛经以为祛练神明,则圣人可致”之说,实为《世说》作者之论。可见即使到了刘宋时期,普通士人对佛教功用的理解仍难与道教明显区分。到了为《世说》作注的梁代刘孝标,此时涅槃佛性之说已经流行,其注此语云:“《释氏经》曰:一切众生,皆有佛性。但能修智慧,断烦恼,万行具足,便成佛也。”[1]此处所说“佛性”,便是一种与传统的灵魂、神明不同的概念。在这种表述里,佛教成佛与道教成仙才开始区别开来。

神不灭、神灭的问题,亦即是否存在可以脱离现实的身体而存在的主体精神,或者主体是否能以精神的方式存在。这样的问题,是在涅槃佛学、持三世果报之说的净土宗教中,才成为一现实中需要解决的哲学问题。三世果报的依据在于生命的轮回原理,而轮回之说能够成立,就必须有一个超越现世生命体的生命主体即神(或称神识)的独立存在。轮回是印度的术语,当时中土也称为更生。东晋中期罗含就著《更生论》,较早用神的独立存在来论证更生即轮回的可能性。他试图用传统的说法来阐述轮回更生之说。一是认为既然天地生生无穷,万物变化更生,那么人类的生命也应该是可以更生的。他在这里将人类群体的不断繁衍与个体的轮回更生混淆起来。他论述说:虽然“人物有定数,彼我有成分”,但其中“贤愚寿夭”之性,每能复其自然,可见人类的形体虽似有定数,但其“神”“性”却是一种独立不变、自然存在的东西,传统儒家故而有“穷神知化,穷理尽性”之说。接着罗含论述神与质(即神与形)的关系问题:

又神之与质,自然之偶也。偶有离合死生之变也,质有

① 余嘉锡《世说新语笺疏》卷上《文学第四》,第229页。

> 聚散往复之势也。人物变化，各有其往，往有本分，故复有常。物散虽混淆，聚不可乱。其往弥远，故其复弥近。又神质冥期，符契自合。世皆悲合之必离，而莫慰离之必合；皆知聚之必散，而莫识散之必聚。未之思也，岂远乎若者？凡今生之生，为即昔生生之故事。即故事于体，无所厝其意，与己冥，终不自觉，孰云觉之哉？今谈者徒知向我非今，而不知今我故昔我耳。达观者所以齐死生，亦云死生为寤寐，诚哉是言。[①]

罗含是充分地利用传统儒家与道家的观点，来附会佛教轮回说这种新的生命本体论。这里我们也可以看到，形神观本是传统哲学范畴，明佛者用它来阐述佛教轮回、三世果报的观念，从宗教非理性的角度发展形神哲学。这或许应该视为佛学中国化的哲学上的起点。

东晋刘宋之际，佛教进一步发展，尤其是在形式与内容方面，都要获得更加独立的发展。这时候，它与传统的政治与社会伦理之间的冲突也变得更加突出。其矛盾的最先表现，是佛徒要不要服从世俗礼仪的问题。作为当时争论的核心，即是沙门要不要敬王者的问题。最初有晋成康之际的车骑将军庾冰对沙门不敬王者提出质疑，他认为佛之有无，尚不能得知，今为本为晋民的佛徒废弃世俗臣民敬王者之礼，是不合适的[②]。同时以佞佛著称的骠骑将军何充，联络多名信仰佛教的臣僚，对庾冰以朝廷名义发的这一道沙门按照世俗之礼来敬王者的诏令表现吃惊，而引汉朝以来历代帝王都允许沙门作为方外，不需要礼敬王者的做法为辞。这一场争论，还是比较粗浅的礼仪之争，不仅庾冰对于有佛无佛

---

① 僧祐《弘明集》卷五，上海古籍出版社据《影印宋碛砂本版大藏经》本缩印，1991 年，第 28 页。

② 见《全晋文》卷三七庾冰《为成帝出令沙门致敬诏》，严可均辑《全上古三代秦汉三国六朝文》第 2 册，第 1673 页。

存疑,连一向佞佛的何充等人在上奏朝廷时,也承认"有佛无佛,固非臣等所能定也"[①]。可见,佛徒如果要维护佛教的独立性,首先要解决的就是佛之有无以及佛教轮回之说能否成立这样的问题。所以,后面晋宋之际的争论,就落实在有佛无佛的问题上。而从士大夫阶层来看,这不是用神话或者纯粹宗教信仰就能解决的问题,而需要从哲学层面上论述,即从士大夫所共同遵循的理的层面上去论证它,于是形神论构成这一论理的主题。

佛教神不灭论,虽在佛教教义中展开,但它的整个论辩,采用晋宋时代流行的辩论方式。由神不灭者阐述基本观点,然后引出神灭论者的问难,再由前者以深入辩析的方式,最终维持并深化神不灭的观点。这方面的主要论文,有郑道子(鲜之)的《神不灭论》、慧远《沙门不敬王者论·形尽神不灭第五》以及宗炳的《明佛论》(一名《神不灭论》)。

郑道子的神不灭是这样展开的。世人"多以形神同灭,照识俱尽"[②],传统的孔教虽然阐述了仁义,但于"神明之本,绝而莫言"。世人对于佛教至理,悠悠莫信,所以,作者要究形神之理。作者认为形与神汇合在一个具体的生命中,但它们是两种东西。"神体灵照,妙统众形。形与气息俱运,神与妙觉同流,虽动静相资,而精粗异源。"既然是不同的两种东西,所以神不会随形而灭。问难者提出:形神虽为二物,且有精粗之异,但既然相依而存,那么形灭神何所依?对此,作者进一步引出水与水理、火与火理、万物与太极之论。水火之理,不随具体的火水而尽,而衍于各种水火之中,太极两仪,总此万物。可见理在物先,太极之道,存于万物之先。作者以此而论形与神的关系,其实已经进入一种辩证的

① 《全晋文》卷三二何充《奏言沙门不应敬王者》,严可均辑《全上古三代秦汉三国六朝文》第2册,第1641页。

② 以下郑道子《神不灭论》引文均自《弘明集》卷五,第28—29页。

物理论与本体论的范畴,实际已经离开形神问题。因为形与神的关系,是一种生命现象,不同于物与理的关系,更不同于太极这样本体与万物的关系问题。作者这样的论述,显然无法说服对方,因为对方论点的关键,在于形神相依存,形尽神无所附,既然无所附,则对于一个具体的生命来说,就是神随形灭。作者所说的水之理、火之理,其实质相当于我们所说的人类生命的一般规律,或者也是人之理、人之性。将这种人类生命规律、人性曲解为形神之神,其实已经偷换了概念。作者接下去又用薪火之喻,以火喻神,以薪喻形。薪与火是不同的东西,薪火相凑而生火,薪虽尽而火之理仍在。这样的论述,仍然陷入前面所说逻辑上的矛盾之中。接着对方问出一个更为实质性的问题:既然神不待形而能自存于物之先,或者自存于一个具体的生命之外,那么就佛理而言,何不直接去陶铸这个神本身?无须待形而济。对于这样的问难,作者的回答却是十分巧妙的:

> 神虽不待形,然彼形必生。必生之形,此神必宅。必宅必生,则照感为一,自然相济。自然相济,则理极于陶铸。陶铸则功存,功存则道行,如四时之于万物,岂有心于相济哉?理之所顺,自然之所至耳。[1]

他认为神虽不待而存,但形却必须产生。必生之形,就有神来宅,故须陶铸神明,以尽其理。这个观点,虽然其论述的前提即成佛之说是虚无的,但作为一般的精神理论,却有其合理性。人类的个体生命一旦存在,其精神发展的道路也已设定。所谓穷神尽性,实现作为人类的一种圆满性,是任何一派的道德哲学都要强调的。最后问难者提出的一个问题,就是既然形神两分,神妙形粗,那么行为的主体,究竟是神还是形呢?从神妙之说,神应该

---

① 僧祐《弘明集》卷五,第29页。

不会造作罪福,造作罪福的应该是形。何以此独立于形之外的神,却要作为在不同生命体中轮回的主体呢?这也是一个深刻的质问。作者回答说:神与形异,则相互为用,在具体生命体中,有贤愚之别、造福为罪之异,这一切都是形神相互为用而发生的,所以神不可能独外于形。而形体虽不生生流转,但神不灭,所以神在不同生命体中承受罪福之报。这让我们想起陶渊明《神释》中神对形的表白:“结托善恶同,安得不相语?”[1]形神为两物而共存,形神结托而为善恶之主,仅就这一点来说,陶渊明的这个观点,是吸收了佛教徒的说法的。

慧远的《形尽神不灭论》是作为其系列论辩文《沙门不敬王者论》中的一部分而存在的,其形神说也与其整个佛教理论联系在一起。慧远首先将信仰佛教者分为在家与出家两部分。在家者是顺化,虽信佛而仍过着世俗的生活,当然应该遵守世俗的各种礼仪与道德规范。出家者摆脱世俗生活的羁绊,是不顺化者:“达患累缘于有身,不存身以息患。知生生由于禀化,不顺化以求宗。”[2]其人生从外形到内容,都与世俗不同,所以无须按世俗之礼来对待王者。光从这一点来说,还是比较浅显的道理。其佛学之义的深奥之处,在于对上述“不存身以息患”、“不顺化以求宗”的佛教宗旨进一步阐述,并由此而引出形神问题。他认为大千万物,唯有灵与无灵两类。有灵者有情于化,无灵者则无情于化。人类是有灵者,所以有情于化:“有情于化,感物而动,动必以情,故其生不绝。其生不绝,则其化弥广而形弥积,情弥滞而累弥深,其为患也,焉可胜言哉?”所以佛教之理,在于不顺化而求宗极:“是故反本求宗者,不以生累其神;超落尘封者,不以情累其生。

① 《陶渊明集》卷二《神释》,第 36 页。

② 以上见僧祐《弘明集》卷五释慧远《沙门不敬王者论·在家第一》《沙门不敬王者论·出家第二》,第 30—31 页。

不以情累其生，则生可灭；不以生累其神，则神可冥。冥神绝境，故谓之泥洹。泥洹之名，岂虚称也哉?”[①]这冥神绝境的思想，就是慧远阐述形尽神不灭之说的意图所在。所以，与郑道子的形神论基本上遵循着传统的论辩方式、遵循着一种理性的辩论原则不同，慧远的神不灭，带有浓厚的佛教先验立场，并非以一种平等的态度来讨论有佛或无佛、神灭或神不灭的问题，而是直接从佛教立场，来讨论形神的问题。他虽然也在前面介绍了神灭论者的观点，但不愿以循事实、讲道理的方式进行辩论，而是认为他们拘泥于常识而生疑，不足以与闻大道。这种论辩方式，才是真正的宗教的论述方式，也可以说是神学式的论辩。在道教方面，葛洪《抱朴子·论仙》等篇，就是以这种常识不足以否定玄妙至理、见闻不足以断定神仙之无这样的论述来进行的。这个毋宁说是包括佛道在内的一切宗教神学家常用的论述方式。

与所有的主张神不灭论者一样，慧远强调形神为两物，强调神的“精极”，并进一步以情数之变的幽妙难知来杜绝神灭论者根据经验事实所得到的结论：

> 夫神者何耶？精极而为灵者也。精极则非卦象之所图，故圣人以妙物而为言，虽有上智，犹不能定其体状，穷其幽致，而谈者以常识生疑，多同自乱，其为诬也，亦已深矣。将欲言之，是乃言夫不可言。今于不可言之中，复相与而依稀。神也者，圆应无生，妙尽无名，感物而动，假数而行。感物而非物，故物化而不灭；假数而非数，故数尽而不穷。有情则可以物感，有识则可以数求。数有精粗，故其性各异；智有明暗，故其照不同。推此而论，则知化以情感，神以化传。情为化之母，神为情之根。情有会物之道，神有冥移之功。但悟

① 僧祐《弘明集》卷五释慧远《沙门不敬王者论·求宗不顺化第三》，第31页。

彻者返本,惑理者逐物耳。[①]

慧远还是在他的不顺化而求宗的思想里论形神的。他在形神的概念之中,又引入情、数的概念,以情为化生之根本,而以神为情之根。情是生命在现实中存在的一种直观体现,相对于形质的活动如气息而言,情感是比较细致的东西,但情感说到底还是生灭变化,只有神才是圆应无生,妙尽无名,它是情之根。说到这里,慧远已经将神并不随物而尽的道理说清楚了。那么神又是怎样体现的呢？神虽圆应无生,妙尽无名,但却感物而动,依数而行。这样说来,神并不是独立自在的,还是要体现于物、数之上。到了这里,我们就知道,慧远的神不灭说,还是没有能够真正说服神灭论者。他和前人一样,最后只能将神归于不可知。而这个"不可知",便是有神论者所说的神之一种呈现。慧远也援引传统思想而论述其佛学神不灭说,如引《庄子·大宗师》中的死亡为返真之说,又引"黄帝之言曰,形有靡而神不化",认为这些说法,"虽未究其实,亦尝傍宗而有闻焉"[②],即是说这些虽非从佛教发明,但也有见于神不灭之理。这就是会通佛与黄老、老庄的地方了。从这里我们了解到东晋南朝形神哲学与传统形神观的渊源关系。

宗炳的《明佛论》又名《神不灭论》,这两个同时使用的题目,比诸家更直接地挑明晋宋持神不灭论者,宗旨即在于证明佛的存在,或是证明成佛之道的可行性。宗炳也是当时由儒入玄、入佛的士大夫人物的典型。宗氏早年以居丧过礼为乡闾所称,后以栖逸为高,精于言理,爱乐山水。后入庐山,"就释慧远考寻文义"[③]。他的《明佛论》,正是要大畅慧远念佛、神不灭的宗风。其论情欲

---

① 僧祐《弘明集》卷五释慧远《沙门不敬王者论·形尽神不灭》,第32页。

② 僧祐《弘明集》卷五释慧远《沙门不敬王者论·形尽神不灭》,第32页。

③ 《宋书》卷九三《隐逸·宗炳传》,第8册,第2278页。

与顺生、去情欲以使神独存的成佛之道，正是来自慧远之论，但阐述得更加通俗：

> 夫生之起也，皆由情兆。今男女构精，万物化生者，皆精由情构矣。情构于己，而则百众神受身，大似知情为生本矣！……况今以情贯神，一身死坏，安得不复受一身生死无量乎？识能澄不灭之本，禀日损之学。损之又损，必至无为。无欲欲情，唯神独照，则无当于生矣！无生则无身，无身而有神法身之谓也。①

这即是慧远不顺化以求宗的意思，同时又用老子为道日损之说，所谓“神法身”，即成佛之效也。慧远和宗炳都将有情与无情作为顺化与存神的区别。后来禅宗五祖弘忍向六祖慧能传法之偈云：“有情来下种，因地果还生。无性即无种，无性亦无生。”②此偈有助于我们理解慧远、宗炳的有情无情之论。正如其“明佛”这个题目所反映的，宗炳此论斤斤于凡人成佛之说，其认为成佛之依据，在于神之不灭。他甚至举最极端的桀纣为例，认为桀纣虽极恶，但其识神之中，仍有一种知道尧舜为善、己为恶的神识在。如果他们在累生之中，不再为帝王，就有可能逐渐地除其恶而回归其尧舜之善。如此，则往劫之桀纣都有可能成为将来之汤武。其所凭借的，正是累生流转而不灭的识神。可见凡人成佛是完全可能的。

宗炳的《明佛论》虽然论述繁复，但宗教热情多于理论思辨。他认为世人局限于常识，只读周孔之书，不能旷以玄览，所谓“中国君子，明于礼义而暗于知人心”，又怎么能知道“得焉则清升无穷，失矣则永坠无极”的精神之道？也因此，人们不信“精神不灭，

① 僧祐《弘明集》卷二宗炳《明佛论》，第11页。

② 释道原撰《景德传灯录》，冯国栋点校，中州古籍出版社，2019年，第59页。

人可成佛”的道理。这个精神之道,当然就是佛教神不灭之说。他甚至以惊耸之语说,世人“乃欲率井蛙之见,妄抑大猷,至独陷神于天穽之下,不以甚乎”?具体表现在阐述神不灭的理论方面,他的论述方式与罗含《更生论》接近,但更加推衍繁复。其大意是认为众生无穷,生命必有所来,有所去,有一种独立于具体的生命之外的东西,这种东西就是“神”,它是“逸于生表”。他引《易经》中“一阴一阳之谓道,阴阳不测之谓神”,这个“神”,就是群生所禀之神。具体到不同人物,其神自有精粗之不同,因而有愚智等之差别,但是作为群生之神之本体,却是一致的:“群生之神,其极虽齐,而随缘迁流,成粗妙之识,而与本不灭矣。”这里又将神分为本与末,并增加“识”这样一个概念。他所陷入的困境,是将生命的本体论与具体生命中的活动精神混为一谈。或许这是有神论者不得不采取的一种论辩方式。

作为论证神不灭,即神“本立于未生之先,则知不灭于既死之后”[①]的依据,宗炳还从人生病临终而精神不爽来论证,认为神是独立于形的。另一个论述的方式,则是众家常用的舜生于瞽叟,但不传瞽叟之神,商均生于舜,而不传舜之神,用此说明神是独立于形体之外的,神另有所受。这种讨论方式,以今天的认识来看,其不切理之处,也是很明显的。人的品格能力虽有遗传的成分,但更主要的是后天因素的作用。他们这样认识,是将人类的复杂性简单化了。

佛学神不灭论,在思想上是对形神问题讨论的推进,使形神哲学得以成立。其最大贡献,在于对人类精神问题的重视,强调人类存在的精神性质。在认识上,则从相反方面推进了有无神论者思想的深入。

---

① 以上《明佛论》引文均见僧祐《弘明集》卷二,第10页。

四、晋宋之际持无神论的何承天、陶渊明的观点

无神的意识，也应该很早就出现。无神论的正式形成，却是与各种有神论的刺激有关。从这个意义上，可以说二者是同步发展，但在某个特定时期的势力与影响，却并不都是均衡状态。汉魏晋南北朝是无神论长足发展的时期，但其实际的影响，却不如有神论。因为有神论有宗教甚至政治等强大的背景力量。就政治一方面来讲，从汉魏之际到两晋，有过一段统治阶层对包括佛、道在内的各种宗教的抵制时期。我们甚至可以将上面提到的东晋庾冰、桓玄命令沙门敬王者，看作是统治者抵制宗教这一历史状态的最后表现。但到了刘宋时期，经过宋文帝与群臣的议佛，认识到佛教的教化功能后，可以说进入南朝政治与宗教结盟、联姻的时期。在这样的背景下，无神论的影响无法与有神论相比。南齐时竟陵王萧子良敬信佛教，而其府官范缜却盛称无佛，并著《神灭论》，“此论出，朝野喧哗，子良集僧难之而不能屈”[①]。范缜在南齐时，曾与梁武帝萧衍为同僚。等到萧衍当了皇帝，曾命臣下答范论，答者六十四人[②]，并且梁武帝亲自撰写《立神明成佛义记》。由此可见，进入南朝时期，实际上有神论占据了上风。值得注意的是，双方在讨论这个问题时，还是本着一种学术的立场，即使是梁武帝，在《敕答臣下神灭论》时也说：“位现致论，要当有体，欲谈无佛，应设宾主，标其宗旨，辨其短长，来就佛理，以屈佛理。则有佛之义既踬，神灭之论自行。岂有不求他意，妄作异端，运其

---

① 《梁书》卷四八《儒林·范缜传》，第3册，第670页。

② 见僧祐《弘明集》卷一〇，第61—69页。

隔心,鼓其腾口,虚画疮痏,空致诋诃?"[①]措辞虽然严厉,但却没有说这是不能讨论的问题,只是认为讨论的方法不对。

前面说过,有神与无神的讨论,最早是在探讨神仙道术是否有效以及鬼神之有无等问题时发生的。而无神论者的起源,实可溯至桓谭、王充等人。老庄一派的自然生命以及儒家的不言怪力乱神,蕴藏着一种无神观念,但并不明确。《淮南子》是倾向于自然死亡观念的,其《精神训》曰:"古未有天地之时,惟像无形,窈窈冥冥,芒芠漠闵,澒濛鸿洞,莫知其门。有二神混生,经天营地,孔乎莫知其所终极,滔乎莫知其所止息,于是乃别为阴阳。离为八极,刚柔相成,万物乃形,烦气为虫,精气为人。是故精神天之有也,而骨骸者地之有也,精神入其门,而骨骸返其根,我尚何存?"[②]《淮南子·主术训》也有类似说法:"天气为魂,地气为魄。反处玄房,各处其宅。"[③]这是说人的形与神,分别来自天地阴阳二气,而最后又各归于天地,这是属于无神论的一种观念。但其中毕竟还是使用"魂"这样的概念,容易产生不同的理解。后来道教的形神论,就改造了《老》《庄》和《淮南子》这一派而变成道教的一种形神论。而佛教徒如持神不灭论者宗炳,就引此论证神之不灭,而范缜则认为这是说"形销于下,气灭于上"[④],同样也是来自《淮南子》的说法。可见道家的形神论,同时为有神与无神两派所用。在讨论形神问题时比较明确地提出神灭观点的是桓谭的《新论》,他以火烛同归于灭来论形神共灭。他的这种观点是明显针对"欲变易其性,求为异道"[⑤]的神仙

① 僧祐《弘明集》卷一〇,第61页。

② 《淮南子》卷七,《诸子集成》第7册,第98页。

③ 《淮南子》卷九,《诸子集成》第7册,第127页。

④ 《全梁文》卷四五范缜《答曹思文难神灭论》,严可均辑《全上古三代秦汉三国六朝文》第4册,第3211页。

⑤ 《全后汉文》卷一四桓谭《新论·祛蔽第八》,严可均辑《全上古三代秦汉三国六朝文》第1册,第545页。

可学之说。但其火烛之喻，也为主张神灭与神不灭的双方共同引用，并各自给出完全不同的解释。

晋宋之际的无神论，与有神论有共同背景，其针对的问题，就是成佛及三世轮回的生命观，其中也包括源于传统的果报思想而加入许多新的内容如鬼魂、地狱等学说。关于有神与无神发生的逻辑关系，我们前面说过，佛教在传播中遇到许多阻力，其中一种就是无神论。这种无神论可以视为人们根据自然经验而具有的一种意识。当然，这种意识经过无神论先驱思想家的启发而成为士人群体共同拥有的观念，甚至可以说带有思潮的色彩，至少疾虚妄可以被视为汉魏晋之间士群中的一种思潮。晋宋之际的佛徒与信士之所以用那么大的精力来阐述神不灭之说，表面看是一种非理性生命观的重占上风，实际上是他们正面对着越来越清晰、已被大部分士大夫接受的自然死亡观念。这是经历东晋与南朝多个朝代的形神讨论之所以由有神论者首先发起，而无神论者也立即起而与之辩论的历史真相。最早罗含著《更生论》，孙安国即寄书提出异议。后来宗炳著《明佛论》、何承天著《达性论》维持传统的生死自然之说，而颜延之著《答何衡阳达性论》与之辩论。双方来往，反复辩论。

郑道子、慧远、宗炳等人的有神、神不灭之说的论证方式，是首先陈述对方无神论的观点，剔除他们在叙述中的一种批评倾向之后，这些观点可以作为当时不接受或者未接受佛教的士大夫群体的朴素的形神观和生死观。郑道子《神不灭论》开头即说世人观点："多以形神同灭，照识俱尽。"[①]慧远《沙门不敬王者论·形尽神不灭第五》记述持神灭论的"问者"的一番话，也是当时持神灭论一派士大夫的基本观点：

① 僧祐《弘明集》卷五，第28页。

问曰：论旨以化尽为至极，故造极者必违化而求宗；求宗不由于顺化。是以引历代君王，使同之佛教，令体极之至，以权居统，此雅论之所托，自必于大通者也。求之实当，理则不然。何者？夫禀气极于一生，生尽则消液而同无；神虽妙物，故是阴阳之所化耳。既化而为生，又化而为死。既聚而为始，又散而为终。因此而推，固知神形俱化，原无异统；精粗一气，始终同宅。宅全则气聚而有灵，宅毁则气散而照灭。散则反所受于天本，灭则复归于无物。反覆终穷，皆自然之数耳。孰为之哉？若令本异则异气数合，合则同化，亦为神之处形，犹火之在木，其生必存，其毁必灭。形离则神散而罔寄，木朽则火寂而靡托，理之然矣。假使同异之分，昧而难明；有无之说，必存乎聚散。聚散，气变之总名，万化之生灭。故《庄子》曰："人之生，气之聚。聚则为生，散则为死。若死生为彼徒苦，吾又何患?"古之善言道者，必有以得之。若果然耶，至理极于一生，生尽不化，义可寻也。[①]

这段话，从其语气与逻辑来看，应该是有人对慧远的求宗不顺化的观点提出质疑。慧远所说的宗或宗极，即指成佛的宗旨，而化则是指自然的化生，亦即世俗所理解的人类社会的生生死死。这个"化"的概念，其实来自《庄子》，即后来哲学家所阐述的自然运化。这反映了旧的自然生命观观念。慧远熟谙老庄，用这个"化"涵括世俗社会的一切，并且在其中加入了情感化生、生生流转、轮回果报、不得解脱的佛教化生的新义蕴，用它来指称世俗的生死及一切人事安排。为了阐明成佛的宗旨，慧远提出不顺化以求宗的教义，并且认为只有顿悟这个宗极，才能摆脱陷于情累、陷于生死流转之途的"化"，悟得宗极，达到涅槃成佛的境界。这

---

① 僧祐《弘明集》卷五，第32页。

就是慧远不顺化以求宗之说的核心观点。慧远为了阐述成佛的可能，举了历代君王的一些事迹，尽量把这种传统的仙圣事迹往佛教方面去解释，认为他们虽然没成佛，但却是历世轮回中接近佛教之统的，即他们在轮回中暗合了佛的教义，所以他们是“以权居统”。这就等于是说所有从无始开始的生命，曾经存在过的所有人类，都是处于轮回中的众生，而其中的圣贤及帝王，实接近佛的统系。这一套新的轮回与成佛的生命观，在当时影响很大，但士大夫群体中一些仍持自然观的人，对此提出异议。上引这一段话，即是他们的异议，也是神灭论派的形神论。神不灭论者的一个重要观点是神妙形粗，并进一步将神与佛教的妙觉结合一处讲。这个观点，是对精神现象认识的深刻化，但它是用来论证神不灭这个主题。神灭论接受了形、神是两种不同东西构成的看法，神妙形粗，他们认为形、神虽不同，但都是阴阳化生的，就是说它们都是物质性的，神这种非物质的东西，也是寓于形这种物质性的东西里面，所以本质上仍是一种物质，是物质的运动形式。形与神始终结合在一起：“神形俱化，原无异统；精粗一气，始终同宅。”人死亡后，形神都复归于天地，不存在佛教所说的更生与轮回。

上述神灭论观点，虽是由慧远这位神不灭论者转述，但却相当准确地概括了神灭一派的观点。我们现在所能看到与这个神灭论很相似的一种文本，即是陶渊明的生死观。陶氏生命观在许多方面，可以说与慧远的观点相对立。陈寅恪认为陶渊明的思想属于崇尚自然的一派，是一种与旧自然观有所不同的新自然观[1]。逯钦立曾经指出陶渊明的《形影神》是直接与慧远的佛教形影神观念相对立的[2]。这两个看法都触及问题本质，但由于他们并没

---

① 陈寅恪《陶渊明之思想与清谈之关系》，《陈寅恪集·金明馆丛稿初编》，第201—229页。

② 逯钦立《从〈形影神〉诗看陶渊明的玄学观》，《陶渊明集》附录一，中华书局，1979年，第213—222页。

有从形神思想及魏晋自然观的发展历史来探讨这个问题,所以对此晋末思想史上的重要事实的认识,尚有不清楚的地方。陈寅恪概括陶氏新自然观的一个要点是委运任化。委运任化当然是陶渊明最重要的思想之一(另一为来自儒家的固穷守节),是其在生命实践中的新体验。但是陶渊明的"化""大化""运化",从思想根源或从范畴的获得来说,则是来自庄子,是其与庄子的最深联系之处。从上面叙述我们已经发现,佛教在这个时期,也将传统的"化"的思想改造为佛学的重要概念,慧远的"顺化不求宗"之说,即是这方面的典型文本。如上所说,慧远将这个"化"改造成佛教生死轮回之说,加入一个作为"化"的主体的"神"。所以,同出于《庄子》,慧远的"化"与陶渊明的"化",形式虽有相似之处,而本质完全不同。这就是陶渊明与慧远的第一层对立。第二层对立则是陶渊明坚持形神俱灭的立场。《形影神》组诗持生必有死之说,《形赠影》诗直言死亡之可悲可惧,《影答形》则说形与影、身与名黯而俱灭之可悲。不仅知有生必有死,而且与汉魏以来坚持理性、杜绝虚妄的诸子一样,反对神仙可学的说法。《形赠影》说"我无腾化术,必尔不复疑",《影答形》说"存生不可言,卫生每苦拙。诚愿游昆华,邈然兹道绝"[1],都是这个意思。《形》诗与神仙之说立异,《影》诗则不但与神仙之说立异,而且对于传统的名教思想及善恶报应思想也有所质疑。上面这两层对立,是明显的。至于第三层对立,即与佛教神不灭说的对立,则是比较隐蔽的。因为神的问题很复杂,不像形、影那样说得清楚。当时传统道家的神君臣形,佛教一派的神精形粗、称神为妙觉,这些思想,都有一定的思辨深度,但他们指出形神的性质不同,分别是为其成仙或崇佛之说提供依据的。陶渊明比较充分地吸收了佛、道两家对形神关系的思辨深度,承认形神为两物,并且承认神是人类的根本:

① 《陶渊明集》卷二,第36页。

“大钧无私力，万物自森著。人为三才中，岂不以我故？与君为异物，生而相依附。结托善恶同，安得不相语？”[①]形神为异物，这一点同于慧远、郑道子等人。形神虽为异物，但既结合在一起，则在善恶的行为方面，就一起承负，并且神是主要的承负者。上文所引郑道子《神不灭论》中，问者提出，既然神与形是可以分离的，那么神为何要对形的行为负责呢？郑道子认为形神相依，那么其行为的善恶，也是共同造就的，神当然不能超然于形上。看来陶渊明是接受了郑道子的这个说法，但陶是持形神俱灭之说，其“老少同一死，贤愚无复数”一句已经将这个观点挑得十分明白，那么接下来神的思想，则是纯粹理性的纵浪大化、纯任自然之理：

> 甚念伤吾生，正宜委运去。纵浪大化中，不喜亦不惧，应尽便须尽，无复独多虑。[②]

上面论述过，这种忘怀生死、纵浪大化的思想，与慧远不顺化而求宗成佛的思想，正好是对立着。两人都对庄子的运化思想有所接受，但结论却完全不同。庄子的运化思想，是其自然哲学生命观的一个重要观点，慧远将其中“化”字改造为佛教，其实是违反了传统的“自然”之义，但他仍以自然之道来标榜佛教之理。陶渊明则是顺着庄子及魏晋旧自然派（用陈寅恪说）来发展自然之义，并以此自然之义来对应当时佛道玄的各种自然之义，所以这一组诗的序中说：“神辨自然以释之。”[③]从这里我们可以看到陶渊明形影神思想，的确是当时崇佛与不信佛、神不灭与神灭讨论中的一种发言，属于神灭论一派。当然，陶渊明形影神思想的深义绝不止于此，他其实已经从单纯形神问题的讨论，走向一种人生哲学的高度。

---

① 《陶渊明集》卷二《神释》，第 36 页。

② 《陶渊明集》卷二《神释》，第 37 页。

③ 《陶渊明集》卷二《形影神》，第 35 页。

陶渊明的生命观中,还有一个与佛教生命思想隐成对立的层次,即陶渊明的人为三才之中思想,与佛教的众生思想的对立。上引《神释》中已经说到,陶渊明一方面从自然角度陈述万物森著的观念,另一方面又强调“人为三才中,岂不以我故”,这就是传统的人为三才之一的思想。陶渊明的这个思想,也是其长期思考生命的一种认识,并非简单接受传统的说法。其早年所作《感士不遇赋》,开篇即云:“咨大块之受气,何斯人之独灵。禀神智以藏照,秉三五而垂名。”[①]他一方面接受《庄子》《淮南子》一派的气化思想,认为万物皆为气聚,人类也是气聚之一种。《庄子·知北游》:“人之生,气之聚也。聚则为生,散则为死。”[②]另一方面则是接受三才思想,以人为万化中最灵智的,禀神藏照。所谓“三五”,龚斌注:“谓三正五行。三正,指天地人的正道。《书·甘誓》:‘有扈氏威侮五行,怠弃三正。’五行,即五常。《荀子·非十二子》:‘案往旧造说,谓之五行。’杨倞注:五常:仁义礼智信是也。”[③]由上述《神释》及《感士不遇赋》可见三才思想所接受的传统生命观。但是这个思想,与佛教的众生思想存在着矛盾。与陶渊明同时的何承天与宗炳、颜延之,就对此二者之间的对立关系有所呈现。

佛教倡众生思想,认为包括人类在内的一切生命都是平等关系,并且能轮回转变,由此则有戒杀生等戒律的出现。在哲学上则是神不灭理论,于政治教化上则是佛教果报之说的流行。它虽然与儒家的仁义之说有相通之处,并且佛教徒也竭力将儒家的仁纳入佛教之中,但根本上说,是佛教向儒家争夺一种教化的正统,以及政治上的正统。当时的儒家士大夫不信佛或未信佛者,意识到这个问题的严重性,起而重新阐述儒家传统的生命观。何承天

---

① 《陶渊明集》卷五,第147页。

② 王先谦《庄子集解》卷六,《诸子集成》第3册,第138页。

③ 龚斌《陶渊明集校笺》卷五《感士不遇赋》,上海古籍出版社,2011年,第392页。

先是致书作《明佛论》的宗炳说:“近得贤从中郎书,说足下勤西方法事,贤者志其大,岂以万劫为奢,但恨短生无以测冥灵耳。”[①]即对其信仰佛教净土之说颇不以为然。当时释慧琳虽然身为佛徒,但却著《黑白论》对轮回果报的说法提出质疑,以佛教的空、无常来说生灭,实际上属于神灭一派。他尝试在儒佛两者之间持均善之论,但实际上是偏向孔、老的立场,尤其是他“幽冥之理,固不极于人事矣！周孔疑而不辨,释迦辨而不实”[②]之说,更是触动佛教果报之说的根本,遭到众僧的反对。何承天在给宗炳的信中,对此也极致不满。因此他著《达性论》,倡传统的三才思想,以与佛教的众生思想对抗。其论云:

> 夫两仪既位,帝王参之,宇中莫尊焉。天以阴阳分,地以刚柔用,人以仁义立,人非天地不生,天地非人不灵。三才同体,相须而成者也。故能禀气清和,神明特达,情综古今,智周万物,妙思穷幽赜,制作侔造化。归仁与能,是为君长。抚养黎元,助天宣德。日月淑清,四灵来格,祥风协律,玉烛扬辉。九谷刍豢,陆产水育,酸咸百品,备其膳羞。栋宇舟车,销金合土,丝纻玄黄,供其器服。文以礼度,娱以八音,庶物殖生,罔不备设。夫民用俭则易足,易足则力有余,力有余则志情泰,乐治之心于是生焉。事简则不扰,不扰则神明灵,神明灵则谋虑审,济治之务于是成焉。故天地以俭素训民,乾坤以易简示人,所以训示殷勤,若此之笃也。安得与夫飞沉蠉蠕并为众生哉?[③]

何承天所谓达性,即达人类之情,也就是展示人类生命的本

① 僧祐《弘明集》卷三何承天《与宗居士书论释慧琳白黑论》,第18页。

② 《全宋文》卷六三释慧琳《均善论》,严可均辑《全上古三代秦汉三国六朝文》第3册,第2780页。

③ 僧祐《弘明集》卷四达性论,第23页。

质。当然,这种本质是在儒家的君臣民物的范畴中阐述的,并且继承汉儒的天道、天志思想。佛教将一切生命总称众生,其实是对传统的君臣民物秩序的一种否定,对于传统的王者为通天地人三才的权威构成一种威胁。何承天则以此观念为核心,大畅天地人三才思想,批评把人类与一切生物混称为众生的佛教教义。这是当时儒佛之争的一个具体命题。晋宋之际的这场儒佛之争始于沙门要不要敬王者这样一个具体的礼节性问题,实际也就是佛教徒要不要承认并服从传统儒家教化的问题。了解了这一点,就能理解何承天何以一开始就强调"两仪既位,帝王参之,宇中莫尊焉"。他这篇论文,与其说是达性,不如说是原儒、原教更为准确一些。

颜延之的《释何衡阳达性论》坚持众生观念,认为众生观念与三才观念并不矛盾,其意是用众生思想来包括和改造三才思想。他抓住传统三才思想以王者参天地的假设性观念,认为所谓人与天地合为三才,是指人中圣智的部分,不是指所有人,所以他认为三才中的"人"是一个具有特定伦理含义的概念,不能概括整个人类。从整个人类立场来说,众生是一个更合适的概念:

> 足下云:同体二仪,共成三才者,是必合德之称,非遭人之目。然总庶类,同号众生,亦含识之名,岂上哲之谥?然则议三才者,无取于氓隶;言众生者,亦何滥于圣智?①

颜延之这里是利用传统三才思想中圣贤与天地合德这一观念,将其扩大为三才概念的全部,当然也利用了儒家"上智下愚不移"的观念所造成的漏洞。对此,何承天运用孟子的"四端"之说、良知之说来加以驳斥,认为颜氏人为地将人类分为两部分是错误的。何氏的思想是符合三才思想原旨的,所谓人与天地为三才,

---

① 僧祐《弘明集》卷四颜延之《释何衡阳达性论》,第23页。

是强调人类的道德本质，这个道德本质，是超越于具体的人类之上的。认识到传统的三才思想与佛教的众生思想在当时的对立与冲突之后，我们再回过头来看陶渊明的《神释》《感士不遇赋》中所表现的三才思想，可以看出陶氏对这种思想不是简单地因循前论，而是有意识地与佛教的众生之说立异。

何承天与宗炳、颜延之的这场争论，当然也是神灭论者与神不灭论者的一次交锋。何氏否定佛教的神不灭、更生之论：

> 至于生必有死，形毙神散，犹春荣秋落，四时代换，奚有于更受形哉？（《达性论》）[①]
>
> 又云：人形至粗，人神实妙。以形从神，岂得齐终？答曰：形神相资，古人譬以薪火，薪弊火微，薪尽火灭，虽有其妙，岂能独得？（《答宗居士书》）[②]

从人类生死之事来说，何承天持神灭论，用以反对佛教的观念。但神灭论不等于无神论。何承天与汉魏晋宋时期的许多不信仙、不信佛的士大夫一样，同时还持有一种泛神甚至有神的立场。这种立场，来源于汉儒的天人学观念，三才思想从广义来说，也正是一种天人相通的观念，所以它无法完全摆脱神学的因素。《达性论》中认为君主"助天宣德"，"天地以俭素训民"，都有神学的色彩，尤其是质疑佛教因为笃信神不灭，故生命轮回有三世乃至历世果报之行时，何承天用了传统的果报之说，甚至坠入传统的升天幻想之中：

> 《诗》云："恺悌君子，求福不回"，言弘道之在己也。"三后在天"，言精灵之升遐也。若乃内怀嗜欲，外惮权教，虑深

---

① 僧祐《弘明集》卷四，第22页。

② 僧祐《弘明集》卷三，第19页。

方生,施而望报。在昔先师,未之或言。[①]

他在否定佛教果报之说的同时,却用传统果报之说,自然陷入一种逻辑矛盾之中。我们看颜延之的辩论,一下就抓住何承天的这个逻辑矛盾:"复云'三后升遐,精灵在天'。若精灵必在,果异于草木,则受形之论,无乃更资来说,将由三后粹善,报在生天耶?欲毁后生,反立升遐,当毁更立,固知非力所除。若徒有精灵,尚无体状,未知在天,当何凭以立?"[②]颜氏之驳,理据十分充足。他说何承天否定了后生受形的说法,但从根本来说,神就是不灭的,所以又不得不用三后升遐之说来自圆其说。既然三后升遐在天,则必有其神在。对此,何承天却用传统的游魂之说来自解:"又云若同草木,便当烟尽,精灵在天,将何凭以立?夫神魄忽恍,游魂为变,发扬凄怆,亦于何不之?仲由屈于知死,赐也失于所问。不更受形,前论之所明言。所凭之方,请附夫子之对。及施报之道,必然之符,当谓于氏高门,俟积善之庆,博阳不伐,膺公侯之祚,何关于后身乎?"[③]王充在无法解释一切神秘现象时,曾立毒气游魂之说。何承天正是用其游魂之说,但此说实又陷入有神之论而不能自解。而对传统善恶报应之说,何承天认为是指及身及后代,并非指更生之后身。从这里可以看到新旧果报思想的差异。在这个问题上,陶渊明比何承天认识得更加透彻。《神释》诗针对《影答形》诗"立善有遗爱,胡可不自竭"之说,提出"立善常所欣,谁当为汝誉",破除立善有报施的传统思想。而在《感士不遇赋》《饮酒二十首·积善云有报》等作品中,陶氏更是对天道福善祸淫的观念明确提出质疑。由此可见,在无神论观念方面,陶渊明表现得最为彻底。

---

① 僧祐《弘明集》卷四,第22页。

② 僧祐《弘明集》卷四颜延之《释何衡阳〈达性论〉》,第23页。

③ 僧祐《弘明集》卷四何承天《答颜永嘉》,第23页。

五、范缜根据自然之义对神灭之理的论证

第一轮的神灭、神不灭之辩，从整个形式来看，是神不灭论反而占了上风。在此同时，佛教在统治上层与士大夫阶层的势力更趋壮大，自然，庶民阶层的佛教信仰，尤其是天堂地狱之说，也是更加流行。这可以从汉魏六朝有关鬼怪故事、地狱故事的小说中得到印证。南齐武帝年间，文惠太子萧长懋与竟陵王萧子良都崇信佛法，子良尤笃。《南齐书·竟陵文宣王子良传》载："又与文惠太子同好释氏，甚相友悌。子良敬信尤笃，数于邸园营斋戒，大集朝臣众僧，至于赋食行水，或躬亲其事，世颇以为失宰相体。劝人为善，未尝厌倦，以此终致盛名。"[①]范缜正是有鉴于这种情形，而著《神灭论》以明无佛之理。范氏在佛教十分兴盛之时，坚持无神论观点，其在思想上的勇气委实可嘉，并且在观点上不仅集前面神灭论之大成，而逻辑更加严密，达到中国古代无神论思想的高峰。

范缜《神灭论》比之前面诸家神灭之说，最重要的发展是摆脱形神两分之说，提出形神一体、形神关系是质与用的关系的说法：

> 或问予云：神灭，何以知其灭也？答曰：神即形也，形即神也。是以形存则神存，形谢则神灭也。[②]

这是对形神相依关系最为透彻的说明。但有神论者根据生命的物质性与精神性的两种不同现象，仍然强调形之质与神之知为两种东西。针对此说，范缜提出形为质、神为用的形神质用之说：

> 问曰：形者无知之称，神者有知之名。知与无知，即事有

---

① 《南齐书》卷四〇，中华书局，1972年，第3册，第700页。

② 《全梁文》卷四五，严可均辑《全上古三代秦汉三国六朝文》第4册，第3209页。

异;神之与形,理不容一。形神相即,非所闻也。答曰:形者神之质,神者形之用。是则形称其质,神言其用。形之与神,不得相异也。[①]

有神论者又用一种唯名论的方式,提出神与形既为两名,应有两实。对此,范缜进一点提出著名的刀与利的譬喻,来阐述形神体用关系的本质:

问曰:神故非用,不得为异,其义安在?答曰:名殊而体一也。问曰:名既已殊,体何得一?答曰:神之于质,犹利之于刀。形之于用,犹刀之于利。利之名非刀也,刀之名非利也。然而舍利无刀,舍刀无利。未闻刀没而利存,岂容形亡而神在?[②]

质用关系,亦即哲学上的体用关系。虽然桓谭的火烛之喻已隐藏此理,但前面诸家都畅而未发,范缜此论是对生命的物质形式与精神现象之关系的思辨上的重要进展。有神论者的一种辩论或者思考方式,是将神与形都加以抽象或者形而上学化,形是物质,神是精神,这从哲学范畴来说,当然没有问题。但是如果直接用这个命题来指称现实的、具体的各种物质与精神现象,就会发生以抽象来取代具体、以总名来替换个别的逻辑上的错误。在范缜的《神灭论》中,质问一方,亦即持有神论者的一方,就是用这种错误逻辑不断质疑。第一步是将人的形质与木的形质等同而论,认为人的质即木之质,但人有知而木无知,以此说明木只有质,而人是有知有质,可见神与质是可以分离的。范缜当然没能指出这里面的逻辑错误,但他用生人之质非死人之质、荣木之质非枯木之质来论述这个问题,进一步阐述所谓神与质,原是一体

① 《全梁文》卷四五,严可均辑《全上古三代秦汉三国六朝文》第4册,第3209页。
② 《全梁文》卷四五,严可均辑《全上古三代秦汉三国六朝文》第4册,第3209页。

的两面。人死后，神不存在，质也非复生人之质，而是死人之质。对方另一个辩说的方式，是用人类整体的形与神的抽象概念来讨论具体的个人，认为圣人与凡人都是人类赋形，从生命肉体来说是同性状的，为何在精神上却有如此大的区别？对此，范缜作了这样的答复：

> 问曰：圣人形犹凡人之形，而有凡圣之殊，故知形神异矣。答曰：不然，金之精者能昭，秽者不能昭。有能昭之精金，宁有不昭之秽质？又岂有圣人之神，而寄凡人之器？亦无凡人之神，而托圣人之体。是以八采重瞳，勋华之容，龙颜马口，轩皞之状，形表之异也。[①]

对方的逻辑，其实与他将人之质与木之质等同而论是一样的错误。范缜用一种经验的感性方式来反驳对方的观点，其实也是陷入形质两分的谬误中，认为存在着圣人之质、圣人之神，以及凡人之质、凡人之神，这就陷入一种唯心的命相学的旧辙中。这也说明，要认真讨论清楚人类生命中的精神现象与物质现象的关系，是一个十分复杂的哲学问题。

另一个问题，是关于生命中的神作为一种整体现状，与具体生命活动中心脑与手足、五官等的不同表现，即心之能感能虑与五官的各有所感而不能虑的问题的讨论：

> 问曰：形即是神者，手等亦是邪？答曰：皆是神之分也。问曰：若是神之分，神既能虑，手等亦应能虑也。答曰：手等亦应能有痛痒之知，而无是非之虑。问曰：虑为一为异？答曰：知即是虑，浅则为知，深则为虑。问曰：若尔，应有二乎？答曰：人体惟一，神何得二？……
>
> 问曰：五藏有何殊别，而心独有是非之虑乎？答曰：七

---

① 《全梁文》卷四五，严可均辑《全上古三代秦汉三国六朝文》第4册，第3210页。

穷亦复何殊,而司用不均。[1]

主张形神可分者的观点,其实代表一种感性的、非理性的泛神论观点,将生命中整体表现出来的精神现象,分割为身体各个不同器官的神。道教的一些神秘修炼学说,就是建立在这种泛神论之上,如我们前面讨论的《黄庭经》就是这样。甚至传统医学,也在一定程度上借助这种泛神论观点来说明复杂的生命机理。范缜的"人体惟一,神何得二",认为分而言之,有手足之感、心器的是非之虑,但"神"即存在于整个生命体的活动之中。就当时的思辨能力与科学认识而言,范缜对人类精神现象与身体活动现象的分析,可以说是达到了思辨的高度。

范缜论神灭之理,力破有神之论,以见果报轮回、超生成佛诸说之荒唐。他力斥"浮屠害政,桑门蠹俗",人们因为害怕地狱,向往天堂,破产事佛而不恤亲戚,不怜穷匮。究其实,是"厚我之情深,济物之意浅",甚而弃其亲爱,绝其嗣续,致国家吏员减少,兵员不足。也许是为了顾及像竟陵王这样王室成员的面子,范缜并未直接批评他们的佞佛行为,但"浮屠害政"四字,已经将意思说得十分清楚。文末以自然适性来论说生命之理及人生应有的态度:

> 若陶甄禀于自然,森罗均于独化,忽焉自有,恍尔而无。来也不御,去也不追,乘夫天理,各安其性。小人甘其垄亩,君子保其恬素。耕而食,食不可穷也。蚕而衣,衣不可尽也。下有余以奉其上,上无为以待其下。可以全生,可以匡国,可以霸君,用此道也。[2]

这是用道家自然之说以及玄学的无为独化之论来阐述生命之理。

---

① 《全梁文》卷四五,严可均辑《全上古三代秦汉三国六朝文》第4册,第3210页。

② 《全梁文》卷四五,严可均辑《全上古三代秦汉三国六朝文》第4册,第3211页。

上面我们讨论到，陶渊明以“神辨自然”来阐述其生命哲学，主张委运任化。范氏此论，正与其接近。可见当时士大夫主张神灭、持无佛之论者，多是用道家自然生命哲学的原义，亦即南北朝批评佛教者，除持儒家教化之说外，又同时奉持道家自然之义。佛教原本持空无之说，与道家无为之说有所会同，但自果报之说兴，并且慧远一派又有念佛往生西天之诱，甚至用佛迹来附会历代君主之行，用佛义来解释传统圣贤之说，佛教变悟空为执有，其诱人之力，远过于神仙道教，所以士大夫重拾道家自然之义来破佛教教义。武周时期，武则天佞佛尤深，大兴浮屠，陈子昂《感遇》诗其十九，即批评她的这种行为，其所用者仍然是道家无为之说：

> 圣人不利己，忧济在元元。黄屋非尧意，瑶台安可论？吾闻西方化，清净道弥敦。奈何穷金玉，雕刻以为尊？云构山林尽，瑶图珠翠烦。鬼功尚未可，人力安能存？夸愚适增累，矜智道愈昏。①

陈氏首倡圣人不利己之说，正是因为武则天这样的统治者的奉佛，与秦皇、汉武的求仙一样，是一种利己的行为，即范缜所说的“厚我之情深，济物之意浅”。其所说“黄屋非尧意”，所本正是玄学圣人居名教而意在自然。这两条一为儒家济民不利己之说，一为道家无为之说。接着说佛教的原义也在于悟空，以清静为高。之后则叙述兴造浮屠、雕刻佛像之靡费，惊呼此非民力所能承受。最后是大张象教之事，在炫愚惑俗，任智而迷道，都与佛教的原义相反。他这里所批评的，正是南北朝君主的佞佛行为，而其立意在于自然无为。在这一点上，陈氏的思想与陶渊明、范缜一派非佛的士大夫是一脉相承的。而以自然、清静来说佛教，正与同时兴起的慧能的禅宗思想相通。

---

①　陈贻焮主编《增订注释全唐诗》卷七二，文化艺术出版社，2001 年，第 1 册，第 580 页。

六、佛教有神论影响的扩大

范缜著《神灭论》问世后,与齐梁间崇佛之风产生了很大的抵触。齐竟陵王萧子良组织僧徒与之辩论,但“难之而不能屈”①。梁武帝萧衍与范氏“有西邸之旧”②,两人关系不错,但萧衍佞佛远过于前面宋齐诸帝,感觉范氏神灭论不破,对佛教信仰是一个很大的危险,因此亲自写作《敕答臣下神灭论》。他先是批评范论不符合辩论的体制,没有“就佛理以屈佛”,意思是说范缜没有将佛教经论所阐述或包含的神不灭的观点陈列出来,然后加以辩论,所以说范论是“妄作异端,运其隔心,鼓其腾口,虚画疮痏,空致诋诃”③。除了这种纯属诋毁式的话语外,就是强调佛理之广大、影响之深远,认为范缜对有神、有佛的怀疑,是以有限的经验来估测无限的奥秘:

> 笃时之虫,惊疑于往来;滞甃之蛙,河汉于远大。其故何也?沦蒙怠而争一息,抱孤陋而守井干,岂知天地之长久,溟海之壮阔?孟轲有云:“人之所知,不如人之所不知。”信哉!④

前面论述葛洪的神仙之说,强调经验之识、耳目闻见之有限,不能据未知未见就断言仙鬼之无。这其实是有神论者用来反驳无神论的常用逻辑。萧衍等有神、有佛论者,同样是以此为最大的理由。萧衍正面论述有神的论辩,简单而陈旧,即有神有鬼论者常用的举典籍书证的论述方式:

> 观三圣设教,皆云不灭,其文浩博,难可具载。止举二

---

① 《梁书》卷四八《儒林·范缜传》,第3册,第670页。

② 《南史》卷五七《范缜传》,中华书局,1975年,第5册,第1422页。

③ 僧祐《弘明集》卷一〇《大梁皇帝敕答臣下神灭论》,第61页。

④ 僧祐《弘明集》卷一〇《大梁皇帝敕答臣下神灭论》,第61页。

> 事，试以为言。《祭义》云："惟孝子为能飨亲。"《礼运》云："三日斋，必见所祭。"若谓飨非所飨，见非所见，违经背亲，言语可息。神灭之论，朕所未详。①

萧衍既引《孟子》"人所知不如其不知"之论，却不愿意接受《孟子》"尽信书不如无书"之说。王充《论衡》就是专门驳斥儒书中的虚妄之辞，范氏用来回答问者关于神鬼的记载，即归之于异物之说，正是继承王充的思考方式。而神道设教之说，也是从前儒家诸子已经阐述清楚的问题。范缜《神灭论》中，曾对神道设教的问题加以论述：

> 问曰：形神不二，既闻之矣；形谢神灭，理固宜然。敢问经云："为之宗庙，以鬼飨之。"何谓也？答曰：圣人之教然也，所以弭孝子之心，而厉偷薄之意，神而明之，此之谓矣。②

萧衍著论答范氏《神灭论》，虽然没有明确提到范缜，但臣下皆知其意之所指。华严寺僧人法云作书给王公朝贵，赞扬梁武帝阐明佛教三世之理，要求众人"同挹风猷，共加弘赞"③。于是梁廷臣子六十三人纷纷效法写答《神灭论》之文，其中包括尚书令沈约、御史中丞王僧孺、吏部尚书徐勉、豫章王主簿王筠、太子中舍人陆倕、五经博士明山宾等著名的文人学者。如右仆射袁昂答曰："夫识神冥漠，其理难穷，粤在庸愚，焉能探索？近取诸骸内，尚日用不知，况乎幽昧？"④侍中蔡僔答曰："神理玄妙，良难该辨。"⑤观其所持之论，多是附会武帝之论，以神明绝妙难知，非浅识所测之类为口实。

---

① 僧祐《弘明集》卷一〇《大梁皇帝敕答臣下神灭论》，第 61 页。

② 《全梁文》卷四五，严可均辑《全上古三代秦汉三国六朝文》第 4 册，第 3210 页。

③ 僧祐《弘明集》卷一〇《华严寺法云法师与公王朝贵书》，第 61 页。

④ 僧祐《弘明集》卷一〇《右仆射袁昂答》，第 62 页。

⑤ 僧祐《弘明集》卷一〇《侍中蔡僔答》，第 64 页。

梁廷众朝臣答《神灭论》之文,是典型的表态文章,内容无非是歌颂君主睿圣:“皇上穷神体寂,鉴道居微,发德音则三世自彰,布善言而千里承响。”[①]其所持之论,多是简单地赞附上述萧衍所提出的经籍中的两条证据。值得注意的是其中有好几位对法云和尚自称弟子,多人自称向来崇信佛教,一直是持神不灭之论,以神灭论为骇异之说。如文学家沈约说:“神本不灭,久所伏膺,神灭之谈,良用骇惕。”[②]中书令王志说:“弟子夙奉释教,练服旧闻。”[③]黄门郎徐绲说:“弟子归向早深。”[④]五经博士陆琏说:“弟子门宗三宝,少奉道训。”[⑤]这些陈述材料对南朝士族佛教门业历史事实有参考价值。

萧衍答文及群臣之论在阐述有神之论时,都强调儒释两教共同的宗旨,援儒以入佛。其中以五经博士明山宾之论最具代表性:

> 论者限以视听,岂达旷远?目睹百年,心惑三世,谓形魄既亡,神魂俱灭。斯则既违释典,复乖孔教矣,焉可与言至道,语妙理者哉!夫明则有礼乐,幽则有鬼神。是以孔宣垂范,以知死酬问;周文立教,以多才代终。《诗》称“三后在天”,《书》云“祖考来格”。且濠上英华,著方生之论;柱下睿哲,称其鬼不神。为薪而火传,交臂而生谢。此皆陈之载籍,彰彰其明者也。夫缘假故有灭,业造故无常。是以五阴合成,终同烟尽;四微虚构,会均火灭。窃谓神明之道,非业非缘。非业非缘,故虽迁不灭;能缘能业,故苦乐殊报。此能仁之妙唱,缙绅之所仰也。虽教有殊途,理还一致。今弃周孔

① 僧祐《弘明集》卷一〇《黄门郎徐绲答》,第62页。
② 僧祐《弘明集》卷一〇《尚书令沈约答》,第62页。
③ 僧祐《弘明集》卷一〇《中书令王志答》,第62页。
④ 僧祐《弘明集》卷一〇《黄门郎徐绲答》,第63页。
⑤ 僧祐《弘明集》卷一〇《五经博士陆琏答》,第68页。

之正文，背释氏之真说，未知以此，将欲何归？[①]

作为一个儒家经学家，明山宾不仅援儒于佛，并且能畅论佛教因缘附会及神识不灭之说，可见有佛有神之论，在当时已经会合儒道两家于其麾下。事实上，南齐时，王融受萧子良之托说服范缜放弃神灭论，就说："神灭既自非理，而卿坚执之，恐伤名教。"[②]名教原是儒家之礼教，此时则已经用来指称佛教。可见进入南朝社会，在政治上佛教开始逐渐取代儒教，而儒家思想也进一步被宗教化了。

在实际是由梁武帝主持的这场合攻范缜《神灭论》的讨论中，除了上述梁廷诸臣的附和式的答书之外，还有萧琛《难范缜神灭论》、曹思文《难范中书神灭》这两篇正式的驳论文章。萧琛是以范缜内弟的身份来与他辩论的。曹思文的文章，注为诏答，即是应武帝之诏来与范缜辩难的。而范缜也奉诏作《答曹录事难神灭论》[③]。梁武帝之所以让范缜应答，是因为范氏毕竟与他有故旧关系，地位特殊，当然更是因为武帝想在形式上尽量将这次辩论学术化，显示出一种在学术上人人平等的姿态。虽是一种姿态，但还是值得肯定，说明六朝时代的人，是将有神无神、有鬼无鬼这样的问题，尽可能用一种学术的态度来讨论。可见这一时期，实是中国古代思想发展史上学术意识最为突出的时代。这本身自然也显示了一种理性的进步。

但是，从武帝与众臣对神独立于形、神能不灭的观点的阐述来看，则反映了思想史上理性的大倒退。众人用来反驳神灭论的观点与证据，其实都是汉魏晋宋自然派、疾虚妄派已经明白辨析过的。其中一个就是上面说到，他们引用儒家经籍等文献中关于

---

① 僧祐《弘明集》卷一〇《五经博士明山宾答》，第 67 页。

② 《南史》卷五七《范缜传》，第 5 册，第 1421 页。

③ 上述三文均见僧祐《弘明集》卷九，第 55—60 页。

鬼神祭祀的记载。祭祀活动的确与神鬼意识紧密结合,但儒家一派已经将其仪式化、政治化,最多是将其作为一种神道设教的文化形式。但是有神论诸家仍然深度地纠缠在这个问题上,尤其是将其理解为圣人的行为。这的确是让很多人感到迷惑的一种现象。而佛教的兴盛,大大助长了这种非理性生命意识的重新勃发。

萧琛、曹思文用来反驳范缜的,仍然是传统的鬼神之说。萧琛甚至根据梦境来证明形神的分离,其实也是从前主张有灵魂及鬼魂说常用的论辩方法:

> 予今据梦以验形神不得共体。当人寝时,其形是无知之物,而有见焉,此神游之所接也。神不孤立,必凭形器;犹人不露处,须有居室。但形气是秽暗之质,居室是蔽塞之地。神反形内,则其识微昏,昏故以见为梦;人归室中,则其神暂壅,壅故以明为昧。夫人或梦上腾玄虚,远适万里,若非神行,便是形往耶?形既不往,神又弗离,复焉得如此?若谓是想所见者,及其安寐,身似僵木,气若寒灰,呼之不闻,抚之无觉。既云神与形均,则是表里俱倦,既不外接声音,宁能内兴思想?此即形静神驰,断可知矣![1]

梦是原始的灵魂观念产生的重要心理原因之一。原始人无法区别作为梦中所见与真实发生的事情的区别,相信梦中的一切也都是真实发生的。列维-布留尔在分析万物有灵观念产生的原因时,即说到原始人无法区分梦与真实发生的不同:"原始人在梦中看见了死人和离别的人,和他们交谈,和他们厮杀,听他们的声音,触摸着他们,他被梦中出现的这些幻象所惊吓,弄得心慌意乱,——他相信这些表象的客观实在性。因而,对他说来,正如那

---

① 僧祐《弘明集》卷九《难范缜神灭论》,第56页。

些在他梦中出现的死人和离别的人存在一样，他自己的存在也是双重性的。于是在同一时刻里，他既认为自己是作为有生命有意识的个人而实际存在着，又认为自己是作为一个可以离开身体而以‘幻象’的形式出现的单独的灵魂而存在着。这应当是原始人的一个普遍的信仰，因为他们全都要受那个作为这信仰的必不可免的心理幻觉所控制。”①这种原始人对于梦的观念，在进入文明时代之后，已被绝大多人所抛弃，尤其是被知识者所抛弃。梦是人们睡觉时产生的一种心理现象这个事实，其实在经典中早有阐述，《周礼·春官·占梦》就有六梦之说。尽管占梦的意识仍然具有宗教神秘的色彩，但对于梦与真实的行为不同这一点，是早已清晰的一种观念。《世说新语·文学篇》记：

> 卫玠总角时问乐令“梦”，乐云“是想”。卫曰：“形神所不接而梦，岂是想耶?”乐云：“因也。未尝梦乘车入鼠穴，捣齑啖铁杵，皆无想无因故也。”②

卫氏正是从形神关系来探讨梦的原因，乐广的解释反映了一种自然观念，亦即现在我们常说的一种常识“日有所思，夜有所梦”，梦是人们休息后大脑皮层仍然处于活动状态所发生的一种生理现象。萧琛等人以梦来论证形神分离的观点，其实是倒退到一种原始的生命观念。而这种原始人所普遍拥有的信仰，之所以在南朝时仍然被有神论者持为形神可分的证据，正说明佛教有神论者将原本已经向理性方面大幅发展的生命意识，又重新引回到原始的非理性的“集体无意识表象”(列维-布留尔)。从这里我们清楚看到，佛教有神论从表现的逻辑上看，是一种高级的神学思维形式，但从根本来说，却仍然是执着于原始的非理性的生命体验。这里

① [法]列维-布留尔《原始思维·绪论》，丁由译，商务印书馆，1987年，第10—11页。

② 余嘉锡《世说新语笺疏》卷上《文学第四》，第203页。

除了政治与现实的原因外,也只能从人类所执着的延生、转生的本能欲望来解释。

东晋南朝时期关于形神问题的哲学讨论,以双方都无法说服对方的胶着状态,自然地结束于历史之中。事实上,这个问题的解决,并不取决于哲学本身,而是现实的、宗教的状态,佛教与道教在这个时期的长足发展,使渊源于先秦诸子、伸展于两汉王充等无神论者,而最后成就于陶渊明、范缜等人的神灭论者的声音,被淹没在巨大的宗教非理性生命意识的思潮之中。故此,我们就能理解为何在唐代佛道两派对文人仍然有着巨大的吸引力。当然,汉魏六朝时代属于自然哲学生命一派的神灭论思想,还是在后来的禅宗、理学、心学各派中引起反响,其中包括禅宗的自性清静说、理学家的鬼神二气良能说、心学对待生死的“亦自然”(陆九渊)说等。从根本上说,这几派都是魏晋南北朝自然哲学生命观与无神论者的有力发展。另外,从生命意识发展的根本趋向来看,至少在士大夫阶层中,无神论者最终占据了主流。

第二十一章　激越的生命文学思潮的回响

东晋的玄言文学，从思想脉络来看，正是汉魏之际人的主题或称生命主题的文学的一种发展，但在一种以理祛情的文学观念的导引下，玄言文学所表现的"体道"人格，实际上凝固成一种虚假逻辑的"名教、自然合一"的抽象人格。玄言文学失去汉魏文学的生命主题的根本就在于此。这种虚假逻辑的"名教、自然合一"的抽象人格，只存于典型的门阀士族政治的格局中。当晋宋之际这一格局被打破后，名教与自然合一的抽象人格虽然表面上仍存在，并且继续被表述，甚至被运用为一种对皇权进行雅颂的语言，但是它必然面临来自内部力量的一种解构。这是汉魏文学精神复兴的重要契机。作为汉魏文学特征的激越的生命情绪的表现，在这个时期，通过陶渊明、谢灵运、鲍照等人的写作得到了恢复，其余响一直达于宋齐之际的江淹与沈约等人。陶渊明文学的生命主题，在上面相关章节中已经论述过。本章主要从晋宋之际汉魏生命文学思潮回响的角度，把握从谢灵运、谢惠连到鲍照、江淹、沈约等人的创作。

相对东晋重玄轻文的局面来说，南朝时代是文学复兴的时代。从实质上看也是这样：玄言时代的文学以性、理为表现对象，是一种雕藻玄虚、缺乏充实之美的文学；而南朝文学重新回归到抒情、表现现实事物的道路上来。这是文学摆脱了玄学附庸的境地，向自身的回归。

一、晋宋之际文学的复古与生命文学思潮的回响

造成刘宋时期文学生命主题的复兴,有文学史方面的原因,也有现实的原因。就文学史方面来看,刘宋文学是文学“古今之变”的关纽,复古与新变并存。即以谢、颜、鲍三大家而言,在他们的创作中,复古意识与创新意识同样突出,其体制、风格上古今并存的特点也十分显著。谢灵运早年所作拟乐府诗、《拟魏太子邺中集》,都是依仿古体;其山水之作则机杼自出,一新体格。颜延之也擅长拟乐府诗,曾在君主前与谢灵运比试古乐府的写作;但延之的新体,以雅颂体物见长,体裁明密,属对精切,一变汉魏古朴散直之体。鲍照则无论乐府体还是一般五言体,都有新旧之分,风格差异明显。上推而言之,甚至陶渊明的诗歌也分新旧两体,其《饮酒》二十首、《拟古》九首、《杂诗》十二首等,实渊源于阮籍、左思、应璩诸家。只是陶能变化神奇,着重于义旨之吸取,不拘泥于词语、意象之摹拟,所以后人不欲以拟古论之。实则陶之此类作品与田园寄兴之作仍有新旧之别,可见陶诗与其时代创作风气仍有呼应之处。文学生命主题主要寄存于古体和复古意趣的创作之中。甚至到江淹、沈约这一辈人,当其踵承古诗、古乐府之时,也仍有传统生命主题的表现。可见,晋宋之际文学中对汉魏西晋生命文学思潮的回响,是与复汉魏西晋文学之古的文学基本背景相关的。

但是,复古的文学并非绝缘于现实。晋宋之际社会的动乱、政治的变更,使文人群体再次处身于动荡不安的现实之中。在门阀政治解体、皇权政治复辟的总的现实背景下,无论是士族还是寒素族,都经历了新的命运。在门阀政治的体制下,尽管士族士人在个人政治生涯上有出处穷通之别,但整个士族的政治地位是

相当稳定的，无论哪一个家族兴起，哪一个政治巨头上台，他必须不逾越士族内部所达成的默契，接受士族内部的舆论监督。在这一点上，我们甚至可以说门阀政治带有民主政治的特点，在将近百年的历史中，基本阻遏了强权专制人物的出现。当然，这种民主只限于士族内部。王敦、桓玄的失败，绝非个人的偶然遭遇，它正标志着门阀政治具有自己健康的机制，排除了异质。在这种整个士族的利益得到保障的稳定的局面中，人们的生命情绪也是相对稳定的。通过玄学的陶冶，士人们似乎真的做到了忘怀个人政治得失、出处同归一致。这种现实态度哲学化为名教与自然合一的玄学人格理念，并且淡化了个体的生命矛盾。但是东晋后期，这种门阀政治终于从危机走向解体，强权专制人物通过军事活动形成并且上升为皇权专制人物，这就是刘裕和他的继承者们。门阀士族虽然仍保持社会上流的地位，但在政治上却失去了自主，他们的群体发展受到了限制，群体利益受到了裁抑。但对昨日辉煌记忆犹新的他们，并没有立即以死心塌地的姿态恭顺于皇权。君臣之礼自然从来都延续着，用不着重新温习，于是就有颜延之为代表的宋初雅颂文学的登台。但是，以道自高、以自然越名教的故态却并未除尽，重新控制政治轴心的野心也并没有完全除去。自然，门阀士族要为他们的这种政治姿态付出代价，这也就使他们的生命又处于动荡不安之中，再也不能淡然于个人的得失，倡言出处同归之理。于是就有以谢灵运为代表的人格行为，以及高唱自然之道、以遨游山水排遣政治失意情绪的山水文学的出现。至于寒素士人，虽然在这一政治变局中群体的政治地位有所上升，政治上有了发展希望，但这同时也给他们带来了现实矛盾。作为个体来讲，他们有过希望，付出过努力，但也经历了阻碍和打击。比起门阀士族，寒素族求生存、求发展的处境仍然是十分困难的。这种境况在文学上最典型的表现，当然就是鲍照那种时而慷慨、时而消沉的古诗、古乐府创作。

由此可见,门阀政治解体与皇权政治解体比一般的新旧王朝更替更具有震荡性。社会的剧变常常引起生命意识的勃生,刘宋时期文学生命主题复兴的现实原因正可作如是观。

二、谢灵运、谢惠连、沈约乐府诗的传统生命主题

谢灵运的诗歌创作,分拟乐府诗和山水诗两部分,拟乐府诗的创作,总体上看早于山水诗。他的这两类作品在反映生命意识方面是不一样的:拟乐府继承传统生命主题,尤以迁逝、荣衰为主要表现对象;山水诗则以山水怡性,以理遣情,努力淡化生命情绪,追求归于自然。从他个人的创作在表现生命主题上的前后变化,也可窥见传统生命主题从复兴走向消沉的原因之一端。

谢氏拟乐府,集中表现生命问题。他主要是通过对迁逝、变化的形容来表达生命短暂意识,力图以纷陈的意象来突出主题。如《长歌行》:

> 倏烁夕星流,昱奕朝露团。粲粲乌有停,泫泫岂暂安。徂龄速飞电,颓节骛惊湍。览物起悲绪,顾已识忧端。朽貌改鲜色,悴容变柔颜。变改苟催促,容色乌盘桓。亹亹衰期迫,靡靡壮志阑。既惭臧孙慨,复愧杨子叹。寸阴果有逝,尺素竟无观。幸赊道念戚,且取长歌欢。[①]

又如《折杨柳行》:

> 骚屑出穴风,挥霍见日雪。飕飕无久摇,皎皎几时洁。未觉泮春冰,已复谢秋节。空对尺素迁,独视寸阴灭。否桑

① 《宋诗》卷二,逯钦立辑校《先秦汉魏晋南北朝诗》中册,第1148页。

未易系，泰茅难重拔。桑茅迭生运，语默寄前哲。[1]

谢灵运采用了陆机拟乐府诗立象以尽意的方法，力求意无改于前人而变化其言和象。作者的努力也正在于意象与词语的创新。例如这两首诗，乃至于谢氏所有表现传统生命主题的乐府诗，所写不外乎迁逝之感，主题很陈旧，但在表现上，谢氏努力选用新象。另外，他采取多种事象以尽一意的方式，如《长歌行》中，连用“夕星”“朝露”“飞电”“惊湍”四种事象，以表现瞬时意识；《折杨柳行》中的“出穴风”与“见日雪”两种意象，也颇有新意。又如《君子有所思行》中的“盛往速露坠，衰来疾风飞”[2]，从立象来看，也是比较新警的。这是对汉代乐府古诗“朝露”“风吹烛”之类写法的继承，但其中又受到佛教生命无常思想及如露如电喻象的影响。

如果本着玩赏其象、体会其立象以尽意的艺术技巧来看，谢诗的生命主题表现仍有较高的艺术价值。可是在谢诗中，生命主题被抽象为一些意，然后密集事物以达之，一以贯之，使主题本身僵化了，失去了感染效果。这也表明传统主题逐渐僵化。但有时谢灵运也以直畅、奔放的笔触抒发强烈的生命情绪，如《豫章行》：

短生旅长世，恒觉白日欹。览镜睨颓容，华颜岂久期。苟无回戈术，坐观落崦嵫。[3]

此诗造句精警，情意流露鲜明，有愤郁悱发之致。鲁阳挥戈回白日的神话故事，楚辞日落崦嵫之叹，在谢诗中得以融会，造成极沉浑有力的意象。谢诗多存古意，往往见于这种地方。

在创作山水诗时期，谢氏潜浸佛道，努力以理迁情，基本上放弃了传统的抒怀方式，但有时仍有流露。如《游南亭诗》就表现了

---

① 《宋诗》卷二，逯钦立辑校《先秦汉魏晋南北朝诗》中册，第 1150 页。
② 《宋诗》卷二，逯钦立辑校《先秦汉魏晋南北朝诗》中册，第 1150 页。
③ 《宋诗》卷二，逯钦立辑校《先秦汉魏晋南北朝诗》中册，第 1149 页。

物候迁逝、感怀生命的意识：

> 时竟夕澄霁，云归日西驰。密林含余清，远峰隐半规。久痗昏垫苦，旅馆眺郊歧。泽兰渐被径，芙蓉始发池。未厌青春好，已观朱明移。戚戚感物叹，星星白发垂。药饵情所止，衰疾忽在斯。逝将候秋水，息景偃旧崖。我志谁与亮，赏心惟良知。①

这类诗放弃传统模式，将生命情绪的抒发融在日常生活和自然境界中，是真正有发展前途的造境方式。在山水诗创作时期，谢氏力求淡释情绪，以达生适性、轻物重道为基本理念，以山水境界为陶冶之物，总体上看，已经放弃了生命主题的表现。

灵运族弟谢惠连的拟乐府诗，也是以传统生命主题为内涵的。如《却东西门行》：

> 慷慨发相思，惆怅恋音徽。四节竟阑候，六龙引颓机。人生随时变，迁化焉可祈。百年难必保，千虑盈怀之。②

其情似更切于康乐，但词旨肤浅，精警远逊于康乐，只能算是此类主题发展的强弩之末。

最后我们必须指出，二谢的生命矛盾与他们所遭遇的时局变更及家族的盛衰之变也是直接联系在一起的，这使他们将个人的生命问题扩大为一个比较大的主题，试图表现出包括生命在内的一切事物的变化主题。谢灵运的《善哉行》《悲哉行》都体现了这种精神。如《善哉行》：

> 阳谷跃升，虞渊引落。景曜东隅，晼晚西薄。三春燠敷，九秋萧索。凉来温谢，寒往暑却。居德斯颐，积善嬉谑。阴灌阳丛，凋华堕萼。欢去易惨，悲至难铄。击节当歌，对酒当

① 《宋诗》卷二，逯钦立辑校《先秦汉魏晋南北朝诗》中册，第1161—1162页。
② 《宋诗》卷四，逯钦立辑校《先秦汉魏晋南北朝诗》中册，第1190页。

酌。鄙哉愚人，戚戚怀瘼。善哉达士，滔滔处乐。[①]

他和陆机一样，通过这种抽象、客观的自然之象、物候之理，隐蔽地传达了对王朝更替、家族兴衰的切身之感。

宋齐之际的沈约，后来为情景交融、声律婉谐的永明新体的创制者之一，但其早期所作，仍多晋宋体拟乐府诗，步武陆机、谢灵运两家。沈约《长歌行》"连连舟壑改""春隰荑绿柳"两首、《豫章行》(燕陵平而远)、《梁甫吟》(龙驾有驰策)、《东武吟》(天德深且旷)、《悲哉行》(旅游媚年春)等，多表现传统的候物变迁、年颜颓逝的内容，慨叹生命短暂。如其《长歌行》二首：

> 连连舟壑改，微微市朝变。来功嗣往迹，莫武徂升彦。局涂顿远策，留欢恨奔箭。拊戚状惊澜，循休拟回电。岁去芳愿违，年来苦心荐。春貌既移红，秋林岂停蒨。一倍茂陵道，宁思柏梁宴。长戢兔园情，永别金华殿。声徽无惑简，丹青有余绚。幽篇且未调，无使长歌倦。
>
> 春隰荑绿柳，寒墀积皓雪。依依往纪盈，霏霏来思结。思结缠岁晏，曾是掩初节。初节曾不掩，浮荣逐弦缺。弦缺更圆合，浮荣永沈灭。色随夏莲变，态与秋霜耋。道迫无异期，贤愚有同绝。衔恨岂云忘，天道无甄别。功名识所职，竹帛寻摧裂。生外苟难寻，坐为长叹设。[②]

二诗专就物候迁流措辞，上首后半哀帝王之死灭，即"一倍茂陵道，宁思柏梁宴"等句所言；下首感叹贤愚同尽，写一般功名之士身灭名淹，即所谓"功名识所职，竹帛寻摧裂"，实亦陶渊明《神释》"立善有遗爱，谁当为汝誉"之意，然以词饰意，更近文绮。二诗比之陆、谢，意未多增而节奏更促，其形容生命短暂，如"拊戚状

---

① 《宋诗》卷二，逯钦立辑校《先秦汉魏晋南北朝诗》中册，第1147页。

② 《梁诗》卷六，逯钦立辑校《先秦汉魏晋南北朝诗》中册，第1614—1615页。

惊澜,循休拟回电”,自是此际新语,让人想起《金刚经》露电之喻。或许《金刚经》露电之喻,正是出于汉魏人极言浮生短促的比喻习惯。

沈约于感叹生命短暂外,又时作游仙之思、长生之想。《东武吟行》曰:

> 天德深且旷,人世贱而浮。东枝才拂景,西壑已停辀。誓辞金门宠,去饮玉池流。霄辔一永矣,俗累从此休。①

贱人世之浮荣,慕瑶池之永远,欲驾辔于云霄,永弃俗累。此种幻想,接续于古老的昆仑神话。其时西方极乐之说已经流行,两者共相鼓煽,挑起了一种新的永生愿望。沈约还有《前缓声歌》之作,接续陆机游仙之咏:

> 羽人广宵宴,帐集瑶池东。开霞泛彩霭,澄雾迎香风。龙驾出黄苑,帝服起河宫。九疑�烟雨,三山驭螭鸿。玉銮乃排月,瑶軷信凌空。神行烛玄漠,帝旆委曾虹。箫歌美嬴女,笙吹悦姬童。琼浆且未洽,羽辔已腾空。息凤曾城曲,灭景清都中。隆祐集皇代,委祚溢华嵩。②

其内容多用《穆天子传》《列仙传》,而组织之工、词华之丽,过于陆机。生动灵变、设身处地之妙,不及郭璞,感慨之气更远逊于郭。可谓变魏晋生动为宋齐之组织。

三、鲍照、江淹等人对传统生命主题的继承与创新

刘宋时期,在生命主题的表现方面既继承汉魏传统,又作出

① 《梁诗》卷六,逯钦立辑校《先秦汉魏晋南北朝诗》中册,第1621页。
② 《梁诗》卷六,逯钦立辑校《先秦汉魏晋南北朝诗》中册,第1619—1620页。

很大创新的，是“才秀人微”[①]的寒素诗人鲍照。

作为一个寒素士人，因受到刘宋时期寒素群体仕宦之路渐开，寒人纷纷走上政治舞台的形势的鼓舞，鲍照产生了很强的功名愿望。鲍照追求功名的动机是比较复杂的，实现政治理想的成分当然也有一些，但不是主要的。因为从他的表述中，看不出他有什么政治上的蓝图。他的主要动机还是通过功名之成就，来体现个人价值，使个人才能得到社会的肯定，并能改变他作为寒素的社会地位和生活水准。鲍照的一个基本观点，就是认为大丈夫要显露才华于当世，而不应该自甘沉没，与草木同尽。《南史·刘义庆传》附《鲍照传》这样记载鲍照的进身之机：“照始尝谒义庆，未见知，欲贡诗言志。人止之曰：‘卿位尚卑，不可轻忤大王。’照勃然曰：‘千载上有英才异士沉没而不闻者，安可数哉！大丈夫岂可遂蕴智能，使兰艾不辨，终日碌碌，与燕雀相随乎？’于是奏诗，义庆奇之，赐帛二十匹。寻擢为国侍郎，甚见知赏。”[②]两晋士人为了赢得社会舆论，多故作难进易退的姿态，培养清望以取贵仕。鲍照作为一个寒素，“束薪幽篁里，刈黍寒涧阴”（《拟古》其六）[③]，根本没有“养望”的资本，如不积极地表现自我，便有完全被埋没于草莱之间的危险。所以，他不能像同时的门阀士人那样优游私门，培养所谓的“清望”“清操”。鲍照此举完全突破了士族社会虚伪的伦理规范。他的思想不与玄学、佛教发生实质性的联系，原因也在于此。

鲍照完全冲破了玄冲的生命意识，感激奋发，以求个人价值之实现。《飞蛾赋》就可看作是鲍照生命追求的真实写照：

① 陈延杰《诗品注》卷中“宋参军鲍照”条，第 47 页。

② 《南史》卷一三，第 2 册，第 360 页。

③ 《鲍参军集注》卷六《拟古八首》，钱仲联增补集说校，上海古籍出版社，1980 年，第 343 页。

> 仙鼠伺暗,飞蛾候明,均灵舛化,诡欲齐生。观齐生而欲诡,各会性以凭方。凌燋烟之浮景,赴熙焰之明光。拔身幽草下,毕命在此堂。本轻死以邀得,虽糜烂其何伤。岂学山南之文豹,避云雾而岩藏。[①]

鲍照"诡欲齐生"之说,似也受到郭象"块然自生"之说的影响,但情调很不一样。仙鼠之喜暗和飞蛾之投明,都是它们的本性,虽然表现方式不一样,但循性而动这一点是一致的。这可以说是鲍照的一种生命思想,强调生命的表现欲望的内在性。当然,作为一个人,对于生命价值的追求是不能等同于仙鼠喜暗、飞蛾投明这类生物习性的,但鲍照以飞蛾轻死邀得、不惜糜烂捐躯来象征自己追求生命价值的行为,反映了他愿望之强烈。值得注意的是,这种轻死邀得的思想,与传统的重义轻生的思想不太一样,它强调生命愿望的合理性,不把生命价值的实现纯粹理解为一种伦理行为。传统的思想,是将生命价值实现与伦理道德观念联系起来,鲍照却将它理解为求生存、求发展的本能性。这很可能是对于当时社会道德虚伪性的一种逆反。

可是,鲍照在追求功名的过程中,逐渐认识到要凭借自己的才能得到社会地位、向社会证明自身应有价值的这种想法的幼稚性。他意识到社会的权力结构被一种无形的"势"牢固支配着,在"势"面前,"才"显得那样的无足轻重,个人想要完满地、像动物遂其生物本性那样实现其生命发展的愿望,简直是一个梦想,它被"势"亦即社会现实的综合表现所粉碎。这种认识,表述在《瓜步山楬文》中。瓜步山只不过是长江边的一座小山,可是由于它所处的地理位置,使它形成巍然雄峙、枢纽南北、引带远近的险要高峨之势。鲍照由此联想起社会中存在的某种现象:

---

① 《鲍参军集注》卷一,第49页。

信哉！古人有数寸之籥，持千钧之关，非有其才施，处势要也。瓜步山者，亦江中眇小山也，徒以因迥为高，据绝作雄，而凌清瞰远，擅奇含秀，是亦居势使之然也。故才之多少，不如势之多少远矣。[①]

这个结论，对于鲍照来说，是一个辛酸的经验。从此，诗人转向消沉，情绪常常处于孤愤与颓唐、激动与放达这样复杂的交织之中。与文章中的冷静剖析不同，诗歌中常是更加激烈的抒发：

泻水置平地，各自东西南北流。人生亦有命，安能行叹复坐愁？酌酒以自宽，举杯断绝歌路难。心非木石岂无感，吞声踯躅不敢言。(《拟行路难》其四)[②]

对案不能食，拔剑击柱长叹息。丈夫生世能几时，安能蹀躞垂羽翼。弃置罢官去，还家自休息。朝出与亲辞，暮还在亲侧。弄儿床前戏，看妇机中织。自古圣贤尽贫贱，何况我辈孤且直。(《拟行路难》其六)[③]

第一首诗试图以命运之说排遣愁绪，但心非木石，不能无感，只是当此复杂的现实，不能尽情抒发而已。诗人当日之处境，当有我们所无法想象之艰难。第二首则直抒孤愤之情，所谓“蹀躞垂羽翼”，是指屈己之性以就官场之虚伪，拜迎官长，为五斗米折腰之意。诗人觉得自己的个性受到压抑，所以要罢官还家，在天伦之乐中恢复自己的真率。显然，经过了磨难与挫折，鲍照对生命价值的理解已经发生变化，与陶渊明的境界有些接近了。其《学陶彭泽体诗》反映了这方面的思想倾向：

长忧非生意，短愿不须多。但使樽酒满，朋旧数相过。

① 《鲍参军集注》卷二，第131页。
② 《鲍参军集注》卷四，第229页。
③ 《鲍参军集注》卷四，第231页。

> 秋风七八月,清露润绮罗。提瑟当户坐,叹息望天河。保此无倾动,宁复滞风波。[①]

领教了仕途风波险恶之后,诗人不禁产生了保生全身的思想。比较《飞蛾赋》的轻死邀得,我们发现,鲍照对生命和生存方式的理解已有些变化。但他不可能做第二个陶渊明,他对生命的基本体验是物质式的,假如按陶氏形、影、神三境界来判定,鲍照的生命境界处于形影之际,所以一旦感到功名难得,就产生享乐当前的思想。《拟行路难》“奉君金卮之美酒”(其一)、“君不见蕣华不终朝”(其十)、“君不见枯箨走阶庭”(其十一)、“君不见柏梁台”(其十五)、“诸君莫叹贫”(其十八)诸诗[②],都表现了这个主题。这是一个传统的主题,但在鲍照的笔下得到铺张扬厉的表现:

> 君不见河边草,冬时枯死春满道。君不见城上日,今暝没尽去,明朝复更出。今我何时当得然?一去永灭入黄泉。人生苦多欢乐少,意气敷腴在盛年。且愿得志数相就,床头恒有沽酒钱。功名竹帛非我事,存亡贵贱付皇天。(《拟行路难》之五)[③]

鲍照的这些诗,提倡一种放达的生命行为,从用世转为自娱。尽管诗人自己认为是因为有感于生命的短暂而产生这种想法,可事实上,是因为遭遇到现实困境,发现生命价值无法实现时,才使其生命情绪趋于激烈化。对于鲍照来讲,生命短暂不是最大的矛盾,生命价值的失落才是最大的矛盾。陆机和谢灵运都把瞬时感抽象化地表现出来,其实生命短暂意识是与现实生活遭遇紧紧联系着的。鲍照通过具体的生命矛盾的展示叙写短暂主题,突破了

---

① 《鲍参军集注》卷六,第362页。

② 以上诸诗均见《鲍参军集注》卷四,第224、237、237—238、242、243页。

③ 《鲍参军集注》卷四,第230页。

立象以尽意的模式，回归到汉魏诗人慷慨抒情的传统中。

游仙的畅想与生命短暂的感叹，构成汉魏以来生命主题的两翼。陶渊明的《形影神》就是试图同时摆脱这两种生命情绪。鲍照的《代升天行》是畅发求仙之想的作品，其中人物原型，或是某位舍弃冠冕之荣入山修道的士族：

> 家世宅关辅，胜带宦王城。备闻十帝事，委曲两都情。倦见物兴衰，骤睹俗屯平。翩翻若回掌，恍惚似朝荣。穷途悔短计，晚志重长生。从师入远岳，结友事仙灵。五图发金记，九籥隐丹经。风餐委松宿，云卧恣天行。冠霞登彩阁，解玉饮椒庭。暂游越万里，少别数千龄。凤台无还驾，箫管有遗声。何时与汝曹，啄腐共吞腥？[①]

从开头四句，可见这是一位有阀阅的士族人士。东晋时期，五斗米道盛行，贵族多事之，其中最为著名的为上清派。鲍照此诗虽然承魏晋游仙传统，但也如实地反映出当时士族求仙的一种风气。当然，这也可以视为鲍照的自我寄托。

鲍照的《松柏篇》是集中表现生死之情的作品，可以说是汉魏以来感叹生命短暂主题的诗歌的发展。在该诗序言中，作者说自己患脚气之疾四十多天，恰好读到《傅玄集》中咏叹死亡的乐府诗《龟鹤篇》，“恻然酸怀抱”，于是写作《松柏篇》。所谓《龟鹤篇》，应该是傅诗《放歌行》（灵龟有枯甲）一篇。陶渊明《形赠影》诗即受到傅玄《放歌行》的影响。从傅玄的《放歌行》到陶渊明的《形赠影》及《拟挽歌辞》，再到鲍照的《松柏篇》，其间明显呈现出沿承之迹。但陶氏最终阐述《神释》的思想，在生死问题上采取旷达的态度。鲍照则继续为哀恻之思，继续沉陷于生命短暂的焦虑之中，也感叹人生的种种艰难与失意：

---

① 《鲍参军集注》卷三，第174—175页。

> 松柏受命独,历代长不衰。人生浮且脆,鴥若晨风悲。东海进逝川,西山导落晖。南郊悦籍短,蒿里收永归。[①]

《松柏篇》的这个开头,与陶氏《形赠影》接近,但更加铺张,哀怨之情一泻难止,比较典型地体现了鲍照的风格。诗歌接下去写由壮入衰,疾病牵缠:

> 谅无畴昔时,百病起尽期。志士惜牛刀,忍勉自疗治。倾家行药事,颠沛去迎医。徒备火石苦,奄至不得辞。[②]

在写过生病的情形后,则是对死亡之事铺张扬厉的表现:

> 龟龄安可获?岱宗限已迫。睿圣不得留,为善何所益?舍此赤县居,就彼黄垆宅。永离九原亲,长与三辰隔。属纩生望尽,阖棺世业埋。事痛存人心,恨结亡者怀。祖葬既云及,圹隧亦已开。室族内外哭,亲疏同共哀。外姻远近至,名列通夜台。扶舆出殡宫,低回恋庭室。天地有尽期,我去无还日。居者今已尽,人事从此毕。火歇烟既没,形销声亦灭。鬼神来依我,生人永辞诀。大暮杳悠悠,长夜无时节。郁湮重冥下,烦冤难具说。[③]

汉魏诗歌书写死亡,多是直观的感叹,陆机稍加繁复地表现,至晋宋之际如陶、鲍诸家多尽情书写,诸如濒死情景、送殡、埋葬等,一一写来。至于延想死后情景,原本汉乐府《蒿里》已经有所触及,至陶、鲍两家,写得更加尽情。鲍诗比之陶诗,铺陈更多。另如"睿圣不得留,为善何所益",思想亦与陶渊明接近。但陶旷达而鲍沉痛,反映出两家思想与性格的不同。总之,鲍照的《松柏篇》可谓汉魏以来忧生哀死主题的集大成。

---

① 《鲍参军集注》卷四,第178—179页。
② 《鲍参军集注》卷四,第179页。
③ 《鲍参军集注》卷四,第179页。

鲍照保持了比较纯粹的诗人式的生命体验方式，在玄佛生命思想流行的时代，他基本上不寻求这些生命哲学来化解生命矛盾，这使他的创作始终处于激情的状态。他与玄佛主流保持距离的做法，与陶渊明有相似之处。应该说，生命意识在鲍照的文学中是很突出的，构成了一种基调；在一般的生活境界的表现中，也处处感受到诗人对生命的反思。鲍照可以说是中古生命文学思潮的最后一位大家。

江淹是历经宋、齐、梁三代的诗人，可他创作活力的爆发是在宋齐之际，其文学主体属于刘宋文学。文学史上常将他与鲍照并提，也是符合实际的[①]。

江淹早年的创作，具有寒素族文学的特点，以感激不平、慷慨悲哀为风格，多人生之叹。江淹的父亲江康之雅有才思，曾任南沙令。但在江淹十三岁时，他父亲就去世了。所以史书说江淹"少孤贫"[②]。在当时门阀大族林立的局面下，江是以寒微自居的。其自叙门第云："下官本蓬户桑枢之人，布衣韦带之士。"[③]又云："所志不出缯贩，所学不遗祝筮。"[④]这种自诉寒微的口吻颇似鲍照，其创作风格也接近鲍照。

除了寒素族文学这一性质外，江淹创作的另一性质是以拟古、效古为宗旨。他的诗赋文章，多依仿前人之作，陈绎曾《诗谱》说他"善观古作，曲尽心手之妙"[⑤]。他的拟古之所以比较有成就，除了技巧方面的原因外，一个很重要的原因是江淹气质掩抑多思，常怀寒素不平之气，易与古人发生共鸣，所以他的拟古、效古，

---

① 张文光《江文通集序》云："学士家往往称之，每以鲍明远相媲，羡其横逸不可当。"见胡之骥《江文通集汇注》卷首《江文通集序》，中华书局，1984 年，第 1 页。

② 《南史》卷五九《江淹传》，第 5 册，第 1447 页。

③ 胡之骥《江文通集汇注》卷九《诣建平王上书》，第 327 页。

④ 胡之骥《江文通集汇注》卷九《到功曹参军笺诣骠骑竟陵王》，第 335 页。

⑤ 陈绎曾《诗谱》"江淹"条，见丁福保辑《历代诗话续编 · 诗谱》，中华书局，2006 年，中册，第 631 页。

并不掩盖自己的个性。

上述寒素族文学与拟古、效古文学这两重性质,使江淹的基本主题仍然框定于传统生命主题范围内。他最著名的两篇赋《恨赋》与《别赋》,一写死之恨,一写别之悲,是对人生的最沉痛的感怀。《恨赋》写秦始皇、汉赵王如意、李陵、王昭君、冯衍、嵇康这些身份不同的历史人物的共同的死亡命运。作者认为诸人尽管贵贱穷通不同,但都是伏恨而死者、志意不伸者。这里当然包含着江淹自身激越悲哀的生命体验,故《恨赋》开篇云:

> 试望平原,蔓草萦骨,拱木敛魂。人生到此,天道宁论!于是仆本恨人,心惊不已;直念古者,伏恨而死。①

作为一个寒素文人,除了常人的短暂之忧外,还因为人生道路的坎坷而常怀失志之悲,所以江淹自称"仆本恨人"。此赋对死亡意识的表现达到了登峰造极的地步,赋结尾带有总论性的文字,将悲剧情绪推向高潮:

> 或有孤臣危涕,孽子坠心。迁客海上,流戍陇阴。此人但闻悲风汩起,泣下沾衿。亦复含酸茹叹,销落湮沉。
>
> 若乃骑叠迹,车屯轨;黄尘匝地,歌吹四起。无不烟断火绝,闭骨泉里。
>
> 已矣哉!春草暮兮秋风惊,秋风罢兮春草生。绮罗毕兮池馆尽,琴瑟灭兮丘陇平。自古皆有死,莫不饮恨而吞声。②

诗人不寻求任何理性的解脱和慰藉,一任情感之宣泄。这也是江淹早期创作的特点,才情相生,极富感染力,也有很高的鉴赏价值。

《别赋》虽不是直接表现生命问题,但也表现了各种生存困

---

① 胡之骥《江文通集汇注》卷一,第7页。

② 胡之骥《江文通集汇注》卷一,第9—10页。

境，揭示了人类生活必然的悲剧性。人们无法逃避各种各样的离别命运。离别与死亡，在经验上有着某种相似性，因为两者都是突然的失去。当人们离开家乡亲人或某一自己已经熟稔的环境与人群时，等于突然失去一个寄身其间的世界。而对居留者来说，当他送别了自己的亲友，突然失去与他的一切联系之后，眼望着亲友在自己的视野中消失，也等于是失去了他。此外，离别与死亡在体验上的相似之处还在于都是面临一个未知的世界。人们离别已经熟悉的环境，走向一个新的环境，程度不同地存在着一种对未知的恐惧心理，这与人们面对死亡的恐惧心理也是相似的。我们再从离别的角度来观察死亡，可以说，死亡是最后的离别。人们从一次次生别走向最后的死别，每一次生别都或多或少地让人们联想到死别，积累着死亡式的体验，同时也在一次次地预演着死亡。当死亡最后来临时，无论生者还是死者都因为已经获得了一些心理体验而显得较为镇定。从上述意义上讲，离别主题实际上也是一种生命主题，离别是仅次于死亡的一种危机和痛苦。江淹在《恨赋》之外作有《别赋》，正是基于他对离别与死亡的共同性之体认。《别赋》的悲哀程度不下于《恨赋》："有别必怨，有怨必盈。使人意夺神骇，心折骨惊。"①

除《恨》《别》二赋外，江淹的其他赋作也多直接或间接地涉及生死问题，如《青苔赋》《泣赋》《伤友人赋》《伤爱子赋》等。还有《丹砂可学赋》，表现神仙长生意识。他的《效阮公诗》十五首及《杂体诗》三十首中，也有不少作品是表现生命主题的。但是江淹与鲍照不一样，他中年之后，借助于道佛这些宗教生命观来消解生命情绪，以致完全放弃了生命文学的传统。江淹个人的这种变化，比较典型地反映了文学史上汉魏生命文学思潮从激越走向消沉的趋向。

① 胡之骥《江文通集汇注》卷一《别赋》，第 40 页。

第二十二章　南朝大乘佛教的勃兴与生命文学思潮的消沉

从南朝文学演进的路径来看，经历了从复古到新变、后来又堕于靡丽俗艳的全过程。大致可以说，南齐永明之前，复古与创新并重，尚存汉魏西晋文学的格局。永明以降，则体制、主题、风格全面新变，古意荡然无存。在文学史上，我们也相应地分南朝文学为刘宋文学、齐梁文学、陈隋文学这样一些阶段。刘宋文学中，虽然山水勃兴，雅颂与丽艳并作，但生命问题仍然是文学的重要主题。如果从文学史的继承角度来看，刘宋文学的生命主题是与复古的格局相一致的。可以说，汉魏西晋的生命文学思潮，在刘宋文坛上产生了有力的回响。但是到了齐梁时代，传统式的、带有激越情绪的生命主题终于走向消沉。这是中古文学演变的一个重要现象，它甚至可以称为文学史上的一次重要质变，对此后文学的影响是十分深远的。

在上述文学史演变的过程中，佛教产生了重要的作用。佛教虽然在东汉时期就传入中国，但其对文学明显产生影响，是从东晋时期开始的，作为一种独立的宗教思想与信仰，对中国文学产生全方位的深刻影响，则是进入南朝时代以后的事情。与东晋文学主要表现般若旨趣、佛理与玄理相会的倾向不同，南朝文学与佛教的关系主要体现在净土信仰及与此相关的象教的大盛。象教的兴盛与迅速地走向绮靡、物化的文学倾向相连接，是南朝文学与佛教关系的基本结构。

关于佛教与中古文学的关系，历来的关注是以东晋南北朝为中心。东晋南北朝是大乘佛教流行的时期，大乘佛教对生命的各种重新解释，在很大程度上取代了或者说弥补了传统儒道的各种生命本体观与生命价值论，使得汉魏以来感叹生命短暂，以表现巨大、迫切的焦虑感为基本内容的生命之歌，转变为在大乘教义生命观的启示下新的生命体验。其影响中国文学之巨大且久远，远不止东晋南朝一代。

一、晋宋之际佛教思潮的新变：适道与济俗的同时展开

南朝是佛教信仰在士俗两界迅速推广的时代。在东晋、刘宋时期，文人尚多对佛教提出异议者，如庾冰、何承天，统治者如桓玄曾要求沙门服从世俗的礼仪。刘宋时期，随着僧尼、佛寺的增加，一些有识之士意识到佛教的虚诞与靡费财物。北魏太武帝大斥佛法虚诞，甚至认为“皆是前世汉人无赖子弟刘元真、吕伯强之徒，接乞胡之诞言，用老庄之虚假，附而益之，皆非真实”[①]。总之，佛教在南朝前期，还是时受质疑，一些文人站在儒家的正统立场上，从夷夏之辨出发，对佛教提出质疑[②]。尤其是佛教与传统的忠孝观念的矛盾，更使中土士人多有非难。但这种矛盾，随着佛教的进一步兴盛，都自然化解，佛教同样可以服务于帝王政治与世俗人伦，上起帝王，下至庶民，建寺造像以祈求多福，解脱三途八难之苦，如梁武帝为已故父母先在钟山下建大爱敬寺，于清溪侧造大智度寺，“以表罔极之情，达追远之心”[③]。这样一来，佛教活

① 《魏书》卷一一四《释老志》，第8册，第3034页。

② 见僧祐《弘明集》卷七所载朱昭之《难顾道士夷夏论》、朱广之《疑夷夏论咨顾道士》、释僧愍《戎华论折顾道士夷夏论》等文，第44—46、47—48页。

③ 《广弘明集》卷二九梁武帝《孝思赋序》，第347页。

动与传统的慎终追远的儒家孝道就融合无碍。梁武帝儒佛兼崇，希望并收教化济俗的效果，使佛教完全正统化。但是，与佛教融合后的儒家却越来越失去其真精神。

佛教作为一种教化、信仰，其全面发生作用，应该追溯到晋宋之际。这个时期，佛教思潮有了新变化，这种变化就是佛教不但在宗教形式上完全脱离道教，而且在学理上脱离了玄学。两者的实质都在于佛教独特的生命哲学和非理性生命观在中土的确立和发展。东晋后期，慧远在庐山大倡涅槃净土及三世果报之说，建立往生净土的信仰形式，在士大夫和一般民众中都产生了很大影响，不少名流高士都归其教门。以此为机缘，晋宋之际文人研究佛学也成为一种风气。南朝时期的著名文人如谢灵运、颜延之、宗炳、江淹、沈约、王融、梁武帝萧衍等，都在佛学方面深有造诣，而僧侣之外的一般文士撰写佛学论文之多，更是南朝文坛上的一个显著现象，为此前的魏晋时代所未见。文人钻研佛学的根本原因仍在于解决生命问题，如范泰、谢灵运就感叹说："六经典文，本在济俗为治耳，必求性灵真奥，岂得不以佛经为指南邪?"[①]其所说的"性灵真奥"其实就是兴起于晋宋之际的佛性理论。它是一种佛教的生命哲学，研究众生觉悟成佛的可能性和方法。自道生首倡一切众生皆有佛性，并与大本《涅槃经》暗合，这种生命哲学对文人产生了很大的诱惑力。我们看谢灵运《辨宗论》、颜延之《释何衡阳达性论》、宗炳《明佛论》，无不以此为钻研对象。但佛教得以发展，并不仅仅在于佛性理论方面，其作用也不仅是有助于文士们探求性灵真奥而无"济俗"功能，恰恰相反，济俗功能的加强正是晋宋之际佛教的另一重要发展。由于三世果报这种神秘生命学说的建立，善恶报应由传统的及身而报、积善余庆转

---

① 《全宋文》卷二八何尚之《列叙元嘉赞扬佛教事》，严可均辑《全上古三代秦汉三国六朝文》第3册，第2590页。

化为神秘的见报、生报、后报的“三报说”[1]，大大增强了善恶报应的迷信力量，起到广大教化的作用，引起了统治者的重视。如东晋孝武帝奉佛，“亲接法事”[2]。

南北朝时期，佛教作为统治者新的教化形式的形成，是其在这个时期流行的关键。整个魏晋南北朝社会，在历史的形态上有一些共同的东西，如王朝更替频繁，且主要的形式为假借禅让之名行阴谋篡窃之实。曹氏篡汉开其先例，其后司马氏篡魏、刘氏篡晋、萧齐篡宋、萧梁篡齐、陈氏篡梁（以及北朝的北齐篡魏、北周篡齐、隋篡北周）皆如此。当然，这每一次禅让与篡位的背景与性质都有所变化。一般来讲，都是当旧王朝遭遇严重的内忧外患之时，枭雄之辈乘时而起，在拯济旧王朝的过程中，掌握了旧王朝的命运，成为实际上的最高统治者，于是禅让与篡位就成了瓜熟蒂落的事情。这种恶性循环，手段愈来愈卑鄙，周期愈来愈短，使历史陷入一种宿命的观念中，对于社会（尤其是上层社会）的道德意识的影响是巨大的。其主要表现，是作为汉代的基本社会意识形态的儒家名教思想被削弱。本来在东汉后期，由于外戚与宦官相继专政，清流党人被禁锢、仕途受阻塞等原因，出现了一些质疑传统道德的思想潮流，酿成后来魏晋崇尚自然、无为而治、玄虚放诞等思想意识，但是儒家政治思想与教化观念的基本结构还存在，尤其是从汉明帝至西晋武帝这一段时间，最高统治者在恢复儒学方面做了许多努力。所以在文人的思想中，形成一种比较稳定的儒玄兼综、名教与自然合一的思想结构。经过惠帝朝的后宫、外戚、藩王之乱，以及导致西晋王朝灭亡的匈奴刘氏入侵，司马氏王权与皇族政治势力，可以说被摧毁殆尽，但儒玄兼综的牢固的意

---

① 见《全晋文》卷一六二慧远《三报论》，严可均辑《全上古三代秦汉三国六朝文》第3册，第2398—2399页。

② 《全晋文》卷一一九桓玄《难王谧》，严可均辑《全上古三代秦汉三国六朝文》第3册，第2144页。

识结构抵抗了改朝换代,于是出现了门阀政治的局面。要了解两晋文学的特点,上述的政治意识是关键。

刘宋王朝将统治形式从门阀形式重新转移到正常的皇权统治,但正统的皇权统治赖以存在的道德基础并没有恢复。在这种情况下,统治者实际上也在寻找合适的道德基础,重建教化,而当时可能充当这种道德基础和教化工具的思想资源,除了传统的儒学之外,就是玄学与佛学。玄学过于思辨,而且贵无、无为的思想已经对魏晋皇权造成很大的损害,作为南朝各代的主流意识,显然不太合适。所以,可资取用的只有儒学与佛教,两者都具有教化功能。宋文帝即位后,自称"永念治道,志存昧旦"[①],深忧"风化未弘,治道多昧"[②],因此采取了一系列政治措施,包括兴学校、修教化、采舆诵、遣使巡行四方等,孝武帝继之,并有兴作[③],造成为南北朝各代所羡慕的元嘉之治。在使用这种传统皇权政治措施之外,这个时期的统治阶层上下及佛教内部,还普遍地注意到佛教的济俗功能与教化作用。东晋时期的佛学主要是般若学,缺乏教化功能,晋末慧远创净土信仰,宣扬果报思想,使佛教具备了很突出的教化功能,这是佛学内部的转型,却正与皇权政治寻找新的道德基础与教化思想相适应。据刘宋何尚之说,慧远曾就佛教的教化作用作过这样的阐述:"释氏之化,无所不可,适道固自教源,济俗亦为要务。世主若能剪其讹伪,奖其验实,与皇之政,并行四海,幽显协力,共敦黎庶,何成康文景,独可奇哉?使周汉之初,复兼此化,颂作刑清,倍当速耳。"[④]所谓适道,正是般若学之流

---

① 《宋书》卷五《文帝纪》载元嘉三年诏书,第1册,第75页。

② 《宋书》卷五《文帝纪》载元嘉五年诏书,第1册,第76页。

③ 如宋孝武帝即位初即遣大使巡省方俗,《宋书》卷六《孝武帝纪》载元嘉三十年诏书,第1册,第111页;兴学如《宋书》卷六《孝武帝纪》所载大明五年兴学诏书等,第1册,第128页。

④ 《弘明集》卷一一何尚之《答宋文帝赞扬佛教事》,第70—71页。

的佛教本体思想的研究，属于哲学范畴，东晋佛教的主流是适道，济俗则是以佛教为教化之具。在晋宋之际，随着佛教的进一步发展，佛教与儒教及中国传统生活习惯之间的矛盾开始出现，围绕这些问题，在哲学及政治领域，展开了比较激烈的论争。佛教的济俗功能，正是在这次论争中明确下来的。其中最重要的一次，就是发生在何承天、慧琳与颜延之、宗炳两组学者之间的哲学论争，何承天著《达性论》，慧琳著《黑白论》，其思想立场都是在玄学本体论方面，对于以济俗为功能的佛教，实际上是质疑的。颜延之与何承天辩论，宗炳则著《明佛论》，则都是站在维护因果报应学说、强调佛教教化功能的立场上的。这场争论甚至引起自称"少不读经"、对佛教不太了解的宋文帝刘义隆的注意。他与何尚之、羊玄保等人讨论佛教问题，从而辨明其济俗功能，这在佛教发展史上应该是十分重要的一件事。何尚之在《列叙元嘉赞扬佛教事》中记载文帝之语云：

> 吾少不读经，比复无暇。三世因果，未辨致怀。而复不敢立异者，正以前达及卿辈时秀，率皆敬信故也。范泰、谢灵运每云：六经典文，本在济俗为治耳。必求性灵真奥，岂得不以佛经为指南邪？颜延年之折达性，宗少文之难白黑论，明佛法汪汪，尤为名理，并足开奖人意。若使率土之滨，皆纯此化，则吾坐致太平，夫复何事？①

在同一篇文章中，何尚之列举东晋以来信仰佛教的士大夫，并举慧远之语，说明佛教同时具有适道与济俗两种功能。

何尚之不仅举慧远之说以附和文帝欲以佛教为教化之说，而且还在慧远之说的基础上作了具体的演述：

> 窃谓此说，有契理奥。何者？百家之乡，十人持五戒，则

---

① 《全宋文》卷二八，严可均辑《全上古三代秦汉三国六朝文》第3册，第2590页。

十人淳谨矣。千室之邑,百人修十善,则百人和厚矣。传此风训,以遍宇内,编户千万,则仁人百万矣。此举戒善之全具者耳。若持一戒一善,悉计为数者,抑将十有二三矣。夫能行一善,则去一恶。一恶既去,则息一刑。一刑息于家,则万刑息于国。四百之狱,何足难错?雅颂之兴,理宜倍速。即陛下所谓坐致太平者也。①

何尚之所畅想的让百姓奉佛以劝善、息刑、兴颂的佛教教化蓝图,正是南朝统治者大兴佛教的重要原因之一。可以说,从东晋到刘宋,正是佛教从适道为主走向同时重视适道与济俗两种功能的发展过程。范泰、谢灵运认为六经的功用是济俗为治,佛经则可以求得性灵真奥,这正是东晋玄学背景下名士学佛的目的;文帝所谓的"若使率土之滨,皆纯此化,则吾坐致太平,夫复何事",则是自三世因果之说盛行后更带有世俗教化功能与神道设教色彩的佛教。南朝佛教之发展路径,由此奠定。汤用彤先生将南北朝佛教分为南北两统:"南北风化,显有殊异。南方自永嘉衣冠南渡以来,继承三国以来之学风。迨至宋初,士大夫仍尊玄谈。""南统偏尚义理,不脱三玄之轨范,而士大夫与僧徒之结合,多袭支许之遗风。"②"南方偏尚玄学义理,上承魏晋以来之系统;北方重在宗教行为,下接隋唐以后之宗派。"③这种看法,是从南北两统对立的角度来说的,并且强调了南朝佛学沿承东晋佛玄之学的一方面,自有一定的道理。但无论是南朝还是北朝,士大夫及上层统治者的佛教信仰,相对于东晋时期来讲,作为宗教行为的成分都在增加,而作为哲学行为的成分逐渐减少。其中最重要的、构成东晋与南

① 《全宋文》卷二八,严可均辑《全上古三代秦汉三国六朝文》第3册,第2591页。
② 汤用彤《汉魏两晋南北朝佛教史》第十三章《佛教之南统》,中华书局,1983年,第297页。
③ 汤用彤《汉魏两晋南北朝佛教史》第十四章《佛教之北统》,第350页。

北朝两个时期佛教阶段性变化的主要标志的，就是佛教的济俗功能的明确化，由此而导致象教的繁荣。从南北朝至初唐，是中国佛教与政权结合最为紧密、佛教的象教事业最为繁荣的时期。这一点对此期的文化与文学产生全面的影响。

"适道"满足了士大夫们的思想需要，"济俗"则满足了统治者教化的需要，这正是佛教得以腾翔于中国历史时空的双翼。无论是"适道"还是"济俗"，都依赖于佛教的生命思想，所谓佛为一大事因缘出世，即是人类生死这一大事因缘。只是"适道"是穷究涅槃佛性这种精致的佛教生命哲学，它使文士们的生命情绪消解于求宗探极的思辨活动之中；"济俗"则凭借三世果报、轮回、净土信仰等神秘的生命学说，使愚夫愚妇们也都知所皈依。在佛教非理性生命观确立之前，非理性生命观的主要类型是道教型。道教的长生神仙之说，虽能托之神仙传说，但毕竟要受到现实的检验。成仙既未见其例，而又不愿放弃这种幻想，道教徒们只能在求仙的途径方面寻找依据，并且大大提高求仙之难度。而且求仙术，无论服药还是炼丹，都需要有物质经济的支持。这样一来，也使一般的文士和民众完全失去了求仙之兴趣。而佛教乘其弊而起，倡三世之说，重新鼓舞起人们对生命的非理性的幻想。刘宋时袁粲作《托为道人通公驳顾欢夷夏论》，论神仙之道与佛道之不同时说：

> 又仙化以变形为上，泥洹以陶神为先。变形者白首还缁，而未能无死；陶神者使尘惑日损，湛然常存。泥洹之道，无死之地。[①]

又南齐明僧绍作《正二教论》，亦论佛老之用的不同：

> 夫佛开三世，故圆应无穷；老止生形，则教极浇淳。所以

① 《全宋文》卷四四，严可均辑《全上古三代秦汉三国六朝文》第3册，第2682页。

在形之教,不议殊生;圆应之化,爰尽物类。[①]

士大夫之玩味佛教以消解生命情绪,在于泥洹(涅槃)之说、陶神之论;而民间更为广大的群众的佛教信仰,更在于三世报身之说。前者是精致的神不灭论,后者是比较直观的生命轮回之说。它们的功能,都非重在修身炼性、变形驻颜的神仙术所能及。民间信仰者在区别佛道二教的不同功能时说:道教保现生,佛教求来世。这实是对佛道二教在信仰方面的诱引方式的极通俗却深击其奥的分判。因为道教的思想基础在于一种极端推演的形神哲学,以养神之至来达到形体的长生乃至成仙,其若服药、符咒、禳解等法,也无不要从现生的身体上见出功效。这种现实功利性极强的宗教生命学说,实在带有某些实验的色彩,很容易陷入无法兑现的困境,并且因此而使生死的忧虑显得更加迫切,所谓"服食求神仙,多为药所误"[②],"诚愿游昆华,邈然兹道绝","我无腾化术,必尔不复疑"[③],正反映了这种情形。从这个意义上说,汉魏之际生命短暂情绪的激越、文学中生命忧思的突出表现,或许正是汉代神仙方术面临危机的一种反映。这样说来,佛教的盛行正是为了济神仙道教之穷。因为无论是三世之说,还是涅槃净土的信仰,都是以"殊生"即来生或者临终接引的方式来给予人们一种纯粹的幻想(或是一种神秘体验,如诱引人们出现虚幻的极乐净土体验),所以是一种"圆应"之教。三世轮回之说将一切生命都包括在内,在时人看来正是一种广大法门的圆应之化,其作用大大超过了道教。事实上,道教天庭、三清境界、真灵位业等信仰方式的建立,乃至尸解、兵解之类的说法,正是模仿了佛教的相

---

① 《全齐文》卷一四,严可均辑《全上古三代秦汉三国六朝文》第3册,第2868页。

② 《汉诗》卷一二《古诗十九首·驱车上东门》,逯钦立辑校《先秦汉魏晋南北朝诗》上册,第332页。

③ 《陶渊明集》卷二《影答形》《形赠影》,第36、35页。

应形式而建立的。这又是佛教济神仙道术之穷的另一方面。

二、佛教信仰对生死之情的解脱作用

佛教的本质，在于体悟世界的无常本质，万物皆为因缘附会而成。超脱生死，证入涅槃。佛徒自称此为稀有难遇之法，微妙难知。因为微妙，故多假事象来譬喻，加以释迦涅槃后，被奉为佛祖，出现偶像崇拜。此为象教之始。佛教的思想，原本认为世界皆空，所以建寺塑像，图画经变，乃至为诗颂赞说，皆为权宜之事，称为象教。历来信仰佛教者，就有重视悟道与崇信偶像两种不同倾向。东晋名士之佛教信仰，主要在于前者。南朝刘宋与北朝北魏之后，则因佛教的济俗功能与帝王庶民的信仰风气兴盛，佛教的宗教信仰、象教性质越来越突出。当时君主对佛教的佞信，可以说是空前绝后的。综观南朝自齐梁以降，北朝自北魏孝文帝以降，士大夫之信佛，普遍而且多数狂热、沉迷。受整个社会风气的影响，此期文士的佛教信仰，是以象教为主的，不像前面的东晋与宋代文士，主要是在悟道、禅悦的层次上接受佛教。假如以独立思考、崇尚理性为知识分子的特性，那么这个时期的知识阶层中绝大部分人，是缺乏这种精神的。此事于南北朝文学影响甚深。缺少独立精神的文学，自然会变得内容贫乏与空虚，变得感性化，走向外表的华丽与技巧的精致化。这与象教文化的特点正好是一致的。

这种意识背景对文学的最大影响就是导致魏晋式的生命主题逐渐消失。文人们由于皈依佛教，生命矛盾得到非理性的消解，逐渐放弃了生命主题。在面对现实中发生的生死问题时，因信仰佛理，而从生死之痛中得到解脱，或从涅槃、极乐中获得慰藉。《宋书·宗炳传》就载有宗炳凭借佛理以释妻亡之痛的事情：

妻罗氏,亦有高情,与炳协趣。罗氏没,炳哀之过甚,既而辍哭寻理,悲情顿释。谓沙门释慧坚曰:“死生之分,未易可达,三复至教,方能遣哀。”[1]

这是生活中用佛理遣哀的典型例子。表现在文学方面,如谢灵运早年拟乐府诗多表现生命主题,可是随着对佛学研究的深入和信仰的增加,他更多地是以佛理来迁情,故在他后来所作的山水诗中,生命情绪大大地淡化了。他的《临终诗》则完全用佛教的来生之说抚慰自己,渴望超越对死亡的恐惧和痛切。诗中云:“凄凄后(《诗纪》云:一作‘凌’。)霜柏,纳纳冲风菌。邂逅竟几时,修短非所愍。恨我君子志,不获岩下泯。送心正觉前,斯痛久已忍。唯愿乘来生,怨亲同心朕。”[2]诗人认为凌霜之柏与冲风之菌历生之时虽有修短,但究竟相差无几。这是传统的修短随化的思想。他还说自从皈依佛教,送心正觉,久已置生死于度外,并且死后仍有来生。这里我们清楚地看到,原本激烈的生死之情因佛教信仰而得以淡化。沈约在《临终遗表》中将“抱疾弥留”的痛楚理解为“深入法门,历兹苦节”[3],并希望梁武帝继续推广佛教。南朝时的一些遗令、遗诏中,常常言及死后奉佛像等事[4],正可见佛教对南朝人生死观念影响之深。

传统的生命主题,有一些被直接引入佛理之中,从佛理中得到一种解释。上述谢灵运等人的诗歌就是这样。齐梁时期,盛行佛经与佛理的讲解。这些讲解,其中一部分也是围绕生命问题而展开的。谢朓的《秋夜讲解诗》对此有比较直观的展示:

---

① 《宋书》卷九三,第8册,第2279页。

② 《宋诗》卷三,逯钦立辑校《先秦汉魏晋南北朝诗》中册,第1186页。

③ 《全梁文》卷二七,严可均辑《全上古三代秦汉三国六朝文》第3册,第3109—3110页。

④ 如齐武帝萧赜《大渐下诏》及《又诏》,《全齐文》卷四,严可均辑《全上古三代秦汉三国六朝文》第3册,第2809—2810页;齐豫章王萧嶷《遗令》,《全齐文》卷六,严可均辑《全上古三代秦汉三国六朝文》第3册,第2822页。

四缘去谁肇，七识习未央。沈沈倒营魄，苦荫蹙愁肠。琴瑟空烂熳，姱容空满堂。春颜遽几日，秋垄终茫茫。孰云济沈溺，假愿托津梁。惠唱摛泉涌，妙演发金相。空有定无执，宾实固相忘。自来乘首夏，及此申暮霜。云物清晨景，衣巾引夕凉。风振蕉蓬裂，霜下梧楸伤。六龙且无借，三相宁久长。何时接灵应，及子同舟航。[1]

此诗在引佛理进入传统生命主题方面具有代表性。诗开头说未解四缘、七识，营魄沉沉，苦荫相积，处于一种未能解悟的生死苦相之中。徒见琴瑟烂熳，美女满堂，但生命的春天极其短暂，而象征着老死的秋冬很快就会来临，并且最终归于垄中，去度永无晓期的漫漫长夜。这种沉溺之苦，终于从佛法中得到超度的津梁。接下来"惠唱摛泉涌，妙演发金相。空有定无执，宾实固相忘"这四句，形象地展示了当时"讲解"的情形。诗最后又写秋景，以衬忧生之思，期待与参与讲解之会的众人，同时受到西方诸佛的接应，登上慈航。讲解又称"解讲"，沈约集中有《和王卫军解讲诗》："妙轮辍往驾，宝树未开音。甘露为谁演，得一标道心。眇眇玄涂旷，高义总成林。七花屏尘相，八解濯芳襟。"[2]所谓"高义总成林"，更是形象地描述了齐梁时代讲解之会谈义纷披的景象，足可继踵东晋玄谈之风。后来唐代各种雅俗讲唱之风，正是渊源于此。

文学中生命情绪因佛教生命观而淡化甚至消失，这种变化最初常在一些作家的身上反映出来。除了上面所举的谢灵运之外，经历宋、齐、梁三朝的江淹更是一个典型。江淹早期诗赋继承了魏晋作家怊怅抒情的作风，尤其关怀生死盛衰之事（见前章相关

---

① 《齐诗》卷三，逯钦立辑校《先秦汉魏晋南北朝诗》中册，第1435页。
② 《梁诗》卷七，逯钦立辑校《先秦汉魏晋南北朝诗》中册，第1660页。

论述)。中年之后“深信天竺缘果之文”[①],“回向正觉,归依福田”,认为佛教“广树慈悲,破生死之樊笼,登涅槃之彼岸,阐三乘以诱物,去一相以归真”[②],其生命观念发生了根本性的变化,自觉地以佛教之说来消解生死之疑情。其《吴中礼石佛》诗即表现了这一心路历程:

> 幻生太浮诡,长思多沉疑。疑思不惭炤,诡生宁尽时!敬承积劫下,金光铄海湄。火宅敛焚炭,药草匝惠滋。常愿乐此道,诵经空山坻。禅心暮不杂,寂行好无私。轩骑久已诀,亲爱不留迟。忧伤漫漫情,灵意终不缁。誓寻青莲果,永入梵庭期。[③]

“幻生”四句,写作者在接受佛教思想之前,曾长期纠结在生命问题的思索与疑惑之中。他认为如果不用佛理去照鉴生之浮诡,思想之疑惑将永无解决之日。江淹的这种思想转变,在南朝前期的文人中具有典型性[④]。自汉末以来,文人群体长久地沉浸于浓厚的生命情绪之中,其间道家生死观及玄学本体论等虽也起到一些解脱作用,但都没有真正消释它。只有佛教的非理性生命思想全面地被阐发出来并被文人群体普遍接受之后,魏晋式的生命情结才被解开。这是魏晋生命主题消歇于南朝文学的最主要的思想背景。由此可见,文学中的生命主题的表现与文人的生命观是直接联系的,而文人的生命观又是社会意识潮流的产物,这就是我们研究中古文学生命主题盛衰之变的基本角度。

东晋以后佛学影响士大夫及文学者,主要在于观空悟色的思

---

① 胡之骥《江文通集汇注》卷一〇《自序》,第381页。
② 胡之骥《江文通集汇注》卷末《佚文·无为论》,第390、391页。
③ 胡之骥《江文通集汇注》卷三《吴中礼石佛》,第114页。
④ 参看拙文《江淹“才尽”原因新探》,载浙江广播电视大学主办《电大教学》(文科版)1992年第4、5期合刊,第28—36页。

维方式上。所谓六家七宗之说[①],至今仍为治佛学史者所深究。佛教更广泛地发生影响,在于上层是其济俗教化的作用,对于一般的士庶民众,则是其祈求福报、消灾解厄的功能,以及三世轮回、果报等思想,比起般若智慧来,更加直接地体现象教的功能。其在文学方面的影响,则产生了一批宣扬信教功能以及地狱、神鬼、转生故事的小说。

三、南朝文人的象教文学

汉魏西晋文人与当时的道教关系疏远,游仙、隐逸仍然停留在一种对上古神话与高士的向往的模式中,与同时道教的关系并不明显。这也许是当时的道教,在意识形态领域仍处于异端的状态。一直到东晋时期道教与门阀士族相接后,形成了贵族性质突出的上清派等教派后,文人和文学与道教的关系才开始密切起来。文人和文学与佛教的关系,大体上也经历了与上述道教与文学关系的相近的路径。在佛教的适道与济俗功能完全确立后,南朝文人与佛教的关系变得十分密切。尚文与崇佛,可以说是南朝贵族文化的两大特征,并且是密切地结合一起。法琳《辩正论·十代奉佛上篇》:

> 宋世诸王并怀文藻,大习佛经,每月六斋,自持八戒,笃好文雅,义庆最优。[②]

法琳这里说的是宋世诸王的好尚,但他所说的"并怀文藻,大习佛经",可以视为对南朝文人与文学的一个总评。

文人与佛教的关系,最初偏重于"适性",或者如慧远所说的

---

① 详见汤用彤《汉魏两晋南北朝佛教史》第九章《释道安时代的般若学》,第165页。

② 释法琳《辩正论》卷三《十代奉佛上篇》,陈子良注,见《永乐北藏》第151册,线装书局,2000年,第328页。

"适道"。东晋玄学名士玩味般若之义,就属于典型的适道行为。晋宋之际,围绕佛性及形神问题的讨论,也是属于适道的行为。与此同时,信仰的色彩越来越浓重,以谢灵运为例,虽然他撰写过《辨宗论》这样具有哲学品格的佛学论文,但他本人同时参与慧远莲社的活动,可以说是象教文学的开创者之一。其应慧远之命所作《佛影铭》,以藻采颂佛法,可称象教文学的代表作。此事起因是这样的:"法显道人,至自祇洹。具说佛影,偏为灵奇。幽岩嵌壁,若有存形。容仪端庄,相好具足。"据说佛的影子,投射在岩壁上而留下灵迹。这当然是释迦无边法力的一种印证。"庐山法师闻风而悦,于是随喜幽室,即考空岩。北枕峻岭,南映滮涧。摹拟遗量,寄托青彩。岂唯像形也笃,故亦传心者极矣。"在这篇铭文中,谢灵运凭借他模山范水、施染丹彩的笔法,比较生动地再现了庐山东林寺雕刻的佛影:

> 敬图遗踪,疏凿峻峰。周流步栏,窈窕房栊。激波映墀,引月入窗。云往拂山,风来过松。地势既美,像形亦笃。彩淡浮色,群视沈觉。若灭若无,在摹在学。由其洁精,能感灵独。[①]

谢灵运还创作了《无量寿佛颂》《和范光禄祇洹像赞》《维摩经十譬赞》等象教赞颂。其《无量寿佛颂》云:

> 法藏长王宫,怀道出国城。愿言四十八,弘誓拯群生。净土一何妙,来者皆清英。颓年欲安寄?乘化好晨征。[②]

比较鲜明地表达了向往极乐的信仰心理,从中可看出,促使人们信仰佛法、向往西方净土的根本动机,仍在超越生命短暂之限的

① 上引俱出谢文,载《全宋文》卷三三,严可均辑《全上古三代秦汉三国六朝文》第3册,第2618页。

② 《全宋文》卷三三,严可均辑《全上古三代秦汉三国六朝文》第3册,第2617页。

长生幻想，只不过现在是以佛教的形式表现出来。于此可见，南朝文人常常同时从事修道求长生与生天作佛两种活动的原因，深藏于人们强固的永生愿望之内。

西方信仰也出现在谢灵运的山水诗境之中，正如其山水诗中隐约存在的求仙幻想一样。其《登石室饭僧诗》较早显示了山水与佛教内容的结合：

> 迎旭凌绝嶝，映泫归溆浦。钻燧断山木，掩岸墐石户。结架非丹甍，藉田资宿莽。同游息心客，暧然若可睹。清霄飏浮烟，空林响法鼓。忘怀狎鸥鲦，摄生驯兕虎。望岭眷灵鹫，延心念净土。若乘四等观，永拔三界苦。[1]

此诗所写的石室山，一说在永嘉。据诗中"映泫归溆浦"，可知这是临近海边的一座山。山中佛寺比较简陋："掩岸墐石户"，"结架非丹甍"，在临近江岸的地方造几间石头房子，结屋而居，没有雕梁画栋。山僧生活接近于原始生活方式："钻燧断山木"，"藉田资宿莽"，也就是仍然采用钻木取火的办法，并在宿莽中开辟一点山田来耕种。但作者却将其想象为佛祖居住的灵鹫山，视为净土的幻现，并产生诚笃的佛教信念。这应该是较早一首描写山林佛寺、表现僧侣生活的诗歌，也可借此考见南朝山林佛寺的一种形制。谢氏从永嘉太守任归隐后，经营始宁别墅，继续其佛教活动，其《石壁立招提精舍诗》就是典型的佛教主题的诗歌。

南齐是文人象教文学发展的重要时期。齐竟陵王萧子良大弘佛法，礼佛讲解，其门下竟陵八友等文人也随之奉佛，并以文学为佛事。萧衍后来的佞佛，应该就缘起于其为竟陵文士时。沈约、谢朓、王融都有佛教主题的作品。王融虽早死，但奉佛似最虔诚。其集中《净住子颂》三十三篇，以四言为主，五言、七言间作，

① 《宋诗》卷二，逯钦立辑校《先秦汉魏晋南北朝诗》中册，第1164页。

全面地弘演佛道的诸种教义及信仰行为,其宗旨则在劝说人们信仰佛法,以祓除生命之诸种苦相。如其中的《生老病死篇颂》,仍是一种对生命短暂的热切的感叹,不过作者所强调的是要在短暂的生涯中努力修习佛法,以免沉沦:

> 秾华易迁,繁蕉不实。星发鲐肌,邻光惕日。二竖潜言,十巫空术。生之往矣,高松萧瑟。即化翻灵,从缘坠质。噬脐有讥,嗟然何汩。[①]

《发愿庄严篇颂》则充满了出离尘世、度入庄严佛土的幻想:

> 心所期兮彼之岸,何事浮俗久淹逭?照慧日兮驾法云,腾危城兮出尘馆。芳珠烨兮闻岁时,宝树飕兮警昏旦。清露溥甘永以挹,喜园流采常为玩。无待殷鼎方丈羞,安用秦筝纤指弹?勒诚款愿长不渝,习苦尘劳从此捍。[②]

诗中渲染净土之乐,其文字依傍《阿弥陀佛经》等净土经典,但也加入作者的想象,其宗旨在于舍世俗如席前方丈的珍馐及秦筝赵瑟之乐。

萧梁时代,雕绮文风与象教文学同时流行。由于梁武帝虔信佛教,撰述经论、佛记,大兴佛寺,雕饰佛像,与佛事相关的文学也随之发生。其基本的创作观念,是追求玄奥与雕文,与当时整体的绮丽文学作风是一致的。萧纲《上皇太子玄圃图讲颂启》中赞颂萧统云:

> 伏惟殿下,体高玄赜,养道春禁。牢笼文圃,渔猎义河。注意龙宫,研心宝印。云聚生什之材,并命应王之匹。[③]

牢笼文圃,渔猎义河,正是文与义并重。对于萧纲来说,要既

---

① 《全齐文》卷一三,严可均辑《全上古三代秦汉三国六朝文》第3册,第2861页。
② 《全齐文》卷一三,严可均辑《全上古三代秦汉三国六朝文》第3册,第2863页。
③ 《全梁文》卷一〇,严可均辑《全上古三代秦汉三国六朝文》第3册,第3004页。

有道生与罗什的佛理研究，同时又要有应场、王粲的文才。他自称“文惭绮发，思阙雕英”[①]，可见“雕英”“绮发”是当时象教文学的风格追求。佛道本在证空，但南朝的小乘佛教重在形象。佛虽无一定之像，但感符之迹，资于形象，于是本主张色空的佛教，在象教观念的导引下，成了一种最重视形象的宗教，于是产生象教的艺术，在南北朝时期结出第一批奇葩。其与原本重视形似的六朝文学观念相汇合，构成六朝象教文学的特殊面相。我们甚至可以说，象教文学之盛正在齐梁时代，雕绮与佛理相结合的象教文学是齐梁文学之一种。

梁武帝萧衍与文学名家沈约，即是这一时期象教文学的代表作家。梁武帝曾明确地表示放弃老子之道，专信佛教的立场。他在天监三年所下《敕舍道事佛》诏书中，认为“大经中说道有九十六种，唯佛一道，是于正道。其余九十五种，皆是外道”。他认为老子、周孔等虽可以说是佛弟子，但也不是正道，正道只有佛教一种[②]。沈约早年也是笃信仙道的，后来大弘佛理，著《均圣论》，认为“世之有佛，莫知其始，前佛后佛，其道不异”[③]。他认为佛法其来有自，应该唐虞三代已有，只是中土隐而未显。中土虽未有戒杀生之教，但其进化之迹，也是向戒杀全生的方向发展。此文曾引起道士陶弘景的反驳，为南朝佛道相争之一例。沈氏还著有《形神论》《神不灭论》《难范缜神灭论》等文，属于当时主张神不灭的一派。神不灭的实质就是崇佛，崇涅槃净土、三世报身之说。沈约是这方面的坚定信仰者。

沈约曾撰作多篇佛教的记、序、颂、铭。如《湘州枳园寺刹下石记》《内典序》《佛记序》《千佛赞》《绣像赞》《弥勒赞》《弥陀佛铭》

---

① 《全梁文》卷一〇，严可均辑《全上古三代秦汉三国六朝文》第 3 册，第 3004 页。

② 《全梁文》卷四，严可均辑《全上古三代秦汉三国六朝文》第 3 册，第 2970 页。

③ 《全梁文》卷二九，严可均辑《全上古三代秦汉三国六朝文》第 3 册，第 3118 页。

《瑞石像铭》《光宅寺刹下铭》《栖禅精舍铭》等。其中《佛记序》是应梁武帝萧衍敕命，为虞阐等人所撰的佛记而作。这些作品，辞采华缛，义理玄奥。其华缛的辞采，自是南朝雅颂文学的一般风格。玄奥的义理，则反映了南朝士人中持有佛论、神不灭论者对佛教教义的玩味。如《千佛赞》：

> 道有偕适，理无二归。寂照同是，形相俱非。千觉符应，递扣冥机。七尊缅矣，感谢先违。既过已灭，未来无象。一利靡停，三念齐想。不常不住，非今非曩。贤劫虽辽，修焉如响。栖林籍树，背室违家。前佛后佛，迹罔隆窊。或游坚固，或荫龙华。能达斯道，可类恒沙。帝萃群圣，均此妙极。先后参差，各随愿力。密迹弘道，数终乃陟。誓睹来运，永传令识。[①]

作者玩味于神识与形相之际，大抵的意思是说佛道是不二之道。所谓佛，是一种觉悟的神理，其在形相上的表现，则是千变万化的，所谓“寂照同是，形相俱非”。同时也没有什么形相是真正能够表达佛法的，此即所谓“七尊缅矣，感谢先违，既过已灭，未来无象”。千佛的形象塑造，事实上也只是一种表灵显符的形象手法。但佛法是可以凭心灵来契悟、感应的，所谓“一利靡停，三念齐想”，“贤劫虽辽，修焉如响”。这里面所表达的，是一种神秘的、带有客观唯心色彩的生命本体观，而并非哲学性质的本体玩味，其最终体验仍要落实到生天成佛的信仰之上。至“帝萃群圣均此妙极”等句，则是赞颂梁武帝作千佛像的功德。其《弥陀佛铭》比较清晰地描述了作者幻想中的净土图景：

> 法身无象，常住非形。理空反应，智灭为灵。穷寂震响，大夜开冥。眇哉遐寿，非岁非龄。物爱雕彩，人荣宝饰。事

---

① 《全梁文》卷三〇，严可均辑《全上古三代秦汉三国六朝文》第3册，第3126页。

俭欲兴，情克累息。至矣渊圣，流仁动恻。顺彼世心，成兹愿力。于惟净土，既丽且庄。琪路异色，林沼焜煌。靡胎靡娠，化自余方。托生在焉，紫带青房。眷言安养，兴言遐适。报路虽长，由心咫尺。幽诚曷寄，刊灵表迹。仿佛尊仪，图金写石。澧沱玉沙，乍来乍往。玲珑宝树，因风韵响。愿游彼国，晨翘暮想。七珍非羡，三达斯仰。[①]

此铭先阐说法身无象，涅槃常住之体，非形象能示。佛法以悟空灭智为旨，但佛法即是空中之色、寂中之响。佛法中的遐寿，亦非人类所说的永年长寿。总之，佛法是与世俗的理解与感知完全不同的一种存在。但是，人类的感知在于象与色，爱好雕采与荣饰。“渊圣”即阿弥陀佛为启迪世人，示现种种形象，其中最为庄严美丽的，即弥陀的净土境界。作者根据佛经，对弥陀净土作了一番描述，并且表达了对那个净土佛国的朝思暮想之情。

梁武帝萧衍可以说是象教文学的领袖。他在各种场合，运用各种文体弘扬佛教，著述甚多。他是当时形神问题讨论中神不灭派的主将，著《立神明成佛义记》，他使这场绵延两朝的本来具有哲学研究色彩的形神讨论，最终结束在纯粹的宗教信仰的立场上。他多次表示弃道教从佛教的坚定立场，并且撰写《断酒肉文》以劝诱臣下与庶民。在佛教文献中，还流传着据说是他所创作的《梁皇忏》。但梁武帝的象教文字，大多风格朴质，是典型的宣教文字。其《会三教诗》《十喻诗》等，也都是平典无文的哲理诗歌。唯有《游钟山大爱敬寺诗》，在阐说佛理的同时，描写带有净土想象色彩的佛寺风景：

驾言追善友，回舆寻胜缘。面势周大地，萦带极长川。棱层叠嶂远，迤逦隥道悬。朝日照花林，光风起香山。飞鸟

---

① 《全梁文》卷三〇，严可均辑《全上古三代秦汉三国六朝文》第3册，第3128页。

发差池,出云去连绵。落英分绮色,坠露散珠圆。当道兰藿靡,临阶竹便娟。幽谷响嘤嘤,石濑鸣溅溅。萝短未中揽,葛嫩不任牵。攀缘傍玉涧,褰陟度金泉。长途弘翠微,香楼间紫烟。慧居超七净,梵住逾八禅。始得展身敬,方乃遂心虔。菩提圣种子,十力良福田。正趣果上果,归依天中天。一道长死生,有无离二边。何待空同右,岂羡汾阳前。以我初觉意,贻尔后来贤。①

此诗的风景描写,虽然铺陈形似,且不无错彩镂金的雕绘之笔,但作者进行这样长篇的描写,其意欲来自净土的启示,却也因此失去真山水的审美效果。梁武帝在诗歌方面,原本长于艳丽的乐府新声,他曾作道教主题的《上云乐》。晚年奉佛后,曾作吴声体《欢闻歌》二首,以艳体写佛事:

艳艳金楼女,心如玉池莲。持底报郎恩,俱期游梵天。(其一)

南有相思木,合影复同心。游女不可求,谁能息空阴。(其二)②

这两首诗,意思颇为暧昧。第一首诗中艳丽的金楼女,原本心有所爱,现在又修习佛道,但似乎她的修行中,仍有一种旧日的恩爱情意在,与相爱的人相期游于梵天。这很接近于后来密宗的双修。当时贵族乃至皇宫中的女性,不乏奉佛者,所以萧衍此诗是有现实依据的。这首诗可以说在礼佛主题中写入男女之情,或许暗示了齐梁贵族男女在佞佛与世俗的男女情爱中复杂纠结的情状。第二首写南方相思之木,合影而同心。这里的相思木,有可能是指象征佛教智慧的菩提树,游女则是上首诗中所写修梵的

① 《梁诗》卷一,逯钦立辑校《先秦汉魏晋南北朝诗》中册,第1531页。
② 《梁诗》卷一,逯钦立辑校《先秦汉魏晋南北朝诗》中册,第1518页。

金楼女之类。最后一句的空阴，即佛教五蕴皆空之义。

齐梁象教文学，遍布当时的笔与文两体。笔体如论、记、说等，以阐理见长；文体如诗、赋、颂、赞、铭、偈等，则是繁文绮合，缛旨星稠。骈体也是当时礼佛文字最常用的文体。凡赞铭之类，当用骈体为序，如沈约《瑞石像铭序》《光宅寺刹下铭序》。梁简文帝萧纲集中，骈体文章尤其多，如《菩提树颂序》，是说当时僧俗因释迦菩提树下成道的故事，制作各种各样的菩提树：

> 于是想成道之初，建菩提之树。四海呈珍，百工荐巧。雕金缕碧，缀镜悬珠。制似雪山，形同飞盖。四匝垂阴，五面益物。名高满月，德逾普覆。并艳千光之树，连英五色之华。璧日垂彩，玉蒂生烟。微风徐动，宝枝成乐。俨然妙色，荫此曲枝。显若金山，尊如聚月。信女百味之初，诸天四钵之状。散漫祥草，连翩青雀。伏吐电之魔，却担山之鬼。奇姿瑰质，不可胜言。①

从菩提树的制作，可以窥见梁武帝时代，因统治者的提倡，人们对佛教的狂热信仰，以及追摹象法的热情。从许多方面来看，都让人感觉到，这个时代，或许正是中国古代象教艺术的高峰。

南朝象教文学，融入了丰富的佛教生命意识，从中可以看出南朝士大夫用玄思、笃信、绮文来寻求解脱生命之苦，并梦想西天极乐世界的巨大热情。这是另一种形式的生命文学的高潮。与后来的禅宗对文学的影响的那种盐溶于水的澄明风格不同，南朝象教文学是一种形似的文学，也可以说是一种文胜而质虚的文学。

---

① 《全梁文》卷一三，严可均辑《全上古三代秦汉三国六朝文》第3册，第3024页。

第二十三章　汉魏六朝小说的生命主题

一、小说在表现生命主题方面与诗赋的不同功能

在表现生命主题方面，小说与诗赋实为两翼。诗赋除原生的乐府与歌谣之外，以文人为创作主体，而且从楚辞开始，就已确立有名氏创作的传统。其原因无非两个方面，一是汉魏以降，诗赋被视为仅次于经、子的一种立言之作，是个体生命价值的重要体现；二是玄学才性之说流行，诗赋更是士大夫表现才性的重要行为，其中包含着呈艺竞技的因素。两汉以来，文人诗赋，正史传记及各种目录都有清晰的记载。魏晋以降，崇尚文学，总集、别集勃兴。所以，有名氏的诗赋创作、时代作者，班班可考。而个体作家的生命意识、时代的生命思潮在诗赋中的表现，也是源源本本地可以考论。甚至乐府诗歌，如汉乐府相和歌辞，东晋以降历代的吴声、西曲，由于曾经使用于宫廷，经过乐官的系统整理，其创作的历史背景与意识形态，也多可以考见，文人拟作更是其显著者。所以，从文体而论，只有歌谣与小说两种，多属于野生的形态，完全被视为俚俗无稽的文学，偶尔附庸于史传、文集之次，但其作者、时代则多模糊不清。这里很重要的原因，还是因为中国古代由于士大夫文化的发达之早，理性的思想成熟极早，尤其是儒家政教思想的作用，志怪述异、谈神说鬼，被视为荒唐无理性之举。因此，小说的文体之卑，略同于歌谣野曲。而事实上，中国古代志

怪述异的小说，从《穆天子传》以来，便与歌谣相合。至如《列仙传》《神仙传》中，也多歌谣俚曲。可见此类文体，实多纠缠相生。这是因为它们都源于某些故事，述其事则小说，歌其事则谣曲。而作为中国古代小说与诗歌关系密切的特点，正可追溯到汉魏六朝志怪一体之中。

小说与诗赋共同反映了中国古代的生命思想及其演变。但诗赋所反映的主要是中国古代士大夫的精神世界，尤其是他们的生命忧思与各种形式的生命观，体现了更多的哲学思辨色彩。与此不同，小说则反映了更为广大群体所凝结的种种生命体验，尤其是对于生命及其世界背景的种种幻想，所以它更具有社会意识的性质，也带有更多的原始生命意识遗存的色彩。同时，与诗赋的生命主题在各个时期具有明显的演变有所不同，小说中所表现的生命意识，则具有某种稳定性。也就是说，虽然小说的文本形式、功能在不断地发生着变化，但小说中所体现的生命主题，却是从神话到汉魏六朝志怪，甚至到后来的神魔小说，却并没有太大的变化。比如，反映神仙道教内容的小说，从六朝志怪到清代乾隆年间李百川的《绿野仙踪》，其所描写的人们对成仙方术的信仰，并没有太大的变化。当然，社会人群对其信仰程度是有变化的。对于明清小说的神话及神仙故事的内容，人们普遍了解其虚构的性质，而在魏晋南北朝时期，它们不但是庶民的真实信仰，也获得了包括葛洪、干宝等博学者在内的士大夫们的认可。但这种变化，其实也只是程度的不同。即使在汉魏六朝社会，也有不少士庶人物并不相信神仙灵异的故事，而到清代，仙术也还在现实中流传。也许这其中最重要的跨越时代的共同点，在于神仙灵异故事本身的娱乐性。我们甚至可以这样认为，这种娱乐性或娱乐价值，甚至在原始神话产生的时代，同样是存在的。而娱乐性，从根本上说，是既摆脱了生命恐惧同时也摆脱了生命负担的时候才能实现的。学术界的一种普遍观点认为，汉魏六朝志怪灵异故事

是被当作一种真实的东西而书写的,与唐传奇的自觉的虚构性不同。但是这不影响它们在娱乐功能上的共通性。即从生命意识的表现上说,它们都是生命为自身创造的一种灵异变化的形象,是生命在力求摆脱其现实的形式与环境,在幻想的世界尝试其无限的可能性。不管这种幻想之媒介是宗教所提供,还是艺术灵感所提供,从表现生命意识来看,它们没有本质的不同。

二、小说及志怪的文体源流

“小说”一词始于战国,学人熟知庄子“饰小说以干县令”之语。《庄子》外篇《外物》中,讲述了任公子为大钩,投竿东海,得巨鱼剖而腊之,使淛河以东、苍梧以北的人都得饱食。在讲了这个故事之后,庄子评论说:“饰小说以干县令,其于大达亦远矣!”[①]所谓小说者,正是如任公子钓鱼这一类故事。战国诸子在游说、议论时,多会讲一些历史与寓言故事,风格各异。庄子为了极言其理,在讲这类故事时,多以极为夸张、虚拟的方式,所谓荒唐无涯涘之言。所谓小说者,以其所说多为小道。庄子所说小说,当然不只是故事,也包括小家杂说的意思。但故事是小说中重要的一种。“小说”之外,《庄子》外篇《寓言》有所谓“寓言十九,重言十七,卮言日出,和以天倪”[②],所谓寓言、卮言,其义与小说也差不多。这说明作为书写文体的小说的发生,源于春秋战国诸子百家论议、游说蜂起的风气。至秦汉时代,士林棼杂,儒生方士承继战国游谈著说的风气,各以其道术而著书立说。其源流家数不明者,班固《汉书·艺文志》将之归入小说家一类,列于诸子之末。其书多以“说”为目,如《伊尹说》《鬻子说》《黄帝说》《封禅方说》

---

① 王先谦《庄子集解》卷七《外物》,《诸子集成》第3册,第177页。

② 王先谦《庄子集解》卷七《寓言》,《诸子集成》第3册,第181页。

《虞初周说》。班固于小说家众说，也知其多为依托古人之作，如说："《伊尹说》二十七篇。其语浅薄，似依托也。《鬻子说》十九篇。后世所加。""《师旷》六篇。见《春秋》，其言浅薄，本与此同，似因托之。""《务成子》十一篇。称尧问，非古语。""《黄帝说》四十篇。迂诞依托。"[1]从著述及文体的源流来说，后世之笔记小说，正是源于诸子家流。《汉书·艺文志》在说到诗赋的源流时说："春秋之后，周道浸坏，聘问歌咏不行于列国，学《诗》之士逸在布衣，而贤人失志之赋作矣。"[2]这种情况，不仅是辞赋发生的原因，同样也是战国至秦汉小说发生的原因。溯其渊源，实出自战国诸子著述蜂起的风气。故中国小说，实从子、史衍生，其著述的成立及文本的源流甚明。其与正式的子史著作不同，战国秦汉之小说，多出于方士，多依古帝哲王以自神其事，故名字不详，多为无名氏之作。至其造作之态度，亦为众多著述中最为自由如意，甚至可以说最不严肃的一种。但正因其自由如意，最不严肃，所以能成一种创造的奇观。以其放浪纵恣、穷奇尽变，反过来影响了文人正规制作的诗赋之体。其中游仙诗赋，正是取资秦汉小说中神仙故事以成咏；而六朝志怪及仙经、道书，则为唐宋以后文人所取资，唐人如三李之流的诗歌，于此渊源尤深。

明人胡应麟《少室山房笔丛》将小说分为志怪、传奇、杂录、丛谈、辨订、箴规六类[3]。其志怪、传奇两目，最为后世治小说者所盛称。鲁迅《中国小说的历史的变迁》将汉魏六朝小说分为志怪、志人两大类，至今仍为研治小说史者沿用[4]。然"志怪"二字亦出自《庄子》，内篇《逍遥游》在讲鲲鹏故事时说："齐谐者，志怪者也。"

---

① 《汉书》卷三〇《艺文志》，第6册，第1744页。

② 《汉书》卷三〇《艺文志》，第6册，第1756页。

③ 胡应麟《少室山房笔丛》卷二九《九流绪论下》，上海书店出版社，2001年，第282页。

④ 鲁迅《中国小说的历史的变迁》第二讲《六朝时之志怪与志人》，收入《中国小说史略·附录》，人民文学出版社，1975年，第274页。

也就是说这个故事出于“齐谐”。“齐谐”,王先谦注:“司马彪云:齐谐,人姓名。简文云:书名。”[①]可知战国时期,或者更早一些时候,就有像“齐谐”这样的志怪小说家或志怪小说问世,以其操术怪诞而谐,故不得列名于诸子之显学,其姓名事迹,也不得彰闻于世也。而齐谐及其所述鲲鹏故事,因庄子之述而得以传于后世。观其实质,与《山海经》之述异,旨趣实无差别。而《山海经》亦是书虽传而作者不彰。

中国古代小说因渊源于战国诸子百家著述子、史的风气,并且为其旁枝别出者,所以托古人、记古事为其最初的基本形式,并且以志怪与传奇为基本精神。《山海经》志怪,《穆天子传》《燕太子丹传》都是传奇而兼有志怪的特点。此种小说的作者,大抵为战国秦汉的游说之士与方士之流。后来魏晋作者依托汉人所作的《汉武故事》《汉武内传》,都是继承这个文体特点。其发轫之端,是假上古神话以立说,所以小说文体虽源于战国诸家,文情、文思则源于古代神话传说。至汉魏六朝,大宗神话,事已固定,而方术仙道及后来的道教、佛教流行,有大量的前代或当世发生的故事流传,方士文人用以现形说教,开出小说中述今的一派,但仍以志怪与传奇为基本精神,平常的人间生活的事迹,例不得取。故汉魏六朝小说之现实性与现世性,反不如同期的乐府诗歌。但乐府写实,多抒生命之哀苦,而小说传奇志怪,多畅生命之幻想。实亦现实生命表现之两翼。

中国古代小说产生与发展的最大特点是它的丛杂性。与诗歌和辞赋不同,小说并非单纯的文体概念,它毋宁说是更倾向于文用的一个概念。它的文用趋向于小、丛、杂、野乃至于荒诞不经。而其体制,如上所述,是出于诸子史传,是诸子史传蔓生衍变的非规则化的一种发展。其以无须负责的传述、杂纂为著述方

---

① 王先谦《庄子集解》卷一《逍遥游》,《诸子集成》第3册,第1页。

式，或略取变风变雅作者言之者无罪、闻之者足戒的姿态。从写作方面来说，也可以说是著述曼衍、文辞泛滥的结果。但这正是传统的注重立言的生命价值观的一种解放，亦可以说是人性的解放、文学本身的解放。

说到文用，汉魏六朝小说有两大文用，一是源自史传的记人的功能，一是源自《山海经》等外史的记事述物的功能。记人源于史传，魏晋以降，随着人物品评风气的发生，人物别传发达，但其中大多数不具备小说艺术的性质。记事述物这种文用的发展，正是魏晋南朝小说发展的关键。记事的一大部分，虽然也少不了人的活动，但并非定要以人为主角不可，奇异事物、山精木怪，都可作为主角。就是以人为主角的记事，也侧重于传奇与怪异。或者说，六朝小说的最重要的文用，或如今人所说的审美观，在于灵异与侈艳。而这两者正是我们今天所说的小说的艺术价值之所在。

三、从神话到神仙小说

《山海经》虽为中国古代神话之渊薮，但其基本性质实为上古具有巫书性质的地理书，这一点，世之学者论之已多。小说成立，端在人与事两个基本要素。从这个意义上说，《山海经》虽为后世神话小说的取资对象，但其本身不能称为小说。然《山海经》实为汉魏晋三代讲述远国异邦神仙及神异故事的一类著作的体制渊源，如托名东方朔的《十洲记》《神异经》、托名魏文帝曹丕的《列异传》及张华《博物志》等书，其体制都是本于《山海经》。东方朔在汉武帝时当过侍从之官，武帝好神仙，朔尚文好谈，并多滑稽譬喻，所以被附会为神仙道术人物。王充《论衡》中记载世人之言："世或言：'东方朔亦道人也，姓金氏，字曼倩，变姓易名，游宦汉朝。外有仕宦之名，内乃度世之人。'"可见在汉代的传说中，东方

朔就与神仙产生瓜葛。但王充说:“朔无入海之使,无奇怪之效。”[1]王充博学,他已明言“朔无入海之使”,不能像其他自称能入海的方士那样说得神乎其神,如果《十洲记》《神异经》之类汉代已经造作出来,而又托名东方朔,王充一定不会这样说。可见这类书,应该是汉末魏晋时期方士造作的,这类小说以记载异境与异物为主,叙事性比较弱。托名东方朔的《神异经》所记载的东王公、朴父等故事,具有原始神话的性质:

> 东荒山中有大石室,东王公居焉。长一丈,头发皓白,人形鸟面而虎尾,载一黑熊,左右顾望。恒与一玉女更投壶,每投千二百矫。设有入不出者,天为之嚱嘘。矫出而脱误不接者,天为之笑。[2]
>
> 昆仑之山有铜柱焉,其高入天,所谓天柱也。围三千里,周圆如削,下有回屋方百丈,仙人九府治之。上有大鸟,名曰希有,南向,张左翼覆东王公,右翼覆西王母。背上小处无羽,一万九千里,西王母岁登翼上,会东王公也。故其《柱铭》曰:“昆仑铜柱,其高入天,圆周如削,肤体美焉。”其《鸟铭》曰:“有鸟希有,碌赤煌煌,不鸣不食。东覆东王公,西覆西王母。王母欲东,登之自通。阴阳相须,惟会益工。”[3]

东王公故事,一般认为是仿照《山海经》中西王母故事而造[4]。但从上面同是记载东王公的故事中,我们还是可以看出东王公故事本身,有一个发展的过程。石室东王公故事,更有较多的原始蛮野的色彩,应该属于原始神话。其鸟与虎合形,形象完全与《山

① 《论衡·道虚篇》,《诸子集成》第7册,第72页。
② 《神异经·东王公》,见李剑国《唐前志怪小说辑释(修订本)·先秦两汉编》,第39页。
③ 《神异经·中荒经》,李剑国《唐前志怪小说辑释(修订本)·先秦两汉编》,第40—41页。
④ 李剑国《唐前志怪小说辑释(修订本)》,第40页。

海经》中兽与兽相连、人与兽相连的形象相类似，具有图腾的性质。其与玉女投壶不中而天笑，后世一般解释天笑为天作闪电，显然是有关闪电这一自然现象的神话故事。后面一个故事，则是经过秦汉神仙家的改造，其中最重要的是“仙人九府”这样一个神仙的治理机构。它应该是后来道教仙府、仙庭、仙宫的较早类型，也是启发后来天师道、太平道等虚构神仙组织的开端。东王公与西王母一样，在后来的道教神仙谱系中，都是重要人物，虽然他们正式出场的时候不多，但都是主神之一。在民间的道教信仰中，西王母直接发展为王母娘娘这样的角色，而东王公与玉皇大帝之间也有一种联系。至于太上老君，则是老子及传说为其师的太上的合形。在《真诰》中，太上是老君之师：“太上者，道之子孙。审道之本，洞道之根，是以为上清真人，为老君之师。”“老君者，太上之弟子也。年七岁而知长生之要，是以为太极真人。”[①]在后世神仙谱系中，尤其是小说的神仙谱系中，太上与老君常常合为一形。从这里我们可以看到，道教主神谱系的两大来源，一为原始神话王母、王公传说，一为道家人物的神格化。

《神异经》中还有一个朴父夫妻的故事：

> 东南隅大荒之中，有朴父焉。夫妇并高千里，腹围自辅。天初立时，使其夫妻导开百川，懒不用意，谪之，并立东南。男露其势，女露其牝，气息如人，不畏寒暑，不饮不食，唯饮天露。须黄河清，当复使其夫妇导护百川。[②]

这个朴父的故事与《天问》中鲧、禹父子治水的故事类型相近，其遭天贬谪，与鲧被帝贬逐的情节更相近，只不过一为父子，一为夫妇。另外，这个故事中的朴父夫妻，与日本《古事记》中高

① 《真诰校注》卷五《甄命授第一》，第162页。

② 《神异经·东南荒经》，李剑国《唐前志怪小说辑释（修订本）·先秦两汉编》，第45页。

天原之伊耶那岐命、伊耶那美命兄妹夫妻的故事也很接近。那一对夫妻在天地始分时,用天神交给他们的琼矛,生成了日本列岛[①]。关于朴父夫妻露势、露牝的记载,也带有原始生殖神话的意味。但是这个故事,后世并不流行,没有什么发展。其原始神话的粗野性质,正如司马迁论黄帝事所说,"其文不雅驯,荐绅先生难言之",是"不雅驯"之文[②]。但正可据此判断其原始神话的性质。后来的治水故事,以鲧、禹为主流,并且融入浓厚的圣王观念,则是经过儒家思想的改造。但从这个朴父神话可知,治水、护百川是早期先民的艰难的话题,而关于这方面的神话,鲧、禹治水故事只是这类神话中的一个。

神仙家小说以人事为主,现存最早的是汲冢出土的竹书《穆天子传》,其中记载西王母与周穆王相会的故事,并载王母歌谣。记载汉武帝事迹的《汉武故事》(又作《汉孝武故事》)及其续作《汉武内传》,也记载了一个西王母降临汉廷与武帝相会的故事。在前文关于西王母故事的一章,我们已经指出,西王母与古帝王的相会,是一个古老的神话故事类型。汉武与王母故事正是这个古老的神话系列的最后一个。汉代以后,帝王求仙问道之事,一直没有断绝过,但却再也无法附会出一个帝王与西王母相会的故事了。我们似乎可以据此来寻究中国古代神仙文化发展的段落。《汉武故事》《汉武内传》旧题班固所作。鲁迅《中国小说史略》认为今存者为汉人所作小说,多是晋以后文人、方士作:"大抵言荒外之事则云东方朔郭宪,关涉汉事则云刘歆班固,而大旨不离乎言神仙。"[③]葛洪曾自言据家传刘歆《汉书》一百卷的稿本,摘录为《西京杂记》四卷,并且说:"洪家复有《汉武帝禁中起居注》一卷,

---

① [日]安万侣《古事记》卷上,周作人译,上海人民出版社,2015年,第9—12页。

② 《史记》卷一《五帝本纪》,第1册,第46页。

③ 《中国小说史略》第四篇《今所见汉人小说》,第19页。

《汉武故事》二卷。”[1]后来孙诒让、余嘉锡考证即为葛洪所作[2]。葛洪《抱朴子·论仙》中，对汉武帝求仙之事有长篇的论述，基本的看法是认为成仙道者多贫贱之士，秦皇、汉武作为世主，不能清静，无法成仙。他并且批评李少君、栾大之流，以方术换取世俗的荣利，是舍本逐末的行为。但他还是肯定李少君的仙术，并且说武帝虽未能成仙，但在养生方面，已经颇有效[3]。《汉武故事》中，西王母虽降临汉庭与武帝相见，但当武帝向她请“不死之药”时，她却说：“帝滞情不遣，欲心尚多，不死之药未可致也。”又武帝想将王母给他吃的仙桃的桃核留下来种植，王母揶揄道：“此桃三千年一著子，非下土所植也。”[4]这些地方，与《抱朴子》对武帝求仙的评论观点接近，或者可为葛洪自著的一个佐证。但汉武帝会见西王母这个故事本身，却不是葛洪虚构的。神仙下降的故事虽然渊源已久，但汉代求仙的幻想，在世俗理性生命观的发展尤其是儒生文士众多质疑之下，神仙故事多托之远古，当世所生，越来越少。等到汉魏之际，众多道派蜂起，造作神仙故事的能力大幅提高，而其中最容易炫人者，端为神仙下凡。故将原本昆仑山甚至是穷居僻处的西王母升之天上，并直接由天庭下降到人间与君主相会，以接续古老的帝王见西王母的传统，造成了仙史很重要的一个环节。西晋张华的《博物志》卷八《史补》是现在可见最早记载西王母下降会见汉武帝的故事，写作的时间应在《汉武故事》之前，因此也带有更多记载历史佚事的性质。故事情节比较简单，也没有《汉武故事》中王母说汉武帝“帝滞情不遣，欲心尚多，不死之药未可致也”这样的话。当然，汉武与王母相会的“神剧”，也有

---

① 《西京杂记》卷六，见程荣纂辑《汉魏丛书》，吉林大学出版社，1992 年，第 313 页。

② 余嘉锡《四库提要辨证》卷十八“小说家类三·汉武帝内传一卷”，第 1131—1135 页。

③ 如葛洪以为“汉武享国最为寿考，已得养性之小益矣”。事见《抱朴子内篇》卷二《论仙》，《诸子集成》第 8 册，第 5—6 页。

④ 《汉武故事》，鲁迅辑校《古小说钩沉》，朝华出版社，2018 年，第 350 页。

可能是真正发生过的,是类似于扶乩之类的方术运作。在汉武求仙的活动中,方士们曾经运作诸多“神剧”,就连很正式的封禅仪式中,也营造过神光出现、武帝遥拜的情节。又如方士亦曾为武帝招致过李夫人的魂灵。以当时武帝求仙之痴迷、方士造作之大胆,运作一出王母及众仙下降的神仙活剧,并无太大的难度。而武帝即使微觉造作,依其性格也是愿意接受这种两厢情愿的骗局的。后世如上清派之神仙家,又以此为蓝本而构造群仙下界诰谕的故事。

仔细分析从《汉武故事》到《汉武内传》王母仙降故事的发展,可以发现其中道教的因素在增加。张华《博物志》记载这个故事,大体是说武帝好仙道,祭祀名山大川,王母遣使者乘白鹿告帝当来,乃供帐九华殿以待之。七月七日夜,王母乘紫云车来,有三青鸟侍。王母赐桃于武帝食,并说此桃三千年一结实。东方朔从窗中偷窥,王母说他曾三次来偷桃,武帝才知东方朔是神仙[①]。这个故事,保持着早期方仙道的神仙故事的形态,以服食自然生成的仙果为主,不同于后来的黄白之术。这应该是西王母降临汉庭故事最原始的版本。《汉武故事》中,情节有较大的发展。先是汉武帝获长五七寸小人,东方朔说此是“巨灵”,从王母处逃来,巨灵反唇相讥,说东方朔三次偷王母之桃,并说自己奉王母命来告诉武帝,告诉他正确的求道之法要以清静为主,又说五年后来。五年后,王母遣使来告七月七日下降。武帝施帷帐、烧兜末香以待之。其夜王母来,“乘紫车,玉女夹驭,载七胜,履玄琼凤文之舄,青气如云,有二青鸟如乌,夹侍母旁”。接下来的情节,就是王母与武帝相见,武帝问不死之药,被王母批评其滞情不遣,欲心尚多,仙药未可致。当然还有食桃及点破东方朔来历,说“朔是木帝精,为

① 范宁《博物志校证》卷八《史补》,第97页。

岁星，下游人中，以观天下，非陛下臣也”[①]。这里的故事情节，相对《博物志》所叙更加曲折，但人物与关键的事物并没有太多的增加。《汉武内传》则情节更为复杂，场景与人物、事物都有很多的增加。其中比较关键的改变是使者，由短人巨灵变为着青衣、美丽非常的墉宫玉女王子登。故事中说，武帝夜居承华殿，东方朔、董仲君侍从，见玉女王子登忽然出现，语帝曰："闻子轻四海之禄，寻道求生，降帝王之位，而屡祷山岳，勤哉有似可教者也。从今日清斋，不闲人事，至七月七日，王母暂来也。"武帝跪下应诺。玉女说完后，忽然不见。武帝问东方朔此是何人，东方朔说这是王母紫兰宫玉女，往来扶桑，出入灵州，传言玄都，"昔出配北烛仙人，近又召还，使领命禄，真灵官也"[②]。接下来的情节，是七月七日王母降临。其与前述两书不同的，是仪仗增盛，"群仙数千，光耀庭宇"，但这些群仙并未随王母上殿，而是忽然不见。另一变化是传统作为西王母侍从的"青鸟"不见了，"王母唯挟二侍女上殿，侍女年可十六七，服青绫之袿，容眸流眄，神姿清发，真美人也"[③]。我们知道三青鸟一直是王母的随侍，《山海经》里写王母，只有三青鸟为之寻食。司马相如《大人赋》曾因此而讥笑其穷薄简陋，是山泽之仙，非大人之仙。也许正是这个原因，《汉武内传》将之改为两位身着青绫之袿的美人。这与改短人巨灵为玉女王子登是同样的原因。这里面表现出一种贵族、文士化的趣味。可见道教形成后，王母故事有了更华丽的登场。另一个重要发展，是《博物志》与《汉武故事》中，都没有对王母形象的描写。而到《汉武内传》中，特别地描写王母的形象，并且是从汉武帝的眼中看出去的："视之，可年卅许，修短得中，天姿掩蔼，容颜绝世，真灵人也。"

① 《汉武故事》，鲁迅辑校《古小说钩沉》，第349—350页。
② 李剑国《唐前志怪小说辑释（修订本）·先秦两汉编》，第67页。
③ 李剑国《唐前志怪小说辑释（修订本）·先秦两汉编》，第68页。

是一位美人。“修短得中”这四个字,正出于曹植《洛神赋》“秾纤得中,修短合度”[①]。或可作为诸家论此书出自晋世的补充证据。接下来增加的还有王母自设膳以及命令众女仙王子登、董双成、石公子、许飞琼、范成君、段安香等各献擅长的器乐演奏的豪华场面,还有法婴歌玄灵之曲。此后是武帝自陈一直以来学习的长生之术,王母令上元夫人告帝秘道,王母自授《五岳真形图》及六甲灵飞致神之方十二事等等。最后写王母向武帝点破东方朔的情节,也有所变化。王母说东方朔原是“太上仙官”,太上命令他到方丈山助三天司命收录仙家,但“朔到方丈,但务山水游戏,了不共营和气,擅弄雷电,激波扬风,风雨失时,阴阳错迕”等等,于是被贬人间,“去太清之朝,令处臰浊之乡”,但后来有金华山二仙及九疑君替他陈情,行将得到原恕。酒宴粗毕,“上元夫人自弹云林之璈,鸣弦骇调,清音灵朗,玄风四发,乃歌《步玄》之曲”[②]。王母又令侍女田四飞答歌,上元夫人还向武帝解释李少君的来历。

《汉武内传》所改变、增加的内容,正是东晋时期道教上清派的一些内容。其中主要有这样几个方面。(一)强调斋戒、洁净,这是降神前的必要准备。同时,像葛洪这样的神仙道术学者认为武帝耽欲妨碍仙道,而《汉武内传》则强调武帝为了求仙,可以放弃天子的禄位。这种思想,也是上清派提倡轻弃世禄、专心仙道的基本宗旨。(二)大量增加神仙数目,尤其是女仙的数目,并且突出美艳的特点,这也是上清派仙班的特点。《真诰》中下降传仙旨者,主要就是美丽的女仙。(三)西王母从原始神话形象转化为道教中的王母形容,雍容美丽。这里面当然包含着道教在发展过程中贵族化的倾向。而且仙降的主要人物,除了王母之

① 赵幼文《曹植集校注》卷二,第283页。

② 李剑国《唐前志怪小说辑释(修订本)·先秦两汉编》,第69页。

外，还增加了上元夫人[①]，其地位差不多与王母平起平坐。在《真诰》中，也总是两位或数位地位相等的女仙官一起下凡。（四）仙官、仙班、天庭组织，甚至“天朝”，是方仙道时期所没有的，只有到了道教的体系中，才出现这种组织。此前的方仙道，也就是人们所说的“散仙”的形式。《汉武内传》中，王母所带来的是她的一个仙班，所谓群仙数千，而且仙人各有职掌、名位，如东方朔向武帝介绍玉女王子登的仙职。更主要的是，不仅王母本人有一个仙班，而且群仙的仙班也已出现，王母传授给武帝《五岳真形图》，就是一个五岳的仙班。在介绍东方朔时，说他是太上仙官，太上派他去方丈收录仙家。这个太上，就是《真诰》里所说的老君的师父，或即后来道教的元始天尊。他高居天庭，不仅是神仙世界的最高统治者，而且是整个天上人间及地狱的最高统治者。可见《汉武内传》已经包含道教的整个神仙体系了。尤其是王母说的话，将这个天庭称为“太清之朝”，也就是《真诰》的“上清”“玉清”。（五）《内传》多次出现“玄”的概念。如玄灵及《玄灵之歌》，又如上元夫人“玄风四发，乃歌《步玄》之曲”。所谓“玄灵”，应该即是《汉武故事》最先来报王母消息的短人“巨灵”。本书第十六章、第十七章曾经论述玄学对道教的重要影响，并且认为在道教宗教理论方面，玄学是很重要的渊源。

由上述五点可见，张华《博物志》及《汉武故事》所述王母降仙故事，基本是属于旧的汉魏西晋的神仙传说系统，接近方仙道时代的王母形象，而《汉武内传》则是道教确立时的王母仙降故事。这种发展，不仅仅是文人在笔墨上的踵事增华，更是道教徒的一种造作。它的创作时间，应该是东晋或东晋之后。

---

① 关于上元夫人的神仙形象及其变化过程，孙昌武《上元夫人：从升仙导师到多情仙姝——道教对中国小说文体发展的贡献》一文有比较全面的梳理。载于陈伟强编《道教修炼与科仪的文学体验》一书，凤凰出版社，2018 年。

四、鬼怪故事的小说

鲁迅《中国小说史略》第五篇《六朝之鬼神志怪书》对鬼怪故事小说的发生原因有一个著名的论述：

> 中国本信巫，秦汉以来，神仙之说盛行，汉末又大畅巫风，而鬼道愈炽；会小乘佛教亦入中土，渐见流传。凡此，皆张皇鬼神，称道灵异，故自晋讫隋，特多鬼神志怪之书。其书有出于文人者，有出于教徒者。文人之作，虽非如释道二家，意在自神其教，然亦非有意为小说，盖当时以为幽明虽殊途，而人鬼乃皆实有，故其叙述异事，与记载人间常事，自视固无诚妄之别矣。[①]

对于魏晋南北朝鬼神故事的小说，自鲁迅以来的一个基本解释，是原始巫术与佛道两教的影响。这当然基本上是符合事实的。但是游仙诗是文人受神话与神仙之说影响后的一种创作，不能归入道教之流。魏晋鬼神故事与神仙故事一样，其中具有艺术价值的一部分，仍是文人的记载或自由创造，讲述这种故事的，当然也有像干宝那样是为了"明神道之不诬"，但更多是将其作为一种异闻奇事来记录。作者或记者的立场，既不相信其为真实，也不言其必是虚妄的传说。这里面，"异""怪"两个关键词，本身就反映出了文人作者的立场。他们并非将它作为正常的、信实的事情来叙述，而是将其作为不正常的事情与事物来记叙。作者以"异""怪"为名，则其基本立场是疑以传疑的。这与正宗的神仙家及佛道两家教徒以仙鬼为固有之事、连篇累牍地造作神鬼的性质是不一样的。最早传为东方朔所著的《神异经》，实为模拟《山海

① 《中国小说史略》第五篇《六朝之鬼神志怪书(上)》，第29页。

经》而作。神而称为“异”，则已可知其作者自己承认是属于一种传闻。其后志怪者，多以“异”“怪”为名。以“异”为名者，如传为魏文帝所作的《列异传》，又西晋陆氏（陆云之侄）《异林》、戴祚《甄异传》、郭季产《集异记》、刘敬叔《异苑》、祖冲之《述异记》、任昉《新述异记》、无名氏《录异传》、无名氏《续异记》、焦僧度《稽神异苑》、侯白《旌异录》。以“怪”为名者，如孔约《志怪》、祖台之《志怪》、无名氏《志怪》，都是直接以《庄子》中“志怪”二字为书名。此外，作志怪者尚多。又萧绎《金楼子》有《志怪篇》，无名氏有《八朝穷怪录》。还有如东阳无疑《齐谐记》、吴均《续齐谐记》，则直接用《庄子》中“齐谐者，志怪者也”语，其意思是直认庄子所说“齐谐”二字为书名。凡此以怪异自名其书者，多是文士猎奇寻异之作，其故事传闻与造作，虽有赖神仙道术及佛教、道教之土壤，但其立场、旨趣，实与正宗的方士和宗教徒有异。其艺术上的价值，也正是根植于这种写作上的异史、野史的性质。

从著述的角度来讲，东汉中后期，政治趋于多元、混乱，名教动摇，思想界趋于自由，春秋战国百家争鸣之风有所复现，所以，子、史的写作再次兴起，这也是汉魏晋小说之作兴起的一个原因。

述灵异是鬼怪故事的主要旨趣，也可以说是一种审美特点。这些故事虽受巫术、道、佛教义的影响，但是不同于道佛之徒的系列造作，而是民间及文士、术士们的自由创造。其风格自由奔放，天真烂漫，穷奇尽怪。从生命意识的表达来看，具有原始神话自由创造的特点，体现了人类虽进入世俗理性时代，但仍然不愿意局限在现实生命的形式与内容之中，而是从各种本能的生命欲望出发，创造出一个又一个突破人们对生命的固有认识的鬼神怪异的故事。这种朝着灵异怪异畅发的生命意识，其实已经成为一种审美的行为，体现为一种艺术精神。

较早以“异”为题的书是陈寔的《异闻记》。陈寔字太丘，是汉末享有大名的人物，所谓“太丘道广”。他撰有《异闻记》见于葛洪

《抱朴子·对俗》篇:“故太丘长颍川陈仲弓,笃论士也,撰《异闻记》。”所存的这一则异闻,是说陈寔的同郡人张广定乱中弃四岁少女于村中古坟洞中,此女在食尽饥极时仿效洞中大龟伸颈吞气,四年后父母返乡时仍然活着[1]。葛洪是以此来论证蛇盘龟息之类的神仙方术是有效的。这则异闻有宣传方术的意识,虽然不是神鬼的故事,但却是怪异之闻,反映出人们对于生命可能存在的某种极限性的幻想。其背景是汉末乱世,一方面,乱世中人命危机重重;另一方面,这样的乱世又最易刺激人们幻想生命的超现实性的能力。或是为仙,或是为鬼,或是为异,这样的故事,文人士大夫以其怪异而记之。托名魏文帝曹丕所撰的《列异传》就记载许多鬼怪的故事。曹丕著《典论》,曾记载建安时方术之士的事情,又曾论切玉刀、火浣布等奇异事物,建安文人有喜欢造奇的作风,这或许是《列异传》托名曹丕的原因。另外,汉魏西晋人喜言方术及奇异,方术与鬼神,从来就是相联系的,而辽阔、遥远、具有与中土完全不同的地理及风土的西域,无疑是人们寄托神秘奇异之想的重要方向,所以,《异闻记》《列异传》《博物志》乃至于《搜神记》这一类著述,都是在这一共同的文化意识背景下产生的。事实上,佛教之传入中土,最初也是与这一文化背景相关。佛教最初是作为西域即传统所说的西方的一种神秘的宗教与法术传入中国。由于其属于具有神秘、绝域传来的事实的性质,人们在接受它时,大大地放宽了对其理性审视的尺度。

《列异传》《搜神记》以鬼神故事为主。《列异传》记有魏国太庙讴士孙阿死后为泰山令的故事。故事中说太尉蒋济的亡儿在阴间托梦其母,说自己生时为卿相之子,死后却只作泰山伍伯(徐震堮注为衙役)[2]。他从阴司得知,现在魏国太庙当讴士的孙阿,

---

① 《抱朴子》卷三《对俗》,《诸子集成》第8册,第9页。

② 徐震堮《汉魏六朝小说选》,中华书局上海编辑所,1962年,第26页。

将被召为泰山令，希望父母请托孙阿，让他为其安排一个好一点的差使。父母照他的吩咐做了，果然数日后孙阿死去。月余又梦亡儿说，他在阴司的差使，已经转为录事。晋崔豹《古今注》载汉乐府挽歌《蒿里》云："蒿里谁家地，聚敛魂魄无贤愚。鬼伯一何相催促，人命不得少踟蹰。"[①]蒿里在泰山。在这个故事中，泰山已经成为一个阴司，其中有令、录事、伍伯等，离后来虚构的十殿阎罗王中的泰山王还差一步。可见这是较早时期的一种阴司传说。但从其称泰山执掌为令，并且是由更上层权力者任命，已隐然可见一个成体系的鬼神世界的秩序。或者说，人间的政治及权力的体现，已经进入"蒿里"这样的阴司之中，但应该还不是后来道教那种阴界的体系，即与天上的玉皇朝廷相对的地下的阎罗王的朝廷。

孙阿故事也是魏晋之际势族特权在神鬼故事方面的反映。自曹丕时陈群制九品中正，势族特权的制度得以确立，特权意识更为明确。这则故事中的蒋济亡儿自称生前贵为卿相之子，死后只是伍伯，这里有一种品级上的差别。这反映了势族或门阀对生前特权不能延续到死后的忧虑。他们希望利用自己这个阶层的政治力量，将这种势族特权延伸到阴司世界。当然，续后的道教，也同时要将这种门阀的特权及地位转化为或直接延伸到仙界、天界。

《谈生》的故事属于人鬼结合一类。凡人鬼结合或人与精怪结合，在魏晋南北朝时期，人的一方多为地位较低的寒庶男子，而鬼的一方多为地位较高的女鬼或女精灵之类。与这相对的仙女下凡，与凡人交往乃至成婚者，则多以士族男子为主角。从幻界的一方面来说，当然是说明鬼的地位远低于仙。《谈生》故事中的谈生是一介贫困书生，夜半有女来委身于他，并举一子。两年后

---

① 《乐府诗集》卷二七《相和歌辞·蒿里》，第2册，第398页。

被谈生窥破是鬼，"其腰已上生肉如人，腰下但有枯骨"。鬼妻自言变化生人至半，窥破后不能再留。后来谈生将鬼妻所留珠袍货与睢阳王家，被睢阳王识破此鬼原为其女。谈生不但未被谴责，而且被正式承认为郡主之婿，鬼妻之子甚至被拜为侍中这样清贵的官爵[①]。这则故事也反映了势族特权及势族与庶族之间的复杂关系。庶族书生能够与王女成婚，这在现实世界当然是不太可能的，但在阴界却轻易地实现了。而此鬼之所以能得此强大的灵魂力量，与凡人结婚并有转为生人希望，当然也是因为其贵为王女的身份。这与上则故事一样，同样反映出人们欲把现实社会的特权延续于阴界。但这个故事是孤立的，没有联系到一个更大的阴司系统上去。这种孤立性反而是其较高的审美价值产生的原因。

王女与凡夫相爱及成婚的故事，其中的阶级差别曾经引起比较严重的冲突。最早的萧史与秦穆王女弄玉的故事，其中就引起严重的阻梗，最后以两人成仙的方式来解决问题，其实所谓成仙，是死亡事实的幻化。《搜神记》中所载童子韩重与吴王夫差小女的故事，则用鬼故事的形式，维持了这一对爱人的尊严[②]。韩重有道术，近于方术之士。王女名玉，爱悦韩重，两人相爱并且希望成婚，吴王因之暴怒，王女玉气结而亡。韩重在其墓前哭祭，女感其情，魂从墓中出，与其相与绸缪数日。韩重诉于吴王前，却被拘执定罪。王女现魂来解救她的情人，其母欲抱持其女，女化烟而去。这个故事也反映了现实中因阶级差别而阻碍男女婚姻的情况，在鬼的世界里却能得到部分的缓解。从这个意义上讲，仙、鬼的阶级性具有两方面，一方面是在原始或本能的场合，人们虚构仙、鬼的世界，有一种突破现实中阶级、阶层严重固化的愿望。《搜神记》中所持一个基本观点，即汉魏乃至西晋这一段，神仙方术实践

---

① 《列异传》，鲁迅辑校《古小说钩沉》，第144—145页。

② 《搜神记》卷一六，第200—201页。

者的主体，主要是比较下层的寒庶士人一方面。所以仙道与鬼神之说，不是一般人生的一种延生幻想，而是反映了较下层士庶改变现实的愿望。但是另一方面，在神仙、神鬼意识的发展过程中，门阀阶级逐渐参与，并成为其主体。这其中的阶级属性就发生了变化。从这方面来说，谈生与睢阳王女之鬼魂相结合的故事，可以说是阶级矛盾的一种调和。

《搜神记》所载《卢充》一条，记载了卢充与女鬼结婚的故事。故事说卢充家西三十里有崔少府墓，充一日出家猎戏，被一麞引至一高门内与崔少府女成婚，女有娠后令充还家，约定如生男当送还。四年后在洛水上，崔女将儿子送还给卢充，并赠金碗等物。后有崔女姨母确认这是其亡甥女墓中之物。故事最后说崔女的儿子，后来成令器，历官郡守二千石，子孙冠盖，相承至今。其后人卢植，更是有名于天下的大儒[①]。这则故事直接将汉魏晋时代的一个重要门阀附会到鬼故事上去，就如董仲舒被说成是与仙女结婚的董永的儿子一样。这是利用门阀名家来为仙鬼之说增加分量，同样是门阀意识的反映。故事的原型，自然也是演说神鬼的方士们的杰作。故事中崔女还有赠诗，诗体与《古诗十九首》之类相近，可见此故事的造成，应该是汉魏之际五言诗发生的时期。其中还有两条材料比较重要，一条是故事中说："众初怪恶，传省其诗，慨然叹死生之玄通。"所谓"死生之玄通"，正是当时玄学背景持神鬼及幽明者的一种新观念，即一种玄冥的意识。另一条是故事中崔女的姨母说其甥女生前名字为温休，已谐"幽婚"二字，命运注定她将来有一场幽婚。"幽婚"二字，正是当时人对于人鬼结婚的一种称呼，不同于生人为死者捉对成亲的冥婚。冥婚在汉魏之际也很流行，《三国志・魏书・武文世王公传第二十》记载曹

① 《搜神记》卷一六，第203—204页。

操为其夭亡的爱子仓舒"聘甄氏亡女为合葬"①,这当然也是反映时人灵魂观念的一种风俗。

魏晋之际,对于仙鬼有无,争论甚为激烈(参看第十六章相关论述)。持有鬼论者,颇有造作鬼及异物故事者,如《搜神记》载阮瞻素持无鬼论,有鬼化为客人来与之辩论的故事。又如《列异传》与《搜神记》都记有宗定伯遇鬼事,其事最为滑稽隽永:

> 南阳宗定伯,年少时,夜行逢鬼。问曰:"谁?"鬼曰:"鬼也。"鬼曰:"卿复谁?"定伯欺之,言:"我亦鬼也。"鬼问:"欲至何所?"答曰:"欲至宛市。"鬼言:"我亦欲至宛市。"共行数里。鬼言:"步行太亟,可共迭相担也。"定伯曰:"大善。"鬼便先担定伯数里。鬼言:"卿太重,将非鬼也?"定伯言:"我新死,故重耳。"定伯因复担鬼,鬼略无重,如是再三。定伯复言:"我新死,不知鬼悉何所畏忌?"鬼曰:"唯不喜人唾。"于是共道遇水,定伯命鬼先渡,听之无声。定伯自渡,漕漼作声。鬼复言:"何以作声?"定伯曰:"新死不习渡水耳,勿怪!"行欲至宛市,定伯便担鬼至头上,急持之。鬼大呼,声咋咋,索下,不复听之。径至宛市中,着地化为一羊,便卖之。恐其便化,乃唾之,得钱千五百,乃去。于时言:"定伯卖鬼,得钱千五百。"②

这是一个打磨得很精致的鬼故事,它不像其他故事,只是简单地叙事,而用了传神的笔墨,设想了一些具体的情节,集中了人们对于鬼的许多想象。如鬼无重量、渡水无声、鬼能化去、鬼畏人唾,可以说是一个精彩的鬼画录。初看起来,撰作这个故事的人,好像是持有鬼论者。但从篇中这种滑稽、揶揄的写法来看,也可能是无鬼论者撰写出来嘲笑有鬼论者。因为通常人们想象中,鬼

---

① 《三国志》卷二〇,中华书局,1982年,第2册,第580页。

② 《列异传》,鲁迅辑校《古小说钩沉》,第141—142页;其事另见《搜神记》卷一六,第199页,文字略有差异。

应该灵异有力，或是福人，或是祸人，都是具有一种人所不能应对的力量。但此篇中的鬼，却受尽了人的捉弄，最后不得已变成一只羊，还不得翻身。这等于是以一种揶揄的方法来说世上根本没有鬼。篇末“定伯卖鬼，得钱千五”，一本作“石崇言”，那么就应该是西晋时流传的故事。定伯或有其人，此人的性格一定是狂放不羁，大胆而机智过人。“定伯卖鬼”这种说法，或许是人们因其这种性格而造作的滑稽之语。在流传之中，就形成有枝有叶的卖鬼故事了。汉魏六朝小说常伴随着歌谣与谚语，通常或许会理解为歌谣、谚语配合着小说的人物与情节而作，但事实上，两者之间，歌谣与谚语更是本文，散文化的叙述往往是配合歌谣而生的，如陶渊明《桃花源记》，实是配合其“桃花源诗”而作。此种情形延续到后来唐代歌谣，如《甘泽谣》以谣为名，而陈鸿《长恨歌传》为白居易《长恨歌》诗而作。这种现象中可能存在这样一个事实：不少带有歌谣的小说，可能是歌谣传诵在前，而小说叙述在后。这种现象，是否可以这样说，至少有一部分小说，是从歌谣变化而来的？此际可窥小说与歌谣密切关系之一端。

五、佛教主题的小说

佛教虽然在东汉时期就已传入中国，但原本为外来宗教，与中国原来信仰的神明不同，所以长期没有成为主流。其教义以空无为旨，并以来世为说，所以并不能真正地吸引人们对长生成仙的向往。加之其出家绝俗的目的，与儒家忠孝思想及世俗宗法严重抵触。佛教真正流行是在东晋南朝时期，但即使在这个时期，其与儒家伦理和道教的冲突仍然存在，并不乏激烈的表现。冲突方起，就有佛徒宣教、辅教的行动。东晋南北朝佛学，重在经典与著述经论，但同时也出现了辅教的小说。鲁迅《中国小说史略·六朝之鬼神志怪书(下)》中说：

> 释氏辅教之书,《隋志》著录九家,在子部及史部,今惟颜之推《冤魂志》存,引经史以证报应,已开混合儒释之端矣,而余则俱佚。遗文之可考见者,有宋刘义庆《宣验记》,齐王琰《冥祥记》,隋颜之推《集灵记》,侯白《旌异记》四种,大抵记经像之显效,明应验之实有,以震耸世俗,使生敬信之心,顾后世则或视为小说。[①]

又云:

> 佛教既渐流播,经论日多,杂说亦日出,闻者虽或悟无常而归依,然亦或怖无常而却走。此之反动,则有方士亦自造伪经,多作异记,以长生久视之道,网罗天下之逃苦空者,今所存汉小说,除一二文人著述外,其余盖皆是矣。[②]

所谓"或悟无常而归依,然亦怖无常而却走",正是说明佛教原本所有苦集灭道、诸行无常之说,一开始并不被中土的士庶所接受。"无常"本是一个佛教哲学概念,但在后来的民间,却演化为一种勾魂的鬼的形象,有"白无常""活无常"等种种形象。鲁迅本人作品中就描写过浙东一带拜无常的信仰风俗。这正是中土之民"怖无常而却走"的一种形象展示。早期佛教传播过程中,真正体现苦集灭道的生命哲学的"无常"之说并不能深入人心,而代之以生天成佛之说,实是"长生久视"的一种新形式,由此而兴起士庶们的偶像崇拜。

佛教作为一种宗教信仰,偶像崇拜的特点是十分突出的。佛又称金仙、金神,这是因为早期佛像,多为金像。魏收《魏书·释老志》载:汉武帝元狩中,霍去病在河西地区讨匈奴,昆邪王来降,获其金人,武帝以为大神,列于甘泉宫。"金人率长丈余,不祭祀,

---

① 《中国小说史略》第六篇《六朝之鬼神志怪书(下)》,第39页。

② 《中国小说史略》第六篇《六朝之鬼神志怪书(下)》,第41—42页。

但烧香礼拜而已。”魏收认为“此则佛道流通之渐”①。匈奴金神是否即是佛像，无从考证，但后来汉明帝梦见金神，傅毅说是佛像，明帝派蔡愔赴天竺求佛，并带回摄摩腾、竺法兰，建白马寺使居之。佛教与中国固有的神仙道教及各种神灵祭祀相比，偶像崇拜的性质最为突出。中国后来的宗教乃至一般的世俗的政治及社会生活中偶像崇拜的传统，与佛教影响有密切的关系。而佛教的根本特点，正是以佛像为中心的各种形象塑造来展示其经典与教义，其中的寺宇、佛像与壁画三者，构成中国古代艺术的重要内容。所以佛教又称象教（或作像教），其发端皆在于金神之说。唯佛教流行之初的金像，多得之于自然，具有神迹的色彩。这可能是早期佛教徒多隐匿造像的事实，将佛像神秘化。

梁简文帝萧纲的《吴郡石像碑》讲述了西晋末年吴郡获石像的事情：

> 晋建兴元年癸酉（313）之岁，吴郡娄县界淞江之下，号曰沪渎，此处有居人，以渔者为业。挂此詹纶，无甄小鲋；布斯九罭，常待六鳌。遥望海中，若二人像，朝视沉浮，疑诸蜃气，夕复显晦，乍若潜火。于是谓为海神，即与巫祝同往祈候。七盘圆鼓，先奏《盛唐》之歌；百味椒浆，屡上《东皇》之曲。遂乃风波骇吐，光景晦明，咸起渡河之悲，窃有覆舟之惧。相顾失色，于斯而返。又有受持黄老，好尚神仙，职在三洞，身带八景。更竭丹款，复共奉迎。尊像沉躯，没而不见。经历旬日，遐迩普闻。吴县华里朱膺，清信士也，独谓大觉大慈，将宏化迹，乃沐浴清斋，要请同志，与东灵寺帛尼，及胡伎数十人，乘船至沪渎口，顶礼归依，歌呗赞德。于时微风送棹，淑景浮波，云舒盖而未移，浪开花而不喷。虽舟子招招，弗能远

① 《魏书》卷一一四，第8册，第3025页。

鹜,而灵相峨峨,渐来就浦。仰睹神像,巍然双泛,非因鹢首,讵假龙桥。岂藉银连,宁须玉轴。背各有题,一名维卫,一名迦叶。于是时众踊跃,得未曾有。复惧金仙之姿,非凡所徙。试就提捧,豁尔胜舟。指燕宫而西归,望莳门而一息。道俗侧塞,人祇协庆……后有外国沙门释法开来,称彼国众圣所记,云东方有二石像及阿育王塔,若能恭往礼觐,灭无量罪,免离三涂,礼已而去。[①]

文中所记的沪渎二石像,据时人与作者的理解,正是灵迹所显。这里面还形象地展示出佛教在传法过程对民间信仰与道教的排斥。渔人望见神像,先怀疑是海神,用巫术去迎请,险些触怒神像遇祸,后来由信奉道教、有仙职的道士去迎请,也是漠然无应。最后还是由信仰佛教的清信士朱膺与帛尼去迎请,佛像才自然就浦,并且很沉重的石像被轻松捧起。后来移置佛像时,却是众工难移。梁武帝奉佛竭诚,杜绝外道与老子信仰(即道教),所以萧纲在文中有这样的描述。当然,也许关于这两尊佛像,原来就有这样的传说。

梁大同中,上虞县民李胤之自称掘地得牙像,梁武帝因此而下《以李胤之得牙像赦诏》:

天慈普覆,义无不摄,方便利物,岂有方所。上虞县民李胤之,掘地得一牙像,方减二寸,两边双合,俱成兽形。其内一边,佛像一十二躯,一边一十五躯,刻画明净,巧迹妙绝。将神灵所成,非人功也。中有真形舍利六焉。东州昔经奏上,未以为意,而胤之衔愆,缧绁东冶,真形舍利,降在中署,光明显发,示希有相。大悲救苦,良有以乎?宜承佛力,弘兹宽大。凡天下罪无轻重,在今月十六日昧爽已前,皆赦除之。

① 《全梁文》卷一四,严可均辑《全上古三代秦汉三国六朝文》第3册,第3031页。

> 即日散出，奉迎法身，还台供养。[1]

这是一件关于佛像灵异的事件，也是佛像信仰的典型例子。梁武帝认为上虞民李胤之所得佛像是“神灵所成，非人功”，正反映了早期佛像崇拜的一种基本观念。

佛像在信仰中的重要性，正在于它是神灵所造为，是一种神迹，而非人工所作。由此可见，佛像原是神迹所示，后来世俗的造像行为，正是对这种神迹的一种模仿。前面讨论过的东林寺慧远据法显所述造佛影，也属此类。日本早期的佛像，也多有得于自然的传说，大多数是说得自河水或海水之中，如举浅草寺观音，就是渔人得之于隅田川中。可见人间塑像的公开化，是后起的信仰行为。

敬信佛教的一个重要表现，是诵经与礼佛，这也是佛教主题小说的重要内容。汉明帝因梦见金神而迎来佛教，是后世佛教最爱演绎的故事。但早期的帝王，既有奉佛，也有慢佛甚至要灭佛的。《魏书·释老志》载：

> 魏明帝曾欲坏宫西佛图。外国沙门乃金盘承水，置于殿前，以佛舍利投之于水，乃有五色光起，于是帝叹曰：“自非灵异，安得尔乎?”遂徙于道东，为作周阁百间。佛图故处，凿为濛汜池，种芙蓉于中。[2]

三国的统治者，鉴于汉末黄巾、五斗米道之乱，对于道术多持取缔的政策。魏明帝欲毁佛图，也是出于这样的原因。而外国沙门施异术以显灵异，佛图不仅没有被毁，而且又一次获得统治者的承认甚至推广。佛教原有深奥玄秘的教义，但不易为人所理解，所以早期佛徒多以法术来吸引士庶。另外，佛教原来自西域

---

① 《全梁文》卷四，严可均辑《全上古三代秦汉三国六朝文》第3册，第2966页。

② 《魏书》卷一一四，第8册，第3029页。

各国,早期沙门也是异域别种之人。本来原始神话中,异域神境、异人就是一种重要的母题。但昆仑悬圃之说,颇嫌古老;蓬莱神山之传,又多虚无难征。现在佛来自西域,越雪山葱岭而来,重新开启了人们对异域的想象。所以,佛教也是刺激魏晋时代士大夫搜奇索异幻想的重要原因之一。魏晋小说中的灵异故事,自然与佛教也有一种渊源关系。

与魏明帝欲毁佛图的事情相类似的,是关于东吴皇帝孙皓毁佛而受到惩戒的两则故事。一则是说吴宫彩女从园土中得到一尊金像,"形相丽严",孙皓平时就性暴虐,做事不近人情,竟然当着宫女们面,小便于金像之上,戏称:"今是八日,为尔灌顶。"后来阴囊肿痛不堪,祈祷无灵。最后还是听从一位崇信佛教的宫女的话,香汤洗像,叩拜谢过,方才痛止,并于康僧会处受五戒,起大市寺,供养众僧[①]。另一则是说孙皓时,有王正辩倡言:"佛法宜灭,中国不利胡神。"孙皓为此召集僧徒,欲灭佛法。康僧会建言,让大力士持锤击舍利,如金刚之质,终不毁破,则不宜灭佛。文中有这样一段描写:

> 皓如言,请先经呗礼拜,散华烧香,歌唱曰:"诚运距慈氏,来津未绝,则法轮将转,彻于灵涂。威神不少,宜现今日,不然则三宝永绝。"言毕,壮士运槌生风,观者颤栗,而气竭槌碎,舍利不损,光明挺出,辉采充盈。皓敬伏投诚,勤营斋讲。[②]

由于佛教以拜佛像为主要的信仰方式,所以轻慢甚至毁损佛像,大概是不信佛者常有的行为,所以佛徒造作的故事,多有这类因毁像而受惩罚的情节。《宣验记》中还有丁零射佛的故事:

---

① 《宣验记》,鲁迅辑校《古小说钩沉》,第440—441页。

② 《宣验记》,鲁迅辑校《古小说钩沉》,第441—442页。

> 相州邺城中有丈六铜立像一躯。贼丁零者，志性凶悖，无有信心，乃弯弓射像面，血下交流，虽加莹饰，血痕犹在。又选五百力士，令挽仆地，消铸为铜，拟充器用。乃口发大声，响烈雷震，力士亡魂丧胆，人皆仆地，迷闷宛转，怖不能起。由是贼侣惭惶，归信者众。丁零后著疾，被诛乃死。[①]

而礼佛敬像见灵感之迹，得到善报者，也是众多佛教故事常见内容。《宣验记》载有陈玄范妻的故事：

> 陈玄范妻张氏，精心奉佛，恒愿自作一金像，终身供养。有愿皆从，专心日久，忽有观音金像，连光五尺，见高座上。[②]

又有彭城刘式之故事：

> 彭城刘式之，常供养一像，无故失去，不知所在。式之夙夜思愆自责，至念冥通，经百日后，其像忽然自现本座，神光照室。合家惊喜，倍复倾心。[③]

而另一则是名士刘遗民的故事，他因病礼佛，精进禅事，后来佛相出现，病亦得愈：

> 刘遗民，彭城人。少为儒生，丧亲，至孝以闻。家贫，卜室庐山西林中。体常多病，不以妻子为心，绝迹往来，精思禅业。半年之中，见眉间相，渐见佛一眼，及发际二色。又见全身，谓是图画，见一道人奉明珠，因遂病差。[④]

刘遗民即刘程之，曾为柴桑令，陶渊明有《酬刘柴桑》诗。这些故事，或非全是造作，但加上夸张的成分而已。刘遗民见佛像，则是坐禅意念所致。

---

① 《宣验记》，鲁迅辑校《古小说钩沉》，第445页。
② 《宣验记》，鲁迅辑校《古小说钩沉》，第444页。
③ 《宣验记》，鲁迅辑校《古小说钩沉》，第444页。
④ 《宣验记》，鲁迅辑校《古小说钩沉》，第444页。

礼佛之外,诵经而得信仰之效者,也是此类小说中常见的情节。其中记载多源于《法华经·普门品》的观音信仰。《宣验记》中就记载了数则属于这一类型的故事。一则是安荀的故事。安荀十余岁就身患重疾,僧人法济告诉他,佛经上说:"若履危苦,能归依三宝,忏悔求愿者,皆获甄济。""安荀然之,即于宅内设观音斋,澡心洁意,倾诚载仰,扶疾稽颡,专念相续。经七日初夜,忽见金像,高尺许,三摩其身,从首至足,即觉沉疴豁然消愈。既灵验在躬,遂求出家。求住太玄台寺。精勤匪懈,诵《法华经》。菜食长斋,三十七载,常翘心注想,愿生兜率。宋元嘉十六年,出都造经,不测所终。"[①]说他因出都造经而"不测所终",暗示其已经生天成佛,亦如中古仙传叙方术之士,多言其不知所终。

至于诵经而得善果者,如《详异记》记载南齐永明中杨郪高坐寺释慧进之事。慧进"少雄勇游侠。年四十,忽悟非常,因出家,蔬食布衣,誓诵《法华》,用心劳苦,执卷便病。乃发愿造百部,以悔先障。始聚得一千六百文,贼来索物,进示经钱,贼惭而退。尔后遂成百部,故病亦愈。诵经既广,情愿又满,回此诵业,愿生安养。空中告曰:'法愿已足,必得往生。'无病而卒,八十余矣"[②]。

另一则类似的记载,有车氏子,遭宋庐陵王青泥之难,为贼所得。"其母先来奉佛,即然七灯于佛前,夜精心念观世音,愿子得脱,如是经年,其子忽叛还。"[③]又有吴郡沈甲临刑,"日诵观音名号,心口不息,刀刃自断,因而被放"[④]。另一位吴人陆晖也是这样。他在系狱时吩咐家人造观音像,临刑时三刀下去,只有伤痕,因奏获免[⑤]。又有荥阳高荀,杀人被收,同牢人对他说,努力共念

① 《宣验记》,鲁迅辑校《古小说钩沉》,第436页。
② 《详异记》,鲁迅辑校《古小说钩沉》,第432页。
③ 《宣验记》,鲁迅辑校《古小说钩沉》,第437页。
④ 《宣验记》,鲁迅辑校《古小说钩沉》,第437页。
⑤ 《宣验记》,鲁迅辑校《古小说钩沉》,第437页。

观音。荀觉得自己罪行太重，恐怕无效，但同牢者劝他发誓起五层浮图，舍身为佛奴。最后施刑者举刀刃断，“奏得原免”[①]。《法华经·普门品》是念观音信仰的经典，极言念观音以起人精进之心。其中有云：“若复有人，临当被害，称观世音菩萨名者，彼所执刀杖，寻段段坏，而得解脱。”又云：“设复有人，若有罪若无罪，杻械枷锁检系其身，称观世音菩萨名者，皆悉断坏，即得解脱。”[②]上述故事，完全是根据这种经文来演绎的。据此可见南北朝时期诵读《法华经》、念观音信仰的流行。事实上，自古以来士庶的佛教信仰中，观音信仰一直占据重要的位置。

这类演说《法华经》教义故事的小说，情节都比较简单。又荀氏《灵鬼志》中《周子长》一篇，讲的是诵经驱鬼的故事，情节比较曲折：

> 周子长，侨居武昌五丈浦东冈头。咸康三年，子长至寒溪浦中嵇家，家去五丈数里，合暮还五丈。未达，减一里许。先是空冈，忽见四匝瓦屋当道，门卒便捉子长头。子长曰：“我是佛弟子，何故捉我？”吏问曰：“若是佛弟子，能经呗不？”子长先能诵《四天王》及《鹿子经》，便为诵之三四过。捉故不置，知是鬼，便骂之曰：“武昌痴鬼！语汝，我是佛弟子，为汝诵经数偈，故不放人也？”捉者便放，不复见屋。鬼故逐之，过家门前，鬼遮不得入门，亦不得作声。而心将鬼至寒溪寺中过，子长便擒鬼胸，复骂曰：“武昌痴鬼！今当将汝至寺中和尚前了之。”鬼亦擒子长胸，相拖度五丈塘西行。后诸鬼谓捉者曰：“放为！西将牵我入寺中。”捉者曰：“已擒，不放。”子长故复语后者曰：“寺中正有道人辈，乃未肯畏之？”后一鬼小语

① 《宣验记》，鲁迅辑校《古小说钩沉》，第437—438页。

② 《妙法莲华经》卷二〇，智𫖮疏，湛然记，道威入疏，上海古籍出版社影印民国十年印光法师刻本，1990年，第446—447页。

曰:"汝近城东看道人,面何以得败?"便共大笑。子长比达家,已三更尽矣![1]

这个故事,初看属于后人所说的夜行遇鬼打墙的情节,但事实上包含的意思要更丰富。其真实的意图,应该是信道者对信佛者的一种揶揄。道佛相争,也是六朝小说中经常出现的情节。如《宣验记》记载史儁有学识,奉道而慢佛,常语人曰:"佛是小神,不足事也。"每见尊像,恒轻诮之。后来脚痛,被友人劝说奉佛、铸像、礼观音,方才病愈[2]。这显然是佛教徒的立场。但此篇记载周子长故事,却很可能是道教徒的立场,讽喻比较隐晦。佛教奉佛、法、僧为三宝。周子长遇鬼捉住不放,宣称是佛弟子,又诵经,虽得微效,但却仍被追赶,甚至到了家门都不让他进去。周子长祭出最后一个法宝,即俗称僧宝的和尚。鬼似有畏惧,但仍不放,并且讥笑和尚为败面之人,意思是说削发破面(用李剑国先生说)[3]。可见三宝都没有真正的效果。

礼佛、诵经、称念名号而得灵验的故事,其中的观念,反映出很强的功利性,即所谓人天小果,有漏之因。并且其所虚构的情节,常暴露在直接的目验之下,终究难以取信于人。如果演说佛教的故事,都只停留在礼佛、诵经、称念观音名号上,其所造成的小说的文学功能,将无法与神仙道教相比。另一方面,净土宗的称念阿弥陀佛、超生西方极乐世界,虽已是佛教涅槃之说的通俗演示,但对于中土大众来说,尚无称名观音以祈福消灾这样应验奏效,尤其是天堂渺茫,不易想象。相比之下,阴司与转生这两个主题,与现实生命的关系更为密切,更易激起广大民众的真切想象。佛教主题小说的精彩华章,都集中于这两个方面。

---

① 李剑国《唐前志怪小说辑释(修订本)》,第432—433页。
② 《宣验记》,鲁迅辑校《古小说钩沉》,第438页。
③ 见李剑国《唐前志怪小说辑释(修订本)》第434页注释15。

关于阴司之说，中国原有的泰山下蒿里为鬼魂所聚之说比较简朴。佛教传入后，阴司地府之说盛行，实为佛法神道设教之首。六朝小说中，此类故事最多，基本的情节，多是记某人误死入地狱，观摩善恶之报应，又因阳寿未满而被放回，自然会将阴司之事演说于人间，教化人们离恶向善。《幽明录》记有多则此类故事。如巴丘县巫师舒礼以生前淫祀杀生而被太山府君惩罚事[①]。这个故事反映了佛教对中国原有的民间信仰的取缔。又如宋太始年间赵泰死，停尸十日醒转，演述了游历阴司的整个过程[②]。基本的情节是这样：赵泰死时有阴司吏员两人带两从兵捉持而行，进入一严如锡铁的大城，其中有官府舍，府君坐西断案，让死者尽情申说，但又说自有六师督录使者在人间记人善恶，所以都有案底。府君说："人死有三恶道，杀生祷祠最重。奉佛持五戒十善，慈心布施，生在福舍，安稳无为。"这个说法，与巫师舒礼故事一样，都反映出佛教以奉佛为正宗，视其他非佛教的祭祀杀生为罪恶的行为。再说赵泰因为生前行善，所以在阴司中做了官。先在水官监作吏，每日从水中接千余人着岸上，十分辛苦。后来转为水官都督，总知狱事，到地狱按行。其中泥犁地狱，火树千丈，贯烧身体。又见一吏持文书来赦免三名犯人，原因是"其家事佛，为有寺中悬幡盖烧香，转《法华经》，咒愿救解生时罪过"。因此得从泥犁地狱中赦出，进入福舍。后又入"开光大舍"，则有金玉床、狮子之座，佛坐其上，众多菩萨立侍。佛来地狱是为度人，度万九千人出地狱，上生天。又各入"受变形城"，仍根据各人生前所行善恶，给予各种变身。其生前行恶者，多变为猪羊鸟兽之身。"又见一城，纵广百里，其中瓦屋，安居快乐。云生时不作恶，亦不为善，当在鬼趣千岁，得出为人。""又见一城，广有五千余步，名为地中罚，谪者

---

① 《幽明录》，鲁迅辑校《古小说钩沉》，第 262 页。

② 《幽明录》，鲁迅辑校《古小说钩沉》，第 310—313 页。

不堪苦痛,男女五六万,皆裸形无服。"赵泰按行地狱完毕后,与主者有一个对话:

> 泰问:"人生何以为乐?"主者言:"惟奉佛弟子精进,不犯禁戒为乐耳!"又问:"未奉佛时罪过山积,今奉佛法,其过得除否?"曰:"皆除。"[①]

人生以奉佛为乐,可见佛教信仰已经变成一种新的人生价值观。这种人生价值是与奉佛禁戒、消灾赦罪的利益效果直接联系在一起。可见造成士庶这种信仰行为与新的佛教的生命观,仍是切身的死亡恐惧与诸多的现实危机。故事最后是主者调查发现赵泰还有三十年寿算,令其还阳。此后赵泰全家大小发愿奉佛,并且为亡故的祖先悬幡盖,诵《法华经》作福。这则故事比较完整地演述了南朝时代佛教徒构造的地狱情节。赵泰故事亦见于王琰《冥祥记》,情节大同小异[②]。其中值得注意的是多次叙出赵泰的门阀士族身份:"祖父兄弟,皆二千石,我举孝廉,公府辟,不行。修志念善,不染众恶。"另外,赵泰还魂后,亲友五六十人,同闻泰说,其家皆来子孙改意奉法,课劝精进。又有时人听说赵泰死而复生,都来听他说地狱罪福之事:"时有太中大夫武城孙丰、关内侯常山郝伯平等十人,同集泰舍,款曲寻问,莫不惧然,皆即奉法也。"[③]这个故事,传达了晋代士族群体奉佛的情况。故事所记时间,《幽明录》记为刘宋太始五年七月十三日,《冥祥记》记为"晋太始五年七月十三日"。太始即泰始,刘宋明帝年号。按两晋无太始年号,应以《幽明录》所记为确。士族群体奉佛始于东晋,至刘宋时为盛。这则故事比较真实地反映了这一历史事实,也可见此期的佛教仍在与道教及儒家争夺信徒的情况。

---

① 《幽明录》,鲁迅辑校《古小说钩沉》,第313页。

② 《冥祥记》,鲁迅辑校《古小说钩沉》,第453—455页。

③ 《冥祥记》,鲁迅辑校《古小说钩沉》,第455页。

又有同书所述康阿得故事。康阿得误被两阴吏所拘，后并有白马吏驱之。到达阴司后，府君问他在生前做何事，康阿得回答说："家起佛图塔寺，供养道人。"得到府君的赞扬。经调查，康阿得是被误拘，府君便惩罚了误拘他的白马吏。阿得在阴司也看到未奉佛者受苦的情景，并见十狱，名为"赤沙""黄沙""白沙"等。又见有"福舍"，诸佛弟子住其中，福多者上生天，福少者住此舍[①]。又同书有石长和故事。石长和死，四日方苏。说在去阴司的路上，长和独行道上，看见其余大小人群，都行走在两旁荆棘中，"如被驱逐，身体破坏，地有凝血"。众人羡慕长和独行平道，叹息说："佛弟子独乐得行大道中。"又在阴司见孟承夫妇。孟妻因为生前奉佛精进，居于高阁，与官家事，而其夫因为生前奉佛不精进，只能在官府任粪扫之事。故事中石长和说自己生平修行，"不食鱼肉，酒不经口，恒转尊经，救诸疾痛"[②]。

上述阴司故事，是中国佛教信仰中阴司构造的初期状态。后世所熟悉的阎罗王形象似乎还没有正式形成。从这些故事可以看出，魏晋南北朝时期的佛教，具有相当明显的排外性，其对于各种民间信仰及道教，都视为异端。其阴司奖善罚恶，也几乎是以奉佛与不奉佛为唯一标准。佛教在初期流行时，常附道术以自存。到了东晋南北朝时期，势力已盛，其对传统民间宗教的排抵，也越来越严厉。六朝小说对此有生动的反映。后来三教合一，佛教对于道教及各种民间信仰尤其是祖灵信仰采取宽容的态度，民间更是神佛混一。但在魏晋南北朝时期，尤其是在南朝净土信仰确立后，佛教对于各种淫祀采取否定、排挤的态度，这与后来基督教严厉排斥佛道两教的情况有所相似。在善恶方面，佛教虽然奖善罚恶，但仅仅行善显然不够，同时还要奉佛，而且奉佛是根本。

---

① 《幽明录》，鲁迅辑校《古小说钩沉》，第320—321页。

② 《幽明录》，鲁迅辑校《古小说钩沉》，第321页。

奉佛者纵曾行恶,也能得到赦免。相反,不奉佛者纵使行善,也不过在地狱中免受刑毒之苦而已,能不能居于"福舍",还是有疑问的,生天更是绝无可能。可见佛教的因果报应,重在奉佛与否。这样一种新的报应观念,与旧的单纯的福善祸淫的观念是有差别的。从某种意义说,这是一种新的"原善"。它超越了世俗伦理的行善原则,并为作恶者开了方便法门。佛教与儒家以及世俗伦理的根本抵触,即在此处。基督教所构设的地狱里,也包括基督之前的异教徒,而且异教徒纵然是英伟之士,如但丁《神曲》中的维吉尔,也不能升入天堂。这种情况与魏晋南北朝时期佛教的排抵异端有些类似。从中可以看到此期儒佛关系的紧张状态,也可理解到了唐代,佛教继续发展,而儒教开始复兴,两者之间争竞激烈。传统多认为这是因为儒家狭隘,力排异端,事实上,双方都存在着这种情况。

与地狱相对,则为天堂。上述康阿得故事中,即有人死后福少者居福舍,福多者上生天的说法。《冥祥记》所载史世光一再升天的故事,即属此类。史世光死七日,家中请沙门支法山转诵小品。家中婢女张信看到世光显灵,说是本来要堕入地狱,"支和尚为我转经,昙护、昙坚迎我上第七梵天快乐处矣"[①]。他所说的昙护、昙坚,都是山中已死的沙门。当支和尚为之转诵大品时,婢女张信看到史世光再次出现:

> 后支法山复为转大品,又来在坐。世光生时,以二幡供养。时在寺中,乃呼张信持幡送我。信曰:"诺。"便绝死。将信持幡,俱西北飞上一青山。上如琉璃色,到山顶,望见天门。世光乃自提幡,遣信令还;与一青香,如巴豆,曰:"以上支和尚。"信未还,便遥见世光直入天门……其六岁儿见之,

① 《冥祥记》,鲁迅辑校《古小说钩沉》,第466页。

指语祖母曰："阿爷飞上天，婆为见不？"世光后复与天人十余，俱还其家，徘徊而去。[①]

正宗佛教虽有持诵阿弥陀佛名号，临终接引上西方极乐世界的说法。《佛说阿弥陀经》中说："尔时佛告长老舍利弗，从是西方，过十万亿佛土，有世界名曰极乐。其土有佛，号阿弥陀。"又说："若有善男子，善女人，闻说阿弥陀佛，执持名号，若一日，若二日，若三日，若四日，若五日，若六日，若七日。一心不乱。其人临命终时，阿弥陀佛与诸圣众，现在其前。是人终时，心不颠倒，即得往生阿弥陀佛极乐国土。"[②]史世光故事中说的七日升天，正是仿佛此种经义，但往生极乐世界，并非世俗所理解的升天。这个故事的升天情节，仍是传统神话及神仙故事中的升天情节。可见佛教进入中土，不仅在地狱之说方面承接传统泰山阴司的传说，而且在往生方面也吸取了中国原有的升天幻想。

佛教传入之前，中国古代只有灵魂鬼魅的观念，绝无来世他生及转生之说。这可以说是佛教给中土生命思想所带来的最大的一种改造，其对中国人的道德观念及生命意识影响之深远，是怎么估计都不过分的。小说中最著名的转生故事为西晋名臣羊祜隔世指环的传说：

晋羊太傅祜，字叔子，泰山人也。西晋名臣，声冠区夏。年五岁时，尝令乳母取先所弄指环。乳母曰："汝本无此，于何取耶？"祜曰："昔于东垣边弄之，落桑树中。"乳母曰："汝可自觅。"祜曰："此非先宅，儿不知处。"后因出门游望，径而东行，乳母随之。至李氏家，乃入至东垣树下，探得小环。李氏惊怅曰："吾子昔有此环，常爱弄之。七岁暴亡，亡后不知环

① 《冥祥记》，鲁迅辑校《古小说钩沉》，第466页。

② 《净土五经一论》，宝寺法物流通处编印，第2、5页。

处。此亡儿之物也,云何持去?”祜持环走,李氏遂问之,乳母既说祜言。李氏悲喜,遂欲求祜,还为其儿。里中解喻,然后得止。[①]

羊祜为西晋重臣,咸宁(275—279)初为征南大将军,是西晋主持平吴的重要人物。如有形迹可循,这个故事发生的时间应该在魏明帝年间。此时佛教并未盛行,其转世之说,未必如后来之为人所熟谙及相信,所以此故事应该是后来佛教徒的造作。羊祜家世吏二千石,九世清德,少有令誉,“祜年十二丧父,孝思过礼,事叔父耽甚谨。尝游汶水之滨,遇父老谓之曰:‘孺子有好相,年未六十,必建大功于天下。’既而去,未知所在”[②]。这是张良遇黄石公一类的传说。或许正是这一原因,佛教徒在造作转生故事时,托之于羊祜。而《晋书》竟将其直接写入羊祜本传。其实这个故事的重点就是一个小孩寻找指环的故事,或许是一个有关羊祜儿时性识非常的故事,但在后来转生观念渐趋强烈的背景下,自然地成为一个转生的故事。

《冥祥记》还记载一则转生故事,是晋人孙稚幼奉佛法,年十八病亡。死后父母仍见其随沙门奉行尊像的仪式,并向父母叙说其在阴司的经历,说本当升天,但因代伯父受罚,减其福报,已定好将要转生在国王之家[③]。又记李清入冥故事中:“清往其寺,见一沙门,语曰:‘汝是我前七生时弟子,已经七世受福,迷著世乐,忘失本业。’”[④]非但有转生为人者,亦有转生为牲畜者,如《冥祥记》所载杜愿之子的故事:

晋杜愿,字永平,梓潼涪人也。家巨富,有一男,名天保,

① 《冥祥记》,鲁迅辑校《古小说钩沉》,第451—452页。
② 《晋书》卷三四《羊祜传》,第4册,第1013页。
③ 《冥祥记》,鲁迅辑校《古小说钩沉》,第470页。
④ 《冥祥记》,鲁迅辑校《古小说钩沉》,第473页。

> 愿爱念。年十岁,泰元三年,暴病而死。经数月日,家所养猪,生五子,一子最肥。后官长新到,愿将以作礼,捉就杀之。有一比丘,忽至愿前,谓曰:“此豘是君儿也。如前百余日中,而相忘乎?”言竟,忽然不见。四顾寻视,见西天腾空而去。香气充布,弥日乃歇。①

此种转生故事,都是依据六道轮回之说而造作,虽能惊悚人心,止其作恶,但究竟佛教此说,是对人类生命的一种轻蔑。此种观念之流行,使中国原有的人参天地、为宇宙之灵智的崇高的生命观念大受打击,其对中土生命意识的消极影响未可低估。自天台宗、禅宗等宗派流行,大乘佛教的真如、涅槃之说深入文士的思想意识,一洗原有派生于小乘佛教的灵应、地狱、生天之说,其生命哲学实际上又趋于理性。生命的崇高意义又有所恢复。但因为减少了文人文学中的幻想因素,故中国正宗的文人文学虚构故事、创造形象的能力不强。后来小说、戏曲之叙事、塑造形象之艺术活力,仍是借助于大众的象教信仰。

变幻是佛教常用的传法之术。其中最著名的故事,即为《荀氏灵鬼志》所记的外国道人故事。其情节略云:有道人来自外国,能吞刀吐火,吐珠玉金银。行途中求寄于行人担上一升余的笼子里。入笼,笼不大,道人不见小,并且挑担者也不觉得增加了重量。道人在小笼子里幻化作为,“出饮食器物,罗列肴膳,丰腆亦办”,呼挑担人入笼共食,并口吐一美少妇共食,云是其妻。道人食毕寝。其妇又吐出一美少年共食,并嘱挑担人勿告其夫。有顷,道人身动将醒,妻纳美少年入口。道人醒后,又纳其妻入口,次及食具等②。这个故事,吴均的《续齐谐记》又作阳羡书生事③。

---

① 《冥祥记》,鲁迅辑校《古小说钩沉》,第475页。

② 《荀氏灵鬼志》,鲁迅辑校《古小说钩沉》,第202页。

③ 《续齐谐记》,李剑国《唐前志怪小说辑释(修订本)·南北朝编》,第629—630页。

历来治小说史者,对此故事论说甚多。此引鲁迅《中国小说史略》之论云:

> 然此类思想,盖非中国所故有,段成式已谓出于天竺,《酉阳杂俎》(《续集·贬误篇》)云:"释氏《譬喻经》云,昔梵志作术,吐出一壶,中有女子与屏,处作家室。梵志少息,女复作术,吐出一壶,中有男子,复与共卧。梵志觉,次第互吞之,柱杖而去。余以吴均尝览此事,讶其说以为至怪也。"所云释氏经者,即《旧杂譬喻经》,吴时康僧会译,今尚存;而此一事,则复有他经为本,如《观佛三昧海经》(卷一)说观佛苦行时白毫毛相云,"天见毛内有百亿光,其光微妙,不可具宣。于其光中,现化菩萨,皆修苦行,如此不异。菩萨不小,毛亦不大。"当又为梵志吐壶相之渊源矣。魏晋以来,渐译释典,天竺故事亦流传世间,文人喜其颖异,于有意或无意中用之,遂蜕化为国有,如晋人荀氏作《灵鬼志》,亦记道人入笼子中事,尚云来自外国,至吴均记,乃为中国之书生。[1]

鲁迅对此故事之渊源流变,探讨已详。按这个故事所反映的世俗层面的意义,是对女性贞洁的怀疑,也反映了通俗的知面不知心、人心隔肚皮这样的观念。但单有这种世俗层面的意义,还不足以虚构出这种精彩情节,它从根本来说,是一种幻化的观念。这种幻化的观念,原本根植于佛教世界空幻、一切事物都由幻相所生这样的观念。既然一切都是空无幻相,那就取消了人们在面对现实世界时所具有的固定的物质形式,亦即物理世界,派生出佛教式的时间与空间的相对论。于是须弥山之大,可纳于芥子之中,而一刹那间也可作三千劫。其中最典型的就是《佛说维摩诘》中的故事。维摩诘室仅一丈见方,不仅可容文殊师利所率四天王、

---

① 《中国小说史略》第五篇《六朝之鬼神志怪书(上)》,第36—37页。

八千菩萨、五百声闻，而且还用神力移身长八万四千由旬的须弥灯王的三万二千狮子座入其室中。此种情节，爱智之文士，据以探究诸法空生皆由心造的佛教奥理；而玩文之士，固可以用此理来造出像外国道人（或阳羡书生）这样炫奇耀怪的故事。然中土人民，毕竟思想朴实，普通民众更不能造理入微。所以，幻化故事如孙猴子之身毛化身千万猴王、樊梨花之移山倒，都着实相，而失空灵之意。故此外国道人故事，毕竟属于印度佛教的创造。另外，《荀氏灵鬼志》中外国道人"自说其所受术，即白衣，非沙门"。可见此种幻化的观念，原为印度传统观念所有，非独佛教，正如轮回原本是印度的传统观念。然非中土固有的幻化观念，后来成为神魔小说的一大形象塑造方法，放出奇花异彩，但也因此而妨碍中国小说写实艺术的充分发展。

余论：关于唐前生命观及其与文学发展关系的思考

一、基本概念的继续讨论

本书以历史分期与主题相结合的方式，叙述了中国从神话时代到魏晋南北朝时期的生命观的发展历史，并且阐述了生命观在各个时期文学上的表现。

所谓生命观，包括生命本体观与生命价值观两方面。生命本体观指人类自身对生命的本质或真相的看法或观念，即生命究竟为何物，死亡是不是每一个体生命的必然命运，还是存在能够超越死亡或相当程度地超越了死亡的特殊的个体。简言之，就是生必有死，还是生不必有死。至于生命价值观，则是立足于各自的生命本体论之上，对生命的自然价值与社会价值、个体价值与群体价值的认定。

生命本体论与生命价值观，在历史上的具体展开都是极为丰富的。比如，我们从“生不必有死”来说，一种观念认为存在可以超越生死的特殊个体，但它是自然的存在呢，还是通过一种人为的修为达到的？后者即人为修为的方式，又是各色各样，如道德的提升、祷祀、禳解、方药、外丹、内丹等等。这些都立足于现实生命即道教所说“现生”来阐述永生或长生的观念，是“不死”观念的原始遗留在后世的变化。另一种永生的观念，是脱离现实生命来建立的，即是灵魂的观念。灵魂是人类对自己生命的反思所得，是基于精神与肉体两分法而得到。我们的感觉与思想活动的形

象，远远大于肉体，可以驰骋于无限的空间与时间之中。这是我们个体精神得以确立的基本条件，也是原始神话得以发生的原因。因此，灵魂观念从根本上说，是一种积极的观念，以至我们今天的思维活动或精神生活中，仍然不能抛弃“灵魂”这个词语。但灵魂的观念，也让人类幻想人类的灵魂可以摆脱肉体而独立存在。几乎所有的宗教，都是以灵魂可以摆脱肉体为其基本的逻辑前提。灵魂观念还包括万物有灵的观念，它也是后来各种宗教的基础。中国古代的天神、地祇、山川神明等，即是万物有灵观念的凝结与提炼。这使得人类的生命观在人类自己的现实生命形式之外，还虚构出一种与人类或同形或不同形的神灵的生命形式。凡此内容，都属于生命本体观的范畴。

生命价值观的展开，也是异常的丰富。生命价值观与生命本体论不同，它具有很强的现世性。在神话时代，人们沉耽于神话人物的想象中，用原始的诗性精神创造了许多超越于凡人能力之上的神话人物的形象，如夸父、共工、女娲等，这些神话人物不仅是人类的创造者与主宰者，有时还是天地宇宙的创造者与主宰者。在神话中，生命的价值是无穷的。按照后世历史学家的解释，这些神话人物多是部落领袖的化身。这种对个体生命的超凡能力的赞颂，是后世英雄主义的源头。后世圣王的形象，就源于这些原始神话人物。但真正具有很强的现世性的生命价值观，是在凡人时代形成的。确切地说，是在“自然死亡”的观念确立之后形成的。在中国古代，影响深远的三不朽的生命价值观，就是一个典型。它第一次成功地将充满原始意味的永生幻想和灵魂观念的“不朽”观念，演绎为一种凡人追求卓越的现世生命价值的观念。“三不朽”的本质，是重视生命的社会价值。

儒家的伦理道德生命价值观，以及楚辞作者屈原追求“修名”的思想，都是与三不朽思想有渊源关系的。儒家的伦理道德价值

观与道家的自然哲学的生命价值观,都是个体意识明确之后的产物。但是,与儒家重视个体生命的社会价值不同,道家在对生命的本质进行了一番自然哲学的思考之后,在一定程度上解构了儒家对于个体生命的社会价值的认识。道家认为生命的最高价值在于因任自然,人们从社会性、功利性的情感、欲望出发对生命的功能所作出的一系列定义,甚至包括普通意义上的道德,以及仁、义、礼、智、信等伦理范畴,都应该从自然的意义上进行新的定义。老子根据自然哲学对生命、对现实政治所作出的新的定义,可以说是生命思想发展史的一种全新观念。传说老子出关前为关令尹喜所作的“五千言”,在春秋时代所引发的思想波涛有多大,我们现在难以估测。也许可以这样说,这五千言得以传世,就是其在当时影响的一个证据。老子通过否定的方式达到一种肯定:否定人们日常的思维方式和普通习以为常的养生观与治国观,来达到一种肯定。从哲学上说,他是辩证思维的创建者。从文学或审美意义上说,则是批判思想的开创者。庄子继承并大大地发展了老子思想中的批判性,他以一种对个体生命价值极端化的肯定的方式,几乎否定了任何形式的对生命的社会价值的追求。后世的逍遥派、达观派与愤激派同出于此。

儒道两家不同的生命价值观对后世影响十分深远,可以说基本上概括了中国古代现世生命价值观的全部。在汉魏六朝时代,源于儒家的名教思想与源于道家的自然思想,长期地处于对立与调和的状态中。两者的对立是根本性的,调和则是依从性的,也是不确定的。纯粹的名教思想与自然思想,都有它们确切的内涵。而名教、自然调和以后,诸如名教即自然、名教与自然合一的思想,则在不同的阐述者与实践者那里差别很大,并且有真有伪。相对名教内涵的基本稳定,在汉魏六朝时期,也许最值得玩味的是自然思想的各种形式的阐述与发展。在汉代,“自然”这个概念还带有某种异端的色彩,但进入魏晋时代,自然成为对于道的最

高阐述。所以，不仅纯粹的道家强调自然，儒家也大量援用自然。不仅在野者任自然，在朝者也大谈自然。门阀政治家以自然为观念，皇权同样引用自然观念。道教则对自然观念作了极端发展，成功地将其改造为一种神仙修炼学说的哲学基础。道家与道教都说道法自然，但其内涵则是不同的。佛教在其发展过程中，也引入源于本土的自然思想，尤其是向来被视为中国本土佛教的代表的禅宗，就是以自然思想为基本逻辑。慧能作为一个文化程度不高的思想家，能够准确地把握自然思想，并以此改造佛学，这也说明在那个时期，自然思想或自然哲学的基本观念，并非仅为掌握了高深思想的士大夫所能拥有，同时也转化为一种大众的思想观念。这样的问题，我认为是值得思想史家们深入研究的。

佛教不仅在生命本体论上开出全新的局面，同时也在生命价值观方面有所建树。佛为一大事因缘来到世间，就是为解决人类的生命问题而应世立教的。但是佛教影响或塑造中国传统的生命观是有一个过程的。汉魏西晋时期，佛教一直是作为众多道术的一种，其色空的生命本体论和三世报身之说并未充分地发挥作用，其天堂、地狱之说也还混合在传统的道教学说之中。东晋时期，般若之说与重玄之说会合，中土学者开始玩味于色空有无之际，同时佛教作为一种独立的宗教信仰开始流行。但佛教真正流行是在三世报身、西方极乐净土之说明确以后。它不仅以宗极、神不灭等说使士大人玩味于其中，得到一种比重玄之说更加精致的本体把玩，而且泥洹常住，使人们获得对一种超越肉身之上的另一种生命本体的向往。其慰藉的功能远胜于道教长生之说。《高僧传·慧远传》中有这样一段记述，比较准确地揭示了这个问题：

先是中土未有泥洹常住之说，但言寿命长远而已。远乃

> 叹曰:"佛是至极,至极则无变,无变之理,岂有穷耶?"因著《法性论》曰:"至极以不变为性,得性以体极为宗。"[①]

佛是一种神明,但它不同于传统的上帝与天神,而是生命的净觉或泥洹的状态。这种状态是非现实的,是超越现实的,但却蕴藏于性之中,所谓性海。至于凡人之性是变动不居,修短随化,而净觉、泥洹之性则是永恒不变的,即"常住"。但佛性并非外在于人身、人性的,它是人类原有。性识或者说"神识"之于现实烦恼,就海水之于海浪一样。凡人修行,生天成佛的过程就是一个得性的过程,即以得到这种净觉、泥洹之性为目标。这是一种全新的生命观,但它仍然富于哲学思辨的色彩,只适合习惯于体道的士大夫来玩味,并且始终让人捉摸不定。当佛教中的净土之说得以流行,净觉、泥洹是藏于生命内部的一种体验,极乐净土是净觉的一种幻象化,是引人信佛的一种阶梯。只有结合两者,佛教生命本体观与生命价值观才得圆满。

二、生命观在文学中展开的历史

人类生命观的发展,既是理性生命观的发展史,也是非理性生命观的发展史。两者之间的关系,或许是非理性生命观最先发生,并且最早开出灿烂的文化的花朵,这便是神话时代的艺术。但是理性的生命观,也应该一直包含在原始文化的种子之中。从现在所见各种原始艺术可知,世俗生活的内容那时就已经开始得到表现。《诗经》可以视为世俗理性生命观确立的标志,此后儒道两家分别建立了伦理道德与自然哲学两种生命观。但是进入汉魏六朝时代,非理性的生命观进入方兴未艾的发展时代,并且有

① 释慧皎《高僧传》卷六,汤用彤校注,中华书局,1992年,第218页。

各种不同的分野，如天人感应说、神仙说、鬼魂说等，为后来道教的形成准备了条件。中土传统的神话、天道、神仙、鬼魂之说，以及善恶果报之说，虽然部分地慰藉了人们的心灵，却并不能解决生死的问题。而随着"生必有死"的观念越来越成为常识，尤其是被儒家士大夫所普遍接受，这时候，因社会问题的严峻化、个体意识的进一步觉醒，而名教又受到了质疑。一种对生命短暂的焦虑，伴着各种不同的情绪，社会性地爆发出来。一种典型的表达方式，就是一方面慨叹求仙服药无效，一方面悲伤生命的短暂。这就是中国古代文学史上引人注目的生命文学思潮。

就文学来说，游仙与感叹生命短暂，其实都属于生命文学思潮的内容。从作家的创作情况来看，如汉乐府、曹植、曹操、阮籍、陆机、陶渊明、谢灵运、鲍照、沈约等人，都同时具备上述两种主题的诗歌。两者可以说都是中古诗赋的经典主题，本质上都是生命激情的表现。而属于世俗生活内容的男女之情与功业之思，也多联系着生命短暂的主题，或是经常在感叹生命短暂的基本意识中展开的。因为无论是男女之情还是功业之思，都是生命力的一种表现。此外，如栖隐山林、饮酒作达，也都是与上述两种意识相关的。从这里我们看到了中古文人文学的基本主题类型，以及原生的艺术精神的基本内涵。生命主题的突出、生命激情在各种生活内容中都有程度不同的释放与表现，这可以视为汉魏晋文学尤其是诗赋的基本特征。诗史上一直标举并追仿的"汉魏风骨"，以及后来诗人们一直追摹的古质又富于兴寄意味的魏晋风格，其实正是上述生命主题的一种激情的表现。

从东晋到南朝，可以说是上述典型的魏晋式生命激情消释的过程或蜕变的过程。从观念史和意识史的角度来说，玄学发生是第一种消释的力量。无论是最早的任自然的人格追求，还是后来自然与名教合一的人格理想的确立，都是以"道"的名义、以"理"的实质来消释生命的焦虑感。当然，从生命观的表现来看，玄言

文学与其后的佛理文学一样,都是直接表现生命本体观与生命价值观的。但激情消释使这种以纯粹的哲理表达为内容的诗歌,在基本的性质上失去了艺术精神,或者说失去了文学的审美价值。

佛教继玄学之后,进一步消解了汉魏以来的生命焦虑感,并通过泥洹与极乐世界在相当程度上取代了游仙和长生的幻想。与此同时,佛教的生命本体观及其生天成佛的生命价值观,在各种抒情艺术与叙事艺术上寻找其表现的机会。在南朝文学中,象教成为很重要的主题。象教所刺激出的对于形象的热衷,与追求形式之美的文学风气相会合,加强了形似的文学观念。但是这种形象与来源于现实,包含丰富的现实生命情绪的现实生活的形象不同,它在本质上是虚幻的。在这种形象思想影响下的南朝文学,普遍地失去充实之美,尤其是其时的文士,不但寄托佛国想象以消解其生命焦虑之感,同时沉耽佛书、隶事用典以满足于对博涉属文的需要。所以,南朝文学普遍地沦于对虚浮之美的追求。绮艳文风与象教文学的同时繁荣,是南朝贵族文学的突出特点。

三、自然与名教问题在汉魏六朝文学中的展开

自然与名教是汉魏六朝时代生命价值观的两大分野。这两种生命观,都以自觉的形态存在于人们的意识中,影响人们的人格与行为,并且表现于文学之中。

汉魏六朝的自然与名教两种生命价值观,分别导源于先秦的道家与儒家,两者都是"生必有死"的自然死亡观念明确后的成果。就其原始形态来说,并非必然对立,而是从不同角度来把握生命的价值,一是强调个体生命的自然价值,一是强调个体生命的社会价值。《庄子》一书表现出两者之间最初的对立状态。但庄子是以怨刺的态度来显示一种对立,并非纯粹的哲学意义的否

定名教，这也是后来一些学者认为庄子外道而内儒的理由。老庄的自然说早期主要是作为一种养生与治国的哲学展开的，在汉魏晋时代，逐渐发展了明确的个体生命价值观。它与贵无的政治哲学一起，构成魏晋玄学的两大主干。

名教观念在汉代演化为一个以礼教为核心的巨大的社会伦理及政治观念的体系。先秦儒家原有的立足于个体的名教观念，在相当程度上被弱化，或者说模糊化。玄学的最初兴起，不仅重视道家的思想资源，同时也在追寻先秦儒家立足于个体的名教观念。这也是名教与自然由对立走向融合的逻辑依据。但从作为个体的生命价值观念及道德观念、行为方式来说，名教与自然两者之间，相对立是根本的、实质性的，而各种各样的自然与名教合一的观念及其表述方式，则是呈现着复杂的、真伪相杂的状态。所谓虚伪的人格，正是在这个过程中出现的。

名教思想对文学的影响是全面的。整个中国古代的文人文学，其观念及创作实践，可以说基本上立足于名教思想。文论史家最为重视的儒家诗学体系，就是以名教观念为核心的。表现为文学主题，最为典型的是以“名声”为中心的一系列个体活动在文学中的展现，尤其是根深蒂固的“言志”观念。但是“言志”思想，其实也伸向自然生命价值观领域，这就是文学中以高蹈、求仙、栖隐为志的那些发展了甚至可以说是变异了的“言志”的类型。它们仍属于“言志”范畴。

名教思想不仅决定了文人文学的基本内容，也决定了文学的价值观与审美趋向。在中国古代，凡是体现了一种社会伦理内涵的文学，会被认为是一种基本性质健全、基本方向正确的文学。相反，如只表现生命的某种自然状态，如表现单纯的情欲、神仙幻想的作品，通常会受到较多的质疑。

自然思想对中国古代文学有深刻的影响。魏晋南北朝文学就是在自然观念的基础上展开的，表现于文学内容及审美观念等

多个层面。以往的研究,多用“人的自觉”和“文的自觉”来揭示建安文学发生的内在机制,也将其作为整个魏晋南北朝文学发生的一种思想上的起点。纵观自然思想影响魏晋南北朝文学的历史,大约可以分为这样三种形态。第一种形态是自然思想刺激魏晋南北朝文学的抒情风气。汉魏之际的自然思想,与各种社会问题和生命问题交织,促使抒情风气的产生。可以说,自然思想是文学抒情风气的一种思想基础。自然思想促使人们对生命的自然形态给予重视,如男女之情的表现、个人自由愿望的抒发,以及包括神仙在内的各种生命幻想的表达。第二种形态是自然观念促使文学中名理内容的增加。东晋时期,道即自然的观念明确化,自然作为一种观念,成为文学表现的基本内容。各种题材的作品以各自的方式演绎自然观念,形成玄风独盛的局面。但表现自然观念的文学,其在创作的方式上,却远离了汉魏文学自然抒发的传统,走上了一条以雕琢繁丽方式来显示抽象的自然观念的道路。到了南朝齐梁时期,这种抽象之理与雕琢繁丽的作风,被象教文学所继承。第三种形态是自然观念成为山水及一般的写景之作的基本观念,诱发了山水审美意识的成熟,促使以自然物为表现对象的各种艺术类型的确立。最有代表性的就是山水诗与山水画。山水审美最初仍与“道”凝结在一起,但在发展的过程中,自然美的因素越来越明确化。总的来说,中古的山水表现,经历了山水与主体的道相结合、山水景物的客体化、山水与情感的和谐融合这样三个阶段。在这个过程中,其与生命观念、生命意识和生命情绪,存在着复杂的对应关系。

在魏晋南北朝时期,“自然”作为一个哲学范畴,从最初的与名教相对的单纯性,走向其复杂性。由于自然即道或道即自然的观念的确立,各种不同的思想流派都援引自然之义,所以有道家、道教、儒家、佛教等各种不同思想流派中的自然观念,很多时候将“自然”这个概念引向一种烦琐甚至神秘的境界。这一切,当然也

都影响了各自的文学。

四、形神问题与文学

"形""神"作为一对生命哲学的范畴，分别指向生命的物质性表现与精神性表现两端。学术界讨论得最多的，是南朝时代的形神哲学的讨论对文学艺术中形似与传神这些艺术理论及其方法的启发。张少康对"意得神传，笔精神似"等六朝至唐形神兼备的艺术观念的阐述，即强调庄子形神思想的启发："庄子的形神论即是重神似而不重形的，他所说的形和神是指事物的内在精神实质和外在的物质表现形式的关系。庄子认为，对于一个人来说，其形体是存是灭、是生是死、是美是丑，都是无所谓的，而最重要的是他的精神能否与道合一，达到完完全全的自然无为。"他认为庄子的片面重视神的观点，到了《淮南子》等有所修正，完善为形神兼顾、以神为君的思想。这种思想自然地成为后来各种艺术表现的艺术观点[①]。也就是说，原本属于生命哲学范畴的"形""神"二字，被抽象为事物的内在精神与外在物质表现形式这样一对范畴，在感性哲学即美学中得到普遍的运用。

形神观念与艺术的关系，不仅存在于上面所说的这个层面，也存在于多个层次之上。形神观念具有悠久的历史，神的观念可以追溯到万物有灵论。从艺术上形神关系的历史来看，原始艺术的特点，是充分夸张神的作用，其形则是处于被动的、依从的地位。神话与各种原始艺术中的生命形象，对于形体的塑造十分简单、粗陋，但其动作却不无传神的效果。之所以这样，是因为原始人对于生命体充满幻想，所以能突破凡人的形体，塑造神话人物、

① 参见张少康《文心与书画乐论》第三篇《论中国文艺美学的民族传统》，北京大学出版社，2006年，第190—194页。

人兽结合的人物形象,也可以将各种自然物,包括天地日月等充分地生命化。在这样一种混沌的生命观念中,精神很自然地处于主动的地位。这或许是形神关系体现于艺术的最初形态。汉代的艺术,如神话题材的画像石,仍然处于原始神话的形神观念中。

形神是诸子著作的重要范畴,老庄一派或与老庄有渊源关系的杂家,都以形神为基本范畴来阐述各自的生命思想,可以说形神是生命本体论中最重要的范畴。在老庄思想中,神一直是处于主动的地位,老子的谷神不死、庄子的神全,以及《吕氏春秋》《淮南子》等书中对于神在养生行为中的重要性的认识,奠定了中国古代重神而轻形的生命观念。这种观念的极端化,就是炼神可以全生乃至不死的观念的出现,奠定了整个中古仙学的基础。道教进一步将传统形神之说的“神”神格化。身体内部就存在独立的、神格化的神,正是这些神让生命升华为一种神的存在。但是道教之神,并不脱离形体,它始终在形体中存续。只是到了六朝时代,结合了传统灵魂观念及佛教三世轮回之说,才出现神可以离开肉身而存在的“尸解”之说。

汉魏六朝时代,形神问题被进一步引入对生命本体真相的讨论。这种讨论,可以归结为这样两方的观点,即一方认为形与神是紧密相合,不可分离,同生共灭;另一方认为在形体消亡之后,神可以独立存在。后一种观点,当然与传统的灵魂说有千丝万缕的联系,但不是传统的灵魂说与神说。上述分歧,到了佛教开始独立的晋宋齐梁时代,以神灭与神不灭为基本的对立面,展开了更加深入、更加富有哲学思辨色彩的讨论。神灭论是生必有死的“自然死亡”常识理性的哲学的展开,也可以说是对生命本质的深入讨论。慧远《形尽神不灭论》中引述神灭一派的观点,并强调是出于《庄子》。陶渊明的《形影神》组诗的基本观念也属于神灭论一派。此后最重要的论著就是南齐时范缜的《神灭论》。神不灭论是有佛论的展开,主旨在于神明成佛。这在慧远的一系列佛学

著述，尤其是《形尽神不灭论》中得以精致的思辨形式而展开。后来如梁武帝的《立神明成佛义》等论文则比较肤浅。齐梁诸家以范缜《神灭论》为发难对象的神不灭之论，在逻辑上也显得比较粗糙。

汉魏文学的基本精神，来自理性的形神之论。这种形神论是生命本体的理性的清晰化。它注重艺术形象的创造，并且在形象中充注着精神气质。所谓汉魏风骨，就是这种生命意识在文学上的表现。与此相对，道教对神的神秘化的阐释、佛教的神明成佛论对于社会意识的影响，是泛神观念的重新流行。这种泛神观念的流行，也是六朝艺术主体精神模糊的原因之一。而主体精神的模糊，则导致了注重外在形象的形似之风的流行。所以，六朝时代固然是神的神秘化，但结果却是形的片面突出。至于六朝艺术上的形神讨论，主要还是在道家形神论的范畴里进行的。

后　记

做完一件事后，总会有某种感想；写完一本书后也是这样。这回最大的感想是：一个人在确定研究课题时，也像做任何事情一样，既有必然性因素的作用，又有偶然性因素的作用。自身的学术旨趣和外部机缘的契合，使得一个课题得以确定，一本书得以产生。

关于文学中的生命问题，是我在读博士时就准备加以考察的，起因于陶渊明的研究，我发现陶的所有思想似乎都可以理解为一种生命思想，以他为中心，透视、观察整个魏晋文化思潮，也可得出类似的结论，即魏晋文化思潮的核心主题是生命问题。也许是由于觉得做这样一个课题带有一定的冒险性，所以博士论文最后选择了另外的视角，但关于魏晋文学中生命问题的思考并没有完全停止，可一直下不了做专门研究的决心。

1995 年冬天，给北大一个学生学术社团所做“魏晋文学的生命主题”的演讲，让我产生了对这个课题做全面研究的意图，并且把范围扩大到魏晋之前的先秦两汉和之后的南朝。正在着手之际，吴先宁先生受东方出版社之托，组织一套古典文学研究方面的丛书，向我约稿。我感到机缘巧合，承其美意，就欣然从命，只是感到时间过于仓促。但我发现我们的一切工作，都是在生命短暂的压迫下完成的；我们之所以需要有计划、有期限地做一件事情，就是因为生命是短暂的。如果人类真能长生不死，我们将失去任何行动的愿望和努力的目标，很可能将会一事无成。伟人说得好：“一万年太久，只争朝夕！”但我深知，对于这样大的一个课

题来说，这本提前问世的小书只能是一个初步的尝试。好在这个课题我还要做下去，并且已经列为国家教委“九五”计划重点课题。所以，这本书出版后，能听取各方面的批评意见，也有助于后面的工作。

吴先宁先生、孙涵先生是本书写作的直接促成者，并且对一些章节的安排提出了宝贵的意见，文字方面也做了不少刮垢磨光的工作。对此，我表示衷心的感谢！

我的妻子施筱敏在目前艰苦的生活条件下支持我做学问，如果没有她的无私付出，我的研究是无法想象的。所以也想在此表示谢意！

钱志熙

1996 年 12 月 20 日于北大五院

增订本后记

校完七百五十多页校样，既有一种轻松的感觉，同时又觉得意犹未尽！相比初版，增订本的章节与字数，差不多都增加了一倍，其实已经是一本新著。所以，责编宋文涛先生建议另拟书名，但我觉得没法对全书的内容作出一种新的概括。曾经想过是不是可改为“生命观文学史”这样一种题目，但事实上相比文学史的内容，本书思想史的内容还是占了更多的篇幅。关于古代思想家的生死观讨论，一直是哲学史的一个课题，但不是哲学史研究中心的、热门的问题，并且向无以史的形式展开阐述、类似于生死观发展史之类的系统著述，而且生命观的问题不只是生死观这样一个层面。如果撰述一种以生命观为核心的哲学史与文学史，其内涵显然都比单纯的“生死观”表述要大得多，也复杂得多。本书包含了上述以生命观为核心的哲学史与文学史这两部分内容，但离完善的“生命观哲学史”与“生命观文学史”，显然还有一定的距离。上述意犹未尽，正是指此而言。

本书的写作，虽然算不上筚路蓝缕，启其山林，但也可以说是披荆斩棘，并每觉时入漠野邃谷无人之境，林光开合，花影迷离，喜听鸟鸣，畏闻猿啼！所欣者折花带露，所憾者带水拖泥。人生有限，斯义无穷！昔曹公披删十载而成巨著，尚不幸而成断剑；今我经廿六年而重订此蕞尔陋编，所喜能存完璧！

本书所增写的章、节、段，与原版在思想与文字的风格上有所不同。不全以今我之思易故我之思、今我之笔换故我之笔者，乃因文字是生命的印记。六十多岁之我与三十多岁之我相较，学术

上虽不无寸进，思想上却难言高下。昔江郎彩笔，文或不及前；而夫子韦编，思或增于昔。古今著述，理多如此！然神识未变，每符前辙；见闻日广，因生新思。古人诗云："三生石上旧精魂，赏月吟风不要论。惭愧情人远相访，此身虽异性常存。"

然所可记者，昔年着笔，恩师与父母皆尚健在，今当重订，则俱仙去久矣。生死之念，及身已切！况三载之防大疫，万里之阻关津，家有凋零之痛，人受寒热之威！无恙强饭，天予我乎何厚！闭户著书，消遣余岁；灾梨祸枣，以答明时！

本书能够增订再版，首先要感谢责编宋文涛先生。几年前，我们一起参加川大会议，返乘同一航班，不想延误竟达六小时之久，却成了促成此书重订的机缘。年来事绪冗杂，时作时辍，多蒙其善意督促。他认真、高质量的编辑，也使本书减去不少疏漏，且一一核对全书引文，工作量尤大。在定稿的过程中，我指导的博士生赵晓华、王景、郑子欣、魏珞宁、隋雪纯，都帮助我做过校稿、核对引文、编制参考书目的工作。在此一并致谢！

年来与内子刘青海濡沫相存，同读共研，彼此以著述相勖相享，且其多任家务，辛苦自倍于予！文章累人，自古已然，况今夏暑炎，倍于往年，杜门校稿，诗思多废。偶发二绝以自嘲，或可谓劳者之歌乎？

新编堆案纸千张，帝虎鲁鱼白日长。戏说班行真欲笑，头衔倘署校书郎。

曰若稽古尊尧典，如是我闻出释经。大道本来无一事，空将文字损心形。

钱志熙

2023 年 7 月 28 日记于京北风雅园

本书主要参考书目

一、基本古籍(按四部分类法排序)

《周易正义》,王弼、韩康伯注,孔颖达疏,阮元校刻《十三经注疏》,中华书局,1980 年。

《尚书正义》,孔颖达疏,阮元校刻《十三经注疏》,中华书局,1980 年。

顾颉刚、刘起釪《尚书校释译论》,中华书局,2005 年。

《毛诗正义》,毛亨传,郑玄笺,孔颖达疏,阮元校刻《十三经注疏》,中华书局,1980 年。

朱熹《诗集传》,上海古籍出版社,1980 年。

《韩诗外传集释》,韩婴撰,许维遹校释,中华书局,1980 年。

方玉润《诗经原始》,李先耕点校,中华书局,1986 年。

《韩诗外传笺疏》,屈守元笺疏,巴蜀书社,1996 年。

陈子展《诗三百解题》,复旦大学出版社,2001 年。

陈戍国《诗经校注》,岳麓书社,2004 年。

《礼记正义》,郑玄注,孔颖达疏,阮元校刻《十三经注疏》,中华书局,1980 年。

《周礼注疏》,郑玄注,贾公彦疏,阮元校刻《十三经注疏》,中华书局,1980 年。

《仪礼注疏》,郑玄注,贾公彦疏,阮元校刻《十三经注疏》,中华书局,1980 年。

《春秋公羊传注疏》,何休注,徐彦疏,阮元校刻《十三经注疏》,中

华书局，1980 年。
《春秋左传正义》，杜预注，孔颖达疏，阮元校刻《十三经注疏》，中华书局，1980 年。
杜预《春秋左传集解》，上海人民出版社，1977 年。
董仲舒《春秋繁露》，《诸子百家丛书》，上海古籍出版社，1989 年。
《春秋繁露义证》，董仲舒撰，苏舆义证，钟哲点校，中华书局，1992 年。
《孝经注疏》，唐玄宗御注，邢昺疏，阮元校刻《十三经注疏》，中华书局，1980 年。
《论语注疏》，何晏集解，邢昺疏，阮元校刻《十三经注疏》，中华书局，1980 年。
程树德《论语集释》，程俊英、蒋见元点校，中华书局，1990 年。
刘宝楠《论语正义》，高流水点校，中华书局，1990 年。
焦循《孟子正义》，文倬点校，中华书局，1987 年。
戴震《孟子字义疏证》，中华书局，1961 年。
《说文解字注》，许慎撰，段玉裁注，上海古籍出版社，1988 年。

司马迁《史记》，裴骃集解，司马贞索隐，张守节正义，中华书局，1982 年。
班固《汉书》，颜师古注，中华书局，1962 年。
陈国庆编《汉书艺文志注释汇编》，中华书局，1983 年。
王先谦《汉书补注》，中华书局，1983 年。
范晔《后汉书》，李贤等注，中华书局，1965 年。
陈寿《三国志》，裴松之注，中华书局，1982 年。
房玄龄等《晋书》，中华书局，1974 年。
沈约《宋书》，中华书局，1974 年。
萧子显《南齐书》，中华书局，1972 年。
姚思廉《梁书》，中华书局，1973 年。

李延寿《南史》,中华书局,1975年。
魏收《魏书》,中华书局,1974年。
刘昫等《旧唐书》,中华书局,1975年。
薛居正等《旧五代史》,中华书局,1976年。
皇甫谧《帝王世纪》,《丛书集成初编》,中华书局,1985年。
王国维《今本竹书纪年疏证》,黄永年点校,辽宁教育出版社,1997年。
司马光《资治通鉴》,胡三省音注,中华书局,1956年。
徐元诰《国语集解》,王树民、沈长云点校,中华书局,2002年。
刘向《战国策》,上海古籍出版社,1978年。
葛洪《西京杂记》,程荣纂辑《汉魏丛书》,吉林大学出版社,1992年。
罗泌《路史》,《四部备要》史部第2册,上海中华书局据原刻本校刊。
《宋元学案》,黄宗羲原撰,全祖望补修,中华书局,1986年。
施元孚《白石山志》,陈玮重辑,邱星伟校注,《乐清文献丛书》,线装书局,2013年。
永瑢等《四库全书总目》,中华书局,1965年。
余嘉锡《四库提要辨证》,中华书局,1980年。
刘体智《小校经阁金石文字》,民国石印本,1935年。
冯云鹏、冯云鹓《金石索》,东京大学汉籍中心藏道光元年本。
《文史通义校注》,章学诚撰,叶瑛校注,中华书局,1985年。
张尔田《史微》,黄曙辉点校,上海书店出版社,2006年。

王先谦《荀子集解》,《诸子集成》第2册,上海书店,1986年。
陆贾《新语》,《诸子集成》第7册,上海书店,1986年。
《贾谊新书　扬子法言》,卢文弨校,《诸子百家丛书》,上海古籍出版社,1989年。

刘向《新序》,《诸子百家丛书》,上海古籍出版社,1990 年。

《中论校注》,徐幹著,徐湘霖注,巴蜀书社,2000 年。

《申鉴注校补》,荀悦撰,黄省曾注,孙启治校补,中华书局,2012 年。

王先慎《韩非子集解》,《诸子集成》第 5 册,上海书店,1986 年。

戴望《管子校正》,《诸子集成》第 5 册,上海书店,1986 年。

王冰《重广补注黄帝内经素问》,商务印书馆,1955 年。

《神农本草经》,滕弘撰,顾观光辑,周贻谋、易法银点校,湖南科学技术出版社,2008 年。

《三希堂小楷八种・王羲之书〈黄庭经〉》,中国书店,1984 年。

孙诒让《墨子间诂》,《诸子集成》第 4 册,上海书店,1986 年。

《吕氏春秋》,高诱注,《诸子集成》第 6 册,上海书店,1986 年。

《淮南子》,高诱注,《诸子集成》第 7 册,上海书店,1986 年。

班固《白虎通德论》,《诸子百家丛书》,上海古籍出版社,1990 年。

黄晖《论衡校释》,台北商务印书馆,1964 年。

黄晖《论衡校释》,中华书局,2018 年。

王充《论衡》,《诸子集成》第 7 册,上海书店,1986 年。

《论衡注释》,王充著,北京大学历史系《论衡》注释小组注释,中华书局,1979 年。

《山海经》,郭璞注,毕沅校,《诸子百家丛书》,上海古籍出版社,1989 年。

袁珂《山海经校注》,上海古籍出版社,1980 年。

东方朔《神异经》,《诸子百家丛书》,上海古籍出版社,1990 年。

《博物志校证》,张华撰,范宁校证,中华书局,2014 年。

《尹文子》,《诸子百家丛书》,上海古籍出版社,1990 年。

《世说新语笺疏》,刘义庆著,刘孝标注,余嘉锡笺疏,上海古籍出版社,1993 年。

黄伯思《东观余论》,《丛书集成初编》,中华书局,1991 年。

胡应麟《少室山房笔丛》,上海书店出版社,2001 年。

《新增绘图幼学琼林故事》,程允升原著,邹圣脉增补,浙江绍兴奎照楼同治刊本。
欧阳询《宋本艺文类聚》,上海古籍出版社,2013年。
李昉等《太平御览》,中华书局,1960年。
《穆天子传》,郭璞注,《诸子百家丛书》,上海古籍出版社,1990年。
刘向《列仙传》,《诸子百家丛书》,上海古籍出版社,1990年。
干宝《搜神记》,汪绍楹校注,中华书局,1979年。
《汉魏六朝小说选》,徐震堮选注,中华书局上海编辑所,1962年。
《古小说钩沉》,鲁迅辑校,《清末民初文献丛刊》,朝华出版社,2018年。
李剑国《唐前志怪小说辑释(修订本)》,上海古籍出版社,2011年。
魏源《老子本义》,《诸子集成》第3册,上海书店,1986年。
郭庆藩《庄子集释》,《诸子集成》第3册,上海书店,1986年。
王先谦《庄子集解》,《诸子集成》第3册,上海书店,1986年。
王利器《文子疏义》,中华书局,2009年
杨伯峻《列子集释》,中华书局,1979年。
王明编《太平经合校》,中华书局,2014年。
葛洪《抱朴子》,《诸子集成》第8册,上海书店,1986年。
《真诰校注》,[日]吉川忠夫、麦谷邦夫等编,朱越利译,中国社会科学出版社,2006年。
《云笈七签》,张君房纂辑,蒋力生等校注,华夏出版社,1996年。
僧祐《弘明集》,上海古籍出版社影印宋碛砂版大藏经,1991年。
道宣《广弘明集》,上海古籍出版社影印宋碛砂版大藏经,1991年。
释道世《法苑珠林》,上海古籍出版社影印宋碛砂版大藏经,1991年。
释慧皎《高僧传》,汤用彤校注,中华书局,1992年。
释道源《景德传灯录》,冯国栋点校,中州古籍出版社,2019年。
《妙法莲华经》,智顗疏,湛然记,道威入疏,上海古籍出版社影印

民国十年印光法师刻本，1990 年。

释法琳《辩正论》，陈子良注，《永乐北藏》第 151 册，线装书局，2000 年。

《净土五经一论》，宝寺法物流通处编印。

丁福保《佛学大辞典》，上海佛学书局，1996 年。

洪兴祖《楚辞补注》，白化文等点校，中华书局，1983 年。

《天问纂义》，游国恩编，金开诚、董洪利、高路明补辑，中华书局，1982 年。

《曹植集校注》，曹植著，赵幼文校注，人民文学出版社，1984 年。

《阮籍集》，阮籍著，李志钧、季昌华、柴玉英、彭大华校点，上海古籍出版社，1978 年。

《嵇康集校注》，嵇康著，戴明扬校注，中华书局，2014 年。

《陶渊明集》，陶渊明著，逯钦立校注，中华书局，1979 年。

《陶渊明集校笺》，陶渊明著，龚斌校笺，上海古籍出版社，2011 年。

《谢灵运集校注》，谢灵运著，顾绍柏校注，中州古籍出版社，1987 年。

《鲍参军集注》，鲍照著，钱仲联增补集说校，上海古籍出版社，1980 年。

《江文通集汇注》，江淹著，胡之骥注，李长露、赵威点校，中华书局，1984 年。

《陈子昂集》，陈子昂著，徐鹏校点，上海古籍出版社，2013 年。

《张九龄集校注》，张九龄著，熊飞校注，中华书局，2008 年。

《李太白全集》，李白著，王琦注，中华书局，1977 年。

《杜诗详注》，杜甫著，仇兆鳌注，中华书局，1979 年。

《韩昌黎文集校注》，韩愈著，马其昶校注，马茂元整理，上海古籍出版社，1986 年。

《李长吉歌诗编年笺注》，李贺著，吴企明笺注，中华书局，2012 年。

《李商隐诗歌集解》，李商隐著，刘学锴、余恕诚集解，中华书局，

1988 年。
《苏轼诗集》,苏轼著,王文诰辑注,孔凡礼点校,中华书局,1982 年。
《苏东坡全集》,中国书店,1986 年。
《黄庭坚全集》,黄庭坚著,刘琳等校点,四川大学出版社,2001 年。
程颢、程颐《二程集》,王孝鱼点校,中华书局,1981 年。
《张载集》,张载著,章锡琛点校,中华书局,1978 年。
《周行己集》,周行己著,周梦江笺校,上海社会科学院出版社,2002 年。
《王十朋全集》,王十朋著,梅溪集重刊委员会编,上海古籍出版社,1998 年。
《龚定庵全集》,上海中央书店,1935 年。
《黄节诗选》,黄节著,刘斯奋选注,广东人民出版社,1984 年。
《宋恕集》,宋恕著,胡珠生编,中华书局,1993 年。

严可均辑《全上古三代秦汉三国六朝文》,中华书局,1958 年。
逯钦立辑校《先秦汉魏晋南北朝诗》,中华书局,1983 年。
费振刚、胡双宝、宗明华辑校《全汉赋》,北京大学出版社,1993 年。
《文选》,萧统编、李善注,中华书局影印清胡克家校刻本,1977 年。
《南北朝文举要》,高步瀛选注,孙通海点校,中华书局,1998 年。
陈贻焮主编《增订注释全唐诗》,文化艺术出版社,2001 年。
郭茂倩编《乐府诗集》,中华书局,1979 年。

《文心雕龙注》,刘勰著,范文澜注,人民文学出版社,1958 年。
《诗品注》,钟嵘著,陈延杰注,人民文学出版社,1961 年。
方宗诚《陶诗真诠》,《柏堂遗书·柏堂读书笔记》,清光绪三年至八年桐城方氏志学堂刻本。
丁福保《历代诗话续编》,中华书局,2006 年。

二、研究著作(按作者姓氏音序排列)

陈国符《道藏源流考》,中华书局,1963年。

陈世骧《中国文学的抒情传统》,张晖编,生活·读书·新知三联书店,2015年。

陈桐生《中国史官文化与〈史记〉》,汕头大学出版社,1993年。

陈贻焮《论诗杂著》,北京大学出版社,1989年。

陈寅恪《金明馆丛稿初编》,《陈寅恪集》,生活·读书·新知三联书店,2015年。

道润梯步《新译简注〈蒙古秘史〉》,内蒙古人民出版社,1979年。

金春峰《汉代思想史》,中国社会科学出版社,1987年。

李岩《〈山海经〉与古代社会》,文化艺术出版社,1999年。

鲁迅《中国小说史略》,人民文学出版社,1973年。

蒙文通《道教甄微》,《蒙文通全集》,巴蜀书社,2015年。

钱志熙《汉魏乐府的音乐与诗》,大象出版社,2009年。

钱志熙《魏晋诗歌艺术原论》,北京大学出版社,1993年。

钱志熙《魏晋诗歌艺术原论(修订本)》,北京大学出版社,2005年。

钱志熙《陶渊明经纬》,北京大学出版社,2019年。

饶宗颐《两晋诗论序》,邓仕梁《两晋诗论》,香港中文大学出版部,1972年。

汤用彤《汉魏两晋南北朝佛教史》,中华书局,1983年。

汤用彤《理学·佛学·玄学》,北京大学出版社,1991年。

《陈寅恪魏晋南北朝史讲演录》,万绳楠整理,贵州人民出版社,2012年。

王力等《王力古汉语字典》,中华书局,2000年。

王治心《中国宗教思想史大纲》,上海三联书店,1988年

萧涤非《汉魏六朝乐府文学史》,人民文学出版社,1984年。

许倬云《西周史》,生活·读书·新知三联书店,1994 年。
游国恩、王起等主编《中国文学史》,人民文学出版社,1963 年。
于省吾《双剑誃吉金文选》,中华书局,1998 年。
余英时《士与中国文化》,上海人民出版社,1987 年。
袁珂《神话论文集》,上海古籍出版社,1982 年。
袁珂《中国神话通论》,巴蜀书社,1991 年。
乐清县民间文学集成办公室编《中国民间文学集成·乐清县故事卷》,1989 年。
张光直《考古学专题六讲》,生活·读书·新知三联书店,2010 年。
张少康《文心与书画乐论》,北京大学出版社,2006 年。
章念驰编《章太炎全集》,上海人民出版社,2015 年。
赵敏俐《先秦君子风范》,东方出版社,1999 年。
赵沛霖《兴的源起》,中国社会科学出版社,1987 年。
赵远帆《“死亡”的艺术表现》,群言出版社,1993 年。
郑凡《震撼心灵的古旋律》,四川人民出版社,1987 年。
中国社会科学院文学研究所“中国文学史编写组”编《中国文学史》,人民文学出版社,1964 年。
钟泰《中国哲学史》,东方出版社,2008 年。
朱伯崑《先秦伦理学概论》,北京大学出版社,1984 年。
朱大渭、刘驰、梁满仓、陈勇《魏晋南北朝社会生活史》,中国社会科学出版社,2005 年。

《新旧约全书》,南京中国基督教协会印发,1994 年。
[奥地利] 弗洛伊德《弗洛伊德后期著作选》,林尘等译,上海译文出版社,1986 年。
[德] 恩斯特·卡西尔《人论》,甘阳译,上海译文出版社,1985 年。
[德] 弗里德里希·威廉·尼采《悲剧的诞生:尼采美学文选》,周国平译,生活·读书·新知三联书店,1986 年。

[德] 格罗塞《艺术的起源》,蔡慕晖译,商务印书馆,1984 年。

[法] 列维-布留尔《原始思维》,丁由译,商务印书馆,1981 年。

[荷] 高罗佩《中国古代房内考》,李零、郭晓惠等译,上海人民出版社,1990 年。

[美] 诺尔曼·布朗《生与死的对抗》,冯川、伍厚恺译,贵州人民出版社,1994 年。

[日] 安万侣《古事记》,周作人译,上海人民出版,2015 年。

[日] 中村不折等编《书道全集》,平凡社,1930 年。

[意] 维柯《新科学》,朱光潜译,人民文学出版社,1986 年。

[英] 爱德华·泰勒《原始文化》,连树声译,上海文艺出版社,1992 年。

[英] 崔瑞德、[英] 鲁惟一编《剑桥中国秦汉史》,杨品泉等译,中国社会科学出版社,1992 年。

三、学术论文(按发表时间排序)

顾颉刚《〈庄子〉和〈楚辞〉中昆仑和蓬莱两个神话系统的融合》,《中华文史论丛》1979 年第 2 辑。

费振刚《辞与赋》,《文史知识》1984 年第 12 期。

葛晓音《论汉乐府叙事诗的发展原因和表现艺术》,《社会科学》1984 年第 12 期。

钱志熙《江淹“才尽”原因新探》,《电大教学(文科版)》1992 年第 4—5 期合刊。

钱志熙《汉乐府与“百戏”众艺之关系考论》,《文学遗产》1992 年第 5 期。

朱伯崑《庄学生死观的特征及其影响》,陈鼓应主编《道家文化研究》第四辑,上海古籍出版社,1994 年。

[日] 金谷治《〈庄子〉的生死观》,陈鼓应主编《道家文化研究》第五

辑,上海古籍出版社,1994 年。

李存山《庄子与惠施》,陈鼓应主编《道家文化研究》第五辑,上海古籍出版社,1994 年。

钱志熙《齐梁拟乐府诗赋题法初探——兼论乐府诗写作方法之流变》,《北京大学学报(哲学社会科学版)》1995 年第 4 期。

张鹤泉《〈盐铁论·散不足篇〉所反映的西汉社会生活》,《中国典籍与文化》1995 年第 4 期。

钱志熙《从生命的角度研究古典文学》,《文学评论》1997 年第 4 期。

钱志熙《论辞与赋——从文体渊源与文学方法两方面着眼》,《文艺理论研究》2014 年第 2 期。

孙昌武《上元夫人:从升仙导师到多情仙姝——道教对中国小说文体发展的贡献》,陈伟强编《道教修炼与科仪的文学体验》,凤凰出版社,2018 年。

钱志熙《中古早期士僧交往与文学序》,蔡彦峰《中古早期士僧交往与文学》,中国社会科学出版社,2021 年。

钱志熙《论"吟咏情性"作为古典抒情诗学主轴的地位》,《北京大学学报(哲学社会科学版)》2021 年第 2 期。

祁志祥《"立天子以为天下"——周代"立君为民"学说的现代性观照》,《社会科学战线》2022 年第 2 期。

图书在版编目(CIP)数据

唐前生命观和文学生命主题:全二册/钱志熙著. —增订本. —上海:
复旦大学出版社, 2023.11
(卿云文史丛刊)
ISBN 978-7-309-16919-5

Ⅰ.①唐… Ⅱ.①钱… Ⅲ.①古典文学研究-中国 Ⅳ.①I206.2

中国国家版本馆 CIP 数据核字(2023)第 130853 号

唐前生命观和文学生命主题(增订本)(全二册)
钱志熙 著
责任编辑/宋文涛

复旦大学出版社有限公司出版发行
上海市国权路 579 号 邮编:200433
网址:fupnet@fudanpress.com http://www.fudanpress.com
门市零售:86-21-65102580 团体订购:86-21-65104505
出版部电话:86-21-65642845
浙江新华数码印务有限公司

开本 890 毫米×1240 毫米 1/32 印张 24.25 字数 587 千字
2023 年 11 月第 1 版
2023 年 11 月第 1 版第 1 次印刷

ISBN 978-7-309-16919-5/I · 1362
定价:118.00 元